HEYNE

SOPHIE BICHON

UND ICH LEUCHTE MIT DEN WOLKEN

love is love

Band 1

Roman

WILHELM HEYNE VERLAG
MÜNCHEN

Penguin Random House Verlagsgruppe FSC® N001967

3. Auflage
Originalausgabe 05/2021
Copyright © 2021 dieser Ausgabe
by Wilhelm Heyne Verlag, München,
in der Penguin Random House Verlagsgruppe GmbH,
Neumarkter Str. 28, 81673 München
Redaktion: Eva Jaeschke
Printed in the EU
Umschlaggestaltung: UNO Werbeagentur GmbH
unter Verwendung von FinePic®, München
Satz: Leingärtner, Nabburg
Druck und Bindung: CPI books GmbH, Leck
ISBN: 978-3-453-42530-9

www.heyne.de

Für jede einzelne Frau,
die mein Herz zum Stolpern gebracht hat.
Ihr wisst, wer ihr seid.

Danke für jeden Kuss, für verrückte Nächte, für das Verliebtsein
und all die Schmetterlinge. Dank euch habe ich gelernt, wer ich bin.
Vor allem aber, dass mein Herz bunter ist, als ich dachte.

Ihr alle seid Menschen,
die mich auf ihre ganz eigene Weise berührt haben.

Rester, c'est exister.
Mais voyager, c'est vivre.

Gustave Nadaud

L'amour est une rose, chaque pétale une illusion,
chaque épine une réalité.

Charles Baudelaire

PLAYLIST

Space Song von Beach House
You and I von Caribou
Hey Little Baby von Dope Lemon
La Lune Rousse von Fakear feat. Deva Premal
Finally von Ro
Three Nights von Dominic Fike
Je Pense à Toi von Amadou & Mariam
Permanent Way von Charlie Cunningham
Alrighty Aphrodite von Peach Pit
Wild Girl von Zeck
Mi Corazón von Kike Pinto und El Búho
How Dare You! von Steaming Satellites
Nothing's Gonna Hurt You Baby von Cigarettes after Sex
Poison von Rocket Juice & The Moon
Stonecutters von Dope Lemon
Agitations Tropicales von L'Impératrice
Vanille Fraise von L'Impératrice

TOUT CHANGE, TOUT COULE –
ALLES VERÄNDERT SICH, ALLES FLIESST

Lilou

In den vergangenen Monaten hatte es für mich keine Zeit gegeben, so wie es in der Erinnerung keine Zeit gibt. Wenn alles nur aus losen Bildern und vergangenen Gefühlen besteht. Und während diese schmerzhaft auf mich einstürzten, saß ich inmitten eines Meers aus Zeichenpapier und malte wie eine Besessene den Himmel. Vielleicht malte ich ihn schon seit Stunden immer und immer wieder, weil er sich eigentlich nicht einfangen lässt, zumindest nicht in seiner Gänze. Genauso wenig wie die Wüste, das Meer oder die Nacht. Sie haben keinen Anfang und kein Ende, kein Ziel, keine Zukunft.

Der Stift kratzte über das Papier und reihte Wolken aneinander und die einzelne Träne, die aus meinen Augen regnete, lief quälend langsam quer über das Bild.

Alles verändert sich, alles fließt, dachte ich. Und wenn das Leben ein Fluss war, wie schon Heraklit wusste, dann hatte meines sich von einem kleinen Bach in einen reißenden Strom verwandelt, der mich unaufhaltsam und ohne Rücksicht auf mein Herz mit sich davongetragen hatte. Meine Gefühle waren wie ein wilder Ozean, dessen Farbe der ihrer Augen glich. Einsam und verloren.

Und jetzt? Alles war anders geworden und ich würde nie wieder dieselbe sein.

La chance sourit aux audacieux.

Das Glück ist mit den Unerschrockenen.

SEPT MOIS PLUS TÔT – VOR SIEBEN MONATEN

1. Kapitel

Mignon

Der Eiffelturm versteckte sich hinter dichtem Nebel und unter tief hängenden Wolken. Nur vereinzelte Sonnenstrahlen kämpften sich durch kaltes Grau, erhellten die Ränder des Himmels, um ihn schon bald in sanftes Bernsteinlicht zu tauchen – genauso wie die Stadt darunter. Bald wäre mein Blick vom Schreibtisch aus wieder frei auf die kunstvoll in die Höhe ragende Eisenkonstruktion, deren Anblick auch nach fünf Jahren mein Herz noch zum Stolpern und meinen Mund zum Lächeln brachte.

Während ich weiter aus dem Fenster schaute und die Pfeiler zwischen dem sich lichtenden Nebel auszumachen versuchte, strich ich mit einer Hand gedankenverloren über die zahlreichen Klebezettel und Fotos an den Rändern meines Bildschirms. Es waren kleine Botschaften, die sich dort in den zwei Jahren, die ich bei dem Magazin *Sauvage* arbeitete, angesammelt hatten. Ich musste gar nicht mehr hinsehen, weil ich Émilie und Oceanes Nachrichten inzwischen auswendig kannte: *Du schaffst das heute. Bisous, Bossgirl. Kill 'em with Kindness. Vergiss das Geschenk für Benoît nicht. Wir denken an dich! Laissez-faire. Brich ihre Herzen, aber vergiss nicht, sie danach wieder zusammenzusetzen!*

Ich starrte weiter in die Ferne und seufzte. Trotz der zwei Tassen Kaffee steckte mir das vergangene Wochenende noch tief in den Knochen.

Die Bars und Klubs, die Diskussionen, das Gelächter.

Die Sonnenaufgänge, das Trinken, der Sex.

Und Noé, den ich manchmal anrief, wenn ich unter seinen Händen die Welt ein bisschen vergessen wollte. Es ging nicht wirklich darum, dass es *seine* Hände waren, eher darum, *dass* es welche waren und der Kerl, zu dem sie gehörten, mir gefiel. Meinem Körper zumindest, nicht meinem verdammten Herzen. Doch gestern war etwas anders gewesen. Gestern hatte Noé mich danach verschwitzt und besitzergreifend an sich gezogen und mich zärtlich auf den Mund geküsst. Er hatte mich auf eine Art und Weise angesehen, bei der sich unwillkürlich etwas in mir verkrampfte. *Mon dieu*, ich mochte ihn wirklich, aber nach dieser Nacht konnte ich ihn nicht wiedersehen, konnte ihm nicht das geben, was er sich von mir erhoffte. Manchmal glaubte ich, in mir schlug ein gläsernes Herz. Kühl und unnachgiebig, und nicht empfänglich für Noés sanfte Art und die Wärme in seinen braun gesprenkelten Augen. Es ließ mich kalt. *Er* ließ mich kalt, und letztendlich war es meine eigene verfluchte Kälte, die mir zu schaffen machte.

Schnell schob ich den Gedanken beiseite und schlüpfte zurück in die schwarzen High Heels, die ich unter meinem Schreibtisch abgestreift hatte. Etwas, das ich mir nur erlaubte, wenn niemand es sah. Vielleicht würde mir ein weiterer Kaffee helfen, mich auf die Arbeit zu konzentrieren, doch gerade als ich aufstehen wollte, wurde mir der Eingang einer neuen Mail angezeigt.

Gesendet: 14.06.21, 08:26 Uhr
Von: emilie.lefevre@sauvage.fr
An: oceane.bernard@sauvage.fr, mignon.bonnet@sauvage.fr
Betreff: HILFE!
Notfalltreffen im Kreativraum. Dépêchez-vous! Beeilt euch!

Schnell griff ich nach meiner Tasse und eilte den Flur entlang. Das gleichmäßige Klackern meiner Absätze verlor sich bald im aufgeregten Gewusel und Durcheinander der anderen. In einer Woche war

Redaktionsschluss für die Juliausgabe, und in den letzten sieben Tagen passierte oft das Unerwartete, und wichtige Entscheidungen wurden noch in letzter Sekunde geändert. Die Stimmung in der Redaktion war wie immer Mitte des Monats angespannt. Heller werdendes Licht fiel durch die großen Fenster auf das geordnete Chaos aus hellen Schreibtischen, hohen Decken mit Stuckverzierungen und Wänden, die übersät waren von den schönsten Zeitschriftencovern der vergangenen Jahre und den Ausgaben der *Sauvage*, die von Paris ausgehend am meisten für Aufruhr gesorgt hatten. Außerdem waren da die großformatigen Kunstdrucke, die das Lebensgefühl des Magazins einfingen: Jung, wild, frei. Und ein bisschen rebellisch.

Der Stoff meines tiefroten Wickelkleides schwang weich um meine Unterschenkel, als ich meine Schritte beschleunigte. Und bei jeder Bewegung kitzelten mich meine Haarspitzen an den Schultern, fielen mir meine Ponyfransen in die Augen. Vorbei an der breiten Flügeltür zur Fashionabteilung und an Anouks Büro mit den gläsernen Wänden bis zu Émilies Schreibtisch. Ich schnappte mir ihre leere Tasse und eilte weiter, als ich das Klackern von einem zweiten Paar High Heels neben mir wahrnahm. Dunkel schimmernde Beine, die Schritt hielten. Mit mir, mit meinem Herzschlag. Oceane hauchte mir im Gehen ein Bisou auf die Wange, dann hielt sie mir die Tür zum Aufenthaltsraum auf und folgte mir. Wir waren allein, jemand hatte seine Jacke auf einem der beiden dezent gemusterten Sofas unter dem Fenster vergessen. Die Obstschale auf dem ovalen Tisch in der Mitte des Raums funkelte im gleißenden Licht, und ich lächelte für einen Moment, denn die Sonne hatte sich erfolgreich durch Nebel und Wolken gekämpft.

»Saß Ém noch an ihrem Schreibtisch?« Oceane hatte die Augenbrauen besorgt zusammengezogen. Ich schüttelte den Kopf und nahm ihr die Tasse aus der Hand, dann stellte ich alle drei nacheinander unter die Kaffeemaschine. Oceane holte eine Dose Schlagsahne aus dem Kühlschrank und sprühte in regelmäßigen Bewegungen eine große

Ladung auf den Kaffee in Émilies Tasse. Beim Anblick der Grimasse, die sie dabei zog, musste ich unwillkürlich grinsen. Doch selbst mit gefurchter Stirn und zusammengepressten Lippen war Oceane hinreißend. Fast so sehr wie in den Momenten, in denen sie ihr lautes Lachen lachte und dabei die Lücke zwischen ihren Schneidezähnen entblößte.

»Ich finde es selbst echt eklig, aber was auch immer passiert ist, es wird helfen«, kommentierte ich ihre angewiderte Miene. Oceane nickte und strich sich seufzend über die kurz rasierten Haare. »Okay, dann los.«

So schnell wie möglich eilten wir weiter zum Kreativraum am Ende des breiten Flurs. Wir tauschten einen letzten Blick, dann stieß ich entschlossen die Tür auf, und es ging mitten hinein in diese Mischung aus hellen Wänden und einer wahren Flut an Licht, die den tiefroten Teppichboden zum Leuchten brachte. Dominiert wurde der Raum von einer kreisrunden Sofalandschaft in seiner Mitte. Überquellende Kleiderstangen standen gegen die Wände geschoben. Es waren alles Sachen, für die die Fashionabteilung gerade keine Verwendung hatte und die aussortiert worden waren. Manchmal erlaubte Anouk uns auch, uns etwas auszusuchen und mitzunehmen – so wie den figurbetonten Jumpsuit, den Oceane trug und der sich pastellrosa von ihrer dunklen Haut abhob. Zwischen den Kleidern war ein Bücherregal mit Rezensionsexemplaren, die die Redaktion im Laufe der Zeit bekommen hatte, zu sehen. Außerdem hingen an den Wänden das vorläufige Layout und der Satz der kommenden Ausgabe, inspirierende Poster, Zitate und dazwischen immer wieder gerahmte Fotos in allen Formaten und Größen. Es waren Bilder von der feuchtfröhlichen Weihnachtsfeier im letzten Jahr, eine Großaufnahme von Oceane, Émilie und mir, zusammen mit ein paar anderen Kolleginnen Anfang März auf der Pariser Fashion Week, sowie ein Schnappschuss aus der Nacht, in der beinah die ganze Redaktion wegen eines Fehlers in der Druckerei durchgemacht hatte und wir uns Pizza ins Büro liefern ließen.

Inzwischen war es fast schon ein ungeschriebenes Gesetz, dass Oceane, Émilie und ich uns hier trafen, wann immer wir einander brauchten oder es etwas zu besprechen gab – so war es schon an der Sorbonne gewesen, auch wenn *unser Ort* dort eine versteckte Nische in der Bibliothek gewesen war. Ich war mir ziemlich sicher, dass Anouk von diesen Treffen während der Arbeit wusste, doch sie schien es stillschweigend zu tolerieren, genauso wie alle anderen.

Émilie lag auf der Couch, Arme und Beine weit von sich gestreckt. Abgestreifte Schuhe, nackte Fußsohlen, die Zehen blau lackiert. Kurz hob sie den Kopf an, doch sofort darauf ließ sie ihn seufzend wieder nach hinten sinken. Sie pustete sich eine Haarsträhne aus der Stirn, blieb ansonsten aber vollkommen reglos liegen. Oceane und ich warfen uns einen besorgten Blick zu, setzten uns dann links und rechts von ihr auf die Polster.

Émilie lachte kurz auf. Es klang schrill und passte zu der intensiven Röte auf ihren Wangen. Blond und hell floss ihre Lockenmähne über die Couch, während sie aus riesigen schokoladenbraunen Augen zu uns aufsah. »Ich bleib hier einfach liegen. Für immer.«

»Gleich für immer?«, echote Oceane und hob eine Augenbraue an.

»*Oui*.«, Émilie nickte inbrünstig, »für immer und ewig sogar.«

Ich schmunzelte. »Das ist verdammt lang.«

»Schrecklich lang«, pflichtete Oceane mir bei und grinste. »Wir würden dich da draußen sehr vermissen.«

»Und Anouk auch. Schließlich bist du ihre Assistentin und unersetzbar.«

»Ihr kommt schon ohne mich zurecht.« Émilie zog eine Grimasse. Doch als sie auf die zweite Kaffeetasse in meinen Händen aufmerksam wurde, die mit dem Sahneberg darauf, setzte sie sich auf und lächelte eines ihrer niedlichen Engelslächeln. Ich reichte ihr den Kaffee.

»Es war so unfassbar peinlich.« Sie stöhnte auf und nahm einen Schluck, dann einen zweiten, leckte sich Sahne von der Oberlippe.

»Wisst ihr noch, wie ich im *Le Petit* verkündet habe, dass Schluss mit dem Schüchternsein ist?!« Das *Le Petit* – Ort unserer Schwüre, Geheimnisse, guter und schlechter Entscheidungen. Ich erinnerte mich an die vielen Abende, die wir seit dem ersten Semester in dem kleinen Bistro verbracht hatten. Dort inmitten von schummrigem Licht fühlte ich mich fast so zu Hause wie Émilie und ihr Bruder Benoît, deren *Grand-Père* das *Le Petit* gehörte.

»Ja, aber da warst du auch wirklich betrunken«, gab Oceane zu bedenken, und ich lachte: »So wie wir alle. Mir tut immer noch alles weh.«

»Das liegt wohl eher daran, dass du am nächsten Tag gleich wieder losgezogen bist und zu viel Zeit in Noés Bett verbracht hast«, neckte Oceane mich. Sie schien einen Augenblick nachzudenken, dann sagte sie: »Wobei ich an deiner Stelle wohl auch –«

»Was hat Noés Bett denn damit zu tun?«

Sie wackelte mit den Augenbrauen und raunte: »Sag du's mir, Mignon.«

Ich blinzelte. »Du bist furchtbar.«

»Du meinst wohl furchtbar scharfsinnig.« Wie so oft lag dieses Glitzern in ihren Augen, das einem das Gefühl gab, man hätte einen Witz nicht verstanden. Einen, dessen Sinn nur sie kannte.

»Eigentlich eher so etwas wie furchtbar nervig. Oder nein, warte: Furchtbar frivol.«

»Furchtbar frivol?«, Oceane kicherte. »Damit kann ich leben, auch wenn ich glaube, dass diese Beschreibung besser zu Benoît passen würde.« Sie schien noch etwas hinzufügen zu wollen, doch dann schloss sie den Mund und sah mich ernst an. »O Gott, du wirst Noé abservieren, oder?«

Was zur Hölle?! Ich fühlte mich auf unangenehmste Weise ertappt, und dennoch hielt ich dem Blick ihrer schwarzen Augen stand. Ich hatte vielleicht Geheimnisse, hielt sogar vor Oceane und Émilie einen Teil meiner Fassade aufrecht, doch die wirklich wichtigen Dinge verschwieg ich ihnen nicht. Nicht diesen beiden, die zu den wenigen Menschen gehörten, die mir etwas bedeuteten. Denen ich wirklich glaubte, dass auch ich ihnen etwas bedeutete.

»Du hast diesen Gesichtsausdruck«, murmelte Oceane. »Keine Ahnung, was passiert ist, aber du wirst den armen, süßen Noé bei nächster Gelegenheit abservieren.«

Mein Herzschlag beschleunigte sich. Ich würde sie nicht anlügen. Gläsern pochte es mir gegen die Rippen.

Herz und Glas und Risse. Dazwischen: Ich.

»Ich bin nur …«, setzte ich an und wusste selbst nicht, was ich eigentlich sagen wollte. Vielleicht, dass *abservieren* der falsche Ausdruck war, dass ich Noé vielmehr die Chance auf etwas Echtes gab.

»Leute«, unterbrach Émilie uns mit leiser Verzweiflung in der Stimme, voller Ungeduld, »können wir jetzt *bitte* über mein Problem sprechen, bevor wir uns um den armen Noé kümmern?«

»Wieso nennt ihr ihn ständig *armen Noé*?!«, murmelte ich und bekam ein zweistimmiges *Sorry* zur Antwort.

»Okay«, nahm ich den Faden wieder auf und musterte Émilie, »du meintest, es ist Schluss mit dem Schüchternsein. Aber wie Oceane schon gesagt hat: Du warst wirklich betrunken und du musst jetzt nicht –«

»Na und?«, sie reckte das Kinn und machte sich größer als sie war, klammerte sich an ihrer Tasse fest. »Ernst gemeint habe ich es trotzdem. Das kann so nicht weitergehen.«

»Du bist wunderbar, so wie du bist. Wirklich. Bitte denk nicht, dass du dich wegen irgendjemandem ändern müsstest«, entgegnete ich inbrünstig. »Wer dich nicht will, wie du bist, der hat dich anders nicht verdient.«

Émilie schwieg einen Moment, dann sagte sie etwas leiser: »Ja, aber vielleicht möchte ich mich ändern? Für *mich*?! Ich muss mehr auf

Menschen zugehen, ich muss auch einmal die Initiative ergreifen. Ich möchte mich nicht ständig verlieben und dabei zusehen müssen, wie eine Chance nach der anderen verstreicht, weil ich mich einfach nicht traue. Oder weil ich aus Angst mich zu blamieren panisch davonrenne, sobald es auch nur ansatzweise ernst wird.«

Wieder wechselten Oceane und ich einen Blick, der mir verriet, dass wir dasselbe dachten. Émilie schwärmte schon seit einem halben Jahr für Ciel, der seinem Namen alle Ehre machte: *Le ciel*, der Himmel, himmelblaue Augen, die eine fast hypnotische Wirkung hatten. Vor sechs Monaten hatte er bei der *Sauvage* angefangen und schrieb für jede Ausgabe eine inzwischen gefeierte Kolumne. Eine Kolumne, die Émilie förmlich inhalierte, während sie in der Redaktion noch kein Wort mit ihm gewechselt hatte.

»Was ist passiert?«, fragte ich möglichst sanft, und da erklang wieder dieses ungewohnt schrille Lachen.

»Ich hab gesehen, wie Ciel allein in den Aufenthaltsraum gegangen ist, und dann … dann bin ich ihm hinterher.«

Ich spürte, wie sich ein Grinsen auf meinen Lippen auszubreiten begann. »Du bist ihm hinterher?«

»Das ist ja von null auf hundert«, meinte Oceane.

»Ähm ja …« Émilie hielt einen Moment inne, ehe sie fortfuhr: »Eine Übersprungshandlung. Und glaubt mir: Als ich gemerkt habe, was ich da tue, wäre ich am liebsten gleich wieder weggerannt. Wir standen in der Küche und Ciel … er hat mich angelächelt. Plötzlich wusste ich nicht mehr, was ich eigentlich sagen wollte. Seine Haare waren offen, und ich stehe doch so auf Männer mit langen Haaren und dann … O Gott, ich dachte, ich könnte ihm ein Kompliment machen. Man sagt doch immer, dass Komplimente solche Situationen auflockern, und ich dachte … am besten mache ich ihm eins zu seiner Hose.«

Ungläubig riss ich die Augen auf. »Zu seiner Hose?«

»Ja, ich weiß auch nicht«, Émilies Locken hüpften, als sie mit den

Schultern zuckte. »Das war die erste Idee, die ich hatte. Und er hat mich so erwartungsvoll angesehen, und ich dachte, dass ich ja irgendetwas sagen muss, oder? Dass das *meine* Chance ist. Und ich meine … ihr wisst schon, Ciel trägt immer diese speziellen Hosen.«

»Diese speziellen Hosen?«, hakte Oceane nach, und ich biss mir auf die Unterlippe, um mir das Lachen zu verkneifen. Émilie war offensichtlich völlig durch den Wind, und ich wollte ihr nicht das Gefühl geben, vor uns nicht offen sprechen zu können. Denn das konnte sie, bei Oceane und mir konnte sie das immer. Auf den ersten Blick mochten die Unterschiede zwischen uns zwar groß sein, aber genau das machte uns aus. Émilie, die Ruhige und in sich Gekehrte. Oceane, die Lustige und Laute. Und ich, die Verwegene und Coole. Seit unserer gemeinsamen Zeit an der Sorbonne standen wir füreinander ein. Was auch passierte: Zusammen bildeten wir ein Ganzes in seiner allerschönsten Form.

»Na, ihr wisst schon. Diese Jeans, die Ciel immer anhat. Die, in denen sein Hintern immer so … so gut aussieht.«

Jetzt lachte ich doch. »Ich denke nicht, dass das an seinen Hosen liegt, Ém, sondern eher –«

»Eher an dem, was darunter ist«, vervollständigte Oceane meinen Satz mit einem anzüglichen Grinsen. Émilie wurde noch röter und hielt sich eine Hand vor das Gesicht. »Leider ist das ein bisschen anders aus meinem Mund herausgekommen, als ich mir das gedacht hatte.«

Irgendwo da draußen läutete ein Telefon, ich glaubte meinen Namen zu hören, aber das war genau in diesem Moment nicht wichtig.

»Ich habe gesagt«, Émilie holte tief Luft. »*Ich mag Hosen.* Daraufhin hat Ciel mich ganz komisch angesehen, und dann habe ich gefragt: *Du auch?* Nur hat er dann noch verwirrter geschaut. Da bin ich geflüchtet, und seitdem verstecke ich mich hier.«

Stille. Und dann brachen wir alle drei gleichzeitig in Gelächter aus, Oceanes tönte am lautesten.

»Oh Ém.« Ich stellte meine Tasse auf dem Boden ab und drückte sie ganz fest an mich. Ihre weichen Locken ein Kitzeln an meiner Wange.

»Das ist so so peinlich. Ich kann ihm nie wieder unter die Augen treten«, stöhnte sie gequält auf.

»Natürlich kannst du das!«, sagte Oceane bestimmt. »Außerdem: Vielleicht fand er das ja süß?«

»Was soll er daran bitte süß gefunden haben?«

»Na, dass er dich so nervös macht. Das ist doch irgendwie süß.«

»Und, du hast dich getraut ein Gespräch zu beginnen, obwohl du mega in ihn verschossen bist und sonst bei ihm kein einziges Wort rausbekommst. Allein deshalb kannst du schon stolz auf dich sein, ganz egal, was du letztendlich gesagt hast.«

»Meint ihr?« Hoffnungsvoll blickte Émilie zwischen uns hin und her.

»Ja«, bekräftigte Oceane und nickte. »Ganz sicher.«

»Du gehst da jetzt erhobenen Hauptes raus, und wenn Ciel dir heute das nächste Mal über den Weg läuft, dann lächelst du ihn einfach an als wäre nichts.«

Émilie schaute mit ernstem Gesichtsausdruck in die Ferne und ordnete ihre Locken, ehe sie wieder uns ansah. »Ihr habt recht.«

»Natürlich haben wir das«, sagten Oceane und ich gleichzeitig. Und einen Augenblick später schlang Émilie schwungvoll die Arme um uns. Dabei zog sie uns unsanft zu sich auf die Polster. Erst verlor ich das Gleichgewicht, dann Oceane. Ihr Arm bohrte sich so fest in meinen Bauch, wie sich ihr typischer Duft nach Vanille in einer Wolke um uns legte. Irgendwo stach mich ein Knie und eine von Émilies Locken landete in meinem Mund. Aber ich lachte zwischen drückenden Armen und zu wenig Luft und dem vibrierenden Kichern meiner Freundinnen.

Zurück an meinem Schreibtisch rief ich die Homepage der Künstlerin auf, deren erste Vernissage ich am Freitag besuchen würde. Auf der Startseite blickte mir das herzförmige Gesicht einer jungen Frau entgegen, die nur wenige Jahre älter als ich selbst sein konnte. Schwarzes Haar, das teilweise unter einem gemusterten Tuch verschwand, ein breites Lachen und doch eine tief liegende Melancholie in den Augen, die sich auch in ihren großformatigen Bildern widerspiegelte.

Als ich vor zwei Wochen zufällig an der Galerie vorbeigelaufen war, hatte mich irgendetwas zu dem Gemälde hingezogen, das neben der Ankündigung der Vernissage von Colette Moreau hing. Es war spät gewesen, meine Gedanken frei und ungefiltert nach einem langen Abend mit Oceane, Émilie und Benoît im *Le Petit*. Irgendetwas hatte mich dazu getrieben, früher als die anderen aufzubrechen. Doch statt nach oben in die Wohnung zu gehen, hatte ich mich noch durch die Nacht treiben lassen. Der Rotwein wärmte mich von innen, der laue Wind kühlte mich von außen. Ich blickte auf wilde Striche und Farbkleckse, die auf den ersten Blick willkürlich wirkten, auf den zweiten aber gewollt und einnehmend. Wie hypnotisiert starrte ich das Bild an, verspürte einen Anflug jener Nostalgie und Sehnsucht, den ich immer empfand, wenn ich fünf Jahre zurückdachte. An eine andere Version von mir, an mein achtzehnjähriges Ich, das mit einem Koffer voll selbstgenähter Kleider und mit großen Träumen nach Paris gekommen war. Ein Gefühl von Traurigkeit und zugleich eine Freude über die Gegenwart, in der vergangene Wünsche und die Realität unaufhaltsam aufeinandertrafen, überkam mich. Und diese Angst, die mich ständig begleitete. Die Angst, dass das Glück platzen würde wie eine Seifenblase, dass es nicht echt war. *Merde*, dass vor allem *ich* nicht echt war und in Wahrheit womöglich immer noch das junge Mädchen aus der Bretagne, das so unbedingt jemand sein wollte.

Jetzt schloss ich die Seite von Colette Moreau wieder und öffnete stattdessen mein Postfach. Die neueste Mail war von Anouk. Meine Chefin wollte nach der Mittagspause einige Details mit mir absprechen, weil ich nächste Woche im Auftrag der *Sauvage* ein paar Tage nach Straßburg fahren würde. Das *Musée d'Art Moderne et Contemporain de*

Strasbourg, eine Flut moderner und zeitgenössischer Kunst und ein Termin mit der Kuratorin, die mich am letzten Tag exklusiv durch die neuen Ausstellungsräumlichkeiten führen würde, erwarteten mich dort.

Nach zwei Jahren bei der *Sauvage*, einer Zeit, in der ich wirklich alles für meinen Job getan hatte, konnte ich es immer noch kaum glauben, dass ich es tatsächlich geschafft haben sollte. Dass Anouk Vertrauen in mich setzte und meinen Tipps und Ahnungen vertraute. So wie meiner Einschätzung, dass Colette Moreau es in Paris im Speziellen und in der Kunstwelt im Allgemeinen noch weit bringen würde. Eine junge, starke Frau, die wusste, was sie vom Leben wollte, und selbstbestimmt ihren Weg ging – genau das waren die Geschichten, die dieses Magazin erzählen wollte. Und genau das war die Geschichte, die mein eigenes Leben erzählen sollte.

Gesendet: 14.06.21, 09:43 Uhr
Von: oceane.bernard@sauvage.fr
An: mignon.bonnet@sauvage.fr, emilie.lefevre@sauvage.fr
CC: benoit.lefevre@orange.fr
Betreff: Monsieur Sexy
Ach. Du. Scheiße. Ciel ist gerade hier vorbeigelaufen, und Ém hat absolut recht: Es liegt an den Hosen. Zumindest heute. Kein Arsch der Welt kann SO aussehen!!! Jetzt verstehe ich auch, wieso du so gestammelt hast, Ém. Frag ihn nächstes Mal bitte, wie lang er braucht, um seine Jeans loszuwerden … Oder finde es am besten gleich selbst heraus.

Gesendet: 14.06.21, 09:44 Uhr
Von: mignon.bonnet@sauvage.fr
An: oceane.bernard@sauvage.fr, emilie.lefevre@sauvage.fr
CC: benoit.lefevre@orange.fr
Betreff: Monsieur Hintern
Oceane scheint mir gerade ein bisschen zu begeistert zu sein…

Gesendet: 14.06.21, 09:45 Uhr
Von: benoit.lefevre@orange.fr
An: mignon.bonnet@sauvage.fr, emilie.lefevre@sauvage.fr, oceane.
bernard@sauvage.fr
Betreff: WAS ZUR HÖLLE????
Wieso zur Hölle setzt ihr mich immer noch in CC? Und Émilie: Wer ist
dieser verdammte Ciel?

Gesendet: 14.06.21, 09:46 Uhr
Von: oceane.bernard@sauvage.fr
An: benoit.lefevre@orange.fr
CC: mignon.bonnet@sauvage.fr, emilie.lefevre@sauvage.fr
Betreff: Sorry not Sorry
Wir wollen dich nur an unserem Leben teilhaben lassen, allerliebster
Benoît. Sonst müssen wir dir abends immer alles noch mal erzählen.
So weißt du immer gleich Bescheid, und wir verschwenden keine
kostbare WG-Zeit.

Gesendet: 14.06.21, 09:48 Uhr
Von: benoit.lefevre@orange.fr
An: mignon.bonnet@sauvage.fr, emilie.lefevre@sauvage.fr, oceane.
bernard@sauvage.fr
Betreff: Ciels verfluchte Nase
Großartig. Vor allem, wenn ich was über die Männergeschichten meiner
kleinen Schwester lesen muss. Émilie, ich breche dem Kerl die Nase,
wenn er dir das Herz brechen sollte.

Gesendet: 14.06.21, 09:49 Uhr
Von: mignon.bonnet@sauvage.fr
An: benoit.lefevre@orange.fr
CC: oceane.bernard@sauvage.fr, emilie.lefevre@sauvage.fr

Betreff: Sei keine Memme!

Stell dich nicht so an. Wir drei wissen mehr als uns lieb ist, vor allem von deiner Vorliebe für Touristinnen. Und wie du sicher schon bemerkt hast, sind unsere Wände sehr dünn. Die paar Mails sind ja wohl ein geringer Preis dafür.

Gesendet: 14.06.21, 09:51 Uhr
Von: benoit.lefevre@orange.fr
An: mignon.bonnet@sauvage.fr,
CC: emilie.lefevre@sauvage.fr, oceane.bernard@sauvage.fr
Betreff: Sei keine miese beste Freundin!

Solltet ihr diese Mailadressen nicht eigentlich für geschäftliche Zwecke nutzen? Und wieso habt ihr bei der Arbeit überhaupt so wahnsinnig viel Zeit? Irgendetwas stimmt da doch nicht …

Gesendet: 14.06.21, 09:52 Uhr
Von: emilie.lefevre@sauvage.fr
An: benoit.lefevre@orange.fr
CC: mignon.bonnet@sauvage.fr, oceane.bernard@sauvage.fr
Betreff: Gegenfrage

Eine Frage, die ich gern zurückgeben würde, Bruderherz. Wolltest du deine Semesterferien nicht nutzen, um an dem Roman zu schreiben, von dem du immer redest? Wieso hast DU überhaupt Zeit, dich aufzuregen?

Gesendet: 14.06.21, 09:55 Uhr
Von: benoit.lefevre@orange.fr
An: mignon.bonnet@sauvage.fr
Betreff: Kündigung

Sehr geehrte Mademoiselle Bonnet,

da Sie gegen §23 der Beste-Freunde-Ordnung verstoßen und mich nicht bedingungslos vor unseren verrückten Mitbewohnerinnen verteidigt haben, muss ich Ihnen leider mitteilen, dass ich mich gezwungen sehe, unser Verhältnis vorzeitig zu beenden.

Mit unfreundlichen Grüßen,

Benoît »Touristinnen-Magnet« Lefèvre

Gesendet: 14.06.21, 09:56 Uhr

Von: mignon.bonnet@sauvage.fr

An: benoit.lefevre@orange.fr

Betreff: Kündigung abgelehnt

Sehr geehrter Monsieur Lefèvre,

Ihr Antrag wird hiermit aufgrund fehlerhafter bzw. inexistenter Beweisführung abgelehnt. Der Rechtsweg ist ausgeschlossen. Die Vereinbarung läuft weiterhin auf Lebenszeit.

Mit extrafreundlichen Grüßen,

Mignon »Die-du-nicht-los-wirst« Bonnet

PS: Heute Abend MB-Power-Abend?

Gesendet: 14.06.21, 09:58 Uhr

Von: benoit.lefevre@orange.fr

An: mignon.bonnet@sauvage.fr

Betreff: Kündigung unter Vorbehalt zurückgezogen

Sehr geehrte Mademoiselle Bonnet,

ich wusste, dass ich das Kleingedruckte hätte lesen sollen.

Mit mittelfreundlichen Grüßen,

Benoît »Der-einzig-wahre-Monsieur-Sexy« Lefèvre

PS: Ja, aber nur wenn du kochst. Und sag jetzt nicht, dass du nur ein paar Gerichte kochen kannst. Ich bin dafür da, dich herauszufordern und das Beste aus dir herauszuholen ;) (siehe Anhang).

PPS: Manchmal finde ich dich sehr nervtötend, lieb habe ich dich (leider) trotzdem.

Im Anhang befand sich ein Selfie von Benoît mit diesem für ihn typischen verhangenen Blick in den braunen Augen, die Unterlippe schmollend vorgeschoben. Zerstrubbeltes Haar, zerwühlte Laken und sein aufgeklappter Laptop im Hintergrund. Leise lachte ich auf und war mir ziemlich sicher, dass er bis gerade eben nicht allein in unserer Wohnung, geschweige denn seinem Bett gewesen war.

Am Freitagabend schaffte ich es gerade noch pünktlich zur Eröffnung der Vernissage, und mit dem ersten Schritt durch die Tür schob ich alle Gedanken beiseite, die hier verdammt noch mal nichts zu suchen hatten. Gedanken an Herz und Glas und Leere. Ich lächelte mein bestes Lächeln und ließ mir nichts anmerken, weil das mein Job war. Mein Job, der über meine Leidenschaft für Kunst hinausging. Händeschütteln mit den richtigen Leuten, Küsschen verteilen und Höflichkeiten austauschen. Manche von ihnen echt, manche nicht. Ich ließ mich durch Bilder, Farben und leise Musik treiben und stieß mit Colette auf den Erfolg ihrer ersten Ausstellung an. Wir unterhielten uns angeregt über Werke von Mark Rothko und Jackson Pollock, die Colette auf der Suche nach ihrem ganz eigenen Stil beeinflusst hatten. Und tatsächlich erkannte ich beim zweiten Hinsehen die verschiedenen Einflüsse: Rothkos ruhige Farbfeldmalerei im Hintergrund und Anklänge an seinen abstrakten Expressionismus trafen hier auf Pollocks Technik des Action-Paintings mit seinen wilden Farbklecksen auf großformatigen Werken.

Als sie sich schließlich mit einem Lächeln entschuldigte, um Freunde zu begrüßen, zog mich das Gemälde aus dem Schaufenster auch jetzt wieder magisch an. Heute hing es im hinteren Bereich der Galerie, in Szene gesetzt in warmem Licht, rundherum nur die weiße Wand und nichts, was das Auge ablenken konnte. Auch als die Galerie sich langsam leerte, stand ich mit meinem Glas Wein immer noch vor dem Bild mit den wilden Linien und kräftigen Klecksen und suchte diesen einen

Strich, den mutigsten Strich, der das Gemälde zu dem machte, was es war – einzigartig und berührend. Es gab ihn fast immer: Diesen einen Pinselstrich, dessen Fehlen eine ganze Leinwand in ihren Grundfesten erschüttern und verändern konnte. Eine einzige Linie wie der Beginn einer Rebellion. Colette war eine der Künstlerinnen, die diesen Strich nutzten und sich seiner Macht bewusst waren. Dass ich ihn nicht sofort entdeckte, obwohl ich so sicher war, dass er existierte, zog mich nur noch mehr zu dieser Leinwand hin.

Ich schluckte. Wäre mein Leben ein abstraktes Gemälde ... es wäre blutrot und hätte gleichzeitig die Farbe von sanften Sonnenuntergängen. Es wäre vermutlich ebenso wild und wunderschön, doch der mutigste Strich würde fehlen, das *Etwas*. Denn obwohl ich das Leben spürte und auskostete, fühlte ich mich wie in Watte gepackt. Es war nicht so, als würde ich mich nicht verlieben *wollen*, mir nicht wünschen, dass da jemand wäre, der mein Herz aus dem Takt brachte. Ich wollte Funkensprühen und etwas Stürmisches, sehnte mich nach der Nervosität, die Émilie in Ciels Gegenwart verspürte, nach dieser Mischung aus Unbeschwertheit und Selbstbewusstsein, mit der Oceane mit Jules zusammen war und nach der Unbekümmertheit, mit der Benoît sich in jedes Abenteuer stürzte.

Doch ich konnte es nicht, versteckte mich auf den letzten Metern hinter rot geschminkten Lippen und perfektionierter Lässigkeit. Ich war die, die andere Herzen stahl und diese leider auch oft brach. Ich bekam in der Regel das, was ich wollte, aber nicht das, wonach ich mich sehnte. Hatte lockere Affären, Freunde, mit denen ich regelmäßig im Bett landete. Dass, was ich mit diesen Männern erlebte, war zwar in gewisser Weise echt, jedoch nicht wahrhaftig – denn Orgasmen waren nicht das Einzige, das ich ab und zu vortäuschte. Tief in mir fühlte ich nichts, einfach absolut nichts. Und gleichzeitig machte mir die Vorstellung von Wahrhaftigkeit Angst, bedeutete es doch auch, einem anderen Menschen einen ungeschönten Blick in die eigene Seele zu gewähren. Und dann müsste ich mich den Gründen stellen, wegen derer ich diesen Menschen gegenüber in Wahrheit bloß eine Rolle spielte. Mehr noch: Ich müsste mich mit dieser seltsamen Verlorenheit auseinandersetzen.

Kühl und süß rann der letzte Schluck Weißwein meine Kehle hinab, und für einen Moment schloss ich genießerisch die Augen. Als ich sie langsam wieder öffnete, hielt ich den Atem an. Ich hatte ihn entdeckt: Den mutigsten Strich. Unauffällig in der rechten unteren Ecke des Bildes und dabei doch so kraftvoll und einnehmend, zumindest jetzt, wo er sich mir zeigte. Ich lächelte, und das Gefühl auf meinen Lippen war schwer und bittersüß.

Lilou

Ich stand am Fenster und zeichnete mit den Fingerspitzen die Konturen der Wolken nach. Vor drei Stunden hatte der Zug München verlassen, und mit jedem Meter, den er der Stadt meiner Träume entgegenfuhr, wurde das Kribbeln in meinem Körper stärker. Mit schnell schlagendem Herzen spürte ich ihm nach und umrandete einen leuchtenden Wattebausch nach dem anderen, verlor mich in den schwebenden Goldtönen des Himmels.

Le ciel de Paris est unique, hörte ich *Mamans* glockenhelle Stimme wie aus weiter Ferne. Es war eine Erinnerung und doch war da in meinen Gedanken jene sanfte Betonung, die all ihre Geschichten immer an sich gehabt hatten. Jedes ihrer Worte, die aus ihrem Mund geklungen hatten wie eine unverkennbare Melodie und der Nachhall von etwas viel Größerem. Es erschien mir fast unwirklich, dass ich diesen einzigartigen Himmel in wenigen Stunden endlich, endlich, endlich mit eigenen Augen sehen würde.

Der Zug wurde langsamer. Straßburg, der erste Halt, der sich in Frankreich befand: Ich spürte diesen Zauber und das Gefühl, dass große Abenteuer auf mich warteten, als ich meine Nase gegen die Scheibe presste. So präsent, so verlockend.

Ich tastete in meinen aufgetürmten weißblonden Dreads nach den Perlen aus Bernstein und Holz. Gedankenverloren suchte ich dabei die eine, die Yuna mir am Abend zuvor zum Abschied geschenkt hatte. Wir hatten uns ewig umarmt, weil wir noch nicht genau wussten, wann wir uns wiedersehen würden – eine seltsame Vorstellung, wenn man bedachte, dass meine beste Freundin neben mir gewohnt hatte, seit ich denken konnte. Unsere Fenster lagen einander direkt gegenüber, und ich hatte Yuna jedes Mal, wenn sie Hausarrest hatte, Botschaften auf Zettel geschrieben und in die Höhe gehalten.

Ein neues Alt, ein altes Neu, ich nur noch drei weitere Stunden von meinen Wurzeln entfernt, und von der Stadt, in der ich mir ab heute ein Jahr lang Zeit geben würde, um herauszufinden, was ich vom Leben wollte. Ich hoffte, dass ich mir sicher wäre, wenn ich im nächsten Juni an der Gare du Nord in den Zug zurück nach Hause steigen würde. Und vielleicht wäre *Maman* dann mehr für mich als ein Schatten.

Plötzlich ließ mich ein Räuspern zusammenzucken. Ich hatte gar nicht bemerkt, dass der Zug wieder Fahrt aufgenommen hatte und ich nicht mehr allein im Abteil saß.

»Was suchst du in Paris?«

Ich wandte mich der Stimme zu, die so treffsicher meine Gedanken erraten hatte, und dann schien die Zeit einen Flügelschlag meines Herzens lang stehen zu bleiben. Mir gegenüber hatte eine betörend schöne Frau im Schein der hereinfallenden Sonne Platz genommen. In den Händen hielt sie ein schwarzes Notizbuch und einen Flyer. Ich erkannte den Namen der Stadt, in der der Zug zuletzt gehalten hatte, und den Schriftzug *Musée d'Art Moderne et Contemporain.* Sie war groß und schlank, der Blick ihrer blauen Augen unter markant geschwungenen Brauen ernst. Ich betrachtete ihre gerade Nase und die vollen, rot geschminkten Lippen, die ein bisschen wie ein Herz geformt waren. Als sie den Kopf leicht neigte, fielen ihr dichte Ponyfransen in die Stirn.

Rauchig und warm klang ihre fragende Stimme in mir nach und sorgte unwillkürlich für eine Gänsehaut auf meinen Armen.

Keine Einleitung, keine Begrüßung, kein Hallo.

Ihre Mundwinkel zuckten, als ich nichts erwiderte und sie einfach nur anstarrte.

»Wer sagt, dass ich auf dem Weg nach Paris bin?«, entgegnete ich schließlich ebenfalls auf Französisch und biss mir gleich darauf auf die Unterlippe. Die Fremde schwieg, dann lehnte sie sich mir ein Stück entgegen und schlug die Beine lässig übereinander. Endlosbeine, die in nudefarbenen High Heels endeten. *C'est la révolution*, stand in zackiger, fast schon aggressiver Schrift auf der Seite des Schuhs, und dieser Bruch in all ihrem Pariser Chic brachte mich unwillkürlich zum Lächeln. Revolution und Ausbruch. Damit konnte ich mehr anfangen als mit ihrer Eleganz, die mich eher sprachlos machte.

»Der Blick in deinen Augen.« Sie schien einen Moment nachzudenken, dann sagte sie: »Du bist definitiv auf dem Weg nach Paris. Und es gibt irgendetwas, das du dort finden willst.«

Ich schluckte und riss mich vom Anblick ihrer Beine los. O Gott.

Der Blick in deinen Augen. Flirtete sie mit mir?

»Du hast recht«, erwiderte ich, »ich muss etwas herausfinden.«

»Was deine Bestimmung ist?« Obwohl sie die Stimme am Ende des Satzes leicht hob, klang es wie eine Feststellung. Nicht wie eine Frage.

»Und woher weißt du das?«, ich grinste und senkte die Stimme, »hast du das auch im Blick meiner Augen gelesen?«

»Vielleicht. Vielleicht bin ich aber auch einmal wie du gewesen. Vielleicht bin ich auch nach Paris gegangen, um meine Träume zu suchen und zu verwirklichen«, sagte sie rau und mit einem Unterton, den ich nicht ganz einordnen konnte.

»Sind deine Träume wahr geworden?«, wollte ich wissen. Obwohl sie nur wenige Jahre älter sein konnte als ich, schien sie von einer Vergangenheit zu sprechen, die schon ein halbes Leben zurücklag.

»Ich schätze, ja.«

»Das klingt nicht nach einem eindeutigen *Ja*. Eher nach einem *Ja*, auf das ein *Aber* folgt.« Ich befeuchtete meine trockenen Lippen mit der Zungenspitze. Sie machte mich nervös. »Was ist das Aber? Und wieso musstest du deine Träume erst suchen? Sind Träume eigentlich nicht einfach da und fühlen sich an, als wären sie es immer schon gewesen?«, schob ich schließlich hinterher. Meine Sehnsucht, eine Zeit lang in Paris zu leben, hatte mich mein ganzes bisheriges Leben lang begleitet, ebenso wie die Geschichten meiner Mutter.

Sie musterte mich. »Du bist neugierig«, stellte sie amüsiert fest.

»Ich bin aufmerksam.«

»Und neugierig.«

»Du hast angefangen.«

Ihre Mundwinkel hoben sich erneut, und ihre roten Lippen nahmen eine noch deutlichere Herzform an. »*Touché*.«

»Also, dieses Mal ganz ohne Aber: Sind deine Träume wahr geworden? Ja oder Nein?«, kam ich auf meine erste Frage zurück und zog an einer der Dreads, die sich aus meinem Haarknoten gelöst hatte. Strich über Yunas Holzperle, meine Glücksperle.

Einen Moment lang blickte sie aus dem Fenster und hob geistesabwesend die linke Hand, um sich eine Haarsträhne hinter das Ohr zu schieben. Dabei bemerkte ich ein Tattoo an ihrem Ringfinger, auf dem unteren Gelenk. Es war das Bild einer Schlange.

»Sagen wir so: Sie sind wahr geworden, aber gleichzeitig ist da auch die Realität, die mich eingeholt hat.«

»Wenn Träume wahr werden, dann sind sie ja logischerweise immer auch Realität«, erwiderte ich ohne zu zögern. »Das macht sie nicht weniger wertvoll.«

»Wahr gewordene Träume sind irgendwie das Schönste überhaupt, aber gleichzeitig die größte Entzauberung«, sie blickte mich an, als hätte sie mir eins der größten Geheimnisse des Lebens verraten. »Klingt das seltsam?«

Ich schüttelte den Kopf, denn mich berührte die leise Melancholie, die ihren Worten anhaftete. Immer noch wurde ihre Seite des Abteils in sanftes Licht getaucht, während meine im Schatten lag. Und etwas sagte mir, dass es in unseren Herzen genau umgekehrt aussah – in meinem Licht, in ihrem Schatten.

Ich beugte mich ein Stück zu ihr herüber und … ich müsste nur meine Hand ausstrecken, um mit den Fingerspitzen über ihre nackten Beine zu streichen. »Vielleicht brauchst du ja einfach neue Träume?«

»Und was, wenn die zu groß sind?«

Wieder schüttelte ich den Kopf. »Träume sind niemals zu groß, höchstens zu klein. Außerdem macht sie das doch irgendwie aus: Dass sie immer ein bisschen magisch bleiben und einem manchmal zu entwischen drohen.«

Durchdringend blickte sie mich an. »*Du* bist definitiv eine Träumerin.«

Ich nickte. Das war ich schon immer gewesen. Wenn es nach Yuna ging, dann war mein Glaube an das Gute so groß, dass ich ihrer Meinung nach leicht verletzt und ausgenutzt werden konnte. Ich dachte an Vera und daran, wie sie mir mit ihrem schönsten Lächeln das Herz gebrochen hatte. Für einen Augenblick krampfte sich etwas in mir zusammen. Ein kurzer, heftiger Stich, der innerhalb der letzten Monate zwar nach und nach schwächer geworden war. Doch bei dem Gedanken an sie spürte ich ihn noch. Wahrscheinlich hatte Yuna gar nicht so unrecht: Ich musste besser auf mein Herz aufpassen.

Schnell schob ich diese Überlegung beiseite. »Du kannst dich glücklich schätzen, in diesem Abteil gelandet zu sein, denn ich bin eine wahre Expertin, wenn es ums Träumen geht«, sagte ich.

»Vielleicht werde ich ja darauf zurückkommen.« Wieder war ich mir nicht sicher, ob sie mit mir flirtete oder ob es nur ihre Art war, so … so verführerisch zu sprechen. Bei Männern fiel es mir so viel leichter, solche Situationen richtig einzuschätzen. Aber bei Frauen …

Der Zug fuhr ratternd in einen Tunnel, der Himmel und die Wolken wurden von Schwärze geschluckt. Für einige Augenblicke war das Innere des Abteils in Dunkelheit getaucht, ehe wieder Helligkeit sichtbar wurde. Es hätte mich nicht gewundert, wenn ihre schlanke Gestalt sich innerhalb dieser wenigen Atemzüge in Luft aufgelöst hätte, so wie sie auch wie aus dem Nichts aufgetaucht war. Ja, ich war eine Träumerin, ein Mädchen mit dem Kopf in den Wolken, und die Fremde … sie wirkte fast wie ein Teil eines Traums. Der rasende Zug, das goldene Licht, das Abteil, in dem es erst nur mich allein gegeben hatte und plötzlich uns beide. Es war losgelöste Zeit, in der nur wir existierten.

»Hast du einen Traum, den niemand kennt?«, fragte ich, als wieder Sonnenstrahlen auf ihre helle Haut fielen. Sie hatte recht: Ich war wahnsinnig neugierig, und das hatte absolut nichts damit zu tun, dass sie das Gespräch begonnen hatte. Es lag an mir, am meisten aber an *ihr*.

»Erzählst du ihn mir?«

»Wieso sollte ich dir so etwas Persönliches erzählen?« Sie klang überrascht.

»Weil du mich mit großer Wahrscheinlichkeit nie wiedersehen wirst, und man fremden Menschen manche Dinge besser erzählen kann. Ich kenne dich und dein Leben nicht, nicht deine Vergangenheit und nicht deine Gegenwart. Einen unvoreingenommeneren Menschen kannst du also gar nicht finden.«

Mehrere Herzschläge lang war da nur das Rattern des Zugs. Der Schaffner lief an unserem Abteil vorbei, doch er warf nur einen schnellen Blick durch die Scheibe und ging dann weiter, ohne hereinzukommen.

»Okay, *fille étrangère*, fremdes Mädchen. Ich erzähle es dir, wenn du mir im Gegenzug etwas Wahres über dich erzählst.« Ein selbstsicheres Lächeln als Antwort auf mein unsicheres.

»Okay.«

Sie legte den Kopf schief und streckte mir ihre Hand entgegen. Warm schlossen sich ihre Finger um meine und jagten einen kurzen Schauer durch meinen Körper. Ihre Augen waren gar nicht nur tiefblau, wie ich zunächst gedacht hatte. Da war ein brauner Fleck in ihrem rechten, wie eine einsame Insel im endlos blauen Meer. Ihr Blick aus diesen ungewöhnlichen Augen bohrte sich mit absoluter Coolness in meinen und zeugte davon, dass sie es gewohnt war, bewundernd angesehen zu werden.

»Okay«, sagte ich noch einmal und zog meine Hand langsam zurück. Das Gefühl ihrer unerwarteten Berührung blieb.

»Ich träume davon, ein Herz zu haben, das richtig funktioniert. Das so funktioniert wie bei allen anderen auch. Ich träume davon, dass es dort keine Leerstellen mehr gibt.« Mit jedem Wort, das ihre roten Lippen geformt hatten, war ihre Stimme rauer geworden. Es passte zu ihrem Auftreten, dass sie mehr in Rätseln sprach als in Antworten.

Ich träume davon, dass es dort keine Leerstellen mehr gibt. Ich schluckte, denn irgendetwas an der Traurigkeit dieser Worte zog mich an. Ich hätte gern genauer nachgefragt, doch mir war klar, dass sie mir nicht mehr dazu sagen würde.

Und dann war ich an der Reihe, ihr wie versprochen etwas Wahres über mich zu erzählen: »Eine gute oder eine schlechte Wahrheit?«

»Kommt darauf an, was für ein Mensch du bist«, entgegnete sie.

»Zu meinem sechsten Geburtstag habe ich ein Puzzle bekommen, das ich mir schon ewig gewünscht habe.« Noch jetzt sah ich das glänzende Papier vor mir, *Maman* und Papa, die zu mir hinunterlächelten, als ich es vorsichtig öffnete, weil ich nichts kaputt machen wollte. »Um das Geschenk war ein dunkelgrünes Band mit einer Schleife gewickelt, das ich danach fast ein Jahr lang überallhin mitgenommen habe. Ich habe mir manchmal vorgestellt, an der Schnur wäre ein Drachen befestigt, der sich in der Luft aufbauschte. Manchmal war es eine Leine mit einem Hund daran. Oder ein Einhorn, das ich gefangen hatte. Irgendwann wollten die anderen Kinder meine Schnur haben, weil sie dachten, dass sie irgendwie magisch wäre ... Aber das war sie nicht, zumindest nicht bei ihnen. Das war nur mein Kopf.« Ich hob mein linkes Handgelenk, um das die Schnur mehrmals gewickelt war und strich mit den Fingern darüber. »Seitdem denke ich, dass letztendlich alles möglich ist. Man muss nur daran glauben.«

Lang und intensiv sah sie mich an, bis ich unruhig auf meinem Sitz herumzurutschen begann. Meine nackten Beine klebten unangenehm auf dem synthetischen Stoff des Bezugs, und meine Bewegungen verursachten ein unschönes Geräusch. Ich hielt inne, sah die Fremde an.

»Und was ist die Schnur heute für dich?«, wollte sie schließlich wissen und betrachtete das Band um mein Handgelenk.

»Ein Glücksbringer«, sagte ich grinsend, senkte dann aber die Stimme. »Vielleicht bin ich aber auch eine Prinzessin von einem fernen Planeten, und dieses Armband ist meine einzige Möglichkeit, wieder nach Hause zu kommen.«

Sie lachte leise. Je länger wir uns unterhalten hatten und der Klang ihrer rauchigen Stimme das Abteil erfüllte, desto neugieriger war ich auf sie geworden. Weil jede ihrer Antworten neue Fragen aufwarf, weil sie wie ein großes Geheimnis wirkte.

Und dann rollte der Zug plötzlich in die Gare du Nord ein, der Himmel verschwand, und mein Herz raste – wegen dieser Frau, wegen des Abenteuers, das genau in dieser Sekunde begann. Ich hievte meinen bunten Rucksack mit den ausgefransten Blumen-Patches aus der Gepäckablage, während sie nach einem Rollkoffer und einer schwarz glänzenden Handtasche griff. Wir standen uns auf dem Gleis gegenüber, und eine Flut an Menschen schob sich links und rechts an uns vorbei. Es war wie die Ruhe im Auge eines Sturms. Ich musste den Kopf in den Nacken legen, um ihr in die Augen blicken zu können.

»Salut«, verabschiedeten wir uns und sahen uns unentschlossen an. *Salut.* Eines der Dinge, die ich am Französischen so liebte: Dass ein und dasselbe Wort ein Willkommen und ein Abschied bedeuten konnte.

»Salut«, sagte ich noch einmal und meinte beides. In einem Paralleluniversum würde ich sie nach ihrer Nummer fragen, würde eine Abfuhr riskieren, weil sie vielleicht nicht auf Frauen im Allgemeinen oder mich im Speziellen stand. Lieber eine Abfuhr riskieren, als später etwas bereuen und eine Chance vertan zu haben. Die Chance auf eine aufregende erste Nacht in Paris mit jemandem, der mein Herz aus unerfindlichen Gründen zum Rasen brachte. Doch deshalb war ich nicht hier. In den nächsten zwölf Monaten sollte es nur um mich gehen. Nur ich ganz allein und sicher keine Frau wie sie, die meinem Herzen gefährlich werden könnte. Diese berauschende Mischung aus Schneewittchen und *Femme Fatale.*

Ich sah auf ihren Herzmund, den ich in diesem anderen Universum küssen wollen würde, dann lächelte …

Mignon

… sie mich ein letztes Mal an, drehte sich um und machte sich auf den Weg. Wohin, wusste ich nicht, weil wir diesen Part in unserer Unterhaltung irritierenderweise übersprungen hatten. Den, in dem man sich einander vorstellte. Ich schüttelte den Kopf. *Non, ich* hatte ihn übersprungen. *Bordel de merde,* und dann hatte ich ihr erst meine innere Zerrissenheit angedeutet und ihr dann von Träumen erzählt. Dinge, von denen allein Benoît etwas wusste. Und jetzt sie, ein Mädchen mit leuchtend grünen Augen voller Lebenshunger und Tatendrang.

40

»Warte!«, sagte ich hastig und ging ihr ein paar Schritte hinterher. »Wie heißt du?«

Tatsächlich wandte sie sich wieder um. Unentschlossen sah sie mich an, zog an einer der Dreads, die sich aus dem wirren Knoten auf ihrem Kopf gelöst hatte, dann kräuselten sich ihre Lippen zu einem frechen Grinsen. So breit, dass das Grübchen auf der linken Seite sichtbar wurde. »Gib du mir doch einen Namen«, schlug sie vor.

Ich lachte nervös, weil mir selbst nicht ganz klar war, was ich da tat. Wieso ich doch noch etwas gesagt hatte, wieso ich nicht wollte, dass unsere Wege sich hier und jetzt trennten. Normalerweise musste ich mich nicht um irgendwelche Leute bemühen – sie gerieten sonst unbemerkt in *meine* Umlaufbahn, während ich selbst mich weiterdrehte. Doch bei ihr war da plötzlich eine Neugier gewesen. Wäre sie ein Bild, es wäre eines mit einem feinen und doch dominierenden mutigsten Strich.

Gib du mir doch einen Namen. Sie war allein in dem Abteil gewesen und hatte es gar nicht bemerkt, als ich mich auf die gegenüberliegende Seite setzte. Ich hatte die Zeit nutzen wollen, um die Notizen durchzugehen, die ich während der Tage in Straßburg gemacht hatte. Am nächsten Tag musste ich wieder in die Redaktion, und ich war immer gerne gut vorbereitet. Doch dieses Mädchen mit dem abwesenden Blick hatte mich schnell fasziniert. Bestimmt zehn Minuten lang saß sie so da und malte Bilder in die Luft. Und dabei sah sie so scheißglücklich aus, als könne sie sich nichts Schöneres auf der Welt vorstellen. Vielleicht beneidete ich sie darum, ganz sicher aber bewunderte ich sie dafür.

Gib du mir doch einen Namen. Ich ließ meinen Blick über sie gleiten. Über die hellen Dreads mit den Perlen darin, die mandelförmigen Augen, das kunstvolle Mandala-Tattoo auf ihrem linken Unterarm. Die Jeansshorts mit den aufgestickten bunten Blumen. Das Gefühl von Freiheit und Verbundenheit mit der Welt, das von ihr ausging. Und zwischen all dem eine feine Unsicherheit, die immer wieder für einen Moment in ihren Waldaugen aufblitzte.

»Pocahontas«, sagte ich plötzlich und unterdrückte den Impuls, mir sofort auf die Lippen zu beißen. Es hätte den Lippenstift ruiniert, vor allem aber hätte es ihr gezeigt, dass sie mich aus irgendwelchen seltsamen Gründen aus dem Konzept brachte. *Pocahontas, die Verspielte. Die, die alles durcheinanderbringt.*

Sie schwieg und ich dachte schon, sie würde sich einfach umdrehen und gehen, doch dann blitzte etwas in ihrem Blick auf.

»Pocahontas«, wiederholte sie langsam in diesem perfekten, runden Französisch, in dem ganz leicht noch etwas anderes mitschwang. »Gefällt mir.«

Ich lächelte. »Ich hoffe, du findest hier, was du suchst.« *Und vielleicht hoffe ich, dass wir uns wieder begegnen werden.*

»*Merci.* Das hoffe ich auch. Und du, mach deine Träume wahr und dein Herz voll.«

Im nächsten Augenblick stellte sie sich auf die Zehenspitzen und hauchte mir einen Kuss auf die Wange. Ihre Lippen waren so weich wie die Berührung unerwartet war, und ehe ich noch etwas erwidern oder tun konnte, verschwand sie inmitten all der Menschen, die von den Gleisen in die Halle der Gare du Nord strömten. Im goldenen Licht, das durch die Bogenfenster fiel, schien die Zeit einen Moment lang stillzustehen. Die Luft flirrte hoch oben unter dem spitz zulaufenden Dach, während ich einfach nur dastand und dorthin starrte, wo dieses elfenhafte Mädchen eben noch gewesen war.

Dann strich ich den Rock meines Kleides glatt, durchquerte die Halle und trat schließlich hinaus ins Freie. Und bei jedem einzelnen Schritt hallten zwei ihrer Sätze hell und klar in mir nach.

Vielleicht brauchst du ja einfach neue Träume. Schritt, wehendes Kleid, Schritt. *Mach deine Träume wahr und dein Herz voll.*

2. Kapitel

Lilou

Ich stand direkt vor dem Bahnhof, drehte mich auf der Place Napoleon III. im Kreis und atmete ganz bewusst die Luft ein.

Pocahontas, ausgesprochen mit dieser rauchigen Stimme. Für einen Moment hing der Name noch über allem, dann wurde er verdrängt vom permanenten Hupen der Autos, umherhastenden Menschen und dem wütenden Ruf eines Taxifahrers. Koffer rollten über Asphalt, Absätze klackerten durch das Großstadtchaos. Ich machte mich auf die Suche nach der Metro, erst nach der passenden Linie, dann der richtigen Station. Nach einer Viertelstunde Fahrt wurde ich, zurück im Freien, von einem kurzen Schauer überrascht, doch ich sah nur den Regenbogen über den Dächern, als die Sonne wieder durch die Wolken brach. Ich fühlte mich frei, nur ganz leise im hintersten Winkel meines Verstandes rührte sich die Furcht, hier am Ende nicht das zu finden, was ich suchte. Dabei wog *Mamans* einziger und letzter Brief schwer am Boden meines Blumenrucksacks.

Das Quartier Latin war bunt und laut und voller Leben. Cafés und Bars mit leuchtenden Markisen drängten sich dicht aneinander, wie die Leute an den runden Tischen davor. Mein Weg führte mich durch die schmalen Straßen und Gassen des Viertels, und immer wieder musste ich auf meinem Handy die Route aktualisieren, weil ich vergaß, auf das Display zu schauen. Stattdessen sah ich an den hellen Hausfassaden hinauf, entdeckte bodentiefe Fenster mit verzierten Gittern davor, konnte meinen Blick nicht von all dem Neuen lösen und nahm immer wieder die falschen Abzweigungen. Ich ließ mich von diesem berauschenden Strudel aus Eindrücken mitreißen und kam schließlich deutlich zu spät vor meinem neuen Zuhause an. Hier war es ruhiger, das Treiben rund um die Bistros schien weit weg zu sein, nur die Musik, die gedämpft bis hierher drang, erinnerte daran, dass wenige Gassen weiter das Leben tobte.

Das Haus sah so wunderschön alt aus wie auf den Bildern, nur die breite grüne Eingangstür schien frisch gestrichen zu sein, und auch die Blumenkästen auf beiden Seiten wirkten neu. Aus einem der Fenster ertönten Gesang und Gelächter, auf den Stufen zum Eingang saß ein Mann, ein Bein lässig ausgestreckt, das andere angezogen. Er hielt ein Buch in der Hand, blätterte konzentriert eine Seite um, während sich die Sonne in seinen blonden Haaren verfing – von François jedoch fehlte jede Spur.

Ich hatte die Anzeige für die Wohnung online gefunden und anschließend einige Mails mit ihm hin- und hergeschrieben. Auf dem Foto des Profils war ein älterer Mann mit freundlichen Augen und einem lustigen Schnauzer zu sehen gewesen. Seine Haut wie zerknittertes Papier und Falten, guten Falten. Die in den Mundwinkeln und um die Augen herum. Die, die von einem fröhlichen Herzen erzählten. Er war so nett und entgegenkommend gewesen und jetzt hatte ich unnötig getrödelt. Gerade wollte ich seine Nummer wählen, als unerwartet ein Schatten auf mich fiel.

»Hey. Bist du Lilou?«

Der Mann, der eben noch auf den Stufen vor der Tür gesessen hatte, stand nun vor mir und überragte mich deutlich. Er hatte feine Gesichtszüge und dunkle Augen – mit einem wachen Blick, der mich an Yuna erinnerte.

»Ja.« Ich schob die Riemen meines Rucksacks hin und her, denn inzwischen spürte ich das Gewicht doch überdeutlich auf den Schultern.

»Ich bin Benoît«, sagte er mit einem entwaffnenden Lächeln, während er das schmale Buch in die hintere Hosentasche seiner Jeans schob. Er schien älter zu sein als ich, vielleicht Mitte zwanzig. Unwillkürlich fragte ich mich, wo *ich* in sieben Jahren sein würde, doch bei dem Gedanken hatte ich kein klares Bild vor Augen. Da waren nur Vergangenheit und Gegenwart. »François ist mein *Grand-Père* und musste kurzfristig in sein Bistro, weil mit einer Lieferung etwas schiefgelaufen ist. Er hat mich gebeten, auf dich zu warten und dir die Schlüssel zu geben.«

Erleichtert atmete ich auf. »Sorry, dass du warten musstest. Irgendwie hat mich das alles«, ich zeigte in einer vagen Geste um mich, »ein bisschen abgelenkt, als ich hergelaufen bin.«

»Es ist ja auch verdammt schön.« Benoît zwinkerte mir zu als er ergänzte: »Ich verzeihe dir.« Er sah mich noch einen Moment an, dann deutete er hinter sich auf die Tür. »Sollen wir? François wollte, dass ich dir noch ein paar Sachen zeige.«

»Unbedingt«, entgegnete ich und nickte heftig.

Benoît lachte, vielleicht wegen meiner Vehemenz, vielleicht wegen meiner Aufregung, die ich so wenig verstecken konnte. Die ich auch gar nicht verstecken wollte.

Im Inneren des Hauses wand sich eine dunkle Holztreppe vor kunstvoll verzierten Wandfliesen nach oben. Der Eingangsbereich war nur schwach beleuchtet, dennoch erkannte ich im hinteren Bereich die Briefkästen. Daneben führte eine schmale Tür zu einem winzigen Innenhof, in dem ein Apfelbaum stand. Man sah an vielen Stellen, dass das Gebäude seine beste Zeit längst hinter sich hatte, doch gerade dieser entrückten Atmosphäre wohnte eine ganz eigene Magie inne. Die Wohnung war die letzte unter dem Dach, so wie ich es mir immer erträumt hatte – so nah wie möglich am Himmel. Sie bestand aus einem winzigen Flur und einem großzügig geschnittenen Zimmer mit Dachschrägen und großen bodentiefen Fenstern, durch die das Sonnenlicht in goldenen Mustern auf den Holzboden fiel.

Dominiert wurde der Raum von einem breiten Bett mit heller Tages-
decke und einem senffarbenen Sessel mit bunten Kissen darauf. Neben
der Tür zur Küche, in der es gerade einmal genug Platz gab, um mich um
die eigene Achse zu drehen, stand ein runder Tisch mit zwei Stühlen.

Benoît zeigte mir, was ich in welchen Schränken fand, erklärte mir,
wie ich von hier zum nächsten Supermarkt kommen würde, welche
Boulangerie im Viertel die besten Croissants machte und wies mich
lachend darauf hin, dass Madame Mercier in der Wohnung direkt unter
uns wahnsinnig neugierig war und ihre Nase ständig in fremde Angele-
genheiten steckte. Als er in einem Nebensatz erwähnte, dass er in Paris
aufgewachsen war, feuerte das meine Begeisterung noch weiter an – wie
wunderschön es sein musste, das hier jeden Tag zu haben! Schließlich
drückte Benoît mir die Schlüssel in die Hand und war schon fast zur
Tür hinaus, da drehte er sich noch einmal um und schrieb seine Nummer auf einen alten Kassenzettel von Monoprix. Er hatte Schokolade
und Wein gekauft.

»Falls du wegen irgendetwas Hilfe brauchen solltest«, erklärte Benoît
noch, dann war er weg.

Als ich begann meinen Rucksack auszupacken, sah ich Papas Stirn-
runzeln vor mir. Er hatte mir angeboten, den großen Koffer aus dem
Keller zu holen, doch ich hatte so wenig wie möglich mitnehmen wollen. Es waren meine liebsten Klamotten – nichts in Schwarz, nichts in
Weiß, nur bunte Sachen. Drei Bücher, mein Laptop. Eine Lichterkette,
die ich an der Wand hinter dem Bett befestigte, darüber hing ich das
Tuch mit dem Mandala in der Mitte. Das Licht würde wunderschön
sein, sobald die Sonne untergegangen wäre. *Mamans* Brief verbannte
ich mit brennenden Fingern vorerst in die Kommode im Flur. Die beiden Postkarten, die ich heute an einem kleinen Stand am Münchner
Hauptbahnhof entdeckt und an denen ich nicht hatte vorbeigehen können: *Das Leben ist so bunt, wie du dich traust es auszumalen* und *You
already have what it takes*, kam an die Wand gegenüber vom Bett. Dann

die Fotos: Ich auf Yunas Schultern, ein Bier in der Hand und ein breites Grinsen auf den Lippen. Mein sechster Geburtstag, mein strahlendes Gesicht zwischen dem meiner Eltern, das einzige Bild von *Maman*, das ich besaß. Papa und ich am Tag der Zeugnisübergabe. Er hatte essen gehen wollen, doch ich hatte mir einen Abend mit Pizza und einem Filmmarathon gewünscht – man sah uns auf dem Boden vor der Couch sitzen, mein Mund war voller Tomatensoße. Weitere Schnappschüsse, ein Bild von Yuna, Vera, Natalie und mir, das ich aus irgendeinem Grund mitgenommen hatte. Vielleicht, weil unsere Vergangenheit unabdingbar Teil unserer Gegenwart war. Als das letzte Foto hing, öffnete ich die Fenster und schob den Sessel direkt davor. Vor mir erhoben sich Häuser mit flachen Dächern und schmalen Fenstertüren mit Gittern oder kleinen Balkonen davor. Gegenüber saß ein Mädchen wie ich am Fenster. Sie hielt eine Tasse in der einen, ein Buch in der anderen Hand. Von irgendwoher ertönte klassische Klaviermusik, vermischt mit dem Klang elektronischer Beats.

Ich schrieb Papa eine kurze Nachricht, dass ich gut angekommen war, dazu ein Selfie mit in die Höhe gerecktem Daumen. Eigentlich hatte ich ihn anrufen wollen, aber dann hätte sich wieder dieses schlechte Gewissen bemerkbar gemacht. Ein schlechtes Gewissen, weil in jedem seiner Worte diese Traurigkeit mitschwang. Schon seit ich in der Zehnten angefangen hatte, nach dem Unterricht in dem kleinen Kino zu arbeiten, um Geld für meinen Traum von Paris zu sparen. Seit *Maman* gegangen war, erdrückte er mich mit seiner Zuneigung, doch ich war jetzt erwachsen, es war Zeit zu fliegen und meinen eigenen Weg zu gehen. Meine eigenen Fehler zu machen und es beim nächsten Mal besser zu wissen. Und herauszufinden, wer genau ich war und wer ich sein wollte. Das konnte ich nicht, wenn Papa versuchte, über jeden meiner Schritte zu wachen.

Schließlich wählte ich Yunas Nummer und startete einen Videoanruf.

»Babygirl«, kreischte sie Sekunden später in das Handy und für einen Moment war ihr Gesicht so nah, dass ich nicht mehr als fliegende knallrote Haare und ihr breites Lachen mit dem glitzernden Piercing in der Unterlippe sah. Dann wackelte das Bild, bevor Yuna das Handy anlehnte und ich sie auf ihrem Bett sitzen sah. »Wie ist es?«, wollte sie wissen. »Erzähl mir alles!«

»*So* ist es«, hauchte ich und veränderte die Kameraperspektive, damit sie die Aussicht sehen konnte: Die beige Hausfassade auf der gegenüberliegenden Seite. Die schmale Gasse, hinter der Farben, Menschen und Musik pulsierten.

»Oh. Mein. Gott«, schrie Yuna so laut, dass ich das Telefon ein Stück weiter von mir hielt, ehe ich es wieder herumdrehte und meine beste Freundin anstrahlte.

»Es ist wunderschön, oder?« Ich lachte, sprang auf und lief mit dem Handy in der Hand durch die Wohnung und zeigte Yuna die wenigen Räume. Bei dem lichtdurchfluteten Zimmer quietschte sie begeistert, bei der Küche mussten wir beide lachen, weil es unmöglich war, den winzigen gefliesten Raum in seiner Gänze einzufangen und ich mich bei dem Versuch mit dem Kopf an einem der Hängeschränke stieß. Im Badezimmer entdeckte ich eine kaputte Fliese mit zwei eingeritzten Buchstaben und einem Plus dazwischen und rätselte, welche Geschichte wohl dahinterstecken mochte.

»Alles sieht so … ich weiß auch nicht …«, Yuna runzelte erst die Stirn und blickte mir dann zufrieden entgegen, »alles sieht so französisch aus.«

Ich lachte. »Wie ungewöhnlich. Vor allem hier in Paris.«

»Ach, tu nicht so. Du hast sicher dasselbe gedacht. Ich bin mir sogar verdammt sicher, dass du ständig an *Laughing out loud* denkst und die Lieder aus dem Film vor dich hinsingst.«

Ich grinste. »Wäre möglich.« Es war mein Lieblingsfilm. Natürlich die Originalversion, die französische, nicht die amerikanische.

»Ach, ich vermisse deine Träumereien«, Yuna schob die Unterlippe vor. »Und dich vermisse ich noch viel mehr.«

Die Art, wie sie sich die langen roten Haare hinter die Ohren strich, war mir so vertraut. Diese kleine Geste war das Erste, was mir heute tatsächlich etwas anhaben konnte. Das Erste, was mir einen großen Stich versetzte. Ich hatte mich so lang danach gesehnt, doch erst jetzt wurde mir in aller Klarheit bewusst, dass ich hier ganz allein war. Und aus allein konnte in einer fremden Stadt schnell einsam werden.

»Es ist so schade, dass du nicht mitkommen konntest.«

»Ich weiß, Süße. Ich wäre jetzt so gern bei dir.« Eigentlich war es unser Plan gewesen, die ersten beiden Wochen zusammen in Paris zu verbringen, doch dann hatte uns Yunas Mutter einen Strich durch die Rechnung gemacht. Seit einigen Wochen hatte sie einen neuen Freund und hatte vor, ihn Yuna und ihrem Bruder Kaito dieses Wochenende vorzustellen. Ich wollte sie gerade fragen, wie die Stimmung zu Hause war, da stöhnte sie schon gequält auf.

»Ich versteh ja, dass es Mama wichtig ist, dass wir ihren Freund kennenlernen. Papa ist gefühlt schon ewig mit einer anderen verheiratet, und ich wünsche mir wirklich, dass sie glücklich ist«, Yuna verdrehte die Augen. »Aber dass wir gleich alle zusammen in den Urlaub fahren müssen?! Wir kennen uns doch nicht einmal, und ich hab wirklich überhaupt keine Lust, eine Woche lang einen auf glückliche Familie zu machen. Ich wäre lieber mit dir in Paris. Und die Uni geht doch sowieso früh genug los. Das sollte jetzt *meine* Zeit werden. Yuna-Zeit.«

»Vielleicht wird es ja gar nicht so schlimm«, versuchte ich sie zu beruhigen. »Möglicherweise ist er ja ein netter Kerl. Außerdem hast du mir doch das coole Bild von dem Pool gezeigt. Und der Strand ist auch nur ein paar Meter entfernt. Ich bin mir sicher, du kannst das Beste aus dieser Woche machen.«

»Wenn Kaito das alles wenigstens was ausmachen würde ... Keine Ahnung, dann würde ich mich vielleicht ein bisschen weniger allein damit fühlen. Aber er ist natürlich wie immer völlig tiefenentspannt.« Sie seufzte. »Welcher Sechzehnjährige ist denn bitte bei allem so unglaublich entspannt?!« Yuna flocht ihre roten Haare zu einem Zopf, nur um ihn direkt wieder aufzulösen. Und wieder und wieder und wieder. Ich lächelte, weil das so sehr meine beste Freundin war. In ihr war zu viel Energie, um jemals still sitzen zu können. »Aber du hast recht, Lulu. Ich sollte das Positive darin sehen, und wenigstens konnte ich Mama davon überzeugen, dass wir nicht fliegen, sondern erst nach Italien fahren und von dort aus die Fähre nehmen. Außerdem kann ich in Griechenland sicher wunderschöne Bilder machen und finde vielleicht Inspirationen für neue Rezepte.« Seit drei Jahren hatte Yuna einen Lifestyleblog, auf dem sie die Leute an ihrem Leben teilhaben ließ. Auf *itsyunababy* ging es um ihre verrückten Tokyo-Streetwear-Outfits, um Nachhaltigkeit und vegane Ernährung. In all dem verband sie ihre japanischen Wurzeln mit ihrem Leben in Deutschland und Tradition mit Moderne. Und den Menschen da draußen gefiel offensichtlich, was sie da tat: Als ich das letzte Mal nachgesehen hatte, hatte ihre Seite schon mehr als sechzigtausend Follower.

Während wir miteinander sprachen, verlor ich jegliches Zeitgefühl.

»Vera hat übrigens nach dir gefragt«, meinte Yuna, als ich irgendwann auf das Bett umzog und das Handy gegen die Wand am Kopfende lehnte. »Genauer gesagt, nach deiner neuen Nummer.« Ihr Tonfall klang unbestimmt, doch der Unterton in ihrer Stimme verriet mir nur zu gut, was sie davon hielt. Wir vier waren unzertrennlich gewesen: Yuna, Vera, Natalie und ich. Und dann war diese Sache zwischen Vera und mir passiert und unsere Gruppe hatte sich gespalten. Vera und ich, ich und Vera. Viel zu lang hatte ich gedacht, dass das zwischen uns echt wäre. Und auch wenn Yuna es nie ausgesprochen hatte, wusste ich doch, dass auch sie Vera nie verzeihen würde, was sie auf Natalies Geburtstagsparty getan hatte. Vor allen Leuten.

Ich war nicht wütend, war es nicht mehr. Doch nach wie vor war ich enttäuscht und verletzt, und diese Gefühle saßen fast noch tiefer als die Wut.

»Okay«, erwiderte ich schließlich, weil Yuna dem nichts mehr hinzufügte. Sie sah mich an, bewegte die Füße hin und her. Schließlich schüttelte ich den Kopf. »Gib ihr die Nummer bitte nicht. Es gibt nichts mehr zu sagen.«

Wir legten erst auf, als die Sonne langsam unterging. Der Himmel leuchtete in goldenen und rosaroten Farben. *Le ciel de Paris est unique*, hörte ich wieder *Mamans* Stimme, gefolgt von ihrem perfekten perlenden Lachen. Einer spontanen Eingebung folgend, wühlte ich mich auf der Suche nach einem Blatt Papier und einem Bleistift durch die Schubladen der Kommode in dem winzigen Eingangsbereich. Tatsächlich fand ich, wonach ich gesucht hatte. Und dann malte ich auf dem Sessel am Fenster all das, was ich gerade empfand: Die Aufregung, der Beginn eines Abenteuers, dieses Zwischendrin irgendwo nach meinem Abschluss und dem, was ich mit meinem Leben tun würde. Ich skizzierte die Wolken, zeichnete dann jede Nuance, malte ein flammendes Wolkenmeer aus Schatten und Licht.

Das hier, das war er: Der erste Tag meines Lebens.

Mignon

Das Schachbrettmuster der Fliesen verschwamm vor meinen Augen, als ich mir müde über die Lider rieb. Noch immer trug ich das übergroße schwarze Shirt, in dem ich geschlafen hatte. Der Stoff reichte bis zur Mitte meiner Oberschenkel. Es war nicht meins, sondern eindeutig das Shirt eines Kerls. Vielleicht Noés, vielleicht das des süßen Iren, der letzten Sommer drei Wochen in Paris verbracht hatte, zwei davon mit mir. Oder Aurelien, der mich irgendwann auf dieselbe Art angesehen hatte wie Noé – nur dass ich die Notbremse bei ihm zu spät gezogen hatte. Sein raues *Je t'aime* hatte mich an jenem Winterabend völlig unvorbereitet getroffen, hatte seinen Zweck verfehlt und stattdessen meine verdammten Fluchtinstinkte geweckt.

Émilie saß mir am Küchentisch gegenüber, meine nackten Füße auf ihrem Schoß, während sie sich über ein Blatt Papier beugte und eine ihrer geliebten Listen schrieb. Da war nur das Kratzen ihres Stiftes auf Papier und die Locken, die ihr immer wieder ins Gesicht und mit einem Rascheln auf die Tischplatte fielen. Ich schloss die Finger fester um die heiße Kaffeetasse und schwieg gemeinsam mit Benoît, der genauso wenig Morgenmensch war wie ich. Wir waren gemacht für Nächte und Dunkelheit und ungeahnte Möglichkeiten.

»Einen wunderschönen guten Morgen, allerliebste Lieblingsmenschen«, trällerte Oceane und schwebte in die Küche hinein, setzte sich auf die Kante des Tischs und strahlte uns der Reihe nach aus ihren schwarzen Augen an. Émilie murmelte abwesend ein Guten Morgen, ich tat es ihr mit einem müden Lächeln gleich.

»Morgen«, murrte Benoît und fuhr sich durch die zerzausten Haare, die dadurch nur weiter in Unordnung gerieten. Außerdem trug er seine Brille, was ein eindeutiges Indiz dafür war, dass er noch nicht ansprechbar war.

Er beugte sich zu mir hinüber, stupste mir mit einem Finger in die Seite. »Kann man Oceane irgendwo ausschalten? So viel gute Laune am Morgen erträgt doch keiner.«

»Du solltest es mal ausprobieren. Wirkt Wunder.« Mit diesen Worten rutschte Oceane von der Tischplatte und goss sich etwas von dem Kaffee ein, der auf der Anrichte stand. Dann nahm sie die rote Kanne mit den weißen Pünktchen und schenkte Benoît nach. »Zu deinem Glück wissen wir, dass deine oftmals so mürrische Art eigentlich echte Liebesbekundungen sind.«

Mein bester Freund starrte sie über den Rand seiner Brillengläser hinweg finster an. »Ach ja?«

»*Mais oui.*« Émilie legte den Stift einen Moment beiseite. »Je stinkiger du dich verhältst, desto eher zählst du jemanden zu deiner Familie.«

»Du kannst schon echt ein Stinkstiefel sein«, zog ich Benoît ebenfalls auf. Den Fluch, den er daraufhin ausstieß, überging ich gekonnt und lehnte mich stattdessen immer noch schläfrig gegen ihn.

»Habt ihr heute Abend eigentlich schon etwas vor?«, wollte Oceane wissen, wartete unsere Antworten in ihrer ungeduldigen Art aber gar nicht erst ab. »Und bevor ihr etwas sagt: Mignon, du hast dich die letzten Wochenenden ständig in Noés Bett herumgetrieben«, sie warf mir einen ungewohnt ernsten Blick zu, und ich dachte an die Nachrichten, die er mir täglich schrieb, seit ich die eigentlich lockere Sache zwischen uns beendet hatte. Nachrichten, die mir langsam den letzten Nerv raubten, und auf die ich keine Antworten mehr hatte. Innerlich seufzte ich tief, äußerlich blieb ich ruhig und entspannt. Dann traf Oceanes Blick Benoît. »Du hast Semesterferien und trotzdem bekommt man dich kaum zu Gesicht. Entweder du arbeitest im Le Petit, verkriechst dich mit deinem Laptop in deinem Zimmer oder bist einfach weg. Und du Ém …«, Oceane seufzte tief. »Anouk liebt dich, und du leistest wirklich enorm viel. Keiner nimmt es dir übel, wenn du weniger Überstunden machst und zu einer normalen Zeit nach Hause kommst. Ich meine: Wie oft hat Anouk dich schon darauf angesprochen, dass du weit mehr arbeitest als nötig?!« Mit jedem Wort hatte Oceane schneller gesprochen. »Mann, ich vermiss euch einfach, okay? Es ist gerade echt eine Seltenheit, dass wir alle zusammen zu Hause sind.«

»Du hast recht«, stimmte ich ihr zu. »Ich vermisse euch auch.«

»Ich …«, setzte Émilie an, kaute dann aber unruhig auf ihrer Unterlippe herum, ehe sie fortfuhr. »Ich … also eigentlich bleibe ich öfter länger, weil … ihr wisst schon … weil *er*«, beim letzten Wort senkte sie bedeutungsschwanger die Stimme, »morgens fast immer später kommt und dann natürlich auch länger bleibt.

Stille.

Dann platzte Oceane heraus: »Was? Meinst du etwa Ciel?«

Émilie lief rot an und sah verlegen auf die Liste, die noch vor ihr lag. Überrascht warfen Oceane und ich uns einen Blick zu.

»Was läuft da zwischen dir und diesem Typen?« Benoît hatte die Arme hinter dem Kopf verschränkt und fixierte seine Schwester.

»Ciel ist nur ein Kerl, der bei uns arbeitet«, ruderte sie hastig zurück und verdrehte die Augen. Seit Émilie ihm Anfang letzter Woche im Aufenthaltsraum der Sauvage gesagt hatte, dass sie *Hosen mochte*, hatte sie nicht mehr mit ihm gesprochen – auch wenn sie anscheinend wegen ihm länger in der Redaktion blieb.

»Und für dessen Hintern du dich offensichtlich brennend interessierst«, erwiderte Benoît ungerührt und kniff die Augen zusammen.

»Für diesen Hintern würde sich *jeder* interessieren«, schob ich ein, um meiner Freundin dieses Gespräch zu ersparen.

»Und was läuft da zwischen euch?«, wiederholte Benoît trotzdem unnachgiebig seine Frage. So unnachgiebig, dass Émilies Wangen sich erneut röteten.

»O Gott, jetzt mach bitte nicht einen auf nerviger großer Bruder.«

»Genau. Sei nicht so neugierig. Wenn man neugierig ist, hört man schnell mal Dinge, die man lieber nicht wissen wollte«, sagte Oceane.

Benoît setzte ein sehr zufriedenes Lächeln auf. »Dann solltet ihr mich in Zukunft vielleicht einfach nicht mehr in CC nehmen. Nur so eine Idee.«

Oceane schüttelte den Kopf. Ihre langen Ohrringe glitten dabei über die dunkle Haut ihrer Schultern. »Auf keinen Fall.«

»*Oui*«, ich nickte. »Deine Reaktionen sind nämlich leider Gold wert.«

»Also Ciel ...«, begann Benoît ein drittes Mal und musterte dabei seine Schwester.

»Okay, ich ... ich muss echt dringend los. Bin schon spät dran«, sagte Émilie und sprang so hektisch auf, dass ihr Stuhl unangenehm laut über unsere Schachbrettfliesen schrammte. Sie griff schnell nach Stift und Papier und hauchte jedem von uns einen Kuss auf die Wange. Nur Benoît verpasste sie eine Kopfnuss, woraufhin er sich knurrend den Kopf rieb.

»Hey, warte!«, hielt Oceane sie noch zurück und sah uns fragend an. »Was ist denn jetzt mit heute Abend? Habt ihr Zeit?«

»Ja«, sagte Émilie. »Ich freu mich.« Dann eilte sie davon, und kurz darauf hallte das Geräusch der ins Schloss fallenden Haustür durch den Flur. Ich hatte auch noch nichts vor, und Benoît bot an, seine Verabredung auf den nächsten Tag zu verschieben. Oceane stand auf, drückte uns beide strahlend an sich und versprach, am Abend für die WG zu kochen. Dann verabschiedete auch sie sich. Oceane traf sich mit Jules zum Frühstücken, diesem schlaksigen Kerl mit dem schiefen Grinsen, der meine Freundin auf Händen trug. Er machte sie ruhig, sie ihn laut. Oceane ihn abenteuerlustig, Jules sie beständig. Bei ihnen passte das Sprichwort *Gegensätze ziehen sich an* mehr als perfekt. Und nicht nur das: Sie holten das Beste im jeweils anderen hervor. Die beiden waren seit knapp einem halben Jahr ein Paar und doch wirkten sie so vertraut miteinander, als seien sie eine Ewigkeit zusammen.

Die Tür fiel ein weiteres Mal ins Schloss, dann saßen Benoît und ich einfach einen Moment da und genossen die Stille, die nur von gedämpftem Lachen aus dem Treppenhaus unterbrochen wurde. Als mein Kaffee ausgetrunken war, holte ich meine Sachen aus dem Bad, setzte mich in meinem Zimmer auf den Parkettboden und begann mich vor dem Spiegel mit dem goldenen, verzierten Rahmen zu schminken. Es war wie eine Meditation, mich so auf den Tag vorzubereiten, mit Pinselstrichen und Tupfen. Vor allem in dieser Wohnung, diesem Zimmer, das mein sicherer Ort war. Ich liebte mein großes weißes Himmelbett und das lebendige Meer aus Pflanzen, die teilweise in Töpfen auf dem Boden standen, während sich andere von der Decke oder schmalen Holzregalen hinabrankten. Eine meiner liebsten, die mit den dunklen, fast herzförmigen Blättern, kletterte an dem Spiegel hinauf und wand sich weiter oben inzwischen um die Vorhangstange. Es war ein Ableger aus *Grand-Mères* Haus an der bretonischen Küste gewesen und eines der wenigen Dinge, die mich damals in die Hauptstadt begleitet hatten. Seit ich in Paris wohnte, hatte ich die Pflanze mehrmals umtopfen müssen, doch ich liebte das Gefühl feuchter Erde unter meinen Fingern. Meine alte Nähmaschine, mein Glücksbringer, stand auf dem Fensterbrett. Auch wenn ich vor Jahren damit aufgehört hatte, die Sachen aus der *Vogue* nachzunähen.

Hier lebte ich mit den drei Menschen, die ich meinem wahren Ich, das wohl nur *Grand-Mère* wirklich kannte, am nächsten kommen ließ.

Ich stand auf, zog mich um und drehte mich einmal vor dem Spiegel. Geglätteter Pony und perfekter Lidstrich, schwarze High-Waist-Jeans zu einem ebenfalls dunklen Shirt mit flatternden Ärmeln. Ich griff nach meiner dünnen Lederjacke, auf deren Rücken in geschwungener Schrift *Not your fucking Baby* stand. Den Spruch hatte ich während meines ersten Semesters selbst auf die Jacke gestickt. Ich lief zu unserer Lieblings-*Boulangerie* um die Ecke. Dorthin, wo die Leute immer bis auf die Straße anstanden. Ich hielt kurz den Atem an, als ich wirre blonde Dreads zu sehen glaubte. Mit einer Tüte warmer Croissants und *Pains au Chocolat* lief ich zurück zur WG und genoss den leichten Wind, der mir durch die Haare strich.

Benoît hatte in der Zwischenzeit frischen Kaffee aufgesetzt. Aus der kleinen Box auf dem Fensterbrett tönte *La Lune Rousse* von Fakear und ließ mich im Takt mitwippen. Wir stapelten die Gebäckstückchen auf dem kleinen Tablett mit Blumenmuster, das *Grand-Mère* mir geschenkt hatte, dann kletterten wir aus dem Küchenfenster auf das Dach. Erst Benoît, dann ich. Im Licht der Morgensonne zeigte sich uns hier oben ein ganz anderes Paris: Eine Landschaft aus hauptsächlich flachen Dächern so weit das Auge reichte. Darüber das schimmernde Weiß, Blau und Grau des Himmels und überall Schornsteine und Fenster, deren Glas das Licht reflektierte. Und wie immer suchten und fanden meine Augen den Eiffelturm, der alles majestätisch überragte.

Wir saßen nebeneinander und tunkten schweigend und in Gedanken versunken unsere Croissants in den heißen Kaffee. Benoît hatte die Beine angezogen, die Arme entspannt auf die Knie gestützt, ich saß im Schneidersitz. Unter meinen Händen spürte ich die aufkommende Wärme eines neuen Sommertags.

Ich wischte mir die letzten Krümel meines Croissants von den Beinen und begann Benoît von dem Bullet Journal zu erzählen, das ich für Émilies Geburtstag bestellt hatte und nachmittags abholen würde. Ständig sah ich sie auf irgendwelche Blätter schreiben und manchmal auch zeichnen. Ich hoffte, sie würde sich über das Buch freuen. Ich zeigte Benoît ein Bild auf meinem Handy, doch er wirkte seltsam desinteressiert, was so gar nicht zu ihm passte. Und auch als ich ihn fragte, ob schon alle Leute für die Überraschungsparty am Samstag zugesagt hätten, antwortete er nur mit einem knappen *Nein*. Möglichst unauffällig warf ich ihm einen Seitenblick zu. Das Profil mit der geraden Nase, den feinen Zügen. Die Brille war inzwischen verschwunden, und er sah aus wie immer. Und doch war da etwas, das ganz sicher nichts mit seiner morgendlichen schlechten Laune zu tun hatte.

Ich stupste mit meiner Schulter gegen seine. »Worüber zerbrichst du dir den Kopf?«

Benoît war immer der Witzige und Sorglose, aber das bedeutete nicht, dass ihn nie etwas belastete. Er war einfach niemand, der von sich aus über seine Gefühle sprach. *Mon dieu*, ehrlich gesagt waren wir das beide nicht. Vielleicht gab es deshalb dieses stille Verstehen zwischen uns, seit er in meinem ersten Semester an der Sorbonne in mich hineingelaufen war, weil er seine Nase beim Laufen natürlich in ein verdammtes Buch gesteckt hatte, statt auf den Weg vor sich zu schauen. Er hatte seinen Kaffee über mein neues Kleid verschüttet, sich mit seinem Benoît-Grinsen entschuldigt und aus der ganzen Sache noch einen

Flirtversuch gemacht. Ich hatte gelacht, er gab mir einen Kaffee aus und seitdem waren wir unzertrennlich. Émilie hatte einmal gefragt, wieso aus uns eigentlich nie etwas geworden war, und meiner Meinung nach lag es daran, dass wir uns letzten Endes doch zu ähnlich waren. Ich liebte Benoît, aber so, wie man einen Bruder liebt. Er hatte mehr von meinem Herzen und meiner Seele gesehen als irgendjemand sonst.

Unruhig rutschte er neben mir hin und her und seufzte tief.

»Das klingt jetzt wahrscheinlich mehr als dämlich, aber irgendwie hab ich ... Angst, anzufangen.«

»Womit?«

»Mit meinem Buch«, erklärte er, und ich schüttelte den Kopf.

»Nein, das klingt überhaupt nicht dämlich.«

»Ich habe diese Geschichte einfach schon eine Ewigkeit in meinem Kopf, und irgendwie macht mir diese erste leere Seite echt Angst. Es könnte verdammt großartig oder auch verdammt furchtbar werden«, sagte er dumpf.

»Das kannst du aber nur auf eine Art und Weise herausfinden«, erwiderte ich sanft. Ich wusste, wie wichtig ihm die Geschichte von Geraldine und François war. Es war die tragisch-schöne Liebesgeschichte seiner Großeltern, die er zu Papier bringen wollte. Eine Geschichte von Intrigen, Lügen und Verrat. Von Hoffnung, Schmerz und der großen Liebe. Und letztendlich von einem späten und lang ersehnten Happy End. Anders als er den meisten Leuten erschien, war Benoît im Grunde ein richtiger Romantiker. Und nach all den Kurzgeschichten, die er innerhalb der letzten Jahre geschrieben hatte, war *Wie der Wind in meinen Segeln* etwas, woran sein ganzes Herz hing.

»*Oui*, das stimmt«, Benoît rieb sich über das Gesicht, über Bartstoppeln, die am gestrigen Abend noch nicht da gewesen waren. »Ich habe immer gesagt, wenn ich den Bachelor habe, schreibe ich es, und jetzt ist es so weit, und jetzt ... hab ich eine Scheißangst.« Er stöhnte gequält.

»Wenn Träume wahr werden, dann sind sie ja logischerweise Realität. Das macht sie nicht weniger wertvoll.«

Benoît blinzelte gegen die Sonne. »Das klingt verdammt schön.«

»*Oui*«, sagte ich und glaubte für einen Moment wieder den Sitzbezug des Abteils an meinen Beinen zu spüren. »Das hat mal jemand zu mir gesagt.« Niemand anderes als *Pocahontas*, wie ich sie in Gedanken nannte, weil sie mir ihren echten Namen nicht verraten hatte. Und ich fragte mich, wieso sich diese vier Silben überhaupt in meinem Kopf formten. »Alles, was du schreibst, ist wahnsinnig schön«, sprach ich weiter. »Jedes einzelne Wort. Du liebst diese Geschichte, du hast Notizbücher voll mit Aufzeichnungen, hast unzählige Gespräche mit François darüber geführt und jedes Kapitel geplant. Du hast alles, was es braucht«, bestärkte ich ihn weiter. »Ich weiß, dass die erste Seite oft die schwerste ist, aber ich verspreche dir, dass es danach leichter wird. Denk nicht an das große Ganze, sondern arbeite dich Wort für Wort und Satz für Satz voran.«

Ich wusste, wovon ich sprach, kannte es von der Arbeit bei der *Sauvage*, wenn ich all meine Leidenschaft für die Themen, über die ich schrieb, in die Zeilen stecken wollte. Wenn ich einfach nicht die richtigen Worte zu finden glaubte, um meine Begeisterung mit den Lesern des Magazins zu teilen. Aber irgendwann kam dann immer dieser Tunnel. Wenn sich Bruchstücke von Gedanken in meinem Kopf zu Worten formten und mir dann aus den Fingern auf das Papier flossen.

»Und ich werde alles lesen«, sagte ich, »alles, was du schreibst.«

»Alles alles?«

»Alles alles.«

Benoît lachte. »So wie du das sagst, bin ich mir irgendwie nicht ganz sicher, ob das ein Versprechen oder eine Drohung sein soll.«

»Na, vielen Dank auch.«

Benoît schmunzelte und reichte mir die Hälfte des *Pain au Chocolat*. »Und du? Du zerbrichst dir doch auch wegen irgendetwas den Kopf.«

Einen Moment lang überlegte ich, ihm von diesem Gefühl zu erzählen, das immer lauter wurde. Der Wunsch auszubrechen, zu rebellieren und einem neuen Traum hinterherzujagen, obwohl ich doch beinah alles besaß, was ich mir erträumt hatte. Alles, außer einem richtigen Vorbild. *Merde*, ich hatte schon lang keines mehr, weil ich zu viel wusste. Zu viel über mich selbst und zu viel über die anderen. Und zugleich war es viel zu wenig, in mir blieb trotz allem eine Leere, die ich mir nicht wirklich erklären konnte. Ich öffnete den Mund, weil mein bester Freund dieser eine Mensch war, dem ich bedenkenlos alles anvertrauen konnte, doch dann presste ich die Lippen im letzten Moment wieder aufeinander und schwieg. Nicht jetzt, nicht heute.

Benoît legte den Arm um mich und sagte mir damit, dass es in Ordnung war, zu schweigen und mich nicht zu erklären.

Chaque chose en son temps.

Alles zu seiner Zeit.

3. Kapitel

Lilou

Jeden Morgen holte ich mir etwas in der *Boulangerie*, die Benoît mir empfohlen hatte, und lief dann ziellos durch das Viertel, entdeckte verborgene Winkel des Quartier Latin. Setzte mich in die Metro und schaute, wohin sie mich brachte, stieg willkürlich aus und wieder ein. Manchmal folgte ich den Touristenströmen an der Seine entlang, manchmal den Leuten, die aussahen, als wüssten sie genau, wohin sie gingen. Ich inhalierte den Geruch von frischem Baguette, lief so viel, dass mir abends die Füße wehtaten. Nach wenigen Tagen ließ mein Reflex, Deutsch zu reden, nach. Genauso wie die anfänglichen Kopfschmerzen. Zwar war ich zweisprachig aufgewachsen, in den letzten Jahren hatte ich mein Französisch aber außerhalb der Schule nie gebraucht. Und was *Maman* betraf – außer ihr schien es niemanden zu geben, keine Familie von ihrer Seite, keine Verwandten. Und manchmal fühlte es sich so an, als wäre ich die letzte Durand. Lilou Durand, die nicht wusste, woher sie kam und wohin sie ging.

An den Abenden saß ich erst unter dem Apfelbaum in dem wild bewachsenen Innenhof, kochte dann in der kleinen Küche, während mein Handy neben dem Herd mit den zwei Platten lehnte und ich mit Yuna quatschte. Sie hatte es sich meist auf einem Liegestuhl gemütlich gemacht, und im Hintergrund sah ich die Wellen gegen den Strand spülen. Als ich sie nach dem Freund ihrer Mutter fragte, verdrehte sie nur die Augen und wechselte das Thema. Dreimal versuchte ich Papa anzurufen, erreichte ihn aber nie. Und ich war insgeheim erleichtert, weil ich wohl fürchtete, sofort in den nächsten Zug zurück nach

München zu steigen, sollte ich ihm anmerken, wie sehr er mich vermisste.

Am Sonntag fragte mich ein Mädchen auf dem Pont Neuf, ob ich ein Foto von ihr machen könnte. Wir kamen ins Gespräch und gingen erst zusammen einen Kaffee trinken, dann essen. Die Gesellschaft war schön, und am Ende des Abends schenkte sie mir ihren Reiseführer mit den umgeknickten Ecken. Sie war süß und erinnerte mich an das erste Mädchen, das ich geküsst hatte. Die erste nach und zwischen den Kerlen.

Ich ließ mich treiben, von Orten zu Menschen zu Begegnungen. An meinem fünften Tag sprach ich mit einer gebeugten alten Frau mit runzeligem Gesicht, die Haut hell und durchscheinend wie Papier. Jeden Tag saß sie vor Notre Dame und malte mit zitternden Händen die Westfassade mit den zwei Türmen, den spitz zulaufenden gotischen Fenstern und der Fensterrose in der Mitte. Ich setzte mich zu ihr und wollte wissen, wieso sie immer wieder dasselbe Motiv wählte, und sie erzählte mir von einem ersten Kuss auf genau diesem Platz. Damals, im Jahr 1945 nach Kriegsende, hatte ihr bester Freund endlich den Mut gefunden, sie zu fragen, ob sie seine Frau werden wollte. Sie hatten einander schon immer geliebt, sagte sie, doch es hatte den Krieg gebraucht mit all seinen Entbehrungen und all dem Schmerz, um zu begreifen, dass es im Leben keine Zeit zu verlieren gilt.

Manchmal glaubte ich *Maman* zu sehen: In kunstvoll hochgesteckten blonden Haaren, in einem Paar Hände, das auf dem Markt an der Kreuzung Rue Mouffetard – Rue Jean Calvin bedacht über Auslagen strich. In dem sanften Duft ihres Parfüms. Chanel, nicht No. 5, sondern 19. Doch auf den zweiten Blick war es nie ihr Gesicht, nicht ihr lächelnder Mund mit dem kleinen herzförmigen Muttermal über der Oberlippe. Ein Gesicht, das in meinen Erinnerungen mit jedem Jahr mehr verblasste, während nebensächliche Details schärfer wurden. Als ich Papa einmal nach einem Foto fragte, weil er nach und nach alle abgehängt hatte, war das Lächeln in seinen Augen noch trauriger gewesen als sonst. *Sieh in den Spiegel*, hatte er gesagt. Mehr nicht.

Am Mittwoch, dem letzten Junitag, war ich seit einer Woche in Paris und beschloss, dass man die schönen Momente feiern musste, wie sie kamen. Ich ging also essen, obwohl ich immer noch auf der Suche nach einem Job war. Ich hatte mich auf mehrere Aushänge in Cafés in der Nähe gemeldet, bisher aber von keinem etwas gehört. Zurück in meiner Wohnung riss ich die Fenster auf. Heiß und drückend hatte sich die Sommerhitze im Laufe des Tages unter dem Dach gesammelt. Ich skypte eine Stunde lang mit Yuna und lackierte mir dabei die Fußnägel, jeder Zeh in einer anderen Farbe, wie ein Regenbogen. Nachdem wir aufgelegt hatten, starrte ich unruhig auf den Bildschirm, bis er schwarz wurde. In diesem Augenblick passierte es: Mit aller Klarheit wurde mir bewusst, wie sehr ich meine beste Freundin wirklich vermisste. Wie ich Menschen allgemein vermisste. Nicht irgendwelche, sondern die richtigen. Menschen, die länger als wenige Tage blieben.

So schön und aufregend Paris auch war, das Gefühl blieb nicht nur, es wurde sogar stärker. Yuna und ich schickten uns Bilder hin und her, Sprachnachrichten, Videos und Songs, die wir gerade besonders liebten. Sie zeigte mir *Finally* von Ro, einem deutschen DJ, der vor einigen Monaten zum ersten Mal im Berghain aufgelegt hatte und mit seiner Musik seitdem die Berliner Technoklubs stürmte. Ro wurde zum Soundtrack der Wolken, die im Rhythmus seiner Beats und meines Herzens über die Stadt zogen. Ich erwähnte Yuna gegenüber mit keinem Wort, dass ich begann, mich einsam zu fühlen, denn die zwölf Monate hier waren meine an mich selbst gestellte Herausforderung

Die Sehnsucht nach einem Leben in Paris war immer da gewesen, doch ich erinnerte mich noch ganz genau an diesen speziellen Moment, in dem ich den Entschluss gefasst hatte, nach meinem Abitur tatsächlich hierherzuziehen. So schnell wie möglich. Es war die Sonntagabendschicht in dem kleinen Kino zwischen Marktplatz und Kirche gewesen und nur zwei Wochen, nachdem Vera mir so schamlos offenbart hatte, wie sehr ich mich in ihr getäuscht hatte. Die Tage verschwammen zwischen Tränen, Unglauben und schmerzendem Herzen, und währenddessen war Yuna wie ein Licht, das mir nicht von der Seite wich. Sie bewahrte mich vor Papas besorgten Fragen, schirmte mich in der Schule vor dem Getuschel und den Blicken der anderen ab und kam an diesem einen Sonntag mit einer großen Tüte von *Akyüz' Döner* ins Kino. Nachdem es sich geleert und ich abgeschlossen hatte, machten wir es uns mit dem Essen in der vorletzten Reihe in Saal 3 gemütlich. Yuna hatte DVDs von meinen Lieblingsfilmen dabei, um mich aufzumuntern: *Laughing out loud*, *Midnight in Paris*, *Die fabelhafte Welt der Amelie* und *Chocolat*. Und auch, wenn mein Herz nicht wieder ganz war, wurde doch mit jeder Stunde irgendetwas in mir ruhiger und klarer.

»Ich gehe nach dem Abi nach Paris«, verkündete ich während des Abspanns des letzten Films. Das Licht der Projektionslampe verfing sich in Yunas knallroten Haaren, als sie mit einem Lächeln und nur einem Wort antwortete: »Okay.«

Die Erinnerung an diesen einfachen und doch lebensverändernden Moment strömte warm und bittersüß durch meinen Körper. Ich stand in Paris noch ganz am Anfang, sagte ich mir, ich musste mir selbst Zeit geben, um Anschluss zu finden. Und dann fiel mir ein, dass ich Benoîts Nummer besaß. Ich suchte den Kassenzettel und schrieb ihm eine Nachricht. Er hatte mir Hilfe angeboten, sollte ich etwas brauchen. Und was ich gerade dringend brauchte, war Gesellschaft.

Eine Stunde später kam die Antwort.

BENOÎT, 16:10 Uhr
Möchtest du am Samstag vorbeikommen? Von dir zu mir sind es zu Fuß nur 15 Minuten.

Ich las die Zeilen und erinnerte mich an das Augenzwinkern, die lässige Bewegung, mit der er sich durch die Haare fuhr, fast so, als hätte er sie vor dem Spiegel eingeübt. Ich konnte nicht einschätzen, ob Benoît einfach so war oder diese Nachricht ein Angebot war, das ich nicht annehmen wollte. Und dann tauchte da plötzlich diese Fremde in meinen Gedanken auf, ein geheimnisvolles Lächeln, markante, dunkle Brauen, die ihre Augen noch ernster und abgründiger erscheinen ließen und schließlich die Schuhe – wie eine Revolution. Ich sehnte mich danach, etwas Verrücktes tun – immerhin war ich nach Paris gekommen, um etwas über mich selbst herauszufinden. Und ich wollte Menschen um mich, mit denen ich mich unterhalten konnte, nicht nur über einen flimmernden Bildschirm, sondern in Echt und in Farbe.

BENOÎT, 16:11 Uhr
Meine Schwester hat Geburtstag, und ich habe mit meinen Mitbewohnerinnen eine Überraschungsparty für sie geplant. Wir haben alle noch Freunde eingeladen, es ist also kein Problem, wenn du auch kommst.

Bei dem Gedanken an eine Party stahl sich ein Grinsen auf meine Lippen. Das war mehr als perfekt. Perfekt, um ein bisschen Spaß zu haben und vor allem, um Leute kennenzulernen.

ICH, 16:13 Uhr
Klingt super. Wann soll ich da sein?

BENOÎT, 16:14 Uhr
Los geht's um halb zehn :)

ICH, 16:14 Uhr
Soll ich etwas mitbringen?

BENOÎT, 16:14 Uhr
Nur dich.

ICH, 16:14 Uhr
Super. Ich werde da sein, *à bientôt.*

Am Samstag folgte ich der Beschreibung zur Rue des Étoiles, die Benoît mir morgens geschickt hatte. Als es bis zu seiner WG nicht mehr weit sein konnte, hörte ich Musik, deren Rhythmus sich meine Schritte von selbst anpassten. Je weiter ich durch den Sonnenuntergang lief, desto intensiver wurde das Vibrieren der Beats, desto lauter die Gesprächsfetzen, die sich zu der Geräuschkulisse eines Pariser Sommerabends gesellten.

Es war ein Bistro mit dunkelgrüner Markise, vor dem ich schließlich zum Stehen kam. *Le Petit* stand darüber, Tische mit Windlichtern davor. Es sah, wie auch mein neues Zuhause, ein bisschen heruntergekommen aus und versprühte dabei den Charme einer längst vergangenen Zeit. Der Efeu, der die rechte Seite der Hausfassade bedeckte und sich um das t von *Petit* rankte, verlieh dem Bistro fast etwas Mystisches. Inmitten der Blätter entdeckte ich die schmale Tür, von der Benoît gesprochen hatte. Ich klingelte, ein Summen ertönte, und ich trat ins Innere, das angenehm kühl war. Ich folgte dem Lärm durch das Treppenhaus, nahm immer zwei Stufen auf einmal. Meine Dreads trug ich heute offen, und bei jedem meiner Schritte strichen sie vertraut um meine Taille, so wie auch das Kleid mit den aufgedruckten Sonnenblumen. Ich summte eine Melodie nach, die ich auf dem Weg hierher irgendwo aufgeschnappt hatte, doch als ich sah, wer da an der geöffneten Tür auf mich wartete, verstummte ich augenblicklich. Ich hatte mit Benoît gerechnet, vielleicht mit einer seiner Mitbewohnerinnen, aber nicht mit ... *ihr.* Nicht mit ihr im warmen Gegenlicht.

»*Salut*«, sagte sie, während ich die letzten Stufen nahm und schließlich atemlos vor ihr stand. Falls sie überrascht war, mich zu sehen, ließ sie es sich nicht anmerken. Aus ernsten blauen Augen blickte sie mir entgegen, und alles an ihr passte zu diesem Haus und seiner einnehmenden Atmosphäre. Die Pumps mit der geblümten Schleife, die weite Hose mit dem hohen Bund, die ihre schlanke Gestalt umspielte, das kurze Top, das einen Streifen blasser Haut sehen ließ. Drei Muttermale, fast wie eine Linie. Ich erinnerte mich an die Schuhe, die sie im Zug getragen hatte, und auch heute entdeckte ich neben ihrem Finger-Tattoo etwas, das ihre Eleganz auf lässige Art brach. Es war die schwarze Netzstrumpfhose, die wenige Zentimeter über Hosenbund und Bauchnabel hinausragte. Rautenmuster und weiche Schatten hoben sich auf fast verruchte Art von ihrer Blässe ab.

»Hey«, hauchte ich. Weder wollte ich so atemlos klingen, noch wollte ich es so bedeutsam sagen, und doch tat ich es. Verlegen strich ich über den Stoff meines Kleides, weil ich unsicher war, wie ich sie begrüßen sollte, und blieb dabei mit meinem Blumenring an einem losen Faden hängen. Hätte ich sie umarmen sollen? Sollte ich es jetzt noch tun?

»Ich hätte nicht gedacht, dass ich dich wiedersehen würde, Pocahontas.« Und die Art, wie sie das sagte ... *Pocahontas.* Die Stimme wieder eine Spur rauchiger, eine Nuance tiefer, als man erwarten würde. Die leise Note eines aufregenden Untertons in ihren Worten. O Gott, wieso sagte sie das so.

»Wie denn?«

Sie blinzelte, und ihr tiefroter Mund formte sich zu einem fragenden Lächeln.

Ertappt biss ich mir auf die Unterlippe. Erst in diesem Moment wurde mir bewusst, dass ich meinen letzten Gedanken laut ausgesprochen hatte. Diese Sache, die mir ständig passierte, wenn mich etwas aus dem Konzept brachte.

»Du sagst das so, als würdest du ...« Ich stockte und strich unruhig über das grüne Glücksband an meinem Handgelenk. *Als würdest du mit mir flirten. Als wärst du froh, dass wir einander doch ein zweites Mal begegnen.* Und das war nicht gut, das wäre überhaupt nicht gut, weil sie schon wieder diese Sache machte, mich mit diesem melancholischen Blick ansah, der zweifellos etwas in mir berührte.

»Da bist du ja endlich«, ertönte da eine tiefe Stimme, und dann fand ich mich in einer festen Umarmung wieder. Bartstoppel kitzelten mich kurz an der Schläfe. Dankbar, dieser Frau zumindest vorerst keine Erklärung abgeben zu müssen, drückte ich Benoît ebenfalls an mich. Ich wollte nicht nachsehen, doch ich glaubte ihren intensiven Blick auf uns zu spüren. Als ich mich schließlich von Benoît löste und dieser locker einen Arm um mich legte, räusperte ich mich.

»Ja, ich hab's nicht so mit Pünktlichkeit. Eine meiner Schwächen.« Ich grinste, doch als mein Blick zu einem roten Herzmund zuckte, glitt es mir langsam wieder von den Lippen. *Schwächen*, echote es in mir. Ich befürchtete, sie könnte meine nächste sein.

Benoît stellte uns einander vor und machte ein paar Scherze, doch ich hörte gar nicht richtig zu, nur ihren Namen nahm ich ganz bewusst wahr. *Mignon*, ein Klang so weich, so leicht. Weder sie noch ich erwähnten, dass wir einander schon einmal begegnet waren. Letztendlich spielte es keine Rolle, denn diese Stunden im Zug fühlten sich ohnehin vollkommen losgelöst von allem an, und Mignon wiederzusehen war nie der Plan gewesen. Hätte ich sie wiedersehen wollen, hätte ich erst gar nicht zugelassen, dass unsere Wege sich trennten.

Benoît zog mich ungeduldig ins Innere der Wohnung. Die Tür fiel hinter uns ins Schloss, und wir tauchten ein in einen Sog aus sanften, aber dröhnenden Rhythmen und Hitze, die sich trotz geöffneter Fenster zwischen all den Leuten staute. Im schummrigen Licht drängten sie sich dicht aneinander. Benoît führte mich einen langen Flur entlang, der auf beiden Seiten von einer Schnur gesäumt war. An ihr hingen Lichter und Fotos, Eintrittskarten, Postkarten und andere Erinnerungen, und unwillkürlich setzte sich vor meinen Augen das Bild einer WG zusammen, die viel eher eine Familie war.

»Mignon wohnt auch hier?«, fragte ich, als ich mehrere Bilder von ihr und Benoît entdeckte. Zwischen den beiden schien dieselbe selbstverständliche Vertrautheit zu herrschen, die es auch zwischen Yuna und mir gab. Auf den Schnappschüssen lachte Mignon, wie ich sie bisher nicht hatte lachen sehen, und wenn ihr echtestes Lachen in diesen eingefrorenen Momenten schon *so* aussah, was vermochte es dann wohl in Wirklichkeit zu bewirken?

»Ja, sogar im Zimmer neben mir. Dann gibt es noch Ém, meine Schwester, und Oceane.« Ich nickte langsam, fragte mich, ob es verrückter Zufall oder unumgängliches Schicksal war, dass ich in einer Stadt mit mehr als zwei Millionen Menschen ausgerechnet in dieser Wohnung gelandet war. Als ich merkte, dass ich auf jedem Foto zuerst Mignon auszumachen versuchte, wandte ich den Blick schnell wieder ab. Dummerweise hatte es mir einen Stich versetzt, dass sie gerade ohne ein weiteres Wort und mit fast schon abweisendem Blick wieder in der Wohnung verschwunden war. Kein Wort zu Benoît und mir, dafür ein muskulöser Arm voll bunter Tattoos, der sich um ihre Taille gelegt und von dem sie sich hatte mitziehen lassen.

»Bei drei Mitbewohnerinnen bin ich inzwischen also ungewollt ziemlich gut darin, wenn es um *Girlstalk* geht«, Benoît lachte, »meine Ratschläge sind verdammt unbezahlbar.«

»Sehen die anderen das genauso?«

»Sie sagen, ich bin ein Stinkstiefel.«

»Und das stimmt nicht?« Amüsiert sah ich zu ihm auf. Benoît erwiderte meinen Blick mit einem verschmitzten Grinsen: »Natürlich stimmt das nicht. Zumindest nicht immer.«

Am Ende des Gangs zeigte er mit dem Kinn nach rechts, dann standen wir in einer Küche, die wie ein Schwarz-Weiß-Foto wirkte. Die Musik war leiser, das Gedränge weniger. Auf dem Tisch in der Mitte glänzten mehrere Flaschen und leere Shotgläser in den letzten Sonnenstrahlen des Tages. Auf den wild zusammengewürfelten Stühlen saßen ein paar Leute, die die Hand hoben, als wir hereinkamen. Ein Typ im Holzfällerhemd kauerte mit angezogenen Beinen auf dem Fensterbrett und blies den Rauch einer Zigarette in die bevorstehende Nacht. Vor dem orangeroten Himmel schenkte er mir ein ausgelassenes Lächeln und ich ihm daraufhin meines. Ein Mädchen in einem weißen Sommerkleid öffnete den Kühlschrank und nahm zwei Flaschen Wein heraus. Sie wollte sich gerade umdrehen und die Tür schließen, da schlangen sich von hinten zwei Arme um ihre Taille. Hellblonde Haare strichen über dunkle Haut, Lippen pressten sich erst auf ihre Schulter, dann ihren Hals.

»Jules«, sagte Benoît belustigt, und der Kerl drehte sich mit dem Mädchen in seinen Armen um, »nicht in unserer Küche.«

Der Angesprochene grinste jungenhaft und zog sie nur noch enger an seine schlanke Brust. Sie war barfuß und doch blieb Jules wenige Zentimeter kleiner als sie. An Benoît gewandt meinte er: »Ich würde nie etwas tun, das du nicht auch tun würdest.«

»Genau das ist es ja, was mir Sorgen bereitet«, murmelte Benoît, woraufhin sich Jules' Wangen röteten. Das Mädchen kicherte und entblößte dabei eine niedliche Lücke zwischen den Schneidezähnen: »Vollkommen zu Recht. Jules hat immer so verrückte Ideen, und ich finde die Vorstellung, dass er eines Tages Arzt sein wird, sowieso wahnsinnig heiß … Gestern wollte er, dass ich –«

»Oceane!« Jules hatte die Augen weit aufgerissen und starrte seine Freundin schockiert an.

»Was denn?« Benoîts Mitbewohnerin zuckte betont unschuldig mit den Schultern und grinste. »Du bist eben gut in dem, was du tust.«

»Himmel … müssen wir das vor deinen Freunden …« Jules lief feuerrot an, und fast tat er mir leid. Oceane kramte in einer Schublade, holte einen Flaschenöffner heraus und zog die Korken gegen die Arbeitsplatte gelehnt aus den Flaschen, während ein Mädchen mit blonden Locken irgendetwas von *furchtbar frivol* murmelte und gar nicht mehr mit dem Kichern aufhörte.

»Ich find's toll hier«, sagte ich an Benoît gewandt und strahlte ihn an. Oceane zwinkerte mir zu. »Weil du weißt, was gut ist, bekommst du das erste Glas.«

Im nächsten Moment wurde ich von dem Mädchen mit den Locken, das sich mir als Émilie vorstellte, auf einen der freien Stühle gezogen. Ich trank einen Schluck Wein und merkte, wie ich mich entspannte – nicht wegen des Alkohols, sondern weil ich Gesellschaft liebte. Weil ich unter Menschen meistens ganz ruhig wurde, und weil es mir etwas gab, wenn ich mich in einem warmen Strudel aus Lachen, Chaos und Diskussionen befand. Ich schenkte Benoîts Schwester eines meiner Wolkenbilder zum Geburtstag. Es wäre mir falsch vorgekommen, nichts für Émilie dabeizuhaben.

Wie auf einen Schlag vergingen die nächsten zwei Stunden und fühlten sich an wie eine Mischung aus Sekunden und Ewigkeit. Es war diese Unbeschwertheit, die es nur unter Freunden gab, die schon viel miteinander erlebt hatten und alles füreinander tun würden. Es erinnerte mich daran, wie es früher zwischen Yuna, Vera, Natalie und mir gewesen war. An die guten und besten Zeiten unserer Freundschaft, bevor eine Nacht erst mein Herz und dann uns zerstört hatte. Jetzt, in dieser Pariser Nacht, gab ich mich ganz dem Augenblick hin, und die Zeit löste sich auf zwischen Farben und Licht. Inzwischen legte der Wein sich schwer auf meine Gedanken. Irgendwann rannte ich mit Émilie durch den Flur, weil sie mir dringend etwas zeigen wollte. Erst stolperte ich ihr kichernd hinterher, später drängten wir uns Hand in Hand durch die Leute. Dann saß ich auf Benoîts Schultern und war Teil eines Wettrennens durch die Zimmer. Mit jedem Blinzeln schienen die Bilder zu wechseln. Sie waren laut und leise, echt und bunt und intensiv. In einem Moment bewegte ich mich tanzend und lachend in einem Kreis aus

Menschen zur Musik, im nächsten lehnte ich allein an einer Wand im Flur.

Während des ganzen Abends, der zur tiefsten Nacht geworden war, waren Mignon und ich wie zwei Planeten in verschiedenen Umlaufbahnen gewesen. Hatten einander wahrgenommen und manchmal für wenige Sekunden umkreist, aber nie miteinander gesprochen. Ich beobachtete, wie alle anderen ihre Aufmerksamkeit und Bewunderung suchten, wie sie in ihrer Gegenwart lauter lachten und intensiver erzählten. Es wirkte wie ein großes Spiel, in dessen Zentrum diese betörende Frau stand. Mignon tanzte anmutig und beinah schon abgeklärt durch die Vielzahl ihrer Bewunderer. Ich glaubte nicht, dass sie einen von ihnen *wirklich* sah.

Als sich unsere Umlaufbahnen dieses Mal tangierten und ich ihre Stimme nur ein paar Meter entfernt durch das Hämmern der Musik wahrnahm, trieb mich irgendetwas dazu, den Blick nicht sofort wieder abzuwenden. Es war Mignons abwehrende Körperhaltung, ihr beherrschter Tonfall, nicht dieses Selbstbewusstsein, an dem sonst alles abzuprallen schien.

»… weiß wirklich nicht, was du hier machst«, sagte sie gerade zu dem großen Kerl, der sich mit vor der Brust verschränkten Armen vor ihr aufgebaut hatte. Ich konnte nicht verstehen, was er erwiderte, sah nur, wie Mignon leicht, aber bestimmt den Kopf schüttelte.

»*Non*, das geht einfach nicht. Es tut mir leid. Es tut mir *wirklich* leid, aber du musst jetzt gehen.«

Die Musik wurde aufgedreht und schluckte das Gespräch für einen Moment. Dann hallte ein lauter, genervter Ruf durch die Wohnung. Als der Song wieder leiser gemacht wurde, sah ich, wie Mignon einen Schritt zurückwich, er folgte ihr. Jetzt klang sie wütend: »… weiß nicht, was ich dir noch sagen soll. *Merde*, ich habe dir nichts versprochen, Noé, also hör endlich auf … Du kannst mir nicht permanent überall auflauern … hier nachts plötzlich auftauchen und …«

»Mignon«, hörte ich mich plötzlich in der leeren Sekunde zwischen zwei Liedern laut sagen. Es war das erste Mal, dass ich ihren Namen aussprach, und er wurde mit der Melodie eines neuen Songs davongetragen. Sie drehte sich sofort um, fand meinen Blick. »Ich ... brauche hier ganz dringend deine Hilfe«, rief ich, ohne darüber nachzudenken, um sie vor was auch immer zu retten. Ich konnte nicht einschätzen, ob sie erleichtert war oder nicht. Sie sagte noch etwas zu dem Typ, wandte sich dann ab und kam auf mich zu. Fast bewegten sich ihre Hüften im Takt der Musik. Sie lächelte zu mir hinunter und drückte meine Hand. Kurz und doch lang genug, dass ein Kribbeln von meinen Fingerspitzen ausgehend durch meinen Körper kroch.

»*Merci*«, bedankte sie sich mit rauer Stimme. »Ich wusste echt nicht mehr, was ich noch machen sollte, damit er geht.« Mignon lehnte sich neben mir gegen die Wand, die Beine überkreuzt. Ihr Gesicht wirkte erhitzt, ihre dunklen Haare begannen sich an den Spitzen zu wellen und irgendwie drehte sich vor meinen Augen alles ein bisschen. Das Licht flirrte, der Boden schwankte, nur Mignon war und blieb scharf umrissen.

»Wir haben über unsere Träume und all das geredet. Ich kenne einen Teil deiner Geheimnisse, also müssen wir doch irgendwie zusammenhalten, oder?«

Für einen Moment zögerte Mignon.

»Stimmt«, sagte sie dann. Es war nur ein Wort, doch die Schwere, mit der sie es aussprach, zeugte davon, dass auch sie längst nicht mehr nüchtern war – auch wenn sie so viel besser darin war, es zu verbergen.

»Ich brauch ein bisschen Ruhe von ... allem. Magst du mit?« Mignons Mundwinkel zuckten, hoben sich schließlich zu einem sirenenhaften Lächeln an, das mich schlucken ließ. Was auch immer passiert sein mochte, in einem war ich mir sicher: Noé hatte nicht den Hauch einer Chance gehabt und sich an ihr die Finger verbrannt.

Ihr Zimmer erschien mir wie eine Parallelwelt. Mignon machte kein

Licht an, und ich brauchte einen Moment, um mich an die allumfassende Dunkelheit zu gewöhnen. Schwärze, die alle anderen Geräusche weit weg erscheinen ließ. Als ich hörte, wie Mignon den Schlüssel im Schloss herumdrehte, wandte ich mich überrascht in ihre Richtung.

Okay.

Okaaay.

»Wieso hast du …«, hörte ich mich fragen.

»Glaub mir, wenn ich nicht zusperre, dann kommt ständig jemand rein oder meine Mitbewohner wollen irgendetwas. Das sind Erfahrungswerte.« Ihre Stimme klang, als würde dieses ganz spezielle Lächeln ihre Lippen umspielen. »Und … ich brauche ein bisschen Ruhe.«

Geräuschvoll atmete ich aus und versuchte das heftige Schlagen meines Herzens in den Griff zu bekommen.

»Ruhe mit mir«, sagte ich.

»Sieht ganz danach aus, Lilou.«

Ich hörte Mignons Absätze auf dem Holz mehr, als dass ich ihre Schritte tatsächlich sah, und wenig später wurde der Raum von unzähligen Lichterketten, die sich zusammen mit Pflanzen in geordnetem Chaos durch das Zimmer rankten, in sanftes Licht getaucht. Es war diese Art Licht, das mehr Schatten als Helligkeit erstrahlen ließ.

Mignon schlüpfte aus ihren Pumps. Ich wollte sie nicht auf *diese* Art ansehen und doch folgte ich mit den Augen atemlos jeder ihrer Bewegungen. Sie überragte mich auch barfuß immer noch um ein Stück, doch zum ersten Mal … Schon wieder sah ich auf ihren Mund, der meinem auf einmal um so vieles näher war. Und ich musste an dieses andere Universum denken und das, was ich dort tun würde und vielleicht längst getan hätte. Daran, dass Mignon und ich allein in ihrem Zimmer wahrscheinlich eine absolut schlechte Idee waren. Ich wusste, dass ich mein Herz nicht schon wieder verlieren durfte, aber die Leichtigkeit des Abends und Schwere des Weins sorgten dafür, dass ich mir selbst nicht wirklich traute.

Mignon zog eine Tüte Macarons aus einer Kommode und setzte sich damit auf den runden, altmodischen Teppich vor dem Bett. Dann ließ sie sich nach hinten sinken, die dunklen Haare lagen fächerförmig um ihren Kopf. Ich seufzte. Wie sie da auf dem Rücken lag und mich fragend ansah, wirkte sie um so vieles echter, als sie mir bisher erschienen war. Ich ging langsam zu ihr hinüber, legte mich neben sie auf den Teppich und sah nach oben. Ein unendliches Meer aus Grün. Ein bisschen wie ein abstraktes Gemälde, in dem Farben und Formen auf natürlichste und schönste Weise ineinanderflossen.

»Ich hätte gar nicht gedacht, dass du ein Pflanzenfan bist«, sagte ich und nahm die Tüte mit den Macarons entgegen, die Mignon mir reichte.

»Was hättest du denn gedacht?«

Unsere kleinen Finger streiften sich, meine rechte Hand und ihre linke, doch das hätte auch Zufall sein können, und ich wagte es nicht, mich zu rühren. Die winzigste aller Berührungen und doch schien ich sie überall zu spüren.

»Ich finde, dass ein Zimmer sehr viel über einen Menschen verrät, und deines hab ich mir einfach anders vorgestellt.« Ich drehte den Kopf, sie tat es auch. Und ihr Gesicht war so nah, nah, nah. Mignon fixierte mich mit einem herausfordernden Blick, der mir durch und durch ging, der mich einfach weiterreden ließ, um überhaupt irgendetwas zu tun. Um nicht daran zu denken, wie leicht es sein könnte, ihre Hand zu nehmen. »Aber es wäre ja auch langweilig, wenn die Menschen immer so wären, wie man denkt, oder?«, ergänzte ich. »Ich werde gerne überrascht.«

Im schwachen Licht wirkte das Blau ihrer Augen fast schwarz und tief und bodenlos, und doch: Wenn wir so nebeneinanderlagen, die Köpfe auf gleicher Höhe, dann war sie weniger einschüchternd. Zumindest ein bisschen. Das beinah schon Unwirkliche aber blieb.

»Für was für einen Menschen würdest du mich denn halten, wenn du nur mein Zimmer kennen würdest?«

Ich wandte mich ab, um meinen Blick durch den Raum schweifen zu lassen. Über den großen Spiegel mit dem goldenen Rahmen, das Foto von ihr und Benoît, das in einer Ecke hing und eines der wenigen wirklich persönlichen Dinge an diesem Ort war. Die rechteckige Karte mit den Worten *The Earth without Art is just Eh* darauf. Ich entdeckte Bücher, wenn auch nicht viele: *Léon und Louise* von Alex Capus, *Place de l'Étoile* von Patrick Modiano und *Vingt mille lieues sous les mers* von Jules Verne. Außerdem *Die Geschichte der Kunst* von E.H. Gombrich und mehrere Bildbände, die sich vor allem mit zeitgenössischer Kunst und der des letzten Jahrhunderts beschäftigten. Ich sah all die Pflanzen, die an den Wänden hochrankten und von den Streben des Himmelbetts herabhingen, einen kunstvoll gebundenen Blumenstrauß auf der Kommode. Das einzig Chaotische waren Mignons Klamotten, die überall herumlagen.

»Hmm ... jemand, in dem zwei Herzen schlagen: Ein ruhiges und ein rebellisches. Ich würde denken, dass hier jemand lebt, der weiß, wer er ist und gleichzeitig versucht, sich hinter anderen Dingen zu verstecken«, versuchte ich meine Eindrücke in Worte zu fassen. Mignon ließ sich nicht anmerken, ob ich mit meiner Beobachtung richtiglag oder nicht.

»Und denkst du, *ich* bin so? Oder nur mein Zimmer?«

»Das verrate ich dir doch nicht«, meinte ich und lachte. »Wenn du weißt, wie ich über dich denke, dann fängst du an dich anders zu verhalten.«

»Und das soll ich nicht?«

Ja. Nein. Jein.

Ich sah sie lange an. Die Musik wurde lauter gedreht, jemand klopfte an der Tür und rief Mignons Namen, genau so, wie sie es vorausgesagt hatte, doch sie schien es nicht zu merken. Oder sie wollte es ganz bewusst nicht wahrnehmen.

»Das kann ich noch nicht sagen.« *Wenn du wüsstest, wie sehr mich dein hochgerutschtes Top aus dem Konzept bringt, dann würdest du nicht so neben mir liegen, Mignon. Wenn du wüsstest, wie sehr ich dich gerade berühren möchte, deine Hand, deine Lippen.*

Mignon blinzelte. »Und wie sieht *dein* Zimmer aus? Also das in François' Wohnung?«

»Die Magie eines Raums kann man nicht beschreiben«, erwiderte ich ernst. »Man muss sie fühlen. Aber du könntest vorbeikommen und es dir ansehen«, schlug ich vor, biss mir im nächsten Moment aber auf die Unterlippe. Zum Glück ging Mignon auf meine Quasi-Einladung nicht direkt ein. Stattdessen strich ihr Atem warm über mein Gesicht.

»Gib mir einen kleinen Vorgeschmack. Was ist dir wichtig?«

»Okay. Du bekommst drei Wahrheiten zu meinem Zimmer: Ich wollte die Wohnung direkt unter dem Dach, weil ich dem Himmel auf diese Art so nah wie möglich bin. An meinem ersten Tag in Paris habe ich angefangen zu malen, und die Bilder hängen überall an den Wänden. Sie sehen fast alle gleich aus und eigentlich weiß ich nicht, wieso ich sie trotzdem aufhänge«, gab ich zu und überlegte einen Moment, ehe ich weitersprach: »Und die dritte Sache: Hinter meinem Bett hängt ein rotes Tuch mit einem Mandala in der Mitte. Es erinnert mich an zu Hause.« Bei dem Gedanken strich ich über das Tattoo an meinem linken Unterarm, das seit wenigen Wochen sowohl Yunas Haut als auch meine zierte. »Und? Was sagt das alles über den Menschen aus, der ich wahrscheinlich bin?«

»Das, was ich schon wusste, Pocahontas: Dass du eine Träumerin bist.«

Mignon fragte mich nach meinen Bildern, und ich erzählte ihr, dass sich Gefühle für mich immer schon in Farben geäußert hatten, und dass jede Farbe, die ich sah, ein Gefühl in mir hervorrief. Dass ich, als ich an der Gare du Nord ausgestiegen war, mit einem Mal das unbändige Bedürfnis gehabt hatte, den Himmel und die Empfindungen, die er in mir auslöste, zu malen und für die Ewigkeit festzuhalten.

Mignon betrachtete mich eingehend, während sie meinen Worten lauschte.

»Malst du etwas für mich?«, fragte sie dann mit größter Selbstverständlichkeit. Ich zögerte erst, weil es sich anfühlte, als würde ich sie dadurch noch tiefer in meine Welt eintauchen lassen. Doch dann nickte ich, und Mignon brachte mir Papier und Stifte. Unschlüssig sah ich mich um und überlegte, was ich malen sollte, während ich an das Zusammenspiel aus Farben und Gefühlen dachte. Mein Blick huschte über ihr Gesicht und blieb schließlich an der Decke hängen, an dem Dunkelgrün, fast Schwarz, an dieser Mischung aus Schatten und Licht, aus vermeintlicher Sicherheit und einem möglichen freien Fall. Ich begann Mignons Pflanzenmeer zu zeichnen, weil es die Empfindungen dieses Moments in einer Intensität widerspiegelte wie sonst nichts in diesem Zimmer. Zwischen meinen Farben und Linien nahm ich nur am Rande wahr, wie sie mit den Augen den Bewegungen meiner Hände folgte. Ich verlor jegliches Zeitgefühl, zog Strich um Strich wie in Trance und, als ich schließlich von dem Blatt Papier abließ, zupfte ich nervös an meinem Glücksband.

»Es ist perfekt«, sagte Mignon rau.

Und sie klang dabei wieder *so*, sprach es auf diese Art und Weise aus, die mich denken ließ, dass sie damit vielleicht etwas ganz anders meinte. Sie stand auf und hängte das fertige Bild neben das Foto von Benoît und ihr, gab ihm Raum in ihrem Zimmer. Ob ich wollte oder nicht: Es war ein unglaubliches Gefühl. Zurück auf dem Teppich reichten wir die Tüte mit den Macarons hin und her, und ich blickte wie gebannt auf Mignons Mund, als sie sich Krümel von den Lippen leckte. Sie erzählte mir etwas von *mutigsten Strichen* und *Rebellionen mit Pinselstrichen*, von dem *Selbstverständnis der Kunst* und *Revolutionen mit Farbe*. Und von Wort zu Wort nahm das warme Strahlen in ihren Augen zu, berührte mich ebenso sehr, wie es ihre leise Traurigkeit getan hatte.

»Was ist mit dir?« Mignon rollte sich auf die Seite, stützte das Kinn auf eine Hand und blickte zu mir hinunter. Dunkel fiel der Pony ihr in die Augen, warf weiche Schatten auf ihr Gesicht und ließ die tätowierte Schlange an ihrem Ringfinger fast lebendig wirken. Die Schlange, Symbol der Sünde, Verführung und Dualität. »Bist du deinem Ziel schon näher gekommen? Hast du deine Bestimmung gefunden?«

»Das wäre ja fast schon zu leicht gewesen, wenn ich nach der kurzen Zeit mein Schicksal gefunden hätte«, ich lachte leise. »Eigentlich ... ich suche nicht nur mich. Ich suche auch meine Mutter.«

Stille.

Und obwohl etwas in mir mich ständig vor Mignon warnte, war sie der zweite Mensch, der nun von diesem Vorhaben wusste. Von einem der Gründe, warum ich in Paris sein wollte. Plötzlich lagen wir wieder nebeneinander, und ich erzählte ihr, wie ich *Maman* das letzte Mal gesehen hatte, vor acht Jahren. Wie sie mich abends ins Bett gebracht hatte und am nächsten Tag weg gewesen und nie zurückgekommen war. Ich erzählte ihr von dem ersten Lebenszeichen, das mich an meinem achtzehnten Geburtstag erreicht hatte. Ein einseitig beschriebener Brief, der nach all der Zeit keinerlei Erklärungen, Rechtfertigungen oder Entschuldigungen beinhaltete. Ein Brief mit Glückwünschen, die mich unerwartet froh und wütend zugleich gemacht hatten. Ich erzählte Mignon von dem Poststempel, von der französischen Briefmarke, von der Pariser Postkarte, die ebenfalls in dem Umschlag gewesen war. Ich erzählte ihr, wie ich *Mamans* Namen immer wieder ohne ein nennenswertes Ergebnis bei Google eingegeben hatte, von meiner Hoffnung auf Antworten – dieses Mal sprach ich diese Wahrheiten nicht aus, weil Mignon eine Fremde war, die ich nie wiedersehen würde, sondern weil ich in dieser Wohnung eine andere Seite an ihr entdeckt hatte.

»Hast du nicht Angst, sie zu finden? Dass du enttäuscht sein könntest von dem, was du findest?«, wollte Mignon vorsichtig wissen.

»Doch, natürlich ... Aber wenn ich es nicht einmal versuche, werde ich mir ständig diese ganzen *Was-wäre-wenn*-Fragen stellen.« Was auch immer mich erwarten würde, es war an der Zeit, Antworten zu bekommen. Ich war jetzt achtzehn, ich war erwachsen und würde von nun an mein Leben ganz nach meinen Vorstellungen und Wünschen gestalten, so bunt wie möglich. Und um das zu tun, wollte ich all das klären und hinter mir lassen, was mich verletzt hatte: Was Vera getan hatte, was *Maman* getan hatte.

»Du hast recht: Antworten sind besser als offene Fragen.« Mignon sprach die Worte leise aus, und in ihnen schwang ein Schmerz mit, der alt und frisch zugleich zu sein schien. Ging es um diesen Kerl?

»Wen meinst du?«, fragte Mignon.

Verständnislos sah ich sie an, blinzelte und dann begriff ich, dass ich meinen letzten Gedanken schon wieder laut ausgesprochen hatte. Ich musste etwas sagen, musste irgendetwas sagen. Und dann fragte ich: »Der Typ, vor dem ich dich gerettet habe. Ist er … Wart ihr zusammen?«

»Ich bin nie mit jemandem zusammen«, war ihre knappe Erklärung. »Zumindest nicht … *so*.«

»Weil dein Herz nicht mehr richtig funktioniert?«, fragte ich leise. Es waren nur zwei Sätze ohne eine weitere Erklärung gewesen, und doch erinnerte ich mich an jedes Wort.

»Hätte ich gewusst, dass ich dich wiedersehe, hätte ich dir das niemals erzählt«, gab Mignon zu.

»Ich weiß.«

»Gut.«

»Es ist bei mir sicher.«

»Gut.«

»Gut wie *gut* oder gut wie *besser als nichts*?!«

Sie lachte. »Manchmal sagst du so weise Sachen und dann … dann stellst du so komische Fragen.«

»Das ist meine Spezialität.«

»Welches von beidem?«

»Na … beides. Ich bin die beste Mischung aus Weisheit und Blödsinn, die du finden kannst.« Ich sah sie an, sah sie zu lang an. »Also welches Gut?«

»Gut wie *gut*.« Mignons Blick hielt meinen und meiner ihren. »Und ja«, schob sie nach einer Weile die Antwort auf meine erste Vermutung hinterher, »weil mein Herz nicht richtig funktioniert. Wegen der Leerstellen.«

Und noch während sie diese Worte aussprach, veränderte sich die Stimmung im Raum. Das Leuchten der Lichterketten schien noch schwächer zu werden und die Atmosphäre echter. Wie sie sich zurück auf den Rücken sinken ließ, ihre Hände einen Moment ineinander verhakte und knetete; wie sie erst nach links und dann nach rechts rutschte, um eine bequeme Position zu finden – plötzlich wirkte Mignon fast unbeholfen, und es war das erste Mal, dass mir im Zusammenhang mit ihr ein Wort wie *süß* durch den Kopf schoss. *Niedlich* mit großen Augen und sinnlichen Lippen.

»Aber wieso glaubst du denn, es würde nicht richtig funktionieren?«

»Ich glaube es nicht, ich weiß es.«

Ich griff nach ihrem Handgelenk, tat es, noch bevor ich richtig darüber nachdachte, dass ich damit womöglich eine Grenze überschritt. Mit den Fingern glitt ich langsam über weiche, überraschend warme Haut, legte Zeige- und Mittelfinger auf ihren Puls und spürte dem gleichmäßigen Schlagen ihres Herzens nach. *Bum. Bubum. Bubum. Bubum.*

Ich löste den Blick von meiner Hand an ihrer und sah Mignon ins Gesicht.

»Es schlägt und funktioniert.«

Da war mit einem Mal dieser niedergeschlagene Ausdruck in ihren ernsten Augen, und ich wünschte mir so sehr, dass mein Lächeln auch auf ihre Lippen gleiten würde. Doch ihr Gesicht war wie eingefroren. Mignon starrte mich an, schluckte dann. »Aber ich meine doch nicht *diese* Art Herz, ich meine … du weißt, was ich meine.«

83

»Jeder hat ein Herz«, sagte ich. »Also beide Arten von Herzen: Eines das in der Brust schlägt und einen am Leben hält. Und das andere, übertragene, was du meinst. Das, was liebt. Und jedes Herz funktioniert, auch wenn sie es auf unterschiedliche Weise tun.« Ich wusste nicht, was mich erwarten würde, wenn Mignon mir tatsächlich ihr Herz zeigen würde. Aber ich war mir sicher, dass es nicht so schlimm darum stand, wie es der Klang ihrer Worte vermuten ließ. Da war *etwas*. Da war irgendetwas Besonderes und noch nicht Greifbares an dieser Frau.

»Ich …«, Mignon schaute mich beinah hilflos an, und ich sah ihr an, dass sie versucht war, meinem Blick auszuweichen. Doch sie tat es nicht. »Ich kann Menschen nicht richtig an mich heranlassen, kann dieses eine letzte Stück nicht überwinden. Und noch weniger kann ich mich verlieben.« Mit jedem Wort war ihre Stimme leiser geworden, und ihr ehrliches Geständnis überraschte mich. Mignon wirkte wie eine Frau, die in ihrer melancholischen Art leidenschaftlich und intensiv liebte – das Leben, die Menschen, sich selbst.

»Das bedeutet aber nicht, dass dein Herz nicht richtig funktioniert. Das bedeutet nur, dass du mehr Zeit brauchst als andere Leute. Und wieso sollte das Problem an dir liegen, wenn du dich nicht verlieben kannst? Vielleicht sind die anderen ja das Problem. Vielleicht war es nie dieser eine Mensch, der für dich bestimmt ist.«

»Und daran glaubst du? Dass zwei Menschen füreinander bestimmt sind?«

»Ich glaube es nicht, ich weiß es«, wiederholte ich die Worte, die sie selbst gerade erst ausgesprochen hatte, und damit glitt mein Lächeln endlich auf ihren Mund. Es erhellte ihr Gesicht. Dann sagte sie: »Ich möchte wirklich daran glauben, auch wenn der Gedanke mir eigentlich ziemlich Angst macht. Jemanden so nah an sich heranzulassen.«

»Es ist normal, Angst zu haben, wenn man zeigt, wer man wirklich ist. Das ist ja auch etwas, das einen wahnsinnig verletzlich macht.«

»Du wirkst aber so furchtlos.«

»Das bin ich ganz sicher nicht.« Ich lachte. »Aber ich denke, dass man jedes Mal, wenn da das Risiko ist zu fallen, man eben auch fliegen kann. Es ist die Sicht auf die Dinge und auf welchen Aspekt man sich dabei konzentriert. Ich denke eben immer zuerst an das Fliegen.«

»... und ich an das Fallen«, ergänzte Mignon und schüttelte dann leicht den Kopf. »*Mon dieu*, wie machst du das nur?«

»Was denn?«

»Wie schaffst du es, dass ich dir Dinge sage, die ich noch nie ausgesprochen habe?«

Ich lächelte, mein Herz pulsierte.

»Vielleicht, weil ich an das Gute in den Menschen glaube. Also auch an das Gute in dir.«

Als die Sterne langsam verschwanden und sich die Wolken vor den Fenstern orange und gold färbten, zogen wir auf Mignons Bett um, weil der harte Boden trotz Teppich unbequem wurde. Ich zögerte zunächst, schluckte meine Bedenken aber hinunter. Wir waren zwei Frauen, die Situation in ihren Augen wahrscheinlich völlig harmlos, während in mir trotz der Müdigkeit ein Sturm tobte. Wir füllten den Raum zwischen uns mit Worten, redeten und redeten und redeten hinter den durchscheinenden Vorhängen, die zusammen mit den Kletterpflanzen von den Stangen des Bettes hingen. Mignon erzählte mir Geschichten von Paris, Geschichten von *ihrem* Paris. Und vor mir entstand eine Version dieser Stadt, die düsterer und gleichzeitig heller war, als ich sie mir vorgestellt hatte. Ich rutschte näher an sie heran, oder vielleicht war es auch anders herum, und dann kam mit ihren Worten der Geruch nach warmen Herbstwinden und tosendem Meer, süß und verheißungsvoll. Ich seufzte. Schon wieder etwas, das ich nicht erwartet hatte. Nachdem ich Mignon die ersten Stunden des Abends bei ihrem Spiel beobachtet hatte, fragte ich mich, ob dieser Moment hier so ehrlich war, wie er sich anfühlte, oder ob ich unbewusst längst mitspielte.

Der inzwischen leicht kratzige Klang ihrer Stimme hüllte mich und meine Gedanken ein und …

Mignon

… Minuten später war sie eingeschlafen. Ich beugte mich zu Lilou hinüber, stupste sie vorsichtig in die Seite und überlegte, ob ich sie wecken sollte. Ich flüsterte probeweise ihren Namen. Doch sie sah so unerwartet friedlich aus, mit den leicht angezogenen Beinen und der Hand, die sie sich unter die Wange geschoben hatte. Die andere mit dem gelben Blumenring ruhte auf meinem Kopfkissen. Ihre Dreads schienen irgendwie überall auf meinem Bett zu liegen, die Wimperntusche war um ihre Augen verwischt und so, wie Lilou in der kurzen Zeit, in der ich sie kannte, immer zu lächeln schien, tat sie es auch im Schlaf – nur, dass sich jetzt ihre Grübchen nicht zeigten.

Vorsichtig strich ich mit meinen Fingerspitzen über ihre Wange, ihren Mundwinkel, über die Stelle, an der ich das Grübchen beim ersten Mal gesehen hatte. Lilous Haut war warm und so verdammt weich und … im nächsten Moment zuckte ich zurück, erschrocken über das, was ich da unerklärlicherweise tat. Die Bettdecke raschelte, und Lilou seufzte im Schlaf, ihr Kleid rutschte ein Stück über die Oberschenkel hinauf, und ich wandte den Blick ab. *Merde!* So lautlos wie möglich glitt ich vom Bett und schlich mich aus dem Zimmer, um Zähneputzen zu gehen, doch mein beschleunigter Herzschlag schien jeden Versuch leise zu sein zu übertönen. Wir hatten offenbar das Ende der Party verpasst: Bei jedem Schritt knarzte das Holz unter meinen nackten Fußsohlen, und das Geräusch hallte durch den stillen Flur.

Sie war bloß ein Mädchen, das eine Freundin werden könnte, sagte ich mir. Eine Freundin, mit der ich nachts auf dem Boden meines Zimmers gelegen und Macarons gegessen hatte. Eine Freundin, die hier übernachtete, weil es spät geworden war – daran war nichts Ungewöhnliches. Doch als ich Lilou zurück in meinem Zimmer auf dem Bett sah, fühlte sich das alles mit einem Mal weniger unschuldig an. Es machte mich nervös, brachte irgendetwas in mir aus dem Gleichgewicht, weil ich ihr so unbedingt und so sehr gefallen wollte, obwohl solche Gedanken sonst nicht meine waren. Weil sie achtzehn und voller Träume war. Weil sie mich daran erinnerte, wie ich selbst vor fünf Jahren gewesen war. Und gleichzeitig wäre ich damals gern mehr wie sie gewesen.

Ich zog Hose, Strumpfhose und Top aus und ein weiches, verwaschenes Shirt an, dann schlüpfte ich unter die Bettdecke, blickte unentschlossen zwischen uns hin und her und deckte sie schließlich mit der Hälfte der Decke zu.

»Wenn deine *Maman* wirklich in Paris ist, dann werde ich dir helfen, sie zu finden«, versprach ich ihr flüsternd. So leise, dass ich selbst es fast nicht hörte. Irgendetwas an Lilou erdete mich, an diesen waldgrünen Augen, die jetzt geschlossen waren. Endloswimpern, mehr braun als schwarz, malten weiche Schatten auf ihre Wangen. Und als die Sonne höher und höher stieg, Lilous Haare im Licht fast weiß glänzten, fiel ich in einen tiefen und traumlosen Schlaf.

4. Kapitel

Mignon

Es herrschte Schweigen an den beiden zusammengeschobenen Tischen vor dem *Le Petit*. Obwohl wir im Schatten des Efeus und der Markise saßen, trug ich meine Sonnenbrille. Nicht nur meine Augenringe verschwanden hinter ihr, sondern auch die Notwendigkeit zu verstecken, dass es meinen Blick immer wieder in Lilous Richtung zog. Die Sonne stand tief und ließ die Straße glühen, doch vor mir erstreckte sich die Welt bis zu den Rändern meiner Gläser in Sepia.

»Hattet ihr einen schönen Abend?« François war hinter Émilies Stuhl getreten, die großen Hände ruhten auf den Schultern seiner Enkelin, und ich sah den Schalk in seinen hellen Augen tanzen. Ein kollektives Stöhnen erklang, sogar Oceane war heute ungewohnt leise, und er beantwortete unser Gemurmel mit seinem Baritonlachen. »Ihr seid mir ja ein trauriger Haufen.«

»Nicht so laut«, murmelte Émilie und zog die Augenbrauen unglücklich zusammen. »Bitte, *Papi.*« Sie hatte die Haare nachlässig zusammengebunden, und das wilde Meer aus hellen Locken wurde von einer blauen Schleife nur geradeso zusammengehalten.

»Das ist das Alter«, meinte ich grinsend. »Mit jedem Geburtstag wird das mit dem verdammten Kater schlimmer«, und im selben Moment bereute ich es, überhaupt etwas gesagt zu haben. Ein stechender Schmerz war mir bei den Worten durch den Kopf gefahren und erinnerte mich an all die Gläser mit perlendem Wein, die ich getrunken hatte. *Mon dieu.*

»Scheint so, als wärst du auch ziemlich mitgenommen von gestern«, erwiderte Émilie und lächelte mich mit ihrem Engelslächeln unschuldig an. *Was wollte Noé*, formte Oceane fast zeitgleich mit den Lippen, doch ich schüttelte leicht den Kopf. *Später*, gab ich lautlos zurück. Jules sah neugierig zwischen uns hin und her, Benoît neben mir starrte schlecht gelaunt in die Ferne, und Lilou … sie unterhielt sich inzwischen angeregt mit François. Ihre Wangen waren leicht gerötet, sie wirkte ausgeschlafen und voller Tatendrang. Sie redete so schnell mit François, dass sie über ihre eigenen Worte stolperte, erzählte ihm, wie begeistert sie von der Wohnung unter dem Dach war, und lachte über jeden seiner Witze. In ihrer Euphorie schien Lilou gar nicht zu bemerken, dass er zunächst stutzte und sie einen Moment lang seltsam berührt ansah. Diesen Blick hatte François sonst nur, wenn er über Vergangenes sprach.

»Wenn mein Enkel nicht nett zu dir sein sollte, weißt du ja jetzt, wo du mich findest«, sagte er gerade und zwinkerte Lilou gutmütig zu. Die sich kräuselnden Enden seines Schnauzers ließen den Bart wie ein zweites Lächeln aussehen.

»*Grand-Père*!«, beschwerte sich Benoît und rückte seine Brille zurecht. »Jetzt fang du nicht auch noch an, Gerüchte über meine angeblich schlechte Laune zu streuen.«

Sein Großvater wischte die Bemerkung mit einer Handbewegung beiseite. »Wenn du nett bist, muss man sich bei dir ja fast noch größere Sorgen machen.«

Seine Worte hätten hart klingen können, doch das taten sie nicht. Er sagte es voller Zuneigung.

»Er spricht von den Touristinnen«, erklärte Oceane Lilou kichernd.

Aus Benoîts Richtung ertönte ein Schnauben: »Danke, dass ihr euch immer für meinen guten Ruf einsetzt.«

»*Alors*«, François klatschte in die Hände und sah in die Runde, »wer will einen *Croque Monsieur* oder eine *Madame*?«

Erst bei dem Gedanken an die überbackenen Sandwiches mit

Schinken und Unmengen an Käse merkte ich, wie hungrig ich nach der vergangenen Nacht war. François' Variante der *Croques* war unübertroffen. In unserer WG bekamen wir sie nie so hin, doch egal wie oft wir ihn schon nach seinem Geheimnis gefragt hatten ... er blieb standhaft und schwieg. François lachte nur jedes Mal und meinte scherzhaft, so würde er sichergehen, dass wir ihn auch oft genug in seinem Bistro besuchen kämen.

Lilou strahlte über das ganze Gesicht und lächelte so sehr, dass ich erneut das eine Grübchen entdeckte. Sie hatte noch geschlafen, als ich aufgestanden und mich vor dem Spiegel in meinem Zimmer geschminkt hatte. Erst nachdem ich mich mit jedem Strich und jedem Tupfen wieder mehr wie ich selbst gefühlt hatte, weckte ich sie.

Sie trug immer noch das gelbe Kleid, hatte ihre Dreads heute jedoch wieder zu einem riesigen, hellen Knoten auf ihrem Kopf getürmt. Hinter den getönten Gläsern meiner Brille glitt mein Blick über ihre Haare und hielt bei jeder Perle inne. Ich fragte mich, ob das tatsächlich nur Schmuck war, denn zu ihr würde es passen, wenn mehr dahinterstecken würde: Eine Bedeutung, etwas Tieferes. Ich blinzelte und spürte unwillkürlich wieder ihren Arm um meine Taille, so wie vor nicht einmal einer Stunde, als ich im Licht der tief stehenden Sonne langsam die Augen geöffnet hatte. Lilous nackte Beine an meinen. Die Wärme ihres Körpers, die sich irritierenderweise gut angefühlt hatte. So gut, dass es mir mit einem Mal seltsam vorgekommen war, nur mit Shirt und Höschen ins Bett gegangen zu sein. So gut, dass mich die Tatsache, dass sie eigentlich wohl eher zwischen Benoîts Laken hätte landen sollen, für den Bruchteil einer Sekunde gestört hatte.

Ich war sofort von ihr weggerutscht.

Schnell schob ich die Gedanken beiseite. Lilou neigte den Kopf und sah mich ungewohnt nachdenklich an, doch sie konnte nicht wissen, dass ich ihren grünen Blick in meiner Sepiawelt erwiderte. Müde lehnte ich mich gegen Benoît und wahrscheinlich sah es aus, als würde ich das

Treiben auf der schmalen Straße beobachten. Mein bester Freund legte den Arm um mich und drückte meinen Oberarm.

Und in meinem Kopf zogen Bilder ihre Kreise, laut und leise.

Gestern hatte ich kurz tatsächlich gedacht, Lilou würde mich küssen wollen, doch das war Blödsinn. Wieso hätte sie das tun sollen? Sie sah nicht aus, als wäre sie ... lesbisch. Letztendlich war sie Benoîts neueste Eroberung. Im nächsten Moment schalt ich mich für diesen Gedanken, schließlich konnte man nicht in das Innerste eines Menschen sehen und wissen, zu welchem Geschlecht er sich hingezogen fühlte. Vielleicht war sie bisexuell, vielleicht hatte ich mir diesen Moment eingebildet, vielleicht ... *Merde*, es spielte ja nicht einmal eine Rolle.

Als Annie, eine der Aushilfen im *Le Petit*, mit den *Croque Monsieurs* und *Croque Madames* an unsere zusammengeschobenen Tische trat, stieß ich erleichtert Luft aus. Endlich etwas zu tun, endlich etwas, das mich beschäftigte und vielleicht diese unerklärliche innere Unruhe abschwächte. Am liebsten wäre ich aufgesprungen und gelaufen, gelaufen, gelaufen. Weggerannt, ausgebrochen und Neuem hinterhergejagt.

Ich wollte nicht, dass Benoît mich mit diesem besorgten Blick bedachte, den er sonst meist für Émilie reserviert hatte. Er war der Einzige, der mich manchmal so ansah, der viele meiner verfluchten Schwächen kannte und diese aufkommende Leere erahnte. Und ich hieß das vertraute Lächeln auf meinen Lippen willkommen, das verbarg, wie es tief in mir aussah.

»*Bon appétit*!«, krächzte es schief im Chor von zwei tiefen und vier hellen Stimmen. Als der Käse auf meiner Zunge schmolz, schloss ich genießerisch die Augen.

Lilou

Fast zwei Stunden lang war die Nachmittagssonne wie ein Scheinwerfer auf ihrem mystischen Lächeln. Und obwohl ich mich mit den anderen unterhielt und mich in dieser Runde Menschen, die mir gestern um diese Zeit fast alle noch unbekannt gewesen waren, sehr wohlfühlte, erschien mir Mignons Präsenz viel zu einnehmend und gegenwärtig. Es war eigentlich lächerlich, denn zwischen uns war rein objektiv nichts passiert. Nichts außer der Tatsache, dass ich ihr gestern am liebsten die rote Farbe von den Lippen geküsst hätte, doch das konnte sie nicht wissen. Höchstens ahnen, weil ich immer wieder auf ihren Mund gestarrt hatte. Es war nichts geschehen und doch fühlte sich das hier gerade wie die irritierende Version eines *Tags danach* an.

Die seltsame Vertrautheit der vergangenen Nacht schien verschwunden, die Ehrlichkeit und die fehlende Scheu, Gedanken in ihrer schönsten Rohheit auszusprechen. Jetzt sah Mignon einfach über mich hinweg. Nur ein einziges Mal schien sie meinen Blick aufzufangen, ohne ihn jedoch zu halten – wegen der Sonnenbrille konnte ich nie sicher sein, ob sie mich tatsächlich ansah. Ein spätes Katerfrühstück und ein französisches Bistro, aus der Zeit gefallen und ich *ihr* verfallen. Dieser Frau mir gegenüber, die nach unseren Gesprächen auf einen Schlag gefährlich real und gleichzeitig wieder so unnahbar und cool wirkte. Wie ein Filmstar, um den herum die Luft stärker flirrte.

Begleitet von Benoîts hochgezogenen Augenbrauen und Jules breitem Grinsen lieferten Oceane und sie sich einen Schlagabtausch, der alle am Tisch zum Lachen brachte, während ich versuchte, sie nicht allzu offensichtlich anzustarren und mich dabei nicht viel zu schnell und viel zu heftig in sie zu verlieben.

Es war nicht die Tatsache, dass mich ihr Herzmund und ihre langen Beine reizten, dass ich in ihrer Gegenwart zu oft daran dachte, wie es wäre, sie zu berühren. Oh nein, es war vielmehr dieses unerklärliche

Drängen in mir, sie kennenzulernen. Sie zu fragen, was sie unter ihrer Schminke versteckte, herauszufinden, ob sie noch mehr Besonderheiten hatte wie diesen braunen hypnotisierenden Punkt in ihren dunkelblauen Augen. Was es mit ihrer Kleidung auf sich hatte, mit der Lederjacke, die über dem Stuhl hing, mit dem *Not your fucking Baby*. Ihr Wissen darüber, wie sie auf andere wirkte, und dieses Selbstbewusstsein zogen mich an, diese einfache und gleichzeitig leidenschaftliche Art, wie sie das Leben und vor allem die Kunst zu nehmen schien, machte mich neugierig. Doch das, was dazwischen aufblitzte, brachte mein Herz zum Rasen: Wenn Mignon unbeschwert konterte, wenn sie mich mit etwas überraschte, das ich an ihr nicht erwartet hatte. Wenn sie es mit kleinen Dingen schaffte, dass mein Bild von ihr sich permanent veränderte und verschob. All das, was an Mignon in diesen Augenblicken pur und echt war. All das an ihr, was nach einer Revolution schrie. Sie war der Meinung, sie könne sich nicht verlieben, und dann war da ich, die es ständig in einem viel zu hohen Tempo tat.

Etwas in mir zog sich unangenehm zusammen. Sie war nicht Vera, erinnerte ich mich, sie war gewiss nicht wie sie. Sie war älter, erwachsener und reifer, kein Mädchen mehr, sondern eine Frau. Doch die Suche nach ihrer Wahrhaftigkeit war das, was mir gefährlich werden könnte, das Drängen, sie *wirklich* kennenzulernen.

Ich hatte Angst um mein Herz, in dem noch Veras Spuren lagen, und scheute das Risiko es mir brechen zu lassen, von jemandem, der mich wahrscheinlich nie auf *diese* Art würde sehen können. Manchmal wünschte ich mir, man könnte diesen Teil überspringen, in dem man mehr oder weniger offensichtlich herausfand, ob die andere auch auf Frauen stand. Es herausfinden, ohne dass es irgendwie unangenehm wurde. Und in Mignons Fall ... Ich hatte nur mitbekommen, wie sie mit ihren Freundinnen über Männer sprach. Vor Natalies Geburtstagsparty und den Ereignissen jenes Abends hätte ich sie wahrscheinlich offen danach gefragt, aber heute nicht mehr.

Schwer schluckte ich, schob meinen Stuhl nach hinten und stand auf. Ich musste weg von hier, musste weg von ihr.

Die Stimmung zwischen Mignon und mir war seltsam und, dass sie mich nach gestern fast schon ignorierte, versetzte mir einen größeren Stich, als es sollte. Ich umarmte alle zum Abschied. Benoît versprach sich zu melden, um mir etwas von Paris zu zeigen, und Émilie und Oceane wollten sich nächste Woche mit mir zum Shoppen treffen. Eigentlich war es nicht mein Ding, mit den Händen voller Tüten von Geschäft zu Geschäft zu ziehen, doch ich sagte zu, weil die beiden mich so bereitwillig in ihrem Kreis aufnahmen und mir der Gedanke gefiel, die zwölf Monate in Paris könnten sich wie ein Zuhause anfühlen.

Auf dem kurzen Weg bis zum Ende der Rue des Étoiles verfolgte mich der Geruch nach Wind und Meer, genau wie in der deutlich belebteren Rue Mouffetard und auch noch, als ich in die schmaleren Gassen abbog und das Haus mit der grünen Eingangstür und den Blumenkästen auf beiden Seiten sichtbar wurde.

Es war besser gewesen zu gehen und mich Mignons einnehmender Präsenz zu entziehen, die bereits nach so wahnsinnig kurzer Zeit zu viel in mir bewegte. Es war besser, zumindest für den Moment.

Mignon

Einen Moment lang sah ich Lilou überrascht nach. Den anderen schien es nicht aufgefallen zu sein, doch sie hatte mich als Einzige nicht richtig angesehen, während sie sich verabschiedete. Ein kurzer, flackernder Blick aus grünen Augen war alles gewesen, und ich fragte mich, ob sie abgeschreckt worden war von dem, was sie in der vergangenen Nacht so unerwartet von mir gesehen hatte. Ob diese kleinen Einblicke in meine Seele zu viel des Guten gewesen waren, zu nah an meinem verdammten

Innersten, zu weit weg von meiner Illusion einer Frau von Welt, die mich in ihrer Ganzheit manchmal selbst unangenehm blendete.

Vor nicht einmal zwei Wochen hatte ich gedacht, ich würde sie nie wiedersehen, doch das war geschehen und würde sicherlich wieder passieren.

Jamais deux sans trois, dachte ich und folgte mit den Augen ihren elfenhaften Schritten und dem Schwingen ihres mit Sonnenblumen bedruckten Kleides. *Aller guten Dinge sind drei.*

Savoir-vivre.

Zu leben verstehen.

5. Kapitel

Lilou

Im Lauf der nächsten Wochen war ich immer mehr in Paris und meinem neuen Leben angekommen. Es war etwas vollkommen anderes als die Vertrautheit meines Zuhauses im Münchner Umland, doch ich fand in all den kleinen Abenteuern und meinem Hunger nach dem Leben eine ganz neue Form von Geborgenheit – vielleicht eine Verbundenheit mit der Welt und dem Wissen, dass wir Menschen letztendlich alle zu etwas viel Größerem gehörten und doch auf seltsame Weise miteinander verbunden waren.

Auf einem meiner Streifzüge durch die Stadt lief ich in Montparnasse an einem unscheinbaren Kino vorbei, dessen Anblick etwas in mir rührte. Putz bröckelte von der hellen Fassade, auf der in geschwungenen Lettern *Lux* geschrieben stand, und fast wirkte es, als würden die Häuser zu beiden Seiten das deutlich kleinere und niedrigere Gebäude zwischen sich zerquetschen. Über dem Eingang hing eine jener Leuchttafeln, auf denen die Titel der Filme noch per Hand aus einzelnen Buchstaben zusammengesetzt wurden. Keiner der Filme, die momentan liefen, sagte mir etwas, doch eins der Plakate neben der Doppeltür zog mich magisch an. Es zeigte zwei sich küssende Frauen, im Wind wehendes Haar und Hände, die sich auf verzweifelte Art aneinander festhielten. Ich starrte auf die brünetten Frauen und konnte nicht sagen, wo die eine begann und die andere endete. Im Hintergrund präsentierte sich der Eiffelturm, halb verdeckt von tief hängenden Wolken, zwischen denen auch der Titel des Films geschrieben stand: *Josette aime Céline*. Josette liebt Céline. Und alles an diesem Plakat verkündete Herzschmerz und große Gefühle.

Im nächsten Moment flüchtete ich mich in das kühle Innere und kaufte mir bei einer Frau mit dunklem Pagenkopf und riesigen Creolen an den Ohren ein Ticket. Rote Wände, eine davon vollständig mit alten Filmplakaten bedeckt. Ich entdeckte *Die fabelhafte Welt der Amelie, Chocolat, Midnight in Paris*, lächelte und schickte Yuna ein Foto. Ich saß allein in dem kleineren von zwei Sälen und hatte Tränen in den Augen, als ich nach drei Stunden wieder in das Licht und die Hitze hinaustrat. Ein Film mit Überlänge und dem richtigen Maß an Tragik. Genau in diesem Moment verstand ich Mignon, wie ich sie bisher nicht verstanden hatte. Ich verstand ihre Melancholie, ich verstand, dass das Leben manchmal von solcher Schönheit sein konnte, dass es wehtat. Die Geschichte von Josette und Céline ließ mich nicht los, ihre Schwere und ihre Leichtigkeit. Nachdem ich ziellos durch mehrere Straßen gelaufen war, drehte ich schließlich um, betrat das Lux zum zweiten Mal an diesem Nachmittag und fragte die Frau an der Kasse nach einem Job – und hatte Glück. Sie stellte sich mir als Renée vor und erzählte mir, dass das Kino seit mehreren Generationen in Familienbesitz war. Einer der ersten Filme, die hier gespielt worden waren, war *Der blaue Engel* gewesen. Marlene Dietrich als Lola und Inbegriff der Femme fatale. Einen Moment lang dachte ich an Mignon.

Renée war klein und zierlich, sprach leise, doch mit Kraft in der Stimme. Die Bezahlung hätte besser sein können, doch es war ein Kino mit Charme und etwas, das ich liebte. Außerdem durfte ich mir außerhalb meiner Schichten die laufenden Filme umsonst ansehen.

Abgesehen von den drei bis vier Tagen die Woche, die ich jetzt im Lux hinter der Kasse stand, im schummrig-warmen Licht Tickets und Popcorn verkaufte, Filme einlegte und mich durch das Programmheft des Arthousekinos blätterte, verbrachte ich viel Zeit in der WG in der Rue des Étoiles. Ich hatte mir spontan einen Wasserfarbmalkasten gekauft, saß meistens auf dem Fensterbrett in der Küche und versuchte den Himmel in seiner Gänze zu Papier zu bringen, während Benoît an seinem Laptop schrieb oder zu schreiben vorgab. Manchmal streiften wir auch zusammen durch das Viertel, er zeigte mir das Quartier Latin und schien dabei jeden und alles zu kennen. Wenn ich allein war, schien mir Paris riesig und laut und oftmals auch einschüchternd, aber mit ihm unterwegs wirkte die Stadt auf die beste Art wie ein Dorf. Mit Benoît Zeit zu verbringen fühlte sich fast an, wie den großen Bruder zu haben, den ich mir immer sehnlichst gewünscht hatte. Einen Komplizen, einen Partner in Crime. Hier gab es keine Regeln oder Grenzen außer denen, die ich mir setzte, und ich konnte ganz und gar ich selbst sein, ohne damit anzuecken. Genau das war das größte Geschenk meiner Zeit hier.

Auch Émilie, Oceane und Jules nahmen mich als eine der ihren auf, und ich lebte so sehr den Moment, wie ich es wohl noch nie zuvor getan hatte. Dass sie alle ein paar Jahre älter waren und bereits auf die ein oder andere Weise ihre Träume verwirklichten, war inspirierend und trieb mich zwischen unseren Abenden im *Le Petit* an, offen und bereit für jede neue Möglichkeit zu sein. Auch Mignon war meist anwesend, aber zugleich nie richtig dabei. Nicht so, wie sie es in dieser einen Nacht auf dem Boden ihres Zimmers gewesen war. Und je mehr Zeit verging, desto mehr schien es mir, als würde sie versuchen mich zu meiden. Manchmal glaubte ich Mignons Blicke auf mir zu spüren, doch wenn ich dann in ihre Richtung sah, war da nur ihr Profil mit den fein geschwungenen Wangenknochen unter dichten Ponyfransen.

Ab und zu tauchte dieser Mann mit den schwarzen Haaren auf, mit dem sie in ihrem Zimmer verschwand. Ich versuchte nicht daran zu denken, was in dem Himmelbett passierte, in dem ich ein einziges Mal geschlafen hatte. Noch immer erinnerte ich mich daran, wie ich zwischendurch aufgewacht war und Mignons Körper plötzlich an meinem gespürt hatte. Ihr Rücken an meinen Brüsten und meinem Bauch. Das Shirt, das ihre Taille hinaufgerutscht war. So sehr ich es auch vergessen wollte ... das Gefühl dieses Moments ging mir einfach nicht aus dem

Kopf. Den ganzen Juli lang nicht, und auch nicht, als mit dem August die große Hitze kam, die sich schwer und drückend auf Paris legte.

An einem Sonntag saß ich im Schatten des alten Apfelbaums und tunkte ein Croissant in die gepunktete Kaffeetasse mit dem zerbrochenen Henkel. Madame Mercier aus der Wohnung unter mir hatte eine Wäscheleine quer durch den kleinen Innenhof gespannt, und weiße Bettlaken wehten sachte im Wind. Es roch nach Blumen und einem süßlichen Waschmittel, die Vorboten eines weiteren heißen Sommertags lagen in der Luft, nur von fern nahm ich die Großstadt wahr: Die Autos, den Lärm, den Asphalt in der Sommerhitze. Doch dieses kleine paradiesische Stück Grün blieb nahezu unberührt davon, und das Gras schmiegte sich weich und warm an meine nackten Füße.

Ich dachte an zu Hause und den großen Garten hinter dem Haus, dachte an den alten, knorrigen Baum, auf den Yuna, Kaito und ich immer geklettert waren, und schließlich an Papa. Inzwischen hatten wir ein paarmal miteinander telefoniert. Beim ersten Mal war es unbeholfen und seltsam gewesen, Papa wie immer überfürsorglich, auch wenn ich merkte, dass er sich Mühe gab, seine Traurigkeit hinter interessierten Fragen zu verstecken. Wir tanzten gleichsam umeinander herum, wichen uns aus und sprachen nicht wirklich darüber, was mein Aufenthalt hier bedeutete und weshalb ich nicht wollte, dass er mich besuchen kam. Es lag nicht daran, dass ich ihn nicht liebte und ihn nicht vermisste, sondern dass ich diesen Abstand dringend brauchte, um mich völlig auf *mich* zu konzentrieren.

Außerdem war da mein Bestreben, etwas über *Maman* herauszufinden, aber niemand hatte wirklich gewusst, woher sie gekommen, niemand, wohin sie gegangen war. Sie war meine Mutter und doch immer eine Lichtgestalt ohne Vergangenheit und ohne wirkliche Gegenwart gewesen. Die Sehnsucht nach Paris hatte sie umgeben wie ihr Parfüm. Ihre Geschichten über diese Stadt und die angesehene *École de Danse de l'Opéra national*, an der sie ihre Ausbildung zur Ballerina gemacht hatte, waren das wenige, was ich über ihr Leben erfahren hatte, ihrem Leben vor Papa und vor mir. So als wäre *Maman* aus dem Nichts gekommen und auch wieder in dieses Nichts verschwunden. In solchen Momenten beneidete ich Yuna, die Teil zweier Welten sein konnte, während ich das Fehlen der anderen Hälfte oft schmerzhaft spürte. Ich hatte nur die Sprache und die Liebe zu einer fremden Stadt. Yuna aber hatte eine Familie in Deutschland und eine in Japan, sie hatte Traditionen und Rituale, sie kannte ihre Wurzeln und balancierte mit Leichtigkeit zwischen all dem, was sie war.

Immer wieder googelte ich *Mamans* Namen und versuchte, auf eine Spur zu stoßen, tippte *Elodie Durand* wieder und wieder in die Suchzeile, manchmal ergänzt durch *Paris*, *Ballet de l'Opéra* oder *Étoile*, der höchsten Stufe des Ballettensembles, zu der sie als junge Tänzerin schon aufgestiegen war. Da waren Treffer, doch es waren nie die richtigen. Immer noch endeten die Einträge ungefähr ein halbes Jahr vor meiner Geburt. Und so, wie ich mich im Internet immer wieder auf die Suche nach ihr machte, so las ich auch immer wieder den Brief, den ich zu meinem Geburtstag bekommen hatte – in der Hoffnung, in und zwischen den Zeilen doch noch irgendeinen Hinweis zu bekommen, der mir verriet, wo sie sich befand. Dass sie zurück nach Paris gegangen war, blieb lediglich eine Vermutung und zugleich eine Hoffnung, an die ich mich klammerte.

Seufzend wackelte ich mit den Zehen und beobachtete, wie der gelbe Nagellack in der Morgensonne glänzte. Dann griff ich einer Eingebung folgend nach meinem Handy und rief Papa an.

»Hey Kleines«, begrüßte er mich. »Schön, dass du anrufst.«

»Du bist ja schon wach«, stieß ich überrascht hervor, woraufhin am anderen Ende der Leitung ein tiefes Lachen erklang.

»Wenn du dachtest, dass ich noch schlafe, wieso hast du dann angerufen?«

Ich lächelte und war froh, dass es mit jedem Telefonat leichter zwischen uns wurde. Nicht perfekt, aber leichter.

»Was gibt es Neues bei dir?« Im Hintergrund hörte ich unsere alte Kaffeemaschine arbeiten und stellte mir vor, wie er mit der hässlichen Tasse, die ich in der Grundschule getöpfert hatte, an der Küchenzeile lehnte und aus dem Fenster sah. So gut wie alle Erinnerungen an *Maman* hatte Papa aus dem Haus entfernt, unterrichtete nur noch Deutsch und Englisch, kein Französisch mehr. An anderen Dingen, wie dieser Tasse, hielt er jedoch fest.

Ich trank den letzten Schluck Kaffee, ließ mich nach hinten ins warme Gras sinken und erzählte ihm von den Menschen, mit denen ich mich angefreundet, und dem Kinojob, den ich bekommen hatte. Ich hörte ihm zu, was es bei ihm Neues gab, doch es fiel mir schwer, mich zu konzentrieren. Mein Herz schlug schneller als es sollte, während die Frage, wegen der ich eigentlich angerufen hatte, in meinen Gedanken immer präsenter wurde.

»Papa?«, unterbrach ich ihn leise.

»Ja, Kleines?«

»Sag mal … hatte *Maman* in Paris einen Lieblingsplatz?«

Stille am anderen Ende der Leitung. Dieses Schweigen, das ich nur zu gut kannte, dem ich inzwischen aber etwas entgegenzusetzen hatte: Meinen Willen. Meinen Willen, Antworten zu bekommen und diesen Teil meines Lebens und meiner Wurzeln nicht länger totzuschweigen.

»Sie hat mir viel von dieser Stadt erzählt und irgendwie ist mir aufgefallen, dass ich trotzdem nicht weiß, ob es hier einen Ort gibt, der ihr besonders viel bedeutet hat oder an dem sie gern gewesen ist.« Dass das eventuell ein Ansatz wäre für meinen Plan sie zu finden, eine winzige Hoffnung darauf, verschwieg ich.

»Lilou …«, erwiderte Papa und in der Art, wie er meinen Namen aussprach, schwang diese Mischung aus Schmerz und Trauer mit, die ich nur zu gut von ihm kannte. Doch nicht nur er hatte jemanden verloren, ich war von einem Tag auf den anderen ohne Mutter gewesen und besaß genauso ein Recht auf meine Gefühle – nur ging ich anders mit ihnen um und wünschte mir für meinen Seelenfrieden zumindest eine Erklärung. Mehr als das, was *Maman* und Papa mir früher über ihre gemeinsame Zeit in Paris erzählt hatten.

Die Geschichte ihres Kennenlernens war dabei eine, an der ich mich besonders festhielt, denn sie handelte von dieser Stadt und von der Liebe – von der Stadt der Liebe. Ich wollte so gerne auf den Spuren meiner Eltern durch die Straßen und Gassen gehen, wollte an das Gute denken und mir vorstellen können, wo und wie die beiden sich verliebt und vielleicht unter dem Eiffelturm geküsst hatten. Es war bei einer Klassenfahrt kurz vor dem Abitur gewesen, Abschlussklasse 2001, und ein bisschen stellte ich es mir natürlich vor wie in dem Film *Französisch für Anfänger*. Papa war danach zurückgekommen, um *Maman* in einer regnerischen Nacht zu heiraten. Sie hatten fast zwei Jahre lang in Paris gelebt, Papa an der Sorbonne mit dem Lehramtsstudium begonnen, bevor die beiden kurz vor meiner Geburt nach Deutschland gezogen waren. Und vielleicht war das der Anfang vom Ende gewesen; meine Mutter von der schillernden Großstadt, in der sie erstrahlte, in die Kleinstadt in der Nähe Münchens zu bringen. Und das zu einem Zeitpunkt, als ihr Stern an der Pariser Oper so hoch stand wie niemals zuvor.

Und jetzt war sie schon seit acht Jahren weg und hatte uns weder eine Erklärung noch ein Lebenszeichen gegeben – ich konnte nicht sagen, was von beidem mehr schmerzte. Aber sie hätte uns doch niemals grundlos verlassen, oder? Nicht ihren *petit ange*, wie sie mich stets genannt hatte. *Le ciel de Paris est unique, mon petit ange.* Dieser Satz, immer und immer wieder.

»Ich will *Maman* doch nur irgendwie nah sein können, wenn ich schon einmal hier bin«, sagte ich vorsichtig. Es war eine Wahrheit mit Leerstellen.

»Es ist nicht so, als würde ich dir nichts über sie erzählen wollen ...«

Sie. Er hatte schon vor langer Zeit aufgehört, ihren Namen zu sagen.

»Ich weiß, Paps. Und ich verstehe auch, dass es dir wehtut, über sie zu sprechen. Mir geht es doch auch so. Aber ganz egal, was auch geschehen ist, sie ist meine Mutter, und es ist doch normal, dass ich mich ihr in irgendeiner Weise verbunden fühle und meine Wurzeln nicht verlieren möchte. Für mich war das alles auch nicht leicht.«

»Ich habe alles getan, um dir ...«

»Das weiß ich doch«, sagte ich schnell, »das weiß ich wirklich. Und ich bin dir dankbar für alles, was du für mich getan hast.«

Am anderen Ende der Leitung erklang ein Seufzen. So laut, so tief, als hätte es ewig darauf gewartet hervorzubrechen. »Es ... es gab da tatsächlich einen Platz, an dem sie immer gewesen ist.«

Sofort beschleunigte sich mein Herzschlag. »Erzähl mir davon«, flüsterte ich und war mir nicht sicher, ob Papa mich überhaupt gehört hatte.

»Als ich nach Paris gezogen bin, haben wir in einer winzigen Wohnung in Saint-Germain-des-Prés gewohnt, genau zwischen der Pariser Oper und der Sorbonne. Wir hatten kaum Geld, weil ich mit dem, was ich mir neben der Uni dazuverdient habe, nicht sonderlich viel beisteuern konnte. Außerdem hatten wir zu wenig Platz und trotzdem ... trotzdem war alles irgendwie perfekt und deine Mutter war ...« Papa stockte, wahrscheinlich, weil er merkte, wie er sich in seiner Erinnerung zu verlieren drohte. »Jedenfalls lag auf dem Weg Richtung Uni die Place de la Rose. Freitags hatte ich einen Kurs, der erst um zwanzig Uhr zu Ende war, und jedes Mal saß sie dort und hat auf mich gewartet, um das restliche Stück mit mir gemeinsam nach Hause zu gehen.« Schweigen breitete sich zwischen uns aus, und ich dachte schon, dass Papa dem nichts mehr hinzufügen würde, doch da räusperte er sich und dieses Mal klang seine Stimme heiser und verlor sich dann fast ganz: »An jedem einzelnen Tag war Elodie die schönste Frau weit und breit.«

Wieder schwiegen wir beide. Es war das erste Mal seit *Mamans* Verschwinden, dass er tatsächlich von ihr gesprochen hatte, *richtig* gesprochen. Dass er ihren Namen gesagt hatte. Ich wollte ihm einen Moment Zeit geben, seine eigenen Worte sacken zu lassen. Und auch mir selbst, denn diese geteilte Erinnerung ließ ein warmes Gefühl in mir aufsteigen.

»Danke, dass du es mir erzählt hast«, sagte ich schließlich. Dieses Wissen war nichts und gleichzeitig war es alles. Für den Moment aber war es genug.

Ich lag noch eine Weile im Gras, nachdem wir aufgelegt hatten, dann schnappte ich mir meine leere Tasse und stieg zurück unters Dach, um mich fertig zu machen.

Als ich etwas später in der Metro saß, drohte mir das Herz beinah aus der Brust zu springen, dabei war das ja nicht einmal eine richtige Spur, bloß eine Ahnung und der Wind vergangener Erinnerungen, die nicht meine eigenen waren. Schemenhaft zogen Menschen und Gesichter an mir vorbei, doch mein Blick war auf einen unsichtbaren Punkt in der Ferne gerichtet. Dort, wo ich mein Ziel vermutete. Es war ein kurzer Weg, nicht einmal fünfzehn Minuten, und dann breitete sich eine Ansicht wie ein Gemälde vor mir aus.

Die Place de la Rose wurde ihrem Namen mehr als gerecht. In der Mitte stand ein runder Pavillon, zu dem ein paar wenige Stufen hinaufführten. An den Seiten rankten sich Rosen an Spalieren empor, ein Meer aus Weiß und Rosa, Pink und Rot. Rundherum standen hell gestrichene Bänke. Vielleicht hatte *Maman* auf einer von ihnen gesessen, mit übereinandergeschlagenen Beinen und einem ihrer Hüte auf dem Kopf. Vielleicht war sie auch unter den Rosenbögen hindurchflaniert. Womöglich hatte sie an den Pavillon gelehnt in *Le Monde* geblättert.

Ich blickte mich um, hielt den Atem an, wartete und spürte ... nichts. Nichts und wieder nichts. Mir war kaum klar, was genau ich erwartet hatte und doch war ich überrascht, dass keines dieser unbestimmt ausgemalten Szenarien eintrat: Keine Woge des Gefühls, kein Erkennen, keine besondere Verbindung zu einem Ort, den ich eigentlich nicht kannte, kein Déjà-vu, keine Ahnung der Vergangenheit. Ich stand dort und fühlte mich einsam und verloren, und das war leider alles. Mignons Gesicht stieg in meinen Gedanken auf und das, was sie über die Entzauberung des Lebens gesagt hatte. Plötzlich konnte ich die stille Skepsis nachvollziehen, die sie der Welt gegenüber zu haben schien, den bodenlosen Ernst in ihren Augen, wenn in der Dunkelheit Blau zu Schwarz wurde.

Ein paar Tage später stand ich am Ende der Rue des Étoiles und wartete auf Benoît. Die Sonne war kurz zuvor aufgegangen und tauchte die schmalen Gassen des Quartier Latin in ein warmes Licht, irgendwo zwischen bernstein- und rosenquarzfarben.

Als ich ihn entdeckte, eine Hand in der Hosentasche, in der anderen eine Papiertüte und die blonden Haare wild abstehend, biss ich mir auf die Unterlippe, um nicht zu offensichtlich zu grinsen. Das war dann also *Stinkstiefel-Benoît*, wie Oceane diese Version von ihm nannte. Er sah alles andere als glücklich aus und nuschelte ein verschlafenes *Salut*. Für den Kaffee, den ich ihm in die Hand drückte, erntete ich nur ein knappes *Merci* und ein minimales Heben seiner Mundwinkel.

»Es war *deine* Idee«, erinnerte ich ihn, als wir losliefen. Ich lachte, als statt einer Antwort nur unverständliches Gemurmel erklang. Gestern noch hatte er darauf bestanden, dass wir in aller Frühe in den Jardin du Luxembourg gehen müssten, weil dort an einem heißen Tag etwas später schon die Hölle los sein würde. Jetzt liefen wir an Bars, Cafés und Bistros vorbei, die fast alle noch geschlossen waren, doch langsam erwachte das Viertel zum Leben.

»Und was ist da drin?«, wollte ich irgendwann wissen und deutete auf die Tüte in seiner linken Hand. Benoît grinste leicht. »Ein paar

Sachen, die gestern Abend im *Le Petit* übrig gewesen sind. Falls wir später Hunger bekommen sollten.«

»Du bist so gut zu mir.«

»Wenn es nach *Grand-Père* ginge, hätte ich noch viel mehr für die *reizende junge Dame aus Deutschland* eingepackt.«

»Dein Opa ist süß«, erwiderte ich und dachte daran, dass ich irgendwo in diesem Land auch einen *Grand-Père* haben musste. Und eine *Grand-Mère*. Eine *Maman*. *Une famille*, eine Familie.

»Er denkt, du wärst meine Freundin.«

»Vielleicht, weil ich die Erste bin, die auch deine Sprache spricht?!«, neckte ich ihn. »Das hat ihn sicher irritiert.«

Benoît sah mich erst stirnrunzelnd an, dann verfinsterte sich der Ausdruck in seinen dunklen Augen. »Ich bring die Mädels um«, murmelte er, »was haben die jetzt schon wieder über mich erzählt?«

Ich zuckte mit den Schultern. »Nur etwas von deinen Vorlieben.«

»Das scheint dich ja brennend zu interessieren.« Benoît nahm einen Schluck von seinem Kaffee und schien mit einem Mal deutlich munterer zu sein. Und da war wieder dieser verhangene Blick unter leicht gesenkten Lidern, von dem ich inzwischen wusste, dass er typisch für ihn war. Er sah zu mir hinunter.

»Flirtest du eigentlich mit jeder Frau, die nett zu dir ist?«

»Autsch, Lilou, das hat wehgetan!« Benoît griff sich an die Brust und lachte. »Ich flirte nur mit denen, die es wert sind.«

Ich musste schmunzeln. Nur zu gut konnte ich mir vorstellen, dass er einer dieser Kerle war, an die Frauen wie Männer reihenweise ihr Herz verloren. Wegen seines französischen Charmes, wegen seiner feinen Gesichtszüge, der braunen Augen voller Geschichten und diesem ganzen entrückten Schriftstellersein, das ihn umgab. Er hatte mir einmal erzählt, dass er gar keine andere Wahl hatte, als alternative Realitäten zu erschaffen. Seine *Grand-Mère* war eine leidenschaftliche *Chanteuse* gewesen, seine Mutter Malerin, deren Cousine eine berühmte Tänzerin, und Benoît bezeichnete das Künstlerische und die Kreativität als Erbe seiner Familie.

Der Jardin du Luxembourg lag an der Grenze zum Viertel Saint-Germain-des-Prés und nach gut einer Viertelstunde zu Fuß kam eins der schmiedeeisernen Eingangstore auf der Südseite in Sicht. Gerahmt von zwei Pfosten zeigten die Streben des golden verzierten Zauns gen Himmel, dahinter lag eine Allee, die in den Park hineinführte. Während wir unter den Bäumen entlangliefen, erzählte mir Benoît, dass der ursprüngliche Schlosspark der Garten war, der irgendwie jedem Pariser gehörte. »Ein bisschen wie der Central Park, nur cooler und mit einem verdammten eigenen Schloss«, sagte er feierlich, und ich lachte. »Eigentlich sind es sogar zwei Schlösser«, verbesserte er sich, »das Palais de Luxembourg und das Petit Palais.«

Wir gingen weiter geradeaus, und ich saugte jede seiner kleinen Erzählungen und Anekdoten, jeden Eindruck und jedes Bild begierig auf. All das satte Grün und die verwunschenen Ecken sorgten für ein Kribbeln in meinen Fingerspitzen und den Drang, sofort nach meinen neuen Pinseln und Farben zu greifen und jene Baumkronen und Äste zu malen, hinter denen der Himmel blau schimmerte. Je weiter wir den Park Richtung Norden durchquerten, desto strenger und geometrischer wurde die Anordnung der Blumenbeete und Terrassen. Überall standen grüne Stühle, manche verwaist und leer, auf anderen saßen Besucher, die Zeitung lasen oder ihr Gesicht der Sonne entgegenstreckten.

Unweit des Palais de Luxembourg bog Benoît beschwingt rechts ab und zog mich fast schon ungeduldig mit sich. Als er so plötzlich stehen blieb, dass ich beinah in ihn hineinlief und mich dann umsah, wusste ich sofort, weshalb er gedrängt hatte, schon so früh aufzubrechen: Weil sich die Schönheit dieses Ortes mit der Abwesenheit von anderen Menschen verstärkte. Vor uns erstreckte sich die *Fontaine Médicis*, und dieses Wasserspiel, mit seinen alten, teils von Moos überwachsenen Steinen und den tief hängenden Ästen der Bäume darüber, strahlte eine

Atmosphäre aus, die eher an eine mystische Grotte denken ließ. Einer der romantischsten Orte Paris', so sagte man, und definitiv einer, der zum Träumen einlud, insbesondere jemanden wie mich, jemanden mit dem Kopf in den Wolken. Ich betrachtete das tempelartige Steingebilde, die drei von Säulen gerahmten Nischen, in denen mehrere Statuen zu sehen waren. Zu Füßen der mittleren lief Wasser über mehrere Stufen hinab in ein längliches Becken, und einen Augenblick standen wir einfach nur da und sahen dem Wasser und diesem Ort beim Existieren zu.

Als unser Kaffee ausgetrunken war, zeigte Benoît mir auf der anderen Seite des Parks die Orangerie mit den Palmen davor und eine Nachbildung der *Liberté éclairant le monde*, der Freiheitsstatue, von denen sich insgesamt fünf Stück in Paris befanden. Er erzählte mir, dass im *Musée des Arts et Métiers* das von Frédéric Auguste Bartholdi entworfene Modell der *Statue of Liberty* stand, das die Vorlage für das Geschenk Frankreichs an die USA gewesen war. Noch mehr aber interessierte mich die Geschichte, als Benoît nach seiner letzten bestandenen Prüfung zusammen mit Mignon nachts über den Zaun geklettert war und sie beinahe erwischt worden waren.

Zurück im Süden der Anlage suchten wir uns einen Platz auf einer der Liegewiesen. Im weichen Schatten einer ausladenden Baumkrone ließen wir uns auf der Decke nieder, die ich mitgenommen hatte. Benoît packte das Essen aus. Croissants, ein Stück Baguette, Käse und eine halbe Quiche Lorraine.

»Lach mal«, forderte ich ihn auf, woraufhin seine Lippen sich zu diesem Benoît-Grinsen kräuselten. Ich machte ein Foto – von ihm, meinen ausgestreckten Beinen, dem Essen auf der Decke – und das schickte ich Yuna. Und dann verlor ich jegliches Zeitgefühl. Wir aßen, wir redeten. Irgendwann griff Benoît nach dem Buch, das neben ihm lag, und begann zu lesen. Ich malte, ließ Wasserfarben auf Papier verschwimmen und tauchte meinen Pinsel immer wieder in die kleine Wasserflasche, die ich extra dafür mitgenommen hatte. Ich versuchte die Stimmung dieses Augenblicks einzufangen. Und nicht zum ersten Mal dachte ich mir, wie verrückt es war, dass das Malen mir innerhalb kürzester Zeit so wichtig geworden war. Einfach nur wegen des Himmels über Paris.

»Wie lang bist du jetzt eigentlich hier?«, fragte Benoît irgendwann in meine Gedanken hinein. »Zwei Monate?«

Ich nickte. »Ja, ungefähr.«

»Und hat dir in letzter Zeit jemand besonders gut gefallen?«

Sofort tauchte das Gesicht seiner besten Freundin vor mir auf. Ich strich mit meinen Händen abwesend über die Wiese und begann vereinzelte Gänseblümchen zu pflücken und vor mir auf der Decke zu verteilen. Wie kleine Sonnen hoben sie sich von dem dunkel gemusterten Stoff ab.

»An dem Tag, an dem ich angekommen bin, habe ich tatsächlich jemanden kennengelernt. Es war irgendwie ... besonders.« Ich lachte und hoffte, es würde den bedeutungsschwangeren Klang meiner Stimme relativieren. »Aber das ist gerade wirklich das Letzte, was ich möchte.«

»Wieso das denn?« Benoît hob eine Augenbraue und klappte sein Buch zu.

»Weil ich nur noch zehn Monate hier sein werde.« Das war keine Lüge, aber trotzdem ein Vorwand. Ich hätte gern gesagt: *Weil ich auf der Suche nach mir selbst bin, nicht nach Liebe. Weil sich wieder mit Haut und Haaren zu verlieben die eine Sache ist, vor der ich Angst habe.*

»Aber trotzdem hast du jemanden kennengelernt.« Benoît grinste und ließ sich auf den Rücken sinken, die Arme hinter dem Kopf verschränkt. »Erzähl«, forderte er mich auf. Der Blick seiner dunklen Augen war aufmerksam auf mich gerichtet.

Und während ich mit einem Fingernagel Löcher in die Stiele der Gänseblümchen bohrte und sie langsam zu einer Kette zusammensteckte, kamen mir mit einem Mal all die ungesagten Dinge über die Lippen, die ich selbst Yuna gegenüber noch nie erwähnt hatte – weil ich mir die meiste Zeit über nicht sicher war, ob es überhaupt etwas zu erzählen gab. Ich beschrieb diesen Moment im Zug, das hereinfallende Licht, meine Fragen und ihre Antworten. Ich fing diesen losgelösten Augenblick mit meinen Worten ein, machte ihn damit nach all den Wochen zu etwas Realem, nur ihren Namen erwähnte ich nicht und vermied jede Verbindung, die Benoît zu Mignon hätte ziehen können.

Als ich fertig war, seufzte er und blickte einen Moment nach oben in den Himmel. »Okay, das klingt schon echt verdammt episch.«

»Du bist in Wahrheit ein richtiger Romantiker, oder?«

»Mag schon sein«, Benoît grinste verschmitzt. »Aber sag's keinem. Ich muss an meinen Coolness-Faktor denken.« Er zwinkerte mir zu. »Und du stehst also auf Frauen?«

Ich blinzelte.

»Du hast von einer *sie* gesprochen«, erklärte er ruhig, als er meinen Gesichtsausdruck bemerkte. Es folgte ein Moment der Stille.

»Ach so … ich … Ja. Nein.« Ich nickte und schüttelte gleichzeitig den Kopf. »Nicht nur, aber auch, manchmal ist das nicht so einfach zu erklären. Ich bin pansexuell. Für mich spielen Geschlechter einfach keine Rolle. Ich habe optisch zum Beispiel keinen speziellen Typ, ich verliebe mich einfach in … die Energie von einem Menschen. In seine Ausstrahlung und das, was ihn ausmacht«, erklärte ich. Es war eins der ersten Male, dass ich das Wort *pansexuell* tatsächlich benutzte. Sonst hatte ich eher von *bisexuell* gesprochen, weil die meisten mit diesem Begriff mehr anfangen konnten. So musste ich mich und meine Gefühle, die ich selbst lange Zeit nicht in Worte hatte fassen können, nicht lange erklären. Zu sagen *Ich bin bisexuell* war nie eine richtige Lüge gewesen, eher ein Auslassen von Tatsachen, um es mir leichter zu machen. Irgendetwas an Benoît hatte es mir dieses Mal aber leicht gemacht.

»Das klingt irgendwie wahnsinnig romantisch«, meinte er. Für einen

Moment hatte es den Anschein, als würde Benoît dem noch etwas hinzufügen wollen, doch dann schwieg er.

»Vielleicht«, sagte ich, »es ist einfach die Art, wie ich bin und wie ich liebe.«

»Immer schon?«

»Ja, eigentlich seit ich mich erinnern kann, auch wenn ich natürlich Zeit gebraucht habe, um das alles zu verstehen.« Ich lachte auf. »Als ich als Kind irgendwann gemerkt habe, dass das nicht bei allen Menschen so ist, fand ich das sogar richtig komisch. Für mich war das anfangs meine normale Welt. Ich dachte, es wäre nur ein seltsamer Zufall, dass die meisten Paare, die ich kannte, aus Mann und Frau bestanden. Es ist ja irgendwie auch normal, dass man zuerst einmal von seiner eigenen Realität ausgeht.« Einen Moment hielt ich inne, schluckte. »Und abgesehen davon: Was ist schon normal? Und was gibt anderen Menschen das Recht, uns zu sagen, was es ist und was nicht?«

Benoît legte den Kopf schief. »Es ist verdammt schade, dass die meisten diese kindliche Sicht irgendwann verlieren, oder? Die Welt wäre eine bessere, wenn die Menschen sich daran erinnern würden, mit welchen Augen sie sie früher einmal gesehen haben. Bevor irgendwelche Erwachsene sie mit unsinnigen Regeln und Grenzen kaputt gemacht haben.«

Ich seufzte. »Und genau deshalb wäre ich manchmal gern für immer Kind. Weil dann alles so schön leicht wäre und keiner Entscheidungen von einem erwartet. Zumindest nicht die schwerwiegenden, die Auswirkungen auf das restliche Leben haben können.«

»Wir können ja im Herzen Kinder bleiben, oder?« Er lächelte. »Ich finde sogar, dass wir das *müssen*.«

Gerade, dass Benoît nicht stockte oder seltsame Fragen stellte, dass er *es* einfach so hinnahm, machte ihn für mich in diesem Moment noch sympathischer. Dass er nichts davon sexualisierte und mir Fragen zu Dreiern stellte oder wissen wollte, wie Sex mit einer Frau funktionierte. Dass er mich nicht fragte, ob mir irgendetwas fehlte und mich nicht mit einem Mal ansah, als wäre ich nun Teil irgendwelcher Lesbenfantasien geworden. Dass er mich genauso normal behandelte, wie ich es verdient hatte.

Leider wusste ich, dass das keine Selbstverständlichkeit und die Welt in so vielen Punkten weniger tolerant war, als ich es mir erträumte. Es waren Erfahrungen, die nur ein weiterer Grund gewesen waren, in eine Weltstadt wie Paris zu wollen und weg von der Kleinstadt, in der ich aufgewachsen war. Ich wollte mich nicht länger erklären müssen. Und als wäre es in den letzten Jahren nicht schon schwer genug gewesen, herauszufinden, wie genau meine Identität und mein ganz eigenes Label aussahen, erinnerte ich mich immer noch glasklar an all die abfälligen Sätze aus Mündern, die sich dabei zu einem hässlichen Grinsen verzogen. An das erste Mädchen, mit dem ich Hand in Hand durch die Schulflure gelaufen war. Ich hatte damals schon gemerkt, dass sie sich nicht in dem Maße mit ihrem biologischen Geschlecht identifizierte, wie ich es tat, aber das war mir egal gewesen. Wir waren fünfzehn und sie dabei herauszufinden, wer sie sein wollte. Irgendwann hatte sie sich gewünscht, dass ich sie Tim nenne. Und für mich war *sie* zu einem *er* geworden. Tim mit den dunklen Korkenzieherlocken und den vollen Lippen.

Du willst doch bloß Aufmerksamkeit.

Was stimmt nicht mit dir?

Braucht ihr zwei nicht mal wieder einen richtigen Schwanz?

Du bist abartig!

Könnt ihr eigentlich richtig Sex haben?

»Lilou?« Benoît wedelte mit einer Hand vor meinem Gesicht herum.

»Sorry«, murmelte ich, mit den Gedanken immer noch in der Vergangenheit auf endlosen Schulfluren. »Ich musste gerade nur an etwas denken.«

»An die Unbekannte?« Benoît zwinkerte mir unbeschwert zu. Auch jetzt verzichtete ich darauf, ihm zu sagen, dass sie inzwischen gar nicht mehr so fremd war. Und auch auf die Chance, ihn darüber aufzuklären, dass sie seine beste Freundin war.

»*Eh bien*, sie muss der Wahnsinn sein. Kein Wunder, dass du immun gegen meinen Charme bist.«

Ich verdrehte lachend die Augen, doch zumindest was den ersten Teil seines Satzes betraf, hatte er wohl recht. Mignon mit den traurig-schönen Augen war mir innerhalb kürzester Zeit unter die Haut gegangen. Der braune Fleck in ihnen, der so einsam im Blau umhertrieb, so wie scheinbar auch ihr Herz in Paris.

»Genau, Benoît. Das ist der einzige Grund. Sonst hätte ich mich nämlich sofort Hals über Kopf in dich verliebt und dich schon längst gefragt, ob wir nicht gleich heiraten wollen.« Ich nahm die inzwischen fertige Gänseblümchenkette und legte sie mir wie eine Krone auf den Kopf. Die letzte Blume formte ich zu einem Ring, den ich Benoît reichte. »Aber da man einige Fehler zum Glück wiedergutmachen kann: Möchtest du mich heiraten, Benoît Lefèvre?« Ich gab meinen schönsten Augenaufschlag zum Besten.

»Woaahh«, er riss die Augen auf und hob abwehrend beide Hände. »Das geht jetzt selbst mir zu schnell.«

»Ach ja?« Unschuldig sah ich ihn an und klimperte mit den Wimpern.

»Ich hab dir doch erzählt, dass ich wegen der Mädels ziemlich gut in Girlstalk bin. Du bekommst also einen Rat von mir, ganz egal ob du ihn hören willst oder nicht.« Benoît setzte sich auf, stützte sich auf die Handballen und musterte mich. »Statt mich unfassbar attraktiven Mann zu heiraten, musst du die Gelegenheit nutzen, wenn das Schicksal euch noch einmal zusammenführt. Lass sie nicht noch mal gehen, frag sie nach ihrer Nummer, lad sie auf einen Kaffee ein, tu irgendetwas, bevor du es am Ende bereust. Wenn man in seinem Leben etwas bereuen sollte, dann die Dinge, die man getan hat, aber um Himmels willen nicht die Dinge, die man unterlassen hat.«

Schicksal. Zweite Chance. Zweite Begegnung. Hätte ich nicht Angst um mein Herz, wären das meine eigenen Worte gewesen. Ich lächelte und fühlte mich meinem neu gewonnenen Freund auf die allerbeste Art verbunden.

Mignon

Nous t'aimons. Wir lieben dich.

Seufzend strich ich über Émilie und Oceanes Botschaft, die heute Morgen zu all den anderen Post-its an den Rändern meines Bildschirms dazugekommen war. Ich konnte meinen engsten Freundinnen diese drei verdammten Wörter nicht zurückzugeben, zumindest nicht verbal. Ein letztes Mal glitt ich mit den Fingerspitzen gedankenverloren über den Zettel, ehe ich meinen Artikel über die neue Ausstellung im *Musée d'Art moderne de la ville Paris* ein letztes Mal las und dann an Anouk schickte. Ich schaltete den Computer aus, strich mein Kleid glatt und erhob mich.

Es war gerade einmal Mittag, doch an den vergangenen Wochenenden hatte ich für die *Sauvage* mehrere Ausstellungen besucht und heute deshalb den halben und morgen den ganzen Tag frei. Leider Gottes hatte ich festgestellt, dass sich Lilou in meine verdammten Gedanken zu schleichen begann, sobald ich allein war. Sie und der zunehmend stärker werdende Wunsch auszubrechen und etwas Neues zu wagen. Ich wollte mehr, ich wollte nicht mehr nur einen Job, der mich erfüllte, ich wollte absolute Erfüllung. Es waren unerwünschte Gedanken wie diese, wegen derer ich eigentlich lieber weitergearbeitet hätte.

Während ich auf die Aufzüge zulief, überlegte ich, Thierry zu schreiben. Wir hatten uns vor drei Woche in einer meiner Lieblingsbars kennengelernt. Der Mann mit den schwarzen Haaren und den stechend blauen Augen hinter runden Brillengläsern war mir sofort aufgefallen, und ich hatte genau gewusst, wie ich ihn ansehen musste, damit er sich zu mir setzte. Es war ein Spiel, das mir fast schon zu leicht fiel: Die Art, wie ich mich bewegen, die Worte, die ich wählen musste. Thierry war Dozent an der Sorbonne, unterrichtete Französische Literatur und war zehn Jahre älter als ich – etwas, das mich reizte, doch auch er erreichte mein Herz nicht. Nicht mit seinem Humor, nicht mit seiner Intelligenz, nicht mit seinem Körper. Beim letzten Mal, als ich ihn mit zu mir genommen hatte, waren Émilie, Oceane und Lilou in der Küche gewesen. Und kurz bevor er mit einem erstickten Stöhnen auf mir zusammengebrochen war, hatte ich Lilous unbeschwertes Lachen gehört und sie wieder mit hochgerutschtem Kleid in meinem Bett liegen sehen. Es hatte eine zweite Runde gegeben, nur um dieses verwirrende Bild aus meinem Kopf zu vertreiben.

Dieses Mal war *ich* oben gewesen.

Dieses Mal hatte *ich* die Kontrolle gehabt.

Dieses Mal war ich Herrin meiner Gedanken gewesen. Zumindest fast.

Als ich jetzt aus dem Aufzug stieg und Thierry gerade anrufen wollte, zeigte mein Handy eine Nachricht von Benoît an. Er fragte, ob ich in den Jardin du Luxembourg kommen wollte. Wenige Sekunden später folgte ein genauer Standort. Und ja, ich wollte. Benoît, bei dem ich mich nie zu erklären brauchte. Benoît, der mich nicht immer verstand, aber es jedes verfluchte Mal versuchte.

Der Jardin war brechend voll, und ich brauchte ewig, um mich bis zu dem Platz durchzukämpfen, an dem er im Schatten eines Baumes auf einer Decke saß … zusammen mit Lilou. Bei ihrem unerwarteten Anblick geschah etwas Unerklärliches tief in meinem Inneren. Etwas, das ich jedoch gekonnt ignorierte.

Je näher ich den beiden kam, desto deutlicher erkannte ich das halb fertige Bild, das vor Lilou lag, und die Kette aus Gänseblümchen auf ihrem Kopf. Ich erinnerte mich an die Wolkenbilder, von denen sie mir erzählt hatte. An das Bild, das immer noch an meinem Spiegel hing und jedes Mal, wenn mein Blick darauf fiel, zweifellos etwas in mir berührte.

Zusammen mit dem Wind strich der Stoff meines Kleides um meine Beine, als ich vor den beiden stehen blieb. Dann setzte ich mich neben Benoît, die Beine übereinandergeschlagen von mir gestreckt.

»*Salut.*«

»Hey.«

Bisous für ihn, *Bisous* für sie. Lilou sah überrascht auf meine Füße und die Doc Martens, die ich heute trug. Schwarz, flach, bequem. Ich warf ihr einen herausfordernden Blick zu, und sie erwiderte ihn genau so, wie sie es getan hatte, als ich ihr an Émilies Geburtstag die Tür geöffnet hatte. Es gefiel mir, dass ihre Gefühle Lilou meist so offen ins Gesicht geschrieben standen. Dass sie unweigerlich zeigte und sagte, was sie dachte. Genau jetzt waren es Überraschung und Freude. Verwirrung und etwas Verschlossenes. Keins davon passte zum anderen.

Hätte sie lieber mit Benoît allein sein wollen?

Ich lehnte mich gegen ihn und legte den Kopf auf seine Schulter. Sonnenwärme auf meinen nackten Beinen und Worte, die zwischen uns dreien hin- und herflossen. Sätze über alles und nichts. Als wir verstummten, malte Lilou die leuchtenden Wolken über uns, Benoît las ein Buch, und ich beobachtete die Menschen um uns herum, analysierte ihre Kleidung und was sie ausdrückte. Wer mit seiner Kleidung spielte und wer sie eher funktional nutzte. Und auch nach fünf Jahren konnte ich mich nicht sattsehen an all den Farben. Das hier war Paris, wie ich es liebte, war einer der Marmeladenglasmomente, wie ich sie mir damals erträumt hatte. Doch auch aus Träumen konnte man herauswachsen.

Ich war nicht einmal eine halbe Stunde da, als Benoît auf seinem Platz herumzurutschen begann und meinen Kopf dabei unsanft auf den Boden beförderte. Hektisch sah er um sich, griff nach einem von Lilous Blättern und begann darauf herumzukritzeln und murmelte immer

119

wieder unverständlich vor sich hin. *Künstler*, formte Lilou belustigt mit den Lippen, und ich versuchte mein eigenes Lachen zu unterdrücken. Mein bester Freund sah ein bisschen wie ein Wahnsinniger aus, mit dem weggetretenen Blick in den Augen und den ultimativ zerzausten Haaren, die er sich mit einer Hand beim Denken raufte.

»Okay, ich muss echt los. Ich brauche meinen Laptop und zwar sofort, bevor alles wieder weg ist. Ich muss ... muss ... muss ...« Er kritzelte doch noch irgendetwas auf das Papier, und dann folgten nur noch einzelne Wörter. *Vachement. Incroyable. Merde.* Benoît sprang auf. »Ich muss nach Hause. Seid mir nicht böse, ja?« Er drückte erst mir einen Kuss auf die Wange, dann Lilou und im nächsten Moment lief er schon los.

»Natürlich sind wir nicht böse«, sagte ich noch, als ich mich aufsetzte, doch das hörte er schon gar nicht mehr. Ich wusste, wie sehr Benoît in den letzten Wochen mit *Wie der Wind in meinen Segeln* gehadert hatte. Zwar war er ein paar Tage nach unserem Gespräch auf dem Dach über seinen Schatten gesprungen und hatte endlich zu schreiben begonnen, doch wirklich zufrieden war er mit den ersten Seiten und Kapiteln nicht gewesen. Wenn er jetzt plötzlich eine dieser magischen Ideen hatte, dann musste er sie unbedingt festhalten.

»Vergiss deinen Verlobungsring nicht, Monsieur Lefèvre!«, rief Lilou ihm hinterher. Lachend kam er zurück und ließ sich einen Ring aus Gänseblümchen anstecken. Er passte nur an seinen kleinen Finger, was den beiden aber nichts auszumachen schien.

Benoît deutete eine elegante Verbeugung an. »Mademoiselle Durand, es wird mir eine Ehre sein, der Eure zu werden.«

Mon dieu, die beiden machten doch nur Spaß, oder?

Ich sah zwischen ihnen hin und her, im nächsten Moment verschwand Benoît, er rannte fast schon zwischen all den Leuten hindurch.

»*Il est fou*«, murmelte ich. »Er ist verrückt.«

»Stimmt«, pflichtete Lilou mir bei. »Aber er ist es auf die beste Art, oder?«

Lauer Sommerwind trug die Worte davon, und dann sagte einen Moment lang keine von uns etwas. Es war das erste Mal seit Émilies Geburtstag, dass wir allein miteinander waren, und schon begann Lilou ihre Sachen in ihren bunten Rucksack zu packen.

»Du gehst?«

Sie antwortete erst nicht, doch dann hob sie seufzend den Blick. »Okay, hör mal. Ich mag es nicht, wenn Dinge unausgesprochen sind und vielleicht ... also ...«, Lilou zupfte ein paar Gänseblümchen in ihren Dreads zurecht. »Wieso ignorierst du mich seit der Party, Mignon? Wir haben uns doch gut ver –«

»Du denkst, ich ignoriere dich?«

Lilou musterte mich nachdenklich, dann nickte sie. »Zumindest gehst du mir aus dem Weg«, schob sie etwas leiser hinterher.

»Ich dachte, du gehst *mir* aus dem Weg.«

Lilou runzelte die Stirn. »Wieso sollte ich dir aus dem Weg gehen?«, entgegnete sie fast schon zu hastig. Irgendwie machte sie mich nervös. Und Himmel, ich war ganz sicher niemand, der wegen irgendjemandem nervös wurde. Ich wusste sehr genau, wie ich Menschen neugierig machte und schließlich für mich gewann. Das verdammte Problem war vielmehr, dass ich keine Ahnung hatte, wie mir das gelingen sollte, wenn ich dabei ganz ich selbst sein wollte.

»Und weshalb sollte ich dir aus dem Weg gehen?«, entgegnete ich, als wäre ein Glasherz nicht vielleicht doch ein Grund.

Lilou begann zu lachen, perlend und weich und mit dem ganzen Gesicht. Ich konnte nicht anders, als einzufallen. Unwillkürlich stellte ich mir die Frage, wie sie es verdammt noch mal schon wieder schaffte, dass ich mich in ihrer Gegenwart so frei und weniger leer fühlte.

»Und?«, fragte Lilou und sah mich mit einem Blick in ihren waldgrünen Augen an, der nach Abenteuer schrie. »Was machen wir beide jetzt, wo wir das mehr oder weniger geklärt haben?«

Ich wollte sie als meine Freundin, und das bedeutete, dass ich mich zum ersten Mal um jemanden bemühen musste. Ich wollte sie als meine Freundin, weil sie mich nahm, wie ich war. Und vielleicht auch deshalb, weil mein Kopf dann endlich Ruhe geben und nicht ständig dieses Bild von ihr in meinem Bett heraufbeschwören würde. Ein Bild, das dort absolut nichts zu suchen hatte.

»Ich könnte dir etwas von der Stadt zeigen«, schlug ich wenig originell das Erste vor, das mir in den Sinn kam.

»Okay«, sagte Lilou gedehnt und neigte den Kopf. Die Gänseblümchenkrone auf ihrem Kopf verrutschte ein kleines Stück und genau in diesem Moment sah sie mehr denn je wie die Pocahontas aus meinen Gedanken aus. »Aber kein Tourizeug. Keinen Eiffelturm, kein Louvre, keine Sehenswürdigkeiten.«

»Was willst du dann sehen?«

Ihre Augen blitzten, als sie sich mir ein Stück entgegenbeugte. »Hmm ... irgendeinen Ort, der *dir* etwas bedeutet.«

Ich schluckte. Und obwohl bei dem Gedanken mein Herz zu rasen begann, beschloss ich, Lilou zu *meinem Platz* zu bringen. Ein Ort fernab von jeder Illusion und jedem Traumbild. Ich würde ihr das Wahrhaftigste zeigen, das Paris für mich zu bieten hatte.

6. Kapitel

Mignon

Je mehr Glas- und Stahlbauten sich in den pastellblauen Himmel reckten und das Licht fast schon unangenehm hell reflektierten, desto verwirrter blickte Lilou zwischen mir und den Hochhäusern hin und her. In ihren glatten, glänzenden Fassaden spiegelten sich Himmel und Wolken – eigentlich etwas, das ihr hätte gefallen müssen.

»Bist du dir sicher, dass wir hier richtig sind?« Lilous Nase kräuselte sich, als sie ihren Blick von den Häusern löste, um mich stattdessen skeptisch anzusehen.

Ich nickte.

Sie war eine Träumerin und hatte mit Sicherheit eine ganz bestimmte Vorstellung von Paris. Hatte sie zumindest vor ihrer Ankunft in dieser Stadt gehabt. Ihre wachen Augen forderten Romantik und große Gesten, sie verlangten nach Abenteuern und den verwunschenen Orten einer längst vergangenen Zeit, doch keine glatten, austauschbaren Oberflächen, an denen alles abzuprallen drohte. Ganz sicher nicht La Défense, das Büro- und Finanzviertel westlich von Paris mit seinem nicht enden wollenden Ozean aus Wolkenkratzern.

Wir hatten die Metrostation und La Grande Arche, die kantige, moderne Version des Triumphbogens, hinter uns gelassen. Er bildete den Endpunkt einer Verlängerung der Art historique, der Pariser Innenstadtachse, die über den Arc de Triomphe und die Champs-Élysées bis hin zum Louvre reicht. Ich wollte Lilou schon davon erzählen, schwieg dann aber. Keine Sehenswürdigkeiten, hatte sie gesagt und daran hielt ich mich.

»Und du bist dir auch wirklich sicher, dass hier der besondere Ort ist, den du mir zeigen wolltest?«, vergewisserte sie sich erneut.

Dieses Mal lachte ich. Ich sah Lilou an, dass sie mich schon wieder etwas fragen wollte, doch ich schüttelte bestimmt den Kopf und bedeutete ihr, in die Straße links von uns abzubiegen. Dort, wo uns noch mehr Stahl und glatt polierte Architektur erwartete.

Vor einem Hochhaus, das sich kaum von den anderen unterschied, blieb ich schließlich stehen. Schon unzählige Male war ich hier gewesen und würde auch blind herfinden. Lilou legte den Kopf in den Nacken und sah blinzelnd an der Fassade hinauf. Auf der rechten Seite konnte man die beiden gläsernen Aufzüge erkennen, die beide der Erde entgegensanken, auch wenn sie sich momentan auf unterschiedlichen Höhen befanden.

»Weißt du noch, als du meintest, dass ich so furchtlos wirke?«, fragte Lilou, als wir das Gebäude betraten und durch den unpersönlichen, kargen Eingangsbereich Richtung Aufzüge liefen. Uns kamen nur wenige Leute entgegen. Alle schienen es schrecklich eilig zu haben.

»*Oui.*«

»Also, ich weiß ja nicht genau, was wir vorhaben, aber ich glaube, jetzt wäre ein ziemlich guter Zeitpunkt, dir zu sagen, dass ich eventuell ein kleines bisschen Höhenangst habe.«

»Eventuell?«

»Ja, eventuell.«

»Eventuell ein kleines bisschen?«

»Okay, ganz sicher sogar«, gab Lilou offen zu und lachte. Ihre Wangen röteten sich, doch sie hielt meinem Blick stand.

»Dir passiert nichts«, sagte ich ernst und hatte plötzlich das irrationale Bedürfnis, sie zu beschützen, als sie mir zögernd in den gläsernen Aufzug folgte. Und gleichzeitig bewunderte ich sie dafür, dass sie so selbstbewusst zu jeder kleinen Unsicherheit stand. Es war ein Widerspruch in sich und bei Lilous ganzer Art doch verdammt logisch.

Langsam schlossen sich die Türen, und der Aufzug setzte sich in Bewegung. Sonst konnte ich mich nicht von dem Ausblick losreißen, von meiner Stadt, die unter uns kleiner und kleiner wurde. Doch heute war es anders. Lilou lächelte, doch es wirkte nicht so gelöst wie sonst, sondern ungewohnt angespannt. Eine winzige Falte hatte sich zwischen den hellen Augenbrauen gebildet.

»Schau nicht nach unten, schau einfach mich an«, sagte ich, und sie richtete ihren Blick auf mich. Wir stiegen höher und höher, und irgendwann wurden ihre Gesichtszüge weicher.

Sechs.

Neun.

Dreizehn.

Ein Grübchen auf der linken Seite und Gänseblümchen im Haar. Lilou blinzelte, sah mich aber weiter unbeirrt an.

Sechzehn.

Einundzwanzig.

Dreiundzwanzig.

Tiefe grüne Seen. Es war der wache Ausdruck in ihren Augen und die Losgelöstheit ihres Wesens, die bewirkten, dass ich so unbedingt von ihr wahrgenommen werden wollte – das wurde mir genau hier und jetzt klar.

Sechsundzwanzig.

Dreißig.

Zweiunddreißig.

Im vierunddreißigsten Stock angekommen glitten die Türen fast lautlos auseinander – so wie auch unsere Finger. Dass wir uns die ganze Zeit an den Händen gehalten hatten, wurde mir erst jetzt bewusst.

Lilou und ich traten mitten hinein in ein lichtdurchflutetes Meer aus Grüntönen. Ein Leuchten in Jade- und Petrol-, Mint- und Smaragdfarben. Wie immer präsentierte sich der *Jardin sur le toit* in all seiner schillernden Schönheit. Ein Anblick, der mir nach wie vor den Atem raubte.

Ich hatte den außergewöhnlichen Dachgarten vor gut einem Jahr entdeckt, als ich in diesem Gebäude eine Malerin für die *Sauvage* interviewt hatte. Erst mit siebzig Jahren hatte sie das erste Mal an einer Leinwand gearbeitet und mit ihren erschütternden und grenzenlos ehrlichen Bildern die Kunstszene auf den Kopf gestellt. Auf ihren Wunsch hin waren wir während unseres Gesprächs durch den *Jardin* gelaufen und mir war sofort klar gewesen: Hier hatte ich etwas gefunden, wonach ich gesucht hatte.

Mittlerweile hatte ich unzählige Stunden an diesem magischen Platz verbracht, allein mit mir und meinen Gedanken. Und irgendwie bewirkte das satte Grün jedes Mal aufs Neue, dass der Scheißleere in mir etwas von ihrer allumfassenden Präsenz genommen wurde. Vielleicht weil sich dieser Ort ein bisschen wie eine von *Grand-Mères* festen Umarmungen anfühlte: Warm, weich, beschützend und über allem der feine Geruch feuchter Erde.

Schnell wandte ich mich wieder Lilou zu, um einen unverfälschten Eindruck ihrer ersten Reaktion zu erhaschen.

»Das ist also dein besonderer Ort«, raunte sie und trat ein paar Schritte nach vorn. Nur aus der Ferne erklangen gedämpfte Stimmen, doch hier waren wir unter uns.

»Ja, ich komme hierher, wenn ich allein sein möchte.« Nebeneinander liefen wir den breiten Gang entlang. Unser Weg war gesäumt von meterhohen Palmen vor marmorierten Wänden. Schließlich gelangten wir durch einen antik anmutenden Bogen mitten hinein in das lichtdurchflutete Atrium, und ganz leise glitt über Lilous Lippen ein *Oh*.

Unter einer riesigen Glaskuppel schwammen Seerosen in einem Wasserbecken. Die Luft flirrte zwischen klassizistischer Architektur, die auf moderne, glatte Oberflächen traf. Und zwischen all dem war lebendiges Grün so weit das Auge reichte: Hoch über unseren Köpfen, an den Wänden und in majestätischen Töpfen, die auf Säulen standen.

Nur die Wand auf der anderen Seite des Raums war komplett verglast und ließ einen nichts als Himmel und Wolken sehen.

Als wir einen der Bogendurchgänge auf der linken Seite nahmen, kamen uns nur vereinzelt Leute entgegen. Sonst nahm ich nichts wahr als das Rauschen von Wasser und Lilous elfenhafte Schritte neben mir. Wir gingen immer tiefer in meinen Wald hinein. Mit großen Augen tänzelte sie zwischen den Pflanzen umher, lief unter großen Blättern hindurch und legte den Kopf immer wieder staunend in den Nacken. Mit offenen Dreads drehte sie sich im Kreis, wie eine Waldnymphe mit Blumen im Haar, dachte ich, und konnte den Blick nur verdammt schwer von Lilou lösen. Ihre Haare strichen bei jeder Bewegung um ihre Kurven. Ich hatte sie Pocahontas genannt, *die Verspielte*, und der Name passte heute so gut zu ihr wie am ersten Tag.

Der Wald schluckte uns wie ein schwarzes Loch, das in der Unendlichkeit trieb. Und dann waren da irgendwann nur sie und ich.

Lilou erzählte mir erst zögerlich, dann mit immer festerer Stimme von den Stunden, die sie auf der Website der *Opéra national de Paris* verbracht hatte. Von dem Gespräch mit ihrem Vater und der Place de la Rose, an der sie gewesen war. Schließlich auch von dem Gefühl der Enttäuschung, das sie seitdem durchströmte. Dass ihr immer klarer wurde, dass die Suche nach ihrer Mutter nicht mehr als eine fixe Idee gewesen war und sie keinerlei Anhaltspunkt mehr hatte.

Mon dieu, ich konnte nicht anders, als von der Seite überrascht ihr Profil zu betrachten. Ich konnte nicht anders, als sie erneut dafür zu bewundern, dass sie mir diese Dinge so offen und ehrlich erzählte, obwohl wir uns doch kaum kannten. Und zugleich musste ich mir eingestehen, dass mir diese Art von Gesprächen mit ihr ungewohnt leichtfiel. Leicht auf eine Weise, die mir fast schon Angst einjagte. Es hatte viel Zeit gebraucht, ja sogar Jahre, bis ich Benoît gegenüber einen Punkt erreicht hatte, an dem ich eine ähnliche Offenheit an den Tag legen konnte und bei Lilou … bei ihr hatte ich das Gefühl,

jenen verdammten Punkt in den kleinen Dingen sogar zu über-
schreiten.

»Und in diesem Brief stand sonst nichts? Keine Telefonnummer?
Auch kein Absender auf dem Umschlag?«

Lilou schüttelte bekümmert den Kopf. »Nein, gar nichts.«

»Aber wieso schreibt sie dir nach so vielen Jahren, wenn es nicht
darum geht, wieder Kontakt zu dir aufzunehmen?«

»Genau das ist es, was ich einfach nicht verstehe. Wenn es nicht
darum geht, dass sie den Menschen, der ich heute bin, kennenlernen
möchte … weshalb meldet sie sich dann so plötzlich?« Lilou sah mich
mit großen Augen an. »Und weißt du. Ich will sie finden, so so sehr.
Aber gleichzeitig wünschte ich mir, ich hätte diesen Brief nie bekommen und alles wäre beim Alten.«

Ich nickte, weil ich sie um so vieles besser verstand, als ihr bewusst
sein konnte. *Merde*, weil ich mir im Nachhinein wünschte, ich hätte mir
weiterhin Geschichten über meine Eltern ausdenken können, statt älter
und mit der Wahrheit konfrontiert zu werden. Sie war nicht sonderlich
tragisch oder dramatisch, sondern handelte lediglich von zwei Menschen, die keine Lust auf ein Kind gehabt hatten.

Für einen kurzen Moment nahm Lilou meine Hand und drückte sie,
so wie im Aufzug, als müsste sie sich für einen Augenblick irgendwo
festhalten. »Sie ist meine Mutter, und ich weiß so gut wie nichts über sie,
Mignon.« Dieses Mal sprach eine tiefe Traurigkeit aus ihren Worten,
die mir wegen des Kontrasts zu ihrer fröhlichen Art einen heftigen Stich
versetzte. »Manchmal fühlt es sich so an, als hätte sie außerhalb meiner
Gedanken nie wirklich existiert. Klingt das sehr verrückt?«

»*Non*, es klingt nur so, als hätte sie dich mehr verletzt, als du wahrhaben
möchtest«, sprach ich meine Gedanken aus. Ich schenkte Lilou ein
Lächeln, keines meiner aufgesetzten, sondern ein aufrichtiges, um diesen Ausdruck in ihren Augen im besten Fall zu vertreiben. Doch vielleicht gab es noch eine andere Sache, die ich für sie tun konnte.

»Meinst du, sie könnte versucht haben, wieder in die Compagnie aufgenommen zu werden?«, fragte ich also nach.

»Kann schon sein. Früher war sie dort ein Star und ist eine der jüngsten Solotänzerinnen gewesen. Und Papa sagt, sie war nie wieder so glücklich wie in dieser Zeit.« Eine kurze Pause entstand, in der nur unsere Schritte zu hören waren. »Ich habe ein paarmal dort angerufen und versucht etwas herauszufinden. Wenn ich will, dann kann ich nämlich sehr hartnäckig sein, aber natürlich durfte mir niemand etwas sagen.« Lilou seufzte. »Datenschutzgründe.«

Ich blieb stehen.

»Einer der Vorteile meines Jobs ist, dass ich Leute kenne – zumindest, wenn es um die Pariser Kunst- und Kulturszene geht. Und zufälligerweise verstehe ich mich ganz gut mit Aurélie Dupont.«

»Aurélie Dupont«, wiederholte Lilou.

»Sie ist *Directrice de la danse* und leitet das Ballettensemble der Pariser Oper«, erklärte ich.

»Ich hab so viel gegoogelt. Natürlich weiß ich, wer das ist«, meinte Lilou aufgeregt.

»Ich bin mir sicher, dass ich irgendetwas für dich herausfinden kann.«

»Das würdest du tun?« Sie sah aus, als würde sie jeden Moment anfangen, auf der Stelle auf und ab zu hüpfen. Sofort befürchtete ich, dass Lilou sich zu viele Hoffnungen machen könnte. Weil sie die Optimistin war und ich die Realistin.

»Ich kann dir nichts versprechen«, stellte ich vorsichtig klar. »Es ist immer wahnsinnig schwer, Aurélie zu erreichen. Und selbst wenn ich sie bald erwische, wissen wir nicht, ob sie mir tatsächlich etwas sagen wird oder kann. Aber ich werde es versuchen.«

Jetzt begann Lilou tatsächlich auf und ab zu springen, einen Schlag meines Herzens später fiel sie mir stürmisch um den Hals. »Danke, Danke, Danke.«

Einen Moment war ich wie erstarrt, dann erwiderte ich ihre Umarmung und lachte. »Ich hab doch noch gar nichts gemacht.«

»Doch, du bist nett zu mir. Und irgendwie glaube ich, dass du das so ganz grundsätzlich nicht unbedingt bist.« Lilou sah mich grinsend an, ehe sie mich langsam wieder losließ.

»Ähm … Danke?«

»Komm schon«, sie stieß mir spielerisch in die Seite, ehe wir weiterliefen. »Wir wissen beide, dass du das Bad Chick von uns beiden bist.«

Ich zog eine Augenbraue in die Höhe. »Und was bist du dann bitte?«

»Eine Sonnenblume?!«, schlug sie mit einem noch breiteren Grinsen vor.

»Füg noch das Wort *seltsam* dazu, dann passt es.«

Lilou verdrehte die Augen, doch das funkelnde Lachen darin blieb. Wahllos bogen wir links und dann wieder rechts ab. Ich hatte längst aufgehört, auf die Umgebung zu achten.

»Meine Eltern haben mich nie verlassen, es ist nicht wie bei dir. Sie sind einfach nie da gewesen«, kam es mit einem Mal aus meinem Mund. Wegen ihr. Und weil das alles irgendwie miteinander zusammenhing: Meine Eltern, *Grand-Mère*, all das Grün und schließlich ich.

»Bei dir klingt es so, als wäre das eine weniger schlimm als das andere. Aber so ist es nicht. Es tut beides weh«, meinte Lilou. »Wenn du sagst, dass sie nie da gewesen sind: Heißt das, du kennst sie nicht?«

Verbittert lachte ich auf.

»Oh doch, ich kenne sie. Und ich denke, das macht es irgendwie noch schlimmer. Ich bin ihnen einfach egal, bin es immer gewesen.« Ich hatte ziemlich früh gelernt, dass es nichts gab, was Anne und Alain dazu bringen konnte, mich zu lieben. Liebe war nicht immer bedingungslos. Manchmal war sie sehr wohl an Bedingungen geknüpft und manchmal schlichtweg inexistent. »Ich war einfach nicht geplant. Und wenn man in einem umgebauten Bus um die Welt reist, dann ist ein Kind scheinbar so ziemlich das Schlimmste, was einem passieren kann. Als ich vier

Jahre alt war, haben wir *Grand-Mère* besucht und irgendwann sind sie mitten in der Nacht einfach weitergefahren, ich glaube nach Griechenland ans Meer.« Ich hielt einen Moment inne, ehe ich weitersprach: »Mich haben sie dagelassen.«

Lilou sah mich mitfühlend an, doch da kam keine Floskel über ihre Lippen und dafür war ich verdammt dankbar, ihre Finger berührten beim Gehen nur ganz leicht meine.

Damals, als noch Sehnsüchte und Wünsche mich getrieben hatten, hatte ich davon geträumt, dass meine Eltern ein Raumschiff besaßen und für den Planeten kämpften, und dass sie mich eines Tages abholen würden, wenn es sicher genug für ihre Tochter wäre. Damals, als ich wie Lilou noch geträumt hatte. Doch dieser Tag war nie eingetreten, und irgendwann hatte ich begriffen, dass sie niemals kommen würden.

»Du hast sie aber wiedergesehen?«

»*Oui*«, und auch dieses Mal konnte ich den verbitterten Klang in meiner Stimme nicht verbergen. »Aber nur, weil meine Großmutter sie mehr oder weniger dazu gezwungen hat. Das erste Mal wiedergesehen habe ich meine Eltern an meinem siebten Geburtstag und von da an jedes Jahr. Und jedes Mal habe ich gedacht, dass es der letzte Besuch ist, dass sie mich im nächsten Jahr ganz sicher mitnehmen würden, wenn ich mich nur genug anstrenge.«

Der letzte Geburtstagsbesuch lag inzwischen fünf Jahre zurück. Danach war ich nach Paris gezogen. Ich war volljährig gewesen, und damit bestand für Anne und Alain keine Notwendigkeit mehr, sich an diesem einen Tag im Jahr mit mir zu beschäftigen. Doch *Grand-Mère* und das Haus auf den Klippen von Saint-Loan waren mein Zuhause geworden – mehr als meine fremden Eltern es jemals hätten sein können.

»Jetzt musst du mir aber auch eine schöne Erinnerung erzählen. Etwas, woran du dich gern erinnerst«, forderte Lilou sanft. »Damit das Gute das Schlechte vertreibt.«

Mir gefiel die Art ihres Denkens. »Ich mag deine Ideen«, sagte ich.

»Natürlich. Es sind ja auch meine.«

Und wieder war es leicht, so verflucht leicht.

»Ich habe es geliebt, dass das Meer vor dem Haus nicht sanft ist. Und dass das Haus vollgestopft mit Büchern und Pflanzen war. Von *Grand-Mère* habe ich so ziemlich alles gelernt, was ich über Pflanzen weiß. Was sie brauchen, wie man sich richtig um sie kümmert. Eigentlich habe ich von ihr mehr über das Leben gelernt als von irgendjemandem sonst.«

»Das klingt wahnsinnig schön.«

Das war es.

Nur das kleine Loch, das meine Eltern hinterlassen hatten, hatte *Mamie* nie füllen können, nicht mit ihrem großen Herzen, nicht mit ihren Umarmungen, die ebenso rau und echt waren wie die Bretonen.

Während ich erwachsen geworden war, hatte ich Zeitschriften verschlungen, die den Rat einer älteren Schwester oder Mutter ersetzten. Der Mythos der Pariserin, den ich zu meinem eigenen machen wollte. Die Geschichten erfolgreicher Frauen, die sein konnten, was auch immer sie sein wollten, die elegant waren und wunderschön, und denen nichts etwas anhaben konnte.

»Manchmal habe ich ein schlechtes Gewissen«, gab ich zu. »Weil ich mit achtzehn so Hals über Kopf aus Saint-Loan geflohen bin. Ich bin nicht gut, wenn es um Gefühle geht und habe manchmal Angst, dass *Mamie* mich für undankbar hält.«

Ob Lilou merkte, dass ich gerade keine Rolle spielte? Wir sahen uns an, meine unerwartete Ehrlichkeit schwebte zwischen uns und mir wurde schlagartig bewusst, dass ich ohne meine üblichen Absätze nicht nur der Erde, sondern auch Lilou dreizehn Zentimeter näher war. Ohne es realisiert zu haben, waren wir erneut stehen geblieben, ihr Gesicht vor meinem. Sie schob mir eine Haarsträhne aus der Stirn, verharrte mit den Fingerknöcheln an meiner Schläfe und strich über meine Haut. Langsam, langsam, langsam. Einen selbstvergessenen Ausdruck in ihren nach dem Leben dürstenden Augen.

»Ich bin mir ganz sicher, dass sie es weiß, Mignon. Und wenn du doch Zweifel hast, dann ruf sie heute noch an und sag es ihr. Es gibt Dinge, die sollte man nicht aufschieben.«

Und dabei lag ihre Hand immer noch so selbstverständlich an meinem Gesicht. Scheiße. Es war, als hätten wir Rollen getauscht, nur dass wir dieses Mal beide wach waren und sie es war, die mich berührte. Und mein Herz, das ich für gläsern und unnachgiebig hielt, fühlte sich für mehrere Schläge ganz weich und voll an. *Es schlägt und funktioniert*, hatte Lilou voller Überzeugung gesagt. Vielleicht hatte das aber weniger mit mir, sondern vielmehr mit ihr zu tun. Vielleicht funktionierte es aus irgendeinem Grund nur in ihrer Gegenwart.

So schnell wie der Moment gekommen war, war er auch schon wieder vorbei. Lilou löste ihre Finger von meinem Gesicht, von meinen Haaren. Obwohl es nicht mehr als ein paar Sekunden gewesen sein konnten, fühlte es sich im Nachhinein fast wie eine Ewigkeit an. Und Himmel, dieses leise Flattern in meinem Bauch machte mir Angst.

Ich schluckte und trat einen Schritt zurück. Wieso zur Hölle reagierte ich so auf Lilou? Wieso reagierte ich verdammt noch mal so auf eine Frau?

»Lass uns weitergehen«, sagte ich mit möglichst fester Stimme und lief voran, ohne ihre Reaktion abzuwarten oder zu schauen, ob sie mir auch folgte. Weiter hinein in meine Welt, um das Gleichgewicht wiederzuerlangen, das sie mir immer wieder nahm.

Lilou

Mignon dabei zuzusehen, wie sie über den Dächern von Paris durch ihren Zauberwald lief, war ein berauschender Anblick. Allein das fühlte sich schon an, als würde sie mir einen weiteren Blick auf ihre Seele erlauben. Zusammen mit den Dingen, die sie mir so überraschend über sich anvertraut hatte. Mit jedem Detail, das ich von und über Mignon erfuhr, wurde sie realer und greifbarer. Und mit jeder Kleinigkeit verfiel ich dieser Frau noch mehr. Als würde mich dieser hypnotisierende, dunkle Fleck in ihrem rechten Auge unaufhaltsam in Richtung eines ungeahnten Abgrunds ziehen. Ich hoffte inständig, dass am schwarzen Grund nicht mein Herz liegen würde.

Mein Blick fiel im Gehen auf die Doc Martens, die Mignon heute trug. Ich tat es unbewusst, doch inzwischen war es mir fast schon zur Gewohnheit geworden, bei unseren Begegnungen das rebellische Stück ihrer Kleidung zu suchen. Diese eine Sache, die im Gegensatz zu allem anderen stand. Heute waren es die schwarz glänzenden Schuhe. In weißer Farbe war auf ihnen die Skyline von Paris zu sehen. Der Eiffelturm schien sich unter Wolken und einer besonders heftigen Böe zu beugen, der Arc de Triomphe seltsam verbogen zu sein, eines der Windräder des Moulin Rouge flog durch die Luft. Ich lächelte und fragte mich, ob Mignon das selbst auf die Doc Martens gezeichnet hatte.

Zeichnen.

Malen.

Ich dachte daran, wie ich das Pflanzenmeer ihres Zimmers auf Papier eingefangen hatte.

»Wenn du malen magst, dann mach ruhig«, sagte sie, und ich fragte mich, ob ich schon wieder meine Gedanken laut ausgesprochen hatte. »Ich setze mich einfach da drüben hin.«

Mignon deutete auf eine Bank, die halb verborgen unter mehreren Stauden mit hellen Blüten stand. Keine Spur mehr von dem komischen Moment, als ich mich selbst vergessen und diese widerspenstige Strähne aus ihrem Gesicht gestrichen hatte.

Ich ließ mich mit kribbelnden Fingerspitzen auf die gegenüberliegende Bank fallen, holte mehrere Pinsel und meine Wasserfarben aus meinem Rucksack. Und dann begann ich zu malen. Schon nach wenigen Minuten vermischten sich die Realitäten, Dimensionen und

Welten. Da war nur noch das Gefühl für den Moment, den ich erschuf und für die Ewigkeit festhielt. Jede noch so kleinste Emotion – eine Farbe und Nuance. Als ich den letzten Pinselstrich zog, war es, als würde ich aus einem Traum erwachen. Ich blinzelte und fand nur zögerlich zurück in die Wirklichkeit. Mignon setzte sich neben mich, rutschte näher und schlug die Beine übereinander. Warm strich ihr Atem über meinen Nacken.

»Du hast ja mich gemalt«, meinte sie verwundert, als sie einen Blick auf das fertige Bild warf. Ertappt starrte ich auf das, was meine Hände da getan hatten. Es war keine bewusste Entscheidung gewesen, wie es die nie war, wenn ich einen Stift oder Pinsel in der Hand hielt. Ich ließ mich einfach von der Welt um mich herum leiten, und dieses Mal hatte sie mich ganz offensichtlich zu Mignon gezogen. Ganz so, wie es mir in letzter Zeit auch mit meinen Gedanken ging.

Ich starrte auf das Bild. Zu sehen war Mignons schlanke Gestalt inmitten der hochgewachsenen Pflanzen mit ihren großen Blättern. Mit den Fingerspitzen strich sie über eines. Ehrfürchtig und sanft. Der Ausdruck in ihren Augen war der echteste, den ich bisher gesehen hatte, und ich verstand, weshalb sie mich mit hierhergenommen hatte und wie viel ihr dieser Ort bedeuten musste. Was ich auf meiner Zeichnung in ihren Blick gelegt hatte, das war ihre Essenz. Nicht ihre coole Art, nicht ihr lässiger Gang, nicht das, was sie offensichtlich nach außen trug.

Nur sie. Nur Mignon.

Ich hatte die Skyline von Paris auf ihren Doc Martens skizziert, nur dass die Linien sanft aus ihren Schuhen flossen, nach oben stiegen und zu einem Teil der Pflanzen wurden. Dicke Stränge, die Mignon ein kleines Stück vom Boden anhoben und Richtung Himmel zogen. In der Szene auf meinem Bild war das Dach weit geöffnet.

Ich hatte Mignon nicht gemalt, wie sie war. Ich hatte sie gemalt, wie ich sie sah.

Ich schaute sie unsicher von der Seite an. Ihr intensiver Blick bohrte sich in meinen, als sie mich selbstbewusst angrinste. »Schönes Motiv, Pocahontas.«

Das mit Abstand schönste in diesem Raum, dachte ich.

»Pass auf, Lilou. Ich könnte noch denken, du flirtest mit mir.«

Und … oh Mist. Es war schon wieder passiert, ich hatte meine Gedanken laut ausgesprochen, weil das in ihrer Gegenwart offenbar mein Ding war. Langsam und mit klopfendem Herzen drehte ich mich schließlich ganz zu ihr um. Ich konnte nicht anders, als mich in ihren Gewitterhimmelaugen zu verlieren.

»Ach ja?«, sagte ich, weil mir spontan keine bessere Erwiderung einfiel, und dabei glitt ein Ausdruck über Mignons Gesicht, den ich nicht zu deuten wusste. Unergründlich und bodenlos. Ihre Mundwinkel hoben sich leicht, ehe sie sagte: »*Oui*, Lilou.«

Der weiche und zugleich tiefe Klang ihrer Stimme ließ meinen Namen seltsam losgelöst von allem davonschweben. So hatte er sich noch nie angehört. So bedeutungsvoll hatte er sich noch nie angefühlt.

»Pass auf«, sagte ich leise. »Ich könnte noch denken, du flirtest zurück.«

»Ach ja?«, erwiderte Mignon, und ich merkte erst jetzt, dass ich näher an sie herangerutscht war. Oder war es anders herum gewesen? Und dann war da mitten im Hochsommer trotz des Geruchs nach Erde wieder das Gefühl von Herbstwinden auf der Haut, der Duft nach rauschendem Meer, der mich an schäumende, gegen Felsen schlagende Wellen denken ließ. Ob sie zu küssen, sich auf eine ebenso raue Art sanft anfühlen würde?

»Was, wenn ich es wirklich tue?«, entgegnete ich mutig. Unsere Hände lagen nebeneinander auf der Bank, die kleinen Finger berührten sich. Langsam schob ich meinen über ihren. So quälend langsam, dass es auch Zufall hätte sein können. »Was, wenn ich wirklich mit dir flirte?«

Die Zeit.

Sie blieb kurz stehen.

Vielleicht bildete ich es mir nur ein, aber ich glaubte zu sehen, wie Mignons Blick auf eine mehr als freundschaftliche Art und Weise über mein Gesicht glitt und erst an meinen Lippen, dann an meinem Ausschnitt hängen blieb, um dann so über jede Kurve meines Körpers zu wandern, dass ich mir jeder einzelnen auf aufregende Art bewusst wurde. Und das, was ich dabei in ihren Augen sah, ließ mir die Knie weich werden.

Sie war hinreißend, war so hinreißend. Und damit meinte ich nicht nur ihre offensichtliche Schönheit. Ich meinte all ihre Widersprüche, ihre Helligkeit und all das Düstere, ihre Melancholie zu meiner Fröhlichkeit, ihren Realismus zu meinem Optimismus. Ich meinte ihr extremes Selbstbewusstsein und doch ließ sie mich manchmal sehen, dass auch sie Fragen ohne Antworten hatte. Ich meinte ihr Herz, das so viel voller und größer war, als sie selbst wohl ahnte.

»Lilou«, sagte sie erneut. Dieses Mal kratzig und rau, doch wieder so bedeutungsvoll. Ihr Atem strich warm und verführerisch über mein Gesicht, und ich dachte an ihren Mund. Und dann dachte ich einen Augenblick lang gar nichts mehr. Um dann zu beschließen: Scheiß auf mein Herz, scheiß auf die Vernunft. Jetzt oder nie. Ich sollte dringend etwas klarstellen, nämlich meine Absichten. Die ehrlichsten, rohesten. Die körperlichen und die emotionalen.

Ich befeuchtete meine trockenen Lippen mit der Zunge, setzte an, etwas Essenzielles auszusprechen, doch da räusperte sich Mignon und rutschte ein Stück zurück. Nur ein kleines, doch mit einem Mal schien sie unendlich weit weg zu sein und es war, als hätte es meine Gegenfrage nie gegeben. Dennoch schien sie im Raum zwischen uns zu schweben.

»Wir sollten uns langsam auf den Weg machen. Die schließen hier bald.« Mit diesen Worten stand Mignon auf, drehte sich auf dem Absatz um und ließ mich sprachlos sitzen. Mit immer noch weichen Knien und einem Kribbeln im Bauch folgte ich ihr schließlich.

Auf dem Weg nach unten sprachen wir nicht, und ich wurde das Gefühl nicht los, irgendetwas falsch gemacht, vielleicht zu forsch gewesen zu sein. Dieses Mal traute ich mich nicht, nach Mignons Hand zu greifen, um mich von der Höhe abzulenken. Und es nervte mich, dass es umso vieles schwieriger war die Zwischentöne zu erfassen, wenn ich einer Frau gegenüberstand. Dass ich dann immer das Gefühl hatte, etwas kaputtzumachen oder das Falsche zu sagen. Etwas fehlzuinterpretieren. Dabei ging es mir doch überhaupt nicht darum, dass sie eine Frau war, sondern darum, dass sie sie war und mich reizte. Wie sie mich in diesem kurzen Moment angesehen hatte ... das konnte unmöglich *nichts* gewesen sein.

Das waren diese Momente, in denen ich mich über all diese gesellschaftlichen Begrenzungen und Kategorien ärgerte. Ich war pansexuell, ich fühlte mich zu einem Menschen und seinem Innersten hingezogen. Und doch gab mir die Welt um mich herum ständig vor, dass sich diese Art von Begierde und auch Liebe anders anzufühlen hatte. Diese Welt sprach nur von Frauen und Männern und von nichts dazwischen. Sie suggerierte, dass es ein Richtig und ein Falsch gab.

Irgendwo zwischen dem zehnten und dem vierten Stock wurde mir klar, dass es sowieso längst zu spät war, um mein Herz vor ihr zu schützen. Es war von der ersten Sekunde an zu spät gewesen. In dem Moment, in dem Mignon mich mit ernstem Blick gefragt hatte, was genau mich nach Paris trieb.

Auf der Rückfahrt in der Metro saßen wir einander gegenüber und schwiegen weiter. Mignon blickte aus dem Fenster und ich auf sie, während ich zu ergründen versuchte, was in ihr vor sich ging. Der Raum zwischen uns fühlte sich mit einem Mal endlos an. Warm und golden lag die Sonne auf ihrem Gesicht, und für einen Augenblick war es wieder wie im Zugabteil auf der Fahrt nach Paris. Und gleichzeitig war doch alles anders.

Zurück in meiner Wohnung unter dem Dach hängte ich die Zeichnung von ihr an meine Wolkenbilderwand, bevor ich mich erschöpft auf das Bett fallen ließ. Ich drehte mich auf die Seite, meine Wange ruhte auf meiner Hand.

Im Schein der Lichterketten bemerkte ich etwas, das mir vorher noch nicht aufgefallen war. Irritiert rutschte ich wieder vom Bett und trat näher an die Bilder heran und ließ meinen Blick über mein wunderschönes Chaos aus Wolken, Sonnenaufgängen und -untergängen, goldenem Licht und Sternenglanz, über Mignon inmitten einer Flut aus Pflanzen ... bis er schließlich an *Mamans* Postkarte hängen blieb. Ich blinzelte, und dann verstand ich es mit aller Klarheit. Das Motiv darauf war die Place de la Rose, an der ich in stiller Erwartung eines Wunders gestanden hatte. So oft hatte ich die Postkarte in den Händen gehalten, und trotzdem war mir das bisher nicht aufgefallen.

Vorsichtig löste ich die Karte von der Wand und drehte sie in der Hand hin und her. Und dann entdeckte ich es. *Le ciel de Paris est unique* stand ganz klein in der linken oberen Ecke in derselben Schrift, in der auch der kurze Text geschrieben war. In *Mamans* Schrift. *Mon ange*, ertönte ein vergangenes Echo in meinem Kopf. Geschwungene Buchstaben auf Wolkengrund, die wie ein Versprechen waren. Das Versprechen, dass ich sie finden würde.

Le cœur a ses raisons que la raison
ne connaît pas.

*Das Herz hat seine Gründe,
die der Verstand nicht kennt.*

7. Kapitel

Lilou

In der Nacht zuvor war ich vom Geräusch des Regens aufgewacht. Das Prasseln der Tropfen gestaltete seinen ganz eigenen Rhythmus auf den Dachfenstern, und ich stand mit der Decke um die Schultern auf, um eines der Fenster ein Stückchen zu öffnen und dem Himmel beim Weinen zuzusehen. Ich wollte hören, wie wunderbar er klang. Und als der erste Blitz den Himmel teilte und sekundenlang in helles Licht tauchte, holte ich meine Wasserfarben und begann ihn zu malen. Dunkelblau und Schwarz, Violett und Rot. Dazwischen blendendes Weiß.

Heute war von dem Gewitter nichts mehr zu spüren. Ein neuer heißer Tag, an dem es kaum jemanden ins Lux verschlug, erst recht nicht am frühen Nachmittag.

Ich hatte ein paar Tickets für die Abendvorstellungen am kommenden Wochenende verkauft, doch momentan saß nur ein Pärchen in *Josette aime Céline*. Die Karten hatte ich den zwei Kerlen, die ihre Hände nur zum Zahlen voneinander hatten lösen können, mit einem besonders breiten Lächeln überreicht. Da war immer dieses Flattern in mir, wenn jemand einen Film ansah, den ich selbst abgöttisch liebte, insbesondere wenn es um Paris und die Liebe ging. Doch ich zweifelte daran, dass die zwei wirklich hier waren, um sich den Film anzusehen. Außer mir war niemand im Eingangsbereich des Lux. Im Hintergrund lief die Jazz-Playlist und trennte mich von der Welt außerhalb des kleinen Kinos. Hier drinnen stand die Zeit still, während hinter der Glastür Menschen vorbeieilten. Ein paar blieben stehen und sahen sich die Ankündigungen der bald laufenden Filme an. Ich hatte sie heute

143

ausgetauscht, bevor ich Süßigkeiten und Getränke hinter dem Tresen nachgefüllt und anschließend die Tische in der gemütlichen Sitzecke zwischen den beiden Türen zu den Kinosälen gewischt hatte. Anschließend hatte ich mich noch in den Schichtplan für die kommende Woche eingetragen. Seitdem gab es nichts mehr zu tun.

Ich überlegte schon, ob ich mir auf meinem Tablet einen Film ansehen sollte, als mein Handy vibrierte und einen eingehenden Videoanruf von Yuna anzeigte. Schnell warf ich einen Blick Richtung Tür, dann nahm ich ab. Das Telefon lehnte ich gegen die altmodische Kasse, ehe ich es mir auf dem Stuhl hinter dem Tresen gemütlich machte. Im Schneidersitz. Der Stoff meines bunt gepunkteten Rocks lag wie eine leichte Decke um meine Beine.

»Und?«, ich strahlte meine beste Freundin an. »Hast du es getan?«

»Jaaa«, kreischte sie. »Ich habe gerade eben auf *Buchen* geklickt. Ende September hast du mich fast zwei Wochen lang an der Backe, bevor der Ernst des Lebens aka mein Studium losgeht.«

Ich schmunzelte. »Du ziehst nach Berlin. Ich glaube, dass dein Studium spaßiger wird als der *Ernst des Lebens.*«

Der Ernst des Lebens, wiederholte ich in Gedanken. Manchmal erschien es mir, als wäre ich die Einzige, die überhaupt kein Ziel vor Augen hatte. Während des Abiballs hatten alle über ihre Pläne gesprochen, über Praktika und Ausbildungsplätze, über Weltreisen und das anschließende Studium. Bis jetzt hatte ich von Tag zu Tag gelebt, immer in den Moment hinein und von einem zum nächsten. Die Fülle der beinah unbegrenzten Möglichkeit nach dem bestandenen Abschluss war nicht nur ein Geschenk, wie jeder einem weismachen wollte, nein, es war auch verdammt angsteinflößend – nur sprach über diesen Aspekt kaum jemand.

»*Berlin* wird lustig!« Yunas Augen glitzerten mit ihrem Lippenpiercing um die Wette.

»Hast du schon etwas wegen der Wohnung gehört, von der du mir die Bilder geschickt hast?« Es handelte sich um eine WG in Neukölln mit hohen Decken und einer gemütlich-chaotischen Wohnküche.

»Gestern noch. Ich skype heute Abend mit den Jungs, um zu schauen, ob das mit uns passt und wir uns verstehen. Aber ich habe auf jeden Fall ein gutes Gefühl. Jona ist im zweiten Semester für Soziale Arbeit, und Maxi fängt auch mit Kommunikationsdesign an. Dann würde ich auch gleich jemanden kennen, mit dem ich zusammen studiere.«

»Ach, die zwei wären blöd, wenn sie dich nicht nehmen würden.«

»Sehe ich auch so. Ihnen würde auf jeden Fall eine Menge Spaß entgehen«, lachte Yuna und schob die Unterlippe vor. »Aber eine WG mit dir wäre natürlich noch besser.«

»Es wäre perfekt ...« gab ich ihr recht und schluckte das *Aber*, das mir auf der Zunge lag, hinunter. Wir beide in derselben Stadt, derselben Wohnung, vielleicht sogar derselben Uni ... Das klang nach einer Realität, die mir gefallen könnte und etwas, von dem wir lange geträumt hatten. Doch ich konnte keine Versprechungen machen, solang ich nicht wusste, was ich mit meiner Zukunft anfangen wollte.

Yuna musterte mich einen Moment, dann sagte sie: »Du findest deine eine Sache schon auch noch, Lulu.«

»Danke, dass du das sagst.«

»Ich bin mir sicher, es ist irgendwo in dir drin. Und irgendwann kommt der Tag, an dem wachst du auf und dir ist alles absolut klar. Und dann wirst du dich fragen, wie es sein konnte, dass du es vorher gelebt hast, ohne es zu wissen.«

Ich lächelte. »Ich nehm dich beim Wort.«

»Wer weiß ... vielleicht bist du der Sache ja näher, wenn wir uns endlich sehen.« Yuna hielt kurz inne, dann sagte sie: »Und du kannst mir auch endlich diese eine Sache erzählen, die dir schon seit Wochen auf dem Herzen liegt.«

Betreten sah ich in die Kamera. Natürlich hatte meine beste Freundin längst bemerkt, dass mich noch etwas anderes beschäftigte als die

Fragen, mit denen ich nach Frankreich aufgebrochen war. »Dein sechster Sinn ist irgendwie gruselig.«

»Vielleicht«, entgegnete sie unbeirrt und strich sich die roten, langen Haare über die Schulter, »aber er macht mich zu einer fantastischen Freundin.«

Natürlich wollte ich ihr von Mignon erzählen, auch wenn ich nicht sicher war, wie viel es da tatsächlich zu sagen gab. Doch mit den rund achthundert Kilometer zwischen uns war Yuna für ein Gespräch über die wirklich ernsten Themen einfach zu weit weg. Ich vermisste die Tage, an denen wir uns in ihrem oder meinem Zimmer aneinandergekuschelt und uns flüsternd unsere Geheimnisse mitgeteilt hatten.

Jetzt waren es vorerst andere Wahrheiten, die wir austauschten, so lange, bis die Tür zu Saal eins aufschwang und die zwei Kerle herauskamen. Arm in Arm, eine Hand in der hinteren Hosentasche des jeweils anderen geschoben. Der Größere beugte sich ein Stück hinunter und flüsterte dem anderen etwas ins Ohr, worauf dieser rot anlief und einen unsicheren Blick in meine Richtung warf, ehe er seinem Freund einen Kuss auf die Wange drückte. Ich biss mir auf die Unterlippe, damit sie mein offensichtliches Grinsen nicht sahen. Die zwei waren zusammen absolut niedlich.

Nachdem sie das Kino verlassen hatten, verabschiedete ich mich von Yuna und lief in den Saal, um die leeren Popcorntüten wegzuschmeißen und mit routinierten Handgriffen sauber zu machen. Dabei wanderten meine Gedanken immer wieder zu dem Pärchen, und bei der Erinnerung an ihre leuchtenden Gesichter machte sich ein wehmütiges Ziehen in meiner Brust bemerkbar.

Irritiert hielt ich inne, denn irgendetwas war anders. Ich dachte an Vera und unseren ersten schüchternen Kuss und die drängenderen in ihrem Dachzimmer. Ich dachte an die Wärme in meinem Bauch, an die Art, wie sie andächtig ihren Lieblingskaugummi kaute und ihr Lächeln, das auf wundersame Art gleichzeitig heilen und zerstören konnte. Doch zum ersten Mal war die Erinnerung an sie nicht nur von Schmerz und Trauer begleitet. Ich sehnte mich nicht mehr nach ihr, nein, ich sehnte mich viel mehr nach dem, was wir monatelang miteinander gehabt hatten. Nur sollte es echter sein, tiefer, ernster. Es sollte mich in meinen Grundfesten erschüttern und auf sanfte Art mit sich reißen. Das Eine, das Große, das Wahrhaftige. Liebe, die kein Verfallsdatum hatte. Liebe, die Schicksal war.

Am Freitag drückte ich auf die Klingel neben dem *Le Petit*, die inmitten all des Efeus kaum noch zu erkennen war. Mit der Flasche Wein in den Händen trat ich nervös von einem Bein auf das andere, ehe das inzwischen vertraute Summen erklang, und ich die Tür aufstoßen konnte. Wie immer nahm ich auf der Treppe zwei Stufen auf einmal. Meine Dreads hüpften bei jedem Schritt, mein Herz tat es ebenfalls, denn – wie ich mir selbst eingestand – ich hoffte, Mignon wäre an diesem lauen Sommerabend ebenfalls da. Und so trug ich das eng anliegende Häkeltop und die am Saum mit Gänseblümchen bedruckte Jeans nicht nur für mich selbst, sondern ein bisschen auch für den Menschen, dem ich gefallen wollte.

Dieser Moment im *Jardin sur le toit* war mir beim besten Willen nicht mehr aus dem Kopf gegangen, hatte er sich doch viel zu sehr angefühlt wie das aufgeregte Flirren kurz vor einem ersten Kuss. Ein Kuss, den ich auch jetzt absolut gewollt hätte.

Und dann entdeckte ich ihre Gestalt genau wie beim ersten Mal im Gegenlicht. Gegen den Türrahmen gelehnt, die langen Beine lässig überkreuzt und den Blick auf mich gerichtet. Zwei Stufen, zwei Stufen, zwei Stufen, und ich blieb atemlos vor Mignon stehen. Noch bevor ich mich entscheiden konnte, wie ich sie begrüßen sollte, hauchte sie mir einen Kuss auf die Wange. Heute waren ihre Lippen nicht rot, sondern in einem dunklen Lila geschminkt. Es sah verwegen aus, frech. Ihr Mund nur noch einladender als sonst, wie eine verbotene Frucht. Und womöglich bildete ich es mir ein, doch ihre Lippen schienen länger auf meiner Haut zu verweilen als bei ihren üblichen Bisous. Vielleicht aber war es auch einfach das, was ich mir wünschte.

Ich folgte Mignon in das Innere der Wohnung, den Gang mit den Lichterketten und Fotos entlang. Dieses Mal hatte ich das Gefühl, ihrem Lächeln, das die Bilder zeigten, ein Stück näher gekommen zu sein. Es erschien mir fast schon wie eine unumgängliche Notwendigkeit, ihr wahrstes Ich zu sehen und zu erkennen. Ich wollte mehr davon, wollte ihrem eigentlichen Selbst immer näher und näher kommen, weil das, was Mignon ausmachte, sich anfühlte, wie die Ergänzung zu meinem eigenen Sein.

Ich betrachtete beim Gehen ihren Hinterkopf, den leichten Schwung ihrer dunklen Haare, die bei jedem Schritt über ihre Schultern glitten. Mignon war barfuß und der Anblick ihrer nackten Füße mit dem zu ihrem Lippenstift passenden Nagellack fast erschreckend intim.

Die anderen warteten in der Küche. Benoît hatte gerade etwas in den Ofen geschoben, ein Geschirrtuch steckte in einer Hosentasche. Er wippte zu *Three Nights* von Dominic Fike, das unüberhörbar aus einer Box schallte. Oceane tanzte mit geschlossenen Augen auf den Schachbrettfliesen und schien die Musik mit jeder Faser ihres Seins zu spüren. Ein leichtes Lächeln lag auf ihren Lippen und steckte mich an. Ich konnte sie verstehen: Die leichten, hüpfenden Beats waren die beste Untermalung für diesen lauen Sommerabend. Sie klangen nach Freiheit, nach tausend Möglichkeiten und ein bisschen nach Unendlichkeit. *Don't waste a minute, don't wait a minute*, waren die Liedzeilen, die mir besonders im Ohr blieben.

Ich wich Oceanes kreisenden Hüften und schwingenden Armen aus und stellte meinen Weißwein in den Kühlschrank. Benoît zog mich in eine lange Umarmung, deutete dann mit dem Kinn grinsend in Richtung seiner Schwester. Émilie saß am Küchentisch und wedelte scheinbar nicht zum ersten Mal mit einer Hand vor Jules' Gesicht herum. Der schien nichts anderes wahrzunehmen als seine Freundin, deren Bewegungen er mit verträumtem Blick folgte.

Ich mochte die Lebendigkeit, die diese Wohnung in der Rue des Étoiles stets durchströmte.

»Lilou, tanzt du mit mir?«, rief Oceane lautstark gegen die Musik an. Mit weiterhin geschlossenen Augen schob sie die Unterlippe vor: »Niemand sonst will mitmachen.«

»Woher weißt du, dass ich es bin?«

»Deine Präsenz ist laut.« Sie schenkte mir ihr hinreißendes Zahnlückenlächeln. »Auf eine gute Art.«

»Sie hat vorhin kurz die Augen aufgemacht«, warf Mignon trocken ein, während Oceane blind ihre Arme nach mir ausstreckte, um mich durch die Küche zu wirbeln. Ich stolperte über ihre Füße, doch sie hielt mich kichernd fest. Dann öffnete sie die Augen und ihr schwarzer Blick funkelte, während wir uns zusammen zur Musik bewegten und der Rhythmus der Melodie gleichsam durch unsere Adern pulsierte. Ich lachte mit einem warmen Gefühl im Bauch, als ich mich unter ihrem Arm hindurchdrehte und mich Dankbarkeit durchflutete, weil ich diese Menschen kennengelernt hatte. Ich konnte es kaum erwarten, Yuna allen vorzustellen.

Als das Lied vorbei war und Benoît den nächsten Song deutlich leiser drehte, ließ sich Oceane auf Jules' Schoß fallen. Er vergrub sein Gesicht mit geschlossenen Augen an ihrem Hals, und Oceane drückte ihm einen Kuss auf die Stirn. Atemlos setzte ich mich auf den freien Platz neben Mignon. Sie sah mich mit einem unergründlichen Blick an, und ich strich über mein Handgelenk, meine darum gewickelte Glücksschnur. Das vertraute Gefühl unter meinen Fingern erinnerte mich daran, dass ich alles selbst in der Hand hatte. Ich allein entschied, ob ich dem glühenden Drängen in mir nachgab.

Während des ganzen Abends berührte ich Mignon wie zufällig, wollte unsere Grenzen austesten. Diesen schmalen Grat zwischen Freundschaft und irgendeiner Form von *Mehr*. Was Benoît im Jardin du Luxembourg gesagt hatte, macht ich mir zu eigen: Ich wollte nichts bereuen, zumindest nicht die Dinge, die ich *nicht* getan hatte. Ein unschuldiges Streifen ihres Handrückens, als ich ihr ein Glas Wein reichte. Unsere Beine dicht aneinander, als Benoîts Quiche fertig war und ich mich nach vorn beugte, um mir auch ein Stück auf den Teller zu legen. Meine Lippen an ihrem Ohr, als ich ihr etwas zuflüsterte und schon im nächsten Moment vergessen hatte, was es gewesen war. Ich sah nur die Gänsehaut auf Mignons Armen – und den Träger des Tops, der ihr über die Schulter gerutscht war und mich hypnotisierte. Mein Puls beschleunigte sich, als meine Finger auf ihre Haut trafen, während ich ihn wieder nach oben schob. Ich ließ mir zu viel Zeit dabei, weil ich die unerwartete Nähe zu ihr genoss.

Mignon blickte mir tief in die Augen und ich noch tiefer in ihre.

»*Merci*«, sagte sie rau.

»*De rien*«, erwiderte ich. »Gern geschehen.« Mein ganzer Körper stand unter Strom, und ich wäre gern mit ihr allein gewesen, um sie all die Dinge zu fragen, die ich so drängend über sie wissen wollte. Um jedes einzelne ihrer Geheimnisse zu lüften.

Als wir mit dem Essen fertig waren, räumten wir alle zusammen auf und waren nach nicht einmal zehn Minuten fertig. Jules holte eine neue Flasche Wein aus dem Kühlschrank und schenkte jedem von uns nach. Wir stießen über dem Tisch an, die Gläser klirrten, und wir hörten noch einmal *Three Nights*. Émilie meinte, es könnte das Lied dieses Sommers werden, und ich dachte, es könnte das Lied meiner Ein-bisschen-Magie-in-Paris-Zeit werden.

»Ich dachte mir«, setzte Benoît an, als irgendwann die dritte Flasche Wein auf dem Tisch stand, »jetzt, wo wir schon einmal alle hier sind, könnte ich euch ja den Anfang meines Buches vorlesen?!«

Er hatte die Arme hinter dem Kopf verschränkt und sah abwartend in die Runde.

»Ha! Ich wusste es«, rief Oceane. »Ich wusste, dass etwas nicht stimmt, wenn du freiwillig für uns alle kochst.« Benoît warf ihr einen vernichtenden Blick zu. Émilie strich sich eine Locke hinters Ohr und grinste Jules und Mignon an. »Oceane und ich bekommen zehn Euro von euch. Wir hatten recht.«

»Ist das euer verdammter Ernst?« Benoît griff sich mit dramatischer Geste an die Brust. »Sogar meine eigene Schwester?!«

Émilie schenkte ihrem Bruder ein entwaffnendes Lächeln. Dann zog er einen der Stühle vom Tisch weg, setzte sich mit einem Stapel Blätter rittlings darauf, einen Arm auf die Rückenlehne gestützt. Während Benoît gerade noch von seiner Idee überzeugt gewesen zu sein schien, fuhr er sich jetzt immer wieder durch die Haare und wirkte auf einmal verunsichert.

Ich sah, wie Mignon ihren besten Freund anblickte und irgendetwas zwischen den beiden passierte. Dieser kurze Augenblick, der nicht für mich bestimmt war, berührte mich. Diese echte Seite an ihr, und Benoîts Gesichtszüge, die augenblicklich weicher wurden. Dann begann er zu lesen. Zwischendrin sah er immer wieder auf und suchte unsere Blicke, versuchte in ihnen wahrscheinlich etwas zu erkennen – was auch immer er sah, es sorgte dafür, dass seine Stimme von Zeile zu Zeile kräftiger wurde. Ich verlor mich in seinem Text, in der Geschichte von Geraldine und François. Vor allem der greifbare Kontrast aus Hoffnung und Leid, der in den ersten beiden Kapiteln aus jeder Zeile sprach, ließ mich an seinen Lippen hängen. Und nicht nur mich. Uns alle.

Im Verlauf des weiteren Abends floss noch mehr Wein. Nachdem Benoît die Blätter zur Seite gelegt hatte, diskutierten wir noch eine Weile über seine Geschichte, redeten dann über die Filme und Serien, die uns in letzter Zeit angesprochen hatten. Émilie schwärmte uns von einem französischen Netflix-Original vor, was Benoît zum Seufzen brachte.

»O Gott, Inès Dubois ist so verdammt heiß. Allein dafür lohnt sich die Serie schon.« Er stieß mir grinsend in die Seite. »Glaub mir, Lilou, dir gefällt sie bestimmt auch.«

»Ich glaube nicht, dass wir denselben Typ Frau haben, Benoît«, sagte ich lachend. »Außerdem habe ich eher … einen Typ Mensch.«

Oceane murmelte irgendetwas über Touristinnen, die sich ins *Le Petit* verirrten, und dann lachten alle. Nur dieses eine Lachen, das tiefer und rauchiger und voller war als alle anderen, ertönte nicht. Und dann traf mich Mignons intensiver blaubrauner Blick vollkommen unvorbereitet. In ihren Augen standen tausend Gefühle auf einmal und doch konnte ich keines von ihnen wirklich greifen, bis die Verwirrung in ihren geweiteten Augen überhandnahm. Ich reckte das Kinn und vermied es zu blinzeln. Beinah schon trotzig erwiderte ich ihren Blick, während das Gespräch um uns herum in den Hintergrund trat.

Was hast du denn gedacht, Mignon? Was hast du denn gedacht, was das zwischen uns beiden ist? Was hast du denn gedacht, was dieser Moment zwischen Wolken und Pflanzen über den Dächern von Paris gewesen ist?

Fragend sah ich sie weiter an, und sie schaute um sich wie ein Reh im Scheinwerferlicht. Irgendetwas huschte über ihr Gesicht. Fühlte sie sich ertappt? Wurde ihr gerade klar, was da zwischen uns passierte? Überdachte sie Momente wie jene, in denen ich in ihrem Bett gelegen hatte?

Mignon

Und dann fror für eine gefühlte Unendlichkeit die Zeit ein, und Bilder stürzten auf mich ein.

Was, wenn ich es wirklich tue? Was wenn ich wirklich mit dir flirte, ertönte Lilous Stimme hell und klar in meinem Kopf. *Gib du mir doch einen Namen* und ihr freches Grinsen. Ihre offene und ehrliche Art, mit der sie mich dazu brachte, tiefe Wahrheiten auszusprechen. Wie sie meiner Seele näherkam, irritierenderweise meinem Innersten. Ihre nackten Schenkel auf meinem Bett, ihre weiche Haut unter meinen Fingerspitzen. Ihre rosafarbenen Lippen, deren sanften Schwung ich so verdammt oft verstohlen betrachtet hatte. Die Gänsehaut, die ich nicht leugnen konnte.

Oh merde!

Lilou sah mich unbeirrt an, und aus Angst, sie könnte das plötzliche Verlangen in mir entdecken, versuchte ich äußerlich ruhig zu bleiben. Betont lässig, betont cool, doch mit rasendem Herzen und durcheinanderwirbelnden Gedanken. Ich trank den letzten Schluck Wein aus meinem Glas, dann stand ich auf und ... stolperte fast über meine eigenen Füße. Ein leiser Fluch kam mir über die Lippen. So etwas passierte mir nicht. Nicht mir, nicht Mignon Bonnet.

Wieso zum Teufel war ich mit einem Mal dieser nervöse Mensch? Wieso schien ich mich mit einem Mal selbst nicht mehr zu kennen? Und wieso stellte ich plötzlich infrage, was ich über mich zu wissen glaubte?

Schnell flüchtete ich in mein Zimmer und lehnte mich mehrere Atemzüge lang gegen die geschlossene Tür. Aus der Küche drangen gedämpftes Lachen und Musik. Die Welt drehte sich weiter, doch meine eigene fiel auseinander.

Hektisch wühlte ich mich durch meine Klamotten, zog ein Kleid hervor und meine schwarzen Overknee-Stiefel an. Dazu frischer Lippenstift, mit dem ich mich sicher fühlte und weniger nackt. Nicht so seltsam entblößt wie gerade eben.

»Ich geh noch aus«, rief ich eine Viertelstunde später in die Küche, in der noch alle zusammensaßen. Dann verschwand ich in die Nacht und glaubte Lilous wissenden Blick noch in meinem Rücken zu spüren, als ich schon längst in der Metro saß. Ein Blick, als würde sie Dinge über mich wissen, dich ich selbst nicht kannte. Wahrheiten, die ich nicht sehen wollte.

Ich war mir nicht sicher, wieso mich die Erkenntnis, dass Lilou auch auf Frauen stand, derart aus der Fassung brachte – obwohl doch ein Teil von mir schon geahnt hatte, dass das, was da zwischen uns entstand, nicht unbedingt Freundschaft war. Zumindest nicht die Art von Freundschaft, die mich mit Émilie oder Oceane verband. Wenn ich ehrlich war, dann wusste ich, wie Lilou und ich uns ansahen. Es war mir klar, aber ich wollte es verdammt noch mal nicht wahrhaben, weil das alles durcheinanderbrachte. Weil ich doch ohnehin das Gefühl hatte, mir selbst immer mehr zu entgleiten oder vielleicht sogar nie gewusst hatte, wer ich war. Mein wahres, ungeschöntes Ich.

Thierry öffnete die Tür schon nach dem ersten Klingeln. Seine schwarzen Haare waren zerzaust, und er sah mich überrascht an, doch dann kräuselten seine Lippen sich zu einem verschmitzten Grinsen.

»Mignon«, sagte er bloß. Nur meinen Namen. Ich gab ihm keine Gelegenheit, noch etwas hinzuzufügen, da schlang ich schon die Arme um seinen Hals und drängte ihn gegen die Wand im Flur.

Krachend fiel die Tür hinter mir ins Schloss und mit dem Knall kehrte für einen Moment die Ruhe in meinen Kopf zurück. Und ich dachte: Das hier war normal, das war ich, das war mein Leben.

»Ich freu mich auch, dich zu sehen«, murmelte Thierry lachend, ehe er seinen Mund in seiner fordernden Art auf meinen senkte. Bartstoppeln rieben einen Moment über meine Wange. Und ich fragte mich, ob sich Lilous Lippen an meinen genauso weich anfühlen würden wie unter meinen Händen. Wie es wohl wäre, sie zu küssen und dabei mit den Fingerspitzen über das Grübchen auf der linken Seite zu streichen. An ihr wäre alles um so vieles weicher.

Thierry knurrte und schob seine großen Hände unter meinen Hintern, und ich kam ihm entgegen. Ich sprang hoch und schlang meine Beine um seine Hüften und ließ mich herumwirbeln, mich von ihm gegen die Wand pressen. Ich keuchte in seinen Mund, und er lachte, er stöhnte und drängte sich gegen mich. Seine Zunge, seine Hände, das Funkeln in seinen hellen Augen, als er kurz von mir abließ.

Er grinste. »Du kannst gern öfter ohne Ankündigung vorbeikommen.«

»Gewöhn dich nicht dran, *mon cher*«, entgegnete ich. »Es gibt Regeln.«

Regeln für Glasherzen, die nicht lieben konnten. *Aber es schlägt und funktioniert*, hörte ich Lilou in meinem Kopf.

»Du und deine Regeln.« Thierry verdrehte die Augen und packte mich fester. Mein Körper reagierte ganz automatisch – er presste sich an seinen, ließ sich in sein Schlafzimmer tragen, auf sein Bett schmeißen. Meine Hände glitten wie ferngesteuert zu Thierrys Hose, öffneten den Reißverschluss und zogen mir selbst das Kleid über den Kopf. Ich wollte das hier, ich wollte das mit ihm, und trotzdem blieb mein Herz stumm und kalt. So wie bei Noé und Aurelien und all den anderen Männern, mit denen Tage manchmal zu Wochen oder Monaten geworden waren.

Das Reißen einer Kondompackung. Schnell, schnell, schnell.

Und dann saß ich erst auf Thierry und holte mir das, was ich in diesem Moment so dringend brauchte, lag dann unter ihm und gab mich seinen Stößen hin. Ich verfluchte mich dafür, dass ich bei jedem einzelnen verdammt noch mal an Pocahontas mit offenen weißblonden Dreads dachte, wie sie sich losgelöst und mit ausgebreiteten Armen im Kreis drehte. Ich sah das Glitzern in ihren Waldaugen vor mir und kam sofort.

Thierry schlief, als ich mich drei Stunden später aus seiner Wohnung schlich. Ich war erschöpft, ein Teil von mir eigentlich befriedigt, doch zum ersten Mal fühlte ich mich danach noch leerer als zuvor.

Ziellos.

Benutzt.

Dabei hatte *ich* das hier gewollt. Dabei war *ich* es gewesen, die einfach vor Thierrys Tür aufgetaucht war und sich auf ihn gestürzt hatte. Und jetzt war da nur das hallende Geräusch meiner Stiefel auf dem Asphalt, Schritt für Schritt für Schritt.

Einsamkeit inmitten einer Weltstadt, inmitten von zwei Millionen Menschen.

Was, wenn ich es tue? Was, wenn ich wirklich mit dir flirte?

Ja, dachte ich, was dann, Lilou?

Lilou

Noch am selben Abend lag ich nachts unter dem Apfelbaum, meinem Apfelbaum, wie ich ihn inzwischen nannte, und wünschte mir, ich könnte durch das Geäst hindurch die Sterne sehen. Doch die Laternen der Stadt strahlten in der Dunkelheit und legten sich als silbriger Schleier vor das Firmament. Für einen Moment wünschte ich mich nach Hause zurück. Ich würde mit Yuna hinter dem Haus im Gras liegen und in den Himmel sehen. Da wäre kein Großstadtlärm, kein Paris, das nachts nicht schlief, sondern nur der Wind in den Bäumen und das Quietschen von Kaitos Fahrrad, wenn er nachts aus dem Fenster kletterte und heimlich zu seiner Freundin fuhr. In einer solchen Nacht wäre es ein Leichtes, Yuna von der Frau zu erzählen, deren bloße Existenz sich immer tiefer in mir verankerte. Sie würde, wie immer, keine Sekunde lang ruhig daliegen können, mich aber trotzdem aufmerksam mustern. Sie würde mich fragen, was für ein Mensch Mignon war. Sie wäre besorgt, weil sie wusste, wie es um mein Herz stand, aber vor allem würde sie lächeln, weil sie mir nur das beste Leben und die schönste Liebe wünschte. So wie ich ihr.

Ich blinzelte und spürte die Müdigkeit, die sich immer schwerer auf mich legte. Ein Teil von mir wollte nach oben ins Bett gehen, der andere wusste, dass meine Gedanken sich weiterdrehen und ich nicht würde einschlafen können. Dann vibrierte mein Handy.

Eine neue Nachricht.

Eine Nachricht von Mignon.

Mein Herz begann zu rasen. Ich hatte mit vielem gerechnet, aber ganz sicher nicht damit, dass sie sich melden würde. Noch immer sah ich Mignons Gesichtsausdruck vor mir, die Art, wie sie mich vor einigen Stunden angesehen hatte. Die geweiteten Augen und die stille Frage in ihrem Blick, bevor ich nur Sekunden später überhaupt nichts mehr in ihrem Gesicht hatte lesen können.

UNBEKANNTE NUMMER, 03:02 Uhr
Willst du immer noch eine Antwort?

Überrascht blickte ich auf die Nachricht. Das Display strahlte hell in die Nacht.

ICH, 03:03 Uhr
Eine Antwort worauf?

UNBEKANNTE NUMMER, 03:03 Uhr
Du hast mich gefragt, was wäre, wenn du mit mir flirten würdest.

Die Worte gruben sich tief unter meine Haut, machten etwas mit mir. Ruckartig setzte ich mich auf. Wollte ich das? Wollte ich eine Antwort auf diese Frage? Meine Finger wussten es noch vor meinen Gedanken, flogen über die Tastatur, denn ja, ich hatte mich bereits entschieden und wollte nicht mehr so tun, als wäre das zwischen Mignon und mir eine rein freundschaftliche Sache.

ICH, 03:05 Uhr
Ja, das will ich.

Mignon schrieb, dann war sie wieder offline. War online, schrieb erneut, schickte jedoch keine Nachricht ab. Die Zeit dehnte sich endlos, bis Sekunden sich wie Stunden anfühlten. Das wilde Schlagen meines Herzens dröhnte in meinen Ohren und vermischte sich mit den Geräuschen der Nacht. Es schien ewig zu dauern, bis Mignon mir schließlich eine Antwort gab.

UNBEKANNTE NUMMER, 03:10 Uhr
Ich weiß nicht, was das bedeutet, aber ich weiß, dass es mir gefallen würde.

Immer wieder las ich die Worte und in meinem Kopf war Stille und Chaos zugleich. *Ich weiß, dass es mir gefallen würde. Dass es mir gefallen würde. Gefallen, gefallen, gefallen.* Meine Finger bebten, als ich wieder zu tippen begann. Ein einziges Wort, das für so viele Fragen stand.

ICH, 03:11 Uhr
Wieso?

Dieses Mal kam die Antwort sofort. Ein *Pling* im Takt meines Herzschlags.

UNBEKANNTE NUMMER, 03:11 Uhr
Weil ich an dich denke und du dich in meine Gedanken schleichst.

Ich dachte noch darüber nach, ob Mignon das so meinte, wie ich hoffte, und wie ehrlich meine Reaktion ausfallen sollte, als mein Handy den Eingang einer neuen Nachricht anzeigte.

Bonne nuit, Lilou.

Langsam ließ ich das Handy sinken und richtete meinen Blick wieder nach oben. Ich stellte mir vor, wie Mignon an dem großen Fenster in ihrem Zimmer stand, das mit der Gardinenstange darüber, um die sich die Pflanze mit den herzförmigen Blättern rankte. Ich stellte mir vor, wie sie nur wenige Straßen entfernt in denselben Himmel emporblickte. Sie wäre inzwischen sicher ungeschminkt, ihre dunklen Haare würden sich an den Spitzen kräuseln, und der Blick in ihren von dichten Brauen gerahmten Augen wäre melancholisch und ernst und dabei ganz Mignon.

»Du hast dich auch in meine Gedanken geschlichen«, flüsterte ich in Richtung der Sterne, die wir beide nicht sehen konnten. Nicht inmitten von Paris.

Doch sie waren zweifellos da und Zeugen meiner Worte, die damit nur echter und realer wurden.

8. Kapitel

Mignon

»… und weil das Wetter in den letzten Tagen so verrückt gespielt hat, sind mir dann auch noch die Pflanzen direkt hinter dem Haus eingegangen«, *Grand-Mère* unterbrach sich nur, um kurz Luft zu holen, »übrigens frage ich mich, wann Monsieur Quéméneur die Boulangerie an der Küste endlich Clarisse überlässt und sein Leben genießt. Die Quéméneurs haben ein Fest gegeben, und ganz Saint-Loan war davon überzeugt, es wäre endlich so weit. Aber dann haben Clarisse und Antoine nur verkündet, dass sie ein Kind bekommen. Das ist natürlich eine große Sache, vor allem wenn man bedenkt, dass Antoine vor Kurzem noch…«

Seit geschlagenen zehn Minuten redete *Grand-Mère* vor sich hin, während ich gelegentlich ein *Oui* oder *Mhm* einwarf. Dabei versuchte ich dem Drang zu widerstehen, unruhig umherzurutschen. Sie rief mich sonst nie an, wenn ich arbeitete, und genau deshalb war ich ans Handy gegangen – auch wenn Anouk das überhaupt nicht gern sah. Ich rollte mit meinem Schreibtischstuhl ein Stück zurück, damit man mich zumindest von ihrem verglasten Büro aus weniger gut sehen konnte. *Grand-Mère* war ein sehr direkter Mensch. Sie liebte den Tratsch von Saint-Loan, aber abgesehen davon kam sie immer sofort auf den Punkt. Dass sie es jetzt nicht tat, machte mich nervös. Ich schlug die Beine übereinander und setzte mich gerade hin. Wenn ich äußerlich ruhig war, dann wurde ich es auch innerlich. Ich sah aus dem Fenster und auf den Eiffelturm, meine große Konstante, Symbol derer, die ich hier geworden war. Ich versuchte mich auf *Grand-Mère* zu konzentrieren, doch stattdessen ließ ich in Gedanken immer wieder das Wochenende Revue passieren.

Der Abend in der WG.

Lilou.

Thierry.

Ein verdammter Orgasmus mit ihm, aber auch diese plötzliche heftige Sehnsucht nach ihr. Keine Ahnung, was zur Hölle mich dazu getrieben hatte, aber zurück in meiner Wohnung hatte ich Lilou mit zitternden Fingern geschrieben. In dieser Nacht war es mir ganz logisch erschienen, doch jetzt wurde mir schlecht bei der Vorstellung, ihr zu begegnen. Andererseits konnte ich es kaum erwarten, mich von ihrer Leichtigkeit einlullen zu lassen und vielleicht würde sie … würde ich meine Hände wieder an ihr Gesicht legen und dieses Mal …

»Mignon, Liebes? Hast du mir zugehört?«

Ich zuckte zusammen. *Bordel de merde*, wenn ich nur wüsste, was mit mir los war. So hatte ich mich noch nie gefühlt.

»Entschuldige, *Mamie*, nein. Ich habe gerade …«, mein Blick flog umher und blieb an meinem Computer hängen, »… eine Mail bekommen und musste nachsehen, von wem sie ist.«

»Natürlich, ich habe dich ja auch bei der Arbeit angerufen«, sagte sie entschuldigend und seufzte schwer. »Ich wollte eigentlich nur wissen, ob du im Oktober nach Hause kommen könntest.«

Endlich. Der Grund, wieso sie angerufen hatte.

»Natürlich … ich habe noch ein paar Urlaubstage und könnte mir sicher freinehmen. Ansonsten hat Anouk bestimmt auch kein Problem damit, wenn ich ein paar Tage Homeoffice mache«, ich rollte wieder näher an meinen Schreibtisch heran und blätterte durch den aufgeschlagenen Kalender. »Ich muss nur schauen, dass ich zur FIAC auf jeden Fall hier in Paris bin.« Die *Foire Internationale d'Art Contemporain* war die wichtigste französische Kunstmesse und fand jedes Jahr im Oktober statt. Während dieser Woche bekam in der *Sauvage* niemand frei, wenn es nicht unbedingt sein musste. »Gibt es denn einen bestimmten Grund?«, schob ich hinterher und runzelte die Stirn.

»Ich muss für ein paar Tage nach Rennes und möchte Perceval nicht allein lassen.« Perceval war der Name, den *Grand-Mère* dem Haus mit den zwei Türmen gegeben hatte. Sie beharrte darauf, dass es mehr war als nur ein Gebäude, nämlich ein Ort mit Herz und Seele. Und was Herz und Seele hatte, brauchte eben auch einen Namen.

»Was machst du denn in Rennes?«, wollte ich überrascht wissen.

»Ach, nichts, was sonderlich spannend wäre. Ich möchte dich nicht langweilen.« Sie lachte, doch es klang eine Spur zu fröhlich.

»Du langweilst mich nicht.« *Du beunruhigst mich*, wollte ich eigentlich sagen.

»Lieb, dass du das sagst«, erwiderte *Grand-Mère* leichthin, »aber wir sprechen einfach in Ruhe, wenn du da bist, ja? Und jetzt lasse ich dich weiterarbeiten. Ich habe dich sicher schon lange genug aufgehalten. Ich rufe dich morgen Abend einfach noch einmal wegen des genauen Datums an.«

Ich erinnerte mich an das, was Lilou vor gar nicht allzu langer Zeit zu mir gesagt hatte. Darüber, dass man Gelegenheiten nutzen und nicht verstreichen lassen sollte. Kurz bevor wir auflegten, holte ich tief Luft, und dann sagte ich ganz leise: »Ich hab dich lieb.«

Für einen Augenblick blieb es still am anderen Ende der Leitung. Wahrscheinlich weil *Grand-Mère* genauso überrascht war über diese Worte wie ich. Nicht über deren Bedeutung, sondern dass ich sie aussprach. Ich hörte das Rauschen des Meeres, hörte Wellen gegen die rauen Klippen schlagen, in welche das Haus hineingebaut war. Wahrscheinlich saß sie auf ihrem Lieblingsstuhl an den Felsen. Der, von dem die blaue Farbe abblätterte.

»Das weiß ich doch, Liebes.« Ein Lächeln lag in ihrer Stimme. »Ich dich auch.«

Ein warmes Gefühl stieg in mir auf, doch verdrängen konnte es die leise Sorge nicht. Es war nicht nur, dass mir *Grand-Mère* während unseres Gesprächs irgendwie seltsam vorgekommen war, es war vor allem das Scheißgefühl, dass mir alles langsam entglitt. Das Gefühl eines über mir schwebenden Damoklesschwerts. Es war nicht nur der Wunsch ausbrechen zu wollen. Da war auch die Vorahnung, dass schon bald nichts mehr so sein würde, wie es gewesen war. Und es gab nichts, was ich dagegen tun konnte.

Lilou

Seit der Apfelbaumnacht hatte ich Mignon nicht mehr gesehen. Doch nach wie vor war ich hin- und hergerissen zwischen dem brennenden Wunsch ihrer Seele näherzukommen, und dem Bedürfnis, dieses Mal vernünftig zu sein, wenn es um mein Herz ging. Diese Nachrichten von ihr …

Es würde mir gefallen.

Weil ich an dich denke.

Es würde mir gefallen.

Weil ich an dich denke.

Mignons geschriebene Worte ließen mich nicht los, und die Schwere ihrer möglichen Bedeutungen schwirrte immer wieder ungebremst durch meine Gedanken: Während meiner Schicht im *Lux*, als ich süßes und salziges Popcorn verwechselte. Als ich mit Émilie einkaufen war und abwesend jedes Kleidungsstück, das sie hochhielt, abnickte, ohne genau hinzusehen. Als Yuna mich ganz überdreht anrief und erzählte, dass sie das Zimmer bei Jona und Maxi bekommen hatte und Mitte September umziehen würde. Während des Telefonats mit Papa, bei dem er fast alle seine Fragen wiederholen musste. Und als sich Benoît heute bei unserem gemeinsamen Frühstück im *Le Petit* erkundigte, ob ich die Fremde aus dem Zug wiedergetroffen hätte – er hatte mich dabei ganz seltsam angesehen, und mein Gedankenkarussell hatte sich nur noch schneller gedreht. In diesem Moment hatte ich weder lügen noch die Wahrheit sagen können.

Zurück zu Hause setzte ich mich an die Fenster und malte stundenlang, verwandelte das Chaos in meinem Kopf in bunte Linien und Kleckse, die sich mit jedem Pinselstrich zu einem neuen Bild formten. Ich zeichnete, bis die Sonne glühend hinter den Häusern versank. Dann schaltete ich die Lichter an und hängte das fertige Bild zu den anderen. Sie nahmen inzwischen einen großen Teil der Wand neben dem Bett ein und waren ein bisschen zum Tagebuch meiner Zeit in Paris geworden. Die Bilder ähnelten sich zwar und zeigten nahezu alle einen getupften Himmel in verschiedensten Nuancen, doch bei jedem einzelnen wusste ich, wann und wo es entstanden war. Vor allem jedoch erinnerte ich mich ganz intensiv an das, was ich dabei empfunden hatte. Aber dieses eine würde für mich immer am deutlichsten herausstechen. Dieses eine, auf dem Mignon inmitten eines grünen Meeres über Paris' Dächern schwebte.

Im Jardin du Luxembourg, noch bevor dieses Bild entstanden war, hatte ich es ihr schon einmal gesagt: Ich mochte keine Unklarheiten. Und ihre Nachrichten, denen keine weiteren mehr gefolgt waren, würden mich noch in den Wahnsinn treiben, wenn ich sie weiter zu interpretieren versuchte. Mignon hatte etwas in ihrem Wesen, was sie von jedem Menschen, dem ich bisher begegnet war, unterschied. In manchen Momenten wirkte sie so perfekt und glatt, dass ich an ihr abzurutschen drohte, in anderen verletzlich und ungehemmt – aber ganz gleich mit welcher Version ich es zu tun hatte, ich schien sie nie ganz zu verstehen, nie bis an die Grundfesten ihres Seins vorzudringen.

Entschlossen griff ich nach meinem Handy.

Ich *wollte* mit Mignon flirten, ich *wollte* ihr näherkommen. Ich wollte furchtlos sein und nicht darüber nachdenken, dass meine Zeit in Paris begrenzt war. Und ich wollte so sehr, dass es ihr egal war, dass ich kein

Mann war. Also musste ich sie sehen, musste sie ansehen, ihr gegen-
übertreten. Musste wissen, was in ihren blauen Augen geschrieben
stand, wenn sie mich ansah und diese Dinge sagte.

ICH, 21:15 Uhr
Hast du Lust auf ein Abenteuer? Ich schulde dir noch einen Lieblingsort.

Ich legte das Handy beiseite, nur um kurz darauf doch noch einmal
danach zu greifen und eine zweite Nachricht hinterherzuschicken.

ICH, 21:19 Uhr
Ich warte in einer Stunde an der Ecke Rue des Étoiles – Rue Mouffetard
auf dich.

Unmöglich konnte ich neben meinem Handy sitzen und darauf hoffen,
dass Mignon reagierte. Stattdessen machte ich mir etwas zu essen,
schlang es herunter und beschloss, das Haus in dieser Nacht auf jeden
Fall zu verlassen. Um glücklich zu sein und die schönsten Dinge zu erleben, brauchte ich nur mich allein, erinnerte ich mich. Außerdem musste
Mignon am nächsten Tag arbeiten und wollte vielleicht so spät gar nicht
mehr losziehen. Und doch raste mein Herz, als ich schließlich nach
meiner sonnengelben Strickjacke griff und die Wendeltreppe nach
unten lief. Draußen stand ich einen Moment ganz still und atmete die
Nachtluft tief ein. Der August war dem September gewichen, und der
angenehm kühle Wind fühlte sich an wie der Vorbote eines milden
Herbsts. Und dann kam tatsächlich noch eine Antwort von Mignon, die
in ihrer Schlichtheit dafür sorgte, dass es nicht nur in meinen Fingerspitzen zu kribbeln begann.

MIGNON, 22:10 Uhr
Ich werde da sein.

Sie saß auf den Stufen in einem unscheinbaren Hauseingang, ein Bein angewinkelt, das andere lässig von sich gestreckt. Die Außenbeleuchtung des Bistros daneben warf einen warmen Lichtschein auf die Straße – auf schwarze Doc Martens mit der Pariser Skyline darauf und auf einen roten Mund, der ein Lächeln erahnen ließ. Als sie mich sah und ihre Lippen sich zu einem echten formten, setzte mein Herz für einen Schlag aus. Ich reichte ihr meine Hand. In erster Linie, um sie kurz zu berühren, in zweiter, um ihr aufzuhelfen. Wir ließen die immer noch belebte Rue Mouffetard hinter uns und liefen durch die Straßen. Sie sah aus wie jemand, der unweigerlich in die Nacht gehörte. Schwarze Jeans, dunkler Mantel, selbstsichere und elegante Schritte. Die Musik, die aus den Bars um uns heraustönte, wurde leiser, während die Fragen in mir lauter wurden.

»Du hast also jetzt schon einen Lieblingsort?«

Rauchige Stimme. Gänsehaut. Alles wie beim ersten Mal.

»Natürlich. Man braucht zum Glücklichsein immer einen Lieblingsort«, erklärte ich. »Paris ist mein Zuhause auf Zeit. Und ich finde, es sind die Menschen, die ein Zuhause dazu machen, und eben die Wohlfühlorte, an denen man gut denken kann. Genau in dieser Reihenfolge.«

»Das ist eine verdammt schöne Beschreibung für ein *Zuhause*. Das klingt so, als könnte man es überall finden.«

»Kann man ja auch«, sagte ich zuversichtlich. »Du hast es in Paris ja auch gefunden.«

Dieses Mal war ich es, die Mignon durch die Straßen führte. Es waren Wege, die sie wahrscheinlich selbst kannte. Ein Stück über die Rue Monge, eine Weile die Rue Larrey entlang, vorbei an der Grande Mosquée de Paris und schließlich auf der Rue Buffon am Jardin des Plantes vorbei – bis hin zum südlichen Seineufer. Nebeneinander gingen wir direkt am Fluss entlang, ein dunkelblaues Band in der Nacht. Bis hin zu dem einen etwas abgelegenen Abschnitt, auf den ich auf einem meiner Streifzüge zufällig gestoßen war. Irgendetwas war hier anders, mystischer, verträumter. Einer von Paris' toten Winkeln.

»Das ist kein Lieblingsort.« Mignons schöne Mundwinkel zuckten.

»Oh doch. Das ist es.« Ich verschränkte die Arme vor der Brust. »Wir sind am Wasser. Meine Lieblingsorte sind immer am Wasser.«

Mignon wollte wissen weshalb, und ich dachte einen Moment nach, ehe ich antwortete: »Ich glaube, das ist wie mit dem Himmel. Ich mag die Vorstellung von Unendlichkeit. Ich mag die Vorstellung, dass sich Anfang und Ende von etwas nicht so richtig fassen lassen und alles irgendwie … doch miteinander verbunden ist. Wir, die Welt, die Menschen, das Universum und all das andere, von dessen Existenz wir keine Ahnung haben. An Orten wie diesen wird mir das immer am deutlichsten bewusst.« Ich hielt einen Moment inne, bevor ich fortfuhr: »Dann fühle ich mich in Relation zu allem anderen winzig und unbedeutend, aber das auf eine gute Weise. Es lässt einen dankbar sein für all das Schöne, das man hat.«

Ich spürte Mignons Blick lange auf mir, ehe sie etwas erwiderte: »Manchmal finde ich es bemerkenswert, dass du erst achtzehn bist.«

»Wieso das denn?«, fragte ich verwundert.

»Weil du deine Umwelt so reflektiert wahrnimmst.«

»Ich denke nicht, dass das etwas mit Alter zu tun hat.«

»Vielleicht nicht unbedingt. Aber es gefällt mir.«

Da. Mignon hatte es schon wieder gesagt. *Es gefällt mir.*

Schon wieder: *Gefallen, gefallen, gefallen.*

Ob auch *ich* ihr gefiel? Der Mensch, der ich war?

Unser Weg erstrahlte im Laternenlicht. Die Nacht war so mild und klar wie mein Herz weit war. Wir liefen immer näher nebeneinander, bis unsere Hände sich im Gehen unweigerlich streiften. Ich hielt den Atem an, und dann griffen wir im selben Moment nach der Hand der anderen und verschränkten unsere Finger miteinander. Ganz leicht, ganz sanft und mit der Möglichkeit, sie jederzeit wegzuziehen – doch das taten wir nicht. Ich wagte nicht aufzusehen, wollte diesen Augenblick nicht kaputt machen, doch ich spürte das Lächeln, das meine Lippen auseinanderzog. Dort, wo wir uns berührten, schienen winzigste Funken zu sprühen. Verrückt, dass ein Paar Hände in ihrer Einfachheit zwei Körper und vor allem zwei Herzen miteinander verbinden konnte. Alles kribbelte. Ich strich mit dem Daumen über ihre Haut, ihrer zog Kreise auf meiner. Und jetzt und hier hinterfragte ich nichts davon.

Dieser Moment gehörte uns und Mignon gerade mir. Hand in Hand durchliefen wir Lichtkegel für Lichtkegel. Die kunstvoll verzierten Laternen warfen ihren sanften Schein auf die Straßen und überall glitzerten weitere Lichter, auf dem Wasser und weit dahinter. Weil Paris eine dieser Städte war, die niemals schliefen. Und über allem lag dieser ganz besondere Zauber, von dem ich nicht mit Sicherheit sagen konnte, ob nur ich ihn spürte oder ob es allen anderen genauso ging. Für mich war das die Seele dieser Stadt.

Auf einer schmalen Brücke blieben wir schließlich stehen. Sie war nicht zu vergleichen mit dem Pont Alexandre III, dem Pont Neuf oder dem Pont Mirabeau, mit deren beeindruckender Architektur und dem Ausblick, der sich von ihnen bot. Doch vielleicht war diese hier trotzdem die schönste von allen. Weil sie klein und unscheinbar die beiden Ufer miteinander verband, weil der größte Teil von ihr unter Bäumen verborgen lag und die Magie des Quartier Latins doch in jedem ihrer alten Steine spürbar war. Zusammen mit meinem Herzschlag schienen die Wasser des Flusses unter uns zu pulsieren, und dann waren in meinem Kopf mit einem Mal Josette und Céline, wie sie sich erst zögernd und dann schnell und heftig ineinander verliebt hatten. Diese eine Szene am Wasser, die mich mehr als alles andere berührt hatte, weil sich darin zwischen den beiden alles für immer veränderte.

»Ich hab letztens einen Film gesehen, in dem tanzt die Protagonistin nachts an der Seine«, sagte ich in Gedanken und verschränkte meine Finger noch ein bisschen mehr mit Mignons. In der Szene war keine

Musik zu hören gewesen, nur Schritte auf dem Asphalt und das Geräusch des Atmens und des Windes. In einer Nacht wie dieser. »Es war wunderschön.«

Mignon sah mich an, ihre Mundwinkel zuckten. »*Mon dieu*, das klingt furchtbar kitschig. Das Paris aus diesen Filmen ist nicht das echte, es ist irgendeine verklärte Version.«

»Wer sagt das?«

»*Ich* sage es, und ich weiß es ganz sicher. Ich wohne schließlich hier. Wenn man länger irgendwo lebt, dann verliert jeder Ort im Laufe der Zeit etwas von seiner Magie«, erklärte sie. »Was aber nicht bedeutet, dass die Magie nicht in irgendeiner anderen Form doch noch da ist…. Aber es ist eben anders.«

»Ich kann dir das Gegenteil beweisen«, behauptete ich. »Ich kann dir zeigen, dass es diese Magie sehr wohl gibt.«

»Jetzt?«

»Natürlich jetzt«, lachte ich. »Jetzt ist genau richtig.«

»Wir haben keine Musik.«

»Wer braucht schon Musik. Wir können sie uns einfach vorstellen.«

»Und wenn uns jemand sieht?« Mignon sah mich aus ihren ernsten Augen an.

»Was soll dann sein? Dann sieht jemand, wie wir Spaß haben.« Mignon blickte mich weiterhin unverwandt an, aber ich konnte ihren Gesichtsausdruck nicht richtig deuten. »Hat dir eigentlich schon mal jemand gesagt, dass du weniger nachdenken und mehr machen solltest?«

»Natürlich nicht«, Mignon grinste fast schon hochmütig. »Das hat sich bisher niemand getraut.«

»Wie langweilig.«

»*Du* sagst es mir ja jetzt.«

Ich hob unsere verschränkten Finger an und zog Mignon ein unschuldiges Stück näher, die andere Hand legte ich vorsichtig auf ihren unteren Rücken. »Also tanzt du jetzt mit mir?«

Mignon blinzelte. Dichte Wimpern warfen halbmondförmige Schatten auf ihr Gesicht. »Du wirst nicht lockerlassen, oder?«

»Hmm ... ich schätze mal, nein. Ich habe gerade beschlossen, dass das zu meiner geheimen Pariser *Bucket-List* gehört.« Mit der Hand auf ihrem Rücken zog ich sie noch ein Stück näher an mich. »Also, was sagst du?«

»Gott, ja, ich tanze mit dir.«

Mignon legte mir die Hand, die nicht in meiner ruhte, auf den Oberarm und als wir uns langsam zu bewegen begannen, schienen alle Ebenen miteinander zu verschmelzen: Das Paris der Vergangenheit und der Gegenwart. Magie und Wirklichkeit, Sehnsüchte und Ängste. Wir fanden unsere ganz eigene Melodie, unseren eigenen Rhythmus, und es war zwar nicht so wie bei Josette und Céline, unsere Bewegungen waren weniger perfekt, weil ich Mignon fester an mich ziehen und ihr gleichzeitig Raum geben wollte, aber das hier waren wir beide zusammen und nur das war von Bedeutung. Ich wirbelte sie über die leere Brücke, und sie drehte sich unter meinem Arm hindurch. Ich stolperte, sie fing mich auf, und ihr Mantel wehte im Wind als wären es Flügel, die sie davontragen würden, wenn ich sie nicht festhielt.

Und ich wünschte mir, ich könnte sie öfter so sehen. So unbeschwert und ausgelassen, diese Momente, in denen sie sich erlaubte, einfach nur zu sein. Ich verlor jedes Zeitgefühl, mein einziger Orientierungspunkt war ihr Lachen, dieses echte, dieses elektrisierende. Und weil es, außer dem leisen Rauschen des Wassers, keine Begleitmusik gab, gab es auch kein Lied, das enden konnte. Wir allein bestimmten über Anfang und Ende dieses Tanzes.

Und so wurde irgendwann aus Drehungen ein langsames Wiegen, bis wir schließlich wieder ganz still voreinander standen. Der Wind strich Mignon für einen Moment ihre Ponyfransen aus der Stirn. Unter den dramatischen Augenbrauen wirkten ihre Augen wie riesige, schimmernde Seen, und in diesem Moment wollte ich sie spüren wie zu keinem Zeitpunkt zuvor. Mein Blick fiel auf ihren Mund, der meinem mit einem Mal so nah war. Ich hätte Mignon küssen können, doch instinktiv merkte ich, dass sie noch nicht so weit war. Hand in Hand war sie mit mir hierhergelaufen, hatte mit mir getanzt, ließ sich auf das hier ein – das musste für den Augenblick genügen, denn ich würde das hier ganz sicher nicht kaputt machen.

Zögernd, weil die Sehnsucht in mir pulsierte, ließ ich sie los und wir überquerten endgültig die Seine.

»Ich habe vor ein paar Tagen mit Aurélie gesprochen«, sagte Mignon, als wir das Ende der Brücke erreicht hatten. Bei ihren Worten schrumpften das Gefühl von Freiheit und der Hauch von Magie sofort zusammen. Aurélie Dupont. *Directrice de la danse* der Ballettcompagnie der Pariser Oper. Die Frau, die vielleicht etwas über *Maman* wusste.

»Und?« Ich klang atemlos.

»Deine Mutter ist tatsächlich zurück an die Pariser Oper und ...«

»Und hat sie ...? Und wann ... Und wo ...?«

»Wollen wir uns da hinsetzen?« Mignon deutete auf eine Bank auf der rechten Seite des Ufers, halb verborgen hinter einer Trauerweide, deren Äste tief hinabreichten und die Wasseroberfläche streichelten. Ich nickte. Mein Herzschlag beschleunigte sich bei den wenigen Schritten, dieses Mal jedoch aus anderen Gründen als zuvor. Vergessen war, weshalb ich Mignon hatte sehen wollen. Vergessen war unser Tanz. Da war Hoffnung, die sich in mir regte. Die sich wohl immer in mir regen würde, bei jedem kleinsten Hinweis, bei jeder noch so winzigen Erkenntnis.

»Elodie hat tatsächlich versucht, wieder in die Compagnie aufgenommen zu werden«, begann Mignon schließlich, als wir nebeneinandersaßen. »Damals war noch Aurélies Vorgänger *Directeur de la danse*, aber sie hat natürlich trotzdem vieles mitbekommen. Sie war damals *Étoile* in dem Ensemble. Elodie wollte auch wieder als solche aufgenommen werden, aber ihr haben mehr als zehn Jahre Training gefehlt –

auch wenn jeder ihren Namen kannte ... das Ballettensemble der Pariser Oper gehört zu den besten der Welt. Sie konnten sie nicht problemlos wieder aufnehmen. Nicht als erste Tänzerin und erst recht nicht als *Étoile*.«

Bilder stiegen in mir auf: *Mamans* elegante Bewegungen. Ihre Art, einen Raum zu betreten, als wäre er ihre Bühne. Die Art, wie sie Komplimente annahm, mit dem Wissen etwas Besonderes zu sein. All die Videos, die ich auf YouTube gesehen hatte, bis ich sie fast auswendig kannte. Bis mir ihre Tanzschritte vertrauter schienen als ihre Bewegungen als Mutter.

»Also wurde sie abgelehnt?«, fragte ich nach, und Enttäuschung machte sich in mir breit. Ich hatte nachgesehen: Mit der Metro waren es nur zwanzig Minuten bis zur *Opéra national. Maman* hätte so nah sein können.

»Nicht direkt. Zu ihrer Zeit in der Compagnie war Elodie ein echtes Ausnahmetalent und das hatte niemand vergessen, also ... wurde sie als Lehrerin in der *École de Danse* angestellt.«

»Aber das bedeutet ja, dass ...«, begann ich, doch Mignons ernster Gesichtsausdruck brachte mich zum Schweigen.

»Am Anfang schien alles gut zu laufen, aber dann haben sich die Probleme gehäuft.«

»Was für«, ich stockte einen Moment und senkte ganz automatisch die Stimme, »Probleme?«

Mignon sah mich mit einem ganz seltsamen Ausdruck in den Augen an. So als würde sie mir gleich etwas sagen, das ich nicht hören wollte. Und mit einem Mal war ich mir gar nicht mehr so sicher, ob ich den Rest wirklich wissen wollte.

»Zu Beginn waren es nur Gerüchte darüber, dass Elodies Unterrichtseinheiten besonders streng und anspruchsvoll wären. Zuerst hat sich dabei auch niemand etwas gedacht: Sie wollte eben das Beste aus ihren Schülern herausholen und im Idealfall in ihrer Klasse die nächsten

Étoiles ausbilden. Aurélie beschreibt deine *Maman* als sehr exzentrisch, was ihr Auftreten und ihren Unterrichtsstil angeht. Ihren Kollegen gegenüber soll sie sich arrogant und eifersüchtig verhalten haben. Und dann ... kam irgendwann der große Knall. Eine Schülerin hat sich beschwert, dass Elodie sie geschlagen hätte, als sie eine besonders anspruchsvolle Figur zum wiederholten Mal nicht richtig ausgeführt hatte. Schließlich kam immer mehr heraus: Dass sie einer anderen Schülerin etwas zum Aufputschen angeboten und einen ihrer Schüler zu küssen versucht hat. Als dann auch noch Tabletten bei ihr gefunden wurden, wurde sie fristlos entlassen.«

Ungläubig starrte ich Mignon an.

»*Maman* würde nie ...« Doch dann hielt ich inne. Kannte ich meine Mutter noch? Hatte ich sie überhaupt jemals gekannt? Sie hatte Papa und mich von einem Tag auf den anderen verlassen – ohne Vorwarnung, ohne Erklärung. Und letztendlich war es nicht viel, was ich von ihr und über sie wusste.

»Das alles ist jetzt fünf Jahre her«, sagte Mignon sanft. »Danach verliert sich ihre Spur ...«

Ich wusste mehr als vor knapp drei Monaten, als ich in den Zug nach Paris gestiegen war, und gleichzeitig stand ich wieder am Anfang. Genau in dem Moment, in dem ich es brauchte, griff Mignon nach meiner Hand.

»Wir geben trotzdem nicht auf«, sagte sie zu mir.

»Wir?«

»*Oui.* Du und ich.«

»Wieso ...«

»Wieso ich dir helfe?« Mignon schwieg einen Moment, dann sagte sie: »Weil ich dich mag.« Ihre Stimme war ungewohnt leise, wurde fast vom Wind davongetragen. Bevor sie den Blick senkte, erkannte ich in der Dunkelheit nichts in ihren Augen und irgendwie alles.

Doch ich hatte sie gehört. Ich hatte sie ganz genau gehört. Und es war die Antwort auf eine der tausend Fragen, die mir durch den Kopf schwirrten, wenn ich Mignon ansah. Die Frau, die Schneewittchen und Femme fatale in einem war.

À cœur vaillant rien d'impossible.

Für ein mutiges Herz ist nichts unmöglich.

9. Kapitel

Mignon

Während es in meinem Zimmer ewig grün war, hatten sich die Bäume in der Rue des Étoiles zu verfärben begonnen. Vor meinen Fenstern erstrahlten ihre Blätter in Orange und Rot. Es war die Farbe von Sonnenuntergängen, die Untermalung eines perfekten Sonntagnachmittags. Ich kuschelte mich tiefer in Benoîts Hoodie und schloss das Fenster wieder. Nicht aber, ohne noch ein letztes Mal tief einzuatmen.

Im nächsten Moment klopfte es an meiner Zimmertür, und dann schwang sie auch schon auf.

»Filmnachmittaaaaag«, rief Oceane und sprang mit ihrem Laptop unter dem Arm auf mein Himmelbett. Mit einem vergnügten Quietschen ließ sie sich rücklings in die Kissen fallen. Und während sie mich vor vollendete Tatsachen stellte, blieb Émilie im Türrahmen stehen, verdrehte die Augen und lächelte mich entschuldigend an. Sie hielt eine Wärmflasche in der einen und einen riesigen Becher Eis mit drei Löffeln in der anderen Hand. »Ich hab meine Tage und leide ganz schlimm und brauche euch.«

Mit diesen Worten kletterte sie zu Oceane auf das Bett und zog die Bettdecke so weit nach oben, dass nur noch dunkle Schokoladenaugen und blonde Locken zu sehen waren.

»Filmnachmittag klingt perfekt«. Ich legte mich in die freie Lücke zwischen den beiden, dort, wo es eng und genau richtig war. So würde ich endlich aufhören, an die Nacht mit dem Tanz zu denken, in der ich mich fast in Vincent van Goghs *Sternennacht über der Rhône* versetzt gefühlt hatte. Einer Sache war ich mir dort absolut sicher geworden: Ich wollte, dass Lilou mich immer wieder so ansah, wie sie es auf dieser Brücke getan hatte. Nicht nur, als wäre ich eine schöne Frau, denn das taten sie alle. Sondern so, als wäre auch mein verdammtes Innerstes sehenswert. Schön und besonders und ausreichend, wie es war. Ich hätte Lilou danach weiß Gott lieber etwas Positives über ihre Mutter erzählt, statt den Moment zu zerstören. Weil ich doch wusste, wie es war, sich eine heile Familie zu erträumen. Und weil es für ihren Traum von Harmonie vielleicht noch nicht zu spät war.

»Okay, was schauen wir an?«, wollte ich eine Spur zu enthusiastisch wissen. Oceane zog den Laptop auf ihre Beine, öffnete ihr Netflix-Konto und begann sich durch die Filmvorschläge zu scrollen.

»Auf jeden Fall keinen von deinen traurigen Filmen«, beschloss sie, und ich stieß ihr in die Seite, was sie unbeeindruckt zur Kenntnis nahm.

»*Oui*, irgendetwas Schönes«, stimmte Émilie ihr unter der Decke zu und reichte jeder einen Löffel. Dann zählte sie auf: »*Isn't it romantic, How to be single, Er steht einfach nicht auf dich, The Kissing Booth* …«

»*The Kissing Booth*«, sagten Oceane und ich gleichzeitig und wir drei lachten. Wahrscheinlich dachten wir alle an den Abend zurück, an dem wir den Film zum ersten Mal gesehen und dabei in Émilies Bett gekifft hatten. An Lachanfälle und eine Heißhungerattacke, die uns irgendwann ins *Le Petit* getrieben hatte.

»Kann ich euch was fragen?«, wollte ich wissen, kurz bevor Oceane den Film startete. Überrascht sah Émilie mich an und kuschelte sich an mich. »Klar, was ist los?«

»Findet ihr, ich habe mich in letzter Zeit irgendwie … verändert?« Ich schluckte, als die Worte draußen waren.

»Du bist nicht mehr so schrecklich perfekt«, meinte Oceane sofort und zuckte mit den Schultern. »Ich glaube, Lilou tut dir gut. Sie ist so …«, nachdenklich fuhr sie sich auf der Suche nach dem richtigen Wort über die millimeterkurzen Haare, »frei.«

»Und vor ein paar Monaten hättest du sicher niemals so eine Frage gestellt«, fügte Émilie hinzu.

Mon dieu, ich hoffte, das war etwas Gutes.

»Es ist nur ... Ich fühle mich so seltsam und gar nicht mehr wie ich selbst. Ich ... ich kann nur noch an ...«, ich zögerte einen Moment und fuhr dann fort: »Ich kann nur noch an diese eine Person denken, ob ich will oder nicht. Und wenn wir zusammen sind, dann ist irgendwie alles ... gut, und ich fühle mich so komisch ruhig. Und alleine dann wieder so ... unvollständig.«

Dieses Mal waren es meine Freundinnen, die sich einen Blick zuwarfen, den ich nicht zu deuten vermochte. Ich fühlte mich ertappt, ohne dass mir klar war, weshalb.

»Das klingt für mich so, als gäbe es da eine ganz einfache Erklärung.« Émilie sah mich mitfühlend an.

»Du stehst auf Thierry«, fügte Oceane nickend hinzu. »Du scheinst ihn zu mögen – mehr als die anderen Kerle. Vielleicht liegt es daran, dass er diese ruhige Ausstrahlung hat und älter ist. Aber was auch immer es ist ... So fühlt es sich an, wenn man sich verliebt hat.«

Thierry. Beinah hätte ich laut aufgelacht. Seit ich in dieser einen Nacht zu ihm gefahren und mich auf ihn gestürzt hatte, hatte ich ihn nur noch einmal gesehen. Er hatte mir ein paarmal geschrieben, wir waren zusammen essen gegangen und dabei hatte ich das mit uns beendet. Seitdem hatte ich nicht mehr an ihn gedacht. *Merde,* würde ich gerade tatsächlich von ihm sprechen, wäre alles deutlich weniger kompliziert. Dann hätte ich immer noch eine Scheißangst, aber nicht ... nicht so.

»Ich glaube nicht, dass ich mich in ... ihn verliebt habe.« Glasherzen verliebten sich nicht.

»Das, was du erzählst, klingt aber sehr danach«, meinte Oceane vorsichtig.

»Aber dann hätte ich doch keine Angst, oder? Die habe ich nämlich.«

Émilie lachte leise. »Oh doch, glaub mir, das gehört dazu.« Ihre Wangen färbten sich leicht rosa. »Jedes Mal, wenn ich Ciel sehe, denke ich, ich falle auf der Stelle um. Und glaub mir, es jagt mir schreckliche Angst ein, dass ich so auf ihn reagiere. In seiner Gegenwart habe ich das Gefühl, nichts unter Kontrolle zu haben.«

»Und du weißt doch noch, wie ich durchgedreht bin, als ich Jules kennengelernt habe. Er war nur dieser süße, aber ruhige Kerl im *Le Petit*, den ich abschleppen wollte, und dann ist irgendwie alles ganz anders gelaufen. Das war beängstigend.«

»Leicht gemacht hast du es ihm auf jeden Fall nicht«, meinte ich und erinnerte mich an das Katz-und-Maus-Spiel, das die beiden lange Zeit miteinander getrieben hatten. Und an Jules' Beharrlichkeit und Gelassenheit, mit der er Oceane schließlich für sich gewonnen hatte.

»Das stimmt wohl«, sie lachte. »Ich hab euch deswegen wochenlang vollgeheult. Und das ist ja auch irgendwie logisch. Wenn einem jemand wichtig wird, dann wird man verletzlich. Vor allem wenn es unerwartet passiert.«

Verletzlich zu sein, genau *das* war es. Genau so wirkte Lilou auf mich. Sie machte mich verletzlich, aber auf der anderen Seite auch stark. Sie sah fast bis auf den Grund meiner Seele, so tief, wie ich sie blicken lassen konnte, und das, was sie dort sah, schien sie trotz der Leerstellen zu mögen. Mein entblößtes Ich und all das, was ich selbst noch nicht in seiner Gänze kannte.

»Aber … aber was tue ich denn jetzt?« Ich hasste es, dass meine Stimme so hilflos und kratzig klang. Ich wusste, wie man jemanden verführte. Ich wusste nicht, wie man sich verführen ließ. Erst recht nicht, wenn man sein Herz miteinbrachte.

»Ach Süße …« Oceane legte einen Arm um mich, Émilie schlang ihren von der anderen Seite um meine Schultern. Es war wie ein Kokon aus Wärme und Zuneigung. »Jetzt machst du erst einmal gar nichts, außer dir mit uns *The Kissing Booth* anzusehen und Eis zu essen. Und was den Rest angeht: Lass das, was du für Thierry fühlst, zu, was auch immer es sein mag.«

Dieses Mal hätte ich am liebsten laut geschrien, als ich seinen Namen hörte. Ich hätte am liebsten gesagt, dass es um Lilou ging, um Pocahontas, die Frau, die den Himmel so liebte. Aber ich konnte nicht, *merde*, ich konnte es einfach nicht. Die Worte blieben mir im Halse stecken, weil ich Angst hatte. Nicht unbedingt vor ihren Reaktionen, denn inzwischen wussten wir alle, dass Lilou pansexuell war und keiner meiner Freunde hatte darauf seltsam reagiert. Sondern ich ängstigte mich am meisten davor, dass ich mich irrte und alles und besonders mich selbst falsch verstand.

»Du musst ja nicht einmal aktiv etwas machen«, fuhr Oceane fort. »Aber versuch einfach, dich fallen zu lassen und nicht dagegen anzukämpfen. Wenn du ständig an ihn denkst, wie du sagst, dann bringt das nämlich eh nichts. Sei offen. Schau, was passiert und renn nicht weg.«

»Vielleicht geschieht dann ja etwas Wunderbares«, ergänzte Émilie. »Gib der ganzen Sache wenigstens eine Chance.«

»Das sollte ich hinkriegen«, murmelte ich, denn ich konnte doch sowieso nicht vor Lilou davonlaufen, wenn mich alles zu ihr hinzog. Und ohnehin hatte ich nur noch neun verdammte Monate, um herauszufinden, was da zwischen uns war. Dann würde Lilou zurück nach Deutschland fahren, zurück in ihr Leben.

»Und noch was«, meinte Oceane und sah mich aus tiefschwarzen Augen ernst an. »Ich weiß, du denkst immer, du müsstest alles mit dir selbst ausmachen, aber das stimmt nicht. Du kannst immer mit uns reden, okay?«

»Okay«, sagte ich, und es bedeutete so viel wie: *Ich habe euch wahnsinnig lieb.*

Dann startete Oceane den Film, und in der nächsten Stunde gab es nichts als diese Geschichte, unser Kichern und kaltes Eis auf der Zunge.

Irgendwann erschien Benoît und warf sich unter unseren lauten Protestrufen quer über uns drüber.

»Ich finde es richtig blöd von euch, dass ihr mich nicht zu eurem Mädelsnachmittag eingeladen habt«, beschwerte er sich.

Émilie versuchte ihren Bruder wegzuschieben, doch der lachte nur laut und unbekümmert. »Jetzt rutscht doch endlich mal, verdammt.« Wir alle wurden herumgeschubst und während wir versuchten, es uns wieder gemütlich zu machen, sah mich Benoît strafend an. »Und Mignon: Wieso zur Hölle trägst du schon wieder meinen Lieblingshoodie?! Wenn du bequemere Klamotten willst, kauf dir selbst welche.«

»Du nervst«, sagte ich und meinte es kein Stück so. »Du hast ihn mir selbst gegeben.«

Benoît setzte an, etwas zu erwidern, wurde aber von Oceane unterbrochen: »Sei jetzt endlich leise, wir wollen den Film weitersehen.«

»Ihr drei seid echt langweilig«, stöhnte er.

»Benoît!«, riefen wir gleichzeitig.

»Hey, ist das nicht der Film, den wir gesehen haben, als wir alle so megahigh waren?«

»Verdammt, Benoît, jetzt sei endlich still.«

Dieses Mal schob er die Unterlippe zwar schmollend vor, schwieg aber. Er legte einen Arm um Émilie, einen um mich. Oceanes Kopf ruhte auf der anderen Seite auf meiner Schulter, der aufgeklappte Laptop irgendwo auf unseren Beinen. Ich konnte mich keinen Millimeter bewegen, und so war es perfekt.

Lilou

In den nächsten Wochen streifte ich mit BÉJOM, wie ich meine Freunde aus der Rue des Étoiles inklusive Jules inzwischen nannte, durch Paris, doch immer häufiger nur mit Mignon allein. Der Nachmittag im *Jardin sur le toit* und die Nacht an der Seine waren nur der Anfang dieser Sache, die sich zwischen uns entspann. Wir zeigten uns unsere anderen Lieblingsorte, schickten uns Standorte und jagten uns durch Paris. Ein wilder Tanz, dessen Schritte nur wir allein kannten und der meine Sinne schärfte. Zu Mignons Orten gehörten auch zahlreiche Galerien und Museen. Ausstellungen, zu denen sie mich abends mitnahm, und nach denen ich in meiner Wohnung saß und malte. Jedes Bild, jede Plastik und jede Skulptur – sie alle waren zusammen mit Mignons Erklärungen und der Leidenschaft in ihren blauen Augen die reinste Inspiration.

Und doch wälzte ich in Gedanken immer wieder das umher, was sie mir über *Maman* erzählt hatte. Dinge, die so gar nicht nach der Frau klangen, die meine Mutter gewesen war. Die es eigentlich doch immer noch war. Ich hätte mit Papa gern bei einem unserer Telefonate darüber gesprochen. Doch seit er mir von der Place de la Rose erzählt und zum ersten Mal seit einer Ewigkeit *Mamans* Namen ausgesprochen hatte, hatte sich zwischen uns ganz langsam etwas zu verändern begonnen. Ich fühlte mich weniger eingeengt und ließ Papa mehr und mehr an meinem Leben in Paris teilhaben, schickte ihm regelmäßig Fotos und Nachrichten, und wenn ich nach *Mamans* und seiner Zeit in Paris fragte, weil ich diese Geschichten so gern hörte, erzählte er mir immer bereitwilliger davon. Das war es letztendlich, was mich dazu bewog zu schweigen. Es hätte ja nichts geändert, meine Mutter blieb verschwunden und die Gründe schleierhaft. Es würde Papa nur unnötig wehtun und uns womöglich zurückwerfen.

Stattdessen stellte ich Mignon immer wieder dieselben Fragen, die sie mit Sicherheit längst nicht mehr hören konnte. Doch seltsamerweise wurde sie nicht müde, mit mir darüber zu sprechen. Manchmal verschränkte sie dabei ihre Finger mit meinen. Mignon hatte mir versprochen, dass wir nicht aufgeben würden. *Wir.* Sie nutzte weiter ihre Kontakte, um doch noch zu erfahren, was aus *Maman* geworden war – auch wenn ich mich immer häufiger fragte, ob ich meine Mutter wirklich noch finden wollte. Zum ersten Mal gestand ich mir ein, dass ihr zu begegnen am Ende eine … Enttäuschung sein könnte. Als ich Mignon an einem Abend im *Le Petit* davon erzählte, hielt sie wieder einen Moment lang meine Hand.

Einmal schien es sogar so, als wären wir meiner Mutter etwas nähergekommen: Ein Bekannter von Mignon war sich sicher, dass eine Elodie Morel einige Monate lang im Musée d'Orangerie an der Kasse gearbeitet hatte. Der Nachname war zwar ein anderer, doch die Probleme, die zu ihrer Entlassung geführt haben sollten, ähnelten denen an der *École de la Danse*. Doch dann verlor sich auch diese Spur in bedeutungsloser Unendlichkeit.

Während dieser Zeit erkannte ich immer deutlicher den Menschen, der Mignon unter dem Bild war, das sie von sich selbst erschuf. Sie war geduldig, war auf eine aufwühlende Art sanft und leidenschaftlich und tief in ihren Gedanken. Immer wieder streiften sich unsere Körper wie zufällig. Meine Chance, dem keine Bedeutung beizumessen, war herrlich gering – dafür fühlte es sich viel zu gut an. Jeder Zufall wie pure Absicht, jeder Blick wie ein tosendes Meer.

An diesem Tag stand Mignon am Ende meiner Schicht an eine alte Vespa gelehnt vor dem Lux. Als ich sie sah, schrieb ich eine letzte Nachricht an Yuna. Sie hatte mir Fotos von ihrem fertig eingerichteten WG-Zimmer und ein Selfie mit ihren Mitbewohnern geschickt. Dann packte ich meine Sachen eilig zusammen. Mignon und ich waren nicht verabredet gewesen, und mein Herz machte einen Satz, weil sie hier so unerwartet aufgetaucht war. Ich ging auf sie zu und fühlte mich wie in einem Film, der sich in Slow Motion bewegte. Dann eine Großaufnahme von Mignon. Sie sah heiß aus, trug ihre *Not-your-fucking-Baby*-Lederjacke und strahlte das Selbstbewusstsein aus, das mich so zu ihr hinzog. Der Lack der Maschine glänzte so tiefrot wie ihre Lippen, und ich nahm ihr grinsend die Schlüssel aus der Hand.

»Ich fahre.«

»Du weißt doch gar nicht, wohin.«

Ich ging darüber hinweg. »Du kannst es mir ja sagen.«

Mignon neigte den Kopf. »Warst du eigentlich auch schon so frech, als ich dich kennengelernt habe?«

»Ganz bestimmt.«

Kopfschüttelnd gab sie nach und reichte mir einen der beiden Helme, die sie in den Händen hielt. Ich setzte ihn auf, wobei ich natürlich mit einer meiner Dreads an dem Riemen hängen blieb. Mignon baute sich dicht vor mir auf und versuchte mit konzentriertem Blick meine verhedderten Haare zu befreien. Die ganze Zeit stand ich ganz still da und versank im Blick ihrer blauen Augen. Während sie schließlich den Helm für mich schloss, strichen ihre Fingerspitzen über meine Wangen, berührten mein Kinn und mein Herz raste. Vielleicht sollte ich doch nicht fahren, vielleicht machte ihre Anwesenheit mich zu nervös, schoss es mir kurz durch den Kopf. Doch wenig später saß ich schon vorn auf der Vespa, und Mignon schlang ihre Arme um mich. Die Hände ruhten auf meinem Bauch, das Kinn auf meiner Schulter. Gegen den Wind rief sie mir zu, welche Straßen ich nehmen sollte und ich folgte ihrer Stimme.

Wir fuhren die Champs-Élysées entlang und folgten dem Kreisverkehr um den Arc de Triomphe. Wir waren frei und die Unendlichkeit riesig. Ich wollte nichts anderes als diese Stadt, diese klapprige Vespa und diesen auf alle Arten betörenden Menschen hinter mir. Wir wechselten zwischen der Rive Gauche und der Rive Droite und fuhren über all die Brücken. Auf einer stoppten wir, und ich hielt den Moment mit meinem Handy fest. Unsere aneinandergepressten Gesichter vor der Kamera. In den Himmel ragende Laternen, verfärbtes Laub, das golden in der Sonne glänzte, und lachende Augen: Grün und blau.

Wie sich herausstellte, hatten wir gar kein Ziel, und es gab dieses Mal überhaupt keinen Ort, den Mignon mir zeigen wollte. Es ging vielmehr um die Seele von Paris, um das pulsierende Herz dieser Stadt. Es ging darum, die Luft auf der Zunge zu schmecken und das Vibrieren der Straßen unter den Füßen zu spüren. Den Moment auszukosten. Diese Seite erschien mir neu an Mignon. Ohnehin schien sich in den Tagen nach unserer Nacht am Seine-Ufer etwas in ihr verändert zu haben, sie sich mir mehr zu öffnen. Woran genau es auch liegen mochte: Es gefiel mir über die Maßen.

Gegen den Wind rief ich Mignon zu, dass sie mir ein Stück Bretagne in ihrer Stadt zeigen sollte. Sie schlang ihre Arme noch fester um meine Mitte und lotste mich zurück nach Montparnasse. Als wir dort in der Nähe des Hügels, der dem Viertel seinen Namen gab, abstiegen und Mignon mich durch die Straßen führte, erzählte sie mir etwas über diesen Teil von Paris. Von den ersten Bretonen, die so nah wie möglich an der Heimat hatten sein wollen, und vom Gare Montparnasse, der Paris auf direktem Weg mit der Bretagne verband. Hier sollten sich die besten Crêperien der Stadt befinden, doch die, vor der Mignon schließlich stehen blieb, schien die kleinste und unscheinbarste unter ihnen zu sein. *Kalon Breizh* stand über einer dunklen Markise, bretonisches Herz. Im Inneren gab es ein paar wenige, aber einladende Sitzecken. Es war eng und vollgestellt, und ein bisschen fühlte es sich an wie das Innere einer Kajüte. Ganz so, als würde man vor den Fenstern gleich das Meer statt der Großstadt sehen. An den Wänden hingen gerahmte Bilder eines wilden Ozeans, von Schiffen auf schäumenden Wellen, an denen die bretonische Flagge wehte.

»*Gwenn-ha-Du*«, sagte Mignon, die meinem Blick gefolgt war. »So wird die Flagge im Bretonischen genannt. Es heißt so viel wie Weiß und Schwarz.«

Weil jeder Platz belegt war, setzten wir uns doch nach draußen an einen der runden Metalltische vor der Crêperie. Zwar neigte sich der September langsam seinem Ende entgegen, doch noch war er golden und mild. Die letzten warmen Sonnenstrahlen des Jahres brachten die

Wolken über uns zum Leuchten und fast glaubte ich, ihre Wärme auf der Zunge schmecken zu können. Wir nahmen beide eine *Galette complète*, die klassische Variante mit Käse, Schinken und Ei. Ich ließ Mignon für mich bestellen, fand ihre Art, die Worte zu betonen, erregend. Nie war mir der Klang des Französischen schöner erschienen. Vielleicht lag es aber auch einfach daran, dass in allem, was sie sagte, diese ungestillte Sehnsucht und leichte Tristesse mitschwang.

»*Qu'est-ce qu'il y a?*«, wollte sie wissen, als sie meinen Blick bemerkte, »Was ist los?« Mignon lehnte sich zurück und schlug anmutig die Beine übereinander, einen Arm lässig auf den Tisch gelegt. Ich verlor mich für einen Moment in den Tiefen ihres Blicks.

»Nichts«, sagte mein Mund. *Alles*, sagten meine Augen. Zwischen uns schien sich etwas aufzubauen, zu pulsieren und sich auszudehnen. Und ich ahnte, dass bald etwas passieren und alles verändern würde.

Als wir eine Stunde später das Quartier Latin ansteuerten, war ich es, die auf der Vespa hinten saß. Ich drückte mich fester als nötig an Mignon, den Kopf irgendwo zwischen ihre Schulterblätter gepresst, die Hände an ihrem Bauch ineinander verschränkt.

Zurück in der Rue des Étoiles standen wir minutenlang vor dem *Le Petit*. Leise raschelten die Blätter des Efeus im Abendwind. Ein Abschiedswort folgte auf das nächste. Wir hielten uns mit abwechselnden Floskeln und Worthülsen auf, um dann doch zu Bedeutendem zu kommen. Einer von uns fiel am Ende immer noch etwas ein, und wir fingen wieder an, uns über alles Mögliche zu unterhalten. So lange, bis Mignon seufzend den Kopf schüttelte, meine Hand nahm und mich Richtung Haustür zog. Mein Herz machte einen Satz, weil unser gemeinsamer Tag noch nicht vorbei war. Wie immer nahm ich auf der Treppe zwei Stufen auf einmal, während sie zurückfiel. Ich spürte ihre Blicke überdeutlich im Rücken und fühlte mich ganz überdreht. Oben angekommen wartete ich vor der Tür. Mignon schloss auf, strich mit einer Hand über meine Taille, und ich schloss für eine atemlose Sekunde die Augen. Kurz wünschte ich uns zurück auf die Vespa, wo ich meine Arme hatte um sie schlingen können, ohne etwas erklären zu müssen.

Aus der Wohnung wehte uns der verführerische Duft von Zimt und Schokolade entgegen. Der Geruch erinnerte mich an gemütliche Herbstnachmittage mit Yuna. An die Filme, die wir immer gesehen, und die fluffigen Kuchen, die wir gebacken hatten. Es waren immer neue vegane Rezepte, die sie für *itsyunababy* testete. Heute in einer Woche würden wir in meiner Dachwohnung hier in Paris sitzen und vielleicht genau dasselbe tun. Endlich.

Von Oceane und Benoît war nichts zu sehen, doch Émilie hockte über ihr Bullet Journal gebeugt am Küchentisch und schrieb gerade an einer Liste. Die Überschrift war leuchtend blau und kunstvoll verziert. Vor ihr lag ein Meer aus Stiften ausgebreitet, und eine Ecke des Wolkenbilds, das ich ihr zum Geburtstag geschenkt hatte, blitzte unter den Seiten des Journals hervor. Als wir an der offen stehenden Tür vorbeiliefen, sah Émilie kurz auf und lächelte uns zu.

»Ich hab gebacken«, sagte sie und deutete mit dem Kinn Richtung Herd, wo auf einem runden Teller Muffins mit Streuseln standen. »Nehmt euch gern was. Sobald Benoît hier ist, werden die nicht mehr lange da sein.« Sie lachte leise.

Mignon bedankte sich, holte einen kleinen Teller aus einem Hängeschrank und legte zwei Muffins darauf. In ihrem Zimmer standen wir uns auf einmal unschlüssig gegenüber. Ohne die Anwesenheit einer dritten Person war da wieder dieses immer lauter werdende Knistern zwischen uns. Sie stellte die Muffins auf die Kommode und machte Musik an. *Permanent Way* von Charlie Cunningham. Erleichtert atmete ich aus. Ich war Mignon dankbar, dass sie die plötzliche Stille füllte. Gerade hier und jetzt nämlich lag in dem Schweigen zwischen uns zu viel Ausgesprochenes und noch mehr Unausgesprochenes. Der Refrain mit den Worten *Can we keep to each other? Where have you been all this time?* erklang, unsere Blicke trafen sich und einen Herzschlag später sahen wir wieder weg.

Um irgendetwas zu tun und meine Hände zu beschäftigen, trat ich an Mignons Kleiderstange. Die Art, wie sie sich kleidete, faszinierte mich. Etwas Wohldurchdachtes, wo ich einfach meinen Gefühlen und meiner Stimmung folgte. Wenige verschiedene Farbtöne, wo bei mir alles bunt war. Ich sah fast nur Schwarz und Weiß an den Bügeln hängen, ein bisschen Beige und gedeckte Farben. Pariser Chic, viele Basic-Teile. Kleider, Röcke und Blusen. Dazwischen die Stücke, die all das aufbrachen und in Kontrast zu dem Rest ein Stückchen von Mignons Innerstem nach außen kehrten.

Über einem Bügel entdeckte ich die Netzstrumpfhose, die sie getragen hatte, als ich sie in dieser Wohnung das erste Mal unerwartet wiedergesehen hatte. Daneben ein klassisches kleines Schwarzes, nur dass der Rückenausschnitt extrem tief war und sich kleine goldene Nieten am Saum entlangzogen. Eine elegante dunkle Stoffhose, die seitlich von einem weißen Streifen geziert wurde. Bei genauerem Hinsehen erkannte ich, dass es sich bei der Linie um winzig klein geschriebene Worte handelte: *Fake it 'till you make it.* Der Satz wiederholte sich immer wieder, von den Gürtelschlaufen bis zum unteren Saum. Dieselben anmutigen Schriftzüge wie auf Mignons nudefarbenen High Heels und auf der Lederjacke.

Während ich neugierig jeden Bügel zur Seite schob, dachte ich, dass das hier nur ein weiterer indirekt direkter Blick auf ihre Seele war. Doch dann stutzte ich. Ein dunkelgrüner Stoff fiel mir ins Auge, wilde Blumenranken darauf gedruckt. Ich sah einen tiefen Ausschnitt und einen fließenden, in Falten gelegten Rock. Das Kleid war ein wunderschöner Fremdkörper zwischen all der Schlichtheit. Ehrfürchtig strich ich darüber. Er war weich und schmiegte sich sanft an meine Finger.

»Ich hab es auf einem Flohmarkt entdeckt und weiß selbst nicht so genau, wieso ich es mitgenommen habe. Es passt mir nicht mal«, erklang es ganz dicht hinter mir. »Irgendwie sieht es auch eher so aus, als würde es dir gehören.«

Ich lächelte. »Irgendwie schon.«

»Und es hat fast die Farbe deiner Augen.«

»Die siehst du doch gerade gar nicht«, erwiderte ich und drehte mich dann langsam zu ihr um. Mignons Mundwinkel hoben sich ganz leicht an.

»Na und? Glaub mir, ich weiß sehr genau, wie deine Augen sind. Auch wenn ich sie nicht sehe.« Ihre Stimme klang samtig und verführerisch und verstärkte nur das Kribbeln, das ich in ihrer Gegenwart inzwischen ständig verspürte. »Möchtest du das Kleid haben?«

»Ich … ja, schon. Aber … es ist deins. Und auch wenn es dir ein bisschen zu groß sein sollte, glaube ich nicht, dass ich da reinpasse.«

»Dann mache ich es eben passend«, sagte sie ganz selbstverständlich, und dann: »Zieh dich aus.«

»Äh … W…was?«

»Ich muss das Kleid abstecken«, erklärte Mignon und sah mich undurchdringlich an, »und da wäre es besser, wenn du weniger anhast. Sonst passt es am Ende doch nicht richtig.«

Sie trat an die Fenster und zog die Vorhänge zu.

»Äh … Jetzt?« Plötzlich fühlte ich mich von der Situation doch seltsam überfordert.

Mignon

Lilou biss sich auf die Unterlippe, und als sie nach dem Saum ihres Pullis griff, fiel mein Herz für einen Moment bodenloser Tiefe entgegen. *Mon dieu*, war ich eigentlich bescheuert? *So richtig* bescheuert?

Ich konnte Lilou doch nicht einfach dazu auffordern, sich in meinem Zimmer auszuziehen. Eine Übersprungshandlung. Etwas, das mir mit einem Mal mehr als unangebracht erschien. Ich wollte mich wegdrehen, als der Pulli zu Boden fiel, doch dann ging alles erschreckend schnell. Nur wenige Herzschläge später stand Lilou schon in Unterwäsche vor mir, und mein Körper gehorchte mir nicht mehr.

Da war nur noch hauchdünner Stoff, genauso farbenfroh wie auch sonst alles an ihr. Er schmiegte sich perfekt an ihre Haut, der man den vergangenen Sommer noch ansah. Haut, die zwischen ihren Brüsten heller wurde. Ich sah die Brustwarzen deutlich durch den viel zu transparenten Stoff schimmern. Sie waren rosafarben und … *merde*, ich stand einfach da, die Stecknadeln schon in der Hand, aber statt etwas zu sagen oder zu tun, starrte ich Lilou einfach nur schamlos an, ließ meinen Blick über ihren Körper wandern. Sanduhrenform, Kurven, breite Hüften. Pure Weiblichkeit, die mich hypnotisierte und meine Knie weich werden ließ. Lilou stand vor mir, ein selbstvergessenes Lächeln huschte über ihr Gesicht, als ich ihr schließlich in die Augen sah. Natürlich hatte sie bemerkt, dass ich einen Moment genau hier und doch ganz woanders gewesen war.

An ihr war mehr – auf die beste Art und Weise mehr.

An ihr fielen mir Dinge auf, die mich noch nie an einer Frau interessiert hatten.

Ich räusperte mich und fühlte mich seltsam unbeholfen.

»Komm her«, forderte ich Lilou auf, denn hier war das Licht besser. Dann reichte ich ihr das Kleid, damit sie hineinschlüpfen konnte, und zog ihr anschließend den Reißverschluss im Rücken nach oben. Nur die letzten Zentimeter bekam ich nicht zu.

Als Lilou sich wieder zu mir umdrehte, stellte ich zufrieden fest, dass ich recht gehabt hatte. Der Grundton des Kleids hatte tatsächlich die Farbe ihrer Augen. Schnell sah ich wieder weg und begutachtete, wie der Stoff um ihren Körper fiel. An der Taille würde ich das Kleid ein klein wenig enger machen, auf Höhe der Brüste hingegen auftrennen und mehr Platz schaffen müssen. Ich hatte sicher irgendwo noch einen Stoffrest, mit dem ich das leicht auffüllen konnte. Oder wenn ich das Kleid etwas einkürzte – momentan reichte es Lilou bis knapp über die Knie –, dann würde ich denselben Stoff verwenden können. Kurzentschlossen entschied ich mich für letzteres.

Schweigend begann ich das Kleid abzustecken und folgte mit Nadeln und Fingern ihren Kurven. Als ich dabei Lilous nackten Schenkel mehrmals unabsichtlich streifte, sog sie scharf die Luft ein. Ich kostete diese Momente viel zu sehr aus und in mir zog sich etwas zusammen. Ich wusste nicht, wie ich ausdrücken sollte, was ich von ihr wollte, geschweige denn, wie ich es mir selbst begreiflich machen konnte.

»Machst du so was oft? Also Kleider umnähen?«

»Früher mal, vor allem am Anfang meines Studiums, aber jetzt nicht mehr.« Während meine Hände routiniert weiterarbeiteten, meldete sich ein wehmütiges Ziehen in mir. Es waren Dinge, die ich mir in meinem Turmzimmer in Saint-Loan selbst beigebracht hatte. Immer wieder hatte ich dort zu den herausgerissenen Seiten aus der Vogue, die über meinem Schreibtisch hingen, emporgeblickt. Doch als ich die Bretagne hinter mir gelassen und immer mehr zu der geworden war, die ich hatte sein wollen, hatte ich das Schneidern mehr und mehr aus den Augen verloren. Inzwischen hatte sich eine feine Staubschicht auf der Nähmaschine auf dem Fensterbrett gebildet.

»Wieso hast du damit aufgehört?«

Dass ich mich auf die Arbeit meiner Hände konzentrieren konnte, machte es einfacher, meine ungewöhnlich lauten Gedanken auszusprechen.

»Weil ich Erfolg wollte, und ich liebe ja auch das, was ich tue. Ich habe mein Studium geliebt, und ich liebe die Arbeit bei der *Sauvage* und das, wofür die Zeitschrift steht und was sie jungen Frauen vermittelt. Es geht um Selbstbestimmung, Freiheit und modernen Feminismus. Das

sind genau die Dinge, über die ich selbst immer gern viel gelesen hätte.«
Und doch...und doch wollte ich inzwischen mehr. Etwas anderes,
etwas Neues.

»Aber das hier gefällt dir besser?«

Ich schwieg lange, ehe ich Lilou antwortete. Kniete mich zunächst
vor sie, um mich dem Saum des Kleides zuzuwenden. Sie sah zu
mir hinunter, ich hinauf und für einen Moment verhakten sich unsere
Blicke.

»Vielleicht«, gab ich zum ersten Mal vor mir und einem anderen
Menschen zu. »Als ich nach Paris gezogen bin und auch davor, habe ich
die meisten meiner Sachen umgenäht oder zumindest kleine Änderungen vorgenommen«, ich steckte eine Nadel fest. »Ich weiß nicht, ob das
vielleicht seltsam klingt, aber das hat mir Macht gegeben. Die Macht,
jemand zu sein. Im richtigen Maß angepasst und trotzdem anders.«

Ich war immer schon der Meinung gewesen, dass Kleidung so viel
mehr sein konnte. Dass Mode die Kraft besaß, Dinge zu verändern. Sie
konnte Provokation genau wie Angepasstheit ausdrücken, konnte Ausdruck unseres Innersten sein oder dafür sorgen, dass die andren nur das
sahen, was man sie sehen lassen wollte. Genau das hatte ich mir zu eigen
gemacht.

»Das klingt gar nicht seltsam, ich kann das gut verstehen. Ehrlich
gesagt liebe ich das, was du trägst. Deine High Heels waren so ziemlich
das Erste, was mir an dir aufgefallen ist. Ich finde die Art, wie du dich
durch Kleidung ausdrückst, faszinierend, und das war nur eine der
Sachen...« Ich sah nach oben, weil Lilou zu sprechen aufgehört hatte.
»...nur eine der Sachen, weshalb ich so neugierig war und mir gewünscht
habe, dass du in diesem Zug *wirklich* mit mir flirtest und deine Stimme
nicht nur einfach so sexy klingt.«

Ich grinste. »Du findest meine Stimme sexy?«

Lilous Augen weiteten sich.

»O Gott, habe ich das gerade laut gesagt?«

Ich kam nicht dagegen an, es schon wieder verdammt süß zu finden, dass sie manchmal ihre Gedanken aussprach, ohne sich dessen bewusst zu sein. Und das, was sie gesagt hatte ... *mon dieu.*

Lilou räusperte sich. »Möchtest du denn gern wieder damit anfangen, ein paar deiner Klamotten selbst zu machen?«, fragte sie schnell.

»Es waren immer meine Lieblingsteile. Das sind sie immer noch«, sagte ich vage.

»Aber dann fang doch einfach wieder an. Wenn du es liebst, wenn es deine Leidenschaft ist ...« Sie zuckte mit den Schultern, und ich murmelte, dass sie stillstehen sollte. »Dich hält doch nichts ab, Mignon. Tu es einfach. Spring und schau, was passiert.«

Mein Herz schmerzte auf die schönste Art, denn bei Lilou ... Wenn sie über all das sprach, dann schien alles so leicht zu sein. Dann schien *ich* so unfassbar leicht zu sein, fast davonzuschweben und dabei genau zu wissen, wer ich war und wer ich sein wollte.

»Dann fange ich mit diesem Kleid für dich an.«

Als alles abgesteckt war, zog ich den Reißverschluss wieder nach unten und half Lilou vorsichtig heraus. Zurück in ihrer Leggins und dem übergroßen Pulli schnappte sie sich einen der Muffins und legte sich auf mein Bett. Auf dem Bauch und das Kinn in die Hände gestützt. Neugierig sah sie mir dabei zu, wie ich die Nähmaschine von ihrem Platz hob und von Staub befreite. Ich setzte mich damit auf den Boden. Früher hatte ich immer an einem Tisch gearbeitet, doch irgendwann festgestellt, dass ich so viel kreativer sein konnte. Wenn ich genug Platz hatte und alles um mich herum ausgebreitet lag.

Das Vibrieren der Maschine unter meinen Händen fühlte sich zugleich fremd und wie ein Nachhausekommen an. Unser Gespräch verebbte, während ich konzentriert vor mich hin arbeitete. Spontan änderte ich noch die Ärmel ab, machte den Ausschnitt ein bisschen herzförmiger und das Kleid ein Stück kürzer als eigentlich geplant. So würde es besser um Lilous Beine schwingen.

»Du lächelst«, meinte sie irgendwann und rollte sich auf den Rücken. Ihre Dreads fielen bis auf den Boden und hoben sich von dem dunklen Holz ab. »Also ...

Lilou

... ein echtes Lächeln«, schob ich hinterher, denn das war es. Ich zählte die spitz zulaufenden Blätter der Pflanze, die sich um eine der Stangen des Himmelbetts emporrankte. Mignon wirkte ganz in ihrem Element. Das Surren der Nähmaschine vermischte sich mit der leisen Musik, und ich dachte daran, wie absolut richtig sich das anfühlte: Mignon, wie sie nähte und die Unterlippe dabei hochkonzentriert zwischen die Zähne nahm. Meine Gedanken drifteten weiter zu Benoît und der Leidenschaft, mit der er über sein Literaturstudium und seinen Roman sprach. Zu Oceanes Liebe für Fashion, zu Yuna und ihrem Blog, an dem sie ständig arbeitete – nicht weil sie musste, sondern weil sie es wollte. Jules, der eines Tages ein guter und vor allem einfühlsamer Arzt sein würde. Und dann war da ich, immer noch auf der Suche.

Ich seufzte schwer. »Ich stelle es mir so schön vor, seine Leidenschaft zu kennen. Ich dachte mal, dass es bei mir Filme wären. Dass das mein Ding ist, aber ... so sehr ich sie und das Kino auch liebe, das ist es einfach nicht. Auch wenn sich bei dir Dinge ein bisschen geändert haben sollten, hattest du ein Ziel, als du hierhergekommen bist. Ich bin schon seit fast vier Monaten in Paris und bin dieser einen Sache noch kein Stück nähergekommen. Ich habe einfach keine Ahnung, was ich für die Zukunft will. Yuna ist nach Berlin gezogen und fängt dort nächsten Monat ihr Studium an, alle scheinen irgendeine Art von Plan zu haben ... alle, außer mir.«

Ich hörte Mignon leise auflachen.

»Ganz ehrlich? Du bist so sehr du selbst wie kein anderer Mensch, den ich kenne, Pocahontas.« Es entstand eine kurze Pause, in der es wirkte, als würde sie noch etwas ganz anderes sagen wollen, doch dann fuhr sie fort: »Du machst, was dir gefällt. Du vertraust dabei auf dein Bauchgefühl und deine Instinkte. Das sind Dinge, die so viele Menschen nicht haben – allein damit bist du vielen schon weit voraus. Und außerdem täuschen die meisten ihr Glück doch nur vor. Sie tun etwas, weil sie es eben tun oder da einfach hineingerutscht sind. Sie lassen uns glauben, dass es genau das ist, was sie immer schon wollten, dabei ist es nicht mehr als irgendein Arrangement, das man sich selbst schön zu reden versucht.«

Ihre Worte klangen desillusionierend, doch ich kam nicht umhin, mir einzugestehen, dass sie etwas Wahres an sich hatten. Wir lebten in einer voyeuristischen Welt, in der man sein Leben über Instagram und Snapchat mit allen da draußen teilte. In einer Welt, in der man seinen Optimismus vor allem online zur Schau stellte und Positivität fast schon etwas Toxisches an sich haben konnte.

»Was ist denn dein größter Wunsch für dein Leben?«, fragte Mignon.

Ich zögerte einen Moment. »Frei zu sein«, sagte ich dann ehrlich. »Ich will mich unsterblich fühlen, nichts bereuen und alles ausprobieren.« Nicht einmal als Kind mit dem Kopf in den Wolken, als Sätze mit *Wenn ich groß bin, dann werde ich ...* angefangen hatten, hatte ich zu diesem Thema eine Vorstellung gehabt. Ganz klar vor mir hatte ich immer nur die Gegenwart gesehen. Sehnsucht nach Freiheit war immer alles gewesen und war es heute noch.

»Dann überleg dir, in welchen Momenten deines Lebens du die größte Freiheit verspürt hast. Wenn du die Antwort darauf findest, dann hast du auf alles eine Antwort.«

Mit mir selbst fühlte ich mich am freiesten. Freie Gedanken, ein freies Herz und freie Träume. Doch ob mich das der Antwort auf meine Fragen näherbrachte?

Ich schluckte.

»Mignon?«

»Hm?!«

»Ich … ich weiß nicht, ob ich studieren möchte. Irgendwie schien es immer so, als wäre das der einzige Weg, den es gibt. Ich meine … ich habe Abi gemacht, ich bin dafür qualifiziert, es fühlt sich so an, als *müsste* ich es so machen: Schule, Studium, Job. Aber ich kann mir einfach nicht vorstellen, mehrere Jahre in Hörsälen zu sitzen, mir Vorlesungen anzuhören und Hausarbeiten zu schreiben …« Nicht einmal Yuna hatte ich davon erzählt. Es fühlte sich zu sehr nach Luxusproblem an.

»Ein Studium ist nicht die einzige Möglichkeit, Lilou. Es gibt tausend andere Wege, es gibt da irgendwo einen Weg, der genau richtig für dich sein wird. Du musst ihn nur finden. Du kannst auch eine Ausbildung machen oder zum Beispiel ein duales Studium, dabei hättest du einen großen Praxisteil und würdest ein bisschen Geld verdienen.«

Ich rollte mich wieder zurück auf den Bauch und sah Mignon an.

»Du bist ja richtig gut im Ratschläge geben.«

»Ich ignoriere jetzt mal, wie überrascht du klingst.«

»Ich klinge nicht überrascht, es ist nur …« *Es ist nur, dass die letzten Wochen mit dir auch zu diesen Dingen gehören, bei denen ich mich frei fühle. Vielleicht überrascht mich das.*

Irgendwann sagte Mignon: »Ich bin fertig.«

Sie klang aufgeregt und ein bisschen unsicher, als sie mir das Kleid reichte. Ich zog mir meine Sachen wieder aus, um es sofort anzuprobieren, und dieses Mal gab sie nicht mehr vor, sich wegdrehen zu wollen. Stattdessen musterte Mignon mich ausführlich. Und als ich meine Dreads zur Seite schob, damit sie den Reißverschluss zuziehen konnte, brannte die kurze Berührung ihrer Finger wie Feuer auf meiner Haut.

Ich trat an den Spiegel, und obwohl ich wusste, dass ich dasselbe Kleid trug wie zuvor, denselben dunkelgrünen Stoff mit den Blumenranken darauf, wirkte es jetzt wie ein ganz anderes. Fließender, noch weiblicher, die Vorzüge meines Körpers betonend, den nicht ganz flachen Bauch kaschierend. Ich drehte mich mit flatterndem Rock einmal im Kreis, ein zweites Mal und schenkte meinem Spiegelbild ein breites Lächeln. Der Stoff schmiegte sich perfekt an meine Kurven, und ich strich fasziniert über das, was Mignon da geschaffen hatte.

Als ich den Blick wieder hob, bemerkte ich, wie Mignon den Mund hinter mir öffnete und wieder schloss. Ich hatte sie noch nie wirklich sprachlos erlebt, doch jetzt schien sie es zum ersten Mal zu sein.

»Ähm ... du siehst ... du siehst echt verdammt heiß aus.«

Ich stockte und sah sie an. Ihr Blick war verschleiert, und das tiefe Blau ihrer Augen wirkte noch mehr wie ein Strudel ohne Grund. Mein Herz setzte einen Schlag aus, und ich drehte mich ganz langsam zu ihr um.

Ich weiß nicht, was das bedeutet, aber ich weiß, dass es mir gefallen würde.

Weil ich an dich denke.

Das gefällt mir.

Weil ich dich mag.

Du siehst echt verdammt heiß aus.

Mignon starrte mich an, dann blieb ihr Blick an meinem Mund hängen. Sie schien gar nicht wahrzunehmen, dass sie meine Lippen so offensichtlich betrachtete und dabei einen Schritt in meine Richtung machte. Doch ich bemerkte es, mein ganzer Körper bemerkte es.

»Du siehst auch heiß aus. Das tust du eigentlich immer.« Etwas zog mich zu ihr, und ich kam ihr entgegen. Mignons Lippen kräuselten sich zu diesem mystischen Lächeln. Noch ein Schritt und noch einer.

Sie war wie eine Sirene auf offenem Meer und ich vollkommen machtlos.

O Gott. O Gott. O Gott.

Das, was da in ihren Augen stand. Ich sah es mit jedem Tag deutlicher. Ich bildete mir das nicht ein.

Küss sie. Küss sie, verdammt. Küss sie endlich, schrie alles in mir. Ich hörte mein eigenes lautes Seufzen, dann flogen wir gleichsam aufeinander zu. Fieberhaft, frei von allen Bedenken, mit ineinander verschlungenen Blicken. Mit den Händen strich sie über meine Schultern, ihren Weg zwischen meinen Dreads suchend, während ich meine an ihrer Taille wiederfand. Ihre Lippen waren leicht geöffnet, und heißer Atem streifte einladend meinen Mund. Ich reckte mich Mignon entgegen, denn auch ohne Absätze war sie immer noch ein Stück größer als ich. Ich ließ meine Hände ein Stück tiefer gleiten, meiner Finger hakten sich in den Gürtelschlaufen ihrer Hose ein. Ihr verhangener Blick berührte mich tief, und mein Herz überschlug sich. Nur noch unbedeutende Zentimeter trennten uns ... Ich würde es tun. Ich würde Mignon küssen. Springen, wagen, mutig sein. Meine Lider schlossen sich flatternd, als ich dort in der Gewissheit, ihre schönen Lippen gleich zu berühren, stand.

Dann wurde plötzlich die Tür aufgerissen, und wir fuhren auseinander. Benoît stand im Türrahmen, hatte aber vermutlich nichts gesehen. Er sah über die Schulter und rief etwas in den Flur hinein. Was er sagte, drang nicht zu mir durch. Stattdessen rauschte mir das Blut in den Ohren, meine Hände zitterten, und ich krallte meine Finger instinktiv in den Stoff des Kleids. Was auch immer er seinen Mitbewohnerinnen mitzuteilen hatte, es gab mir Zeit, mich zu sammeln. Unmöglich konnte ich verbergen, was mir gerade noch durch den Kopf gegangen war. Was mir immer noch als Einziges durch den Kopf ging.

Als Benoît sich zu uns umdrehte und einen Schritt in das Zimmer hineinmachte, weiteten sich seine Augen. »Okaaaaay ... Lilou, was ist das für ein abgefahrenes Kleid? Du siehst echt scharf aus.«

Mignon verschränkte die Arme vor der Brust und taxierte ihren besten Freund. »Erstens: Kannst du dir endlich mal angewöhnen, anzuklopfen? Und zweitens: Hör auf, Lilou anzugraben. Das ist irgendwie komisch.«

Doch Benoît verdrehte nur lachend die Augen. Grinsend fuhr er sich durch die strubbeligen Haare.

»Lilou hat mir einen Heiratsantrag gemacht, ich kann das also sehr wohl machen.« Dann sah er mich an. »Madame Lefèvre«, sagte er und verbeugte sich elegant vor mir, ehe er mir einen Kuss auf den Handrücken hauchte. Mignons Schweigen war lauter als mein Lachen, und ich warf ihr einen Seitenblick zu, doch ihr Gesicht zeigte keine Gefühlsregung. War sie etwa eifersüchtig? Ich biss mir auf die Unterlippe, um das Grinsen zu unterdrücken.

»Ich wollte euch nur fragen, ob ihr mit ins *Marveille* kommen wollt. Also mit Émilie, Oceane, Jules und mir. Wir würden so in einer Stunde los.«

»Äh…«, ich räusperte mich und verfluchte mich für mein rasendes Herz. Wieso begann ich neuerdings jeden Satz mit diesem dämlichen *Äh*. Fülllaut. Verzögerungslaut. Offensichtlichster Verlegenheitslaut. Dann krächzte ich: »Also ich wäre dabei.«

»Da waren wir ja schon ewig nicht mehr. Klar komm ich mit.« Mignons Stimme klang im Gegensatz zu meiner eigenen gefasst und normal, genauso rau und tief wie immer. Doch ich wusste, wie sie mich gerade angesehen hatte, ich wusste es ganz genau. Das Bild ihrer Augen und den tausend Gefühlen darin hatte sich für immer in mein Gedächtnis gebrannt.

Das Licht aus dem Inneren des *Marveille* schimmerte rötlich auf die Straße und legte sich warm auf die Menschentraube, die sich davor drängte. Für eine Zigarette, für ein bisschen klare, erfrischende Herbstluft, für Begrüßungen oder Abschiede. Es wurde ausgelassen gelacht, zwei Frauen knutschten etwas abseits miteinander herum, als wären sie allein auf der Welt. Benoît und Mignon waren schnell umringt von Leuten. Flüchtige Bekannte, vielleicht auch nicht ganz so flüchtige Liebschaften. Ich schob den Gedanken beiseite, denn es ging mich nichts an. Sie alle kreisten um die beiden, vor allem aber um Mignon. Als würde es deren Nacht mehr Bedeutsamkeit verleihen, wenn sie ein Stück von ihr bekämen: Ein Wort, ein Blick, eine kurze Berührung. Während wir uns einen Weg zum Eingang bahnten, dachte ich mir, dass ich sie alle verstand. Dass Mignon etwas an sich hatte, das einen beinah schon süchtig werden ließ.

Seit Benoît im falschesten aller Augenblicke in ihr Zimmer geplatzt war, warf ich ihr immer wieder verstohlene Blicke zu. Ich schmeckte ihren warmen Atem noch auf meinen Lippen, wenn ich mit der Zunge darüberfuhr. Zumindest glaubte ich das. Und ich fragte mich, ob sie sich wirklich von mir hätte küssen lassen. Ob sie das wirklich zugelassen hätte.

Das *Marveille* schien eine Mischung aus Bar und Klub zu sein. Die Musik war laut und in einer Ecke des schmal geschnittenen Raums tanzten einige Leute ausgelassen zu den Beats. Auf der gegenüberliegenden Seite entdeckte ich einige schummrig beleuchtete Sitznischen und Tische. Die halbrunde Bar mit den schwarzen Hockern davor trennte die beiden Bereiche voneinander, dahinter reflektierten Regale voller Gläser und Flaschen das Licht.

Oceane drückte uns ihre Jacke in die Hand, griff nach Jules' Arm und zog ihn sofort auf die Tanzfläche. Wir anderen suchten uns einen freien Tisch, und bei der ersten Runde Shots starrte ich auf Mignons Lippen, die den Rand des Glases berührten. Bei der zweiten und dritten ebenso.

Ich verlor jegliches Zeitgefühl. Der Abend war in Licht und Wärme getaucht, spielte sich mit einem Mal nur noch in dieser Nische ab, in der Mignon und ich unauffällig immer näher aneinanderrückten. Ich hatte das grüne Kleid angelassen und mir dazu eine Strumpfhose von Émilie geliehen. Durch den dünnen Stoff spürte ich jedes Streifen von Mignons Beinen noch deutlicher an meinen Schenkeln. Die anderen kamen und gingen, tranken und tanzten, brachten manchmal jemanden mit an unseren Tisch, den sie kannten oder gerade erst kennengelernt hatten. Dann war da Jules mit zerzausten, hellen Haaren und vom Tanzen geröteten Wangen, der freundschaftlich einen Arm um mich legte. Er schwitzte, drückte mich lachend noch enger an sich, und ich versuchte mich kichernd zu befreien. Émilie, die irgendwann so viel getrunken hatte, dass sie Benoît ohne Zögern von Ciel vorschwärmte. Er hörte nur halb zu, so fasziniert von einer Frau mit Pixicut an der Bar, dass er sich jeden blöden Großen-Bruder-Kommentar sparte.

Während die Welt sich weiterdrehte, saßen Mignon und ich einfach nebeneinander, tranken ein Glas Wein nach dem anderen und redeten, als hätten wir das niemals zuvor getan. Nur nicht darüber, dass wir uns gerade beinahe geküsst hätten, auch wenn ich an nichts anderes mehr dachte. Und je mehr ich trank, desto größer und hypnotisierender schien der braune Fleck in ihren Augen zu werden. Desto mehr begann ich diesen Moment in ihrem Zimmer zu hinterfragen. Ich wollte Mignon, ich wollte sie nicht, ich wollte, wollte, wollte sie. Ich brauchte sie nicht, ich brauchte sie doch.

Als Émilie mit einer neuen Runde Shots auftauchte und alle in der Runde anlächelte, legte ich beim Trinken den Kopf in den Nacken und genoss das Brennen in meinem Rachen. Insgeheim dankbar ließ ich mich von ihr von unserem Tisch wegziehen – dorthin, wo die Musik lauter war und ich Mignons eindringlichem Blick einen Moment entkam.

Ich wollte sie.

Ich wollte sie nicht.

Ich brauchte sie nicht.

Ich brauchte sie doch.

Alles drehte sich ein bisschen, auf eine angenehm einlullende Art. Ich bewegte mich zur Musik, hielt erst Émilies, dann Oceanes Hände, bis ich irgendwann die Augen schloss und nichts anderes mehr tat, als die Musik mit dem Herzen zu fühlen und mich dem Rhythmus entgegenzuwiegen. Der Stoff meines Rocks wirbelte bei jeder Drehung um mich herum, und ich lachte ausgelassen. Dann streifte mich eine Hand von hinten, meinen Rücken, meine Taille. Eine federleichte Berührung inmitten bebender Beats, doch ich spürte sie trotzdem. Ich wollte mich schon umdrehen und wem auch immer entgegenschleudern, dass er kein Recht hatte, mich einfach anzufassen, nur weil ich angetrunken war und ein Kleid trug, doch dann da hörte ich eine vertraute, rauchige Stimme direkt an meinem Ohr. »Hey, ich bin's, Pocahontas.«

Pocahontas.

Ich riss die Augen auf, wandte mich ganz langsam um und stand zwischen all den tanzenden Leuten mit einem Mal ganz still da. Von den anderen nahm ich nichts mehr wahr. Da gab es nur Mignon und mich inmitten fremder Menschen. Sie warf mir einen fragenden Blick zu, den ich mit einem Nicken erwiderte. Und als wir begannen uns zusammen zu bewegen, fühlte es sich so an, als würde ich mit meinen Händen nicht ihre Taille, sondern ihr wildes Herz berühren. Ich war nicht nur betrunken, ich war lebenstrunken, trunken von dieser Frau. Doch das berauschendste war, Mignon so frei zu sehen. Sie dieses Mal nicht um diesen Tanz bitten zu müssen und zu spüren, wie ihre Hände mich immer wieder suchten und fanden. Und am allermeisten schwindelte mir von ihrem Lächeln. Ein schnelles Lied, ein langsames mit meinem Gesicht an ihrem Hals, dann wieder ein schnelles. Einmal hörte ich jemanden *Lesben* zischen, auf eine nicht sehr freundliche Art. Mignon schien es zum Glück nicht zu hören, und mir war es egal. Alles war egal, außer wie wir uns zur Musik wiegten, sie und ich.

Ich hätte die ganze Nacht mit ihr tanzen können, auf diese unauffällig auffällige Art, doch nur wenig später wollten Benoît und Émilie aufbrechen und in einen Klub weiterziehen. Die Frau mit den kurzen Haaren, um die Benoît inzwischen einen Arm gelegt hatte, würde sie begleiten. Genauso wie ein paar Leute, die die beiden von der Uni kannten. Oceane entschied sich, mit zu Jules nach Hause zu gehen. Er hatte von hinten die Arme um sie geschlungen und flüsterte ihr irgendetwas ins

Ohr, woraufhin Oceane zu kichern zu begann. »*Docteur* Lambert, sie sind *so* versaut.«

»Pscht«, machte er und lief rot an, als ich ihn neugierig ansah.

Inzwischen standen wir vor dem *Marveille* und gehörten zu diesen Leuten, die sich verabschiedeten und dann doch wieder stehen blieben, weil sie sich noch irgendeine witzige Anekdote zu erzählen hatten. Wir alle mussten in unterschiedliche Richtungen. Mein Weg führte mich zurück ins Quartier Latin. Wegen meiner Schicht im Lux war ich heute relativ früh aufgestanden und inzwischen doch sehr müde.

»Ich bringe Lilou nach Hause und … vielleicht komme ich dann noch nach.« Mignon fragte nicht, sie stellte es fest. Und ich hatte überhaupt nichts dagegen, fand dieses Selbstverständnis zwischen Wolken und Sternen mehr als anziehend.

»Okay«, sagte ich und sah dabei nur Mignon an, wie ich schon den ganzen Abend lang nur sie angesehen hatte.

10. Kapitel

Mignon

Während des Wegs zurück sprachen wir kein Wort. Die Stille zwischen uns war leicht, denn Schweigen konnte man nicht mit jedem Menschen. Mich so ruhig und geerdet fühlen, das gelang mir irgendwie nur mit Lilou.

Unsere Schritte wurden immer langsamer, bis wir schließlich vor dem Haus mit der grünen Tür ankamen. In dieser Gasse war die Welt stehen geblieben, nur vereinzelt sah man Lichter hinter den Fenstern brennen und doch wirkte es, als wären wir die Einzigen, die noch wach waren. Ohne dass wir uns absprachen, setzten wir uns nebeneinander auf die Steinstufen vor dem Eingang und wie an jenem Abend an der Seine fanden unsere Hände zueinander. Finger suchten sich kaum merkbar und rutschten ganz langsam ineinander. Jetzt und hier ihre Hand zu halten, fühlte sich dabei intimer an als alles, was ich je mit einem Mann getan hatte. Lilou strich über mein Schlangentattoo, und ich war mir sicher, dass sie längst alles durchschaut hatte, was es an mir zu durchschauen gab. Die Schlange als Symbol von Unsterblichkeit, weil ich etwas in dieser Welt hinterlassen wollte, auch wenn ich nicht wusste, was. Symbol der Dualität, weil in mir mehr war, als ich nach außen trug.

»Das war ein schöner Tag«, meinte Lilou und sah mich offen an, die Wangen im Laternenlicht auf die verdammt niedlichste Art gerötet.

»Und ein noch schönerer Abend«, erwiderte ich zögernd und dachte daran, wie wir miteinander getanzt hatten. »Weißt du ... Das hier ... das ist einer dieser Momente ...«

»Was für Momente?«

»Diese Momente, von denen man auf keinen Fall möchte, dass sie jemals enden, weil man denkt, man könnte vor Glück platzen. Diese Momente, die so schön sind, dass sie einem schon wehtun.«

»Ich mache dich also traurig?« Trotz ihrer Worte hörte ich ein leichtes Lächeln in ihrer Stimme. Und ich sah es ganz deutlich, als ich ihr in die Augen blickte. Lilou musste wissen, was ich meinte, doch ich sprach es trotzdem aus.

»Nein, eher das Gegenteil. Du machst mich glücklich.« Ich biss mir auf die Unterlippe, obwohl ich wusste, dass es meinen Lippenstift ruinieren würde. »Schon seit einer ganzen Weile.«

Lilou blinzelte und in meinem Inneren wurde es warm und leicht. Mein Blick fiel auf ihren Mund, auf ihre Lippen, die sich leicht öffneten, als würde sie etwas sagen wollen. Doch sie schwieg, und ich hörte nur den Wind in den Straßen und spürte mein pochendes Herz. Ich betrachtete ihre Gesichtszüge: Die feinen Härchen der Brauen, die Stupsnase und das stolz gereckte Kinn. Langsam lehnte ich mich vor, streckte eine Hand aus und umfing eine ihrer Dreads mit den Fingern. Sie fühlte sich rau und gleichzeitig weich an. Ich hielt den Atem an und strich sie Lilou langsam hinters Ohr, glitt mit der Hand ihren Nacken und Hals entlang.

Plötzlich dachte ich an die Nächte, in denen ich in meinem Bett gelegen und es mir selbst gemacht hatte. Ich dachte an das, was ich mir dabei vorgestellt hatte und wilde Entschlossenheit packte mich.

»Ich frage mich, wie es ist, dich zu küssen«, hörte ich mich sagen, und im nächsten Moment wanderten meine Finger über Lilous Lippen, zeichneten die Konturen mit derselben Sanftheit nach, mit der sie die der Wolken malte. Sie waren warm und auf eine Art verführerisch, die mich nach wie vor verwirrte. Doch nicht mehr so sehr, wie es mich zu Beginn irritiert hatte. Jetzt spürte ich eine große Neugierde. Und sah Lilou mit dem Grübchenlächeln, das gerade mir allein galt.

Dieses Mal wäre da niemand, der den Moment stören konnte, dieses Mal gäbe es nur uns. Vorhin war es ein Impuls gewesen, jetzt fühlte es sich unumgänglich an.

»Ich habe noch nie eine Frau geküsst, aber du ... du ... Ich frage mich, ob ...«. Ich brach ab, weil ich nicht wusste, was ich sagen wollte und sollte. Dann erinnerte ich mich an die beiden Frauen, die vor dem *Marveille* gestanden und rumgeknutscht hatten. Sie schienen nichts um sich herum wahrgenommen zu haben, und auch sonst hatte sich niemand daran gestört oder seltsam geschaut. Weil es verdammt noch mal normal war. Weil es vielleicht nicht mein normal war, aber ein anderes.

Oh Lilou, etwas in mir sehnt sich so sehr nach dir!

»Wieso erzählst du mir das?«, wisperte sie. Für den Bruchteil einer Sekunde schien Lilou fast verängstigt auszusehen, doch im nächsten Augenblick spiegelte ihr Gesichtsausdruck den meinen wider: Widerstreitende Gefühle. Verlangen, Drängen, Unsicherheit. Ich glaubte all das zu sehen, ich *wollte* es sehen. Ganz langsam zeichnete ich mit einem Finger den Ansatz ihrer Haare nach, bevor ich die Hand tiefer in ihren Nacken schob. Erst da wurde mir vollends bewusst, was genau ich hier und jetzt wollte. Ob es am Wein, der Nacht oder Lilou lag ... da war nur das Schlagen meines Herzens und meine Gedanken, die nur noch in eine Richtung führten.

»Weil ...«, setzte ich zu einer Antwort an und konnte den Blick endgültig nicht mehr von ihr abwenden. »*Je peux t'embrasser?* Darf ich dich küssen, Pocahontas?«

Meine geraunten Worte schwangen sich in die vibrierende Luft zwischen uns, und als ich mich ihr näherte, erstarrte das Bild ihrer leicht geöffneten Lippen – oder vielleicht verlangsamte sich auch nur die Zeit und zerfiel dabei ihn endlose Sekunden. Lilou schluckte schwer, ihre geweiteten grünen Augen schienen *Ja* zu sagen, und ihr warmer Atem traf mich, als ich mit den Lippen vorsichtig ihre Mundwinkel berührte.

Sie legte ihre Hand auf meinen Oberschenkel, und ein heftiges Kribbeln schoss durch meinen ganzen Körper.

Sie lehnte sich mir entgegen, und die Zeit stand endgültig still. Doch dann schüttelte Lilou zaghaft den Kopf. »Mignon, nei–«

Mon dieu. Ich küsste sie trotzdem, und mein gläsernes Herz zersprang für einen Moment. Es flog, es fiel, es lag auf die beste Art in Scherben.

Lilou

Es kostete mich all meine Selbstbeherrschung, mich nicht auf Mignons Schoß zu setzen und ihren Wunsch zu erfüllen, jetzt und hier all *meine* Wünsche zu erfüllen. Mir war noch durch den Kopf geschossen, dass ich doch eigentlich mein Herz beschützen musste, hatte an das Wollen und das Nicht-Wollen gedacht, doch dann hatte Mignon mich mit einem dunklen, einnehmenden Blick angesehen, mit diesem selbstvergessenen, verführerischen Lächeln. Ein erregender Ausdruck war in ihren Augen aufgeblitzt und kurz darauf hatte sie ihre vollen Lippen auf meine gesenkt. Ihre Lider schlossen sich wie meine erst im letzten Moment, flatternd und leicht. Und dann war da nur noch Gefühl. Ihre Hände erst in meinen Dreads, dann mein Gesicht umfangend. Lippen strichen zögerlich und sanft über meine. Sie war nicht fordernd, wie ich zunächst vermutet hatte, sie küsste mich zärtlich und leicht, und erst als ich gegen ihre Lippen seufzte, zog sie mich enger an sich. Sie ließ ihre Zunge über meine Lippen gleiten, und ich öffnete meinen Mund, gewährte ihr Einlass zu einem Tanz, der mir die Sinne zu rauben drohte. Sie schmeckte verboten süß und gefährlich, ein bisschen wie der Geschmack von Kirschen, ein bisschen wie Mon Chéri. Und ich vergaß jeden einzelnen Grund, weshalb ich das hier vielleicht nicht tun sollte, spürte mit den Fingern der Hitze auf ihren Wangen nach, legte meine

Hände auf ihre Schultern, und hielt mich an ihr fest. Mignon knabberte sanft an meiner Unterlippe und liebkoste dann jeden Zentimeter meines Mundes.

»Lilou«, murmelte sie und wie sie meinen Namen aussprach ... Die Art und Weise ließ mich erschaudern. Meine Hände, die über ihren Körper strichen, ohne dass ich darüber nachdachte. Ihre Taille, ihre Schenkel, ihre Endlosbeine. Sie und ich. Und ich und sie.

Und dann wurden wir im selben Moment drängender und stürmischer. Hände und Lippen, Zähne und Keuchen. Ich wusste nicht, ob ich es selbst tat oder Mignon mich zu sich zog, aber dann saß ich plötzlich auf ihrem Schoß und bereute es, dass wir nicht nach oben gegangen waren. Würden wir das jetzt nachholen, müsste ich sie loslassen. Und Himmel, sie loszulassen war das Letzte, was ich in diesem Augenblick wollte. Nie wieder loslassen, nie wieder etwas anderes tun, als mich von ihr küssen zu lassen, als sie zu küssen. Meine Schenkel fest um ihre Taille geschlungen, die Steinstufen an meinen Schienbeinen.

»Ich hätte nicht gedacht, dass es *so* ist.« Mignons Atem ging schwer. Ich lachte leise, denn *das* hätte ich auch nicht erwartet: Dass das Gefühl, ihren warmen Mund zu erkunden, mich dermaßen überrollen und mit sich davontragen würde.

»Ich hätte nicht gedacht, dass es so wäre, eine Frau zu küssen.« Mignon sah mich an, sah in mich, und dann fanden unsere Lippen wieder zueinander, doch dieses Mal stimmte etwas nicht. Da war ein Stechen in meinem Bauch, das stärker wurde, und Mignons Zunge an meiner zu spüren war weniger verheißungsvoll.

Ich hätte nicht gedacht, dass es so wäre, eine Frau zu küssen.

Dieser eine Satz, der mich zurückwarf.

Ich habe noch nie eine Frau geküsst, holten mich Mignons Worte wieder ein. Wieso hatte sie nicht gesagt: Ich hab *dich* noch nie geküsst. So wäre es in einer perfekten Welt gewesen. Aber in dieser Dimension wies sie mich darauf hin, dass ich das falsche Geschlecht hatte, um ihr näherzukommen. Und dass das nichts war, was man einfach schnell ändern könnte, sondern das größte aller Hindernisse.

Trotzdem hatte sie ihren Mund auf meinen gepresst …

Ich habe noch nie eine Frau geküsst.

Die Neugierde in ihren Augen. Derselbe Ausdruck, den ich auch zuvor in ihrem Zimmer auf ihrem Gesicht gesehen hatte – und doch ein ganz anderer.

Noch nie in meinem Leben hatte ich eine Sache so sehr und gleichzeitig so überhaupt nicht gewollt. Der widersprüchlichste Augenblick, den ich je erlebt hatte.

Mignons Atem strich heiß über mein Gesicht, als wir beide nach Luft rangen, ehe ihr Mund wieder auf meinem lag. Doch etwas trieb stürmisch durch meine Gedanken und brachte alles durcheinander. Mit einem Mal stiegen verschwommene Bilder vor mir auf, die ich nicht im Kopf haben wollte. Nicht jetzt, nicht hier. Nicht, wenn Mignon mich ganz eng an sich zog, als hätte sie nie etwas anderes getan. Auf erregendste Weise schüchtern und fordernd zugleich. Trotzdem nahmen die Erinnerungen zwischen all dem Nebel immer schärfere Konturen an, und es gelang mir nicht, die Bilder beiseitezuschieben. Sie ließen mich nicht los und drangen in aller Intensität bis an die Oberfläche meines Bewusstseins.

Mit einem Geschenk in den Händen stehe ich vor Natalies Haus, das unter der lauten Musik vibriert. Unsere ganze Jahrgangsstufe scheint schon da zu sein, und mein Herz schlägt wie verrückt. Die Erinnerung an Veras nackte Haut an meiner ist noch frisch. Sie hat nicht nur meinen Körper berührt, sondern auch mein Herz. Auf eine Art und Weise, die mich immer noch zittrig macht. Die Nächte in ihrem Dachzimmer, die Kissenschlachten, ihr langes blondes Haar überall auf den Laken. Es ist nicht mein erstes Mal gewesen, aber ich bin so verknallt, bin so unendlich verknallt. Wahrscheinlich ist sie schon da, und ich möchte sie so gern küssen. Gleich werde ich sie küssen, das weiß ich. Gleich, gleich, gleich. Ich trage das Kleid, das sie so gerne an mir mag. Und während ich klingle, frage ich mich, ob sie jetzt meine Freundin ist. Noch habe ich mich nicht getraut, sie danach zu fragen, aber eigentlich bin ich mir ganz sicher. So etwas fühlt man doch, oder? Vera, meine feste Freundin.

Mignon biss sanft in meine Unterlippe, küsste meine Mundwinkel und jeden Millimeter meiner Lippen. Ich seufzte gegen ihre vollen, wollte mehr und gleichzeitig war da noch etwas anderes in mir. Etwas, das sich zu sträuben begann. Etwas, das mich dazu gebracht hatte, *Nein* zu sagen, obwohl ich das hier so sehr wollte.

Ich hätte nicht gedacht, dass es so wäre, eine Frau zu küssen.

Ich wollte nicht Mignons Experiment sein, ich wollte ihr nicht dabei helfen, einen Punkt auf einer Liste abzuhaken. Ich wollte nicht dafür da sein, irgendeine brennende Neugierde zu stillen. In mir zog sich alles schmerzhaft zusammen. Ich könnte es nicht ertragen, eins von ihren Spielchen zu sein. Ich hatte genug von ihren Männergeschichten mitbekommen, um zu fürchten, dass sie mir wie all diesen Kerlen zuvor am Ende das Herz brechen würde – auch wenn sie niemandem etwas versprochen und etwas davon böswillig getan hatte. Was, wenn ich wieder blind für die Wahrheit war? Was, wenn ich wieder nur das Gute sah?

Vera sitzt auf der Arbeitsplatte in der Küche, ihre Beine wippen im Takt zur Musik. Sie ist so schön. Schön auf eine ungewöhnliche Art, die von innen und nicht außen kommt. Ich fliege ihr entgegen, fliege meiner Freundin entgegen. Sie wirft sich ihre langen Haare über die Schulter, und ihr Blick trifft mich. Er trifft mich tief, lässt eine Vorahnung in mir aufsteigen, die ich nicht wahrhaben will. Ich bin dumm und naiv und ihr verfallen. Deshalb gehe ich trotzdem auf sie zu. Meine Hand streift ihre, doch sie weicht vor mir zurück. Ihr Lächeln ist offen und falsch zugleich. Es ist Einladung und Abweisung, und ich weiß nicht, wie ich mich verhalten soll. Da ist nur diese Vorahnung, diese schreckliche Vorahnung.

Mignon küsst mich, doch ich bin nicht mehr bei der Sache. Mein

Kopf schwirrt wegen des Weins, und sie und Vera verschwimmen in diesem Moment zu ein und derselben Person. Obwohl sie das nicht sind. Da ist so viel, was die beiden voneinander unterscheidet, doch gerade sehe ich nur das, was sie miteinander verbindet. Ich will wegsehen, will nicht, dass meine Gedanken abdriften, doch genau das geschieht. Schon wieder.

Vera rutscht von der Arbeitsplatte, ein Bier in der Hand, in der anderen könnte sie meine halten, doch bevor sich unsere Hände treffen, zieht sie sich zurück. Ich verstehe die Welt nicht mehr. Die anderen schauen schon. Vera lässt in aller Seelenruhe eine Kaugummiblase platzen, leckt sich mit dieser vertrauten Geste über die Lippen und sieht durch mich hindurch. Ich will etwas sagen, weiß aber nicht, was. Und erst recht weiß ich nicht, wie. Ich falle und falle und falle. Und dann passiert es: Sie lacht mir mitten ins Gesicht. Ein zerstörerisches Lachen, das trotzdem schön ist. Dann sagt sie diese eine Sache, diese allerschlimmste Sache, die sich so verdammt tief in mein Herz bohrt, und ich fühle mich wie erstarrt. Alle lachen, und ich kann mich nicht mehr bewegen. Nur wie durch einen Nebel bekomme ich mit, wie Yuna plötzlich neben mir auftaucht und Vera anschreit, doch ich verstehe ihre Worte nicht. Ich verstehe so ziemlich gar nichts mehr. Dann zieht Yuna mich aus dem Haus. Vorbei an den starrenden Gesichtern, vorbei an Natalie, vorbei an all diesen Menschen, die mich nie verstehen werden. Die mich nicht verstehen wollen. Die schon über Tim und mich gelacht haben. Mein Herz fällt und fällt und fällt.

Damals und heute.

Mignon stöhnte an meinen Lippen, rau und echt. Und dieses Geräusch holte mich zurück in die Gegenwart, die auch ein Hauch Vergangenheit war. Zurück in die Realität, in der jetzt das Schlimmste passierte und alle Zeitebenen miteinander verschmolzen: Mignon löste sich von mir. Nicht langsam, sondern ruckartig und schnell, sodass ich von ihrem Schoß rutschte. Als hätte dieser hemmungslose Laut uns beide aufgeweckt, den Alkohol aus unseren Köpfen vertrieben. Aus geweiteten Augen sah sie mich an, mit Schock in bodenloser Tiefe, und mein Herz brach ein Stück entzwei, als sie aufstand und einen Schritt zurückwich.

»Ich ... Ich bin ...«

Egal, was Mignon mir zu sagen versuchte, sie schloss den Mund wieder und schüttelte leicht den Kopf. Und dann verschwand sie ohne ein weiteres Wort in der Nacht.

Manchmal waren es nicht die Ereignisse selbst, die schrecklich waren und uns das Herz brachen. Manchmal waren es vielmehr die Erinnerungen daran, in der man ein und denselben Augenblick immer und immer wieder durchlebte. Ich hatte zwar Vera selbst losgelassen, doch ich hatte mich offensichtlich noch nicht von allem, was geschehen war, befreit. Und die offensichtliche Reue in Mignons Gesicht warf mich einmal mehr in jene Nacht und jenen Moment mit Vera zurück. Ich schlang die Arme um mich, hielt mich selbst fest und ließ zu, dass lautlose Tränen aus meinen Augen regneten.

Allein saß ich auf den Eingangsstufen. Mignon fehlte mir, ihre Körperwärme fehlte mir und irgendwo tief in mir tat es höllisch weh. Ich blickte in die Nacht, und ein Teil von mir wünschte sich, sie würde zurückkommen. Dass sie mich wieder auf ihren Schoß zog, mich mit ihren traurig-schönen Augen ansah und ich mir den letzten Ausdruck darin nur eingebildet hatte.

Doch das geschah nicht.

Mignon

Ich lief nicht nach Hause, nein, ich rannte. Gottverdammt, ich rannte so schnell wie ich es auf meinen High Heels konnte. Ich rannte, als könnte ich vor meinen eigenen Gefühlen davonlaufen, als könnte ich vor mir selbst flüchten, als würde all das mich nicht früher oder später einholen.

Als würde die Hitze in mir nicht von dem Verlangen zeugen, das tief in mir brodelte und nur immer stärker wurde.

Meine Lippen brannten, mein Verstand stand in Flammen, weil ich Lilou geküsst und ihre Zunge an meiner gespürt hatte. Immer und immer wieder durchlebte ich im Kopf diesen Moment. Die Hitze ihres Mundes, von der ich mehr wollte, ihre weichen Rundungen fest auf mir, ihre Berührungen, die mich in ungeahnter Intensität angemacht hatten. Und dann diese Sekunde, in der mir alles zu viel und mir klar geworden war, dass ich mitten in Paris vor einem Hauseingang saß und mit einer Frau rummachte. Dass es sich anfühlte, als würde ich nie wieder etwas anderes tun wollen. Die Wildheit unserer Küsse hatte mich auf einmal in Panik versetzt, meine Begierde und der Wunsch mehr zu wollen, hatte mir Angst eingejagt. Vor allem dieses *Mehr*. Dieses *Mehr* mit ihr.

Ich war schon im Treppenhaus, als ich mich doch wieder umdrehte und zurück ins Freie trat. Ich fühlte mich fast wieder nüchtern und jetzt und hier war das das Letzte, was ich wollte. Lieber mein Innerstes in einem Glas Wein ertränken, statt allein oben in der WG zu sein. Vor allem aber, um meine Erinnerungen an das Ende dieses Abends verschwinden zu lassen.

Vor dem *Le Petit* saßen noch einige wenige Leute. Die Nächte waren frisch geworden, und sie alle trugen Jacken oder hatten Decken auf dem Schoß liegen. In der herbstlichen Dunkelheit wirkten die Lichterketten um diese Jahreszeit noch einladender. Ich bahnte mir einen Weg zwischen den runden Tischen mit den Windlichtern darauf und betrat den Gastraum, in dem kaum noch jemand war. Annie stand hinter der Bar, winkte mir zu und stellte mir ein Glas Wein hin, als ich mich auf den Barhocker am Tresen fallen ließ. Sie lächelte mir zu, versuchte aber zum Glück nicht, mit mir zu reden.

Mit den Fingern strich ich über das kühle Glas, und das Gefühl erdete mich.

Ich hatte sie geküsst, obwohl sie noch versucht hatte *Nein* zu sagen.

Ein Schluck perlender Wein.

Sie hatte meinen Kuss erwidert.

Noch ein Schluck.

Ich war wie das größte Arschloch überhaupt, einfach abgehauen und hatte sie sitzen lassen.

Ein Schluck.

Der Wein schmeckte kühl und weich, aber nicht so weich wie ihre Lippen.

Ich wollte diesen Kuss vergessen.

Merde, ich wollte diesen Kuss niemals vergessen.

Als mein Glas viel zu schnell leer war, setzte sich ein Mann auf den Barhocker neben mir. Er bestellte sich etwas und ein weiteres Glas Wein für mich. Es war immer derselbe Ablauf. Ich würde mich bedanken, aber darauf beharren, dass ich meine Drinks selbst bezahlen konnte und wollte. Wir würden uns eine Weile unterhalten, ich würde mit ihm flirten und es würde mir Spaß machen, ihn in Verlegenheit zu bringen. Und wenn er mir gefiel, dann würde ich ihn mit hochnehmen.

Aber ich dachte mir: Heute nicht und morgen wahrscheinlich auch nicht. Nicht, wenn dort auch Lilou liegen könnte ... O Gott. Unwillkürlich biss ich mir auf die Unterlippe.

»Julius«, stellte er sich vor.

»Mignon«, erwiderte ich distanziert, und dann sagte ich ganz direkt: »Danke für den Wein, aber ich werde nicht mit dir schlafen.«

Einen Moment war es still, dann lachte er, und es war das erste Mal, dass ich ihn direkt ansah. Julius sah gut aus. Klare blaue Augen, dichte schwarze Locken, die sich in seine Stirn kringelten. Er hob beide Hände, an den Handgelenken sah ich unzählige Lederbändchen und bunte Perlen. Er grinste fast schon belustigt, als er erwiderte: »Hey, ich will dich nicht angraben, ich wollte nur nett sein.«

Da lag dieser Akzent in seiner Stimme, der bei Lilou so gut wie nie zu hören war. Julius musterte mich einen Moment, als schien er es sich doch anders zu überlegen, dann sagte er: »Du bist wirklich verdammt schön, das kann man auch gar nicht übersehen. Und ich bin mir ziemlich sicher, dass du das auch sehr genau weißt. Aber ich steh einfach nicht auf Frauen«, er zuckte mit den Schultern, »also so gar nicht.«

Ich drückte den Rücken durch und lachte. »Oh, okay.« Ich würde sicher nicht zugeben, dass die ganze Situation jetzt irgendwie peinlich für mich war.

»Also, wieso sitzt du hier völlig allein?« Er stieß mit seinem Glas gegen meins und nahm einen tiefen Schluck. Ich überlegte einen Moment, was ich sagen konnte, entschied mich dann aber seltsamerweise für die Wahrheit: »Ich habe jemanden geküsst.«

»Klingt nach einem erfolgreichen Abend.« Er zwinkerte mir gut gelaunt zu. Ich schwieg. Das war verdammt noch mal das Gegenteil eines *erfolgreichen Abends* gewesen. Ich saß allein an der Bar und unterhielt mich mit einem wildfremden Kerl, weil ich meine Gefühle nicht mehr im Griff hatte. Und weil ich generell das Gefühl hatte, mit niemandem über die Sache reden zu können. Meine Vorahnung, die sich bei dem Telefonat mit *Grand-Mère* verstärkt hatte, schien eingetreten zu sein: Dass nichts mehr so sein würde wie zuvor. Und dass ich verdammt machtlos war, etwas dagegen zu tun.

»War es denn ein guter Kuss?«, wollte Julius wissen. »Darauf kommt es schließlich an.«

»Ich weiß nicht, ich …« Alles schien sich zu drehen und wieder spürte ich Lilous Lippen klar und deutlich auf meinen. Wie sie meinen Kuss erwidert, ihre Lippen bereitwillig für mich geöffnet und meine Zunge ihren Mund erkundet hatte. Wie meine Hände währenddessen ihre Oberschenkel hinaufgeglitten waren.

»Ich … *mon dieu*«, ich schluckte schwer, ehe ich fortfuhr: »Ehrlich gesagt war es sogar mehr als ein guter Kuss. Es war … wunderschön. Es war ganz anders, als ich erwartet hatte, und es war …« Mein Herz geriet erschrocken über die Vehemenz in meiner Stimme erneut aus dem Takt. Schnell schloss ich den Mund, öffnete ihn dann aber wieder. »Es war irgendwie heiß«, fügte ich hinzu.

Julius grinste. »Und wieso klingst du dann trotzdem so ... wie heißt das auf Französisch? *Agacée*?!«

»Ich klinge doch nicht genervt.«

»Find ich schon.« Eiswürfel klirrten in seinem Glas. Julius musterte mich, während er sein Getränk lässig hin und her schwenkte.

»Okay, vielleicht bin ich genervt«, gab ich zu. Mit Julius zu reden war leicht. »Aber die Antwort darauf, weshalb ich es bin, ist kompliziert.«

»Ist es das nicht immer irgendwie? Ich bin die letzten eineinhalb Jahre um die Welt gereist und habe viele Kerle geküsst. Am Ende bin ich trotzdem immer weitergezogen. Glaub mir also, wenn ich dir sage, dass ich weiß, wie kompliziert so etwas sein kann.«

Ich seufzte. »Wahrscheinlich hast du recht.«

»Du kennst mich nicht, deshalb erkläre ich es dir: Ich habe ziemlich oft recht.« Sein Lächeln war entwaffnend, und dann erzählte ich ihm doch, weshalb sich das mit Lilou so kompliziert anfühlte. Angefangen bei einer Zugfahrt, beendet vor einem schwach beleuchteten Hauseingang. »Wir sind Freunde ..., denke ich, und bei ihr kann ich zum ersten Mal so richtig den Augenblick genießen. Ich kann loslassen und ich selbst sein, und das fühlt sich ungewohnt und gut an«, schloss ich schließlich. »Nur ... ich hätte sie nicht küssen dürfen.«

Ich hatte es ausgesprochen. *Sie*. Mehrmals. Ich verkrampfte mich, blinzelte, meine Gedanken drehten sich wirr im Kreis, doch Julius zeigte keine Reaktion darauf, dass ich gerade von einer Frau und nicht von einem Mann gesprochen hatte. Er ist schwul, dachte ich dann. War er dann nicht die perfekte Person, um über all das zu reden? Hatte es vielleicht sogar genau so kommen sollen: Julius und ich an einem späten Samstagabend gestrandet in François' Bistro? Allein die Tatsache, dass ich über Schicksal nachdachte und einen tieferen Sinn in dieser

Begegnung suchte, zeugte davon, wie tief Lilou mir unter die Haut gekrochen war.

»Weißt du, wie das alles für mich klingt?« Ich wandte mich ihm wieder zu. »Das klingt, als wäre da dieses tolle Mädchen, das das Beste aus dir herausholt, und die du magst, weshalb du sie geküsst hast. Aber jetzt versuchst du Ausreden zu finden, weil alles sich zu perfekt anfühlt.«

»So ist das zwischen uns nicht.«

»Bist du dir da sicher?« Julius hob eine Braue an und taxierte mich. Eine Locke fiel ihm in die Augen. »Das klingt aber ganz anders, wenn du über sie, über euch redest.«

»Vielleicht ist es ein bisschen so«, hörte ich mich zugeben und rang nach Luft, nach Worten, nach Fassung – nach allem, was Lilou, was ihre Küsse mir geraubt hatten. »Aber sie ist …«

»Es ist das erste Mal, dass du dich in eine Frau verliebst, oder?« Dieses Mal klang er sanft, verständnisvoll. Der Blick seiner hellen Augen ruhte ernst auf mir.

»Ich bin nicht in sie …«, ich zögerte und sprang dann über meinen Schatten. »Okay, ja. Ist es. Und ich hab absolut keine Ahnung, was das bedeutet. Man kann doch nicht einfach so lesbisch sein.«

Er lachte. »Es gibt da schon ein paar mehr Möglichkeiten, als lesbisch zu sein.«

Ich stützte das Kinn auf meine gefalteten Hände. »Ehrlich gesagt weiß ich überhaupt gar nichts mehr.«

»Okay. Ich kann dir nur aus eigener Erfahrung sagen, dass es nichts bringt, vor seinen Gefühlen davonzulaufen. Ich habe das auch eine ganze Zeit lang versucht, aber so richtig im Reinen mit mir selbst war ich erst, als ich zugelassen habe, dass ich will, was ich will.« Einen Moment hing Julius seinen eigenen Gedanken nach, ehe er fortfuhr: »Und ob du lesbisch bist oder nicht, das kannst nur du allein wissen, das kann dir niemand sagen. Aber wenn es da jemanden gibt, der dir wichtig ist, dann wiegt das mehr als jedes Label. Ein Label ändert nichts an dem

Mensch, der du bist. Ich dachte das auch mal, aber du bleibst dieselbe Person. Es ist nur eine weitere Sache, die dich zu der macht, die du bist.«

Ich weiß doch aber gar nicht, wer ich eigentlich bin, hätte ich am liebsten gesagt. Zumindest wusste ich es nicht mehr. Ich hatte keinen blassen Schimmer, wo *ich* anfing und wo meine Illusion, die ich mir von mir machte, endete.

»Du musst dir über deine Gefühle zu ihr klar werden, das ist es doch, was letztendlich zählt. In erster Linie, was sie dir bedeutet und in zweiter, was das für dein Leben bedeutet ... sonst entgeht dir am Ende vielleicht etwas Wunderschönes.«

»Vielleicht«, sagte ich leise, denn Lilou bedeutete mir etwas und meinem Herzen bedeutete sie noch viel mehr. Und ich wusste mit absoluter Klarheit, dass sie etwas in mir auslöste, was vorher nicht da gewesen war.

»Dann weißt du doch eigentlich schon ziemlich viel, oder?«

Julius und ich bestellten uns noch eine Runde Getränke. Er erzählte mir von dem umgebauten Bus, mit dem er zusammen mit seiner besten Freundin nach dem bestandenen Bachelor losgefahren war, um die Welt zu entdecken, und dass sie eigentlich schon vor einem halben Jahr wieder zu Hause hatten sein wollen. Jedes Band an seinen Handgelenken stand für einen Ort, an dem er gewesen war, und ich war dankbar, mich für diesen Moment in seinen Geschichten und seiner Begeisterung verlieren zu können. Doch unwillkürlich fragte ich mich, wo auf dieser Welt meine Eltern, Anne und Alain, wohl gerade sein mochten und ob sie ab und zu an ihre Tochter dachten oder mich längst vergessen hatten.

»Ich muss wieder los«, meinte Julius irgendwann. »Die mit den langen braunen Haaren, die da vorne steht und so heftig winkt, ist meine beste Freundin. Scheint so, als hätte sie es eilig aufzubrechen.« Er lächelte entschuldigend und legte das Geld für die Getränke auf den Tresen.

»Danke«, erwiderte ich. »Für alles.« Den Rat. Die Ablenkung. Seine Unbeschwertheit.

»Nichts zu danken«, sagte er zum Abschied. »Und setz dich nicht unter Druck, Mignon, das alles braucht Zeit.« Julius stand auf, und ich dachte an Lilou, was sie über Träume gesagt hatte. Scheinbar gaben Fremde manchmal wirklich die besten Ratschläge, weil sie nichts über einen wussten und gerade deswegen das Wesentliche sahen. Und doch gab es solche Begegnungen, die wie Schicksal waren. Ein Fremder, der eine Spur hinterließ.

Bevor Julius ging, schrieb er seine Nummer auf eine Serviette. »Meld dich, wenn du magst, und erzähl mir, wie die Geschichte ausgegangen ist. Ich hoffe, es wird ein Happy End.« Er winkte mir ein letztes Mal zu, seine Locken wippten bei jedem Schritt, dann verschwand er mit seiner Freundin durch die Tür in das nächtliche Paris. Bereit für das nächste Abenteuer.

Quand le vin est tiré, il faut le boire.

Wenn der Wein geöffnet ist, muss er getrunken werden.

11. Kapitel

Mignon

Gesendet: 29.09.21, 11:51 Uhr
Von: mignon.bonnet@sauvage.fr
An: oceane.bernard@sauvage.fr, emilie.lefevre@sauvage.fr
CC: benoit.lefevre@orange.fr
Betreff: Oh là là
Okay. Seit wann schleicht Ciel in der Nähe von Anouks Büro herum und wirft Ém schmachtende Blicke zu?

Gesendet: 29.09.21, 11:53 Uhr
Von: benoit.lefevre@orange.fr
An: oceane.bernard@sauvage.fr, emilie.lefevre@sauvage.fr, mignon.bonnet@sauvage.fr
Betreff: Re: Oh là là
Was soll das heißen, dieser Ciel schleicht herum? Und wieso stehe ich schon wieder in CC, bekomme aber trotzdem nur die Hälfte mit?

Gesendet: 29.09.21, 11:54 Uhr
Von: emilie.lefevre@sauvage.fr
An: oceane.bernard@sauvage.fr, mignon.bonnet@sauvage.fr
Betreff: Re: Oh là là
WAAAAAAAAAAS? Er schaut mich an? Seit wann schaut er mich an?

Gesendet: 29.09.21, 11:55 Uhr

Von: emilie.lefevre@sauvage.fr

An: oceane.bernard@sauvage.fr, mignon.bonnet@sauvage.fr

Betreff: HILFE

Merde! Er kommt her. Ich glaube, er kommt her. Hilfe!

Gesendet: 29.09.21, 11:55 Uhr

Von: emilie.lefevre@sauvage.fr

An: oceane.bernard@sauvage.fr, mignon.bonnet@sauvage.fr

Betreff: HILFE!!

O Gott, er kommt wirklich her. Was mache ich denn jetzt? Was soll ich ihm sagen? Er läuft auf mich zu. WAS MACHE ICH DENN JETZT?!

Gesendet: 29.09.21, 11:55 Uhr

Von: emilie.lefevre@sauvage.fr

An: oceane.bernard@sauvage.fr, mignon.bonnet@sauvage.fr

Betreff: HILFE?!?

IHR.

SEID.

KEINE.

HILFE.

Gesendet: 29.09.21, 11:55 Uhr

Von: oceane.bernard@sauvage.fr,

An: mignon.bonnet@sauvage.fr, emilie.lefevre@sauvage.fr

Betreff: You go Girl!

Los, Tiger, schnapp ihn dir. Selbst ist die Frau. DU hast das unter Kontrolle!

Gesendet: 29.09.21, 12:06 Uhr
Von: mignon.bonnet@sauvage.fr,
An: emilie.lefevre@sauvage.fr, oceane.bernard@sauvage.fr,
Betreff: Lebenszeichen
Ém, alles klar bei dir? Du kannst uns doch nicht einfach so hängen lassen?
Hat es dir so sehr die Sprache verschlagen, dass du einfach umgefallen
bist? Lebst du noch?

Gesendet: 29.09.21, 12:10 Uhr
Von: emilie.lefevre@sauvage.fr
An: oceane.bernard@sauvage.fr, mignon.bonnet@sauvage.fr
Betreff: Re: Lebenszeichen
Ogottogott, ogottogott.
Jdoudhfvjqld0psdfkisfhusfbkjwniehfuatezdfej
Fshifhpaknvcvtfurtrolwüäladjnvfraderr3trz
O. Mein. Gott.

Gesendet: 29.09.21, 12:12 Uhr
Von: benoit.lefevre@orange.fr
An: emilie.lefevre@sauvage.fr, oceane.bernard@sauvage.fr, mignon.
bonnet@sauvage.fr,
Betreff: Hallo?!?
Was ist verdammt noch mal los? Wieso schreibt ihr nicht mehr?

Gesendet: 29.09.21, 12:13 Uhr
Von: mignon.bonnet@sauvage.fr,
An: emilie.lefevre@sauvage.fr, oceane.bernard@sauvage.fr
CC: benoit.lefevre@sauvage.fr
Betreff: Die drei Musketiere
Okay, ich glaube, Ém hyperventiliert an ihrem Platz gerade ein bisschen.
In zehn Minuten im Kreativraum? Ich hole den Kaffee.

Gesendet: 29.09.21, 12:14 Uhr
Von: benoit.lefevre@orange.fr
An: emilie.lefevre@sauvage.fr, mignon.bonnet@sauvage.fr, oceane.
bernard@sauvage.fr
Betreff: Re: Die drei Musketiere
Ich hoffe jetzt mal stark, dass das mit dem Hyperventilieren ein Witz
gewesen ist.

Gesendet: 29.09.21, 12:20 Uhr
Von: benoit.lefevre@sauvage.fr
An: emilie.lefevre@sauvage.fr, mignon.bonnet@sauvage.fr, oceane.
bernard@sauvage.fr
Betreff: Ernsthafte Kommunikationsprobleme
Kann mir jetzt bitte mal jemand sagen, was zur Hölle eigentlich bei
euch los ist?

Aus unterschiedlichen Richtungen flogen wir wie Magnete aufeinander
zu und trafen vor der Tür des Kreativraums aufeinander. Oceane stieß sie
auf, nachdem sie mir eine der Kaffeetassen aus der Hand genommen
hatte. Ich drückte Émilie ebenfalls eine in die Hand, dann folgten wir
Oceane. Wenig später lagen unsere Schuhe auf dem roten Teppichboden
verteilt, und fast gleichzeitig entwich uns ein erleichtertes Stöhnen, als
wir unsere nackten Zehen in der hereinfallenden Mittagssonne streckten.
Und dann lagen wir auf der runden Sofalandschaft in der Mitte des
Raums, jede einen Becher in der Hand, die Beine miteinander verknotet.
    »Okay.« Émilie klammerte sich an ihrer Kaffeetasse fest und holte tief
Luft. Auf ihrem Hals hatten sich rote Flecken gebildet, doch ihre dunklen Augen glänzten und ihr Blick war fast schon entrückt. »Ihr glaubt
nicht, was passiert ist. Ihr glaubt es nicht, ihr glaubt es nicht, ihr glaubt es
nicht.« Einen Moment hielt sie inne, dann hauchte sie erneut: »Ihr glaubt
es nicht.«

Oceane starrte unsere Freundin mindestens so verwirrt an wie ich. »Irgendwie machst du mir gerade ein bisschen Angst, Ém. Du hast so einen verdammt irren Blick drauf.« Oceane sah mich um Bestätigung suchend an. »Hat sie doch, oder? Super-mega-irre?«

Ich grinste. »Ein kleines bisschen vielleicht.«

»Ich weiß gar nicht, wo ich anfangen soll. Wie ich ...« Noch mehr Flecken auf Hals und Wangen. Geweitete Schokoladenaugen. »Außerdem schaue ich ja wohl mal gar nicht irre«, schob Émilie entrüstet hinterher, strich sich die Locken aber trotzdem lächelnd aus dem Gesicht.

»Doch, tust du. Vor allem dieses plötzliche Lächeln. Megairre«, zog Oceane sie weiter auf. Émilie verdrehte die Augen, die angehobenen Mundwinkel blieben aber wo sie waren.

Und dann begriff ich langsam. »*Mon dieu*, hat *Monsieur Sexy* dich etwa nach einem Date gefragt? Das würde auch erklären, wieso er ständig um deinen Schreibtisch herumgeschlichen ist.«

»Nein, ähm ... hat er nicht.«

Oh.

»Aber du hast ihm nicht schon wieder schräge Komplimente zu seinen Hosen gemacht, oder?«, warf Oceane ein. Ihre schwarzen Augen blitzten belustigt.

»Oder zu anderen Kleidungsstücken von ihm«, kommentierte ich.

»Oder Körperstellen.«

»... unter der Kleidung, versteht sich.«

»Oder direkt zum Fehlen eben dieser Kleidung.«

»Oder ...«

»Ich habe ihn nach einem Date gefragt«, platzte es aus Émilie heraus. »Ich habe Ciel gefragt.« Ihr Gesicht strahlte, und Oceane sprang kreischend auf. Der Kaffee in ihrer Tasse schwappte gefährlich umher. »Was?!«

»O. Mein. Gott.« Ich starrte meine Freundin an. Unser Nesthäkchen, unser Engel, der bei fremden Menschen immer erst einmal über

227

seinen Schatten springen musste. Und dann musste ich laut lachen. Die Kombination aus Oceanes aufgerissenen Augen und Émilies überirdischem Strahlen war einfach zu viel.

»Und er hat Ja gesagt, nehme ich an?« Ich stupste ihr liebevoll in die Seite.

»Er ... ja ... das hat er.«

»Oh *Poussin*. Küken«, Oceane hüpfte wieder zurück auf das runde Sofa und schlang ihre Arme um Émilie. »Erzähl uns alles.«

Verlegen knetete sie ihre Hände im Schoß und berichtete uns dann, wie Ciel plötzlich vor ihrem Schreibtisch gestanden hatte, mit einem Stapel Blätter auf den Armen und seinen himmelblauen Augen, die sie so durcheinanderbrachten. Sie sprach davon, dass sie so nervös gewesen war und sich an die Hälfte gar nicht mehr richtig erinnerte. Nicht mal, worüber sie gesprochen hatten. Nur noch an diesen Jetzt-oder-nie-Moment und wie sie plötzlich etwas Unerklärliches überkommen hatte. Wie er ohne das geringste Zögern *Ja* gesagt hatte.

»Dann hat Anouk mich in ihr Büro gerufen, und jetzt weiß ich gar nicht, wann und wo wir uns treffen. Und ob er das wirklich ernst gemeint hat. Und seine Nummer habe ich auch nicht. Und ich ... und ... und er ...«

»Natürlich hat er das ernst gemeint. Bei so etwas sagt man doch nicht einfach so Ja, wenn man es nicht meint«, erklärte ich voller Überzeugung. »Vor allem, wenn man auch noch zusammen arbeitet.«

Oceane nickte zustimmend.

»Aber ich habe ihn gefragt. Ich habe ihn einfach gefragt, und jetzt haben wir ein Date. Höchstwahrscheinlich. Weil ich mich getraut habe.« Émilies Gesicht strahlte vor Stolz.

»Weil du der Wahnsinn bist«, ergänzte ich.

»Außerdem ist es doch eh so ein Bullshit, dass die meisten immer noch denken, das wäre Männersache. Wer gern ein Date will, der soll danach fragen. So einfach ist das.«

»Eben.«

»Manchmal muss man im Leben einfach ein Risiko eingehen«, sagte Émilie ganz ernst und sah dabei sehr weise aus. Und mein Herz zog sich bei diesen Worten zusammen. Sie hatten nichts mit mir zu tun und gleichzeitig alles.

Bald war es eine Woche her, dass ich Lilou auf meinen Schoß gezogen und geküsst hatte. Sieben verdammte Tage, mehr als hundertsechzig Stunden. Ich hatte diesen Moment in Gedanken wieder und wieder erlebt, mir eine Wiederholung vorgestellt, mich nach ihr verzehrt und zeitgleich nicht gewusst, wie ich mit diesem allumfassenden Gefühl umgehen sollte.

Benoît, Émilie, Oceane und ich verbrachten den Abend bei gutem Essen und zwei Flaschen Wein im *Le Petit*. Ihnen entging nicht, dass ein Teil von mir gar nicht richtig anwesend war. Oceane machte eine Bemerkung darüber, dass Thierry mir ja ordentlich den Kopf verdreht hätte. Benoît hingegen durchbohrte mich geradezu mit diesem speziellen Blick aus seinen braunen Augen. Mein bester Freund nahm mir nicht ab, dass es hier wirklich um Thierry ging, doch noch sagte er zum Glück nichts. Ich kannte diesen Blick. Er wartete darauf, dass ich es von mir aus tun würde.

Als ich Stunden später hellwach im Bett lag und die Decke anstarrte, hörte ich seine Zimmertür aufgehen, es folgten bemüht leise Schritte durch den Flur, Holz knarzte, kurz darauf das Quietschen des Kühlschranks. Dann erneut die Tür seines Zimmers, ehe es wieder still wurde.

Ich drehte mich unruhig auf die andere Seite.

Wenn Émilie über ihren Schatten springen konnte, dann konnte ich das auch. *Mon dieu*, ich wollte mir an meiner Freundin ein Beispiel nehmen. Ihre Worte ertönten in einer endlosen Schleife in meinem Kopf: *Manchmal muss man im Leben eben ein Risiko eingehen.* Und das, was Julius mir gesagt hatte. Dieser Kerl, den ich eigentlich doch gar nicht kannte: *Wenn es da jemanden gibt, der dir wichtig ist, dann wiegt das mehr als jedes Label,* und *du musst dir über die Gefühle zu ihr klar werden, das ist es doch, was letztendlich zählt.*

Kurz überlegte ich, zu Benoît rüberzuschleichen. Meinem besten Freund alles zu erzählen. Alles, alles, alles. Er war noch wach, er würde mir zuhören, er würde sicher das Richtige sagen. Aber dann lag ich einfach nur eine Ewigkeit in der Dunkelheit. Dachte all meine Gedanken und ließ mich von ihnen fluten. Sie peitschten wild und ungefiltert durch meinen Kopf, immer und immer wieder. Irgendwann hielt ich es nicht mehr aus und stand auf.

Ich hatte eine verdammte Entscheidung getroffen.

Als ich wenig später vor dem schmalen Haus stand und hinter den Dachfenstern tatsächlich noch Licht brennen sah, war ich mir auf einmal gar nicht mehr so sicher. Es war mehr als spät, ich hatte die WG überstürzt verlassen, die Haare notdürftig im Nacken zusammengeknotet. War schnell in ausgewaschene Boyfriend-Jeans und einen ausgeblichenen Pulli geschlüpft, ohne einen Blick in den Spiegel zu werfen, bevor ich losgestürmt war. Nicht einmal ein letzter Blick über die Schulter zur Bestätigung. Ich fühlte mich nicht wie ich selbst, gleichzeitig schien ich die Dinge mit einem Mal klarer zu sehen, als ich es die letzten Wochen getan hatte.

Diese ungeahnt nervöse Frau, *c'était moi.* Das war ich. Die Eingangstür unten war nur angelehnt. Erst stand ich unschlüssig davor und überlegte zu klingeln. Doch dann drückte ich sie einfach auf und begann, die Treppe bis unter das Dach emporzusteigen. Eine Hand hatte ich dabei auf meinen Bauch gelegt, die andere strich über das Geländer. Mir war schlecht, weil ich keine Ahnung hatte, was ich sagen sollte. Weil ich nicht wusste, wie Lilou auf mich reagieren würde. Da war kein Richtig oder Falsch mehr, kein Schwarz oder Weiß. Nur sie und ich und verdammte Möglichkeiten, die ich nur langsam verstand.

Ganz oben drang ausgelassenes Kichern aus Lilous Wohnung. Dazu dieses einprägsame Geräusch, das sie machte, wenn sie sich an ihrem Lachen zu verschlucken drohte, fast wie ein Quietschen. *Bordel de merde*, da war jemand bei ihr. Da war eine Frau bei ihr. Und auf einen Schlag verstärkte sich die Scheißübelkeit in meinem Bauch.

Ein letztes Mal atmete ich tief ein und aus, straffte die Schultern und drückte auf die Klingel. Sekunden später wurde die Tür aufgerissen, und vor mir stand eine rothaarige Schönheit, die nur ein schmales Handtuch um ihren zierlichen Körper geschlungen hatte.

Okay.

Ooookay.

Die Haare hingen ihr nass und glatt bis zur Taille hinab. Wasser tropfte auf den Boden. Ich sah auf die entstehende Pfütze auf dem Parkett, dann wieder nach oben, irritiert davon, dass sie mir halb nackt die Tür öffnete. *Mon dieu*, ich brauchte mir nichts vorzumachen. Ich kannte Situationen wie diese. Ein später Samstagabend. Sie, die aus der Dusche kam, dazu dieses Gekicher. Natürlich hatten Lilou und sie Sex gehabt. Und scheiße, es störte mich. Es machte mich ganz tief drinnen rasend.

Erwartungsvoll blickte sie mich an, und ich starrte zurück. Und ich fragte mich, was zum Teufel ich hier eigentlich machte?! Ich merkte, dass ich offensichtlich zu spät für was auch immer war. Dass in meinem Kopf nur Leere und zäher Nebel existierten.

»*Eh bien*... ich wollte mit Lilou sprechen, aber vielleicht sollte ich lieber ...« *Lieber gehen? Lieber alles vergessen? Lieber so tun, als wäre ich hier nie aufgetaucht?*

»Ach Quatsch, sie ist da. Moment«, die Frau drehte sich um und rief über die Schulter in die Musik hinein: »Luluuuu!«

Den Rest verstand ich nicht. Es war Deutsch, die Worte härter und abgehackter, als ich es gewohnt war. Doch der Spitzname, den sie ihr gegeben hatte, hallte in mir nach. *Lulu.* Die beiden schienen sich ja verdammt gut zu kennen. Ich wollte diesen blöden Stich nicht spüren, doch in dem Moment, in dem ich darüber nachdachte, wurde er nur noch stärker.

»Ganz schön spät für einen spontanen Besuch«, merkte die Unbekannte an mich gewandt an. Es klang nicht unfreundlich, sondern neugierig.

»Es ist … wichtig.«

Der Blick aus ihren dunklen Augen war aufmerksam. Zu aufmerksam. Unschlüssig sahen wir uns an, und dann stand da mit einem Mal Lilou. In einem mit Wassermelonen bedruckten Shirt, das ihr bis zur Mitte der Oberschenkel reichte. Nackte Beine. Die Dreads wurden im Nacken von einem bunten Haarband zusammengehalten. Als ich bemerkte, dass sie keinen BH trug und sich ihre Brüste unter dem Stoff deutlich abzeichneten, biss ich mir auf die Unterlippe und sah zu lang hin. Ich wollte nicht so reagieren, und doch tat ich es.

Die Rothaarige blickte zwischen uns beiden hin und her, dann breitete sich mit einem Mal ein wissendes Grinsen auf ihrem Gesicht aus. Im nächsten Moment verschwand sie in dem Zimmer am Ende des kleinen Flurs und kam kurz darauf, angezogen und die Haare zu einem Zopf geflochten, wieder heraus. Sie umarmte Lilou, flüsterte ihr etwas ins Ohr, dass ich so oder so nicht verstanden hätte. Dann schnappte sie sich den Schlüssel, schob sich an mir vorbei und war verschwunden.

»Das war …«

»… Yuna«, hatte ich inzwischen begriffen – spätestens als mir das Mandala-Tattoo an ihrem Unterarm, das so offensichtlich dem von Lilou glich, aufgefallen war. Da war Erleichterung. Das verblassende Gefühl von Eifersucht.

Unsicher machte ich einen Schritt auf Lilou zu, hielt dann aber doch in der Bewegung inne.

»Können wir reden?«

Lilou verschränkte die Arme vor der Brust.

»Kommt drauf an, worüber du reden möchtest.«

»Darüber, dass ich dich ... geküsst habe«, sagte ich möglichst fest. »Ich möchte mich bei dir entschuldigen, Lilou. Und ich glaube, ich sollte dir etwas erklären.« Ich hatte verdammt noch mal keine Ahnung, wie diese Erklärung aussehen sollte, aber irgendetwas musste ich ja sagen, damit sie mich hereinließ.

Einen Moment sahen wir uns einfach nur an. Dann, endlich: Lilou trat seufzend zur Seite und deutete mit dem Kinn in das Innere der Wohnung. Früher war ich einige Male hier gewesen, als ich Benoît gerade kennengelernt und er noch unter dem Dach gewohnt hatte. Doch obwohl die Möbel dieselben geblieben waren, spiegelte die Wohnung jetzt Lilous Wesen wider: Das ungemachte Bett, ein Berg Klamotten, unordentlich auf einem Sessel aufgestapelt, überall ungewöhnliche Muster und noch mehr Blumen. Dass eine Lichterkette unter einem Tuch dahinter eine der wenigen Lichtquellen des Raums war. Ihre Zeichnungen, die an der Wand hingen. Ich entdeckte das Bild aus dem Jardin du Luxembourg und unendlich viele Ansichten des Himmels. Rosa-, orange- und goldfarbene Wolken. Und ... mich. Lilou hatte das Bild von mir aufgehoben. Alles, was ich entdeckte, war bunt und einnehmend und zeugte von ihrer Lebensfreude.

Unsicher standen wir uns gegenüber und anders als sonst konnte ich dieses Mal nicht in Lilous Gesicht lesen. Da waren die vertrauten grünen Augen, die hellen Wimpern, ihre Lippen, die ich vor einer Woche mit meinen berührt hatte ... Doch was dahinter lag, blieb mir verschlossen.

Ich räusperte mich unbeholfen, und das Geräusch wirkte in der Stille unnatürlich laut. Lilou fragte mich, ob ich etwas trinken wolle und verschwand fluchtartig in die winzige Küche, noch bevor ich die Möglichkeit hatte, etwas zu erwidern. Kurz darauf drückte sie mir ein Glas Wasser in die Hand. Ich hatte keinen Durst, war aber dankbar, mich an irgendetwas festhalten zu können.

»Also, was … was möchtest du mir sagen?« Lilou sah auf eine Art verletzlich aus, wie ich sie noch nicht gesehen hatte. Niedlich mit diesem Wassermelonenshirt, ihren nackten Beinen und den großen Augen, die sie fast kindlich wirken ließen. Sie setzte sich auf die Kante ihres Betts, im Schneidersitz, ich ihr gegenüber.

»Ich hätte dich nicht einfach küssen dürfen«, nervös trank ich doch einen Schluck Wasser, stellte das Glas dann mit zittrigen Fingern auf dem Boden ab. »Ich hätte nicht einfach ohne irgendeine Erklärung abhauen dürfen, und vor allem hätte ich dich danach nicht ignorieren dürfen. Ich war einfach verdammt überfordert von der ganzen Situation, und … dafür will ich mich entschuldigen. Ich hoffe sehr, dass ich damit nichts kaputt gemacht habe.«

»Okay«, meinte Lilou leise und nickte. »Es ist nur: Ich weiß einfach nicht, woran ich bei dir bin, Mignon.« Ganz automatisch rutschte ich näher zu ihr und schob meine Hand in ihren Nacken, weil ich sie auf irgendeine Art festhalten wollte.

»Wolltest du es denn gar nicht?«, fragte ich leise nach, weil ich offenbar alles falsch verstanden hatte. Da war im letzten Moment zwar dieses *Nein* gewesen und das hätte ich definitiv respektieren müssen, aber davor … Wie sie mich angesehen hatte. Die Unendlichkeit in ihren Augen. Ein ganzes Universum, das dort auf mich wartete.

»Ich … ich will … Ich weiß nicht, woran ich bei dir bin«, wiederholte Lilou ihre Worte und senkte für einen Moment die Lider.

»Es tut mir wahnsinnig leid, dass ich eine Grenze überschritten habe. Ich dachte, du willst auch, dass …« Verlegen biss ich mir auf die Unterlippe. Ich hatte keine Ahnung, was ich da tat, spürte nur mein schnell schlagendes Herz und meine feuchten Handflächen. »Ich konnte in diesem Moment an nichts anderes denken, als dich zu küssen. Wenn ich ehrlich bin, dann geht es mir schon länger so, Lilou«, gab ich zu. Vor ihr, vor mir. »Lilou«, sprach ich ihren Namen erneut aus und strich ihr eine Strähne aus dem Gesicht, und dann schmiegte sie ihre Wange ganz unerwartet und vorsichtig in meine Hand, als ich sie schon zurückziehen wollte.

»Mir ging es auch so«, wisperte sie mit einem Mal. »Eigentlich wollte ich, dass du mich küsst.« Ich sah das *Aber* in ihren Augen, noch bevor sie weitersprach. Ich sah eine Geschichte, die sie offenbar noch nicht zu erzählen bereit war. Sah andere Dinge, die hinter ihrem ausgesprochenen *Nein* lagen. »Es ist nur so: Ich ... ich möchte nicht dafür da sein, dass du dich ausprobierst. Ich verstehe, wenn man neugierig ist und seine Grenzen austesten will, aber nicht mit mir, Mignon. Das wird am Ende nur einer von uns wehtun, und ich befürchte, dass ich diejenige sein werde.« Ich sah, wie Lilou schluckte, ehe sie weitersprach: »Ich weiß, dass du nicht auf Frauen stehst, also ...«

Überrascht sah ich sie an. *Sag es ihr, verdammt! Jetzt reiß dich endlich zusammen und rede über das, was du fühlst.*

Sag es!

Sag es!

Sag es!

Mein Herz glühte und dehnte sich in mir aus, ehe ich mich näher zu ihr beugte. Das war reiner Instinkt, das war nur Gefühl. Ich hätte niemals gedacht, dass ich diesen Satz einmal sagen würde, aber ich senkte die Stimme und sprach es aus: »Ich steh vielleicht nicht auf Frauen, aber ich bin mir ziemlich sicher, dass ich auf *dich* stehe.«

Lilou erstarrte und gab ein verdammt bezauberndes Geräusch von sich, irgendetwas zwischen Aufkeuchen und Seufzen, und der leise Klang verstärkte das Brennen in mir. Obwohl ich es spürte, obwohl ich es verdammt noch mal wusste, war es mir schwergefallen, es auszusprechen. Ich hatte dieses Bild von mir im Kopf, ein bisschen etwas aus einem *Film noir*, ein bisschen etwas Mysteriöses, ein bisschen von Sophie Marceau, ein bisschen von Brigitte Bardot – und irgendwie alles zusammen: Ich. Zu diesem Bild hatte keine Frau gehört, die aus dem Nichts auftauchte und mein Leben durcheinanderwirbelte, die mich alles hinterfragen ließ. Und erst recht gehörte dazu nicht, dass mir eine Frau etwas zu bedeuten begann. Doch wenn Träume sich verändern konnten, wie Lilou einmal gesagt hatte, dann konnten es Illusionen wohl auch.

Ihr Gesicht an meiner Hand, meine Fingerspitzen auf ihrer Haut. Ich konnte ihren Blick nicht deuten. Er war grün und tief und bodenlos. Einen Moment zögerte ich, dann sagte ich leise: »Ich bin deinetwegen hier. Nicht weil ich etwas ausprobieren möchte. *Non*, es geht um *dich*. Es ging von Anfang an nur um dich.« Ich straffte die Schultern. »Es wäre gelogen, wenn ich sage, dass es mir egal ist, dass du eine Frau bist. Es ist mir nicht egal. Es verwirrt mich und lässt mich alles mit anderen Augen sehen. Und es macht mir auch … verdammt Angst, weil ich nicht weiß, was es bedeutet. Aber ich denke ständig an dich. Und wenn ich bei dir bin, dann fühle ich mich mehr wie ich selbst als irgendwo sonst …«

Eine gefühlte Ewigkeit lang war es still, dann breitete sich auf Lilous Gesicht ein zufriedenes Grinsen aus. »Du stehst also auf mich …«

Merde, wie konnte es ein einzelner Mensch schaffen, mir auf die beste Art und Weise Sicherheit zu geben und sie zu nehmen, mich noch selbstbewusster und gleichzeitig derart nervös zu machen.

»*Oui*«, ich räusperte mich, »*oui*, ich …«

Lilou

»… steh auf dich.«

Verlegen sah Mignon mich an. Ihre Wangen röteten sich unter meinem Blick und dabei sah sie umwerfend aus. Irgendwie so verletzlich und echt. Da war keine Schminke, nichts, was von ihren faszinierenden Augen und den zwei Muttermalen auf ihrem Wangenbogen ablenkte. Die Haare gewellt und im Nacken zusammengebunden, die weite Jeans und der ausgeleierte Pulli. Ich mochte diese Version genauso gern wie jede andere, vielleicht sogar ein bisschen mehr. Mignon rutschte näher und näher an mich und war dennoch viel zu weit entfernt, und dort, wo ihre Hand federleicht mein Gesicht berührte, brannte meine Haut.

»Ich könnte es dir zeigen«, raunte sie.

»Was denn?«, fragte ich, auch wenn ich ganz genau wusste, was sie meinte.

»Ich könnte dir zeigen, dass ich auf dich stehe«, sagte sie dunkel, und die Stimmung im Raum änderte sich schlagartig. Die Luft zwischen uns begann zu flirren, zu pulsieren, zu beben. Und der Schein meiner Lichterkette fiel sanft auf ihr Gesicht.

»Du könntest mich küssen«, sprach ich es aus und schluckte, als ich sah, wie Mignon sich auf die Unterlippe biss. Ich wollte es, ich wollte es so sehr.

»Ich könnte dich noch einmal fragen, ob du es auch willst.«

»Ich könnte Ja sagen.«

»Wir könnten den anderen Kuss vergessen.«

»Wir könnten so tun, als wäre der hier der erste.«

»Ich könnte dieses Mal nicht davonrennen und mich stattdessen ... auf deinen Schoß setzen«, wisperte Mignon, und dann war sie plötzlich rittlings auf mir. So fest ihre Beine um mich lagen, so leicht lagen ihre Hände an meinem Gesicht. Eine schob sich in meinen Nacken, Fingerspitzen strichen über meinen Haaransatz, und ich seufzte. Ihr Körper passte perfekt auf meinen, so perfekt an meinen.

Stirn an Stirn saßen wir da, und Mignons Atem strich warm und einladend über meinen Mund. Mir wurde ein bisschen schwindelig, als ich ihren Geruch inhalierte.

»Ich könnte dich näher an mich ziehen«, flüsterte ich und ließ meine Hände auskostend über ihren Hintern gleiten, langsam über ihre Hüften bis hin zur Taille. Eine feste, bestimmte Bewegung, und sie rutschte noch enger an mich heran. Ich hielt sie fest, weil meine Gedanken nur noch ihrem bloßen Mund und den Dingen, die er heute gesagt hatte, galten. Süße, schwere Worte darüber, wie sie mich sah. »Ich könnte deinen Hals küssen«, setzte ich unser Spiel fort und ließ meinen Worten Taten folgen. Federleicht, bemüht zurückhaltend. Vereinzelte Haarsträhnen kitzelten mich im Gesicht, als meine Zunge über erhitzte Haut glitt.

»Ich könnte dir sagen, dass mir das gefällt.« Mignons Lippen formten sich zu einem selbstvergessenen Lächeln, sie keuchte leise. Ich zog das Haargummi aus ihren Haaren, ich wollte ihre dunklen Wellen sehen, wie sie ihr Gesicht einrahmten, wollte meine Hände in ihnen vergraben.

»Ich könnte dir sagen, dass *du* mir gefällst«, erwiderte ich und fuhr mit den Lippen die Linie ihres Kiefers nach. Ich seufzte an Mignons Haut, als sie sich an mich drängte und ihre Hände unter mein weites Shirt schob, mit ihren Fingern erst fiebrig über meine Schenkel, dann meine Taille strich. Kühle Hände auf heißer Haut.

»Ich könnte dein Gesicht in meine Hände nehmen«, raunte ich. Meine Daumen an ihren Wangen, meine Finger in ihren offenen Haaren.

»Ich könnte dich küssen«, sagte Mignon dunkel und presste sich gegen mich. Noch stärker, noch enger. Ihre Brüste irgendwo an meinen Brüsten.

»Ich könnte deinen Kuss erwidern.«

Für Sekunden waren wir wie erstarrt.

Ein erster Kuss.

Ein zweiter erster Kuss.

Inmitten von ohrenbetäubender Stille schlugen unsere Herzen, ehe sie sich überschlugen. Und dann prallten unsere Münder aufeinander, unaufhaltsam und vorherbestimmt. Und ich küsste, küsste, küsste Mignon. Ich küsste sie, wie ich niemals zuvor einen Menschen geküsst hatte. Mit meinem ganzen Herzen, dem Herzen mit dem feinen Riss, den ich hier zusammen mit ihr nicht spürte.

Mit der Zunge teilte ich sanft ihre Lippen. Im selben Moment, in dem sie sie für mich öffnete. Sie schmeckte vor allem nach Freiheit und ein bisschen nach Kirschen. Nach Unsicherheiten und nach allen Sicherheiten dieser Welt. Nach Widersprüchen und allem, was ich wollte. Nach Mignon allein, nach ihr echt und roh.

Ich fing ihr Keuchen mit dem Mund auf, lächelte und küsste und liebkoste sie. Alles gleichzeitig. Und als sie meine Unterlippe zwischen ihre Zähne nahm, als ihre Bewegungen drängender wurden, sie ihr Becken ganz leicht auf mir bewegte, ließ ich mich nach hinten auf das Bett fallen und zog Mignon mit mir. Meine Hände um ihre Hüften und ihr Blick unter langen Wimpern. Mein Shirt war bis über den Bauchnabel hochgerutscht. Wahrscheinlich zeichneten sich meine aufgerichteten Nippel deutlich unter dem Stoff ab, und o Gott, es machte mich wahnsinnig, wie Mignon mich ansah. Wie die größte Verführerin, wie der unschuldigste Engel.

Ihre Hände krallten sich in meine Dreads, als unsere Lippen erneut aufeinandertrafen, wild und ungezügelt dieses Mal. Dieser Kuss war anders als der auf den Stufen vor dem Haus. Dieses Mal nahmen wir uns Zeit. Erkundeten unsere Münder mit Zähnen und Lippen, waren mal sanft und dann doch wieder ungeahnt roh und grob. Es waren Tausende Küsse, die auf noch mehr Arten erregend waren. Zusammen mit ihr fühlten sie sich an wie ein Stück Unendlichkeit. Das beste Stück Himmel.

Als wir uns schwer atmend voneinander lösten, flackerte in Mignons Augen etwas Dunkles auf. Sie ließ ihre Finger höher und höher wandern, strich über den Ansatz meiner Brüste, und ich war so erregt, war so geladen und stöhnte gegen ihre Lippen, konnte das Pulsieren zwischen meinen Beinen nicht länger ignorieren. Ich wölbte den Rücken, hätte am liebsten ihre Hände geführt, hätte am liebsten meine eigenen unter ihren Pulli geschoben. Tief, um sie überall zu berühren. Da war nur noch drängende Begierde, doch ich spürte instinktiv, dass das nicht der richtige Moment dafür war. Es gab zu viel zwischen uns, was ungeklärt war, und ich würde nicht dieselben Fehler noch einmal machen. Nicht bei dieser betörenden Frau.

»Wir sollten … langsam machen. Yuna ist sicher bald wieder da und wenn du mich so ansiehst …«, stieß ich hervor und holte tief Luft, »… vergesse ich mich.« Ich griff möglichst bestimmt nach ihren Handgelenken. »Und dann …«

Mignons Augen blitzten. Sie drückte ihre Lippen ein letztes Mal auf meine und kostete die Berührung ganz aus, bevor sie sich von mir herunterrollte. Glücklicherweise machte sie aber keine Anstalten, sich ganz von mir zu lösen. Ihr Gesicht an meinem, die Beine ineinander verschlungen.

»Mich würde schon interessieren, wie genau es aussieht, wenn du dich vergisst«, raunte sie. Dann schlug Mignon auf einmal die Augen nieder, schien ebenso überrascht von der Wendung dieses Abends zu sein wie ich. Ich legte einen Finger unter ihr Kinn und hob es an, um sie ansehen zu können.

»Was ist los?«, fragte ich vorsichtig.

»Es ist nur … *mon dieu* …«, sie schien nach den richtigen Worten zu suchen. »Ist es okay, wenn wir das nicht zerreden und abwarten, was passiert? Und es erst einmal für uns behalten?«

Nein, das ist nicht okay, hätte ich am liebsten gesagt. *Nein, ich ertrage es nicht noch einmal, nicht zu wissen, woran ich bin*, hätte ich am liebsten erwidert. Stattdessen ließ ich zu, dass sie ihr Gesicht an meinem Hals vergrub und sich an mir festhielt. Und ich sagte, dass es in Ordnung wäre. Sie war nicht wie Vera, war es nie gewesen. Es war nicht fair, ihr die Dinge vorzuwerfen, die eine andere Frau getan hatte. Es war nicht fair, meine Angst auf sie und ihr Handeln zu projizieren, und doch ließ dieses beklemmende Gefühl mich nicht ganz los.

»Lilou?«

»Ja?«

»*Merci.*«

Mignon schlang ihre Arme noch fester um mich, und ich hoffte inständig, dass die Zeit, die mir blieb, reichen würde. Die Gewissheit traf mich vollkommen unvorbereitet und zugleich war es mir längst klar: Ich hatte mich unwiderruflich in sie verliebt.

12. Kapitel

Lilou

Yuna war ziemlich bald zurückgekommen und Mignon gegangen. Es war seltsam gewesen, die beiden einen Moment nebeneinander an der Tür stehen zu sehen. Das wissende Grinsen auf dem Gesicht meiner besten Freundin, die unübersehbare Röte auf Mignons Wangen, die mich immer noch ganz kribbelig machte. Yuna und ich waren todmüde ins Bett gefallen, doch dann lagen wir noch ewig wach. So wie auch sonst immer hatten wir aneinandergekuschelt dagelegen und uns unsere Geheimnisse anvertraut. Meins war Mignon, waren ein erster und ein zweiter erster Kuss, der mir den Atem geraubt und Vera verdrängt hatte. Endlich, endlich, endlich wusste meine beste Freundin alles.

Als am nächsten Tag mittags der Wecker klingelte, bekam ich die Augen nur schwer auf. Wir quälten uns aus dem Bett und brachen nach einem bis zum Rand gefüllten Becher Kaffee zum Lux auf. Ich hatte Yuna vorgeschlagen, dass sie sich während meiner Schicht ein bisschen etwas von Paris ansehen könnte und wir uns danach treffen würden, um irgendwo zum Abendessen zu gehen. Doch sie hatte darauf bestanden, mich zu begleiten, schließlich hätten wir uns ja eine Ewigkeit lang nicht gesehen. In einem veganen Café, das Yuna auf TripAdvisor entdeckt hatte, holten wir uns auf dem Weg knusprige Croissants und zwei weitere Becher Kaffee.

Als die Besucher alle ihre Plätze eingenommen und ich die Filme eingelegt hatte, machten wir es uns mit unserem Frühstück an einem Tisch in der Sitzecke im Eingangsbereich bequem. Ich saß so, dass ich die Tür gut im Blick hatte und nippte immer noch müde an meinem Getränk. Yuna warf ihre knallroten Haare zurück und machte ein Selfie von uns. Das Strahlen in ihren schwarzen Augen war nicht nur für das Foto gewesen, das sie dann auf Instagram in ihrer Story teilte, es war echt.

Ich bat Yuna, mir das Foto zu schicken und leitete es zusammen mit einer kurzen Nachricht an Papa weiter.

»Ich hab dich schrecklich vermisst«, sagte Yuna, als wir beide unsere Handys wieder weglegten. »Ich glaube, wir haben uns noch nie so lang nicht gesehen.«

»Bleib hier«, schlug ich halb im Scherz vor und sie lächelte, als sie erwiderte: »Das werden grandiose zwei Wochen.«

»Wir können ein Abenteuer erleben.«

»Wir können sogar ganz viele erleben.«

»Tut mir übrigens leid, dass du gestern das Gefühl hattest, gehen zu müssen.« Ich hatte ein schlechtes Gewissen, weil Yuna sich an unserem ersten gemeinsamen Abend genötigt gesehen hatte, die Wohnung zu verlassen. Andererseits war das einfach ihre Art. Aufmerksam und ent-gegenkommend zu sein, ohne etwas dafür zu erwarten.

»Das war nicht nur ein Gefühl, Babygirl«, fast schon belustigt schüt-telte sie den Kopf. »Ich habe doch gemerkt, wie ihr euch angesehen habt.«

»Ich bin eben schlecht darin zu verstecken, was in mir vorgeht«, sagte ich hin- und hergerissen.

»Da kann ich dir jetzt nicht widersprechen.« Yuna biss von ihrem Croissant ab, dann fügte sie grinsend hinzu: »Außerdem waren Mignons Haare super zerzaust, und sie sah ein bisschen … mitgenommen aus. Ich hoffe, ihr habt es nicht in dem Bett getrieben, in dem ich jetzt zwei Wochen lang schlafe.«

Ich rollte mit den Augen. »Soll ich dich an die Geschichte mit Alex erinnern?«

»Okay, schon gut«, Yuna verzog das Gesicht. »Lassen wir das.«

Ich musste lachen. »Bist du dir sicher? Ich würde wahnsinnig gern in Erinnerungen schwelgen. Vor allem dieser Moment, als ...« Sie hatte Glück. Wir wurden von einem älteren Mann unterbrochen, der spät dran war, aber trotzdem noch ein Ticket für einen der gerade laufenden Filme kaufen wollte. Als er auf seinen Stock gestützt im Saal verschwunden war und ich mich wieder zu Yuna setzte, blickte sie mich mit einem Mal ernst an. Die Augen waren ruhig, während sie im Rhythmus der im Hintergrund laufenden Jazz-Playlist hin und her wippte. »Mignon ist hetero, oder?«

Innerlich stöhnte ich auf. Diesen Punkt hatte ich in unserem Gespräch gestern bewusst ausgelassen. Ich wollte einfach nicht darüber nachdenken, ich wollte nicht darüber reden und es schon gar nicht auseinandernehmen.

»Ja.«

»Aber ist das dann eine gute Idee?«

»Ich weiß es nicht. Ich meine, klar, sie steht auf Männer, sie denkt es zumindest, aber ...« Mignon stand auf mich, sie wollte mich – das hatte sie mir gesagt, das hatte sie mir gezeigt. Natürlich machte es mir Angst, schon wieder jemandem zu verfallen, der heterosexuell war oder es zumindest glaubte zu sein. Weil es ein Hindernis war, das ich nicht würde überwinden können. Andererseits glaubte ich an die Liebe und noch mehr an die Liebe zwischen Menschen. Ich glaubte an Ausnahmen, an besondere Fälle, an die Einzigartigkeit von Zuneigung, an ungewohnte Wege. Ich glaubte an das mit uns. Irgendwie.

»Gibt es wirklich ein Aber?« Yuna schaute mich besorgt an. Dem Blick ihrer dunklen Augen blieb kein Geheimnis meiner Seele verborgen. Sie war immer schon dieser Mensch gewesen, der tief in mich hineinsehen konnte. »Hör mal, ich will einfach, dass du glücklich bist, okay? Und wenn du ein Abenteuer für deine restliche Zeit hier willst, dann bin ich die Letzte, die dir sagt, dass du es nicht genießen und ein bisschen Spaß haben sollst. Aber ich kenne dich und bin mir sicher, dass du dich schon längst in sie verliebt hast. Nicht wegen der Art, wie du sie ansiehst, sondern wegen der Art, wie du über sie redest. Versprich mir einfach, dass du nichts überstürzt und auf dich aufpasst. Wenigstens das, okay?«

Ich schluckte. Yuna hatte recht, sie hatte eigentlich immer mit einer beängstigenden Präzision recht.

»Okay. *Aber*«, dieses Mal betonte ich das Wort ganz bewusst, »da ist etwas zwischen uns. Das hast du selbst gesagt, zumindest so ähnlich. Und ich weiß, dass das bestimmt nicht leicht wird und ich Mignon Zeit geben muss, aber ich bin mir sicher, dass sie auch etwas für mich empfindet. Das hier ist anders als mit Vera. Es ist echter und bedeutet so viel mehr. Und … das klingt jetzt vielleicht seltsam, aber ich denke ständig, ich müsste in meinem Leben diese eine Sache suchen und an manchen Tagen drehe ich fast durch, weil ich das Gefühl habe, ihr nicht näherzukommen. Aber wenn ich bei Mignon bin, dann sehe ich plötzlich ganz klar, wie wunderschön alles ist – auch ohne diese Sache. Mignon sieht *mich* und ohne etwas zu tun, zeigt sie mir, dass ich alles habe.«

Ich holte tief Luft. Ich hatte nicht vorgehabt, all diese Dinge zu sagen – doch das änderte nichts daran, wie wahr sie waren.

»Okay, scheiße. Dich hat es echt ordentlich erwischt.« Yuna schob sich den letzten Bissen ihres Croissants in den Mund und musterte mich. »Ach, Lulu. Mignon kann froh sein, dass ihr jemand mit einem so bunten und großen Herzen wie deinem einen Platz in seinem Leben geben will.«

Natürlich konnte ich die Angst nicht ganz abschütteln. Angst, dass Mignon noch nicht wusste, was sie da tat. Dass das mit mir, wohin es auch führen sollte, etwas vollkommen Neues für sie war und sie deshalb überfordern würde. Angst, dass mein Herz es nicht überleben würde, sollte sie merken, dass sie nur neugierig auf etwas anderes gewesen war.

Aber das Herz verlangte, wonach es verlangte. Es ersehnte, was es ersehnte. Und in meinem Fall war das unumgänglich Mignon, in all ihrem Sein.

In den nächsten Tagen zeigte ich Yuna all die Orte, die ich in Paris entdeckt hatte – nur die Brücke am Seineufer hinter dem Jardin des Plantes, auf der ich mit Mignon getanzt hatte, ließ ich aus. Und weil Yuna es sich so sehr wünschte, machten wir auch richtiges Sightseeing. Es war das erste Mal, dass ich mich in meinem neuen Zuhause wie eine Touristin fühlte, und es war neu und aufregend zugleich. Yuna kaufte Tickets für eine Stadtrundfahrt. Wir saßen ganz vorn auf einem Doppeldeckerbus mit blau-weiß-rot-gestreiften Linien an den Seiten, Wind fuhr uns durch die Haare, und verfärbte Blätter trieben in der Seine. Wir starteten an Notre Dame, fuhren durch Saint-Germain-des-Prés und über den Pont du Sully, vorbei am Palais Royal und dem Louvre, über den Pont Neuf, dann am Musée d'Orsay entlang, über die Champs-Élysées, umrundeten den Arc de Triomphe und warfen schließlich noch einen Blick auf den Eiffelturm.

Unsere Tage waren voll und bunt und laut. Wir waren überrascht, wie klein das Bild der Mona Lisa in Wirklichkeit war, schoben uns Schulter an Schulter mit anderen Leuten durch *Shakespeare and Company* und kamen gar nicht richtig dazu, nach Büchern zu stöbern. Auf der Aussichtsplattform gegenüber dem Eiffelturm, Metrostation Trocadéro, machte ich ein Foto von Yuna. Sie trug eines ihrer abgefahrenen Tokyo-Streetwear-Outfits und lud das Bild direkt auf *itsyunababy* hoch. Sie begleitete mich ins Lux, und manchmal sahen wir uns dort nach den Schichten Filme an. Abends lagen wir unter meinem Apfelbaum, obwohl es dafür inzwischen eigentlich längst zu kalt war, und am Samstagabend lernte Yuna endlich BÉJOM kennen. Es war *Nuit Blanche*, die Nacht, in der ganz Paris nicht schlief. Die Metro fuhr die ganze Nacht, Paris pulsierte zwischen Dunkelheit und Neonfarben,

und überall wurde zeitgenössische Kunst in all ihren Facetten ausge-
stellt. Künstler aus der ganzen Welt ermöglichten einen neuen Blick auf
die Stadt, die sich strahlend und bunt unter einem schwarzen Himmel
erstreckte. Und mittendrin Mignon mit nachdenklichen Augen, die
aufklarten, sobald sich unsere Blicke trafen oder Hände streiften.

Plötzlich zog Yuna mich beiseite.

»Ich weiß jetzt, was du meinst«, flüsterte sie mir zu. Ihr Blick und
ihre Stimme waren ganz ruhig, während ihre Hände unablässig mit
ihren langen Haaren spielten. »Mignon ist so was von verknallt in dich.«

Mein Herz fiel.

Ich wollte etwas erwidern, doch genau in diesem Moment sah Mignon
wieder in meine Richtung, ganz so, als hätte sie uns über die Entfernung
gehört. Ich hatte längst die Orientierung verloren, hatte keine Ahnung,
wo wir waren, ob noch im Quartier Latin oder längst einem anderen Viertel. Dicht an dicht standen die Menschen auf dem großen
Platz, irgendwo spielte Musik. Émilie auf Benoîts Schultern, Jules mit
einem Arm um Oceane, sie alle lachten, unterhielten sich angeregt, doch
Mignon sah mich einfach nur an und in ihren Augen lagen Abgründe,
die mich dazu trieben, sie eine halbe Stunde später in einem Hauseingang um den Verstand zu küssen, als die anderen abgelenkt waren. Mignon
schwankte auf ihren hohen Schuhen und klammerte sich an mir fest.
Jedes Mal, wenn ich mich von ihr lösen wollte, zog sie mich mit einem
sirenenhaften Lächeln erneut an sich und ließ ihre Zunge in meinen
Mund gleiten. Als wir wieder zu den anderen stießen, biss sie sich unter
Yunas amüsiertem Blick auf die Unterlippe. Ein Anblick, den ich auf
niedliche Art anziehend fand.

Und auch danach stahl ich mir Küsse und Berührungen, wann immer
sich mir die Gelegenheit bot. Meistens in der WG in der Rue des Étoiles,
wo Yuna und ich an den folgenden Abenden oft mit den anderen in der
Küche zusammensaßen. Mit Émilie, Oceane und Mignon unterhielt sie
sich angeregt über das Neueste aus der Fashionszene, mit Benoît und

Jules alberte sie herum wie mit Kaito. An einem Abend machte sie für uns alle ihr berühmtes veganes Curry, das ich schon vermisst hatte. Es schmeckte nach zu Hause und ich fand es schön, Yuna hier zu haben. Zwei meiner Welten vereint in einer.

Und dann war es plötzlich schon Mitte Oktober und zwei Wochen wie im Flug vergangen. Unvorstellbar, dass ich nächsten Sommer nach München zurückkehren und Yuna nicht mehr im Haus nebenan wohnen würde. Schweigend fuhren wir mit der Metro zur Gare de l'Est, von wo der Zug zurück in ihr neues Leben ging. Zu Jona und Maxi und ihrem bevorstehenden ersten Tag an der *Design Akademie*. Yunas Kopf ruhte während der zwanzigminütigen Fahrt auf meiner Schulter, rote Haarsträhnen kitzelten mein Gesicht. Wir teilten uns meine Kopfhörer, hörten *Finally* von Ro und nahmen uns fest vor, nächstes Jahr in einen der Berliner Klubs zu gehen, in denen der aufstrebende DJ auflegte. Und dann drifteten meine Gedanken ab und wieder hin zu einer ganz bestimmten Frau. Ob ich sie heute Abend zu mir einladen sollte? Wir könnten zusammen kochen, ewig wach bleiben, reden, uns küssen …

Yuna durchbohrte mich mit ihrem Ich-weiß-genau-woran-du-gerade denkst-Blick, und ich grinste zurück.

Als wir am Gleis standen, wurden wir wie auf einen Schlag wieder ganz still und ernst.

»Lulu?« Sie zog mich in die allerfesteste Umarmung. »Wenn dein Jahr hier vorbei ist, dann besuchst du mich in Berlin?!«

»Sofort, Yuna. Ich komme dann sofort«, erwiderte ich, doch in diesem Moment fühlten sich die Worte zum ersten Mal ein bisschen falsch an. Benoît, Émilie, Oceane und Jules. François und ein bisschen auch Renée. Die alte Frau, die fast jeden Tag die Notre Dame malte. Und über allem Mignon, Mignon, Mignon. Schon jetzt schmerzte der Abschied, der nächsten Sommer auf mich zukommen würde. Doch dieser Abschied hier und jetzt schmerzte ebenso.

Als der Zug langsam anrollte, sah ich Yunas Lächeln hinter der Scheibe und ihr Lippenpiercing die Sonne reflektieren. Und wie immer, wenn wir nicht zusammen waren, nahm sie einen kleinen Teil von mir mit. Nahm etwas von mir zurück nach Deutschland.

Zurück unter dem Dach räumte ich das Chaos auf, das Yuna und ich in den vergangenen zwei Wochen in meiner winzigen Wohnung verursacht hatten. Wie immer hatte sie gefühlt die Hälfte ihrer Sachen vergessen, sie flogen überall herum und es war mir schleierhaft, wie sie das bei unserem Aufbruch hatte übersehen können. Bevor ich den Stapel in die Kommode im Flur räumte, machte ich ein Foto davon und schickte es ihr. Ich lachte leise auf, doch gleichzeitig war da das Vermissen, weil Yuna doch gerade noch in Paris gewesen war.

Da vibrierte mein Handy.

Papa rief an, ganz so, als hätte er gespürt, dass mich mit Yunas Abreise auf einen Schlag geballtes Heimweh in der Magengegend traf – dabei fuhr sie ja gar nicht Richtung München. Sie hatte jetzt ein neues Leben, genauso wie ich.

»Na, Kleines? Hattet ihr zwei eine schöne Zeit?«, fragte Papa direkt. »Ich habe in Yunas Story gesehen, dass sie auf dem Weg nach Berlin ist.«

Das war also gar keine übernatürliche Vater-Tochter-Verbindung, sondern lediglich eine App, aber immerhin hatte er angerufen.

»Ich finde es echt komisch, dass du Instagram hast und dort auch noch meinen Freunden folgst.« Ich verzog das Gesicht, was Papa glücklicherweise nicht sehen konnte.

»Na, hör mal. Ich bin immer noch in meinen Dreißigern und ein moderner Mann. Einer der Referendare hat mir von Tinder erzählt, und ich habe mir schon überlegt, ob ich nicht –«

»O mein Gott, Stopp!«, ging ich dazwischen, auch wenn ich mir ziemlich sicher war, dass er gerade nur Witze machte.

»Die Schüler lieben mich übrigens, weil ich wirklich cool bin. Du bist die Einzige, die das offenbar anders sieht.« Papa lachte.

»Die Schüler lieben dich, weil du kaum Hausaufgaben aufgibst«, sagte ich trocken.

»Manchmal weiß ich nicht, ob ich auf dich stolz sein soll, weil du so eine großartige und schlagfertige junge Frau geworden bist, oder ...«, Papa hielt inne, und ich glaubte das Grinsen in seiner Stimme zu hören, »... oder vielmehr auf mich selbst, weil ich das als dein Vater wirklich wahnsinnig gut hinbekommen habe.«

Jetzt grinste auch ich, und das Heimweh fühlte sich ein bisschen weniger schlimm an.

Da!

Es war genau wie früher. Dass wir uns gegenseitig aufzogen, dass wir gemeinsam scherzten und lachten. Kleine Schritte. Und er hatte recht: Er war ein verdammt cooler Vater. Ich liebte ihn und seinen Humor, und doch hatte ich manchmal Angst, dass er wieder anfing mich zu erdrücken, wenn ich mich zu frei fühlte.

»Wie war es denn jetzt mit Yuna?«, kam Papa auf die Frage vom Anfang zurück. Ich stellte das Handy auf Lautsprecher und machte mir einen Tee, während ich ihm von den vergangenen zwei Wochen erzählte. Mit der dampfenden Tasse in den Händen setzte ich mich in meinen senfgelben Sessel vor den Fenstern und sah über Paris' Dächer.

»Gerade fühlt es sich so an, als würden zwei Herzen in meiner Brust schlagen«, schloss ich schließlich. »Es ist schwer zu erklären. Es ist, als hätte ich doppeltes Heimweh. Heimweh nach zu Hause. Und jetzt schon Sehnsucht nach Paris, weil die Zeit so rasend schnell vergeht.«

»Aber ist das nicht ein gutes Zeichen?«, meinte Papa mit ein bisschen Wehmut in der Stimme. »Das bedeutet letztendlich doch, dass du die richtige Entscheidung getroffen hast. Manchmal kann man auch an mehreren Orten zu Hause sein, weißt du.«

»Ja, aber es ist ja nicht nur das. Manchmal habe ich mich so hin- und hergerissen gefühlt, und das geht mir immer noch so. Ich stehe zwischen zwei Ländern, zwischen *Maman* und dir, zwischen zwei Familien, von denen ich nur eine kenne.«

Ich seufzte. Es waren Momente wie diese, in denen ich infrage stellte, ob ich überhaupt jemals so richtig wissen würde, wer ich war, wenn doch die Hälfte der Dinge, die mich ausmachten, wie ein blinder Fleck waren.

»Weißt du noch, als du mir erzählt hast, dass du pan bist?« Ich lachte auf und bejahte. Natürlich erinnerte ich mich, schließlich hatte ich kurz vorher gedacht, ich müsste vor Nervosität sterben. Noch immer glaubte ich mein rasendes Herz, meine feuchten Handflächen und Papas abwartenden Blick auf mir zu spüren. »Damals hast du mir gesagt, dass dich das nicht definieren würde und du für mich immer noch dieselbe Tochter bist. Meinst du nicht, dass es sich damit dann vielleicht ähnlich verhält? Wenn deine sexuelle Orientierung nichts an dir ändert, weshalb sollte die Zugehörigkeit zu einem Land, zu einem Volk oder einer Familie es dann tun?!«

Ein leichtes Lächeln legte sich auf meine Lippen. Einfach nur, weil es immer normaler wurde, über diese Dinge zu sprechen.

Maman, Frankreich, Paris.

»Du hast recht. Es ist nur ...«, ich versuchte die richtigen Worte zu finden. »Als ich mich geoutet habe, hatte ich viel mehr das Gefühl, die Kontrolle darüber zu haben. Ich hatte Zeit, mir zu überlegen, welches Label am besten zu mir passt und ob ich überhaupt eins möchte. Ich konnte entscheiden, wann und ob ich es dir sage. Auf welche Art und Weise ich es dir sage. Es mag sein, dass meine französischen Wurzeln nichts an mir ändern, aber das ist etwas, bei dem mir alle Entscheidungen irgendwie ... abgenommen worden sind. Deshalb fühle ich mich hilflos.«

Ich pustete auf den immer noch heißen Tee in meinen Händen und nahm vorsichtig einen ersten Schluck, das Handy lag mit dem Display nach oben auf der Lehne des Sessels. *Hilflosigkeit* war in diesem Zusammenhang wahrscheinlich wirklich das beste Wort, weder mit einer negativen noch einer positiven Bedeutung. Einfach nur Hilflosigkeit.

»Ich wünschte, ich könnte dir dieses Gefühl nehmen und es dir leichter machen«, sagte Papa sanft, »nur ist mir das leider nicht möglich. Manchmal frage auch ich mich, ob ich Elodie eigentlich wirklich gekannt habe, so wenig wie ich eigentlich über sie weiß. Aber unabhängig davon bin ich mir bei einer Sache ganz sicher, Lilou: Du bist eine wunderbare junge Frau, und du wirst deinen Weg finden – auf die ein oder andere Art und Weise.«

»Danke«, ich schluckte gerührt. »Es ist schön, dass wir darüber sprechen können.« Zwischen den Zeilen sagte ich außerdem: *Es ist schön, dass du dir solche Mühe gibst.*

»Sehr gern, Kleines.«

»Und Paps?«

»Ja?«

»Du bist nicht nur ein cooler Lehrer, weil du so wenig Hausaufgaben aufgibst, sondern auch, weil du ein guter Zuhörer bist und die richtigen Sachen sagst.«

Mignon

»Und, was meinst du?«, fragte ich atemlos in die Stille hinein, in der nur Lilous leises Atmen zu hören war.

Ich hatte das Handy zwischen Ohr und Schulter geklemmt, weil meine Hände mit einem Mal ganz schwitzig geworden waren. Schnell wischte ich sie an meinem Kleid ab, bevor ich das Telefon wieder in die Finger nahm und die Zimmertür mit dem Ellenbogen schloss. Die High Heels, die ich in der anderen Hand hielt, stellte ich zu den übrigen unter die Kleiderstange. Es war dunkel, doch ich verzichtete darauf, nach dem Lichtschalter zu tasten. Alles drehte sich ein bisschen. Das waren die vielen Cocktails, die ich getrunken hatte, und das schwache Licht der Laternen vor dem Haus war genau richtig.

»Wieso rufst du mich mitten in der Nacht an?«, stellte Lilou mir eine Gegenfrage. Ihre Stimme klang kratzig und weit entfernt. Ich warf einen Blick auf die Uhr in meinem Zimmer. *Mon dieu*, halb fünf morgens. Natürlich hatte sie geschlafen. Während ich mit Oceane und Émilie erst in einer Bar und dann einem Klub gewesen war, hatte sie im Lux gearbeitet und sich danach noch mit Benoît und Jules zum Essen getroffen.

»Na, um dich das zu fragen, was ich dich gerade gefragt habe«, erklärte ich.

»Du hast mich überhaupt noch nichts gefragt, Mignon«, murmelte Lilou verwirrt.

Ich hielt inne, selbst ein bisschen durcheinander.

»Aber ich hatte es vor«, sagte ich vehement und ignorierte das Hüpfen meines Herzens bei der Art, wie sie meinen Namen ausgesprochen hatte.

»Kann es sein, dass du betrunken bist?«

»Höchstens ein kleines bisschen.«

Lilou lachte heiser. Gott, ich hatte sie vermisst, ich hatte sie so vermisst. Erst die zwei Wochen, in denen Yuna da gewesen war – wenn wir uns gesehen hatten, dann immer in der Gruppe, immer nur furchtbar kurze Augenblicke zu zweit. Danach die FIAC, die die gesamte *Sauvage* auf Trab gehalten hatte, und wegen der ich zu Überstunden gezwungen gewesen war.

Also hatte ich auch während dieses Abends an unsere heimlichen Küsse der letzten Wochen denken müssen: Nachts irgendwo im Dunklen in einer Metrostation an *unserer* Brücke, gestohlene Momente auf meinem Himmelbett mit ihren weichen Händen unter meinem Kleid. Von Tag zu Tag war da mehr Begierde, wurde die Sehnsucht stärker und ich süchtig nach Lilous Berührungen, ihrem leisen Stöhnen an meinem Mund. Sie wusste genau, was sie tat, und doch war da diese Grenze, die sie nie überschritt. Wir wurden stürmischer, drängender, doch wir gingen nie weiter.

Wegen ihr lief ich anders durch die Stadt. Jedes Mal, wenn ich eine Frau ansah, weil mir eins ihrer Kleidungsstücke besonders gut gefiel oder die Art, wie sie ihr Haar trug, hinterfragte ich meine Empfindungen. War es dabei in den vergangenen Jahren in Wahrheit immer um etwas anderes gegangen? War ich eigentlich doch lesbisch? Sah ich diese Frauen deshalb länger als nötig an? Doch wenn ich mir vorstellte, sie zu küssen, dann war da nichts. Dann war da nicht dieses Brennen, das ich empfand, wenn ich dran dachte, wie Lilou ihren Mund auf meinen legte. Nicht dieses Verlangen, das mich umtrieb, das mich von der Arbeit ablenkte und mich nur den nächsten Moment herbeisehnen ließ, in dem ich wieder in ihren Armen versinken konnte.

»Mignon?« Lilou gähnte leise. »Sagst du mir jetzt, wieso du angerufen hast?«

»*Oui*, äh … natürlich.« Nur langsam klärten sich meine Gedanken wieder. Auf dem Weg nach Hause hatte ich meine Idee grandios gefunden, alles war mir ganz klar erschienen, doch jetzt war da wieder zäher Nebel hinter meiner Stirn. Mit einem schweren Seufzen ließ ich mich nach hinten aufs Bett fallen. Ich zählte: Eins, zwei, drei. Zählte noch einmal, nur zur Sicherheit, und dann fragte ich: »Hast du vielleicht Lust, mit mir in die Bretagne zu fahren? Nach Saint-Loan?« Da. Ich hatte sie gefragt. Dieses Mal war ich mir ganz sicher, dass ich es wirklich ausgesprochen hatte. »Also nächste Woche?«

Würde Lilou mich begleiten, müsste ich mich dem, was *Grand-Mère* mir verheimlichte, nicht alleine stellen. Wir hatten noch zweimal telefoniert, doch sie war nicht näher darauf eingegangen, weshalb ich vor Weihnachten so unbedingt nach Hause kommen sollte. Was auch immer es sein mochte, Lilou wäre da. Aber eigentlich ging es mir darum, dass ich gern herausfinden würde, was das mit ihr und mir war. Wie tief meine Gefühle tatsächlich reichten, wenn ich keine Angst hatte. Doch hier in Paris konnte ich das nicht richtig, nicht so wie am Meer, wo ich frei war. Dort, wo niemand uns beide zusammen kannte, wo sich keiner einmischen würde. Ohne vor meinen Freunden so tun zu müssen, als wären wir … gute Freundinnen. Wir hätten das Haus für uns allein und die Chance, *wirklich* Zeit miteinander zu verbringen. Ohne ein Versteckspiel, das leider Gottes notwendig war, da sowohl das Sich-weiter-Öffnen, als auch dieses Öffentlichmachen mich ängstigte und ich ihr am Ende nicht das Herz brechen wollte. Sie mitzunehmen bedeutete, ihr etwas von meinem Innersten zeigen zu können, ohne es richtig zeigen zu müssen.

»Lilou?«, fragte ich vorsichtig nach. *Bitte sag Ja*, dachte ich, *ich will deine Dreads im Meereswind fliegen sehen.*

»Und deshalb rufst du mich an? Du hättest mich das doch auch morgen fragen können.« Und mit einem Mal war ich nicht mehr die Coole. Sie war es ganz offensichtlich. Pocahontas.

»*Oui*, aber du sagst doch, ich soll spontaner sein und im Moment leben. Das war eine ultraspontane Frage.« Mehr oder weniger.

»Okay.«

»Und okay bedeutet …?«

Ich hätte jetzt gern Lilous Gesicht gesehen, weil ich darin immer so viele Antworten entdeckte.

»Okay wie: *Okay, ich fahre mit dir in die Bretagne.*«

Oh. Das war leicht gewesen. Wieso zur Hölle waren meine Gefühle so kompliziert und diese Sache mit Lilou gleichzeitig so unglaublich leicht?

»Vorausgesetzt, dass Renée mich meine Tage tauschen lässt«, fügte sie schläfrig hinzu, und ich bildete mir ein, dass ihre Stimme auch ein bisschen atemlos klang. Schon wieder drehte sich alles ein bisschen, dieses Mal aber nicht wegen der Cocktails.

»Mignon?«

»Hmm?«, seufzte ich und sah uns schon am Meer. Schmeckte Küsse voller Salz und Wind.

»Jetzt, wo wir das geklärt haben ... Kann ich jetzt weiterschlafen?«

»Äh ... natürlich. *Bonne nuit*, Lilou.«

»Gute Nacht.« Dann war ich wieder allein. Ich schaffte es gerade noch, Zähneputzen zu gehen. Danach fiel ich erschöpft auf mein Bett und schlief sofort ein. Und mein letzter Gedanke galt dieser Unendlichkeit an Möglichkeiten, die uns bevorstand.

Chacun est l'artisan de sa fortune.

Jeder ist seines Glückes Schmied.

13. Kapitel

Lilou

Als wir Paris am Mittwoch immer weiter hinter uns ließen, lief im Autoradio *Wild Girl* von Zeck. Die Fenster waren heruntergelassen und der Wind kalt, doch ich hatte Mignon gebeten mir zu vertrauen, denn das war eines dieser Dinge, die sich nach Lebendigkeit anfühlten. Ich hatte meinen Haarknoten gelöst, um den Wind in meinen Dreads zu spüren. Blau und grün zogen die Schilder an uns vorbei, während ich laut und wahrscheinlich ziemlich schief mitsang.

»Du musst mitmachen!«, forderte ich Mignon auf.

»Wieso?«

»Das ist eine blöde Frage.«

»Das ist eine blöde Antwort auf eine blöde Frage.«

Ich seufzte. »Na, du sollst mitsingen, weil es Spaß macht. Nicht nachdenken, Mignon, einfach machen.« Sie warf mir einen Blick zu, erhobene dunkle Braue und ernste Augen unter dunklen Ponyfransen. »Außerdem gehört das zu einem Roadtrip dazu«, fügte ich hinzu. »Und wage es ja nicht, mir jetzt zu sagen, dass vier Stunden kein richtiger Roadtrip wären.«

Mignon sah weiterhin konzentriert auf die Straße vor uns. Ihre Lippen formten sich zu einem Grinsen, dann begann sie mit mir zu singen. Erst leise und kaum hörbar, dann immer lauter und kräftiger. Mir gefiel, dass ihre Stimme dabei noch rauchiger klang als beim Sprechen. *All there is, the world is gonna give. Look out at the sea, there's your whole life.* Passender konnte ein Lied kaum sein.

Sogar wenn sie Auto fuhr, war Mignon anmutig. Wie sie das Lenkrad entspannt mit den Fingern umschloss. Sie strahlte aus, dass sie alles im Griff hatte, auf diese coole und überhaupt nicht angestrengte Art. Ich sah auf die Straße, um sie nicht ständig so offensichtlich anzustarren. Vor Monaten in diesem Zug hätte ich nicht gedacht, dass mich meine Reise hierherführen würde. Aber genau das Unerwartete war es gewesen, was ich mir erträumt hatte. Unbekanntes und Dinge, die ich mir nicht hatte ausmalen können.

Jemanden wie *sie* hätte ich mir niemals ausmalen können.

Auf halber Strecke hielten wir an einem *Restoroute*, einem Rasthof am Rand der Autobahn. Wir holten uns Pommes und zwei große Becher Cola bei McDonalds. Gelb und rot gestreift glänzten die Strohhalme in der Sonne, die immer wieder zwischen den Wolken hervorschaute. Wir lehnten nebeneinander an der Motorhaube, und Mignon tauchte ihre Pommes abwechselnd in Mayonnaise und Ketchup, während ich beides miteinander vermischte. Ich fragte, worauf sie sich, abgesehen von ihrer Großmutter, am meisten freute und sie antwortete: »Das Meer. Es ist immer das Meer.«

Als wir weiterfuhren und die Autobahn schließlich verließen, glaubte ich es bereits zu riechen, herb und wild. Die Vorfreude ließ mein Herz schon jetzt schneller schlagen. Es war das Sehnen nach Weite, Freiheit und Unendlichkeit.

»Lilou?«

Mignon hielt den Blick nach vorn gerichtet, während sie die Stille durchbrach, die sich angenehm und leicht zwischen uns ausgebreitet hatte.

»Hm?«

»Ich … es tut mir leid, dass wir in den letzten Wochen mit der Suche nach Elodie nicht so vorangekommen sind«, sagte sie. »In der *Sauvage* war die Hölle los, wir haben uns kaum gesehen und abgesehen davon … zwischen uns beiden war alles so verworren, und ich habe es ein bisschen aus den Augen verloren.«

Mignon löste den Blick für den Bruchteil einer Sekunde von der Straße und schenkte mir ein zaghaftes, aber wunderschönes Lächeln.

»Du musst dich nicht bei mir entschuldigen«, erwiderte ich aufrichtig. Dass sie mir überhaupt helfen wollte, war mehr, als ich von ihr erwartet hatte, dass sie seit unserer Nacht an der Seine von einem *Wir* sprach, war mehr, als ich mir erhofft hatte.

»Ich hätte genauso gut etwas sagen können. Und abgesehen davon, bin ich mir ehrlich gesagt gar nicht mehr so sicher, ob ich sie wirklich finden möchte«, fügte ich hinzu. In den vergangenen Wochen hatte ich viel an *Maman* gedacht und daran, dass es womöglich an der Zeit war, dieses Kapitel meines Lebens abzuschließen.

»Wirklich?«, Mignon hob überrascht eine Augenbraue. »Ich weiß, dass wir uns ein bisschen im Kreis gedreht haben und es aussichtslos aussehen mag, aber das heißt nicht, dass wir es nicht schaffen, sie zu finden. Es dauert vielleicht einfach ein bisschen länger, aber du musst das nicht allein machen, Lilou. Ich habe versprochen dir zu helfen und daran halte ich mich auch.«

Schon wieder das Betonen eines *Wir*, das für ein Kribbeln auf meiner Haut sorgte.

Sie und ich.

Zusammen.

Wir.

»Ich denke einfach, dass ich inzwischen deutlich bereiter bin, *Maman* loszulassen«, sagte ich leise und versuchte zu erklären, was mir seit Tagen durch den Kopf ging. »Nicht die Erinnerungen an sie, denn die werde ich immer irgendwo in mir tragen, aber diesen beherrschenden Gedanken, dass sie zu finden mein Leben ändern oder sogar bereichern würde. Letztendlich muss dieses Glück doch aus mir selbst kommen, oder? Und ich merke, dass ich mich da ein bisschen in einer Idee verrannt habe.«

Mignon nickte stumm.

261

Die letzten Monate in Paris hatten mir gezeigt, dass ich in der Lage war, mir selbst etwas aufzubauen und ich dafür nicht mehr brauchte als meinen eigenen Willen und meine Vorstellungskraft. Erleichterung durchströmte mich, als mir das vollends bewusst wurde. Erleichterung und Stolz und ein Glücksgefühl, das von Mignons Anwesenheit beflügelt wurde. Und dann waren da noch Papas Worte, die mich zum Nachdenken gebracht hatten: *Wenn deine sexuelle Orientierung nichts an dir ändert, weshalb sollte die Zugehörigkeit zu einem Land, zu einem Volk oder einer Familie es dann tun?* Ich mochte meine Mutter vermissen, doch ihre Anwesenheit würde nichts an mir verändern, ich kannte mich besser, als sie das tat.

»Wenn es das ist, was du möchtest, dann hören wir mit der Suche auf, Lilou.«

»Es *ist* das, was ich möchte«, erwiderte ich fest und merkte erst in diesem Augenblick, als ich es aussprach, wie wahr und befreiend diese Worte waren.

»*Bien*. Solltest du deine Meinung doch noch ändern, dann ist das auch okay. Aber ...«

»Aber?«

»Wenn du das Meer nicht verpassen möchtest, solltest du jetzt aufhören, mich anzustarren und stattdessen aus dem Fenster sehen.«

Mein Herz machte einen Satz. Weil ich Mignon wirklich anstarrte, weil ich diesen Meer-Moment aber auch auf keinen Fall verpassen wollte. Ich sah noch den Anflug eines Grinsens, bevor ich mich abwandte. In Erwartung des Anblicks des weiten Ozeans presste ich die Nase gegen das Fenster, das inzwischen geschlossen war. Ich wartete und wartete. Die Straßen wurden immer schmaler und irgendwann tauchte es ganz plötzlich hinter einer Biegung auf. Der Moment war unaufgeregt und doch ziemlich magisch. Unser Weg führte uns direkt an der Küste entlang, und weit unterhalb der Felsen erstreckte sich das Meer nachtblau und glitzernd bis in die Unendlichkeit. Ich öffnete das Fenster doch wieder, streckte den Kopf heraus und ließ meine Dreads im Wind peitschen. Ich schmeckte Salz auf der Zunge und spürte Mignons ausgelassenes Lachen mit meinem ganzen Körper.

Und dann erreichten wir einen gefühlten Wimpernschlag später Saint-Laon. Eine Bucht mit großen, rauen Felsen, an denen sich schäumend die Wellen brachen. Häuser schmiegten sich ihrer geschwungenen Form folgend an die Klippen. Sie waren aus Stein und drängten sich dicht aneinander – manche hoch und schmal, einige klein und gedrungen. Über den Dächern ragte ein schlanker Kirchturm in den Himmel, ganz so, als würde er seit jeher über den Küstenort wachen. Alles erstrahlte in Beige- und Brauntönen, nur manche der Häuser waren in bunteren Farben gehalten. Wir fuhren an einigen Cafés mit Markisen und beschrifteten Schiefertafeln vor den Eingängen vorbei. Ich entdeckte ein kleines Bistro mit einem Vorbau aus rot lackiertem Holz, dessen große Fensterscheiben den Blick ins Innere freigaben. Auf den schmalen Tischen lagen karierte Tischdecken. Daneben eine Crêperie. Auf den Stühlen davor saß ein junges Pärchen nebeneinander mit einer Decke um die Schultern in der Sonne. Auf dem Schoß des Mädchens ein Blumenstrauß, vielleicht von dem *Fleuriste* gegenüber. Die Straßen waren schmal, eine Vielzahl von Gassen zweigte von ihnen ab. Eine von ihnen führte zu einem großen Platz, auf dem ein Markt stattfand. Obst, Gemüse, Käse und Fisch. Frisches Baguette und Gebäck. Der Verkaufstag schien sich dem Ende entgegenzuneigen. Die meisten Auslagen waren schon so gut wie leer, und die Händler begannen gerade die Reste zusammenzuräumen. Nicht weit davon entfernt lag der Hafen von Saint-Loan. Boote schaukelten dort auf den sanften Wellen im Licht der schwächer werdenden Sonne.

Dann schien es so, als würden wir wieder aus dem Ort herausfahren. Die Steinhäuser wurden weniger, die Abstände zwischen ihnen immer größer, bis wir auf eine Anhöhe zusteuerten. Dort, wo ein alleinstehendes Haus einsam über den Klippen thronte und dem immer stärker werdenden Wind trotzte. Innerhalb von Minuten zog der Himmel zu, und es begann zu regnen. Dicke Tropfen prasselten auf das Autodach. Als Mignon meinen überraschten Blick bemerkte, meinte sie, dass das Wetter sich hier innerhalb kürzester Zeit ändern konnte. Dass die Bretagne so wäre: Rau und echt und dabei wunderschön.

Unter den Reifen knirschte Kies, als wir vor dem Haus zum Stehen kamen. Die Scheibenwischer bewegten sich von rechts nach links, ehe der Motor erstarb, und dann war es abgesehen vom Geräusch des Regens still. Mignon und ich zusammen in der Bretagne. Ein Wochenende nur sie und ich in dem Haus vor uns. So richtig begriffen hatte ich es noch nicht. Ich drehte mich zu ihr um und sah, wie sich der Himmel in ihren Augen spiegelte.

Mignon

Einen Moment saß ich ganz still da und blickte auf Perceval, der meine Kindheit gewesen war, meine Vergangenheit und für immer auch ein Teil meiner Gegenwart. Ich betrachtete den dunklen Stein, das niedrige, schmiedeeiserne Tor, die Pflanzenkübel unter dem Vordach, die jedes Mal anders standen, wenn ich hier war – *Grand-Mères* ganz eigenes System. Lilou gab mir Zeit und wartete einfach neben mir, während ich dem Haus beim Existieren zusah; wie es Wind und Wetter trotzte, wie es mit seinen zwei kleinen Türmchen auf beiden Seiten in den Felsen hineingebaut war. So nah an der Gischt des Meeres, als könnte es jeden Moment über die Klippen stürzen.

Ich hatte genau dort geparkt, wo der Bus meiner Eltern immer gestanden hatte. Jedes Jahr an meinem Geburtstag und an diesem einen Tag, an dem sie mich zurückgelassen hatten. Jetzt war ich in einem Auto hier angekommen, mit einem Menschen an meiner Seite. Es war eine neue

Gegenwart über den alten Erinnerungen. Jetzt schon eine ausgelassenere. Bessere.

Lilous Finger zogen Kreise auf meinem Oberschenkel. Ich legte meine Hand kurz in ihre und holte tief Luft.

»Bereit?«, fragte ich, woraufhin sie nickte. Dann stieg ich aus und hielt mir die Jacke über den Kopf, um meine Haare vor dem Regen zu schützen. So eilte ich zur Haustür, unsere Sachen konnten wir später holen. Als ich unter dem Vordach angekommen war und Lilous Schritte nicht hörte, drehte ich mich um. Eigentlich hätte es mich nicht wundern sollen: Sie stand dort mitten im Regen, drehte sich ganz langsam im Kreis und hielt das Gesicht dem Himmel entgegen. Mit der Zunge fing sie einzelne Tropfen auf. *Mon dieu*, es war erstaunlich, wie herrlich wenig sie tun musste, damit ich sie an mich ziehen und wieder und wieder küssen wollte. Ich versank in den Anblick ihrer Bewegungen, die schöner waren als jedes Gemälde, dann schwang hinter mir die Tür auf, und ich wurde in *Grand-Mères* Arme gezogen.

»Liebling, wie schön dich zu sehen.« Ich sog ihren Duft nach Keksen, feuchter Erde und zu Hause ein. Sie trug die grauen Haare immer noch lang. Der geflochtene Zopf reichte bis zu ihrer Taille, auf Höhe der Bauchtasche der Schürze, die sie zum Backen trug, seit ich denken konnte.

Eigentlich war sie immer meine Mutter gewesen, doch genau jetzt merkte ich, dass sie eben doch meine Großmutter war. Innerhalb der letzten Monate, in denen ich sie nicht gesehen hatte, waren die Lachfalten um Augen und Mund tiefer geworden. Wie ein feines Netz hatten sie sich auf ihre Haut gelegt. Doch der wache, klare Blick ihrer Augen war immer noch derselbe – genau wie ihre Umarmung, die immer ein bisschen zu fest und dabei genau richtig war.

»Und das ist Lilou?«

Wir drehten uns um und sahen ihr beide zu. Schon wieder sah ich nichts anderes als ihre Bewegungen. »*Oui.*«

Nachdem ich sie gefragt hatte, ob sie mich in die Bretagne begleiten wollte, hatte ich *Grand-Mère* angerufen. Ich hatte wissen wollen, ob es in Ordnung wäre, wenn ich jemanden mitnehmen würde. Benoît war schon ein paarmal hier gewesen. *Mamie* war geradezu vernarrt in meinen besten Freund, der sie von der ersten Sekunde an mit seinem Charme um den Finger gewickelt hatte. Über Lilou aber hatte ich kaum etwas erzählt. Egal, was mir am Telefon durch den Kopf gegangen war, es war mir jedes Mal zu banal und dann wieder zu bedeutsam erschienen, um es auszusprechen.

»Los, los. Kommt rein, ich habe frische Tarte im Ofen. Sie müsste jeden Moment fertig sein.«

Ich folgte *Grand-Mère* ins Haus, dieses Mal waren Lilous Schritte hinter mir. *Mamie* begrüßte sie auf ihre herzliche Art und beharrte sofort darauf, dass sie sie Maëlys nennen sollte. Es dauerte keine halbe Stunde, da war ich mir sicher, dass sie von Lilou noch entzückter war als von Benoît. Ich grinste. Das würde ihm gar nicht gefallen. Nachdem Lilou sich etwas Trockenes angezogen hatte, saßen wir in der geräumigen Küche und aßen Zitronentarte. Ich ließ mich bereitwillig von *Grand-Mère* über mein Leben in Paris ausquetschen. Sie unterhielt Lilou mit den wenigen Sätzen, die sie auf Deutsch sagen konnte. Worüber die beiden dann genau lachten, verstand ich nicht. Aber letztendlich war es auch egal. Es war so … verdammt friedlich. Erst jetzt, wo ich hier war, merkte ich, dass ich die Ruhe vermisst hatte. Dass ich die Stille und das Rauschen des Meeres so dringend benötigte, um meine Gedanken ordnen zu können.

Lilou

Mignon führte mich durch das Haus. Es bestand aus weiß gestrichenem Holz, und überall waren Pflanzen, große und kleine, auf dem Boden und von der Decke hängend. Ich sah verborgene Ecken und gemütliche Winkel, in denen es überall etwas zu entdecken gab. Eine Wendeltreppe führte hinauf in die obere Etage, und dort zweigten zwei weitere Treppen zu den Turmzimmern ab. Ich folgte Mignon die linke hinauf. Sie war schmaler als die Haupttreppe und wirkte so verwunschen, als käme sie aus einem Märchen. In dieser Geschichte wäre Mignon Schneewittchen.

So wie ich in ihrem Zimmer in Paris einen Teil von ihr widergespiegelt sah, erkannte ich sie auch in diesem hier ganz klar – nur auf eine andere Art, als hätte ich ein weiteres Puzzlestück für mein Bild von dieser Frau vor mir. Dieser Raum war auf gemütliche Weise chaotisch und weniger strukturiert, und doch erfasste ich in ihm sehr deutlich eine weitere Facette von Mignon.

Über dem Schreibtisch hingen herausgerissene Seiten aus verschiedenen Magazinen, meist Fotos von den Laufstegen dieser Welt oder Schnittmuster mit verschiedenen Anleitungen. Ich erkannte ein paar Seiten aus der Vogue. In der gegenüberliegenden Ecke stand eine Schneiderpuppe. Ein halb fertiges Kleid hing darauf, Nadeln steckten in dem schwarzen Stoff, die Ärmel waren noch nicht fertig und doch erahnte man schon, wie schön es irgendwann aussehen würde. Auch in diesem Zimmer waren Pflanzen zu sehen, wenn auch deutlich weniger als in Paris. Vor allem in dem Erker, der den Blick auf endloses Blau freigab. Ein verschwommener Übergang vom Himmel zum Meer.

»Du kannst gern das Bett haben«, sagte Mignon, und ich drehte mich um. »Das ist kein Problem, ich schlafe dann einfach …«

Ich unterbrach sie, indem ich ein paar Schritte auf sie zuging und sie leicht auf das Bett schubste. Überrascht schrie Mignon auf, und ich lachte, als ich mich auf sie setzte. Ich hielt ihre Handgelenke über dem Kopf fest und küsste sie. Küsste sie ein zweites und ein drittes Mal.

»Wieso sollten wir nicht zusammen in diesem wirklich, wirklich, wirklich großen Bett schlafen?«

»Ich weiß nicht. Ich dachte ...«

»Nicht denken, Mignon«, erinnerte ich sie. »Ich finde, wir können auch beide hier schlafen.« Ich wollte so unbedingt jeden Augenblick mit ihr auskosten, wenn wir schon diese Tage nur für uns hatten. Wollte nachts ihre Arme um mich und ihre Brüste an meinem Rücken spüren, so wie das erste Mal in einer Julinacht, die beinah ein ganzes Leben her zu sein schien.

»Dann ... d'accord«, sagte Mignon schließlich und nickte. Durch dichte Wimpern blickte sie zu mir auf, die Wangen leicht gerötet. »Okay.«

»Ich freue mich schon«, sagte ich und biss mir auf die Unterlippe, um nicht zu offensichtlich zu grinsen. Ich genoss es, wie sie noch ein bisschen röter wurde und küsste Mignon erneut. Dann rollte ich mich von ihr herunter und legte mich neben sie auf den Rücken. An den weißen Balken über uns hingen in dunklem Grün leuchtende Pflanzen in Makramee-Übertöpfen. Wir verhakten unsere kleinen Finger miteinander, und ich konnte nicht sagen, womit es anfing oder endete, aber im nächsten Moment bebten wir vor Lachen, die Gesichter einander zugewandt und wussten nicht mehr, was eigentlich so witzig gewesen war. Meine Augen tränten, meine Hand lag auf meinem Bauch. Nur langsam verebbte unser Lachen, wurde zu einem leisen Kichern und verstummte mehr und mehr, bis nur noch ein leichtes Vibrieren durch unsere Körper ging. Als wir wieder normal atmeten, suchte und fand Mignon meinen Blick.

»Weißt du, was ich an dir am allermeisten mag?«, fragte sie, und ich schüttelte den Kopf.

»Aber ich hoffe sehr, dass du es mir gleich sagen wirst.«

»Du bist so sehr du selbst, Lilou. Mit so einer Leichtigkeit. Und deine Leichtigkeit sorgt dafür, dass ich mich selbst auch so verdammt ... schwerelos fühle, zumindest wenn ich bei dir bin.«

Ich strich ihr eine Haarsträhne hinters Ohr und lächelte mit einem warmen Gefühl in der Magengegend. Dort, wo gerade noch unser

Gelächter gewesen war und sich jetzt Schmetterlinge auszubreiten begannen.

»Das ist aber nicht immer so«, sagte ich ehrlich und rollte mich auf den Bauch. »Ich habe auch Tage, da hab ich absolut keine Ahnung, wer ich bin.«

»Dann bist du noch mutiger, als ich dachte.« Mignon blinzelte nicht einmal, als sie das sagte. Sie meinte das absolut ernst und ehe ich etwas erwidern konnte, fuhr sie schon fort: »Du stehst zu deinen Unsicherheiten. Das gehört doch genauso dazu, man selbst zu sein, wie die Entscheidung, nur noch zu tun, was man wirklich will, und nur noch zu sagen, was man tatsächlich denkt. Beides ist alles andere als leicht.«

Ich versank in ihrem Blick, tief und bodenlos. Es mochte sein, dass sie sich noch nicht in ihrer Gänze sah, doch *ich* sah sie. Ich sah tief in sie hinein.

»Das stimmt natürlich«, sagte ich rau. »In diesen Momenten machen wir uns verletzlich und angreifbar.«

»*Oui*«, Mignon nickte nachdenklich, »weil man sein Innerstes nach außen kehrt und es dann kein Zurück mehr gibt. Letztendlich leben wir in einer Welt, in der ständig alles bewertet und beurteilt wird, oft auch *ver*urteilt. Das macht es einem schwer.«

Ich erinnerte mich an das, was Mignon mir über das Nähen und ihre selbst gemachten Kleidungsstücke erzählt hatte, ließ meinen Blick zum zweiten Mal durch ihr Zimmer schweifen und dachte daran, um wie vieles deutlicher dieser Raum ihre Leidenschaft für Mode und die damit verbundenen Träume widerspiegelte. Und doch hatte ich das Gefühl, dass in ihren Worten gerade noch etwas ganz anderes mitschwang. Irgendwo versteckt zwischen den Zeilen.

»Darf ich dich was fragen?«, unterbrach Mignon meine Gedanken und versuchte dann, eine plötzliche Verlegenheit zu überspielen: Ein Beißen auf die Unterlippe, ein Glattstreichen des Ponys. Ich kannte sie und ihre Gesten mit jedem Tag besser.

»Klar. Du darfst mich immer alles fragen«, ermunterte ich sie.

»Wie war das, als du dich geoutet hast? Ist es schwer gewesen?«

Überrascht sah ich auf sie hinab, das Kinn in eine Hand gestützt. Mein Herz machte einen Satz. Ich wollte nicht zu viel in diese eigentlich harmlose Frage hineininterpretieren, doch ... vielleicht war sie gar nicht so harmlos. Vielleicht bedeutete sie, dass Mignon sich so heftig in mich verliebt hatte wie ich in sie. Dass sie nachdachte: Über sich, über uns, die Bedeutung all unserer Küsse und Berührungen.

»Ich glaube, ich kann darauf gar nicht mit Ja oder Nein antworten«, meinte ich schließlich mit einem Seufzen. »Weißt du, es gab eben nur zwei Möglichkeiten: Mich zu verstecken und einen Teil von mir zu verleugnen oder ich selbst zu sein. Natürlich war mir klar, dass letzteres die schwierigere Option ist. Aber ...«, ich suchte ihren Blick, »wenn man die richtigen Menschen in seinem Leben hat, dann ist es auf einmal sehr leicht, zu sich zu stehen. Yuna hat toll reagiert, weil es für sie einfach nicht entscheidend gewesen ist. Papa musste sich erst an den Gedanken gewöhnen, dass mir nicht nur Typen gefallen. Ich glaube, er war am Anfang einfach ein bisschen überfordert mit der Situation, doch inzwischen geht er super entspannt damit um. Und es fühlt sich schön an, wenn die wichtigsten Menschen in deinem Leben Bescheid wissen. Pan zu sein definiert ja nicht meinen Charakter oder macht mich zu einem anderen Menschen, aber ... es gehört eben dazu.«

Ich hielt einen Moment inne und zögerte, denn ich wollte Mignon nicht verunsichern. Trotzdem schien mir Ehrlichkeit der richtige Weg zu sein, also sagte ich: »Natürlich ist es nicht immer so gut gelaufen. In der Schule ... ich hatte es sehr schwer, und ich musste mir echt viel Scheiß anhören. Es sind Dinge, die mich wirklich verletzt haben, und an manchen Tagen ... habe ich diese Sätze immer noch im Kopf. Mein Vater ist Lehrer an dem Gymnasium, auf das auch ich gegangen bin, und deshalb hat er leider sehr viel mitbekommen und wollte ständig eingreifen. Das ist neben der Sache mit *Maman* so ziemlich das Einzige, wegen dem wir uns richtig gestritten haben. Er wollte mir immer helfen, hat aber nicht verstanden, dass das für mich alles nur schlimmer gemacht hätte. Inzwischen hat all das deutlich weniger Macht über mich. Egal, was diese Menschen sagen: Ich bin ich. Und ich will, dass alle wissen, wer das ist.«

Mignon musterte mich einen Augenblick lang, dann sagte sie leise: »Das klingt beängstigend und gleichzeitig wunderschön.«

»Ja, ich denke, das trifft es ganz gut.«

»Ich bin wirklich froh, dass du weißt, wer du bist.« Mignons Stimme war nur noch ein eindringliches Wispern. Rauchig, warm und wieder alles zwischen den Zeilen.

»Wieso?«

»Weil du damit einfach alles leichter für mich machst, Pocahontas.«

Abends lief ich an den Klippen entlang. Ich wollte Mignon und Maëlys ein bisschen Zeit zu zweit geben. Direkt an den Felsen war es noch windiger. Böe um Böe zerrte an meinen Dreads und der Jacke. Ich zog meine Kapuze hoch und spürte das Lächeln auf meinen Lippen. Ich macht ein Selfie und grinste in die Kamera, während hinter mir die Wellen gegen die Klippen schäumten. Ich schickte das Foto an Yuna und nicht einmal eine Minute später antwortete sie mit einem Bild, auf dem sie einen Schmollmund zog. Das Kinn in eine Hand gestützt, vor ihr ein riesiger Kaffeebecher.

YUNA, 18:11 Uhr

Ich habe einen ganz furchtbaren Kater und leide hier zwar gerade ganz schrecklich, aber ich wünsche Mignon und dir viel Spaß ;) Ich hoffe, dir ist klar, dass ich nach diesem Wochenende jedes Detail wissen möchte.

ICH, 18:11 Uhr

Leider ist mir das wirklich klar.

YUNA, 18:11 Uhr
Dann freue ich mich auf deinen Bericht.

ICH, 18:12 Uhr
Meinen *Bericht⁈⁈⁈* Du bist so seltsam.

YUNA, 18:12 Uhr
Ebenfalls ;)

Als ich mich auf den Rückweg machte, dämmerte es bereits. Wie schon auf dem Weg zum Meer folgte ich dem schmalen Pfad entlang der Klippen statt der Küstenstraße. Weil er echter war und lebendiger. Die Sonne versank glühend im Meer, der Himmel schillerte in tausend Nuancen von rot über orangefarben bis hin zu Rosa- und Goldtönen. Und doch war es letztendlich dieser eine, ganz besondere Ton: *Sonnenuntergangsfarbe.*

Fasziniert von diesem überwältigenden Anblick blieb ich immer wieder stehen. Dieses Mal machte ich kein Foto, sondern *war* einfach nur und atmete den Moment ein und wieder aus.

Inhalieren. Existieren.

Aus dem Wohnzimmer drangen Stimmen. Ich zog die Tür hinter mir zu und hängte meine Jacke an den Haken. Immer noch den Anblick der versinkenden Sonne vor Augen. Eilig streifte ich mir die Schuhe von den Füßen. Ich wollte mich in Mignons Zimmer in den Erker setzen und die Erinnerung malen, solang sie noch frisch war. Dabei vielleicht noch einen Blick auf den letzten Hauch Orange und Gold auf den Wolken erhaschen.

»Wir finden eine Lösung«, hörte ich Mignon da bestimmt sagen. Und es klang, als würde sie damit den Schlussstrich unter eine Diskussion setzen. Maëlys räusperte sich und schien etwas erwidern zu wollen, und das war der Moment, in dem ich meinen Weg nach oben fortsetzte. Dieses Gespräch ging mich nichts an, es war eines zwischen Mignon und ihrer *Grand-Mère*. Die beiden hatten sich ein halbes Jahr nicht gesehen und mit Sicherheit viel miteinander zu bereden. Und weil die Stimmung ernst wirkte, ging es mich erst recht nichts an. Doch dann hörte ich meinen Namen und blieb auf der Treppe stehen – es war dumm, doch ich wollte wissen, um was es ging. Ich wollte wissen, wie Mignon über mich sprach.

»Sie scheint ein ganz außergewöhnliches Mädchen zu sein«, meinte Maëlys. Eine kurze Pause entstand, in der ich nichts als meinen Herzschlag hörte.

»*Oui*, das ist sie.« Beim Klang ihrer Stimme machte sich wieder das Flattern in meinem Bauch bemerkbar.

»Und ihr versteht euch sehr gut, *non?*«

»Sie ist nur eine Freundin von Benoît«, sagte Mignon plötzlich schnell. »Die beiden kennen sich, weil Lilou in der Wohnung seines *Grand-Père* …« Den Rest hörte ich schon nicht mehr.

Da war nur dieser Satz mit seinen sieben Worten. Und so sehr ich mich auch dagegen wehren wollte: Für diesen Moment relativierte er alles.

In der eintretenden Dunkelheit schien der Horizont das Meer zu schlucken. Die Wellen brandeten in hypnotisierender Regelmäßigkeit auf den Strand. Eine Unendlichkeit an Wasser und Salz trieb wild und schäumend bis knapp vor meine Füße. Der Wind zerrte wieder an meiner Jacke und wirbelte meine Dreads umher, doch ich stand ganz still da.

Nur eine Freundin von Benoît, hallte es in meinem Kopf nach. Einmal gehört, hatten die Worte sich in mein Herz gebohrt. Ich hatte mir meine Jacke geschnappt, war die schmale, in die Felsen gehauene Treppe hinter dem Haus hinabgestiegen und auf den Ozean zugelaufen. Der Atlantik.

Meurvor atlantel, wie die Bretonen ihn nannten. Inzwischen war die Sonne verschwunden. Die ersten Sterne schimmerten am Himmel, während der Mond sein silbriges Licht auf das Wasser warf.

Ich wollte nicht überreagieren und erst recht nicht alles kompliziert machen. Keine Ahnung, was ich erwartet hatte. Eher nicht, dass Mignon erklärt hätte, dass wir zusammen wären. Nicht jetzt schon, da wir noch gar nicht wussten, wohin das führte. Nicht jetzt, da wir noch gar nicht über diese Sache mit dem *Ablaufdatum* nächstes Jahr im Juni gesprochen hatten. Aber *Benoîts Freundin?* So ohne jeglichen Bezug zu sich selbst? Und dieses *nur?* Letztlich war es dieses kleine Wort gewesen, das mich dazu getrieben hatte, Abstand zwischen uns zu bringen. Und doch wusste ich, dass ich irgendwie selbst schuld war: Wer lauschte, hörte nun einmal auch Dinge, die man lieber nicht wissen wollte.

Aber die Wochen nach unserem zweiten ersten Kuss waren magisch gewesen. Ein Taumel aus Begegnungen und weiteren Küssen und mit jedem einzelnen hatte ich mich noch weiter in sie verliebt.

Hinter mir knirschte der Sand unter leichten Schritten, doch statt mich umzudrehen, konzentrierte ich mich ganz auf das Rauschen des Meeres. Ich wusste ohnehin, wer da auf mich zukam.

»Ich habe dich überall gesucht.«

Ich sah kurz zur Seite. Mignon hatte sich in eine Decke gewickelt. Im Schein des Mondes schien ihre Haut blass und durchscheinend, die Tiefe ihrer Augen unendlich. Schnell huschte mein Blick zurück zum Meer. Ich wusste nicht, was ich sagen sollte, und schwieg. Und dann schwieg ich noch ein bisschen länger.

»Was ist los?« Mignon flüsterte es, obwohl wir ganz allein in der Dunkelheit standen. Über den Klippen auf der rechten Seite der Bucht thronten einige wenige Häuser, und sie sahen aus, als wären sie wie die Felsen immer schon da gewesen. Nur hinter einer Handvoll Fenster brannte noch Licht.

Hatte Mignon denn etwas falsch gemacht? Wahrscheinlich hatte ich einfach nur Angst, das war alles. Ich sehnte mich nach Freiheit und gleichzeitig … nach Sicherheit. Sicherheit, dass das hier wirklich auf Gegenseitigkeit beruhte. Die Sicherheit zu wissen, dass wir auch dasselbe wollten. Die Gewissheit, dass ich mich nicht in etwas verrannte, weil ich womöglich nur das Schöne und Gute sah und für alles andere blind war. Ich unterdrückte das Seufzen, das ich tief in meiner Brust spürte. Ich würde Mignon keine Unwahrheiten erzählen, ganz gleich wie unangenehm es auch wäre.

»Ich wollte nicht lauschen oder so. Als ich zurück ins Haus kam, habe ich gehört … Du hast gesagt, dass ich nur eine Freundin von Benoît wäre. Nur …« Ich wollte noch irgendetwas hinzufügen, irgendetwas erklären, doch Mignon kam mir zuvor.

»Hey.« Sie zupfte am Ärmel meiner Jacke, griff dann nach meiner Hand und zog mich zu sich. Ich stolperte ein Stück gegen sie, doch sie hielt mich fest. Ganz dicht voreinander standen wir dort, die Nacht um uns herum, und Mignon schlang ihre Arme zusammen mit der Decke um meinen Hals. Eingehüllt in einen Kokon aus Wärme.

»Hey«, gab ich schließlich zurück.

Mignons Mundwinkel hoben sich leicht an. Ihre Lippen, die in der Mitte in ihrer vollkommenen Herzform aufeinandertrafen.

»Du bist mehr als das, Pocahontas. Es ist nur …«, mit einer Hand strich sie über meinen Nacken. »Ich bin nicht wie du, das ist alles neu für mich, und ich weiß nicht, zu wem mich das macht. Ich hatte einfach keine Ahnung, was ich sagen sollte. Keine Ahnung, wie ich das einer anderen Person erklären soll, schon gar nicht meiner Großmutter. Ich kann ja nicht mal mir selbst erklären, was hier passiert. Wie soll ich das dann einem anderen Menschen gegenüber können?!«

»Ich weiß … ich …« Unsicher scharrte ich mit dem Fuß im Sand, hob dann den Blick.

»Falls dir das irgendwie hilft …« Mignon zog mich noch näher zu sich, und die Decke strich mir über die Wangen. Sie fühlte sich so kratzig und rau an wie ihre Stimme klang. »... ich verliebe mich gerade ziemlich heftig in dich. *Mon dieu*, eigentlich habe ich es schon längst getan.«

Mein Herz und die Wellen des Meeres schlugen im selben Takt, als ihre Lippen Sekunden später warm und süß auf meine trafen.

14. Kapitel

Lilou

Am nächsten Tag wurde Maëlys direkt nach dem Frühstück von einem Monsieur Quéméneur abgeholt. Er betrieb eine beliebte *Boulangerie* direkt an der Küste und hatte Mignon eine Papiertüte mit Gebäck mitgebracht. Zum Abschied drückte Maëlys uns beide so fest, dass ich mich fragte, wie so viel Kraft in einem derart zierlichen Körper stecken konnte, und wünschte uns schöne Tage. Sie sah mich einen Moment zu lang aus ihren wachen Augen an, und mit einem Mal war ich mir sicher, dass sie sehr genau wusste, was ich in ihrer Enkelin sah.

Als sie weg war, stand Mignon gegen die Küchenzeile gelehnt da und sah aus dem Fenster. Nachdenklich, aber zusammen mit einem anderen Gefühl, das ich nicht so recht fassen konnte. Sie sah ein bisschen traurig aus, also trat ich zu ihr, legte einen Arm um sie und hauchte ihr einen Kuss auf die hinabgesunkenen Mundwinkel. Endlich trat ein Lächeln auf ihr Gesicht, ihre Lippen, und ich sah es ebenso in ihren Augen.

»Ich finde es schön, dass du hier bist«, sagte Mignon.

»Ich auch«, murmelte ich und dachte an ihre Worte gestern am Meer. An die Nacht in ihrem Bett, an die Küsse, an ihre Hände unter meinem Shirt. Ich hätte ihr am liebsten schon wieder jedes einzelne Kleidungsstück vom Körper gerissen, weil alles an ihr mich so erregte. Jedes Wort, das sie sagte, nur noch mehr. Aber *sie* sollte das Tempo vorgeben. Hauptsache, ich konnte Mignon bei mir haben. Als ich am Morgen aufgewacht war, war da als Erstes ihr Gesicht gewesen, als Nächstes das Meer durch die Erkerfenster. Ich hätte kaum zu sagen gewusst, welcher Anblick schöner gewesen war.

Mein ganzer Körper strotzte vor Energie, und ich war voller Tatendrang. Ich konnte meine Aufregung nicht verbergen, begann durch die Küche zu tänzeln, weil ich unbedingt wissen musste, was wir heute machen würden. Ich wollte ein Abenteuer erleben, zusammen mit ihr.

»Als Erstes schauen wir uns das Meer an. Das ist nach dem Morgenkaffee Tradition«, meinte Mignon und schenkte uns in aller Ruhe nach. Dann schnappte sie sich beide Becher und bedeutete mir, ihr zu folgen. Ich holte unsere Jacken, und wir verließen über den Hinterausgang das Haus. Wir schlüpften beide in ein Paar alte Gummistiefel, die teils schlammverkrustet waren. Sie in diesen Stiefeln, einer Leggins und dem hellblauen übergroßen Pulli, den sie mir geklaut hatte und der um ihren schlanken Körper noch lockerer fiel … Ich hätte nicht gedacht, sie irgendwann einmal so zu sehen, doch es gefiel mir über die Maßen.

Der Wind pfiff vorne um das Haus, das sich den Böen trotzig entgegenreckte. Doch hier hinten war es nahezu windstill. Gefährlich nah an den Klippen standen zwei verwitterte Flechtstühle, halb verborgen hinter Sträuchern. Von einem blätterte blaue Farbe ab. Wir ließen uns darauf nieder. Tief unter uns erstreckten sich rauer Stein und grober Sand. Die Ebbe wurde gerade wieder zur Flut, und während das wilde Meer sich Stück für Stück zurückeroberte, sahen wir zu, die kalten Finger um unsere heißen Tassen geschlungen. Und mein Herz war voll, wie der Ozean weit und endlos war.

Mignon legte ihre Hand fest auf meinen Oberschenkel. Mit den Fingern malte sie Linien auf mein Bein, und ich spürte den Mustern nach. Sie schien es gar nicht zu bemerken, was die Berührung nur noch schöner machte. Es fühlte sich besitzergreifend an, irgendwie gut, beschützend und doch frei. Möwen kreischten über uns und flogen im Takt der Wellen vor den Wolken umher. Mignon sah süß aus, immer noch ein wenig verschlafen im Gesicht, doch wach genug, den Anblick vor uns förmlich aufzusaugen. Sie saß ganz still da und hielt den Blick geradeaus gerichtet. So friedlich der Moment auch war, merkte ich wie vorhin schon, dass sie etwas beschäftigte. Mignon schien mit sich zu ringen – vielleicht wusste sie nicht, ob sie ihre Gedanken mit mir teilen sollte oder nicht. Weitere Minuten verstrichen, dann sagte sie: »Sie will Perceval verkaufen.«

»Perceval?«

»Das Haus. Perceval, so heißt das Haus. Und *Grand-Mère* will es verkaufen.« Ihre Stimme klang gelassen, doch als sie sich mir zuwandte, wusste ich, dass sie das alles andere als kaltließ. Ein Blick in Mignons Augen genügte, inzwischen ließ sie zu, dass ich *sie* darin sah, in den blauen Wirbeln und dem einen braunen.

»Wieso?« Vorsichtig schob ich meine Hand auf ihre.

»*Grand-Mère* sagt, sie ist inzwischen zu alt, um sich allein um das Haus zu kümmern. Dass es ihr zu groß ist und zu anstrengend mit den ganzen Treppen. Und … ich verstehe das. Ich verstehe das wirklich. Aber die Vorstellung, dass hier fremde Menschen leben sollen … Dass das hier nicht mehr mein Zufluchtsort sein kann …«

Wir finden eine Lösung, hatte ich Mignon gestern sagen hören. Sie hatte entschlossen geklungen, doch jetzt war sie einfach nur eine verunsicherte, junge Frau, die den Ort verlieren sollte, an dem die schönen Erinnerungen ihrer Kindheit hingen.

»Hier gab es immer nur uns beide, weißt du: *Mamie* und mich. Ich habe mir zwar immer gewünscht, dass Anne und Alain mich eines Tages holen kommen, aber eigentlich wollte ich nur von meinen Eltern geliebt werden. Ich wollte hier nicht weg, ich wollte gar nicht zu den Menschen, die mir fremd geworden waren. Erst als ich älter wurde, wollte ich Saint-Loan hinter mir lassen … Aber das hatte nichts mit *Grand-Mère* zu tun. Ich habe mir einfach gewünscht … jemand zu sein.« Mignon war wirklich niemand, den man übersah – nicht nur, weil sie wunderschön war, sondern vor allem wegen ihrer einnehmenden Präsenz –, aber jemand wie sie … Für einen Moment sah ich eine jüngere Version von ihr vor mir, vielleicht längeres Haar, vielleicht kein Pony.

Ein Mädchen, fast schon eine junge Frau, die gesehen werden wollte. Richtig gesehen.

»Das tut mir sehr leid«, sagte ich. »Ist Maëlys deshalb weggefahren?«

»*Oui*«, erklang es ganz leise. »In Rennes gibt es eine sehr gute Immobilienfirma. Die Tochter eines alten Freundes von ihr betreibt sie und möchte ihr helfen, einen geeigneten Käufer zu finden. *Grand-Mère* kennt Isabelle schon seit deren Geburt. Isabelle versteht, wie viel meiner Großmutter dieses Haus bedeutet, und hat sie eingeladen, ein paar Tage bei ihrer Familie zu bleiben. Deshalb ... ich glaube, es ist gut, dass Isabelle das macht und nicht irgendjemand.«

»Und verkaufen ist wirklich die einzige Option?«

»Ich habe vorgeschlagen, es bei Airbnb einzustellen. Aber *Grand-Mère* sagt, das wäre zu viel Arbeit. An- und Abreise. Man müsste sich darum kümmern, dass immer alles hergerichtet und sauber ist. Sie will Perceval ja verkaufen, um es ruhiger angehen zu lassen und sich nicht noch mehr aufbürden. Ich würde es eigentlich machen, aber von Paris aus hat das keinen Sinn. Irgendjemand muss sich auch hier vor Ort um alles kümmern.«

»Und wenn du hier einziehst?«, schlug ich das Verrückteste vor, was mir spontan einfiel. Mignon sah mich an und lachte kurz auf. Wenigstens das.

»Was soll ich denn allein in einem kleinen Dorf in der Bretagne? Ganz allein in diesem Haus?«

Ich begann mit den Fingerkuppen winzige Muster auf ihren Handrücken zu malen.

»Ich will mir gar nicht vorstellen, dass ich nicht hierher zurückkommen kann. Weißt du noch, als du gesagt hast, was ein Zuhause ausmacht, seien die richtigen Menschen und die Lieblingsorte?! Dieses Haus ... Perceval ... es ist mein Lieblingsort von allen Plätzen auf dieser Welt. Ich liebe Paris, aber ich muss wissen, dass ich jederzeit hierherkommen kann. Dass dieses Haus dann noch da sein wird und *Mamie* auch. Irgendwie entgleitet mir gerade alles. Es ist doch nur ein verdammtes Haus, keine Ahnung, wieso mich das so sehr trifft.«

»Weil daran gute Erinnerungen hängen, die dir etwas bedeuten. Das ist doch normal, dass dich das mitnimmt. Das Herz hängt nicht nur an Menschen, sondern eben auch an Orten. Und in deinem Fall ist beides hier miteinander verknüpft. Es wäre doch schlimm, wenn dir das gar nichts ausmachen würde.«

Ich stellte die Tasse mit dem Kaffee auf dem Boden ab, rutschte ganz an den Rand meines Stuhls und legte einen Arm um Mignon. Zögerlich ließ sie sich gegen mich sinken und vergrub ihr Gesicht irgendwo zwischen meinen Dreads, ihr Atem strich warm über meinen Hals. Erst als ich ihre Schultern beben spürte, merkte ich, dass sie weinte. Es ging nicht nur um dieses Haus. Mignon ließ los und es war wunderschön, dass sie das bei mir konnte. Und ihre echten, unverfälschten Gefühle waren es ebenso. Ich hielt sie ganz fest, fuhr immer wieder durch ihr Haar, zog mit meiner Hand beruhigende Linien und ließ Mignon um etwas weinen, das ihr wichtig war.

»Ich würde so gern etwas tun für dich«, murmelte ich, und beinah hätte der Wind meine Worte davongetragen.

»Du kannst dir einfach noch eine Weile das Meer mit mir ansehen.«

Und das tat ich.

In den nächsten beiden Tagen musste Mignon zwar am Laptop arbeiten und ein paarmal telefonieren, doch in der Zeit dazwischen zeigte sie mir Saint-Loan mit seinen verwinkelten Gassen und Straßen, die immer wieder den Blick auf den Atlantik freigaben. Sie führte mich zu der Bank, auf der sie meistens gesessen und von einem Leben in Paris geträumt hatte, ein Leben voller Kunst, Mode und Liebe. Zu der kleinen Schule, auf deren Pausenhof die Kinder Fangen spielten. Zum Hafen mit den größtenteils abgedeckten Booten. Sie erzählte mir, dass sie auf einem von ihnen am Abend eines Stadtfests ihr erstes Mal gehabt hatte und erwähnte lachend, dass es damals mit ihrer Unerfahrenheit und dem Schaukeln deutlich weniger romantisch gewesen war, als es im Nachhinein vielleicht klingen mochte. Wir besuchten den Markt, auf den ich bei unserer Ankunft vom Auto aus bereits einen Blick erhascht hatte, und streiften an den bunten Auslagen vorbei. Wir kauften wahllos und durcheinander ein. Einen Teil des Essens naschten wir direkt aus den Tüten, teilten uns *Moules-frites*, Miesmuscheln mit Pommes, und zum Nachtisch *Crêpes beurre sucre*.

Überall wurde Mignon erkannt. Egal wohin wir gingen, sie war der Mittelpunkt eines ganz eigenen Sonnensystems, doch auf eine andere Art als in Paris. Alle waren begierig darauf zu erfahren, wie es ihr ging, mit welchen Dingen sie ihr Leben füllte und wollten wissen, wie lange sie noch bleiben würde. Eine hochschwangere Frau mit ordentlich hochgesteckten Haaren zog sie besonders überschwänglich in ihre Arme und hörte gar nicht mehr mit dem Reden auf. Mignon sagte zu jedem das Richtige, hatte über Maëlys offensichtlich mitbekommen, was es Neues in Saint-Loan gab, und stellte interessierte Nachfragen. Selten hatte ich einen solch rauen Umgangston gepaart mit so viel Herzlichkeit erlebt.

Ich kam nicht umhin, Mignon immer wieder staunend anzublicken. Irgendwie hatte ich sie mir in der Bretagne ganz anders vorgestellt. Ihr Studium hatte für mich immer ein bisschen wie eine Flucht geklungen. Die Flucht in ein neues Leben, um jemand zu sein, um alles Provinzielle hinter sich zu lassen. Doch hier und jetzt verstand ich wieder einmal, dass Gefühle kompliziert und eben alles andere als schwarz und weiß waren. Egal, was sie auch empfunden haben mochte, das hier war Mignons Heimat und würde es auf die ein oder andere Art ein Leben lang bleiben.

Bei jeder sich bietenden Gelegenheit küssten wir uns, verborgen hinter einem Bücherregal im *Café et livres*, oder in einer schmalen Gasse, in die mystisches Licht fiel, auf der Couch in Maëlys Wohnzimmer, Mignon auf meinen Beinen sitzend. Auf einem der beiden Stühle an den steilen Klippen, bis er unter unser beider Gewicht unschön knarzte und wir uns lachend voneinander lösten. Nur wenn wir durch Saint-Loan liefen und uns jemand entgegenkam, ließ Mignon meine Hand unauffällig los oder drehte sich zur Seite, sodass meine Lippen nur ihre Wange streiften.

Ich tat so, als würde ich es nicht bemerken. Für sie, vor allem aber für mich.

Am Samstag erzählte ich Mignon beim Frühstück, dass Yuna und ich an Halloween immer die ganze Nacht wach blieben, um uns die schlechtesten Horrorfilme anzusehen, nicht die unheimlichsten. Mignons Gesichtsausdruck war bei dem Wort *Horror* zwar alles andere als begeistert, doch sie schlug vor, dass wir das auch zusammen machen könnten. Weil für mich gutes Essen und etwas zum Naschen zu jeder richtigen Filmnacht dazugehörten, gingen wir nachmittags also einkaufen. Dieses Ritual am Tag zuvor, wenn man durch die Gänge eines Supermarktes streifte, empfand ich fast so schön wie Halloween selbst. Ich legte fertigen Pizzateig, Tomatensoße und geriebenen Mozzarella in den Korb. Dazu Oliven, Pilze, Zwiebeln und Artischocken zum Belegen. Eine Tüte Popcorn wanderte in meinen Korb, zwei Tafeln Schokolade, eine Packung Kekse. Als ich mich umwandte, machte ich ein Foto. Mignon war darauf zu sehen, wie sie nachdenklich vor dem Regal mit dem Cidre stand und sich nicht entscheiden konnte, den Korb trug sie lässig am Unterarm. Ich lächelte und schickte Yuna das Bild.

ICH, 14:51 Uhr
Einkaufen für den Halloweenfilmabend. French Edition.

Die Antwort kam sofort. Ein Foto, auf dem zwei Kerle zu sehen waren. Einer schob grinsend einen Einkaufswagen, der andere saß im Schneidersitz darin – umgeben von einem Berg aus Essen und Getränken. Die

Wollmütze tief in die Stirn gezogen, während er ein Dosenbier in seiner Bauchtasche zu verstauen versuchte.

YUNA, 14:51 Uhr
Einkaufen für den Halloweenfilmabend. Berlin Edition.

Auf dem Weg zurück ins Haus fragte Mignon, wieso ich so besessen von Filmen sei, und ich antwortete: »Weil Filme wie Träume sind. Entweder helfen sie uns, der Realität einen Moment zu entkommen und einen Traum zu leben. Oder sie zerstören unsere Träume und Illusionen und rütteln uns wach. Manchmal brauchen die Menschen das.«

Ihre Antwort war die Andeutung eines Nickens, ganz so als wäre ihr klar gewesen, dass ich genau das sagen würde.

Während am nächsten Tag der Geruch nach Pizza verführerisch durch das Haus wehte, schob ich in Mignons Zimmer die Pflanzen im Erker zur Seite und türmte dort stattdessen Decken und Kissen auf dem Boden auf, bis es einladend und bequem aussah. Ich hatte sie im ganzen Haus zusammengesammelt, die meisten waren aus dem Wohnzimmer. Die Decke, mit der Mignon mich am Meer umarmt hatte, hatte ich auf einem Korbsessel unten im Flur gefunden. Jetzt war sie nicht nur eine Erinnerung, sondern auch Teil dieses gemütlichen Chaos'. Es dämmerte, und die letzten Sonnenstrahlen, die noch einmal durch die Wolken brachen, tauchten die Kissenlandschaft unter den Fenstern in ein warmes Licht. Zufrieden betrachtete ich mein Werk, ordnete die Süßigkeiten auf einem Holzbrett an, auf dem sonst verschiedene Nähutensilien lagen, und stellte die Schale mit dem Popcorn dazu. Als Letztes klappte ich Mignons Laptop auf, dann lief ich die Treppen hinunter in die Küche.

Mignon holte gerade das Blech aus dem Ofen. Auf dem Tisch warteten schon zwei Gläser, in denen der Cidre kleine Bläschen warf. Sie reichte mir eins und stieß klirrend mit mir an. Süß breitete sich der Geschmack nach Apfel auf meiner Zunge aus, kurz darauf schmeckte ich ihn auf ihren Lippen.

Nach dem Essen stiegen wir noch einmal die Treppe in den Klippen hinunter. Nach der frischen, kalten Luft wäre es im Erker hoch oben über dem Meer noch kuscheliger. Kribbelige Vorfreude machte sich in mir breit. Auf eine Vielzahl an Filmstunden, die wir dort verbringen würden. Auf Mignon in meinen Armen. Sie blickte so lange auf die Wellen, wie es nur ging, und sagte, das wäre ihr Vorrat. Ein Meerspeicher für ihr Leben in Paris. Und jetzt für ein Leben ohne Perceval.

Wild brandeten die Wellen auf den Strand. Grober, dunkler Sand und Felsen im Wasser. Der Wind ging stark, und Mignons schulterlange Haare flogen wild umher. Immer wieder strich sie sich die Strähnen aus dem Gesicht. Wieder konnte ich kaum sagen, welcher Anblick mich mehr anzog; das Meer oder Mignon. Beide hypnotisierend und tiefblau, beide rau und dabei voller Schönheit. Schönheit, die vor allem unter der Oberfläche lag.

Mignon wirkte so anders, in dem langen wehenden Kleid und den Gummistiefeln dazu. Nicht nur äußerlich, sondern auch von innen heraus. Da war ein Strahlen, das ihre elegante Traurigkeit überblendete. Schon wieder versuchte sie sich die Haare aus dem Gesicht zu streichen. Ich trat zu ihr und wollte ihr den Haargummi geben, den ich meistens um mein Handgelenk trug, doch dann taten meine Finger etwas anderes. Langsam strich ich ihr die dunklen Haare hinter die Ohren, fasste sie im Nacken zusammen und zog das Band darum.

Meine Hände blieben, wo sie waren, meine Arme lagen um ihren Hals. »Besser?«

»Besser«, erwiderte Mignon ernst. Und dann waren da ihre Lippen auf meinen, so stürmisch, dass ich rückwärts stolperte. Mein Fuß blieb an einem Felsstück hängen, und ich landete unsanft im kühlen Sand. Instinktiv versuchte ich mich an Mignon festzuhalten, krallte mich mit einer Hand an ihrer Jacke fest, dem Kleid, und riss sie mit mir zu Boden. Mit einem überraschten Aufschrei fiel sie auf mich, und ich ließ sie nicht los. Steinchen und Muscheln bohrten sich mir in den Rücken. Ihr Gesicht schob sich vor den Mond.

Mondfinsternis.

»Du bist so ... *mon dieu*, so ...« Hilfesuchend sah Mignon mich an und statt den Satz zu vervollständigen, versenkte sie ihre Hände in meine Dreads. Ihr Gewicht lag leicht und schwer auf mir und Himmel ... dann verdunkelten sich ihre Augen mit einer Intensität, die mich schwer schlucken ließ. Mignon hielt meine Handgelenke fest, senkte ihre Lippen erneut auf meine. Sie tat es betörend langsam. Das überwältigende Rauschen des Meeres, ihre Fingerspitzen an meinem Gesicht. Ihre Zunge. Immer wieder ihre Zunge, wie sie sanft gegen meine stieß, und dazwischen der Geschmack nach Mon Chéri.

Ich schlang die Arme um Mignon, um sie fester an mich zu ziehen. Als sie in meinen Mund keuchte, lagen meine Hände an ihrem Hintern. Ich nahm ihre Unterlippe zwischen die Zähne, wollte dieses Geräusch noch einmal hören. Ich küsste sie lang, ich küsste sie tief. Der Sand unter mir war kalt, dieser Moment aber war das Gegenteil. Er hatte nichts Unschuldiges an sich, zumindest nicht mehr. Hitze schoss durch meinen Körper. Da war brennendes Verlangen, und ich spürte: Dieses Mal wollte Mignon dasselbe wie ich. Das, wonach ich mich sehnte. Nach mehr von ihr. Mehr, mehr, mehr.

Und dann ging plötzlich alles ganz schnell.

»Wir ...«

»Ich ...«

»Wir sollten ...«

Mignon rollte sich von mir herunter, überall war Sand und mein Atem ging schwer. Mein Blick fiel auf ihre geschwollenen Lippen, ehe sie aufstand und mir aufhalf. Hand in Hand eilten wir über den Strand und die Treppe in den Felsen hinauf, konnten gar nicht schnell genug im

Haus sein. Der immer stärker werdende Wind trieb uns an, ließ uns fast fliegen. Höher und nur noch eiliger.

Im Inneren des Hauses empfing uns Wärme, unsere Jacken fielen sofort zu Boden, die Schuhe landeten achtlos in irgendeiner Ecke, und dann prallten unsere Lippen wieder aufeinander – nur unterbrochen von wenigen Schritten, die uns kaum weiterkommen ließen. Wir fanden den Lichterschalter zunächst nicht, küssten uns wieder und fielen gegen die Kommode im Flur, und ich spürte das Vibrieren von Mignons Lachen sinnlich und schön an meinen Lippen. Die Haut an meinem ganzen Körper prickelte, als sie mich auf halbem Weg nach oben fast schon grob gegen das Geländer drückte, denn ich wusste:

Das hier war anders.

15. Kapitel

Mignon

Ein Haus am Meer, in dem wir allein waren. Nur Lilou und ich. Wenn ich ehrlich war, hatte ich vom ersten Moment an gewusst, was das bedeutete. Was es bedeuten könnte.

Der Gedanke daran, mit ihr zu schlafen, erregte mich, wie er gleichzeitig Nervosität in mir aufsteigen ließ. Ich hatte Sex mit vielen Männern gehabt, doch sie alle hatten etwas in mir gesehen, das ich nicht gewesen war: Eine Illusion, eine Art Projektionsfläche für ihre Wünsche und Sehnsüchte von der perfekten Frau. Doch dabei hatte ich nie ich selbst sein können. Lilou jedoch zeigte mir, dass ich nichts falsch machte, wenn ich einfach *ich* war. Nichts, was ich tat oder nicht tat, schien ihren Blick auf mich zu verändern. Genau das gab mir Sicherheit, ließ mich sie noch leidenschaftlicher küssen, noch stürmischer.

Wir stolperten die Wendeltreppe mehr hinauf, als dass wir liefen, weil wir die Finger nicht voneinander lassen konnten. Dann hinein in mein Turmzimmer. Die Tür fiel mit einem lauten Knall ins Schloss, und Lilou drängte mich gegen die Wand, presste sich gegen mich, und dann lagen ihre Lippen erneut auf meinen. Ihre Zunge an meiner, ein schwindelerregender Tanz, der mir durch und durch ging. Ich packte sie, zog sie enger an mich, und dann war da das Gefühl ihrer Brüste, die sich unter dem dünnen Stoff ihres Shirts gegen mich pressten. O Gott. Langsam ließ ich meine Finger unter ihr Oberteil gleiten, strich über erhitzte Haut, wanderte Zentimeter für Zentimeter weiter hinauf, während sie meine Unterlippe zwischen die Zähne nahm.

Mon dieu, wieso hatte ich Angst gehabt, dass mir das nicht gefallen würde, dass mich nicht alles an ihr anmachen könnte. Denn das tat es, das tat es so sehr. Bevor ich sie gekannt hatte, wär ich nicht auf den Gedanken gekommen, doch jetzt wollte ich nicht nur sie, ich wollte auch ihren Körper. Ich wollte sie nackt, wollte sie überall ansehen, wollte sie spüren und erkunden. Dieses Mal ohne Stoff zwischen uns. Ungeduldig schob ich Lilous Shirt nach oben und kurz darauf fiel es zusammen mit der Strickjacke raschelnd zu Boden. Als ich sah, dass sie keinen BH trug, stockte mir der Atem, dann hielt ich inne. *Heilige Scheiße*, ich schluckte. Sie hatte nicht mehr als die Jeans an, die ihr bis zum Bauchnabel reichten. Offen fielen ihr die Dreads über die Schultern. Ganz Pocahontas, *die Verspielte*, so lebendig und ungestüm. Sie war süß und gleichzeitig verdammt heiß und alles, was ich gerade wollte. Mit ihren grünen, mandelförmigen Augen sah sie zu mir auf, die Lippen leicht geöffnet, während sich der Schwung ihrer Brüste sanft vor dem hereinfallenden Mondlicht abzeichnete. Es gefiel mir, dass sie genauso atemlos war wie ich und ihre Brust sich deutlich anhob und senkte.

Herausfordernd grinste Lilou mich an, dann schlang sie mir die Arme um den Hals. Erst lag ihr Gesicht in meinen Händen, dann ihre Brüste. Sie waren groß und schwer. Und ich fing ihr leises Stöhnen mit meinem Mund auf. Dieses raue, echte Geräusch, das überall in mir nachhallte. Sie zu spüren war verflucht berauschend und aus meinen zögerlichen Bewegungen wurden immer selbstsicherere.

Lilous Hände fanden ihren Weg unter mein Kleid, sie strich mit den Fingern an meinen Oberschenkeln entlang und über den Bund meiner Strumpfhose, dann umfasste sie fest meinen Hintern. Jede ihrer Berührungen brannte wie Feuer und sandte ein aufregendes Prickeln zwischen meine Beine. Sie öffnete erst die Schleife um meine Taille, dann die Knöpfe in meinem Rücken. Das Kleid fiel zu Boden, nachdem sie es mir über die Schultern geschoben hatte. Anschließend legte Lilou ihre

Finger sanft an den Saum meiner Strumpfhose. Sie warf mir einen fragenden Blick zu, und ich nickte mit angehaltenem Atem. Mit meiner Hilfe schob sie sie mir von den Beinen. Aufregend langsam. Fast nackt stand ich vor ihr, entblößt auf tausend Arten.

Lilou sah mich an, betrachtete bewundernd meinen Körper, und mit einem Mal machte sich doch Unsicherheit in mir breit. Die Angst vor dem Neuen und Unbekannten. Sex hatte mir nie so viel bedeutet wie das hier. Und es war nie … Ich schluckte schwer. Es war nie mit …

»Ich …«, ich hielt inne und hielt Lilous verhangenem Blick stand. »Ich weiß nicht, wie … wie das geht.«

Lilou neigte den Kopf, nahm meine Hand und lächelte mich sanft an. »Ich zeig es dir und wir überstürzen nichts, okay? Wir müssen überhaupt nichts tun«, sagte sie leise und führte mich in Richtung Bett. »Außerdem gibt es wirklich nichts, was du falsch machen könntest, Mignon.«

Und einen Moment später saß ich auf der äußersten Kante meines Betts, sie auf meinem Schoß, und meine Hände lagen auf ihrer Taille. Ihre Haut war so warm, war so weich. Ganz langsam schob Lilou eine Hand unter mein Kinn und strich mit dem Daumen über meine geschwollenen Lippen, folgte dann mit den Fingerspitzen jeder Kontur und jeder Kurve meines Mundes. Ihr Blick versank in meinem, und das Verlangen darin traf etwas tief in mir, raubte mir den Atem. Weil ich in ihren grünen Augen sah, wonach ich mich selbst sehnte. Und weil in diesem Moment die Zeit einzufrieren schien und er das echteste war, was ich bisher erlebt hatte. Er war wie wir: Nicht perfekt, nicht geplant – nicht wie das Leben, das ich kannte, aber verdammt wahrhaftig.

Mir war bewusst, dass ich es Lilou nicht leicht gemacht hatte. Dass ein Teil von mir sich ihr permanent in die Arme hatte schmeißen wollen, während ein anderer am liebsten davongerannt wäre. Doch auch jetzt versuchten Lilou und ihr großes Herz erneut, möglichst sanft zu sein.

»Ich will dich. Ich will dich wirklich«, wisperte ich, als sie sich näher zu mir beugte. Einzelne Dreads fielen ihr über die Schultern nach vorne, strichen über ihre aufgerichteten Nippel. Ein Anblick, der mich unwahrscheinlich anmachte: Sie auf diese Art auf mir, ihre Schenkel fest um meine Hüfte.

Gott, ja, das hier war neu, und es machte mir Angst, aber Lilou sollte nicht denken, dass das etwas mit ihr zu tun hatte. Niemals. Warm streichelte ihr Atem mein Gesicht. Es fühlte sich an wie eine Einladung, wie ein Versprechen.

»Ich will dich auch, Mignon«, raunte Lilou gegen meine Lippen, ehe sie mit ihren über meine strich. »Ich will dich schon die ganze Zeit.« Die Berührung war federleicht, kaum spürbar und doch so intensiv, dass ich nach Luft rang, als sie wieder meinen Blick suchte und fand. »Und dass wir es beide wollen, ist doch sowieso das Wichtigste, oder?«

Ein langer, tiefer Blick, in dem alles lag, was ich wissen musste. Alles, um mich sicher zu fühlen, und alles, um ich selbst zu sein. Draußen schlugen Wellen gegen die rauen Felsen, und hier schlug mein Herz fest gegen ihres. Völlig aus dem Takt und doch genau im richtigen Rhythmus.

Vorsichtig zog sie den Haargummi aus meinen Haaren, die sie am Strand noch zusammengebunden hatte, und *mon dieu*, dann küsste Lilou mich, küsste mich um den Verstand. Schwindelerregend, elektrisierend. Meine Hände krallten sich in ihre Haare. Mondlicht verfing sich in den weißblonden Dreads. Mein Elfenmädchen, so wild und frei und voller Lebenshunger. Und erst dann schlossen sich meine Augen.

Zwischen zwei Küssen zog sie mich fester an mich und folgte dabei meinem Instinkt. Lilou seufzte losgelöst und selbstvergessen gegen meine Lippen, und in diesem Moment fiel jede Unsicherheit von mir ab. Da war nur noch das brennende Drängen, sie zu spüren und ihren Körper zu erkunden. Und der Gedanke, dass ihr doch irgendwie gefallen musste, was mir selbst gefiel.

Als hätte sie meine Gedanken erahnt, nahm Lilou meine Hände und legte sie auf ihre Brüste und Gott ... diese Selbstverständlichkeit, mit der sie es tat. Sie lehnte sich ein Stück zurück, hielt sich an der Bettkante fest und sah mir tief in die Augen, während ich ihre Nippel zwischen die Finger nahm und zusah, wie sie sich auf meinem Schoß wand. Wie ihre Augen sich unter meinen Berührungen von Sekunde zu Sekunde weiter verdunkelten und ihren leicht geöffneten Lippen ein ersticktes Keuchen entwich. *Ihr musste doch gefallen, was mir selbst gefiel*, erinnerte ich mich und fuhr mit der Zunge über die Unterseite ihrer Brüste, zog langsame Linien. Lilou erbebte, und als ich meine Lippen schließlich um ihre Nippel schloss, stöhnte sie rau auf. Sie keuchte meinen Namen, und beide Silben verstärkten das Pochen zwischen meinen Beinen.

Noch an den kleinsten ihrer Bewegungen erkannte ich, was ihr gefiel, und ich saugte jede Reaktion begierig auf. Meine Finger zitterten, als ich sie weiter hinabgleiten ließ, ihren Bauch streichelte und schließlich den obersten Knopf ihrer Jeans öffnete, dann den Reißverschluss. Lilou lachte leise ihr Grübchenlachen, küsste sich meinen Hals hinab und flüsterte mir ins Ohr: »Du bist auf einmal ganz schön ungeduldig, Mignon.«

Ihr heißer Atem bescherte mir überall eine Gänsehaut, und ich biss mir verlegen auf die Unterlippe. Plötzlich war da nur noch mein Glasherz zu ihren Füßen und nichts mehr übrig von dem Menschen, der ich nach außen hin war, nichts mehr übrig von all den Fassaden, von denen ich manche bewusst und manche unbewusst aufrechterhielt. In dieser Nacht gab ich mein Innerstes in ihre Hände. Mit einem Mal war es so leicht.

Eine Spur von Küssen, die der Linie meines Kiefers folgten, dann meine Mundwinkel erreichten.

»Keine Sorge, ich find's ziemlich heiß«, raunte Lilou und kletterte mit diesen Worten von meinem Schoß. Aufreizend langsam schob sie sich die Hose von den Beinen und ließ mich sie ansehen. Nichts als rote Spitze mit weißen Punkten, die als Nächstes über ihre Hüften nach unten rutschte, und dann stand Lilou vollkommen nackt vor mir. Mit all ihren Rundungen und leuchtenden Augen. Der Anblick gefiel mir. Es gefiel mir auf so viele Arten.

Ohne weiter darüber nachzudenken, öffnete ich meinen BH und ließ ihn fallen. Das selbstvergessene Lächeln glitt von Lilous Lippen. Sie starrte mich an, trat dann zu mir und kniete sich wortlos vor mich. Ganz langsam, aber bestimmt schob sie meine Beine auseinander und rutschte noch näher an mich heran, sah mit diesem dunklen, einnehmenden Blick zu mir auf.

»Wenn es dir zu schnell geht oder zu viel ist, dann musst du es mir sagen, okay?«

Ich konnte nicht mehr als nicken, weil sie im nächsten Moment mit den Händen über die Innenseite meiner Schenkel strich, um sie dann hinauf zu meinen Brüsten wandern zu lassen. Meine Nippel zwischen ihren Fingern, dann ihren Zähnen. Ich warf den Kopf in den Nacken und stöhnte leise auf.

»Versprich mir, dass du es mir sagen wirst.«

Lilous Zunge glitt quälend langsam zwischen meinen Brüsten hinab, über meinen Bauch, weiter und weiter hinunter, während sie mit den Händen fest meinen Hintern umfasste. Dass sie mich wollte, war elektrisierend, noch mehr aber war es das rohe Verlangen in ihren Augen, das sie so offensichtlich zu kontrollieren versuchte.

»Versprich es mir, Mignon«, forderte sie erneut, rauer dieses Mal. »Ich muss es hören.«

Lilou zog mich mit einer gezielten Bewegung näher an die Kante des Bettes. Ihr fragender Blick, mein Nicken. Und sie schob mir mein Höschen mit meiner Hilfe von den Schenkeln. Sie rutschte ein Stück zurück, dann war sie wieder zwischen meinen Beinen und drückte sie noch ein Stück weiter auseinander. Sie sah mir tief in die Augen, ehe sie Küsse auf meinen Oberschenkeln zu verteilen begann, angefangen an meinen Kniekehlen. Sanft, so sanft. Und immer näher dorthin, wo ich sie haben wollte. Ich hatte nicht einmal gewusst, dass ich mich genau danach sehnte und … oh *merde*. Ich krallte mich mit den Fingern in den Laken fest, als ihre Lippen von ihrer Zunge ersetzt wurden. Brennende Linien, die sich auf der Innenseite meiner Oberschenkel immer weiter hinaufschlängelten.

»Sag es«, murmelte Lilou dieses Mal deutlich ungeduldiger.

»Ich …«, wimmerte ich, als ich ihren Atem heiß und verheißungsvoll direkt zwischen meinen Beinen spürte. Dort, wo eben noch der feuchte Stoff meines Höschens gewesen war. »Ich … ich verspreche es dir.«

Lilou seufzte und stöhnte gleichzeitig. Es war ein betörender, fast animalischer Laut, der mir durch den ganzen Körper fuhr. Da war ein träges, zufriedenes Lächeln, dann schrie ich überrascht auf, als …

Lilou

… ich sie mit einem Ruck näher an mich zog und meinen Mund auf ihre Hitze senkte, bereit in ihr zu ertrinken. Mich kopfüber hineinzustürzen und mich rettungslos in ihr zu verlieren. Ich wollte Mignon zeigen, wie sehr ich sie begehrte, und schon in der ersten Sekunde, in der ich mit der Zunge über ihre feuchte Wärme fuhr, wollte ich mehr von ihr, wollte ich alles von ihr. Ich versuchte mich zurückzuhalten, doch je intensiver das Gefühl von ihr an meinem Gesicht wurde, desto schwerer fiel es mir, mich nicht ganz dem Moment hinzugeben. Die Geräusche, die Mignon von sich gab, machten mich an, der Anblick ihrer Finger, die sich in die Bettdecke krallten, taten es ebenso. Ich nahm sie mit meiner Zunge und jedes Mal, wenn Mignon unter mir erbebte, ging es mir genauso. Als wären wir im Einklang. Sie und ich, um uns herum nicht mehr als die Unendlichkeit.

Ich legte meine Hände fest um ihre Schenkel, doch das entlockte ihr nur ein weiteres hemmungsloses Stöhnen. Es entwich ihren Lippen, diesem betörenden Mund.

Schwer atmend ließ ich von ihr ab und glitt mit einem, dann mit zwei Fingern in sie. Ich wollte sie ansehen, wenn sie kam. Ich wollte sie richtig sehen und mich dabei in ihren tiefblauen Augen verlieren können.

Ich blieb also auf den Knien, drückte mich aber nach oben und kam ihren Lippen entgegen. So nah, dass ich in ihre geweiteten Augen blicken und ihr erregendes Stöhnen mit dem Mund auffangen konnte. Flatternde Lider mit Endloswimpern, gepresster Atem und Keuchen, und dann sah ich, wie Mignon sich immer weiter dem Moment näherte, in dem sie einfach fallen würde. Spürte an meinen Seiten ihre Beine, die zu beben begannen. Ich bewegte mich mit den Fingern schneller in ihr, kreiste, forderte. Mehr und mehr und mehr, weil ich mich Hals über Kopf in diese Frau verliebt hatte. Weil ich ihren Körper wollte, vor allem aber ihr Herz. Und weil das mit uns vielleicht Schicksal gewesen war, als sie in dieses mystische Licht getaucht plötzlich vor mir aufgetaucht war.

»Lilou!« Fast schrie Mignon meinen Namen und zusammen mit dem unkontrollierten Zittern ihres Körpers spürte ich, wie das Pulsieren zwischen meinen eigenen Beinen immer stärker wurde. Je mehr sie sich mir hingab. Ich schlang einen Arm um ihre schmale Taille, als sie nach hinten zu sinken drohte, hielt sie ganz fest und nah bei mir.

»Lilou, ich …« Was auch immer Mignon hatte sagen wollen, ich nahm ihr die Worte mit meinem Mund von ihren Lippen, schluckte sie und ihr Stöhnen, das von Stoß zu Stoß lauter wurde. Sie drängte sich mir mit dem Becken entgegen, und ich war absolut bereit, ihr mehr zu geben.

»Lass dich fallen«, sagte ich, und meine Worte waren Hauchen und Stöhnen zugleich. Ein letztes Mal drang ich in sie, rieb mit dem Daumen gleichzeitig über diesen einen empfindlichen Punkt. Und dann fiel Mignon vor meinen Augen auseinander. Und während sie fiel, hielt und hielt und hielt ich sie, konnte den Blick nicht von ihrem Gesicht abwenden und all den Gefühlen, die darin tobten. Es war ihre Seele, die offen vor mir lag.

Mignon ließ meinen Blick nicht los, sie schrie meinen Namen und sank dabei zitternd und verschwitzt gegen mich. Sie sah wunderschön aus und auf eine ehrliche Art verletzlich mit ihren geweiteten Augen und dem Pony, der sich in ihrer Stirn kräuselte. Ohne mich ganz von ihr zu lösen, stand ich auf und legte mich hinter sie auf das Bett. Mein ganzer Körper pulsierte, mein Herz tat es noch mehr, als ich sie halb auf mich zog, halb zwischen meine Beine. Ihr Kopf lag auf meiner Schulter.

Staunend blickte Mignon mich an und keine von uns sagte ein Wort, weil es genau jetzt keine zu sagen gab. Ihre dunklen Haare waren ein einziges Durcheinander, und als ich sie mit den Fingern zu glätten versuchte, schenkte sie mir das süßeste und echteste Lächeln, das ich je an ihr gesehen hatte. Ihre Wangen waren leicht gerötet, wahrscheinlich so wie meine eigenen, und ihr Atem ging immer noch zu schnell. Ich streichelte jeden Zentimeter ihrer in Mondlicht getauchten Haut und vergrub mein Gesicht an ihrem Hals. Dort, wo es nach Wind und Ozean roch, wie sonst nur draußen an den Klippen.

»Das war …«, begann sie leise und unter meiner Hand spürte ich das schnelle Schlagen ihres Herzens.

»Ich weiß«, sagte ich mit einem warmen Flattern im Bauch. Mignon seufzte, und wir lauschten dem Schlagen unserer Herzen. Ich dachte daran, dass ich sie noch nie so frei und losgelöst erlebt hatte wie hier am

Meer. Da war zwar diese leise Melancholie, die zu ihr gehörte wie alles andere, aber auch eine andere Seite: Eine, die voller verborgener und ungeahnter Sehnsüchte war.

»Lilou?« Mignon hatte meinen Namen kaum hörbar geflüstert. Es war kaum Zeit vergangen und gleichzeitig so unendlich viel. Ihre Hand legte sich warm und angenehm schwer auf meinen nackten Bauch. »Wovor hast du eigentlich so große Angst?«

Überrascht wandte ich den Kopf. Bei der Frage zog sich alles in mir auf schmerzhafte Weise zusammen. Und ich musste mir eingestehen, dass sie weit richtiger lag, als mir lieb war. Seit unserem ersten Kuss hatte ich Angst vor einer Wiederholung der Ereignisse gehabt. Angst, mich selbst ganz und gar fallen zu lassen. Ich fürchtete mich immer noch, auch wenn es leichter wurde.

Mignon stützte sich auf einen Arm und begann mit den Fingern Endloskreise auf meinem Bauch zu ziehen. Wie hypnotisiert betrachtete ich die tätowierte Schlange an ihrem Ringfinger, die sich im schwachen Licht zu bewegen schien.

»Pocahontas«, murmelte sie zärtlich und sah auf mich hinab. »Du kannst es mir sagen. Ich hab doch auch irgendwie Angst.«

Vielleicht lag es daran, dass sie mich wieder Pocahontas genannt hatte, an dem warmen Ton in ihrer Stimme oder daran, dass wir vertraut und Haut an Haut beieinanderlagen, während nur das entfernte Rauschen der Wellen durch die Fenster drang … Ich begann ihr meine Geschichte zu erzählen und sie hörte zu, zog mich mit jedem Wort enger an sich, bis mein Kopf an ihrer Schulter lag. Sie und ich und nichts zwischen uns.

Ich erzählte ihr von Vera, die in der Oberstufe neu an die Schule gekommen war und in Deutsch und Englisch neben mir gesessen hatte. Von unserer verschworenen Gemeinschaft, zu der neben uns beiden noch Yuna und Natalie gehörten. Von den Tagen am See, Filmabenden bei Natalie, den Partys, den Geheimnissen, dem ersten geteilten Joint in unserem Garten. Vier Freundinnen fürs Leben – zumindest hatte ich das gedacht. Davon, wie ich Vera irgendwann mit anderen Augen gesehen hatte: Ich hatte sie immer hübsch gefunden, ohne mir etwas dabei zu denken, aber auf einmal fühlte ich mich von etwas in ihrem Inneren angezogen. Vorher war ich zwar schon öfter verknallt gewesen, aber so etwas war mir noch nie passiert. Mit keinem Jungen und keinem Mädchen. Mit niemandem.

»In diesem Sommer«, sagte ich stockend und spürte Mignons sanftem Streichen über meine Taille nach, »da ist das zwischen uns intensiver geworden. Ich war mir sicher, dass Vera mich nicht auf dieselbe Art sehen würde wie ich sie. Aber dann haben wir immer mehr Zeit miteinander verbracht, nur zu zweit, ohne Yuna und Natalie. Und da habe ich mir zum ersten Mal den Gedanken erlaubt, dass sie auch in mich verliebt sein könnte …« Ich schluckte. Erst jetzt, wo ich es aussprach, wurde mir bewusst, wieso sich das mit Mignon so sehr wie eine Wiederholung angefühlt hatte. »Kurz vor dem Ende der Sommerferien waren wir zusammen mit den anderen auf einer Party. Yuna und Natalie sind nach Hause gegangen, und ich bin noch mit zu Vera. Wir waren betrunken, und sie hat … mich geküsst. *Wir* haben uns geküsst und irgendwie konnten wir nicht mehr damit aufhören.« Wieder sah ich ihr wehendes blondes Haar vor mir, das Glitzern in ihren ebenso hellen Augen. Und obwohl ich nichts mehr für sie empfand, erinnerte ich mich noch daran, wie süß sich dieser Kuss angefühlt hatte. Nicht zu vergleichen mit dem Sturm und der Freiheit, die Mignon in mir auslöste, aber damals das Beste, was ich mir vorstellen konnte: Die Erwiderung meiner Gefühle.

»Wir haben es niemandem erzählt«, fuhr ich fort, »aber ich habe mir nichts dabei gedacht. Vera und ich … wir waren miteinander befreundet, und es erschien mir ganz logisch, das alles erst einmal für uns zu behalten. Außerdem haben wir unsere Vierergruppe geliebt und wollten das nicht kaputt machen. Es war nur … wenn wir allein waren, dann war ich richtig glücklich, aber irgendwann hat Vera angefangen sich seltsam zu verhalten, wenn andere Leute dabei waren. Sie hat ständig über irgendwelche Kerle geredet und damit angegeben, mit wem sie schon etwas gehabt hatte. Es ist ja okay, dass ich nicht ihre Erste war, aber das hat wehgetan. Sie hat nur noch von Jungs geredet und davon, wen sie toll findet. Als ich sie einmal gefragt habe, wieso sie das tut, hat sie gelacht und gesagt, dass das doch nur Spaß wäre. Und ich war einfach so wahnsinnig verknallt in sie, dass ich mich krampfhaft nur auf das Gute konzentriert habe, auf all die schönen Momente zwischen uns. Ich habe mich einlullen lassen und mich dabei immer mehr in Vera verliebt. Das mit uns ging Monate. Vor den Abiprüfungen haben wir oft zusammen bei ihr oder mir gelernt und an diesem einen Tag hat sie bei mir übernachtet. Wir haben das erste Mal miteinander geschlafen, und es hat mir wirklich etwas bedeutet. Ich weiß, dass viele Leute einfach nur Spaß haben können, aber so bin ich nicht. Wenn ich mit jemandem schlafe, dann bedeutet es etwas und auch wenn ich es heute besser weiß, dachte ich, dass das mit Vera und mir etwas Echtes wäre.«

Ich hielt inne und versuchte in Mignons Gesicht zu lesen, was sie dachte. War es nicht seltsam, dass ich nach dem, was ich gerade mit ihr getan hatte, davon erzählte, wie ich mit einer anderen Sex gehabt hatte?

»Lilou, ich habe dich danach gefragt. Es ist wirklich okay für mich, dass du darüber redest.«

Ich nickte. Ich wollte diesen Moment zwischen uns nicht kaputt machen. Dafür war er mir zu wichtig, dafür war *sie* mir zu wichtig. Mignon küsste mich auf die Stirn.

»Aber du musst nicht weitersprechen, wenn du nicht willst«, murmelte sie. Dass sie so rücksichtsvoll war, ermutigte mich noch mehr dazu, eben genau das zu tun: Weiterreden.

»Dann hat sie mir auf die schlimmste Weise das Herz gebrochen.«

Veras schönstes, eiskaltes Lächeln und das rote Kleid. Bilder, die nach wie vor gestochen scharf waren. »Natalie hat ihren achtzehnten Geburtstag gefeiert und unsere ganze Stufe eingeladen. Alle waren da. Ich hatte Vera nicht mehr gesehen, seit wir miteinander geschlafen hatten, nur Nachrichten geschrieben. Ich war wahnsinnig aufgeregt und dachte, dass nun der Moment gekommen wäre, wo wir es den anderen erzählen würden. Als ich auf der Party ankam, war die Stimmung zwar irgendwie komisch; die anderen haben getuschelt, wenn sie mich gesehen haben, und immer wieder fiel Veras Name, aber ich war einfach nur glücklich, dass das Versteckspiel endlich vorbei wäre. Ich habe Vera gesucht und in der Küche gefunden. Ich weiß gar nicht genau, was ich vorgehabt habe. Vielleicht wollte ich sie umarmen, vielleicht küssen. Was es auch war, als ich auf sie zukam, ist Vera mir ausgewichen und hat mich angeekelt angesehen. Sie hat mich als Freak beschimpft und behauptet, ich hätte es ausgenutzt, dass sie betrunken gewesen war, und dass ich sie auf keinen Fall jemals wieder anfassen sollte. Und wie ich überhaupt auf die Idee käme, dass sie auf mich stehen würde. Dann hat sie gelacht, genauso wie die Leute um uns herum. Das ist es dann gewesen.«

Es waren noch mehr Worte gefallen und jedes einzelne hatte mir damals das Herz gebrochen, doch ich hatte sie nicht mehr bewusst gehört. Ich hatte nur immer wieder gedacht: *Warum? Warum jetzt? Warum nach all den Monaten?* Was darauf folgte, war wie in Watte und Nebel gepackt vor meinen Augen abgelaufen: Da stand plötzlich ein Kerl bei Vera und fasste sie auf eine Art an, die mir Übelkeit verursachte. Yuna, die Vera anschrie und mich aus dem Haus zog, weg von dem Gelächter und den fiesen Sätzen.

»Oh Lilou.« Das war alles, was Mignon sagte. Ein Hauchen und meinen Namen, die Lippen an meiner Schläfe. Irgendwann fragte sie: »Aber wieso hat sie das gemacht?«

»Ich weiß es nicht genau. Später habe ich herausgefunden, dass Vera ihr Handy in der Sportumkleide vergessen hat und na ja … die Person, die es gefunden hat, hat sich scheinbar unseren Chatverlauf angesehen und Screenshots davon verschickt oder was weiß ich. Jedenfalls wussten es deshalb alle. Auch die Details.«

»*Bordel de merde*, das ist doch bescheuert. Das klingt wie eine Folge Gossip Girl.« Mignon klang wütend, ich aber war es nie gewesen. Enttäuscht und traurig ja, aber nicht wütend.

»Vielleicht war das für Vera eine Art«, ich würgte das nächste Wort fast hervor, »*Schadensbegrenzung.*«

Ich war froh, dass sie nichts erwiderte und ich nichts weiter sagen musste. Sie hatte jetzt alles von mir erfahren und das genügte.

Als Mignon irgendwann wieder sprach, klang sie entschlossen: »Ich bin nicht sie.«

»Das weiß ich.«

»Du bist mir wichtig, Lilou. Wahrscheinlich mehr, als du ahnst. Und das hier gerade – es hat etwas bedeutet. Es hat *mir* etwas bedeutet.« Mignon sah mich an und in dem Blau ihrer Augen lag nichts als Ehrlichkeit und Wärme. »Dass ich das mit einer Frau erlebt habe, ist für mich neu, und ich frage mich immer noch, was es bedeutet … für die, die ich bin. Ich weiß nicht, ob ich … jetzt lesbisch bin. Oder bisexuell. Oder …«

»Das musst du ja nicht sofort wissen. Es ist nicht einmal so, dass du es irgendwann wissen müsstest. Nicht jeder braucht ein Label.«

Lang sah sie mich an, dann sagte sie: »Ich schätze, es ist, weil du eben du bist. So sehr Lilou. Du könntest auch ein Mann sein oder ein Alien oder sonst etwas, ich hätte mich trotzdem in dich verliebt. Du bist eben du und das mag ich – *mon dieu*, auch wenn es mich echt durcheinanderbringt.« Mignon sah mich verlegen an, wich meinem Blick jedoch nicht aus. »Du machst mich glücklich. Und ich glaube, das ist im Moment alles, was zählt.« Fast wiederholte sie mit dem letzten Satz, was ich vor gar nicht langer Zeit zu ihr gesagt hatte. Mignon biss sich auf die Unterlippe und verbarg ihr Gesicht an meiner Schulter. Ihre Haut glühte an meiner, und ich strich mit der Hand durch ihre Haare. Doch dann konnte ich nicht anders: Ich begann zu kichern. »Ich könnte also auch ein Alien sein?«

Mignon hob den Kopf und starrte mich an, dann rollte sie sich auf mich und drückte meine Handgelenke fest in die Matratze. Mit einem Bein zwischen meinen presste sie sich gegen mich und … *Oh.* Ich keuchte überrascht auf, als sie sich für einen Moment an mir rieb. Einmal. Zweimal. Eine kleine Bewegung nur und doch spürte ich sie überall.

»Lilou?«, fragte sie und tat es wieder, berührte mich mit ihrem Oberschenkel zwischen den Beinen, während unsere Finger verschränkt waren. »Hast du mich gerade ausgelacht?« Ihre Stimme hatte einen dunklen, verführerischen Klang angenommen.

»Das würde ich niemals wagen«, log ich schamlos und grinste Mignon an.

»Ich glaube schon, dass du das tun würdest«, erwiderte sie mit einem Glitzern in den Augen und beugte sich mir entgegen, bis ihr Mund gefährlich nah vor meinem war. Die Luft zwischen uns vibrierte, als sie die Stimme noch weiter senkte: »Du kannst ganz schön frech sein, weißt du?«

»Ist es nicht genau das, was du so an mir magst?«, entgegnete ich möglichst fest, ergab mich dann aber dem leisen Stöhnen, das unter ihren leichten Bewegungen über meine Lippen glitt. Sie antwortete darauf mit diesem sirenenhaften Lächeln, gegen das ich absolut machtlos war.

»Ich möchte jetzt auch etwas für dich tun.«

»Du musst aber nicht. Es ist perfekt, wie es ist«, wisperte ich und meinte es genauso. »Und du machst mich übrigens auch glücklich, Mignon. Und vielleicht habe ich jetzt ein bisschen weniger Angst.«

»Vielleicht habe ich auch ein bisschen weniger Angst.«

»Das ist –« *Schön*, wollte ich sagen, doch Mignon küsste mir das Wort von den Lippen, ehe ich es aussprechen konnte. Ich seufzte in ihren Mund hinein und auch dieses Geräusch fing sie auf, dieses Mal mit ihrer Zunge, die sanft über meine Unterlippe glitt. Ich wand mich unter ihr. Lachend gab sie meine Handgelenke frei und umfing mit ihren Händen mein Gesicht. Ich zog sie enger auf mich und hielt mich an ihr fest, an ihrem runden Hintern. Und ich küsste sie noch drängender als zuvor, erregt von ihrem nackten Körper auf mir, noch mehr aber von der Vertrautheit zwischen uns, die sich jetzt noch einmal vertieft hatte.

Ich hob das Becken leicht an, kam ihren quälend langsamen Bewegungen entgegen. Ihr Blick, die Mischung aus Begierde und Unsicherheit, weil das alles so neu für sie war, machte mich dabei auf schwindelerregende Weise an. Ehrfürchtig strich ich mit den Fingern über ihren Körper, bis ihre Brüste fest in meinen Händen lagen und sich sanft in ihnen wiegten. Ich brauchte mehr, ich wollte mehr. Doch gerade, als ich Mignon packen wollte, glitt sie ein Stück von mir herunter. Unsere Beine waren miteinander verknotet, sie stützte sich auf ihren linken Arm, mit der anderen Hand zog sie feine Linien über meinen Oberkörper. Sie betrachtete mich: Mein Gesicht, meine Brüste, meine Hüften, meine Schenkel. Und das, was sich dabei in ihren hypnotisierenden Augen spiegelte, steigerte meine Begierde nur noch mehr. Ein leises Wimmern verließ meine Lippen, doch ich wollte mich zurückhalten und ihr die Führung überlassen. Ich schloss die Augen und spürte ihre Hände neugierig über meinen Körper wandern. Feine, brennende Linien, die mit jedem zusätzlichen Zentimeter das Pulsieren zwischen meinen Beinen steigerten. Ich lag ganz still da, doch meine Haut pochte. Und als ich dachte, ich würde es nicht mehr länger aushalten, drang ein Raunen an mein Ohr. »Ich will dich spüren. Ich will alles von dir fühlen.«

Ich keuchte bei ihren Worten, spürte der Gänsehaut auf meinem ganzen Körper nach. Küsse auf meinem Hals, heißer Atem auf meinen Brüsten, ein Nippel in ihrem Mund und ich unfähig zu sprechen. Mignons Hände strichen über meinen Bauch, glitten die Innenseite meiner Schenkel entlang und dann, als sie mit einem Finger erlösend in mich drang, hielt ich mich laut stöhnend an ihren Oberarmen fest.

»Zeig mir, was dir gefällt.«

Ich öffnete die Augen. Mein Herz stand still. Ich versank in ihren tiefblauen Augen und sie in mir und meinem Sein. Da war Mignon und nur sie allein. Die Einzige, die zählte.

Sanft glitt sie aus mir, in mich und wieder heraus, und ich flüsterte heiser *mehr*. Mignon verstand sofort, schob einen weiteren Finger in mich. Füllte mich, erfüllte mich mit quälend langsamen Stößen. Ich legte eine Hand auf ihre, um ihre Bewegungen zu führen und zu zeigen, wie es mir gefiel. Schneller. Und Mignon folgte mir. Sie sog die Unterlippe zwischen die Zähne. Ihre Lider flatterten, weil sie es genoss, weil sie es auskostete. Das pure Verlangen in ihren Augen. Ich warf den Kopf in den Nacken und schrie.

Sie trieb mich immer weiter und höher. Das, was ihre Finger mit mir taten, strömte in immer heftigeren Wellen durch meinen Körper, und dann suchten sich meine eigenen ihren Weg zwischen Mignons Beine. Als ich in sie drang, weiteten sich ihre Augen ganz nah vor meinen. Sie in mir, ihre feuchte Hitze an mir. Unsere Beine miteinander verschränkt, ihre Brüste an meinen. Ein leichter Schweißfilm lag auf Mignons Gesicht, ihre Lippen waren leicht geöffnet und sie stöhnte, brachte erregende, kehlige Laute hervor. O Gott, diese Frau hatte nie schöner ausgesehen als in diesem Moment.

Da war nur noch Bewegung, nur noch Rhythmus und unsere Herzen, die heftig und schnell schlugen. Erst waren sie unser Takt, doch dann war nichts mehr koordiniert, sondern ein wilder Tanz, der uns immer höher trug. Unser Stöhnen war die Melodie, jedes leise, jedes laute, jedes ungehemmte. Mignon wimmerte, und ich konnte nicht mehr klar denken. Unsere Becken stießen aneinander, als wir unseren Händen entgegenkamen. Das war Trance, das war pure Ekstase.

Ich nahm sie so tief in mich auf, wie sie es auch mit mir tat. Tiefer, mehr. Und ich wusste nicht mehr, wer von uns beiden schrie oder ob wir es gleichzeitig waren. Mignon war so weit, ich spürte es an ihrem Beben, an der einen Hand, die sich fast schmerzhaft in meinen Haaren festkrallte. Und dann zerfiel die Welt um mich herum, und ich fiel mit ihr. Dem Abgrund entgegen und noch weiter. Fallen und Fliegen, wir zwei irgendwo zwischen den Wolken.

Mignon schrie meinen Namen, ein letztes Mal rieb ich mit dem Daumen über sie, sie schrie ihn immer und immer wieder, und das gab mir endgültig den Rest. Als mein Herz explodierte, fing sie meinen Schrei mit ihrem Mund, dann sank sie zitternd gegen mich. Ganz langsam zog sie ihre Finger aus mir und lachte heiser, als ich aufstöhnte.

Mignon strich mir meine Dreads aus dem Gesicht, küsste mich mit berauschender Zärtlichkeit auf den Mund. Sanft und federleicht, doch immer noch mit Dunkelheit in den Augen.

»Mignon«, wisperte ich. Einfach nur ihren Namen, weil ich seltsam sprachlos und leer war und dieses eine Wort irgendwie alles sagte, was sie wissen musste.

Wir zitterten beide und atmeten schwer. Ich wollte mein Gesicht an ihrem Hals vergraben, wollte ihren Meeresduft einsaugen. Ich wollte immer mehr, obwohl ich gerade alles hatte, doch Mignon löste sich von mir und stand auf. Sie griff nach der Decke, die vom Bett gefallen war, und lief in den Erker, um die Fenster zu öffnen. Die Bewegungen langsam und bedacht, ihre Beine schienen wie meine immer noch leicht zu zittern. Eiskalter Wind schlug ins Zimmer, und sie völlig entblößt im Licht des Mondes stehen zu sehen, war fast erregender, als mit meinen Händen und meinem Körper zu fühlen, wie sie kam. Helle Haut und

Endlosbeine, vom Sex zerzauste Haare und dieses verführerische Fast-Lächeln auf den Lippen, das mich von Tag zu Tag nur noch verrückter machte.

Mignon ließ sich mit der Decke auf die zahllosen Kissen sinken und klopfte auf den Platz zwischen ihren Beinen. Es brauchte nur einen auffordernden Blick und innerhalb von Sekunden war ich bei ihr, spürte ihre Brüste im Rücken, die Hände auf dem Bauch. Dass er sich unter ihren Fingern wahrscheinlich leicht wölbte, war mir egal. Es war mir egal, weil ich wusste, wie sie mich ansah.

»Das hier gehört zu den Dingen, von denen ich geträumt habe«, sagte sie dunkel, die Stimme heiser von ihren Schreien, die mir noch in den Ohren klangen. Laute, die ich niemals vergessen würde.

In der Hoffnung, dass das hier niemals enden würde, kuschelte ich mich an sie. »Was denn?«

»Genau hier sitzen und dem wilden Meer zusehen. Aber mit jemandem, mit dem ich das auch teilen möchte.«

Dieser Moment war schmerzhaft perfekt.

Perfekt, weil ich wusste, dass Mignon etwas war, von dem ich gar nicht gewusst hatte, dass ich es gesucht hatte. Ein fehlendes Teil, das mich frei sein ließ und doch vervollständigte. Schmerzhaft, weil in acht Monaten meine Zeit vorbei sein würde und ich keine Ahnung hatte, was dann mit uns sein würde. Es war ein Gedanke, den ich kaum ertrug, also schob ich ihn beiseite, drehte meinen Kopf und hauchte Mignon einen Kuss auf die Lippen. Wir beide, das war das Hier und Jetzt.

Ihr Blick war nachdenklich auf das Meer gerichtet, und ich fragte: »Können wir nackt bleiben, bis wir fahren? Und die restliche Zeit einfach nur hier sitzen?«

Ich griff neben uns und hob den Laptop und die Schale mit Popcorn auf meinen Schoß. Dann ließ ich mich noch tiefer als zuvor in ihre Umarmung fallen, versank irgendwo zwischen der Decke und ihrem

Körper. Alles war warm und weich und losgelöst, ich auf die allerbeste Art erschöpft.

In Mignons Augen blitzte es, ihr Mund formte ein herzförmiges Lächeln.

»Alles was du willst, Lilou«, versprach sie.

»Perfekt«, murmelte ich. »Dann lass uns jetzt einen schlechten Horrorfilm ansehen. Du wirst es lieben.«

L'art pour l'art.

Die Kunst um der Kunst willen.

16. Kapitel

Lilou

Mignon hielt ihr Versprechen. Wir waren die ganze Zeit nackt, und der Erker in ihrem Turmzimmer wurde zu unserer weltschönsten Oase – außer in den Stunden, in denen wir an der Küste entlangliefen. Wir sahen uns Filme an, kochten gemeinsam und jagten uns wie Kinder durch das Haus. Wir stellten uns ununterbrochen Fragen, waren genauso gierig nach den Erzählungen der anderen wie nach ihren Berührungen. Wenn Mignon am Laptop saß und arbeitete, malte ich sie und füllte Blatt für Blatt mit ihrem Gesicht, mit ihrer Gestalt vor schäumenden Wellen und dem entrückten Ausdruck in ihren Augen mit dem hypnotisierenden braunen Fleck. Ein aufreizender Blick über die Schulter, ein ausgelassenes, breites Lachen, ihre fliegenden Finger auf der Tastatur, die Hingabe, mit der sie die Pflanzen goss. Mignon las mir die Artikel vor, die sie schrieb, und ich saugte ihre Worte über Kunst und ein schillerndes Paris auf. Dieses Mal malte ich *uns*: Sie gegen eine Wand des Erkers gelehnt, der Blick konzentriert und ernst, während ich mit geschlossenen Augen neben ihr saß und mich von ihrer Stimme davontragen ließ. Auf diesem Bild waren wir nicht mehr in diesem Haus, sondern auf einer bauschigen Wolke weit über dem Meer.

Als Maëlys zurückkam, wirkte sie sehr ruhig und in sich gekehrt. Monsieur Quéméneur trug ihre Sachen nach oben in den anderen kleinen Turm mit dem Schlafzimmer und schien es dabei alles andere als eilig zu haben. Ich wusste nicht, ob Mignon es bemerkte, doch schon wieder schien ihre *Grand-Mère* etwas wahrzunehmen. Es war die Art, wie sie zwischen uns hin und her sah und dann auf unsere Hände, die sich kurz miteinander verschränkten. Es war ein Moment, in dem Maëlys mit ihrem aufgeweckten, wachen Blick und dem langen geflochtenen Zopf wie ein junges Mädchen wirkte.

»Ich freue mich jetzt schon, dich wiederzusehen«, sagte sie zum Abschied und in dem letzten Wort schien alles und nichts mitzuschwingen.

Zurück in Paris drehte die Welt sich viel zu schnell weiter. Ich dachte nicht mehr in Tagen, ich dachte in Wochenenden – wenn Mignon nicht arbeiten musste und abends mit diesem mystischen Lächeln vor meiner Tür stand. Immer noch geheimnisvoll, aber doch greifbar und real. Der November war eine einzige Folge von Marmeladenglasmomenten. Jeden einzelnen hielt ich so fest wie Mignon in den Nächten unter dem Dach. Ich entdeckte immer wieder etwas Neues an ihr, das mir gefiel: Wie sie den Kopf neigte, wenn sie vor dem Spiegel ihren Pony nachschnitt, oder wie sich ein paar feine Dehnungsstreifen auf ihren Oberschenkeln wie ein wunderschönes Netz ausbreiteten.

Ich wusste nicht, was die anderen dachten, wo und mit wem Mignon ihre Zeit verbrachte. Wahrscheinlich bei dem letzten Kerl, mit dem sie etwas gehabt hatte, oder bei sonst irgendeinem. Ich versuchte nicht darüber nachzudenken, um nicht diesen leisen Anflug von Eifersucht zu spüren. Ich hatte keinen Grund, schließlich war sie bei *mir*, schließlich sah sie *mich* auf diese fast ungläubige Weise an.

Mignon holte mich oft vom Lux ab. Wenn ich Spätschicht hatte, dann blieb sie. Wir sahen uns Filme an und knutschten wie Teenies in der letzten Reihe, während alles andere in den Hintergrund trat. Dann fühlte sich ihr Körper auf meinem Schoß wie ein fehlendes Puzzlestück an. An anderen Abenden saßen wir auch einfach nur da, mein Kopf an ihrer Schulter, während ich Filme ohne Ton laufen ließ. Das Licht bewegter Bilder flackerte über ihre ebenmäßigen Gesichtszüge. Manchmal teilten wir in diesen Momenten unsere Gedanken, manchmal dachten wir uns absurde Dialoge aus und brachten uns mit unserer eigenen

Synchronisation zum Lachen. An anderen Tagen streiften wir durch Paris, besuchten den *Jardin sur le toit* und unsere Brücke, und je näher der Dezember rückte, desto kälter wurde es. In einem Café auf der Île de la Cité malte ich Mignon als Schneewittchen. Tiefrote Lippen, eine Baskenmütze in derselben Farbe auf ihrem Kopf und dunkles, immer öfter gewelltes Haar, das darunter hervorquoll.

Zusammen mit Émilie und Oceane vergingen Abende im *Le Petit* und Nächte im *Marveille*. Ich verbrachte viel Zeit mit Benoît und las die neuen Kapitel aus *Wie der Wind in meinen Segeln*. Er wusste, dass ich jedes Wort liebte, nicht aber, dass ich sie abends im Bett mit seiner besten Freundin diskutierte. Nackt. Einmal begleitete ich ihn in eine seiner Literaturvorlesungen und glaubte danach auf den Gängen Thierry zu sehen. Sofort spürte ich wieder diesen Stich, weil Mignon sich mit ihm im Gegensatz zu mir offen gezeigt hatte. Weil mir zunehmend klar wurde, dass ich sie und vor allem unsere Gefühle nicht weiter geheim halten wollte.

Es fiel mir immer schwerer, das nicht anzusprechen und weiterhin die Tatsache zu ignorieren, dass wir uns vor der Welt und den wichtigen Menschen in unseren Leben versteckten. Je näher wir uns kamen und je tiefer ich kopfüber in Mignons Seele fiel, desto schmerzhafter wurden die Stiche, die ich bei jedem einzelnen Verleugnen empfand. Es war nicht nur ein uns Verleugnen, sondern auch ein *mich* Verleugnen. Ein bisschen fühlte es sich wie jene Zeit an, in der ich nicht zu mir gestanden hatte. Eine Zeit, die eigentlich längst Vergangenheit war.

In einer der Nächte, in denen Mignon in meinen Armen lag, das Pochen ihres Herzens ganz fest an meinem, hielt ich es nicht mehr aus. Sie war mir nah, und meine Gefühle für sie fluteten mich. Das mit uns erschien mir so stark und unumgänglich, in anderen Momenten wiederum auf gefährliche Art zerbrechlich.

»Ich möchte mit dir zusammen sein«, flüsterte ich also in die Dunkelheit und streifte beim Sprechen mit den Lippen ihre Schläfe.

»Wir sind doch gerade zusammen, Pocahontas«, erwiderte Mignon ernst und schmiegte sich schläfrig noch mehr in meine Arme.

»Du weißt, was ich meine«, sagte ich vorsichtig, fuhr mit den Fingern über ihr Gesicht, durch ihre Ponyfransen und hielt sie, als könnte sie mir wie Sand durch die Finger rinnen, wenn ich nicht genug aufpasste. »Du bedeutest mir etwas, mehr als *etwas*. Ich wünsche mir einfach, dass wir zueinanderstehen. Ich wünsche mir, dass du … meine Freundin bist. Meine feste Freundin.«

Angespannt lauschte ich Mignons Atemzügen und wartete auf eine Reaktion, doch die bekam ich nicht. Stattdessen hob und senkte sich ihre Brust immer regelmäßiger. Sie war eingeschlafen und ich wusste: In naher Zukunft würde ich noch einmal den Mut aufbringen müssen, diese Worte auszusprechen.

In der Bretagne hatte ich Mignon gesagt, dass ich weniger Angst hatte, und das war nach wie vor die Wahrheit. Aber weniger bedeutete nicht, gar keine.

Mignon

»Ém! Jetzt hör auf, ständig hin und her zu rutschen«, beschwerte Oceane sich an einem regnerischen Dezembernachmittag.

Wir lagen zu viert auf ihrem Bett mit den altrosa Bezügen und lackierten uns gegenseitig die Fußnägel. Émilie lehnte am Kopfteil, die Beine auf Oceanes Schoß, meine auf denen von Lilou. Im Gegensatz zu meinem Zimmer war dieses hier das pure Chaos. Auf dem Bett zu sitzen war, als befände man sich inmitten eines begehbaren Kleiderschranks, vielleicht ein bisschen wie im Kreativraum der *Sauvage*.

»Ich rutsche überhaupt nicht rum«, meinte Émilie.

Lilou lachte. »Das ganze Bett wackelt.«

»Du bist super nervös«, gab ich den beiden recht. Ich wollte noch etwas hinzufügen, doch da strich Lilou federleicht über meinen Knöchel und zeichnete das Muttermal auf meinem Fußrücken nach. Es kribbelte in meinem ganzen Körper. Jede kleinste Berührung ließ mich an das erste Mal zurückdenken, als wir miteinander geschlafen hatten. An all die Male, die darauf gefolgt waren. Lilou legte meinen Fuß in einem anderen Winkel auf ihre Beine und schenkte mir ein verschwörerisches Lächeln, das etwas in mir zum Klingen brachte.

Niemand wusste von uns, aber *wir* wussten es.

»Mignon?«, Lilou sah mich mit einem frechen Funkeln in den Augen an. »Welche Farbe willst du?«

Sie wusste ganz genau, woran ich dachte. Sie wusste, dass ich meine Freundinnen liebte und doch am liebsten mit ihr allein gewesen wäre. Dass ich jetzt am liebsten das dunkelblaue Haarband mit den Sonnenblumen aus ihren Dreads gelöst hätte.

»Sorry«, ich biss mir auf die Unterlippe. »Such du aus.«

»Ich hatte gehofft, dass du das sagst«, gab Lilou zurück und reihte Émilies Lackfläschchen nebeneinander auf. Jetzt bildeten sie einen Regenbogen, so, wie ich ihn einmal auf ihren Nägeln gesehen hatte.

Während Lilou meine Zehennägel lackierte, war sie ungewohnt still, biss sich immer wieder konzentriert auf die Unterlippe und fuhr sich mit der Zungenspitze über den Mund. Himmel, sie war so niedlich, dass ich sie am liebsten auf mich gezogen hätte. Einfach nur, um mein Gesicht an ihrem Hals zu vergraben, dort wo es so intensiv nach Lilou roch. Irgendwie nach Kokosnuss und noch mehr nach Sommer.

»Wo gehen Ciel und du heute Abend eigentlich hin?«, fragte Oceane, jetzt wo Émilie endlich ruhig neben mir lehnte.

Ihre Augen strahlten. »Wir gehen auf den *Marché de Noël* auf der Place des Abbesses und danach zu ihm. Er wollte für mich kochen.«

»Ohoo wie aufregend. Direkt bei ihm.« Oceane hob eine Augenbraue an, der Schalk tanzte in ihren schwarzen Augen. »Wohnt er alleine?«

»Sei nicht so blöd«, lachte Émilie, und ihre Wangen färbten sich leicht rötlich. »Ich weiß genau, was du denkst. Das ist aber ein seriöses Date.«

Oceane grinste. »Wenn du das sagst.«

Émilie funkelte sie an, doch Oceane lackierte ihre Füße unbeeindruckt weiter. »Ach Schatz, das weiß ich doch.«

»Und was, wenn er wieder seine sexy Hose trägt?«, wollte ich wissen. »Würdest du ihn nicht mal küssen wollen?«

Émilie hielt sich eine Hand vor das Gesicht. »Weiß nicht.«

»Seine Hose? Ist das ein Codewort für irgendetwas?« Lilou sah zwischen uns hin und her.

»Nein!«, sagte Émilie bestimmt.

»Ja«, und »Irgendwie schon«, riefen Oceane und ich gleichzeitig.

Lilou hatte den einen Fuß fertig lackiert und hob jetzt den anderen auf ihren Schoß. Unauffällig strich sie über meinen Unterschenkel. Es hätte auch Zufall sein können, doch ich wusste, dass es das nicht war. Oceane zog Émilie weiterhin auf liebevolle Art auf, doch für einen Moment traten ihre Worte in den Hintergrund. Ein tiefer Blick aus Lilous grünen Augen. Ich strich mit der Fußsohle über ihren Oberschenkel, ihr Bein entlang, immer höher und weiter, bis sie meinen Fuß entschlossen festhielt, die rosafarbenen glänzenden Lippen leicht geöffnet, die Augen ein bisschen geweitet. *Merde*, wenn das so weiterging, würde ich mich vergessen und sie mir vor aller Augen schnappen und in mein Zimmer tragen. Sie war klein, irgendwie würde ich das schon schaffen.

Und während meine Gedanken sich weiterdrehten, erklärten meine Freundinnen Lilou, was es mit Ciels Hosen auf sich hatte, von Émilies seltsamem Kompliment und schließlich davon, wie sie ihn nach einem Date gefragt hatte. Lilou lachte an den richtigen Stellen, runzelte die Stirn und kommentierte das Erzählte. Sie war ein Teil von uns, und das war noch schöner, als ich es mir hätte vorstellen können. Sie war es schon gewesen, bevor ich mich in sie verliebt hatte, und war es jetzt noch mehr geworden. Jeder von uns hatte Lilou und ihre positive Art gern um sich. Émilie konnte mit ihr still und Oceane mit ihr laut sein, während Benoît zusammen mit ihr kreativ war. Lilou war wie die perfekte Ergänzung für uns und unsere kleine Welt in der Rue des Étoiles. Ich wollte mir ein Beispiel an ihr nehmen und Tag für Tag leben und den Augenblick genießen. Sie hatte mir die Schönheit dessen gezeigt und tat es immer noch jedes Mal, wenn wir zusammen waren. Dann gab es nur das Hier und Jetzt.

Ganz anders war es aber, als ich am frühen Abend den Kühlschrank durchforstete und überlegte, ob wir aus den wenigen Resten etwas Leckeres kochen könnten oder ob wir uns lieber gleich im *Le Petit* etwas holen sollten. Plötzlich tauchte Émilie hinter mir auf. Sie setzte sich auf den Küchentisch, die weite Hose mit den aufgedruckten Erdbeeren schwang ihr um die baumelnden Beine.

»Also Mignon«, sagte sie in einem ganz seltsamen Tonfall, und ich ließ die Kühlschranktür zufallen. »Ich frage dich das jetzt echt nur einmal und werde dich danach nicht weiter damit nerven, aber ... warst du wirklich in Thierry verliebt oder war das eine Lüge?«

Merde, das hatte ich fast schon wieder vergessen. Kein Wunder, dass sie misstrauisch war. Erst erzählte ich zum ersten Mal seit wir uns kannten, dass ich Gefühle für jemanden hatte, und dann tauchte dieser vermeintliche Jemand überhaupt nicht mehr in unserer WG geschweige denn überhaupt noch in meinem Leben auf.

»Lüge ist ein wirklich hartes Wort«, wich ich ihr aus. Émilie hob eine Augenbraue, ansonsten kam keine Reaktion. Vor einem halben Jahr hätte ich versucht, ein bestimmtes Bild von mir aufrechtzuerhalten, auch wenn wir eng befreundet waren, doch jetzt ... jetzt wollte ich ihr etwas geben, auch wenn ich nicht bereit für die ganze Wahrheit war.

»Vielleicht war es ein bisschen eine Lüge. Oceane und du habt es mir leicht gemacht, als ihr seinen Namen gesagt habt. Da musste ich nichts erklären.«

Émilie kniff die Augen zusammen. »Was gibt es denn zu erklären?« Ich setzte mich neben sie.

»Ich hab dir das noch nie gesagt, aber manchmal wäre ich gern wie du, Ém.«

»Wie ich?« Sie lachte. »*Du* bist immer der Star, der Mittelpunkt. Du bist die, in die sich alle verlieben, mit der alle befreundet sein wollen. Du bist wahnsinnig gut in deinem Job und hast auch sonst alles.«

»Mag sein, und es gab mal eine Zeit, in der ich dachte, dass das alles wäre und mir reichen würde, aber so ist es nicht … Letztlich sind das alles doch nur Oberflächlichkeiten, oder? Ich mag es, dass du schüchtern und trotzdem mutig bist und dich mit dieser Leichtigkeit verliebst.« Ich zuckte mit den Schultern. »Ich mag es eben, dass an dir so gar nichts oberflächlich ist. Dass du dich und andere Menschen einfach so nimmst, wie sie sind.« Wie gerne würde ich mich selbst nehmen können, wie ich bin, dachte ich. Wie gerne würde ich sagen können: *Ém, du magst Lilou doch auch wahnsinnig gern. Nur ich … ich mag sie noch ein bisschen mehr als ihr alle zusammen und hoffe, das ist in Ordnung.*

Aber dann fielen mir wieder diese kleinen Momente ein: Ein komischer Blick, wenn uns doch jemand zusammen gesehen hatte, ein Flüstern, ein Kommentar in einem Café. Besonders ins Gedächtnis gebrannt hatte sich mir aber, wie Lilou und ich uns letzten Monat auf dem Weg vom Lux zurück nach Hause an einer kaum beleuchteten Straßenecke geküsst hatten, meine Hände in Lilous Jackentaschen und ihre an meinem Gesicht. Es war perfekt gewesen, doch dann war diese offensichtlich betrunkene Gruppe Männer auf uns aufmerksam geworden. Laut und grölend und sich gegenseitig anstachelnd. *Ey ist das geil, dürfen wir mitmachen?* Und ein anderer: *Wenn ihr euch noch mal küsst, geben wir euch was aus. Oder halt einen richtigen Schwanz.* Anzügliches, dreckiges Lachen, als sie näher gekommen waren, zu nah, und ich mich wie gelähmt gefühlt hatte. Da war dieses beklemmende Gefühl gewesen und Angst. Zum Glück hatte Lilou reagiert, schnell meine Hand genommen und mich Richtung Metro gezerrt.

Es waren Augenblicke wie diese, die mich hemmten und dafür gesorgt hatten, dass ich mich in dieser einen Nacht in Lilous Wohnung schlafend gestellt hatte. Im Nachhinein schämte ich mich dafür. Sie wollte mit mir zusammen sein und hatte den Mut aufgebracht, mir genau das zu sagen. Und Himmel, das wollte ich doch auch! Allein der Gedanke daran brachte mein Herz zum Stolpern, doch ich war einfach nicht bereit dafür, offen in einer lesbischen Beziehung zu leben. Ich war es *noch* nicht, aber hatte keine Ahnung, wann und ob ich es jemals sein würde.

»An dir ist auch nichts oberflächlich, Mignon«, sagte Émilie irgendwann und vertrieb damit glücklicherweise meine düsteren Überlegungen. »Du meinst das vielleicht, weil die meisten Menschen dich nach deinem Äußeren bewerten, aber das hat nichts mit Oberflächlichkeit zu tun. Vor allem nicht, wenn man dich kennt. Benoît ist so oft in seiner eigenen Welt und vergisst ständig die Hälfte, Oceane ist immer laut und aufgedreht und dabei super chaotisch, und ich denke meistens erst zehnmal über alles nach, bevor ich etwas tue.« Émilie stupste mich mit dem Ellenbogen sanft in die Seite. »Irgendwie verstehst du uns alle. Als wärst du ... ein Mittler zwischen unseren Welten. *Du* bist das Herz dieser WG und die, die uns alle zusammenhält, obwohl wir so verschieden sind. Und du hast dabei so viel Herz, auch wenn du es meistens ein bisschen versteckst.«

Ich schluckte tief berührt. Niemals würde Émilie so etwas sagen, wenn sie es nicht auch so meinte. Ich als Herz dieser WG, so hatte ich mich nie gesehen, doch das Herz von irgendetwas zu sein erschien mir ein wundervoller Gedanke.

»Du bist wirklich ein Engel.«

Émilie gab einen zufriedenen Laut von sich.

»Aber Mignon?« Sie legte den Kopf auf meine Schulter, ein blondes Lockenmeer ergoss sich über meine Seite.

»Ja?«

»Nur fürs Protokoll: Mir ist sehr wohl aufgefallen, dass du mir keine richtige Antwort gegeben und auffallend unauffällig das Thema gewechselt hast.«

Ich lachte. »Du bist eben sehr schlau. Deshalb sind wir Freundinnen.«

An einem Tag Mitte Dezember hingen die Wolken tief über der Stadt, und es schien überhaupt nicht richtig hell zu werden. Bisher war der letzte Monat des Jahres trist und grau gewesen, doch Paris' Lichter glänzten im anhaltenden Nebel. Genauso wie Lilou, die ein Stück neben dem Gebäude, in dem sich die Büros der *Sauvage* befanden, wartete. Sie strahlte – von tief innen. Mit dem Zwiebel-Look aus bunten Stoffen, der Umhängetasche in der Farbe der Sonne, vor allem aber mit den Augen, die aufleuchteten, als sie mich entdeckte. Mit den Fingern berührte ich flüchtig ihre Hand, ehe wir zusammen Richtung Metro liefen. In einer schmalen Seitenstraße sah ich mich kurz um, dann presste ich meine Lippen für einen Moment auf ihre. Sie lächelte, doch mir entging nicht, dass in ihren Augen kurz etwas anderes aufflackerte. Wahrscheinlich, weil es wieder einer dieser gestohlenen Küsse war. *Ich möchte mit dir zusammen sein*, erklang ihre Stimme in meinem Kopf, und ich wusste, dass wir irgendwann in naher Zukunft darüber sprechen mussten. Dass ich nicht mehr lange davor würde davonlaufen können, denn mit jedem Mal wurde dieser schmerzhafte, enttäuschte Ausdruck in den Augen der Frau, in die ich mich verliebt hatte, stärker. Jedes Mal brach es auch mir fast das Herz, dass, ich Lilou nicht das geben konnte, was sie sich wünschte. Dass ich ihr wehtat, weil ich mich doch immer umsah, bevor ich ihre Hand nahm oder sie küsste.

In der Metro saßen wir nebeneinander, und ich blickte aus dem Fenster. Unter der dichten Wolkendecke leuchtete das vorweihnachtliche Paris warm und einladend. Auch nach fünf Jahren berührte der Anblick der Stadt mich noch. Kurz bevor wir aussteigen mussten, beugte sich Lilou zu mir und raunte direkt an meinem Ohr. »Ich kann es kaum erwarten, gleich mit dir allein zu sein und ...«, sie senkte die Stimme noch weiter, »... dich mit meiner Hand zum Kommen zu bringen.«

Mein Herz setzte einen Schlag aus, der seltsame Moment gerade eben schien vergessen.

Diese Worte so vollkommen aus dem Nichts machten mich an. Ich presste die Beine aneinander, versuchte das plötzliche Pulsieren zwischen ihnen zu ignorieren. Die Metro war überfüllt und die Leute standen Schulter an Schulter, doch niemand achtete auf uns. Nur Lilou sog jede kleinste meiner Regungen förmlich auf. Unauffällig legte sie eine Hand auf meinen Oberschenkel, seitlich und für alle anderen nicht sichtbar, doch ich spürte die Berührung überall. Ihre Fingerspitzen sandten ein heftiges Prickeln durch meinen ganzen Körper. Ich starrte Lilou und ihr unbeschwertes Grinsen an, als sie die Hand ganz langsam höher gleiten ließ. Ich war wie hypnotisiert von diesem Grübchen auf ihrer linken Wange, da zog sie ihre Hand plötzlich wieder weg und sah nach vorn, als hätte sie mich nie berührt, als hätte sie diese Sache nicht gesagt.

Im Quartier Latin liefen wir nicht auf direktem Weg zur Rue des Étoiles, sondern erst Richtung Notre Dame. Zu dem kleinen *Marché de Noël*, der am Square René Viviani stattfand. Von dort aus hatte man einen wunderschönen Blick auf die Kathedrale am anderen Seineufer. Der kreisrunde Platz war bepflanzt mit dunklem Grün, das einen schönen Kontrast bildete zu den kleinen weißen Pavillons mit ihren spitz zulaufenden Dächern, in denen die Marktleute ihre Waren anboten. Lilou und ich teilten uns einen *Vin chaud* und eine Tüte mit heißen Maronen, während wir die Auslagen begutachteten. An einem Stand mit Töpferware kaufte ich einen Blumentopf für *Grand-Mère*. Er war handbemalt, die Wellen darauf erinnerten mich an Perceval hoch über den Klippen. Wir teilten uns einen zweiten Becher Glühwein und machten uns auf den Weg in die WG. Statt die kürzeste Strecke zu gehen, ließen wir uns durch die Straßen treiben, bogen mal links, mal rechts ab.

Als wir schließlich mit vor Kälte geröteten Wangen die Treppe nach oben liefen, ging ich voraus und spürte Lilous Blicke bei jedem Schritt aufregend in meinen Rücken. Die anderen waren nicht zu Hause und würden erst abends wiederkommen. Dieses Wissen ließ das Kribbeln in mir mit jeder Stufe stärker werden.

»Ich habe dich die letzten Tage vermisst«, sagte Lilou dunkel, als sie die Tür hinter uns schloss und sich zu mir umdrehte. Sie zog sich die Wollmütze mit dem Bommel vom Kopf und wickelte sich den bunten Schal vom Hals. Beides ließ sie achtlos fallen, kam langsam auf mich zu und musterte mich einen Moment, ehe sie mir den Mantel von den Schultern streifte, dann den Schal. Sie tat es bedacht, tat es sinnlich.

»Ich habe dich auch vermisst«, erwiderte ich leise, während noch mehr Stoff zu Boden fiel. Lilou begann meine Bluse aufzuknöpfen und sah mir dabei ununterbrochen in die Augen. Sie strich mit einem Finger über meine entblößte Haut, ehe sie auch die Bluse sinken ließ. Der BH folgte kurz darauf. Atemlos stolperte ich einen Schritt zurück, Lilou folgte mir. Sie legte die Hände an meine Taille. Sie waren kalt und der größte Kontrast zur Hitze ihres Mundes, als sie quälend langsam ihre Lippen auf meine legte. Wir hatten die Augen weit geöffnet, ich konnte einfach nicht anders, als sie anzusehen. Als mich in diesem besonderen Blick zu verlieren, mit dem sie zu mir aufsah. Etwas Dominantes, was darin aufblitzte, wenn wir miteinander schliefen und das mir gefiel. Tiefes Verlangen und große Sehnsucht, und in allem diese Wärme, die schwindelerregend war. Bei jedem einzelnen Mann hatten mir solche Gefühle Angst gemacht. Bei Lilou allein sorgte es dafür, dass ich nicht weglaufen, sondern auf sie zurennen wollte.

Sie glitt mit der Zunge über meine Unterlippe, saugte sanft daran, und das war der Moment, in dem meine Lider zufielen. Ich sah es nicht, aber ich fühlte, dass Lilou lächelte, als ich mich gegen sie drängte, ihr blind die Jacke abstreifte und mich im Riemen ihrer Umhängetasche verhedderte. Kurz löste Lilou sich von mir, ich hörte ein Rascheln, ein Lachen, dann umfasste sie mich wieder. Meine Finger unter ihrem Pulli, an ihren Brüsten. *Mon dieu*, ich liebte diese Schwere in meinen Händen, als hätte ich nie etwas anderes gewollt. Ich zerrte ihr den Pulli über den Kopf, öffnete den Reißverschluss ihrer Hose, ohne meine Lippen von ihren zu lösen.

Lilou presste sich gegen mich und keuchte. Wir taten es beide, während wir uns küssten. Intensiv und tief. Dann wirbelte sie mich herum, sodass ich plötzlich mit dem Rücken zu ihr stand. Lilou hob meine Arme über den Kopf und legte meine Handinnenflächen gegen die Wand, bevor sie mir meinen Rock langsam über die Beine hinabzog. Meine Nippel strichen über rauen Putz, und ich stöhnte auf.

»Nicht bewegen, Mignon.« Lilous Stimme hatte einen dunklen Klang angenommen. Ich schloss die Augen, da waren nur ihre Brüste an meinem Rücken, ihre geflüsterten Worte an meinem Hals. Er verlieh diesem Moment etwas absolut Sinnliches. Diesem Augenblick, in dem ich mit angehaltenem Atem darauf wartete, was als Nächstes passieren würde.

Lilou ließ ihre Lippen über meinen Nacken und die Schultern wandern, mit den Händen strich sie meinen Körper entlang, über meine Taille und meinen Hintern. Ich wimmerte unter ihren Berührungen und wollte mich schon zu ihr umdrehen, doch sie ließ mich nicht, eine Hand fest um meine Handgelenke. Stattdessen schob sie meine Beine mit dem Knie ein Stück weiter auseinander. Ich wollte mir die Schuhe von den Füßen streifen, doch Lilou hielt mich zurück und was sie dann sagte, ging mir durch und durch: »Lass sie an. Ich finde es heiß, wenn du sonst nichts trägst.« Zu hören, wie erstickt ihre folgenden Worte klangen, ließ die Erregung in mir pulsieren. »Du hast ja keine Ahnung, wie oft ich mir genau das ausgemalt habe.«

Fast nackt, nur in meinen High Heels und einer anthrazitfarbenen Strumpfhose stand ich vor Lilou, wand mich unter ihren Lippen, während ihre Finger brennende Linien auf meinem Körper zogen. Langsam fanden sie ihren Weg zu meinen Brüsten, spielten mit meinen Nippeln und entlockten mir ein Keuchen, ehe sie tiefer wanderten, die Strumpfhose ein Stück nach unten und das Höschen zur Seite schoben.

Dann glitt Lilou mit ihren Fingern quälend langsam zwischen meinen Beinen entlang. *Mon dieu.*

»Bitte«, wimmerte ich, doch sie ließ mich warten. Ich drängte mich gegen sie, schob mich ihrer Hand zwischen meinen Schenkeln entgegen. Lilou streichelte mich und ich stöhnte auf, doch es war nicht genug.

»Bitte«, murmelte ich erneut, und sie lachte ganz leise an meinem Ohr. Ich seufzte, ich keuchte, und dann endlich drang sie mit ihren Fingern in mich. Endlich, endlich, endlich. Sie glitt aus mir heraus und wieder tief hinein und mit dem Becken kam ich ihren Bewegungen entgegen. Diesem Hin und Her, von dem sie wusste, wie sehr es mir gefiel. Der Takt, mit dem Lilou mein Herz zum Schwingen brachte.

Als sie mit dem Daumen gleichzeitig quälende Kreise zu ziehen begann, wo ich sie brauchte, schrie ich laut und warf den Kopf in den Nacken. Ich wandte leicht den Kopf, erhaschte einen Blick in ihre geweiteten, lustverhangenen Augen und konnte nirgends anders mehr hinsehen als in dieses tiefe, einnehmende Grün.

Lilou stieß in mich, rieb über mich, alles in einem immer schneller werdenden, treibenden Rhythmus, der mich zwischen der Wand und ihr erzittern ließ.

In Wellen kam die Lust, berauschend, elektrisierend, jeden anderen Gedanken auslöschend. Eine meiner Brüste lag in Lilous Hand und in mir war alles voll und weit, und bereit, ihr alles zu geben. Ich keuchte, ich schrie, spürte ihren gepressten Atem heiß über meinen Nacken streichen. Ihre Zähne glitten über meine Haut, die Dreads über meine Taille, als sie sich noch enger an mich drängte. Ich schwitzte. Lilous Haut klebte an meiner, da gab es nur noch uns, nur noch ein wildes Wiegen zu unserer ganz eigenen Melodie. Mein Becken, das ihrer Hand entgegenkam, das sich ihr hingab und gleichzeitig noch mehr einforderte.

»Lass los, Mignon, ich halte dich fest.« *Und ihre Augen sagten: Nicht nur jetzt und hier, ich halte dich immer fest.*

Sie drang mit einem weiteren Finger in mich. Ein schwindelerregender Rhythmus. Tiefer, fester, und dann konnte ich mich nicht mehr halten. Meine Beine bebten erst, zitterten dann unkontrolliert, doch Lilou schlang ihren Arm nur noch fester um mich und presste mich fast schmerzhaft gegen die Wand.

Und dann ließ ich los. Und fiel und fiel und fiel, gegen sie, in sie. Immer tiefer, immer weiter, immer endloser. Ich wollte sie ansehen, aber die Welt um mich brach auseinander und meine Lider fielen zu. Doch ich spürte Lilou ganz nah an mir, wie sie mir den Rest gab. Da waren Worte, die sie mir heiser ins Ohr flüsterte, von denen ich aber keines mehr verstand. Nur meinen Namen, immer wieder meinen Namen. Laut und leise, sanft und ungehemmt. Meinen Namen, wie ich ihn noch nie zuvor gehört hatte.

Das hier mit Lilou und die Art, wie sie mich nahm, war wie Fliegen ohne Angst, und als die nächste Welle über mir hereinbrach, explodierte ich endgültig in ihren Armen.

Erst schrie ich, dann rang ich nach Luft.

»Lilou, Lilou, Lilou …«

Mein Herz schlug wie verrückt, ich schwankte auf meinen hohen Schuhen.

Alles wie in Trance: Wie Lilou meine Hand nahm, wie sie mich in mein Zimmer und dort in Richtung des Bettes führte. Wie sie sich neben mich sinken ließ. Ihr weggetretener Blick, mit dem sie mir die

High Heels von den Füßen streifte, dann Strumpfhose und Höschen. Sie hauchte Küsse auf meinen Fußrücken, dann die Waden, küsste sich meinen Körper entlang, bis ihre Lippen auf meine trafen. Dann zog sie mich in ihre Arme. Die Welt um mich herum war verschwommen und setzte sich nur langsam wieder zusammen. Der einzige Fixpunkt waren ihre grünen, mandelförmigen Augen und der Ausdruck darin, an dem ich mich festhielt.

Mein Herz zog sich zusammen. Ich wollte so viel sagen, doch mir kam kein einziges Wort über die Lippen. Ich hoffte, dass sie auch so verstand. Wie von selbst verschränkten sich unsere Finger miteinander. Da war nur das wilde Schlagen unserer Herzen, gepresster Atem und vibrierende Luft.

Zwischen uns so viel erregende Hitze.

So viel, was ich ihr geben wollte.

Noch immer hob und senkte meine Brust sich schnell, noch immer rang ich zitternd nach Luft, doch ich rutschte trotzdem begierig zwischen Lilous Beine und zog ihr das Höschen aus. Dass der Stoff so offensichtlich feucht war, machte etwas mit mir.

Vollkommen nackt lag sie jetzt zwischen meinen Laken. Ich warf ihr einen letzten Blick zu, betrachtete ihr Gesicht, das im Licht der tief stehenden Sonne entrückt strahlte. Ihre Schenkel an meinen Schultern, meine Hände an ihrer Hüfte, als ich meinen Mund auf sie herabsenkte. Lilou keuchte schon auf, bevor meine Lippen sie berührten, und als ich mit der Zunge in ihre feuchte Hitze drang, wurde daraus ein erregendes Stöhnen. Meine Fingerspitzen bohrten sich in ihre Haut, während ich sie mit meinem Mund nahm und in ihr ertrank.

Lilou bog den Rücken durch, ihre Finger krallten sich fest in mein Haar. Sie zitterten, und ich gab ihr mehr. Ich hielt ihre Beine, die zu beben begannen, ganz fest, und Lilou gab einen weiteren erstickten Laut von sich. Immer schneller glitt ich mit der Zunge über sie. So stürmisch, wie ich mich in diesem Moment fühlte, so fordernd, wie ihr

Körper mir zeigte, dass sie es brauchte. Ihre Hitze an meinem Gesicht löschte jeden anderen Gedanken aus. Alles, was nicht *sie* war.

»Nein, ich ... Mignon, ich will mit dir zusammen kommen.«

Der Blick ihrer Augen war verhangen, flatternde Lider und feine Wimpern. Der Mund leicht geöffnet.

Ich ließ von ihr ab. Leckte mir über die Lippen, kostete es auf diese Art ein letztes Mal aus, sie zu schmecken und Lilou keuchte, als sie das sah. Dunkelheit in den Augen. Langsam rutschte ich wieder nach oben, legte mich auf sie, die Unterarme links und rechts neben ihrem Kopf abgestützt. Unser beider Atem ging schwer und vermischte sich miteinander. Wie auf ein geheimes Signal hin ließen wir unsere Hände fast gleichzeitig zwischen die Beine der anderen gleiten. Ich rieb über sie, sie über mich. Fordernd, bestimmt. Wir küssten uns, stöhnten in den Mund der anderen.

Und dann war da nur noch Ekstase. Wir bewegten unsere Hüften, kamen einander entgegen, die Beine ineinander verhakt, wir ineinander verschlungen. Finger kreisten, Hände rieben über empfindliche Haut. Wir trieben uns höher, fingen das Zittern der anderen auf und hielten uns aneinander fest. Da waren nur noch betörende Laute und Haut und Lilous Zunge, die gegen meine stieß, während ihr Körper sich unter mir erst anspannte und schließlich unkontrolliert zuckte.

Wir schrien in den Mund der anderen, als wir kamen und dieses berauschende Gefühl uns verschlang. Die Augen aufgerissen, in ihnen nur bodenlose Unendlichkeit. Lilous Gesicht war ganz nah vor meinem. Es war ein Moment für die Ewigkeit. Es war ein Moment, der alles in sich vereinte: Vergangenheit, Gegenwart und Zukunft. Sie und mich.

»Lilou«, flüsterte ich fast schon ungläubig, dann fiel ich zitternd in die Laken zurück. In Kissen, die so einladend und weich waren wie sie. Mir entschlüpfte ein leises Kichern. Weil das hier so schön war, so aufregend und ich mich bei ihr gehen lassen konnte, wie ich es vorher nicht gekannt hatte. Unsere Herzen schlugen schnell und im selben Takt.

Weißblonde Strähnen klebten Lilou auf der Stirn, Schweißperlen glänzten auf ihren Wangen – sie hatte nie schöner ausgesehen. Ihre Stupsnase kräuselte sich auf die niedlichste Art, als ich ihre Mundwinkel küsste und noch einmal ihren Namen flüsterte. Ihren echten. Den, den ich ihr an der Gare du Nord gegeben hatte.

Dann stand ich auf und öffnete die Fenster, obwohl es viel zu kalt draußen war. Doch ich wollte sehen, wie sich die durchscheinenden Vorhänge meines Himmelbetts im Wind bauschten. Diese schöne Frau zwischen all dem Weiß und Grün und in meiner Welt.

»Hast du Hunger?«, fragte Lilou, als ich wieder neben ihr lag. Sie hatte mich halb auf sich gezogen und strich mit den Fingern durch meine Haare und spielte mit den Strähnen meines Ponys.

»*Oui*«, murmelte ich erschöpft.

»Kochst du für uns?« Ein Grinsen breitete sich auf ihren Lippen aus. Dieses Grinsen, das unschuldig und frech in einem war. »Aber du darfst dabei nur diese sexy schwarze Unterwäsche tragen, okay?«

Ich fuhr hoch und setzte mich dann auf sie. »Das würde Ihnen also gefallen, Mademoiselle Durand?«

Die Arme hinter dem Kopf verschränkt sah sie mich an.

»Sehr sogar.«

»Was krieg ich dafür?«

Lilou ließ eine Hand über meine Wirbelsäule hoch- und wieder hinunterwandern.

»Ach Babe … mir fällt da garantiert etwas ein.« Sie strich federleicht zwischen meinen Brüsten entlang und über meinen Bauch. Und mein Herz machte einen Satz bei dem ausgelassenen Blitzen in ihren Augen.

»Hast du mich gerade *Babe* genannt?«

Lilou wurde ein bisschen rot, fing sich aber sofort wieder. »Kann schon sein«, wisperte sie.

»*Dis-le encore une fois.* Sag es noch mal.«

Sie lachte heiser und machte dabei dieses zauberhafte glucksende Geräusch. Dann senkte sie die Stimme, setzte sich auf und brachte ihre warmen Lippen ganz nah an mein Ohr. Die Hände lagen fest an meiner Taille.

»Babe«, Lilou knabberte an meinem Ohrläppchen, bescherte mir überall eine Gänsehaut, ehe sie erneut raunte: »Mignon, Babe. Babe, Babe, Babe.«

Sie lachte schon wieder, dieses Mal kaum hörbar, und ich war mir nicht sicher, ob sie sich gerade über mich lustig machte. Ich rutschte von ihrem Schoß und zog sie mit mir vom Bett. Würde ich sie weiter dort liegen sehen, würde ich keinen verdammten Schritt aus dem Zimmer heraus machen. Lilou in meinem Bett ... auf einmal erinnerte ich mich an das allererste Mal, als sie auf dieser Party nur eine Bekannte gewesen und dort eingeschlafen war. Es hatte nicht einmal unbedingt etwas Sexuelles an sich, es war einfach auf schöne und doch erschreckende Weise intim.

Als würde mir etwas ganz Wunderbares gehören: Sie.

Nackt liefen wir durch den Gang mit der Lichterkette und sammelten unsere Klamotten ein. Ich zog meine Unterwäsche wieder an und sah dabei zu, wie Lilou, nur in ihrem Höschen, nach meiner Bluse griff und hineinschlüpfte. Sie dabei zu beobachten, wie sie sich an- statt auszog, war beinahe noch erregender. Die restlichen Sachen schmiss ich in meinem Zimmer aufs Bett.

»Ich glaube, meine Hand ist kaputt«, sagte Lilou, als sie sich in der Küche auf einen der Stühle fallen ließ. »Vielleicht habe ich eine Sehnenscheidenentzündung. Und alles nur, weil du immer so viel von mir willst.«

Ich schluckte. Hitze schoss mir durch den Körper. Ich gegen die Wand gedrückt, wimmernd, stöhnend, nach mehr verlangend.

»Wieso sagst du das?«, fragte ich leise.

»Du bist die ganze Zeit so verdammt cool. Vielleicht steh ich ein bisschen drauf, dass ich es manchmal trotzdem schaffe, dich in Verlegenheit zu bringen. Weißt du ... es ist echt süß, wenn du rot wirst.«

Ich schnaubte. »Ich werde nicht rot.«

Wir wussten beide, dass das eine schamlose Lüge war.

Während Lilou ihr Handy mit der kleinen Box verband, durchsuchte ich die Schränke, um nachzusehen, was wir alles dahatten und was sich daraus machen ließ. Hinter mir erklang gedämpft *Mi Corazón* von El Búho, und ich begann mich ganz automatisch im Takt der Musik zu wiegen. Lilou hatte mir das Lied an unserem ersten Abend in Saint-Loan vorgespielt. Wir hatten zusammen unter den Balken meines Zimmers getanzt. *Nicht nachdenken*, hatte Lilou wie schon so oft geflüstert und mich herausfordernd angesehen.

»Es lenkt mich ab, wenn du mich so ansiehst.«

Sie versuchte nicht einmal zu verbergen, wie offensichtlich sie mit den Augen meinen Bewegungen folgte.

»Lass dich einfach nicht ablenken«, gab sie zurück und lehnte sich ein Stück zurück, sodass die geöffnete Bluse verrutschte und den Blick auf ihre Brüste freigab. Sie sah mich selbstbewusst an, und ich verdrehte die Augen. »Du bist wirklich furchtbar.«

Lilou lachte laut und echt. »Das meinst du auf keinen Fall ernst.«

Natürlich nicht.

Schnell wandte ich mich wieder ab und holte Eier, Speck, Butter und Crème Fraîche aus dem Kühlschrank.

»Ich mache für dich eine Quiche Lorraine. Das Rezept ist von *Grand-Mère*. Ich glaube, es ist das Erste, was ich von ihr gelernt habe«, ich schmunzelte. »Trotzdem schmeckt es nie so wie bei ihr.«

Ich öffnete den Hängeschrank vor mir und griff nach einer Packung Mehl. Ich hatte noch nie für jemanden gekocht, der nicht Teil der WG war – und schon gar nicht auf diese Art und Weise. Doch ich fand Gefallen daran, etwas für Lilou zu tun. Ich schüttete das Mehl in eine Schüssel und gab etwas warmes Wasser, Butter und Salz dazu. Mit den

Händen knetete ich den Mürbteig, formte ihn zu einer Kugel und stellte ihn anschließend in den Kühlschrank, bevor ich aus den anderen Zutaten die *Migaine* anrührte.

»Das sieht aus, als würdest du das öfter machen«, meinte Lilou.

»Manchmal. Ich finde, das hat etwas Beruhigendes an sich, auch wenn ich irgendwie immer nur dieselben fünf Gerichte koche. Aber ich mag es. Und es erinnert mich immer an …«

Ich hielt inne. Es war so friedlich. Ich wollte die Stimmung nicht kaputt machen, indem ich über Erinnerungen sprach, die zwangsläufig bei *Grand-Mères* Fahrt nach Rennes und dem anstehenden Verkauf von Perceval enden würden.

»Gibt es etwas Neues von Maëlys?«, fragte Lilou da aber schon.

»Nichts, das etwas ändern würde. Sie schaut sich gerade nach einer Wohnung um, im Idealfall natürlich in Saint-Loan.«

»Es wäre wirklich schön, wenn sie dort bleiben könnte«, Lilou seufzte. »Außerdem hatte ich das Gefühl, dass Maëlys ganz schön heftig in Monsieur Quéméneur verknallt ist.«

Ich warf einen Blick über die Schulter. Lilou hatte das Kinn auf eine Hand gestützt und grinste.

»*Mon dieu*, Lilou, *Grand-Mère* ist doch nicht verknallt.«

Mich ignorierend sagte sie: »Und ich glaube, er steht auch auf sie. Ich meine, wie viel die zwei gekichert haben, als er sie abgeholt hat. Und wieso lässt er alles stehen und liegen, um sie nach Rennes zu fahren? Und dieses Aftershave?!«

Da hatte Lilou nicht ganz unrecht.

Während ich den Teig aus dem Kühlschrank holte, in die Tarteform drückte und die *Migaine* darübergoss, alberte sie weiter herum und brachte mich mit ihren Theorien zum Lachen. Wieder einmal zeigte sie mir, dass manchmal doch alles ganz leicht sein konnte.

»Außerdem und ganz unabhängig von der erdrückenden Beweislage: Für die Liebe ist man doch nie zu alt, oder?«, meinte Lilou. »Sie trifft dich aus dem Nichts. Oft, wenn du sie am allerwenigsten erwartest und überhaupt nicht darauf vorbereitet bist.«

Mon dieu, so wie du mich verdammt noch mal aus dem Nichts getroffen hast, Lilou? Ich schluckte bei ihren Worten. Im Sommer hätte ich noch gedacht, dass ich keine Ahnung hatte, wie Liebe sich anfühlte, aber jetzt … jetzt mit ihr schien alles anders zu sein.

Ich drehte mich um und lehnte mich mit überkreuzten Beinen gegen die Küchenzeile, um Lilou ansehen zu können. Ich mochte den Anblick meiner Bluse auf ihrer nackten Haut.

»Wieso bist du dir eigentlich so sicher, dass Menschen wirklich füreinander bestimmt sind?«

Lilou zog die Nase kraus. »Na, weil es eben so ist. Das ist Seelenverwandtschaft, Schicksal, Bestimmung.«

»Oder das, was die Menschen sich einreden, um sich weniger einsam zu fühlen«, erwiderte ich zusammen mit einem herausfordernden Blick. Ich meinte das nicht so, zumindest seit geraumer Zeit nicht mehr, doch ich liebte Diskussionen wie diese. Ich liebte Momente, in denen wir nicht einer Meinung waren, sogar fast noch mehr als jene, in denen wir dasselbe dachten. Weil mir das noch stärker verdeutlichte, dass mit Lilou jede Kleinigkeit irgendwie aufregend war.

»Kennst du Platons Mythos von den Kugelmenschen?«, entgegnete Lilou.

»Nein«, log ich, weil ich ihr so gern lauschte, wenn sie mit Leidenschaft über etwas sprach. Platons *Symposion* und die darin erhaltene, fiktive Rede des Aristophanes, die Geschichte über die Macht des Liebesgottes Eros – all das wollte ich von ihr hören.

»Laut diesem Mythos hatten die Menschen ursprünglich kugelförmige Körper mit vier Händen, vier Füßen und zwei Gesichtern, die aber in entgegengesetzte Richtungen sahen«, begann Lilou mit ihrer hellen, klaren Stimme. »Es gab drei verschiedene Kugelmenschen. Die weiblichen, die männlichen und die, die aus einer weiblichen und einer männlichen Hälfte bestanden: Die sogenannten *Andrógynoi*. Dieser Teil gefällt mir besonders, denn in der Geschichte scheint es normal zu sein, sich in verschiedene Geschlechter zu verlieben. Es wird darin nicht nur von Heterosexualität gesprochen, und ich meine, sie ist über zweitausend Jahre alt. Das sollte uns doch eigentlich zeigen, wie normal das ist, oder? Dass das eine Normalität ist, die immer schon da gewesen ist?«

Und da war es: Das Leuchten in ihren Augen und die Leidenschaft, mit der sie für das Leben brannte.

Ich nickte, dann fragte ich: »Was ist mit den Kugelmenschen passiert?«

»Zuerst nichts. Aber sie waren besonders schnell, mutig und stark. So sehr, dass sie einen Weg in den Olymp finden und die Götter angreifen wollten. Zeus wollte das Menschengeschlecht nicht komplett zerstören, musste aber handeln. Er hat sich dazu entschieden, die Kugelmenschen zu schwächen, indem er sie in zwei Hälften schnitt. Daraus entstanden die zweibeinigen Menschen, die wir heute kennen.«

»Das klingt wahnsinnig grausam.«

»Oh ja, die griechische Mythologie ist allgemein grausam«, Lilou lachte kurz auf. »Letztlich geht es dort auch nur um drei große Themen: Liebe, Sex und Macht. Daraus entstehen dann Hass und andere starke Gefühle, sowie Intrigen und Kriege. Bei dem Mythos der Kugelmenschen ist es dasselbe: Ihr Hunger nach mehr Macht und mehr Stärke hat den Zorn der Götter heraufbeschworen. Und nicht nur das: Die Menschen litten sehr unter der Trennung von ihrer anderen Hälfte. Zuerst haben sie sich verzweifelt umschlungen und nicht mehr losgelassen in der Hoffnung wieder zusammenzuwachsen, doch irgendwann haben sie gemerkt, dass das nicht funktioniert. Seitdem irren sie unglücklich über die Erde, fühlen sich unvollständig und versuchen ihre andere Hälfte zu finden und sich endlich wieder ganz zu fühlen.«

Es dämmerte bereits und einen Moment lang sagte keine von uns etwas. Ich zündete ein paar Kerzen an, ließ die mystische Stimmung von

Lilous Erzählung nachwirken und schob die Quiche in den Ofen. Dann holte ich eine Flasche Wein aus dem Kühlschrank und setzte mich neben sie an den Küchentisch.

»Magst du einen Schluck?«

»Gern.«

Ich füllte zwei Gläser und reichte Lilou das eine. »Auf was trinken wir?«

Sie neigte den Kopf und überlegte. Dann sagte sie »Auf … *uns*«, und stieß mit ihrem Glas gegen meins. »Darauf, dass verliebt sein schön ist.«

Ich grinste. »Verliebt sein allgemein oder verliebt sein in mich?«

»Das weißt du ganz genau.« Lilous Blick war leuchtend und einnehmend.

»Auf uns. Und darauf, dass verliebt sein schön ist«, wiederholte ich ihre Worte, ehe ich einen Schluck nahm. Lilou legte ihre Füße auf meinen Schoß, und ich strich mit den Fingern über ihre Waden, hinauf und wieder hinab. Eine Weile folgte sie mit den Augen meinen Berührungen. Ein losgelöstes Lächeln umspielte ihren Mund.

»Glaubst du mir jetzt eigentlich endlich, dass du ein Herz hast, das richtig funktioniert?«, wollte sie wissen, und ich zögerte nicht, keine Sekunde lang.

»Vielleicht ist das ja wie bei den Kugelmenschen. Vielleicht war ich unvollständig und habe die ganze Zeit meine andere Hälfte gesucht … Also, *oui, je te crois*«, raunte ich, und meine Stimme klang kratzig dabei. »Ich glaube dir.«

Lilou beugte sich zu mir, legte mir eine Hand dort auf die Brust, wo sie mein Herz vermutete, und hauchte mir einen Kuss auf die Lippen. Warm und zärtlich und ganz anders als das Verlangen, das uns vorhin noch auf dem Flur überrollt hatte. Unter Lilous sanfter Berührung pulsierte mein Herz nur noch mehr, es schmolz einfach dahin.

»Gut so, Babe«, meinte sie, als sie sich wieder von mir löste und zurücklehnte.

Babe.

Das hier, das hier war so verdammt perfekt …

… bis plötzlich unerwartet Stimmen in das Innere der Wohnung drangen. Oceanes lautes Kreischen, dazu Émilie und Benoît. Ich zuckte zusammen und sah Lilou panisch an. Die schien jedoch gar nichts zu bemerken und sah verträumt auf meine Hände, die immer noch besitzergreifend auf ihren Beinen lagen.

Ich fühlte mich wie erstarrt.

Merde, merde, merde.

Was machten die anderen jetzt schon hier? Eigentlich hätten sie viel später zurück sein sollen. Als ich das Klimpern eines Schlüsselbunds hörte, begann mein Herz aus den falschen Gründen zu rasen.

Wir waren fast nackt. Und als ob das nicht reichen würde, sah Lilou dermaßen nach Sex aus. Mit den wirren Dreads, ihren geröteten Wangen, den geschwollenen Lippen und der Wimperntusche, die in den Augenwinkeln ein bisschen verschmiert war. Das erschöpfte Strahlen in ihren Waldaugen. Der Anblick, an dem ich mich eben noch nicht hatte sattsehen können, versetzte mich jetzt in blanke Panik.

Und dann dachte ich gar nicht mehr nach. Ich sprang auf, griff nach Lilous Hand und zerrte sie aus der Küche.

»Mignon, was …«

Ich sagte nichts, ich fragte sie nicht, ich schob sie in mein Zimmer. Gerade rechtzeitig. Einen Augenblick später ging die Wohnungstür auf, Schritte, das Lachen meiner Freunde und Mitbewohner, während ich mit explodierendem Herzen und geschlossenen Augen an der Tür lehnte.

»… das nicht Lilous Schuhe?«, wehte Émilies Stimme durch den Flur. »Sie hat bestimmt auch Lust auf den Film. Ich habe echt keine Ahnung, weshalb du dich so anstellst, Benoît. Er ist wirklich gut.«

»Oh wie geil«, rief er, statt seiner Schwester zu antworten. »Mignon hat eine Quiche im Ofen. Ich hab solchen Hunger.« Der Kühlschrank ging auf, dann wieder zu. Ein frustriertes Aufstöhnen.

»Wir waren gerade essen«, meinte Oceane. Sie sagte noch etwas, doch ich hörte nicht mehr hin.

Erleichtert stieß ich Luft aus. Wir hatten es rechtzeitig geschafft, sie hatten uns nicht gesehen. Nicht *so*.

Noch einmal atmete ich tief ein, dann aus, bevor ich es wagte, Lilou anzusehen. Mit geweiteten Augen stand sie vor mir, die Arme vor der Brust verschränkt. Und mir wurde klar, dass ich gerade einen verdammten Fehler gemacht hatte. Das schöne Grün glänzte. Sie sah mit einem Mal so wahnsinnig klein und zerbrechlich aus, vor allem aber tief verletzt.

Erschrocken machte ich einen Schritt auf sie zu.

Merde.

Ich hatte in den vergangenen Wochen alle Warnzeichen übersehen, nein, schlimmer noch: Ich hatte sie absichtlich ignoriert, um ein Problem aufzuschieben und es mir leichter zu machen. Und das, was ich in Lilous Blick gesehen hatte, war der Preis, den ich in wenigen Wimpernschlägen dafür bezahlen musste.

»Lilou…« Ich streckte die Hand nach ihr aus, wollte sie berühren, doch sie wich zurück und schüttelte den Kopf. »Ich…«, setzte ich an, brach dann doch wieder ab, weil ich nicht wusste, was ich sagen sollte.

»Was sollte das?« Ihre Stimme klang zittrig. Das Flackern in ihren Waldaugen glich dem schmerzhaften, mit dem sie mich in den letzten Tagen und Wochen immer häufiger bedacht hatte – bei jeder einzelnen Heimlichkeit. Nur war der Ausdruck dieses Mal um ein Tausendfaches stärker.

»Ich wollte nur nicht, dass …«

Lilou lachte bitter auf. »Mir ist sehr wohl klar, was du da wolltest, Mignon. Du wolltest, dass die anderen uns auf keinen Fall zusammen sehen. Aber ganz ehrlich: Dann wäre es eben endlich raus gewesen. Dann wäre raus gewesen, dass wir miteinander schlafen. Dass da etwas zwischen uns ist und wir uns ineinander verliebt haben.« Ihre Stimme bebte. »Scheiße, ich will das nicht mehr. Ich halte das einfach nicht mehr aus.«

»Was soll das heißen, du willst das nicht mehr?« Plötzlich bekam ich schreckliche Angst sie zu verlieren. Ihre letzten Worte hatten wütend und so verdammt entschlossen geklungen. Getränkt von Enttäuschung und Schmerz.

»Na, genau das«, Lilou hatte die Augenbrauen zusammengezogen und machte eine vage Geste durch den Raum. »Ich kann das nicht mehr. Ich habe dir versprochen, dich zu nichts zu drängen und dir Zeit zu geben, Mignon. Und daran halte ich mich. Aber ich muss auch auf *mich* aufpassen, und ich will das nicht mehr. Ich habe so die Schnauze voll davon, mich verstecken zu müssen, aufpassen zu müssen, wann und wo ich dich küsse. Kannst du dir nur ansatzweise vorstellen, wie furchtbar weh das tut? Mein halbes Leben wurde mir gesagt, dass das, was ich empfinde, falsch ist. Es wird immer diese Leute geben, die mich nicht verstehen werden, aber ich will dieses verdammte Gefühl nicht von *dir* bekommen. Du hast mich gerade völlig panisch in dein Zimmer gezerrt, und das ist ja auch nicht das erste Mal … und außerdem … hier geht es doch um mehr als Sex.«

Lilou sah aus, als würde sie jeden Moment in Tränen ausbrechen. Wegen mir, verdammt.

»Natürlich ist das mehr als Sex«, sagte ich vorsichtig. Sie schien völlig aufgelöst, und ich wusste kaum, was ich tun oder sagen sollte. *Bordel de merde*, das lief gerade komplett schief.

»So fühlt es sich gerade aber nicht an. Ich bin nur noch ein halbes Jahr lang hier. Ich habe etwas Besseres verdient, als das Geheimnis von jemandem zu sein.«

»Und nach diesem halben Jahr, da …« Ich hatte versucht nicht darüber nachzudenken, wie es weitergehen würde, aber jetzt … »Das ist es ja, du wirst aus meinem Leben verschwinden«, sagte ich lauter als beabsichtigt. Und da wurde mir erst richtig klar, wie sehr mir dieser Gedanke Angst machte.

Lilou starrte mich an. »Ach, und da dachtest du: Wenn es eh nur noch ein paar Monate sind, dann ist sie es nicht wert. Dann verstecke ich sie doch lieber weiter, statt richtig mit ihr zusammen zu sein.«

Ein Teil von mir fühlte sich auf merkwürdige Weise ertappt. Dass sie wahrscheinlich ein bisschen recht hatte, machte jetzt auch mich wütend. So wütend, dass ich erwiderte: »Ja, vielleicht habe ich genau das gedacht. Dass das ein verdammt großes Opfer ist. Es geht hier auch um ein verdammtes Outing, um mein Leben und ... keine Ahnung, ob ich dafür bereit bin. Geschweige denn als was ich mich outen soll.«

»Ein Opfer?« Lilou wurde lauter: »Ist das dein Scheißernst, Mignon? So siehst du das also? Als ein Opfer?«

»Jetzt dreh doch nicht alles um.«

»Ich drehe hier nichts um. Genau das hast du gesagt.«

»Das alles sind Dinge, die du weißt. Wir haben darüber gesprochen. Du sagst, du willst mich nicht drängen, aber irgendwie tust du es eben trotzdem.« Von Wort zu Wort war auch meine Stimme lauter geworden. »Das ist bescheuert. Ich kann doch nicht einfach einen Schalter in mir umlegen und dann ist alles klar. Wieso kann es dir nicht reichen, dass ich etwas für dich empfinde?«

»Wie bitte?!? Es reicht mir ja. Ich ... ich will einfach, dass du meine Freundin bist. Ich will deine Hand halten und dich küssen, wenn mir danach ist. Und ich will mich nicht vor den Menschen verstecken, die mir hier wichtig geworden sind. Ich möchte den Moment leben und nicht ständig vorsichtig sein müssen.« Lilous Stimme schraubte sich immer weiter nach oben.

Verzweifelt rieb ich mir über das Gesicht, unfähig auszusprechen, was ich ihr so dringend sagen musste. Stattdessen bohrten sich die vergangenen Sekunden wie Glassplitter in Richtung meines Herzens. Lilou schien mir gar keine Chance zu geben, mich irgendwie zu erklären.

»Ich meine doch nur …«, setzte ich an.

»Versuch gar nicht erst so zu tun, als hättest du das alles anders gemeint. Ich hab dich schon richtig verstanden.«

»Ich …«

»Ich will es einfach nicht hören.« Panisch sah Lilou mich an. Und Gott, ich verstand sie ja. Ich verstand, dass sie Sicherheit wollte, einen sicheren Hafen. All das wollte ich für sie sein, aber langsam machte sie mir Angst. Sie schien gar nicht mehr klar denken zu können.

»Kann es sein, dass es hier eigentlich um Vera geht?«

Fassungslos starrte Lilou mich an.

»Nein, es geht nicht um Vera. Schieb das nicht auf sie. Es geht um uns, um *dich*. Es geht darum, dass ich richtig mit dir zusammen sein will, aber du kannst mir das offensichtlich nicht geben. Ich möchte eine Beziehung, ich möchte etwas Echtes.«

»Wie willst du denn bitte richtig mit mir zusammen sein?!«, schleuderte ich ihr aufgebracht entgegen. Ich wusste, dass sie nichts mehr für Vera empfand und doch wurde ich das Gefühl nicht los, dass ich immer und immer wieder für die Fehler büßen musste, die dieses Mädchen begangen hatte. »*Merde*, du haust sowieso wieder ab.«

Etwas flackerte in Lilous grünen Augen auf und auf einmal war da eine Gewissheit, die ich so noch niemals zuvor empfunden hatte. Ich wollte eine Zukunft mit ihr. Ich sehnte mich nach ihr, obwohl sie bei mir war. Ich wollte neben ihr aufwachen und neben ihr einschlafen, ich wollte morgens ihre hellen Wimpern in der Sonne sehen, wenn sie noch schlief. Und nachts das Weißblond ihrer Dreads im Mondlicht, wenn sie sich an mich kuschelte. Ich wollte ein *für immer*.

Himmel, diese Sache mit dem Outing war vielleicht nicht die ganze Wahrheit. Eine Wahrheit mit Leerstellen und inzwischen eine vorgeschobene. Mittlerweile war ich mir sicher, dass ich nicht lesbisch oder bisexuell oder sonst etwas war. Ich war einfach … *lilousexuell*. Und würde ich das meinen Freunden erzählen, dann würden meine Gefühle für Lilou immer einen Raum in deren Köpfen einnehmen, vor allem aber in meinem. Auch, wenn Lilou längst zurück in Deutschland wäre. Und ich hier in Paris. Mit einem Herzen, das wieder leer sein würde. Vielleicht sogar noch leerer als zuvor, weil Lilou ein Stück mit sich nehmen würde.

»Weil du mich nicht fragst, ob ich bleiben will«, schrie Lilou, und ich zuckte zusammen. *Bleib*, wollte ich rufen, doch es waren andere Worte, die mir hektisch über die Lippen kamen: »Weil ich nicht egoistisch sein will. Und weil du nicht Ja sagen würdest.« Meine Stimme überschlug sich.

»Das kannst du überhaupt nicht wissen!«

»Und ob ich das wissen kann. Du weißt ja immer noch nicht, was du mit deinem Leben machen willst. Du weißt genauso wenig wie ich selbst, wie es weitergeht.«

»Zumindest weiß ich eine Sache sehr genau: Ich bin etwas wert. Und ich bin es wert, dass jemand wirklich mit mir zusammen sein möchte – ganz egal ob es nur für eine Woche, einen Monat, ein Jahr oder für immer ist.« Sie sah mich entschlossen an. Und Gott, sie hatte recht. Sie hatte all das verdient und noch viel mehr. Dieses Wissen schien mir die Kehle zuzuschnüren. Ich wollte sie nicht verlieren, ich durfte sie nicht verlieren. Ich machte einen Schritt auf sie zu, sie wich zurück. Es brach mir das Herz, sie so zu sehen. Die Verzweiflung in ihren Augen. Plötzlich standen tausend Dinge zwischen uns, die wahrscheinlich immer da gewesen waren und sich trotzdem wie ein Schlag ins Gesicht anfühlten.

»Verdammt, ich liebe dich, Lilou. Ich liebe dich, und der Gedanke, dass das alles hier enden wird, macht mir eine scheiß Angst. Und deshalb will ich es niemandem sagen.« Ich hatte geschrien. Ich hatte verdammt laut geschrien und war von mir selbst erschrocken. »*Je t'aime*«, wiederholte ich noch einmal, deutlich leiser.

Und dann war es still.

Ohrenbetäubende Stille.

Auch draußen auf dem Flur. *Mon dieu*, jetzt war es sowieso schon egal. Jetzt war es sowieso egal, ob die anderen mich gehört hatten oder nicht. Und wer konnte über diese Worte letztendlich schockierter sein als ich? Schockierter als die Frau, die sie nicht einmal gegenüber ihren Freunden hatte aussprechen können?

Je t'aime. Je t'aime. Je t'aime.

Lilou starrte mich an. Und ich starrte zurück, als mir so richtig klar wurde, was ich da gerade gesagt hatte und was es bedeutete. Sie zupfte an der grünen Schnur um ihr Handgelenk. Eine Geste, die mir schon öfter an ihr aufgefallen war und mir jetzt einen Stich versetzte.

Dann wandte sie sich ab und begann sich langsam anzuziehen. Ich beobachtete, wie sie zum Bett lief und ihre Sachen nahm. Und mit jedem bisschen nackte Haut, das verschwand, verschwand auch die Nähe und Geborgenheit, die eben noch zwischen uns existiert hatten. Ich wollte irgendetwas tun, irgendetwas sagen, doch war wie erstarrt.

»Es ist wahrscheinlich besser, wenn ich jetzt gehe«, sagte Lilou leise, »wenn die anderen fragen, sage ich, dass wir uns einen Film angesehen haben.«

Als Letztes schlüpfte sie in ihren Pulli und schien dabei unendlich weit weg zu sein. Ich wollte mich in ihre Arme werfen, aber ehe ich noch irgendetwas tun konnte, warf sie mir einen letzten Blick zu und verschwand aus meinem Zimmer. Fassungslos sah ich auf die Tür, ehe ich mich selbst wie betäubt anzog. Nicht die Bluse und den Rock, die noch auf dem Bett lagen, sondern eine Leggins und Benoîts Lieblingshoodie, den ich immer noch hatte. Dann zog ich die Vorhänge des Himmelbetts zu und legte mich quer über die Mitte.

Ich verstand nicht so richtig, wie das gerade hatte passieren können. Zum ersten Mal in meinem Leben hatte ich mich verliebt. Zum ersten Mal geliebt. Und jetzt lag ich stumm weinend in meinem Bett, presste mein Gesicht wie in einem dieser bescheuerten Filme in das Kissen, das nach Lilou und ihrem verdammten Kokosshampoo roch. Oder ihrem

Duschgel. Oder was auch immer. Auf jeden Fall hing ihr Geruch darin, und ich hasste und liebte es zugleich.

Irgendwann wurde es dunkel. Als es an der Tür klopfte, reagierte ich nicht. Kurz darauf schwang sie auf, jemand hob meine Bettdecke an und rutschte neben mich.

»Ich hab den Ofen ausgemacht und die Quiche auf den Herd gestellt«, sagte Benoît leise. Die Quiche, die ich vollkommen vergessen hatte. Das Einzige, was ich immer wieder klar vor Augen sah, war der Moment, kurz bevor Lilou gegangen war. Warum hatte ich sie nicht einfach in den Arm genommen?

»Danke.«

Benoît legte eine Hand auf meinen Arm und sah zusammen mit mir zur Zimmerdecke hinauf. Als da keine Tränen mehr waren, sagte ich: »Willst du gar nicht wissen, was los ist?«

»Erstens bist du der letzte Mensch, den man zwingen kann, über seine Gefühle zu sprechen: Entweder du tust es oder du lässt es. Und zweitens war nicht zu überhören, wie Lilou und du euch gestritten habt.«

Ich liebe dich, verdammt. Ich liebe dich.

Ich schluckte.

Es war wahr, so wahr.

»Hast du …«

»Ich hab nicht wirklich etwas verstanden, ihr wart einfach laut«, sagte er sanft, und ich wusste nicht, ob ich ihm glaubte. Irgendetwas mussten sie ja mitbekommen haben, irgendetwas gemerkt.

Ich vergrub mein Gesicht an Benoîts Schulter, und dann waren da mit einem Mal wieder neue Tränen, mit denen ich sein Shirt durchnässte. Heiß brannten sie in meinen Augen.

Würde ich mich zu einer Beziehung mit Lilou bekennen, würde das so viel nach sich ziehen: Wie andere mich sahen, wie ich selbst mich sah. Rein rational wusste ich, dass das zwischen uns nichts an der Person änderte, die ich war … Und doch fühlte es sich an, als würde ich damit meine Identität mit einer anderen tauschen. Ich wollte so nicht denken. Himmel, ich konnte nicht aus meiner Haut, ich konnte es einfach nicht, und jetzt war es dafür wahrscheinlich ohnehin zu spät. Nicht allein wegen dieses Streits, sondern wegen all der kleinen Momente davor, in denen ich Lilou verleugnet und verletzt hatte.

Ich hatte Zeit verspielt. Ich hatte *unsere* Zeit verspielt, die sowieso schon begrenzt war.

»Das wird wieder, da bin ich mir ganz sicher. Was auch immer passiert ist: Lilou wirkt auf mich nicht wie ein Mensch, der sehr nachtragend ist.«

Ich schwieg, weil ich nicht wusste, was ich darauf erwidern sollte. Ich war einfach froh, dass Benoît da war. Dass er mir mit der Hand beruhigend über den Rücken fuhr und mich nicht drängte, obwohl wir beide wussten, dass es vieles zu erzählen gäbe.

»Darf ich deinen Hoodie vielleicht noch ein bisschen länger behalten?«, murmelte ich, mein Gesicht immer noch an seinem Shirt. »Ich brauche ihn gerade ganz dringend.«

Er lachte leise. Bartstoppeln kratzten einen Moment über meine Schläfe. »*Bien sûr.*«

17. Kapitel

ℒilou

Am nächsten Tag kämpfte ich permanent mit den Tränen, doch ich schluckte sie jedes Mal im letzten Moment hinunter. Ich hörte *Nothing's Gonna Hurt You Baby* von Cigarettes after Sex rauf und runter und konnte nicht sagen, ob das alles schlimmer oder besser machte.

In nicht einmal zwei Wochen war Weihnachten und das Lux entsprechend gut besucht. Diese Zeit im Jahr war Kinozeit, Zeit der großen Filme, und auch wenn ich nicht richtig bei der Sache war, lenkte mich der nicht enden wollende Besucherstrom etwas von dem Gedanken an Mignon ab. Die kurzen Gespräche mit Stammgästen, Ausgeben der Tickets, Einlegen der Filme, Aufräumen und Saubermachen. All das, während es draußen dämmerte.

Als Renée kurz vorbeikam und Getränke brachte, die eine Stunde zuvor überraschenderweise ausgegangen waren, musterte sie mich besorgt. Sie stellte die Kiste mit den Flaschen auf dem Tresen ab. Ihre Wangen waren von der Kälte gerötet, und die großen Creolen unter dem riesigen Schal nur halb zu sehen. Sie dachte, ich wäre krank und wollte mich schon nach Hause schicken – zum Glück konnte ich Renée davon überzeugen, dass es mir gut ging. Die Stille des Alleinseins hätte ich nicht ertragen. Stattdessen lächelte ich tapfer und trank den Tee, den sie mir im Aufenthaltsraum machte und neben die Kasse stellte.

Zurück in meiner Wohnung drangen die Erinnerungen an den gestrigen Nachmittag mit aller Kraft in mein Bewusstsein. Wie Mignon mir tief in die Augen gesehen und ich unter ihrer Berührung gekommen war, wie ich sie aus Versehen *Babe* genannt und ihr beim Kochen zugesehen hatte, wie alles vielleicht einfach ein bisschen zu perfekt gewesen war.

Verdammt, ich liebe dich!

Diese vier Worte und die Art, wie sie sie ausgesprochen hatte, waren so furchtbar schmerzhaft, dabei hätten sie doch eigentlich etwas Wunderschönes sein sollen. Nichts, was man mir entgegenschleuderte. Nichts, was mich lähmte ihr zu sagen, dass ich für sie dasselbe empfand.

Ich schmiss den Schlüssel achtlos auf die Kommode im Flur und meine Sachen in das Zimmer, dann stellte ich mich unter die Dusche. Das Wasser prasselte heiß und schwer auf mich nieder, meine Gedanken wirbelten unablässig durch meinen Kopf. Ich schloss die Augen und versuchte zu atmen, ganz bewusst ein- und auszuatmen, weil das diese eine Sache war, die sonst eigentlich immer half. Doch mit jedem Atemzug im nebligen Dampf stürzten nur noch mehr Gefühle, Bilder und Gedanken auf mich ein.

Ungefiltert. Roh. Durcheinander.

Die Gewissheit, dass es niemanden gab, mit dem ich reden konnte. Zumindest nicht *hier*. Dass meine Pariser Freunde Mignons Freunde waren und ich ein Geheimnis – jedenfalls im Hinblick auf unsere Gefühle füreinander.

Dass Yuna in Berlin und so verdammt weit weg war und ich einfach nur eine ihrer Umarmungen wollte. Einfach nur spüren, dass sie da war.

Erinnerungen daran, wie ich erst kichernd mit Mignon in ihrem Bett gelegen hatte, sie mich wenig später panisch gepackt und in ihr Zimmer gezerrt hatte, damit mich auch ja niemand sah.

Dass sie mir ihr *Ich liebe dich* im Streit entgegengeschrien hatte, weil das echte Leben nun einmal keiner von meinen Filmen war. Dieser Moment immer und immer wieder als Endlosschleife in meinem Kopf.

Und dass sich gerade so ziemlich alles wie eine einzige Desillusionierung anfühlte. Zu viel Wahrheit und zu wenig Träume, übrig blieb eine Realität, die ich so nicht sehen wollte. Ich hatte mich selbst nicht gefunden, nicht meine Träume, nicht *Maman*. Nur die Liebe, doch manchmal war die Liebe nicht genug. Manchmal tat sie einfach nur weh.

Seit Mignon und ich aus Saint-Loan zurück waren, war die Sehnsucht nach einer richtigen Beziehung mit ihr immer stärker geworden, gleichzeitig aber auch der Gedanke daran, was wohl in einem halben Jahr wäre, wenn meine Zeit in Paris vorbei war. Ich liebte Mignon, ich wollte mit ihr zusammen sein und hätte auch kein Problem damit, zwischen München und Paris zu pendeln und eine Fernbeziehung zu führen. Ich wollte sie, ich brauchte sie, und gestern hatte ich ihr das sagen wollen – ein zweiter Versuch und nicht wie damals spätnachts, als sie in meinen Armen eingeschlafen war. Doch dann war der Abend ganz anders verlaufen …

Ich atmete zusammen mit meinem Herzschlag, atmete, atmete, atmete. Der vertraute Duft nach Kokosnuss hüllte mich sanft ein und brachte Erinnerungen daran zurück, wie ich Mignon genau hier damit eingeseift und sie sich an der Dachschräge den Kopf gestoßen hatte. Wie wir gelacht, uns geküsst, uns berührt hatten. Plötzlich liefen die Tränen doch über meine Wangen. Sie brannten auf meiner Haut.

Hatte ich mich zu sehr in den Moment hineingesteigert und hätte Mignon die Chance geben müssen, sich zu erklären? Hätte das wirklich etwas geändert?

Ich verteilte Duschgel auf meiner Haut. Nein, es hätte nichts geändert, denn was sollte unter diesen Umständen in einem halben Jahr sein? Wie sollte ich über die Distanz mit einer Frau zusammen sein, die nicht zu mir stehen konnte? Einer Frau, die ich zu sehr liebte, um sie zu drängen oder ihr so etwas wie ein Ultimatum zu stellen? Ich wollte frei sein, und so fühlte Freiheit sich nicht an. Ich wollte Mignon mit meinem ganzen Herzen lieben, ich wollte eine Liebe ohne Begrenzungen.

Und dann schoss das Wasser mit einem Mal eiskalt auf mich nieder. Ich machte einen Satz zurück und stieß mit dem Hinterkopf gegen die

Fliesen. Fluchend rieb ich mir über die Stelle und versuchte mehrmals, die Temperatur wieder hochzudrehen, doch ohne Erfolg. Also stellte ich mich schließlich wieder unter den Wasserstrahl und wusch mir das Duschgel so schnell es ging vom Körper.

Ich zitterte vor Kälte, als ich nach dem Handtuch angelte und aus der Dusche stieg. In meinem Zimmer schlüpfte ich in meine Lieblingskuschelhose und zog mir nicht nur das Melonenshirt, sondern auch noch einen warmen Pulli über. Ich machte mir ein trockenes Sandwich – ich hatte das Einkaufen vergessen – und verkroch mich mit dem Teller und den Malsachen im Bett, die Decke bis zum Kinn hochgezogen. Gleich morgen würde ich François anrufen. Morgen, an einem neuen Tag, der hoffentlich weniger schrecklich und erdrückend war.

Dann begann ich zu malen. Keinen Himmel heute, kein Wolkenmeer, keinen Blick auf den Horizont, sondern mich. Meine Gefühle übersetzt in Farbe. Hell und Dunkel. Ich merkte nicht, wie die Zeit verging, während ich den Pinsel über das Papier führte. Es war egal, dass ich Farbe auf die Decke tropfte und meine Hände schon mit den ersten Strichen vollschmierte. Da war nur mein Innerstes, das ich nach außen kehrte, und als ich fertig war mit diesem Bild, das in seiner Abstraktion doch so viel vom Mensch sein, so viel von mir zeigte, begann ich wieder zu weinen.

Ich vermisste Mignon, vermisste sie so sehr, dabei hatte ich sie erst gestern gesehen. Doch irgendwie fühlte es sich so endgültig an. Als steckten wir in einer Sackgasse aus Umständen fest, die sich auf den ersten Blick ändern ließen, auf den zweiten aber nicht.

Sie hatte mich einmal gefragt, was mich im Leben am glücklichsten machte und was Freiheit für mich bedeutete. Und während ich jetzt hier saß, wurde es mir mit einem Mal klar. Es war die ganze Zeit vor meiner Nase gewesen, so offensichtlich und greifbar. Als ich es jetzt verstand, begann mein Herz zu rasen, schien mir jeden Moment aus der Brust springen zu wollen.

Malen.

Ich wollte malen.

Ich wollte Gefühle als Farben und Formen zu Papier bringen und für die Ewigkeit festhalten. Das wollte ich mit meinem Leben machen, in meiner Gegenwart *und* in meiner Zukunft. Es war die eine große Sache. Und in mir wurde etwas fast beängstigend ruhig. Beinah hätte ich hysterisch aufgelacht. Ausgerechnet jetzt zeigte mir das Schicksal, was ich zu tun hatte. Das war ein herrlich schlechter Zeitpunkt und gleichzeitig der beste von allen.

Ich wählte Yunas Nummer.

Mignon

Durch die geschlossene Tür drang leise Musik. Es war einer dieser späten Samstagnachmittage, an denen niemand etwas geplant hatte und wir alle zu Hause waren. Jeder für sich allein und doch alle zusammen. Ich saß auf dem Boden in meinem Zimmer und packte Weihnachtsgeschenke ein. Aus jedem kleinen Päckchen bastelte ich mithilfe von Papier und Schleifen kleine Kunstwerke, bis nur noch Lilous übrig war. Zögernd betrachtete ich es. Da wurde die Musik lauter gedreht, und ich erkannte die ersten Takte von *Agitations Tropicale* von l'Impératrice. Ein Lied, das mich in diesem Moment mit seiner fröhlichen Melodie auf schreckliche Weise verhöhnte.

Seit unserem Streit am Dienstag hatten Lilou und ich nicht wirklich miteinander geredet – wir wussten wohl beide nicht so richtig, was wir hätten sagen sollen und waren insgeheim froh darüber, dass immer Benoît, Émilie oder Oceane dabei waren und wir nicht allein miteinander sein mussten. Sie waren zu einem Puffer zwischen uns geworden, und ich verpasste Chance um Chance, Lilou zu sagen, dass sie in Paris bleiben sollte, damit wir zusammen sein konnten. Dass es genau das war, was ich mir wünschte. Und selbst wenn sie nicht bleiben wollte, dann würden wir schon einen anderen Weg finden.

Kurz entschlossen wickelte ich ihr Geschenk doch ein. Ich hatte Lilou gesagt, dass ich sie liebte, und das war die Wahrheit – ich bereute nur, dass ich es auf diese Art und Weise getan und nicht schon früher den Mut dazu gefunden hatte. Das schmale Päckchen aber würde ich ihr trotzdem geben, es war für sie und nur für sie allein bestimmt. Und vielleicht … vielleicht brauchten wir nach den Dingen, die wir uns an den Kopf geworfen hatten, auch einfach nur ein bisschen Abstand voneinander und konnten dann noch einmal in Ruhe miteinander reden … Ich hatte nie für jemanden so empfunden wie für sie. *Mon dieu*, das konnte es unmöglich gewesen sein.

Trotzdem war da das Gefühl, ins Bodenlose zu fallen. Ich hatte den Schmerz in Lilous Augen gesehen und in diesem Moment gewusst, dass etwas in die Brüche gegangen war. Ich hatte es zerstört mit meinem Zögern und Aufschieben, dabei wäre ich so gern mutig gewesen. Mutig genug, um kleine Schritte zu gehen und zumindest unseren Freunden voller Stolz zu sagen, dass ich Lilou, die so süß und atemberaubend war, liebte. Dass mit ihr zusammen zu sein wie ein Rausch war und etwas, das mich erdete.

Und genau deshalb, weil sie mir einfach alles bedeutete, beruhigte ich mich weiterhin mit dem Gedanken, dass das mit uns verdammt noch mal nicht vorbei war – nicht vorbei sein konnte.

Mein Blick flog zu der Nähmaschine auf dem Fensterbrett. Eine grüne Ranke mit herzförmigen Blättern hing fast bis auf den Sims hinunter. Ich räumte die Geschenke in die unterste Schublade meiner Kommode, damit meine neugierigen Mitbewohner sie nicht fanden, und stellte die Nähmaschine auf den Boden. Dann wühlte ich mich auf der Suche nach dem bordeauxfarbenen Shirt mit dem tiefen V-Ausschnitt, das ich eigentlich hatte aussortieren wollen, durch meine Klamotten. Als ich es gefunden hatte, legte ich es auf den Boden und schrieb mit einem weißen Buntstift einen Satz, der mir spontan in den Sinn gekommen war, auf den unteren Saum. Ich wiederholte die Worte, bis sie ringsherum reichten. Die Buchstaben waren nicht einmal zwei Zentimeter hoch, damit sie ins Auge fielen, aber nicht zu dominant waren. Ich wählte einen beigefarbenen Faden und begann zu nähen. Das Surren der Maschine unter meinen Händen versetzte mich dabei in einen tranceartigen Zustand, in welchem ich nur an die nächste Naht und den nächsten Schritt dachte. Als ich fertig war und Stille mein Zimmer erfüllte, strich ich mit den Fingerspitzen über das Shirt und registrierte erst da das warme Glücksgefühl, das mich durchströmte. Das Gefühl, endlich wieder etwas mit meinen eigenen Händen gemacht zu haben.

Immer wieder las ich die vier Worte, die sich endlos wiederholten: *Be your fucking self.*

Der Satz bohrte sich in mein Herz und setzte dort etwas frei. Und dieses freigesetzte Etwas drang durch jede meiner Poren, schien durch den Raum zu schweben und brachte mich schließlich dazu, aufzustehen und die anderen zu suchen. Es beflügelte mich ein bisschen, vor allem aber trieb es mich an.

Ich fand sie in der Küche. Es lief immer noch Musik von l'Impératrice, *Vanille Fraise* dieses Mal. Émilie balancierte auf einem Stuhl direkt am Fenster und befestigte eine Sternenlichterkette an der Gardinenstange, während Oceane mit verschränkten Armen hinter ihr stand und Anweisungen gab. Benoît schien von all dem nichts mitzubekommen. Er saß am Küchentisch und schrieb. Neben dem Laptop stand ein bis zum Rand gefüllter Becher Kaffee und ein Teller mit einem Stück Quiche aus dem *Le Petit*, das er offensichtlich noch nicht angerührt hatte.

Ich muss mit euch reden.

Als niemand reagierte, merkte ich, dass ich zwar den Mund geöffnet, aber nichts gesagt hatte. Ich räusperte mich. »Ich muss mit euch reden.«

Benoît sah sofort überrascht hoch. Sonst dauerte es immer eine Ewigkeit, zu ihm durchzudringen, wenn er gerade in seiner ganz eigenen Welt war. Dieses Mal aber schien er instinktiv zu spüren, dass es um etwas Wichtiges ging.

»Ich hab den Müll wirklich rausgebracht, als ich diese Woche dran war«, verteidigte Oceane sich sofort und drehte die Musik leiser. »Ich schwöre es.«

Wäre mir nicht so schlecht vor Aufregung, hätte ich vermutlich gelacht, weil sie so ertappt aussah. Und weil sie mit hoher Wahrscheinlichkeit log und es trotzdem jedes Mal aufs Neue versuchte.

»Nein, das ist es nicht. Können wir ... können wir uns vielleicht einfach kurz ... hinsetzen?«

»Klar.« Émilie sah mich mit großen Schokoladenaugen an. Seit sie vor zwei Wochen ihr Date mit Ciel gehabt hatte, strahlte sie von ganz tief innen. In der *Sauvage* warfen die beiden sich ständig schmachtende Blicke zu und verließen das Büro jetzt an den meisten Tagen gemeinsam.

Die Lichterkette hing, und Émilie schob den Stuhl zurück an den Tisch. Dann ließ sie sich darauf fallen, Oceane setzte sich mit angezogenen Beinen neben sie. Sie griff nach Benoîts Teller und schob sich ein großes Stück Quiche in den Mund, ehe sie sagte: »Okay, schieß los, Mignon!«

»Hör auf, mein Essen ungefragt zu essen, verdammt«, beschwerte Benoît sich und funkelte sie an.

»Ich hab gefragt.«

»Hast du nicht.«

Oceane grinste. »Doch. Zumindest hatte ich es vor.«

»Wann denn? Nachdem du alles weggefressen hast?«, gab Benoît zurück und holte den Teller zurück.

»Leute«, Émilie seufzte. »Jetzt reißt euch mal bitte zusammen, okay? Mignon will uns etwas sagen.« Sie lächelte mir aufmunternd zu, und dann blickten mich plötzlich drei erwartungsvolle Gesichter an – offen und unvoreingenommen. Das hier waren mein bester Freund und meine engsten Freundinnen. Wenn ich es ihnen nicht sagen konnte, wem dann?

»Also ich ...« Kurz und schmerzlos, dachte ich. Es brachte nichts, drum herumzureden. Ich musste es einfach direkt sagen. Unter dem Tisch, wo es niemand sehen konnte, knetete ich unruhig meine Finger. »Ich weiß nicht so genau, ob das jetzt ein Outing ist oder so, und es ist wahrscheinlich auch gar nicht so wichtig, aber ... ich habe mich in Lilou verliebt. *Mon dieu*, eigentlich nicht nur das. *Elle, je l'aime.* Ich liebe sie.«

Stille.

Rauschen.

Herzstillstand.

»Und ... ich glaube, sie mich auch. Zumindest ist sie verliebt in mich. Wir sind zusammen. Also wir waren es. Wir ... *eh bien*, ehrlich gesagt ... weiß ich nicht, was wir jetzt sind.«

Immer noch Schweigen. Da war nur das leise Summen von Benoîts Laptop. Musik kaum hörbar im Hintergrund.

»Und was machst du dann hier?« Émilies Stimme klang sanft.

Oceane nickte zustimmend. »Das würde ich auch gern wissen.«

»Wieso sitzt du hier seit Tagen rum, statt zu Lilou zu gehen und mit ihr zu reden?«, meldete Benoît sich zu Wort.

Verwirrt sah ich zwischen meinen Freunden hin und her. Ich hatte mit vielem gerechnet, hatte mir alle möglichen Szenarien ausgemalt – diese Reaktion war nicht dabei gewesen.

»Wie jetzt ... was ... Was meint ihr?«

»Süße, komm schon. Denkst du, wir sind blöd?« Benoît schüttelte belustigt den Kopf und legte dann einen Arm um mich. »Wir dachten nur, dass du es uns irgendwann schon selbst sagen würdest.«

»Und ich enttäusche dich ja nur ungern«, etwas blitzte in Oceanes schwarzen Augen auf. »Aber ihr zwei wart wirklich alles andere als unauffällig.«

»Ihr seid ständig zusammen verschwunden. Und das Gekicher aus deinem Zimmer?«

»Und besonders leise wart ihr jetzt auch nicht, wenn ihr miteinander geschlafen habt.«

Ach du heilige Scheiße. Verlegen biss ich mir auf die Unterlippe und konnte mich gerade noch so davon abhalten, mir eine Hand vors Gesicht zu halten und nur durch meine Finger hindurchzuspähen. Ich fühlte mich wie ein verdammter Teenager und nicht wie die Frau, die ich war.

»Spätestens an dem Abend im *Marveille* waren wir uns sicher«, meinte Oceane. »Es war zwar echt voll, und ich glaube, ihr dachtet, wir würden es nicht sehen … Aber wie ihr euch beim Tanzen angesehen habt … also ich weiß ja nicht. Und dann hast du sie nach Hause gebracht, statt mit in den Klub zu kommen?«

Benoît, Oceane und Émilie begannen wild zu diskutieren. Jeder von ihnen wollte zuerst bemerkt haben, dass Lilou und ich Gefühle füreinander entwickelt hatten. Über ihre abstrusen Beweisführungen schienen sie meine Anwesenheit vollkommen zu vergessen. Und obwohl ich Lilou schrecklich vermisste, obwohl sie doch eigentlich so nah war, obwohl mein Herz auf schlimmste Art wehtat und ich in Gedanken immer wieder unseren Streit durchging, musste ich schließlich mitlachen. Und wahrscheinlich war ich zum allerersten Mal vor meinen Freunden wirklich ich selbst, mit allem was dazugehörte, richtig nackt und entblößt: Einfach nur eine Frau, die sich verliebt und es doch irgendwie vermasselt hatte. Jemand, der Anfang zwanzig und ein bisschen sehr überfordert mit allem war.

»Ihr könnt jetzt wieder damit aufhören, all diese peinlichen Sachen zu erzählen«, murmelte ich.

»Gönn uns den Spaß, wir haben uns jetzt echt lange zusammengerissen.«

»Dann habt ihr … nicht …?«

»Ob wir ein Problem damit haben?«, Oceane sah mich warm an.

»Komm schon, weshalb sollten wir?! Du kannst lieben, wen du willst. Und wir alle mögen Lilou wahnsinnig gern.«

»Außerdem bin ich bi«, sagte mein bester Freund plötzlich und zuckte mit den Schultern. »Soll doch jeder machen, was er will.«

Überrascht sah ich ihn an. »Was? Moment! Du bist bi? Wieso weiß ich davon nichts?«

Oceane kreischte ungläubig. »Wieso wissen wir *alle* nichts davon?«

»Hattest du schon mal einen Kerl hier?«

»Ja, ein paarmal.«

»Oh.«

»War er süß?«

»War er heiß?«

»Wann?«

»Wen?«

»Wieso seht ihr mich so an?«, Benoît verzog das Gesicht und lachte, »Mignon hat auch nichts gesagt. Bei ihr macht ihr nicht so einen Aufstand. Irgendwie gab es einfach nie … den richtigen Zeitpunkt. Oder die Notwendigkeit.«

»Ich hab auch schon mal eine Frau geküsst«, meinte Oceane nachdenklich. »Ich bin mir sicher, dass ich hetero bin, aber irgendwie … war da was. Da war ich in der elften Klasse.«

»Okay, jetzt fühle ich mich langsam irgendwie ein bisschen uncool«, kam es von Émilie.

»Ach *Poussin*.« Ich schmunzelte.

»Dann oute ich mich jetzt eben als hetero. Das ist doch unfair, wenn nur ihr das machen müsst. Also …«, sie holte tief Luft, warf ihre hellen Locken zurück und sagte dann bedeutungsschwanger: »Ich bin übrigens hetero.« Wir lachten, und dabei fiel mir nicht nur ein Stein vom Herzen. Es waren Tausende. Einer nach dem anderen, und tief in mir wurde es leichter und leichter.

»Und du«, nahm Émilie ihre vorherige Frage wieder auf, »was machst du hier noch? Du hast Lilou unüberhörbar gesagt, dass du sie liebst. Wieso klärt ihr das nicht?«

Oceane lachte ihr hinreißendes Zahnlückenlachen. »Du meinst, sie hat es unüberhörbar geschrien.«

»Du hast behauptet, dass ihr nichts gehört habt«, warf ich Benoît vor. Der hob abwehrend beide Hände.

»Hey, du warst megafertig. Ich wusste ja nicht, was genau passiert ist und wollte es nicht noch schlimmer machen.«

Benoît klappte seinen Laptop endgültig zu, während Oceane aufstand. Sie holte eine Flasche Wein aus dem Kühlschrank und stellte sie zusammen mit vier Gläsern in die Mitte des runden Tisches. Dann rutschte sie ganz nah neben mich und stupste mich in die Seite.

»Möchtest du uns vorher den Rest erzählen?«

Ich hörte mich *Ja* sagen und tat genau das.

Lilou

Am Sonntag saß François an dem kleinen Tisch neben der Küche, während ich den zischenden Espressokocher vom Herd nahm und den Inhalt auf zwei Tassen verteilte. Ich stellte sie auf den Tisch zwischen uns und genoss den Geruch von frischem Kaffee, der angenehm durch die Wohnung zog.

»Milch oder Zucker?«

»Gern beides.« François lächelte, als ich ihm die Sachen zusammen mit einem Teelöffel reichte. Dann setzte ich mich ihm gegenüber – so, dass mein Blick frei war auf meine Wolkenbilder, deren Anblick ein neues Kribbeln in mir auslöste. Jetzt, da ich wusste, was sie für mich und mein Leben bedeuteten. Sollte François sich beim Hereinkommen gewundert haben, weshalb zwischen ihnen immer wieder Mignons Gesicht auftauchte, so hatte er es nicht gesagt.

Als ich ihn wegen der kaputten Dusche angerufen hatte, hatte er versprochen, so bald wie möglich vorbeizukommen und es sich anzusehen. Vor zwei Tagen war ich zum Duschen in der WG in der Rue des Étoiles gewesen – nachmittags, als Mignon noch arbeiten gewesen war –, doch jetzt war das Wasser wieder herrlich warm. Irgendetwas mit dem Boiler, hatte François erklärt. Ich fand es bewundernswert, wie er sich um das *Le Petit* und dieses Haus kümmerte und dabei trotzdem jederzeit ein offenes Ohr für seine Enkel und deren Freunde hatte. Er schien ständig auf dem Sprung oder in seinem Bistro zu sein und hörte trotzdem stets aufmerksam zu.

Mit seinen gutmütigen, hellen Augen sah er mich jetzt an. »Was machst du eigentlich an Weihnachten? Fährst du zurück nach Deutschland?«

Ein wehmütiger Stich traf mich.

»Ich habe tatsächlich kurz darüber nachgedacht, aber ich möchte das Jahr hier in Paris vollkommen auskosten, und das heißt auch, jeden Feiertag hier zu erleben. Würde ich nach Hause fahren, wäre das irgendwie … geschummelt.«

Bei meiner Antwort lachte er leise.

»Das habe ich mir schon gedacht und mir überlegt, dass ich dich an Weihnachten gern zu uns einladen würde. Mit Benoît und Émilie habe ich schon gesprochen und die beiden würden sich auch wahnsinnig freuen, dich dabeizuhaben. Wir feiern dieses Jahr wieder bei meiner Tochter und ihrem Mann in Vitry-sur-Seine.«

»Oh«, ich blinzelte gerührt. »Vielen Dank für die Einladung. Ich würde mich sehr freuen, aber ich möchte mich wirklich niemandem aufdrängen.«

»Das tust du nicht, schließlich habe ich dich ja gefragt.«

Ich lächelte. »Dann sehr gern.«

François erzählte mir in seinem beruhigenden Bariton von Vitry-sur-Seine, einem Vorort südlich von Paris. Von einem großen, lichtdurchfluteten Haus über den Weinbergen, mit Feigenbäumen und Fliederbüschen im Garten. Ich fand es schön, ihm zuzuhören. Manchmal benutzte er altmodische Worte, die ich nicht ganz oder nur aus dem Kontext heraus verstand, und ich versuchte mir alle zu merken.

Eine halbe Stunde später brachte ich die Tassen in die Küche zurück und spülte sie direkt ab.

»Ich vergesse manchmal, wie schön die Aussicht hier oben ist«, hörte ich François' Stimme aus dem Zimmer. Sie hatte einen wehmütigen Klang angenommen. »Als das Haus noch meinen Eltern gehört hat, haben meine Geraldine und ich hier oben gewohnt. Wir waren frisch verheiratet und noch so jung. Wir haben gedacht, dass wir unsterblich wären ...«

Er verstummte, und ich stellte die sauberen Tassen auf das Abtropfgitter.

»Ich würde sehr gern etwas über Geraldine hören, wenn du möchtest«, sagte ich, als ich wieder in das Zimmer trat. »Ich weiß nur das, was Benoît geschrieben hat, und das ist bestimmt nur eine Version eurer Geschichte, oder?«

François stand nicht mehr an den Fenstern, wie ich vermutet hatte, sondern in der Mitte des Raums. Die Haltung angespannt, der Blick leicht weggetreten.

»François?«, vorsichtig trat ich näher. »Ist alles in Ordnung?« Der Blick seiner blauen Augen klärte sich, als er mich wahrnahm, doch gleichzeitig schien er immer noch durch mich hindurchzuschauen. Um mich dann auf eine irritierende Weise anzublicken.

»Du ... du siehst wirklich aus wie sie«, flüsterte er kaum hörbar.

»Wie ... Geraldine?«

François reagierte nicht und griff sich stattdessen an die Brust.

»Ist alles in Ordnung?«, wiederholte ich, weil irgendetwas nicht stimmte. Leiser dieses Mal.

Unbewusst streckte ich eine Hand nach ihm aus.

»*Oui, oui.* Alles in Ordnung.« François schien es mit einem Mal besonders eilig zu haben, die Wohnung zu verlassen. »Ich … ich habe vergessen, dass ich noch dringend ins Bistro muss. Émilie wartet dort auf mich. Wenn du etwas brauchst, dann melde dich, ja?«

Ein schwaches Lächeln umspielte seinen Mund, doch es erreichte seine Augen nicht ganz. Außerdem sah er ein bisschen blass um die Nase aus. Einen Moment später fiel die Tür ins Schloss, und ich hörte, wie François' schwere Schritte langsam im Treppenhaus verklangen.

Am Tag vor Weihnachten wurde in der Rue des Étoiles die letzte Party des Jahres gefeiert. Bevor die ersten Leute eintrafen, hatte ich Émilie beim Dekorieren geholfen. Jetzt hingen an den Lichterketten mit den Fotos im Flur tiefrote Christbaumkugeln. Auf den Fensterbänken lag Watte, die wie Schnee aussehen sollte, und Tannenzweige, die zusammen mit dem Zimt im *Vin chaud* einen betörenden Duft verströmten.

Als Oceane über der Eingangstür einen Mistelzweig angebracht und Jules sofort kichernd daruntergezogen hatte, hatte ich mich zusammenreißen müssen, nicht in Mignons Richtung zu sehen. Mignon mit geschminkten Lippen und diesem Shirt, an dessen Saum sich immer wieder die Worte *Be your fucking self* entlangzogen. Ihre eigene Rebellion. Der Ausschnitt war tief und gab den Blick auf einen schwarzen Spitzen-BH frei, und ich musste daran denken, wie nah wir uns gewesen waren. Körperlich, vor allem aber emotional.

Schon den ganzen Abend über tänzelten wir umeinander herum. Immer wieder waren da diese Momente, in denen ich ihre Blicke auf mir spürte, doch ich fühlte mich hilflos und unbeholfen und wusste nicht, wie ich mich ihr gegenüber verhalten sollte. Denn ganz gleich, wie groß meine Sehnsucht nach Mignon auch war, ganz gleich, wie sehr ich sie liebte, ich hatte keine Ahnung, wie wir das hinkriegen sollten. Es schien, als könnten wir einander nicht geben, was wir brauchten, und ich sah dabei keinen Weg oder Kompromiss, bei dem am Ende nicht mindestens ein Herz gebrochen wäre. Es war Irrsinn, denn das, was ich für Mignon empfand, hatte ich so noch nie gefühlt, und gleichzeitig tat es gerade einfach nur weh.

»Oh mein Gott«, schrie Oceane neben mir plötzlich aufgeregt gegen die Musik an. »Ciel ist gekommen.«

Wir standen am Eingang zur Küche, jeweils ein Glas Wein in der Hand, und ich folgte ihrem Blick den Gang entlang. Émilie hatte einem großen Mann mit im Nacken zusammengebundenen Haaren die Tür geöffnet. Als er den Mistelzweig über sich entdeckte, breitete sich ein verschmitztes Grinsen auf seinem Gesicht aus. Im nächsten Moment zog er Émilie, die gar nicht zu wissen schien, wie ihr geschah, in einer fließenden Bewegung an sich.

Ein Lächeln zupfte an meinen Mundwinkeln. »Ich würde mal behaupten, dass der Mistelzweig eine ziemlich gute Idee gewesen ist.«

»*Bien sûr.* Meine Ideen sind immer hervorragend«, meinte Oceane und stieß mit ihrem Glas klirrend gegen meins. Sie nahm einen Schluck und legte den Kopf so weit in den Nacken, dass auffallend funkelnde Ohrringe über dunkle Haut strichen. Dann sagte sie auf einmal: »Ich hab Mignon vorhin übrigens in Benoîts Zimmer gesehen. Also, falls du sie suchen solltest.«

»Ich …«

»Schon gut. Ich wollte es dir nur sagen.«

Oceane wusste es. Ich war mir ziemlich sicher, dass sie es wusste. Ob sie Mignon und mich vor einer Woche doch zusammen gesehen hatte? Verlegen nickte ich und sah wieder zur Tür. Ciel und Émilie küssten sich immer noch. Eine Hand mit einem großen, breiten Ring lag an ihren offenen Locken. Dann verschwand das Bild der beiden hinter all den Menschen, die sich im sanft beleuchteten Flur drängten und sich im Takt der Musik wiegten.

»Verdammt, jetzt sehe ich nichts mehr«, Oceane stöhnte frustriert auf. »Ich geh mal Jules suchen. Die beiden hören ja gar nicht auf, und ich will jetzt auch knutschen.«

»Viel Spaß!«, rief ich ihr lachend nach.

Oceane hob die Hand. »Werde ich haben.« Kopfschüttelnd sah ich ihr nach, wie sie in der Menge verschwand.

Ich ging nicht in Benoîts Zimmer und ignorierte das Ziehen in meiner Brust. Und je mehr ich trank, desto leichter wurde es, die Tatsache zu verdrängen, dass Mignon die ganze Zeit so nah und doch so fern war. Wie die Sterne am Himmel, die ich mir unter dem Apfelbaum so oft zu sehen gewünscht hatte. Auf den ersten Blick schienen sie leuchtend und greifbar zu sein, auf den zweiten wurde einem bewusst, wie weit entfernt sie tatsächlich waren.

In den nächsten Stunden lenkte ich mich ab. Ein Trinkspiel am Küchentisch, in dem ich so richtig schlecht war, das aber seinen Zweck erfüllte. Ich alberte mit Benoît herum und tanzte mit Oceane, rettete Émilie und Ciel vor ihren unangebrachten Fragen und Kommentaren und flüsterte Émilie ins Ohr, wie niedlich ich sie und Ciel zusammen fand. Er schien gar nicht zu merken, mit welchen Blicken ihn die meisten Frauen hier ansahen und hielt die ganze Zeit Émilies Hand.

Und plötzlich fand ich mich allein inmitten von Menschen wieder. Als Mignon und mein Blick sich dieses Mal über die Länge des Flurs trafen, wusste ich, dass sie zu mir kommen würde. Mein Herz spielte verrückt und dehnte sich mit jedem ihrer langsamen, in das Schwingen ihres Rocks getauchten Schritte, die sie auf mich zumachte, aus. In mir ein Glühen, das in den vergangenen Monaten stärker und stärker geworden war.

Mignon schob sich an den Leuten vorbei, wich anderen aus, doch ihr Blick lag die ganze Zeit auf mir.

Mignon

Es mochte ein denkbar ungünstiger Zeitpunkt sein und vielleicht konnte ich es auch ein bisschen auf den Wein schieben, aber als ich Lilou für einen Moment allein am Ende des Flurs stehen sah, konnte ich nicht anders. Es war immer jemand bei ihr gewesen, doch nun ... *Maintenant ou jamais*, dachte ich, jetzt oder nie.

Ich ging auf Lilou zu, meine Füße schienen mich wie von selbst zu ihr zu tragen. Schwebend, fast fliegend. Sie trug eine locker sitzende Jeans und ein knappes Shirt mit großen farbigen Blüten darauf. Ihre Dreads wurden im Nacken von einem ähnlich gemusterten Band zusammengehalten. Pocahontas, die im *Jardin sur le toit* über sich gesagt hatte, sie wäre wie eine Sonnenblume.

Als ich direkt vor ihr stand und sie mich ansah, versank ich wie beim allerersten Mal im Blick ihrer Augen mit dem neugierigen Ausdruck darin. Instinktiv griff ich nach ihrer Hand. Sie war warm, weich und vertraut und doch war da wieder das Gefühl zu fallen. Was, wenn sie mich von sich stieß? Was, wenn es das wirklich gewesen war?

»Lass uns reden«, bat ich sie. »Ich glaube, es gibt vieles, worüber wir sprechen sollten.« Lilou starrte auf unsere Hände, dann mir ins Gesicht. Erst wusste ich nicht, wie ich anfangen sollte, doch dann fragte ich: »Bist du wütend auf mich?«

Lilou schüttelte den Kopf. »Nein, Mignon. Ich bin nicht wütend, dafür bist du mir viel zu wichtig. Ich war es in diesem einen Moment, aber jetzt nicht mehr, und ... ich hasse es, dass wir uns gestritten haben.«

»Okay«, sagte ich leise. »Ich fände es schrecklich, wenn du sauer auf mich wärst.« Ich blickte hinunter in ihre Augen und versuchte abzuschätzen, was gerade in ihr vorging, doch es gelang mir nicht. Da waren widerstreitende Gefühle und kein einziges konnte ich greifen.

Im nächsten Moment drängte Lilou mich plötzlich gegen die Wand. Überall um uns herum standen Menschen, doch sie alle verschwanden in irgendeiner Art Paralleluniversum. Wir aber hatten unser eigenes. Ich stolperte auf meinen High Heels einen Schritt zurück, spürte rauen Putz unter meinen Handflächen. Und dann sah ich nicht mehr das große Ganze, da waren nur Momentaufnahmen, die schnell aufeinanderfolgten: Wie Lilou sich nachdenklich auf die Unterlippe biss und ihr tiefer Blick aus grünen Augen. Das Weißblond ihrer Dreads, das im schummrigen Licht wie Wolken schimmerte, und der Wechsel des Songs. *Three Nights* von Dominic Fike und die Erinnerung daran, wie sie im Sommer frei und ungehemmt in unserer Küche tanzte. Ich hatte ihr zugesehen und eigentlich hatte ich es da schon gewusst. Hatte längst gewusst, was sie mir bedeutete.

Als Lilou ihre Hände entschlossen in den Stoff meines langen Rocks krallte, schien sie ebenfalls daran zu denken, wie wir uns ineinander verliebt hatten. Erinnerungen legten sich im Takt der Musik auf uns, lullten uns auf elektrisierende Weise ein. Sie kamen und gingen wie Wellen, während wir uns ansahen. Dann kam Lilou noch näher, ihr Körper an meinem. Sie stellte sich auf die Zehenspitzen und küsste mich. Ich rang überrascht nach Luft und in der nächsten Sekunde glitt ihre Zunge schon zwischen meine Lippen. Sie war so süß und warm, und die Berührung brannte sich bis zu meinem Herzen durch.

Ich unterdrückte das verdammte Seufzen nicht, das mir entschlüpfte. Das Seufzen, das vielleicht auch ein leises Stöhnen war. Wenn es um Lilou ging, würde ich nie wieder etwas unterdrücken und damit riskieren, sie zu verlieren. *Mon dieu*, sie sollte alles bekommen – alles, wenn sie das immer noch wollte. Genau das würde ich ihr gleich sagen, nach diesem Kuss, in dem all meine Sehnsucht steckte, vor allem aber Erleichterung und fragende Losgelöstheit, weil Lilou mich doch nicht *so* küssen würde, wenn sie uns nicht auch immer noch wollte. Meine Finger fanden ihren Weg zwischen ihre zusammengebundenen Haare, fuhren über ihr Gesicht, waren überall und nirgends – genau wie ihre Hände.

Wir lösten uns voneinander, nur ein Stück und immer noch eng umschlungen. Lilous Herz schlug wild gegen meine Brust.

»Bedeutet das, wir …« Ich hatte ganz leise gesprochen und traute mich kaum, sie anzusehen. Doch ich wagte es und blickte diesem einen Menschen, der mich tief berührt hatte, ängstlich in die Augen. »Weißt du, ich möchte mit dir …«, versuchte ich es erneut.

»Das bedeutet, dass das ein Abschiedskuss ist«, sagte Lilou, bevor ich zu Ende hatte sprechen können.

Herzstillstand.

Ich spürte Lilous Worte auf meinen Lippen, so sehr, dass sie sich wie ein weiterer Kuss anfühlten. Wie eine Liebkosung, die sie nicht waren. Stattdessen katapultierten sie mich zurück in die Realität und ließen mich ins Endlose fallen. Dieses Mal war es kein Gefühl, es passierte tatsächlich.

Abschied, Abschied, Abschied.

»*Mais tu m'aimes?* Aber du liebst mich?« Ich sah Lilou überdeutlich schlucken und kam mir im selben Moment verdammt dämlich vor, sie danach zu fragen. Als würde ich sie um ihre Gefühle anbetteln, dabei wusste ich es doch. Ich wusste es, weil die Art, wie sie mich ansah, die Art, wie wir die letzten Monate zusammen gewesen waren, mehr sagte als jedes Wort es vermocht hätte. Als diese drei es jemals gekonnt hätten.

»Ja«, flüsterte Lilou. »Ich liebe dich.« Aus ihren Augen schrie mir das *Aber* entgegen. Ein *Aber das reicht nicht.* Und bevor das alles hier vorbei sein sollte, nahm ich ihr Gesicht zwischen meine Hände und mir einen zweiten Abschiedskuss. Wer zwei erste Küsse hatte, konnte auch zwei für ein *Lebewohl* haben. Und dieser letzte war stürmisch und vollkommen hemmungslos. Darin lag alles, was ich dieser Frau zu geben hatte. Da war Verlangen und Schmerz. Dieser Kuss schmeckte nach einem letzten Mal und ein bisschen nach Verzweiflung, er schmeckte nach der Schwere von Wein und alles verzehrender Sehnsucht.

Schwer atmend lösten wir uns irgendwann voneinander. Die Zeit schien anzuhalten, während wir voreinander standen. Mit dem Daumen strich ich über Lilous Lippen, langsam ganz langsam, um das bisschen Rot von meinem Lippenstift wegzuwischen.

»Ich hab es den anderen erzählt«, sagte ich in einem letzten verzweifelten Versuch. »Ich habe mich ... geoutet.«

Lilou sah mich lange an. Die Mischung aus Verständnis und Traurigkeit in ihren Augen riss mein Herz noch weiter auf.

»Ach Mignon.« Sie sank ein Stück gegen mich, wir beide Stirn an Stirn und eine flüchtige Berührung meiner Wange. »Ich finde es toll, dass du zu dir und deinen Gefühlen stehen möchtest. Aber du hättest das für dich selbst machen sollen, nicht um mir irgendetwas zu beweisen oder als Resultat unseres Streits. Ich wollte dich nie dazu drängen, und jetzt habe ich es doch irgendwie getan.«

»Aber ich habe es doch gar nicht getan, um dir etwas zu beweisen.« Und das stimmte. Aber, *merde*, natürlich war es zu spät gekommen. Lilou schwieg, weil es vermutlich nichts mehr zu sagen gab.

Dann fragte sie doch: »Wie haben sie reagiert?«

»Toll«, wisperte ich nur. »Es ist ihnen egal. Also auf eine gute Art egal.«

Ein Lächeln, das ich absolut nicht deuten konnte, umspielte ihre Lippen. »Das freut mich sehr für dich.«

Verdammt, verdammt, verdammt. Wieso war Lilou *so*? Wieso war ihr Blick so ehrlich? Wieso sah sie mich so verständnisvoll an? Als hätte sie meine Gedanken gespürt, schob sie auch noch hinterher: »Und wie geht es dir jetzt damit?«

Ich schluckte. »Es ist verdammt noch mal nichts wert ohne dich.« *Und ich bin doch gar nicht lesbisch*, hätte ich am liebsten gegen die Musik angeschrien. *Ich bin doch gar nicht bisexuell. Oder pansexuell. Oder sonst etwas. Ich weiß doch gar nicht, wohin ich verdammt noch mal gehöre, und gleichzeitig weiß ich inzwischen mehr als genug:*

Du bist die einzige Frau, wirst immer die einzige sein.
Du bist die Eine.
Du bist mein Mensch.
Du bist meine Person.
Ich bin die Wellen im Meer und du die Wolken am Himmel.

Statt irgendetwas davon auszusprechen, spürte ich, wie eine einzelne Träne über meine Wange rann. Zu einer anderen Zeit hätte Lilou sie mit ihren Fingern aufgefangen, doch jetzt sah sie mich einfach nur unendlich wehmütig und endgültig an, ehe sie einen Schritt zurückwich. Nur unsere Finger berührten sich noch, auch wenn sie kurz davor waren auseinanderzugleiten.

»Wahrscheinlich habe ich mich selbst belogen. Ich werde immer Angst haben, Mignon. Angst, dass du dich anders entscheidest und doch nicht zu mir stehen kannst. Denn es geht nicht nur darum, dieses eine Outing hinter sich zu bringen, da kommen noch die ganzen kleinen Momente. So richtig vorbei ist es eigentlich nie, nur irgendwann ist es ein bisschen wie kalt duschen. Man macht es regelmäßig und ist es gewohnt. Ich möchte keine Angst haben, dass dir das zu viel ist, dass du irgendwann etwas bereust und mir am Ende die Schuld an deinem Coming-out gibst. Ich kann das alles nicht einfach ignorieren und weitermachen, als wäre das letzte Woche nicht passiert.«

Unsere Finger lösten sich endgültig voneinander und schon jetzt tat es weh, Lilou nicht mehr zu berühren.

»Mir ist klar, dass ich dir wehgetan habe«, sagte ich erstickt. »Aber ich verspreche dir, dass diese Dinge nicht passieren werden. Ich habe es den anderen erzählt, weil ich mir sicher bin.«

Lilou sah mich mit großen traurigen Augen an.

»Dieser Streit hat mir einfach bewusst gemacht, wie sehr es mich schon die ganze Zeit über tatsächlich verletzt hat, dass alles ein Geheimnis war. Ich finde gar nicht, dass alles deine Schuld ist. Es ist auch meine. Und die Umstände sind schuld. Die Tatsache, dass ich zurück nach

Deutschland muss, ist schuld. Irgendwie ist alles ein bisschen schuld und davon zu viel. Und …«, Lilou hielt einen Moment inne, »es tut mir leid, wenn ich dich doch irgendwie eingeengt habe. Das wollte ich wirklich nie. Ich wollte, dass du dich frei fühlst …«

»Vielleicht sind wir uns im falschen Moment begegnet.«

»Ja. Vielleicht.«

»Aber bedeutet das dann im Umkehrschluss nicht auch, dass es einen richtigen Moment gab oder …«, ich sah Lilou fest in die Augen, »… geben wird?«

Ich glaubte, ihre Lippen ein *Ich weiß es nicht* formen zu sehen, doch sie sprach leise und ihre Worte wurden von der Musik geschluckt. Einen Wimpernschlag später war sie weg.

»Es wird diesen Moment geben«, sagte ich, auch wenn, oder gerade weil sie es nicht mehr hören konnte. Ich beobachtete, wie Lilou sich den Flur entlang durch all die Leute schob und starrte dann auf den Punkt, wo sie gerade eben gestanden hatte. Dass ich sie noch gut ein halbes Jahr trotzdem sehen und sie hier weiter ein und aus gehen würde … dieser Gedanke machte alles leichter und gleichzeitig nur schmerzhafter. Es war zu lang. *Merde*, es war viel zu kurz, um zu verhindern, dass das hier wirklich unser Ende war.

Immerhin konnte ich jetzt mit Sicherheit sagen, dass mein Herz nicht aus Glas war. Es wahrscheinlich nie gewesen war.

Denn es tat weh. Es schrie, es fluchte, es flehte.

Und dabei quälte mich die Traurigkeit in Lilous Augen mehr, als es die plötzliche Wut bei unserem Streit vermocht hatte.

Il y a que la vérité qui blesse.

Nur die Wahrheit verletzt.

18. Kapitel

Mignon

Unerschütterlich lag Saint-Loan an der Küste, während der Sturm vom Meer hertrieb und über die Häuser hinwegfegte. In einigen wenigen am anderen Ende der Bucht brannte Licht. Unnachgiebig rüttelte der Wind an den Dächern und pfiff um Perceval, bevor der erste Blitz den Himmel erhellte. Kurz darauf folgte das Donnern. Von meinem Erkerfenster aus wirkte es ganz so, als würde er direkt in den Ozean einschlagen und die wilden Wellen aufwirbeln. Ein eisblau brennendes Meer. Die Gewitter über dem Atlantik hatten etwas Mystisches an sich, etwas Legendenhaftes. Ich dachte an die weit zurückreichende Geschichte der Bretagne und daran, dass die Kelten sie so passend *Aremorica* genannt hatten: Land am Meer. Ich rückte noch näher an das Fenster, gegen das dicke Regentropfen prasselten. Wenn das hier das Land am Meer war, dann war ich das Herz am Meer.

Längst hatte ich den Versuch aufgegeben, nicht ständig an Lilou zu denken. *Mon dieu*, weil Widerstand hier zwecklos war und mich gerade an diesem Ort alles an sie erinnerte. Das letzte Mal in diesem Bett geschlafen hatte ich mit ihr, und jetzt fühlte sich jede Nacht darin einsam an. *Ja, ich liebe dich*, hatte sie gesagt – *aber das reicht nicht* hatte dabei in ihren Augen gestanden. Dieser Ausdruck verfolgte mich.

Genauso wie dieser seltsame letzte Kuss.

Am Tag nach der Weihnachtsparty hatten Benoît, Émilie, Oceane und ich direkt nach dem Aufstehen zusammen aufgeräumt. Erst am späten Nachmittag saßen wir zu viert in der Küche und frühstückten. Die anderen waren in ausgelassener Stimmung, Geschenke wurden ausgetauscht und direkt geöffnet – doch ich war nicht wirklich bei der Sache, und die Unterhaltung prallte an mir ab. Es dämmerte schon, als ich meine Sachen wahllos in den Koffer schmiss und mich auf den Weg in die Bretagne machte. Weihnachten zog irgendwie an mir vorüber. Und die Tage taten es immer noch.

Lilou hätte dieses Gewitter gefallen, irgendwo zwischen tiefem Schwarz und gleißendem Licht. Sie hätte sich mit ihren Malsachen mir gegenüber gesetzt, die Beine auf meinem Schoß. Und mit dem ersten Pinselstrich wäre sie in ihrer eigenen Welt versunken, in der es weder mich noch irgendetwas anderes gab. So lang, bis sie den ganzen Himmel auf ein Blatt Papier gebannt hätte. Ich hätte ihr zugesehen und es wäre gewesen wie die schönsten Erinnerungen an ein langes Herbstwochenende, an dem nur wir beide existierten.

Als *Grand-Mère* unten gegen den draußen wütenden Sturm anschrie, um mich zum Essen zu rufen, stieg ich langsamer als sonst die gewundene Treppe hinab. Das Licht im Turmaufgang war düster-schön, schon den ganzen Tag lang war es nicht richtig hell geworden. Ich ließ die Hand über das Geländer gleiten, hob meinen Blick und betrachtete all die Pflanzen vor dem hell gestrichenen Holz. Mit dem vertrauten Gefühl des Holzes unter meinen Fingern erfasste mich eine tiefe Traurigkeit. Ich würde dieses Haus voller Erinnerungen verlieren, verlor Lilou, hatte meine Eltern gewissermaßen früh verloren, würde eines Tages auch *Mamie* verlieren, weil das nun mal der Lauf der Dinge war … Ich fühlte mich vollkommen haltlos.

In der Küche knotete *Grand-Mère* gerade ihre Schürze im Rücken auf und hängte sie an den Haken neben dem Herd. Ich deckte den Tisch und legte einen Untersetzer für den Topf mit den Kartoffeln und der Ofenform, in der sich der Fisch befand, in die Mitte. Es duftete herrlich, nach Zitronenbutter und fein abgestimmten Gewürzen. Nach Kindheit.

Das Essen verlief zum größten Teil schweigend, und ich hatte ein schlechtes Gewissen, weil ich heute so schwer verbergen konnte, wie es in mir aussah – eigentlich war ich doch so gut darin. Ich wollte nicht, dass *Grand-Mère* sich wegen irgendetwas Sorgen machte, mit dem Verkauf des Hauses hatte sie ohnehin schon genug um die Ohren. In den letzten beiden Monaten hatten sich mehrere Interessenten Perceval angesehen, doch noch hatte sie keine Entscheidung getroffen, doch eine vierköpfige Familie hatte es *Grand-Mère* scheinbar besonders angetan. Sie wünschte sich Leben für dieses Haus. Doch wenn mir der Abschied schon schwerfiel, wie musste es dann erst für meine Großmutter sein? Es war das Haus ihres Vaters gewesen, das Haus ihrer Kindheit und hier hatte sie mit *Grand-Père* gelebt. Einen Mann, den ich nur von der großen gerahmten Hochzeitsfotografie im Wohnzimmer kannte.

Während wir zusammen den Abwasch erledigten und aufräumten, warf *Grand-Mère* mir ab und zu einen prüfenden Blick zu, doch sie sagte nichts. Stattdessen setzten wir uns auf das Sofa im Wohnzimmer. Die Beine unter dieselbe gemusterte Decke gesteckt. An den Fenstern leuchteten die Lichterketten mit den Sternen vor dem tosenden Meer. Die roten und goldenen Kugeln am Weihnachtsbaum reflektierten ihr Licht. Dazwischen hing der Schmuck, den ich als Kind gebastelt hatte. Er sah furchtbar aus, doch es rührte mich, dass *Grand-Mère* ihn jedes Jahr im Dezember wieder hervorholte.

Die DVD von *Ist das Leben nicht schön* war schon eingelegt, so wie jedes Jahr. Das alles gehörte zu unserer Tradition, am ersten Abend nach den Weihnachtsfeiertagen. Der Schwarz-Weiß-Film genauso wie der unschlagbare *Gâteau breton* aus Monsieur Quéméneurs *Boulangerie* vor uns auf dem Tisch. Er hatte ihn persönlich vorbeigebracht, und ich hatte daran denken müssen, was Lilou über ihn und Grand-Mère gesagt hatte.

Sie startete den Film. Er lief gerade einmal eine halbe Stunde, als mein Handy aufleuchtete und eine Nachricht von Benoît anzeigte.

BENOÎT, 23:01 Uhr

Ich will mich ja wirklich nicht einmischen, aber Lilou öffnet ständig den Chatverlauf mit dir, starrt auf das Handy und legt es dann doch wieder zur Seite.

Ihren Namen geschrieben zu sehen, ließ mein Herz einen Satz machen. *Lilou, Lilou. Lilou.* Sie feierte Weihnachten bei den Lefèvres, und ich beneidete Benoît und Émilie darum, dass die beiden sie und ihr Strahlen die ganze Zeit um sich haben konnten. Ich stellte sie mir vor einem Weihnachtsbaum vor, grüne Tannennadeln, noch grünere Augen. Die Dreads in einem wirren Knoten auf dem Kopf, zusammengehalten von einem ihrer bunten Haarbänder, das in einer Schleife verknotet war.

ICH, 23:02 Uhr

Wieso erzählst du mir das?

BENOÎT, 23:03Uhr

Jetzt stell dich nicht blöd, allerliebste beste Freundin :P Ich dachte, du solltest das wissen. Sie schafft es ja scheinbar nicht, dir zu schreiben und einer muss ja wohl anfangen, oder?

Und dann machte ich das, was Lilou anscheinend gerade immer wieder tat: Ich öffnete unseren Chatverlauf und starrte wie gebannt auf unser letztes kurzes Gespräch. Montag, 13. Dezember. Nachmittags. Ob sie es aus denselben Gründen las wie ich? Weil sie mich vermisste?

LILOU, 16:05 Uhr

Ich stehe unten direkt um die Ecke.

ICH, 16:07 Uhr
Anouk wollte unbedingt noch etwas mit mir besprechen, deshalb hat
es etwas länger gedauert. Ich beeile mich, laufe gerade zum Aufzug.
À tout de suite! Bis gleich!

LILOU, 16:08 Uhr
Ich werde dich küssen.

ICH, 16:09 UHR
Ich werde dich zurückküssen.

Das Gelesene versetzte mir einen heftigen Stich. Das Gefühl dehnte
sich aus, da war so viel Sehnsucht, war so viel Emotion, die mich zu
überwältigen drohte. Einen Augenblick lang fühlte ich mich wie unter
Wasser. Nichts hören, nichts sehen, nur das schnelle Schlagen meines
Herzens. Ich hatte verdammt noch mal keine Ahnung, wie diese Sache
mit der Liebe funktionierte. Sollte ich ihr schreiben? Und vor allem:
Was sollte ich ihr schreiben?

Lilou hatte mir die Leichtigkeit im Leben gezeigt, insbesondere aber
die Liebe. Und während ich hier saß und das Tosen des Windes um das
Haus wieder anschwoll, wurde mir klar, dass ich sie unter gar keinen
Umständen aufgeben konnte. Ich würde nicht zulassen, dass es das
mit uns gewesen war. Ich würde nicht zulassen, dass wir einander verloren. Wir hatten uns vielleicht nicht gesucht, aber trotzdem gefunden.
Gleichzeitig war mir jedoch nur allzu bewusst, dass ich in den letzten
Tagen überhaupt nichts unternommen oder gesagt hatte, um ihr das
klarzumachen.

Ich öffnete den Chatverlauf mit Benoît und schrieb ihm all das. Die
Pünktchen neben seinem Namen bewegten sich, während er mir etwas
zurückschrieb, dann standen sie plötzlich still und er war offline. Kurz
darauf wieder online, sich bewegende Pünktchen. Erneut eine Pause,

ohne dass eine Nachricht bei mir ankam. Einen Moment später wurde ich einer neuen Gruppe hinzugefügt. Benoît hatte sie erstellt und Émilie und Oceane hinzugefügt. Gruppenname: *Lilon*. Dahinter ein rotes Herz. Als erste Nachricht ging ein Screenshot von Benoîts und meinem Chatverlauf ein. Dieser Mistkerl!

OCEANE, 23:32 Uhr
O GOTT. O GOTT. O GOTT.
Und Lilon ist ja mal wohl der süßeste Shipname ever ;)

ÉMILIE, 23:33 Uhr
Endlich, Mignon. Das kann sich keiner mehr mit ansehen. Was ist
der Plan? O Gott, bitte sag, dass es einen Plan gibt. Ist es ein guter Plan?
Ist es wie die große Geste in einer romantischen Komödie?

Hinter den letzten Satz hatte Émilie eine wirre Flut an Emojis folgen lassen. Aus meiner Kehle drang ein ganz seltsamer Laut, irgendetwas zwischen unendlich traurigem Wimmern und gerührtem Seufzen. Vielleicht hatte und würde ich Wichtiges verlieren, vielleicht konnte ich nichts dagegen tun, aber ich hatte wundervolle Freunde. Menschen, die mich vor fünf Jahren in ihre Herzen geschlossen hatten, obwohl ich damals nicht mehr als mein eigenes Traumbild gewesen war. Und nach den vergangenen sechs Monaten, in denen ich ihnen mehr und mehr von meinem Innersten gezeigt hatte, waren sie immer noch da – auf ihre ganz eigene, verrückte Art und Weise.

ICH, 23:33 Uhr
Es gibt keinen Plan, zumindest noch nicht. Ich muss ihr einfach klar
und deutlich sagen, was ich fühle und will – egal wie beängstigend
das ist. Und dann sollte ich ihr auch noch klarmachen, dass es mir
damit verdammt ernst ist.

ICH, 23:34 Uhr

Ich glaube nur, ich sollte Lilou ein bisschen Zeit geben.

BENOÎT, 23:34 Uhr

Zeit? Wofür Zeit????

»Liebes?«

Schnell legte ich das Handy beiseite, vorsichtshalber mit dem Bildschirm nach unten.

»*Pardon*«, murmelte ich, doch sie sah mich nachsichtig an.

»Es wird seinen Grund haben, wenn du eine Nachricht schreibst.«

Doch dann griff sie nach der Fernbedienung und schaltete *Ist das Leben nicht schön* stumm. Da waren nur noch flackernde Schwarz-Weiß-Bilder und Lippenbewegungen ohne Worte. Plötzlich lag ihre faltige Hand an meiner Wange, so wie früher, wenn Anne und Alain mich wieder nicht mitgenommen hatten und sie mir erklärte, dass *l'amour d'une grand-mère*, die Liebe einer Großmutter, etwas ganz Besonderes sei. Beständig und viel weiter noch als das Meer, das ich von meinem Turmzimmer aus sehen konnte. Bei ihr hatte es magisch geklungen und für diese Momente war alles gut gewesen, denn ich hatte gewusst: Sie würde immer da sein. Als *Grand-Mère* mich jetzt mit demselben liebevollen Ausdruck in den Augen ansah, fühlte ich mich wieder wie ein kleines Mädchen.

Sie steckte mir eine Haarsträhne hinters Ohr und lehnte sich ein Stück zurück.

»Ich … es ist schon sehr lang her und es war damals eine ganz andere Zeit, aber ich bin auch einmal in eine Frau verliebt gewesen. Das war, bevor ich deinen *Grand-Père* kennengelernt habe.« Ruhig blickte sie mich an. »Ich dachte, das solltest du wissen.«

Perplex starrte ich zurück, und die Zeit schien für einen Moment stillzustehen. Mein Herz sank hinab und lag zu unseren Füßen. Offen, verletzlich, ein bisschen kaputt. *Grand-Mère* und eine Frau?

»Du hast doch Liebeskummer, oder?«, sie machte eine lange Pause, in der sie mich eingehend musterte. »Wegen Lilou?!«

Es klang weniger wie eine Frage, sondern so als wäre sie sich verdammt sicher, dass sie gerade ins Schwarze getroffen hatte.

»Ich …«, setzte ich an. »Woher weißt du es?«

»Ich bin vielleicht alt, aber nicht blöd.« *Grand-Mère* zwinkerte mir zu. »Unsere Welt ist alles andere als perfekt, aber es ist eine so viel tolerantere als die, in der ich aufgewachsen bin. Menschen haben dafür gekämpft, dass man offen lieben kann und sie tun es immer noch, weil dieser Kampf längst nicht vorbei ist. Ich hätte mir damals von Herzen gewünscht, von jemandem zu hören, dass das, was ich empfinde, nicht falsch ist. Oder *eine Sünde*, wie meine Mutter es nannte. Deshalb ist es mir wichtig, es jetzt *dir* zu sagen, Mignon. Vergiss bitte nicht, dass ich dich liebe – ganz gleich, in wen du dich verliebst. Alles, was ich mir für dein Leben wünsche, ist, dass du glücklich bist.«

»Tu ich nicht«, flüsterte ich. »Ich vergesse es nicht«. Ich war mir ziemlich sicher, dass *Grand-Mère* wusste, was ich ihr damit eigentlich noch alles sagen wollte. Gerührt lehnte ich mich unter der Decke an sie, meinen Kopf auf ihrer Schulter. Ihre langen Zöpfe kitzelten mich an der Wange. »Danke«, schob ich hinterher.

»Das ist wirklich nichts, wofür du dich bedanken müsstest, Liebes.«

Ich schluckte.

»Ich glaube, ich habe mich Lilou gegenüber blöd verhalten. Irgendwie ist plötzlich alles wahnsinnig schiefgelaufen.«

»Fehler zu machen ist menschlich. Und würden wir ständig nur das Richtige tun und nie etwas bereuen, dann wäre das Leben mit Sicherheit sehr langweilig, meinst du nicht?« *Grand-Mère* tätschelte meinen Oberarm. »Was auch immer zwischen euch vorgefallen ist …, wenn man einander etwas bedeutet, dann wiegt das mehr. Und für die meisten Probleme lässt sich eine Lösung finden, wenn man offen und unvoreingenommen an die Sache herangeht.«

Sie klang so zuversichtlich. Kein Wunder, dass sie und Lilou sich auf Anhieb so gut verstanden hatten. Ihre Weltsichten ähnelten einander sehr.

»Sprich mit Lilou, wenn du zurück in Paris bist. Und vertrau darauf, dass sie dir zuhören wird.«

Dann nahm *Grand-Mère* die Fernbedienung und schaltete den Ton des Fernsehers wieder an. Nach einigen Minuten sagte sie: »Trotzdem möchte ich noch anmerken, dass die Kinder von Benoît und dir wirklich ausgesprochen hübsch gewesen wären. Das habe ich schon gedacht, als du ihn das erste Mal mit nach Saint-Loan gebracht hast. Ich habe mir sehr gewünscht, dass das zwischen euch mehr wird«, sie seufzte schwer. »Er ist wirklich so charmant. Und schön anzusehen noch dazu.«

Grand-Mère kicherte. *Mon dieu*, meine Großmutter kicherte.

»*Mamie*!«, rief ich entrüstet, doch dann musste ich selbst lachen. Wie zwei Mädchen lagen wir nebeneinander auf der in die Jahre gekommenen Couch und rangen nach Luft. Wir lachten und lachten und konnten nicht mehr damit aufhören.

Lilou

»Hast du alles?«

Ich schloss die Schnallen meines Blumenrucksacks und drehte mich zu Benoît um, der im Türrahmen des Gästezimmers lehnte. Seine Haare waren noch feucht vom Duschen und kringelten sich auf seiner Stirn.

Gleich würden wir zusammen mit François und Émilie zurück nach Paris fahren, doch ich fühlte mich alles andere als bereit dazu. Vielleicht, weil ein Abschiedskuss keiner war, wenn das Herz sich so sehr nach jemandem sehnte. Vielleicht, weil Mignons Geschenk so perfekt war, dieses Stoffmäppchen für meine Pinsel. Rot und mit Gänseblümchen darauf. Es ließ sich zusammenrollen und mit einer kleinen Schleife zusammenbinden. Ganz sicher aber fühlte ich mich nicht bereit, weil mich in Vitry-sur-Seine nichts an sie erinnerte. Hier erinnerte nichts an unsere gemeinsame Geschichte, anders als in gefühlt jedem Winkel von Paris.

»Ja, alles eingepackt«, antwortete ich und lächelte ein bisschen gekünstelt, ehe ich ihm ins Wohnzimmer folgte. Seine Eltern warteten dort, um uns zu verabschieden. Das Innere des Hauses war hell und lichtdurchflutet, die Decken hoch und der Blick durch die Panoramascheiben wunderschön. Neben dem riesigen Ecksofa stand eine geschmückte Tanne, die mehrere Meter in die Höhe reichte.

An Weihnachten hatte ich Papa ganz schrecklich vermisst, und Yuna und Kaito, mit denen ich sonst immer den Nachmittag des ersten Weihnachtsfeiertags verbracht hatte, mindestens genauso sehr. Doch die Lefèvres waren wahnsinnig herzliche Menschen. Zuerst hatte ich befürchtet, dass ich mich vielleicht unwohl fühlen könnte, wie das fünfte Rad am Wagen und als ein Eindringling in deren Familienfest. Doch ich war vom ersten Moment an willkommen gewesen. Ich hatte mit Benoît und Émilie herumgealbert und ihrem Vater Thomas dabei geholfen, Punsch nach dem alten Familienrezept zuzubereiten. Ich war mit François durch den verschneiten Ort gelaufen und hatte mir seine Geschichten angehört, auch wenn mich beim Blick in seine Augen immer wieder das Gefühl beschlich, dass etwas nicht stimmte. Manchmal sah er seine beiden Enkel und mich ganz seltsam an. Vielleicht vermisste er seine Frau an Tagen wie diesen besonders. Vielleicht handelte es sich auch einfach um einen dieser wehmütigen Ich-bin-auch-einmal-so-jung-gewesen-wie-ihr-Blicke, wie alte Menschen sie manchmal aufsetzten.

Und dann war da noch Odile, François' Tochter mit den riesigen dunklen Augen, die durch den pfiffigen Kurzhaarschnitt noch stärker betont wurden. Schokoladenaugen wie die von Émilie. Sie war Malerin und hatte mir ihr kleines Atelier unter dem Dach gezeigt. Voller

Begeisterung hatte ich jede einzelne Leinwand betrachtet, die Pinsel in allen Größen und Formen, die Mischpaletten, die Öl- und Acrylfarben, den einzigartigen Geruch, die für die Ewigkeit festgehaltene Erinnerungen und Momentaufnahmen. Ich hatte Odile mit Fragen gelöchert, und sie hatte mir bereitwillig jede einzelne beantwortet.

»Ich hab dir hier ein paar Farbreste von den Tönen zusammengepackt, die dir besonders gut gefallen haben«, sagte sie jetzt, als sie von der Couch aufstand und mich zum Abschied in die Arme zog. Ein leichtes blaues Tuch lag um ihre Schultern.

»Wow, danke. Das ist wahnsinnig nett.«

»*De rien.* Gern geschehen, Lilou. Du bist hier jederzeit willkommen.«

Sie drückte mir das Päckchen in die Hände und hauchte mir ein Bisou auf die Wangen. Auch Thomas fand freundliche Worte, die mich rührten, und bat mich leise, ein Auge auf seinen Sohn zu haben, der manchmal ein paar Flausen zu viel im Kopf hatte. Ich nickte grinsend und bedankte mich noch einmal für die schöne Zeit.

Er und Odile standen winkend in der Tür, als wir die breite Treppe hinunterliefen. Das Auto parkte in der von Sträuchern gesäumten Auffahrt. François und Émilie gingen voraus und für einen Moment waren Benoît und ich so gut wie allein auf den Marmorstufen.

»Und?«, fragte er und zog dabei das Wort unnatürlich in die Länge. »Hat Mignon sich bei dir gemeldet?«

»Nein, hat sie nicht.«

Ich hätte es mir gewünscht, gleichzeitig wunderte es mich nicht, dass sie mir nicht geschrieben hatte. Mignon hatte gesagt, dass das alles ohne mich nichts wert war, sie hatte mich mit den Augen angefleht und die Verzweiflung und Liebe in ihrem Kuss hatten mir mehr gesagt, als Worte es vermocht hätten. Trotzdem hatte ich sie weggestoßen und von einem *Abschied* gesprochen. Was hätte Mignon mir also auch schreiben sollen?

Ich hatte gedacht, der Tag, an dem sie zu ihren Gefühlen für mich stand, würde etwas verändern, doch das hatte er nicht. Stattdessen stand ich mir selbst im Weg und verspürte immer noch diese leise Angst und wurde das Gefühl nicht los, dass Mignon sich ihrer WG gegenüber nur wegen unseres Streits und weil ich so ausgerastet war, geoutet hatte. Ich fühlte mich auf seltsame Art…schuldig. Und *ich* wusste nun mal, dass es nicht bei einem einzigen Outing bleiben würde, schließlich hatte ich es selbst erlebt und tat es immer noch. Wenn wir zusammen wären, müsste sie das allen Menschen in ihrem Leben gegenüber immer wieder aussprechen: *Das ist meine Freundin*, statt: *Das ist mein Freund*.

Und wie sollte ich mir sicher sein, dass Mignon dieses Mal wirklich für die ganze Welt sichtbar meine Freundin sein wollte? Wir hatten uns gestritten, weil sie mir genau das nicht hatte geben können, und nicht einmal eine Woche später sollte plötzlich alles anders sein? Nach den Wochen und Monaten, in denen alles nur echt gewesen war, wenn niemand es sah? Himmel, ich wollte Mignon vertrauen, ich wollte es wirklich, aber ein Teil meines Herzens war dazu gerade einfach nicht bereit.

»Okay«, meinte Benoît nur und drängte damit das mignonförmige Chaos in meinem Kopf beiseite. Schon wieder ein unnatürlich in die Länge gezogenes Wort. Ich blieb stehen und sah mit zusammengekniffenen Augen zu ihm hinauf.

»Du hast doch nichts zu ihr gesagt, oder?«

»Ähm…*non*, wieso sollte ich?«

»Weil ich gerade das ganz miese Gefühl habe, dass du dich gern einmischen würdest. Oder es längst getan hast.«

»Ich? Nein«, er legte beschwingt den Arm um mich und brachte absichtlich meine Dreads durcheinander. »Ist eure Sache. Das würde ich nie tun.«

»Ich glaube dir leider kein Wort.«

»Was für eine Enttäuschung«, gab Benoît zurück und sah mich tief getroffen an. »Ich dachte, wir wären Freunde.«

Ich rollte mit den Augen. »Du bist der nervige große Bruder, den ich nie hatte.«

»Und du die paranoide kleine Schwester.«

Als wenige Tage später das alte Jahr dem neuen wich, explodierte der Himmel über Paris. In der ganzen Rue des Étoiles wurde gefeiert, Cafés und Bistros waren hell erleuchtet und zum Brechen voll. Diejenigen, die sich nicht mit ihren Getränken auf der Straße tummelten, saßen mit Decken auf dem Schoß oder über den Schultern an den Tischen davor. Zusammen mit BÉJOM stand ich irgendwo in der Menge und betrachtete begeistert das Feuerwerk, das über uns das Firmament in den schönsten Farben erstrahlen ließ. Wir fielen einander in die Arme und schrien uns schöne Dinge ins Ohr und für diesen Moment war mein Herz voll und ich so herrlich losgelöst und glücklich.

Zehn Minuten nach Mitternacht ging ein Videoanruf von Yuna ein. Sie stand vor irgendeinem Klub oder einer Bar, ich verstand sie kaum, weil es so laut war und irgendwo hinter ihr unablässig Raketen in den Himmel schossen.

»Ich wünsche dir ein wunderschönes neues Jahr, Babygirl«, schrie sie gegen den Lärm in ihr Telefon. Zusammen mit Benoît, Émilie, Oceane, Mignon und Jules drängte ich mich vor meinem Handy. Ich streckte meinen Arm weit aus, um uns alle auf das Bild zu bekommen, und schluckte, als ich einen Moment lang Mignons Hand an meinem Rücken zu spüren glaubte. Ich hatte mich bei ihr für das Geschenk bedankt, und sie hatte nur ein *De rien* gemurmelt. Es schien, als hätte sie mehr sagen wollen, doch das tat sie nicht. Genauso wenig wie ich. Da war nur ihr traurig-schönes Lächeln, das mir das Herz brach, und das Wissen, dass die Zeit lief. Nur noch fünf Monate. Eine lächerlich kurze Zeit, um uns eine zweite Chance zu geben, redete ich mir ein, damit es weniger schmerzte und ich meine Entscheidung nicht bereute. Eine lächerlich kurze Zeit, um die Angst verschwinden zu lassen. Eigentlich eher Ängste statt Angst, denn zu der alten waren neue hinzugekommen.

»*Une bonne année, Yuna!*«, riefen wir gleichzeitig, »Frohes neues Jahr, Yuna!«

Der Rest der Nacht zog wie in rauschendem Licht an mir vorbei, und erst als die Sonne langsam aufging und die Wolken eine sanfte Rosa- und Orangefärbung annahmen, machte ich mich auf den Weg nach Hause und versuchte nicht an das Himmelbett zu denken, in dem ich in einem Paralleluniversum hätte schlafen können. Den ersten Tag des neuen Jahres verschlief ich fast vollständig, am zweiten weckte mich das Vibrieren meines Handys.

BENOÎT, 11:17 Uhr

Grand-Père möchte morgen irgendetwas im *Le Petit* besprechen und will, dass du auch dabei bist. Ich soll dich fragen, ob du nachmittags vorbeikommen kannst. So gegen 16 Uhr?

BENOÎT, 10:18 Uhr

Und frag mich bitte nicht, was los ist. Ich habe ihn regelrecht verhört, aber überhaupt nichts aus ihm rausbekommen.

Müde rieb ich mir die Augen und las die beiden Nachrichten ein zweites Mal. Sofort dachte ich wieder an diesen seltsamen Moment in meiner Wohnung, als François zuletzt hier gewesen war. Wie er sich an die Brust gegriffen hatte. Aber wenn er wirklich krank sein sollte, wie ich inzwischen vermutete, weshalb wollte er dann ausgerechnet auch mich sehen? Wäre das nicht eher eine Sache, die er zuerst allein mit seinen beiden Enkelkindern besprechen würde? Mit Odile und Thomas und seiner Familie?

Ich muss vorher noch ins Lux, aber 17 Uhr sollte ich schaffen :)

Kurz überlegte ich, Benoît zu schreiben, was mir durch den Kopf ging, und dass ich mir Sorgen machte, entschied mich dann aber dagegen. Ich wollte ihn nicht unnötig beunruhigen. Doch als ich mich am nächsten Tag auf den Weg in François' Bistro machte, war dieses ungute Gefühl immer noch da. Stärker noch als am Tag zuvor.

Die Tische und Stühle vor dem *Le Petit* waren von einer dünnen Schneeschicht bedeckt. Zwar hatte es zu schneien aufgehört, doch von den Bäumen fielen immer noch dicke Flocken herunter. Schon aus der Ferne erkannte ich, dass die anderen bereits vor der Tür mit dem *Fermé*-Schild warteten: Benoît, Émilie und … seltsamerweise auch Mignon. Vor dem weiß verschneiten Hintergrund leuchtete das Rot ihrer Lippen noch intensiver. Ich hätte gern die feinen Schatten unter ihren Augen mit den Fingerspitzen weggestrichen und sie gefragt, ob sie wegen *uns* schlecht schlief, doch ich hielt mich zurück. Émilie und Benoît begrüßten mich mit den gewohnten Bisous, nur die von Mignon fühlten sich anders an als in den vergangenen Tagen – ganz so, als wäre da trotz der Augenringe ein neues Feuer in ihr. Ihr Blick wirkte fest entschlossen und dabei doch liebevoll und warm. Er brachte etwas in mir zum Schmelzen und ich dachte: Vielleicht hatte ich zu vorschnell gehandelt und fünf Monate waren keine lächerlich kurze Zeit. Vielleicht sollten wir doch noch einmal über alles reden und ich über meine Schatten springen. Später, wenn wir allein miteinander sein konnten.

»Wisst ihr, was los ist?« Émilie zog sich ihre Mütze tiefer in die Stirn und sah besorgt in die kleine Runde.

»Irgendwie war *Papi* schon die ganze letzte Zeit so komisch«, murmelte Benoît. Anscheinend hatte sich nicht nur in mir dieses beunruhigende Gefühl breitgemacht. Ich rieb die Hände nervös aneinander, als ich es auch in den Gesichtern der anderen sah. François mochte nicht mein eigener Großvater sein, aber ich hatte ihn dennoch lieb gewonnen.

Als er endlich von innen aufsperrte und uns hereinließ, schlug mir die Wärme auf angenehme Art entgegen. Mit kribbelnden Fingerspitzen löste ich mir den Schal vom Hals. An dem Tisch in der hintersten Nische, dort, wo die dunkelblau gestrichene Wand von gerahmten Fotografien übersät war, standen Getränke sowie ein Holzbrett mit Baguette, Käse und Trauben bereit.

»Du machst es heute ja richtig spannend«, meinte Benoît betont fröhlich zu François. Sein Grinsen überspielte sein Unwohlsein jedoch mehr schlecht als recht.

»Ich dachte, ihr habt vielleicht Hunger«, meinte François, als alle saßen, doch niemand rührte das Essen an. Stattdessen sahen wir vier ihn erwartungsvoll an. In der Stille verfing sich das schummrige Licht in seinem ergrauten Schnauzer, doch heute schienen sich die Enden nicht fröhlich nach oben zu biegen.

Schließlich räusperte er sich und durchbrach das angespannte Schweigen.

»Ihr wollt sicher wissen, weshalb ihr hier seid.«

Wir nickten synchron. Noch mehr Stille folgte, bis François sich schließlich räusperte.

»*Bien* ... Als Erstes möchte ich mich bei euch dafür entschuldigen, dass ich nicht sofort mit euch geredet habe und das erst jetzt nachhole. Alt zu sein bedeutet leider nicht immer weise zu sein, auch wenn ich das vor langer Zeit einmal geglaubt habe ... Ich musste mir selbst erst darüber klar werden, wie ich mich in der gegebenen Situation bestmöglich verhalte. Vor allem aber ... wollte ich nicht in der Vergangenheit wühlen und alte Wunden aufreißen.«

Diese Ankündigung klang unheilvoll. Über den Tisch hinweg sahen wir anderen uns erneut besorgt an. Das unbeschwerte Grinsen, das

Benoît aufrechtzuerhalten versucht hatte, war endgültig aus seinem Gesicht gewichen.

Und während François seine nächsten Worte aussprach und mit ihnen mein Leben in ein Vorher und ein Nachher teilte, war sein Blick nur auf mich allein gerichtet.

»Elodie, deine Mutter ...«, sagte er und, als ich *Mamans* Namen aus seinem Mund hörte, begann sich alles um mich herum zu drehen. »Sie ist meine Nichte. Ich bin also dein Großonkel, Lilou.«

19. Kapitel

Lilou

Das Glas, das ich gerade zu den Lippen führen wollte, fiel mir aus der Hand und stieß gegen die Tischkante, ehe es mit einem unschönen Klirren auf dem Boden landete. Erst starrten wir alle François an, dann begannen Émilie und Benoît wild durcheinanderzureden. François sagte irgendetwas, doch seine Worte rückten in weite Ferne, während seine Lippen sich stumm zu bewegen schienen. Ich fühlte mich wie in Watte gepackt, ein Rauschen und gedämpfte Geräusche, als wäre ich tief unter erdrückenden Wassermassen gefangen. Mignon griff unter dem Tisch nach meiner Hand, doch ich spürte ihre Berührung kaum. Ihre Fingerspitzen waren wie winzigste Wellen im Meer.

Meine Gedanken überschlugen sich und zugleich war mein Kopf ganz leer. Irgendjemand kümmerte sich um die Scherben zu meinen Füßen. Jemand anderes sagte meinen Namen, doch nichts drang bis zu mir durch. Ich saß da wie hinter Glas.

Elodie ist meine Nichte.

Ich bin dein Großonkel.

Elodie ist meine Nichte.

Ich bin dein Großonkel.

Rational begriff ich, was diese Worte bedeuteten, ohne sie jedoch richtig zu verstehen.

»Was? Wie?«, hörte ich irgendwann jemanden stammeln und merkte erst mit einiger Verzögerung, dass ich selbst die Person mit der kratzigen Stimme war.

»Ich habe ja vor Weihnachten noch den Boiler bei dir repariert, und in der Wohnung sind mir sofort deine schönen Bilder aufgefallen«, erklärte François. »Als du in der Küche warst, habe ich sie mir genauer angesehen. Ich wollte wirklich nicht neugierig sein, aber ich fand einfach, dass du Talent hast. Sie haben mich ein bisschen daran erinnert, wie Odiles Zimmer früher ausgesehen hat«, er schenkte mir ein vorsichtiges Lächeln. »Erst bei genauerem Hinsehen habe ich dann gemerkt, dass zwischen den Bildern auch ein paar Fotografien hängen. Auf einer von ihnen bist du vielleicht fünf oder sechs Jahre alt. Vor dir steht ein Kuchen mit Kerzen darauf, wahrscheinlich war es dein Geburtstag, und die Frau neben dir ... sah aus wie Elodie. Aber soweit ich wusste, hat sie nie Kinder bekommen. Ich konnte mir nicht erklären, wie das zusammenpassen soll, und ...«

»Deshalb bist du so überstürzt aufgebrochen«, verstand ich plötzlich.

»*Oui*. Ich wusste nicht, was ich dir hätte sagen sollen, auch wenn ich mit einem Mal die Ähnlichkeit zwischen euch gesehen habe. Und es hätte ja auch sein können, dass ich mich irre, *non*? Schließlich war das nur eine einzige Fotografie, und ich wollte mir sicher sein, bevor ich alte Wunden aufreiße.«

»Und jetzt bist du dir sicher?« Ich hatte geflüstert.

»Ja, das bin ich.«

»Aber ... *Maman* ... wo ...« Ich hatte so viele Fragen und wusste nicht, wie ich sie aussprechen sollte. Das Herz schlug wie wild gegen meine Rippen, es raste so schnell, als wollte es gegen diese Wendung der Ereignisse rebellieren. Ich rang nach Luft, betrachtete Benoîts und Émilies feine Gesichtszüge und versuchte irgendwelche Ähnlichkeiten zu erkennen. Cousin und Cousine? Nein, Großcousin und Großcousine? Teil meiner Familie?

Atmen. Ich musste atmen.

»Vielleicht solltet ihr das unter vier Augen besprechen«, gab Mignon leise zu bedenken. Ausgerechnet sie, die mir hatte helfen wollen, meine Mutter zu finden.

»Ich finde, das ist eine Familiensache. So unglaublich es auch sein mag, wir gehören jetzt zusammen«, Émilie rutschte ein Stück näher und legte ihre Hand auf meinen Unterarm. »Wenn du das denn möchtest, Lilou«, fügte sie sanft hinzu. Ich war nicht in der Lage, irgendetwas zu sagen und nickte nur langsam.

»Aber wieso bin ich denn dann hier?« Mignon sah François an.

»Weil ich der Meinung war, dass Lilou vielleicht eine Freundin brauchen könnte. Eine, die nicht zufällig mit ihr verwandt ist.«

Und dann kristallisierte sich doch noch eine Frage heraus. Eine, die erst nur ein Funke in meinem Innersten war und dann zu brennen begann. »Weiß meine Mutter, dass ich hier bin?«

»Ich … ist es in Ordnung, wenn ich einfach von vorn beginne?«, wollte François wissen und wieder nickte ich stumm. Ihm schien das hier genauso schwerzufallen wie mir.

»*D'accord*. Deine Mutter … vor gut zwanzig Jahren war Elodie ein richtiger Star hier in Paris. Sie war Teil der Ballettcompagnie der Pariser Oper, und wir alle waren wirklich wahnsinnig stolz auf sie. Meine Schwester, Elodies Mutter, war selbst sehr lang Ballerina und hat Elodie bei ihrem großen Traum immer unterstützt.«

Unwillkürlich schoss mir durch den Kopf, was Benoît mir einmal erzählt hatte: Dass das Künstlerische und die Kreativität das Erbe seiner Familie wären.

»Marie hat immer über sich gesagt, sie sei nie gut genug für den großen Durchbruch auf den Bühnen dieser Welt gewesen, aber Elodie schaffte schon mit siebzehn das, was meine Schwester nie erreicht hat. Und das hat irgendwann … zu Spannungen zwischen den beiden geführt, bis schließlich eine unüberwindbare Mauer zwischen ihnen zu stehen schien. Elodie begann ihren Unterricht schleifen zu lassen und je mehr sie stattdessen mit ihren Freunden Party machte, umso schlechter wurde das Verhältnis zwischen ihr und Marie. Elodie hat das Tanzen immer geliebt, ganz unabhängig von ihrer Mutter, sie hat das nicht für sie getan, aber sie war noch so jung ... Ich glaube, sie hat sich eingesperrt gefühlt. Der Druck an der *École de Danse* ist hoch genug, wahrscheinlich wollte sie von ihrer Mutter einfach nur hören, dass sie so oder so stolz auf sie ist.«

Ein Schatten huschte über François' Gesicht. Er schien mit seinen Gedanken einen Augenblick lang ganz weit weg zu sein.

»Ich habe mehrmals zwischen Marie und Elodie zu vermitteln versucht, leider aber ohne Erfolg. Es gab einen großen Streit, sehr unschöne Worte sind gefallen und danach ist Elodie in einer Nacht- und Nebel-Aktion ausgezogen. Wahrscheinlich zu ihrem Freund. Marie hatte schon länger vermutet, dass ihre Tochter jemanden kennengelernt hat. Ein Jahr später hat Elodie ganz plötzlich das Ensemble verlassen und ist verschwunden. Niemand wusste, wohin.«

Verschwunden? Und dann dämmerte es mir. *Maman* war mit mir schwanger gewesen und war mit Papa nach Deutschland gegangen.

»Aber das ist nicht alles, oder?«, hörte ich Benoît leise nachfragen, während François einen Schluck trank.

»*Non*, das ist es nicht«, er seufzte tief. »Vor acht Jahren ist Elodie auf einmal wieder in Paris aufgetaucht. Sie stand eines Tages einfach vor dem *Le Petit* und ... hat nach Marie gefragt. Ich dachte, ich würde einem Geist gegenüberstehen. Es war so viel Zeit vergangen, und wir alle hatten uns damit abgefunden, dass wahrscheinlich irgendetwas Schreckliches passiert war. Es hatte eine Vermisstenanzeige gegeben, Marie war bei der Polizei gewesen, es war ... es war eine wirklich schwere Zeit. Elodie war gekommen, um sich zu entschuldigen, dafür, dass sie zehn Jahre lang einfach weg gewesen war, und sich aussöhnen ... Nur musste ich ihr leider sagen, dass das nicht möglich sein würde, weil ihre Eltern ein halbes Jahr zuvor einen Autounfall gehabt hatten und ...« Dieses Mal glänzten in François' Augen Tränen. Benoît legte eine Hand auf die

Schulter seines Großvaters, und auch er schluckte schwer. »Die beiden waren sofort tot.«

Ich rang nach Luft und versuchte verzweifelt all diese Dinge irgendwie zu verarbeiten und mit meiner Kindheit in Einklang zu bringen. Neben mir murmelte Mignon irgendetwas, doch ich verstand es nicht.

»Deine Mutter ist wahnsinnig schlecht damit zurechtgekommen, und ich kann es ihr nicht verdenken. Odile, Thomas und ich haben versucht, wieder irgendeine Art von Verbindung zu ihr aufzubauen, aber vergeblich. Sie war besessen davon, es an der Pariser Oper noch einmal zu schaffen und ganz groß rauszukommen. Ich weiß nicht ob für sich oder für Marie. Eine Weile hat sie dort gearbeitet, aber die wenigen Male, die ich sie gesehen habe, hat man ihr deutlich angesehen, dass ihre Verfassung sich immer weiter verschlechtert hat. Vor allem, nachdem sie fristlos entlassen wurde. Sie war launisch, gemein und unberechenbar. Vor zwei Jahren hat sie dann schließlich versucht, sich das Leben zu nehmen.«

Alle am Tisch hielten den Atem an.

Und ich fiel,

fiel,

fiel,

fiel.

Da waren wieder Mignons Finger an meinen. Nicht flüchtig dieses Mal, sondern ganz fest. Ich krächzte irgendetwas Unverständliches. Angst schnürte mir die Kehle zu und beherrschte meine Gedanken. Elodie war zu spät gekommen, um ihre Mutter noch einmal zu sehen. Bitte nicht, bitte nicht auch ich.

»Sie lebt«, François beugte sich über den Tisch, um mit seiner großen Hand meine zu tätscheln. »Sie lebt, Lilou.«

Ich stieß die Luft aus.

»Aber ...«

»Zusammen mit Odile und Thomas habe ich damals entschieden, dass es das Beste wäre, wenn sie erst einmal in eine Klinik kommt, wo man ihr helfen kann. Seit sie dort entlassen wurde, ist sie weiterhin in therapeutischer Behandlung, und ich denke ... ihr Zustand ist weitestgehend stabil – zumindest soweit ich das beurteilen kann. Sie lebt immer noch in Paris, aber wir sehen sie eigentlich nie.«

»Und sie hat nie von mir erzählt?«

»*Non*«, François schüttelte bedauernd den Kopf. »Sie hat nie auch nur ein einziges Wort über die Jahre verloren, in denen sie verschwunden war. Weder darüber, wo sie gewesen ist, noch was sie gemacht hat. Jede Frage dazu hat sie vehement abgeblockt.«

»Aber sie hat mir an meinem achtzehnten Geburtstag diesen Brief geschrieben. Sie ... wieso hat sie mir denn sonst geschrieben?!«

»Manchmal hat sie manische Phasen. Dann ruft sie bei Odile oder mir an und redet, als wären die letzten zwanzig Jahre nicht gewesen, und fragt nach ihrer Mutter. Ich ... es tut mir sehr leid, dir das alles sagen zu müssen ... aber ich will auch, dass du weißt, dass du hier eine Familie hast. Mit Sicherheit nicht so, wie du es dir erhofft hast, aber trotzdem ... Und das nicht nur, weil wir jetzt die Wahrheit kennen, wir haben dich auch vorher schon ins Herz geschlossen.«

Ich schluckte schwer.

Ich hatte die Suche nach meiner Mutter aufgegeben, hatte diese Entscheidung ganz bewusst getroffen. Und jetzt hatte ich völlig aus dem Nichts eine Antwort auf meine Fragen erhalten. Hatte eine Familie gefunden, von deren Existenz ich nicht einmal etwas geahnt hatte. Die Frau, die ich verlassen hatte, hielt meine Hand und hielt mich auf diese Weise zusammen, während die Welt für atemlose Momente einfach stehen blieb.

Und ich hatte keine Ahnung, was ich denken sollte.

Und ich hatte keine Ahnung, was ich fühlen sollte.

Mich freuen? Erleichtert sein? Verwirrt? Ängstlich? Aufgeregt?

Geschockt? Es war alles zusammen und doch auch nichts davon und auf allen Ebenen war es zu viel auf einmal.

Ganz langsam schob ich den Stuhl zurück und stand auf.

»Ich hoffe, ihr nehmt es mir nicht übel, aber ich ... brauche frische Luft«, sagte ich erstickt.

Ich wartete die Reaktion der anderen gar nicht mehr ab und floh aus dem *Le Petit*. Es hatte wieder zu schneien begonnen. Ich zog meinen Schal fester, als ich durch die dichter werdenden Schneeflocken zu laufen begann und nahm mehrere tiefe Atemzüge eiskalter Winterluft, die in meinen Lungen schmerzte und zugleich auf die beste Art belebend wirkte. Ich achtete nicht auf den Weg, alles zog beängstigend belanglos an mir vorbei, und als ich plötzlich stumm zu weinen anfing, wusste ich nicht einmal genau, weshalb.

Am Ende der Straße hörte ich hinter mir Schritte im Schnee knirschen. Sie klangen federnd und eilig, und ich machte den Fehler, mich umzudrehen. Mignon mit ihren dunklen Ponyfransen unter der roten Mütze, dem wehenden Mantel im leichten Wind. Als sie sah, dass ich stehen geblieben war, begann sie zu rennen, und ehe ich richtig begriff, was passierte, zog sie mich in ihre Arme. Mein Gesicht rutschte instinktiv in diese Kuhle zwischen Hals und Schulter, der Stoff ihres Mantels kratzte über meine Haut und mit der Berührung kam der Geruch nach Meer und unseren Tagen am Atlantik. Ohne dass ich es wollte, krallten sich meine Finger in ihren Kragen und hielten sich an ihr fest. Ich erlaubte mir, Mignons ganz eigenen Duft zu inhalieren und zuzulassen, dass ihre Hände auf meinem Rücken mir Halt gaben.

»Wenn du reden möchtest oder nicht allein sein willst, dann bin ich da«, raunte sie und zog mit ihren Fingern beruhigende Kreise. »Wir müssen auch überhaupt nicht darüber reden, wir können es auch einfach ignorieren. Aber ganz egal, ob wir zusammen sind oder nicht, ich bin immer für dich da. Ich will, dass du das weißt.«

Obwohl Mignons Worte mich berührten und einlullten und ich

mich in ihren Armen sicher fühlte, löste ich mich irgendwann von ihr und trat einen Schritt zurück. Ich sehnte mich so sehr nach ihr. Am liebsten würde ich mich mit ihr in ihrem Zimmer verkriechen, die Vorhänge des Himmelbetts zuziehen und den ganzen Tag mit ihr eingekuschelt daliegen. In einer Blase aus Glück und schönen Momenten, in einer perfekten Welt, in der nicht alles irgendwie durcheinandergeraten war. Ich konnte nicht mehr klar denken, weil das mit uns plötzlich von einer anderen Wahrheit überschattet wurde, die mich zu erdrücken drohte.

Zögerlich rieb Mignon über meine Wangen und strich die Tränen weg. »Was brauchst du gerade, Lilou? Sag mir einfach, was du brauchst.«

Ich musste mich zusammenreißen, um nicht gleich noch viel heftiger zu weinen, weil Mignon so ... so sehr war, wie sie eben war. Weil sie für mich da sein wollte und sich alles trotzdem so unendlich falsch anfühlte.

»Ich muss ... ich muss einfach allein sein.«

Ich hätte gern *Danke* gesagt oder *Ich bin auch immer für dich da*, aber ich konnte nicht. Da war dieser Kloß in meinem Hals und François' Worte, die mir den Boden unter den Füßen weggerissen hatten. Also lief ich weiter. Allein, allein, allein. Dieses Mal drehte ich mich nicht mehr um, aber ich war mir sicher, dass Mignon immer noch dort stand und mir nachblickte, bis ich um die Häuserecke verschwunden war.

Erst trieb es mich nach Hause, doch dann entschied ich mich anders und schlug den Weg zum Jardin du Luxembourg ein. Die Bäume hinter der schmiedeeisernen Einzäunung mit den goldenen Spitzen waren kahl und die Äste von Schnee bedeckt. Ich durchquerte die Anlage Richtung Norden, bis ich auf die *Fontaine Médicis* stieß. Auch um diese Jahreszeit hatte der Ort etwas unweigerlich Mystisches an sich. Mit ihrer natürlichen Patina leuchtete die mittlere Statue in der Grotte türkisfarben vor all dem Weiß. Ich befreite einen der grünen Stühle vom Schnee und setzte mich darauf, mit Blick auf das Wasser. Die Beine zog ich an und legte meinen übergroßen Schal um sie. Ein kleiner, wärmender Kokon, der mich und meine wirren Gedanken zusammenhielt.

Eine Ewigkeit lang blieb ich dort, bis meine Finger rot vor Kälte waren und ich mich ganz steif fühlte. Ich machte mich auf den Weg nach Hause und stand volle zwanzig Minuten unter dem heiß dampfenden Wasserstrahl, ehe ich mich in meine Bettdecke gewickelt auf dem Sessel vor dem Fenster zusammenrollte. Ich fühlte mich immer noch wie betäubt. Jetzt nur noch innen, nicht mehr außen.

Und dann rief ich Papa an, weil es ohnehin keinen Zweck hatte zu warten. Weil diese Sache dadurch nicht weniger groß und einschüchternd und überwältigend wurde. So erdrückend.

Ich hatte keine Ahnung, wie spät es inzwischen sein mochte, aber es war mir auch nicht wichtig. Nach dem siebten Klingeln ging Papa ran. Er klang verschlafen und einen Moment lang tat es mir leid, noch angerufen zu haben. Doch dann hörte ich mich fragen: »Wieso hast du es mir nicht gesagt?«

»Kleines?«

»Wieso hast du es mir nicht gesagt?«, wiederholte ich.

Papa unterdrückte ein Gähnen. »Was gesagt?«

»Dass ich eine Familie habe. Dass ich hier in Paris eine Familie habe. Meinst du nicht, dass das vielleicht eine Sache wäre, die ich wissen sollte?« Mit jedem weiteren Wort war meine Stimme lauter geworden und überschlug sich schließlich. Ich fühlte mich wie ein Kind, das nicht mehr wollte, als in den Arm genommen zu werden, und doch kam nur diese plötzliche Wut aus mir herausgeschossen. »Und ich habe dich so oft danach gefragt. So, so, so oft. Du wusstest genau, wie wichtig mir das ist. Ich habe dir erzählt, wie verloren ich mich deshalb manchmal fühle, ich …«

»Lilou, ich verstehe gerade gar nicht, was los ist«, Papa klang verwirrt. »Was ist denn passiert?«

Ich versank weiter in meiner Decke und holte tief Luft, ehe ich sagte:

»Ich habe sie kennengelernt. *Mamans* Familie. *Meine* Familie. Und ich möchte wissen, weshalb du mir nie etwas von ihnen erzählt und meine Fragen ignoriert hast.«

Einen langen Augenblick war es still am anderen Ende der Leitung. Eine Stille, die mir in den Ohren dröhnte.

»Elodies Familie?«, entgegnete Papa leise. War das etwa Unglauben in seiner Stimme? Unglauben über die Tatsache? Oder Unglauben darüber, dass ich es herausgefunden hatte? »Wie hast ... wie haben sie ...«, stammelte er.

»Ja, *Mamans* Familie«, wiederholte ich noch einmal. »Die Familie, die du mir vorenthalten hast.«

»Lilou, ich habe dir überhaupt nichts vorenthalten oder deine Fragen ignoriert. Ich wusste nicht, dass Elodies Familie in Paris lebt, ich habe sie ja selbst nie kennengelernt – auch nicht, als wir zusammen dort gelebt haben«, Papas Stimme wurde von Wort zu Wort lauter. »Deine *Maman* hatte nicht nur vor dir Geheimnisse, sondern auch vor mir. Außerdem ... du hattest in den letzten acht Jahren doch mich. Und ich habe doch mein ...«

»... ja, du hast dein Bestes getan, Papa. Das sagst du ständig. Aber langsam frage ich mich, ob es dabei wirklich darum ging, dass es *mir* gut geht oder in Wahrheit nicht viel eher *dir*.«

»Was willst du damit sagen?«, erwiderte er gepresst und irgendwo im hintersten Winkel meines Verstandes wusste ich, dass ich mit meinen Anschuldigungen gerade eine Grenze überschritt.

»Ganz einfach«, schleuderte ich ihm trotzdem entgegen. »Ich will damit sagen, dass ich dein Verhalten für scheißegoistisch halte! Ja, ich bin dein Kind und werde es immer sein, aber ich bin trotzdem erwachsen. Und selbst wenn ich das nicht wäre, habe ich ein Recht auf meine Familie. Ich habe ein Recht auf meine eigenen Entscheidungen. Du hast doch einfach nur Angst, dass ich dich verlasse, so wie *Maman*.«

»Lilou, du beruhigst dich jetzt wieder!«, sagte er und klang dabei inzwischen mindestens so wütend wie ich. »Ich lasse mich von meiner Tochter nicht derart angehen und grundlos beschuldigen. Ganz abgesehen davon, dass du im Moment richtig gemein bist. Du steigerst dich in diese Sache rein und hörst mir gar nicht richtig zu.«

»Ich werde mich ganz sicher nicht beruhigen«, Tränen schossen mir in die Augen, weil ich mich verdammt noch mal vom Leben betrogen fühlte. »Ich will doch bloß wissen, wieso du es mir nicht gesagt hast!«

Wahrscheinlich aus demselben Grund, aus dem er mich in den vergangenen Jahren mit seiner Zuneigung schier erdrückt hatte. Und weshalb er mich manchmal so traurig ansah: Wegen meiner Ähnlichkeit zu *ihr*. Er sah ständig sie in mir, obwohl Elodie und mich kaum etwas verband. Das wurde mir immer klarer, je mehr ich darüber nachdachte, je mehr ich über sie erfuhr.

Und doch regte sich ganz tief in meinem Inneren eine andere Stimme. Eine, die vernünftig war und nicht von Gefühlen übermannt wie sonst gerade jede Faser meines Seins. Und diese Stimme sagte mir, dass ich Papa so richtig unrecht tat mit meinen Anschuldigungen und meinem nächtlichen Anruf, und dass ich nur meine Wut und Hilflosigkeit auf ihn projizierte, weil ich verzweifelt war und nicht wusste, wohin damit. Dass er wie alle Menschen seine Fehler haben mochte, aber mich ganz sicher nicht in diesem Punkt angelogen hätte.

»Ich sage es dir jetzt ein letztes Mal, Lilou: Ich wusste es nicht. Ich bin davon genauso überrascht wie du«, seine Stimme bebte vor unterdrückter Wut. »Und ehrlich gesagt wäre ich froh, wenn wir über das alles in Ruhe sprechen könnten. Und nicht … so.«

Ich schwieg, genau wie mein Herz, weil ich nicht wusste, was ich hätte sagen sollen. Ein bisschen fühlte es sich an wie der Streit mit Mignon, als ich einfach nicht mehr klar denken konnte. Völlig blind und ungestüm. Als da dieser Strudel aus Gefühlen gewesen war, der mich einfach immer weiter und weiter hinabgezogen hatte.

»Irgendetwas musst du doch gewusst haben ...«, sagte ich halbherzig. Dieser Satz war das Mantra, an dem ich mich festhielt.

»Wir reden noch mal in Ruhe. Schlaf jetzt, Lilou.«

Im nächsten Moment knackte es in der Leitung, und ich war wieder allein.

Mein Innerstes bestand nur noch aus zusammenhanglosen Bildern und überwältigenden Gefühlen. Und während diese schmerzhaft und unumgänglich auf mich einstürzten, rutschte ich vom Sessel auf den Boden und griff zu meinen Malutensilien, dieses Mal nach den Buntstiften anstatt wie so oft nach den Pinseln. Stunden später saß ich inmitten eines Meers aus Zeichenpapier und malte wie eine Besessene den Himmel. Der Stift kratzte über das Papier und reihte Wolken aneinander, und die einzelne Träne, die aus meinen Augen regnete, lief quälend langsam quer über das Bild.

Alles verändert sich, alles fließt, dachte ich. Und wenn das Leben ein Fluss war, wie schon Heraklit wusste, dann hatte meines sich von einem kleinen Bach in einen reißenden Strom verwandelt, der mich unaufhaltsam und ohne Rücksicht auf mein Herz mit sich davongetragen hatte.

Partir, c'est toujours mourir un peu.

Abschied nehmen heißt immer auch
ein bisschen sterben.

20. Kapitel

Mignon

Als ich am Freitag durch die Redaktion lief, nahm ich alles mit einem anderen Blick wahr. Es erinnerte mich ein bisschen daran, wie ich es damals bei meinem Vorstellungsgespräch bei der *Sauvage* getan hatte. In diesen aufregenden Minuten, in denen ich am Empfang darauf gewartet hatte, dass Anouk mich zu sich rief. Ich, eine junge Frau Anfang zwanzig mit einem Bachelor in Kunstgeschichte und dem Drang in sich, über das Leben und die schönste Stadt der Welt zu schreiben. Ich war immer noch diese Frau, und trotzdem hatte sich seitdem alles verändert.

Das Licht fiel durch dieselben großen Fenster auf die hellen Schreibtische, es waren dieselben hohen Decken mit ihren Stuckverzierungen, an denen mein Blick jetzt hängen blieb. Die Zeitschriftencover der letzten Jahre bedeckten die Wände, dazwischen hingen mehrere ausgewählte Kunstdrucke. Einer von ihnen zeigte ein Gemälde von Colette Moreau. Stolz erfüllte mich, weil mein Gespür das richtige gewesen war und sie sich in Paris inzwischen einen Namen gemacht hatte.

Als ich von hinten an Émilies Schreibtisch trat, sah ich ihr geöffnetes Mailprogramm. Sie war ganz versunken ins Lesen einer Nachricht und bemerkte mich nicht, als mir ein Name ins Auge sprang.

»Soso, Ciel und du schreibt euch bei der Arbeit also auch Mails?!«, ich beugte mich ein Stück weiter über ihre Schulter, ihre Locken kitzelten mich an der Wange. »Was schreibt Monsieur Sexy denn so?«

»Hey, weg da!« Émilie schlug mir gegen den Oberarm und klickte die Mail mit hochrotem Kopf wieder zu. Ich lachte und lehnte mich gegen die Kante ihres Schreibtischs, die Beine überkreuzt. Ich trug die High Heels mit dem *C'est-la-révolution*-Schriftzug. Sie waren zu einer Art Glücksbringer für mich geworden. Ich hatte sie getragen, als ich Lilou kennengelernt hatte, und das war, egal wie es gerade um uns stand, ein Geschenk gewesen. *Sie* war ein Geschenk gewesen, auch wenn ich es zu Beginn nicht verstanden hatte.

Dich hält doch nichts ab, Mignon. Tu es einfach. Spring und schau, was passiert. Das waren Lilous Worte gewesen, als ich vergangenen Herbst das Blumenkleid für sie umgenäht hatte. Seitdem hatten sie mich nicht mehr losgelassen und waren der Grund für das Gespräch, das ich gleich mit Anouk führen würde.

»*Poussin*?«

»*Oui*?« Émilie drehte sich mit ihrem Schreibtischstuhl so, dass sie mich direkt ansehen konnte.

»Denkst du, ich tue das Richtige?«

Aus ihren dunklen Augen sah sie nachdenklich zu mir auf, ehe sie antwortete: »Das kann ich dir nicht sagen, aber für mich klingt es sehr richtig. Und sollte es das doch nicht sein, dann kannst du dich jederzeit umentscheiden. Es geht ja nicht darum, sich festzulegen. Du kannst dich immer wieder neu erfinden, so oft du es willst, *non*?«

Ich schenkte Émilie ein dankbares Lächeln und wollte gerade etwas erwidern, da schwang die Tür von Anouks Büro auf. Meine Chefin lehnte in der Tür und wirkte so elegant und einschüchternd wie am allerersten Tag. Glatt und seidig fielen ihr die hellbraunen Haare über die Schultern. Dazu der hellblaue Zweiteiler, der gerade in seiner Schlichtheit bestach und den Blick auf die silberne Brosche lenkte, die im selben Ton wie ihre Pumps leuchtete. Anouk war Ende vierzig und in den vergangenen Jahren zu einem Vorbild geworden – zusammen mit *Grand-Mère* und … Lilou.

»Du kannst jetzt hereinkommen, Mignon«, sagte sie. Ich strich meinen Rock und die Bluse mit den Flügelärmeln glatt, dann folgte ich ihr ins Innere des Büros und setzte mich. Durch die verglasten Wände sah ich, wie Émilie unauffällig den Daumen nach oben reckte und mir aufmunternd zunickte.

»*Alors*, weshalb wolltest du mit mir sprechen?« Anouk hatte die Hände aneinandergelegt und blickte mir erwartungsvoll entgegen.

Mein Herz rutschte mir in die Hose. Wahrscheinlich wusste man bei manchen Entscheidungen erst im Nachhinein, ob sie die richtigen gewesen waren. Wahrscheinlich würde ich es nicht direkt nach diesem Gespräch wissen. Vielleicht auch nicht gleich morgen oder in wenigen Wochen. Aber der Moment würde kommen und bis dahin würde ich mein Bestes geben.

»Ich … mir fällt das hier sehr schwer und mir ist es wichtig, dass du weißt, wie sehr ich die *Sauvage* und meine Arbeit liebe. In den letzten beiden Jahren habe ich hier wahnsinnig viel gelernt, und dafür bin ich mehr als dankbar. Inzwischen habe ich aber das Gefühl, dass es für mich Zeit wird, etwas Neues zu wagen und weiterzuziehen. Deshalb …«, ich holte tief Luft, ehe ich die nächsten Worte aussprach: »Deshalb werde ich kündigen.«

Anouk blinzelte und sagte viel zu lang nichts. Doch dann breitete sich ein unerwartetes Lächeln auf ihren Lippen auf. »Nun, das kommt nicht sehr überraschend.«

»Tut es nicht?«, fragte ich perplex und löste die Finger, die ich im Schoß unbemerkt ineinandergekrallt hatte.

»Ich habe hier viele junge Menschen kommen und gehen sehen«, meinte Anouk. »Und du … du machst deine Arbeit wirklich großartig, Mignon, aber du gehörst nicht an diesen Schreibtisch. Außerdem ist es doch völlig normal, dass der erste Job nach dem Studium nicht der für das restliche Leben ist. Zumindest bei den meisten. Also breite deine Flügel aus und finde deinen Weg!«

»*Merci beaucoup*«, sagte ich. »Vielen Dank. Es bedeutet mir viel, dass du das sagst.«

Anouk lehnte sich in ihrem Schreibtischstuhl zurück. »Darf ich dich fragen, was du für Pläne hast?«

Und dann war es da. Dieses Lächeln, das an meinen Mundwinkeln zupfte, das Gefühl grenzenloser Freiheit. Es war das erste Mal, dass ich die folgenden Sätze jemandem gegenüber aussprach, der nicht Teil meiner WG war.

»Ich ... ich werde mich mit einem Onlineshop selbstständig machen. Es wird dort ein paar Vintageteile geben, hauptsächlich aber Einzelstücke, die ich selbst kreiere. Leichte Änderungen, etwas Rebellisches. Es sollen Klamotten für Menschen sein, die durch ihre Kleidung etwas ausdrücken wollen. Je nachdem wie es laufen wird, werde ich versuchen, so viel Geld wie möglich zur Seite zu legen, um mir vielleicht irgendwann eine kleine Ladenfläche leisten zu können.«

»Klingt nach einer ganz wunderbaren Geschichte für die *Sauvage*, meinst du nicht?«

Mein Herz glühte und dehnte sich aus, als ich Anouk anstrahlte. Wir besprachen noch einige Details, unter anderem, dass ich noch ein halbes Jahr lang für das Magazin arbeiten würde, während ich nebenbei den Shop aufbauen und die ersten Teile gestalten würde.

Als ich eine halbe Stunde später das Büro verließ, waren meine Schritte leicht. Auf meinen High Heels schwebte ich zu Émilie, griff nach ihrer Hand und zog sie Richtung Kreativraum, wo Oceane bereits mit drei Bechern Kaffee auf uns wartete. Meine Freundinnen wollten alles wissen, jedes einzelne Wort, das Anouk gesagt hatte, jeden Satz, der gefallen war. Sie fielen mir in die Arme, freuten sich mit mir wie es nur Menschen konnten, die Familie waren.

Ich hätte gern Lilou davon erzählt. Seit dem Nachmittag im *Le Petit* hatte ich sie nicht mehr gesehen, das hatte niemand. Einmal hatte ich ihr eine kurze Nachricht geschrieben. Ich wollte sie nicht drängen und sie gleichzeitig wissen lassen, dass ich für sie da wäre, sollte sie das wollen. Doch Lilou hatte nicht geantwortet, und ich wusste nicht, wie ich mich richtig verhalten sollte. Aber diesen Moment hier ... den hätte ich gern mit ihr geteilt, weil doch letztlich sie und ihre Worte über das Träumen der Auslöser dafür waren, dass ich mich endlich getraut hatte, mir meine eigenen einzugestehen und den ersten Schritt zu wagen. Weil in meinem Leben mittlerweile jeder Gedanke und jeder Augenblick unweigerlich zu Lilou führten und ich sie das auf irgendeine Art wissen lassen musste, bevor es zu spät war.

Lilou

BENOÎT, 15:04 Uhr
Hey, Lilou, wir haben jetzt mehrere Tage nichts von dir gehört und ich wollte dir nur sagen, dass du dich jederzeit melden kannst, wenn du reden magst. Über alles.

OCEANE, 21:34 Uhr
Die anderen haben mir erzählt, was los ist, und ich kann mir gar nicht vorstellen, was dir gerade alles durch den Kopf gehen muss. Melde dich, wenn du etwas brauchst. *Bisous.*

ÉMILIE, 21:21 Uhr
Ich hab dich sehr lieb, Lilou.

BENOÎT, 12:59 Uhr
Grand-Père hat nach dir gefragt. Ich soll dir sagen, dass ihm das alles sehr leidtut und er immer ein offenes Ohr für dich hat.

MIGNON, 08:22 Uhr
Der Himmel sah heute Morgen besonders schön aus, und ich musste an

dich denken. Wenn du nicht mehr allein oder zusammen allein sein willst, dann schreib mir und ich bin bei dir.

ÉMILIE, 19:10 Uhr
Die WG-Abende sind ohne dich nur halb so lustig. Wir vermissen dich :(

BENOÎT, 14:01 Uhr
Cousinchen (ich hoffe, es ist nicht zu früh für solche Witze), es ist jetzt bald eine Woche her, dass *Grand-Père* uns das mit Elodie erzählt hat. Ém und ich haben gerade bei dir geklingelt, aber du hast nicht aufgemacht. Vielleicht warst du auch im Lux, im Jardin du Luxembourg oder aus irgendwelchen anderen Gründen nicht da. Jedenfalls machen wir uns Sorgen, bitte melde dich.

MIGNON, 02:18 Uhr
Wir sind gerade im *Marveille* und vielleicht möchtest du ja nachkommen? Ich weiß nicht, was du gerade brauchst, aber … ich bin da, okay?

OCEANE, 20:58 Uhr
Wir vermissen dich :(

Es war nicht das erste Mal, dass ich durch die Nachrichten der letzten Tage scrollte, doch ich fühlte mich auch nach knapp einer Woche immer noch wie erstarrt. Sogar Renée, die sich bis jetzt in jeder Situation verständnisvoll und nachsichtig gezeigt hatte, nahm mich im Lux mit ernstem Blick beiseite und ließ mich dieses Mal nicht mit einer Ausrede davonkommen. Ich war unkonzentriert, den Kinogästen gegenüber wahnsinnig kurz angebunden, und zweimal fehlte abends in der Kasse Geld, weil ich in Gedanken immer wieder das Gespräch im *Le Petit* durchgegangen war und mich deshalb verrechnet hatte. Es war keine große Summe, doch es war mir mehr als unangenehm, dass ich mein Privatleben nicht aus meinem Job heraushalten konnte.

Und dann war da wieder eine neue Nachricht. Grell leuchtete das Display in der Dunkelheit meines Zimmers.

BENOÎT, 22:12 Uhr

Lilou, melde dich wenigstens bei Mignon. Egal, wie es gerade um euch steht: Sie ist meine beste Freundin, und sie liebt dich. Sie dreht durch vor Sorge und weiß nicht, wie sie für dich da sein soll.

Ich vergrub das Gesicht in den Händen und seufzte gequält. Diese Menschen waren meine Freunde und ich hätte ihnen gern irgendetwas gesagt, doch ich wusste weder was noch wie. Ich fühlte mich verraten und betrogen – nicht von ihnen, eher … vom Schicksal? Die Flut an Gefühlen, die in mir auf eine seltsame Art von Leere stießen, legte sich wie ein enges Band um meine Brust und schnürte mir nicht nur die Luft ab, sondern auch die Fähigkeit zu handeln.

Das Leben hatte mich zurückgeworfen, und es fühlte sich an wie eine Endlosrunde Monopoly: *Bitte gehen Sie zurück auf los. Ziehen Sie keine zweitausend Euro.* Ich war wieder zehn Jahre alt, verlor eine Hälfte meines Herzens mit *Mamans* Verschwinden und verstand die Welt nicht mehr. Meine Welt, die François mit seinen Worten auf den Kopf gestellt hatte.

Ich löste die Hände von meinem Gesicht und schaltete das Handy aus und das Licht an. Mit Odiles Farben setzte ich mich an die Fenster und malte Pinselstrich für Pinselstrich. Meine Mutter nahm Form an. Nicht ihre Gestalt, sondern das, was ich empfand, wenn ich an sie dachte. Wie eine Besessene verteilte ich die leuchtenden Farben auf dem Papier, setzte Linie an Linie. So oft, dass das Bild fast schwarz glänzte, als ich fertig war.

Maman und Paris, mein schwarzes Loch.

Am Dienstag traf ich schließlich eine Entscheidung, und dann ging mit einem Mal alles ganz schnell. Mein Leben passte immer noch in meinen Blumenrucksack, zumindest fast. Meine Malutensilien, die ganzen Bilder, die ich innerhalb der letzten sieben Monate gemalt, und die wenigen Bücher, die ich mir gekauft hatte, packte ich zusammen mit ein paar anderen Kleinigkeiten in eine große Umhängetasche. Ich wusch die Bettwäsche und legte sie anschließend ordentlich zusammengefaltet auf die Matratze, dann putzte ich die ganze Wohnung und schob die Möbel so hin, wie ich sie bei meinem Einzug vorgefunden hatte. Obwohl ich wusste, dass es richtig war, schmerzte mein Herz, als ich die Tür ein letztes Mal hinter mir zuzog. Ich tat es langsam, machte von dem Blick auf den schmalen Flur und den lichtdurchfluteten Raum dahinter so viele imaginäre Fotos mit meinem Kopf wie von dem Treppenhaus mit seinen dunklen Holzstufen unter den kunstvoll verzierten Fliesen. Ich nahm den Müll mit nach unten und hinterlegte meine Schlüssel bei Madame Mercier. François würde ihn dort abholen können.

Auf dem Weg zur Gare de l'Est gab es nur noch zwei Sachen, die ich tun wollte: Ein unangenehmes Telefonat mit Renée, der ich irgendwie erklären musste, dass ich erst einmal ausfallen würde. Und die Suche nach einer Post, um Mignon das Weihnachtsgeschenk zu schicken, das ich ihr nie gegeben hatte. Es war mir wichtig, dass sie es bekam und mich auf diese Weise vielleicht in Erinnerung behielt – auch wenn das egoistisch sein mochte. Es war meine Art trotz fehlender Worte auszudrücken, dass sie mir etwas bedeutete, dass ich sie wahnsinnig liebte. Ich hätte den großen Umschlag auch direkt in den Briefkasten in der Rue des Étoiles schmeißen können, doch ich schaffte es nicht, mich auf den Weg Richtung *Le Petit* zu machen.

Ich musste Abstand bringen zwischen mich und sie, Abstand zu all dem, was ich erfahren hatte. Ich brauchte einen Ort, der nicht mit Erinnerungen verknüpft war und wo ich meine Gedanken ordnen konnte. Ich sehnte mich so nach Mignon, fühlte mich aber wie gelähmt. Am liebsten hätte ich mich in ihre Arme geschmissen, ihr gesagt, dass ich die schönen Momente zwischen uns zurückhaben und ein Leben mit ihr wollte, doch jetzt war alles irgendwie anders. Die Zeit ließ sich nicht zurückdrehen.

Maman hatte scheinbar kein Interesse an mir, es vielleicht auch nie gehabt und war selbst irgendwie verloren. Und zwischen Papa und mir war die Stimmung seit meinem nächtlichen Anruf vergangene Woche angespannt. Im Nachhinein schämte ich mich für mein kindisches Verhalten, denn natürlich hatte er nichts gewusst. François selbst hatte mir doch erzählt, dass *Maman* Paris ohne Abschied verlassen hatte, und ohne dass jemand von ihrer Schwangerschaft oder Papa gewusst hatte. Meine Freunde hier in Paris hingen selbst in der ganzen Sache mit drin. Und dann hatte ich auch noch die Frau, die trotz all der Dinge, die zwischen uns schiefgelaufen waren, mit mir zusammen sein wollte, von mir gestoßen. In dieser Stadt, die eigentlich die Erfüllung all meiner Träume hätte sein sollen, konnte ich keinen klaren Gedanken mehr fassen. Unter ihrem einst so verheißungsvollen Himmel fiel mir das Atmen immer schwerer.

Aus einem Traum war ein Albtraum geworden, und jetzt gab es nur einen einzigen Menschen, den ich sehen wollte und musste.

Die neun Stunden mit dem Zug, die uns trennten, kamen mir endlos vor. Der grauweiße Himmel zog endlos und trist vor den Fenstern vorbei. Und dann war ich irgendwann endlich in Berlin am Hauptbahnhof. Yuna wartete am Ende des Gleises auf mich. Als sie mich sah, rannte sie auf mich zu, umarmte mich fest und ließ mich eine Ewigkeit nicht los. Ich ließ mich in ihre Arme hineinsinken und sagte nichts, doch bei ihr war das auch nicht notwendig. Sie verstand mein Schweigen und auch alles andere dazwischen. Yuna drückte mir einen Kuss auf die Wange, dann nahm sie wortlos meine Hand und zog mich vom Gleis. Wir liefen zur U-Bahn, Yuna mit meiner Umhängetasche um die Schultern, und stiegen mehrmals um. Ich folgte ihr blind. Die WG in Neukölln nahm ich kaum wahr, Maxi und Jona waren nur zwei Schatten, die in einer chaotischen Küche saßen und bei geöffnetem Fenster rauchten. Erst als die beiden mich verständnislos ansahen, merkte ich, dass ich mich aus Gewohnheit auf Französisch vorgestellt hatte. Es war nur eine Kleinigkeit, doch sie trieb mir erneut Tränen in die Augen. Ließ Bilder von Mignon vor mir aufsteigen, den rauchigen Klang ihrer Stimme als fernes Echo erklingen.

Yuna zeigte mir das Bad und nach einer langen Dusche fiel ich erschöpft in ihr Bett. Sie setzte sich mit zwei dampfenden Tellern ihres himmlischen Currys neben mich und reichte mir einen der beiden. Ich hatte nicht einmal mitbekommen, dass sie gekocht hatte, und war schon wieder kurz davor, in Tränen auszubrechen. Weil Yuna und dieses vegane Curry die wunderschönste Kombination waren und sich nach zu Hause anfühlten. Gleichzeitig fühlte ich mich heimatlos. Dann zog sie ihren Laptop auf unsere Beine und startete irgendeinen Film, der einfach an mir vorbeizog. Doch ich ließ mich von den bewegten Bildern und den Stimmen einlullen, bis ich endlich einschlief. Auch im Traum verfolgten mich die Gesichter der Menschen, die ich hinter mir gelassen hatte:

Émilie, Oceane und Benoît.

François, Odile und Thomas.

Maëlys. *Maman* und Papa.

Und dazwischen Mignon, immer wieder Mignon.

Mignon

Sie war weg.

Lilou war einfach ohne ein weiteres Wort aus Paris und meinem Leben verschwunden. Ich hatte direkt nach der Arbeit diese bescheuerten Blumen beim *Fleuriste* um die Ecke gekauft und war mit dem bunt leuchtenden Strauß zu ihrer Wohnung gegangen. Nicht, weil das die Leute in irgendwelchen kitschigen Filmen so machten und das irgendeine Geste sein sollte, sondern weil es Lilou war und weil sie Blumen liebte.

Der Tag von François' Enthüllungen hatte eigentlich der Tag sein sollen, an dem ich ihr ganz deutlich gesagt hätte, dass ich mit ihr zusammen sein wollte. Sie, meine Freundin, und ich die ihre. Doch dann war alles anders gekommen, und mein einziger Gedanke war, dafür zu sorgen, dass es Lilou gut ging. Ich konnte mir kaum vorstellen, wie überfordernd das alles gerade für sie sein musste.

Doch jetzt war sie weg. Sie war einfach so gegangen. Mehr hatte mir Madame Mercier, die ich im Treppenhaus getroffen hatte, auch nicht erklären können. Ich hatte keine Chance gehabt, Lilou in die Augen zu sehen und ihr zu sagen, dass ich sie liebte. Es ihr *richtig* zu sagen. Sie hatte sich von niemandem verabschiedet, ganz so als wären die vergangenen Monate bedeutungslos.

Zurück in der WG saß ich weinend am Küchentisch, vor mir eine Vase und darin die Blumen, die für ein Wolkenmädchen bestimmt gewesen waren. Daneben ein leeres Glas Wein, an dem eine Spur roten Lippenstifts haftete.

Ich dachte an *Grand-Mères* Anruf am Tag zuvor, und daran, wie gern ich Lilou davon erzählt hätte – Perceval würde nicht verkauft werden. Noch immer kam mir diese Wendung der Ereignisse beinah unwirklich vor. Natürlich war mir aufgefallen, dass *Mamie* sich bei der Suche nach einem geeigneten Käufer wahnsinnig viel Zeit gelassen hatte, aber erst gestern gestand sie mir, dass sich ihre Entscheidung nie ganz richtig angefühlt hatte und sie das Erbe ihrer Familie, unserer Familie, unmöglich aufgeben konnte. Sie wusste noch nicht, wie genau es jetzt weitergehen würde, aber ich hatte mit einem Lächeln aufgelegt. *Grand-Mère* und Perceval gehörten zueinander wie das wilde Meer zu Saint-Loan, wie der Eiffelturm zu Paris.

Mit einem Mal schien mein Leben sich zu fügen und alles an den rechten Platz zu rücken. Meine innere Unruhe war einer neuen Entschlossenheit gewichen, doch über all diesen schönen Entwicklungen lag ein erdrückender Schatten, der Lilous Formen hatte. Einfach, weil ich nicht länger in der Lage war, all das mit ihr zu teilen.

Tief atmete ich ein und aus, wischte mir die Tränen von den Wangen und schenkte mir ein halbes Glas Wein nach. Dann griff ich nach dem großen braunen Briefumschlag, der heute mit der Post gekommen war. Ich musste mich irgendwie ablenken, aber dann stellte ich fest, die Adressbuchstaben waren mit demselben leichten Strich geschrieben, wie Lilous Zeichnungen gemalt. Mein Herz begann schneller zu schlagen, als ich den Inhalt herauszog.

Und dann zerbrach etwas in mir.

Es war eine Flut an Papieren, ein Meer aus Bildern voller mutiger Striche. Mehr noch als das – es war Lilous und meine Geschichte, eingefangen von ihrem Blick auf die Welt, mithilfe ihrer Stifte und Pinsel und Farben: Ein Zugabteil in einer Parallelwelt, in der unsere Wege sich nicht trennten, sondern aus dem wir Hand in Hand ausstiegen. Ein Paar, tanzend auf einer mystischen Brücke, die weit über den Eiffelturm bis hinein in ein Wolkenmeer reichte. Lilou unter einem Apfelbaum, wie sie ihr Handy fest an ein glühendes Herz drückte. Wir beide eng umschlungen als wir uns vor unserem ersten Mal auf der schmalen Treppe hoch zu meinem Turmzimmer ungeduldig küssten – auf dem Bild schwebten die Stufen über einem unendlichen Dschungel. Wie ich nackt an den Erkerfenstern stand und ihr einen Blick über die Schulter zuwarf. Sie und ich zusammen am Strand, in den Händen eine Schnur, an der die Wolken wie Luftballons hingen.

Ich blätterte mich durch die Zeichnungen und es war, als würde ich jeden Moment und jedes Gefühl noch einmal durchleben. In seiner ganzen Intensität und immer begleitet von dem hohlen Gefühl des Verlusts.

Es begann zu dämmern, das Licht in der Küche wurde immer schlechter und doch saß ich weiter da und begann die Bilder von Neuem durchzusehen. Ich verlor dabei jegliches Zeitgefühl, bis die Wohnungstür irgendwann quietschend aufging. Benoît, Émilie und Oceane plapperten beim Hereinkommen fröhlich vor sich hin, verstummten jedoch, als sie in die Küche traten und mich sahen. Ich wollte gar nicht wissen, welcher Anblick sich ihnen bot.

»Mignon«, Émilie ließ sofort ihre Tasche fallen und kam mit fliegenden Locken auf mich zu.

»Sie ist weg«, war der einzige Satz, den ich irgendwie hervorbrachte, bevor sich drei Paar Arme fest um mich legten.

Lilou

Der Winter in Berlin war kalt und grau. Das bunte Graffiti an der gegenüberliegenden Hausfassade trotzte der Jahreszeit mit seinen leuchtenden Farben und wahrscheinlich brachte ich zu viel Zeit dafür auf, es durch das Küchenfenster zu betrachten. Es war nicht einmal etwas Besonderes, es war einfach auf seltsame Art und Weise zu meinem Fixpunkt geworden, wenn Yuna, Maxi und Jona in der Uni waren. Das Semester neigte sich in diesen Januartagen seinem Ende entgegen.

In der ersten Woche nach meiner Ankunft hatte ich fast ununterbrochen an *Maman* denken müssen. Daran, wie unglücklich sie in den zehn Jahren mit Papa und mir gewesen sein musste und wie unendlich diese Erkenntnis schmerzte. Ich fragte mich, wieso sie ausgerechnet an diesem einen Tag gegangen war. Versuchte zu begreifen, weshalb sie sich hatte umbringen wollen, obwohl es in Deutschland noch ihre Familie gab und wir nie verstanden hatten, wieso sie gegangen war. Meine Gedanken liefen endlos im Kreis, und in manchen Stunden gab ich mir selbst die Schuld an *Mamans* Leid, dachte, dass Papa und ich nie genug für sie gewesen waren. Zwischen all dem schwamm wie loses Glück die Erkenntnis, dass ich jetzt eine neue Familie hatte. Doch jeder Gedanke daran wurde überschattet.

In der zweiten Woche schrieb ich François einen Brief und entschuldigte mich in wenigen Zeilen für meinen überstürzten Aufbruch und versprach, mich zu melden, wenn ich so weit wäre. Er war immer nur nett und gut zu mir gewesen und konnte überhaupt nichts für dieses Chaos, das so unerwartet entstanden war. Außerdem bat ich ihn, die anderen von mir zu grüßen. Die anderen, deren Nachrichten ich immer noch nicht beantwortet hatte. Je mehr Zeit verging, desto weniger wusste ich, was ich sagen sollte. Desto unüberwindbarer erschien mir die Zäsur, die zu Beginn des Monats mein Leben in ein Vorher und ein Nachher unterteilt hatte.

Der Februar begann mit einer unberechenbaren Mischung aus Sonne und Regen. Nach ihrer letzten Prüfung schleifte Yuna mich in einen Klub, in dem an diesem Abend Ro auflegte, der DJ, dessen Musik wir in unseren zwei gemeinsamen Wochen in Paris ständig gehört hatten. Ich sträubte mich erst, doch meine beste Freundin bestand darauf und meinte, dass sie es sich nicht länger mitansehen würde, wie ich den ganzen Tag lang nichts anderes tat, als in ihrem Bett zu liegen oder ab und zu an einem der Joints zu ziehen, die ihre Mitbewohner abends in der Küche rauchten.

Die Schlange vor dem Klub war lang, die elektronischen Beats im Inneren wummerten heftig in meiner Brust und zum allerersten Mal war das Gedankenkarussell einfach aus und mein Kopf leer. Es war nicht die Leere, die mich in den letzten Tagen in Paris gelähmt hatte, sondern ein schönes, schwereloses Nichts. Stille zwischen Musik. Eine Art der Freiheit, die eigentlich immer nur Mignon in mir ausgelöst hatte. Und ich mitten in dieser riesigen anonymen Menge, die tanzte und sprang und sich bewegte. Und ein DJ, der alle hier drin für eine unvergessliche Nacht lang in ein anderes Leben katapultierte. Yunas offene rote Haare streiften mich bei jeder Drehung und jedem Heben ihrer Arme. Mein Herz hüpfte, war Beat und Rhythmus, und als wir in den frühen Morgenstunden Hand in Hand zurück in die WG taumelten, fühlte ich mich einfach nur ... wie ich selbst. Nicht die Version von mir, die letztes Jahr in einen Zug in Richtung aufregender zwölf Monate gestiegen war, sondern eine neue. Keine bessere, sondern eine echtere. Wie Phönix aus der Asche, wiedergeboren zwischen dröhnenden Beats, bebenden Wänden und der bedingungslosen Liebe meiner besten Freundin.

Es war das erste Mal seit Langem, dass ich mit einem Lächeln auf den Lippen einschlief. Keines, das sagte: *Alles ist wieder gut*, sondern eines, das meinte: *Alles wird gut, auf die ein oder andere Weise. Denn ich bin ich, und ich habe mich wiedergefunden.*

Danach ging ich mein Leben mit neuer Energie an. Nicht das große Ganze, weil ich immer noch ein Mensch war, der mehr an das Jetzt als an das Morgen dachte, sondern die kleinen Dinge. Schritt für Schritt für Schritt. Ich informierte mich über verschiedene Studiengänge und landete schließlich bei *Freier Kunst*. Ich klickte mich durch die Seiten verschiedener Hochschulen: Aufbau des Studiums, seine Bestandteile, Aufnahmebedingungen, Start im Sommer- oder Wintersemester, Bewerbungsunterlagen und Zulassung. Wenn ich nicht am Laptop saß und mein Leben sortierte, kochte ich meistens für Yuna, Maxi und Jona, weil sie mich bei sich wohnen ließen und ich ihnen dafür gern etwas zurückgeben wollte.

Ich fand heraus, dass man sich an einer Kunsthochschule mit einer Mappe bewarb, in der man seine besten Werke zusammenstellte. Eine Mappe, eine Chance. Ich las von Vorbereitungskursen, in denen an den Bildern und der richtigen Auswahl für eine solche gearbeitet wurde, und ich musste mir eingestehen, dass es utopisch war, bereits im kommenden Semester irgendwo angenommen zu werden. Meine Bilder mochten gut sein, doch die meisten von ihnen zeigten nur eine Facette, drehten sich um dieselben Motive und Maltechniken. Doch jetzt hatte ich ein Ziel und wusste, worauf ich hinarbeitete.

An einem frühen Samstagabend Mitte Februar saßen Yuna und ich irgendwo an der Spree, mit Blick auf das Wasser. Zwischen uns standen zwei Biere, von denen wir erst wenige Schlucke genommen hatten. Ich setzte meine Flasche an die Lippen und drehte sie anschließend in meinen Händen hin und her.

»Ich weiß jetzt, was ich tun werde«, sagte ich. Meine Stimme klang fest, und ich fühlte mich so bereit, wie ich es konnte. Mir war klar geworden, dass der letzte Rest Unsicherheit erst verschwinden würde, wenn ich diese Entscheidung zu meiner Realität gemacht hatte. Doch dieses Mal... Ich hatte keine Angst, ich hatte mit einem Mal absolut keine Angst mehr. Jetzt wusste ich, was ich wollte, hatte es tief in mir eigentlich immer schon geahnt. Es hatte einfach nur seine Zeit gebraucht, um zu mir zurückzufinden. Wie hätte ich auch auf andere Menschen zugehen und Entscheidungen treffen sollen, wenn ich mich selbst nicht verstand?

»Ich weiß, Babygirl.«

Yuna hatte ihr Bier zwischen die Oberschenkel geklemmt und flocht ihre Haare zu Zöpfen, die sie im nächsten Moment wieder auftrennte. Ich lächelte und lehnte mich gegen sie. »Du weißt es?«

»Du läufst wieder so... beschwingt. So träumerisch-Lilou-mäßig. Ich kann es auch nicht anders ausdrücken, du wirkst eben wieder wie du selbst, auch wenn ich verstehe, dass das alles immer noch sehr viel ist.« Yuna ließ von ihren Haaren ab und legte einen Arm um mich. Mein Kopf rutschte auf ihre Schulter. »Und ich bin froh, dich wieder so zu sehen. Ich habe dich vermisst.«

»Ich habe mich auch vermisst.«

Sie drehte leicht den Kopf, ihre kalte Nase streifte meine Schläfe. »Also, deine Entscheidung: Du gehst zurück zu ihr, oder?«

Ich seufzte und presste die Lippen einen Moment aufeinander, dann sagte ich: »Ja, ich gehe zurück zu ihr. Ich … ich habe mir in Paris etwas aufgebaut, ich habe in dieser Stadt ein Zuhause für mich gefunden, Yuna. Ich war dort glücklich. So richtig glücklich, verstehst du? Und das, obwohl die Zeit dort ganz anders verlaufen ist, als ich anfangs gedacht habe. Und Mignon … wahrscheinlich kann ich ohne sie leben, aber ich möchte es nicht mehr, weil sich das alles ohne sie so unvollständig anfühlt. Es ist verrückt, aber dieser Mensch bedeutet für mich pure Freiheit«, mein Blick schweifte über die Spree, und ich dachte an unsere meist nächtlichen Spaziergänge am Wasser und an Mignons ungezähmtes Meeresherz. »Ich hoffe einfach, dass ich keinen Fehler mache. Dass sich das am Ende nicht als ganz blöde Idee herausstellt.«

»Du schuldest niemandem etwas, Lilou. Niemandem außer dir selbst«, einen Moment hielt Yuna inne. »Glaub mir, ich werde dich unendlich vermissen, aber wenn du dein Leben hier in Deutschland loslassen musst, um wirklich glücklich zu sein, dann ist es das Richtige. Und so weit weg ist es jetzt auch wieder nicht.«

Ich schluckte. »Ich fürchte, es war noch nie so schwer, das zu tun, was mich glücklich macht.«

Yuna löste sich von mir und sah mich mit schiefgelegtem Kopf an, und ich wusste: Ihrem aufmerksamen Blick entging wie immer nichts. Im nächsten Moment sagte sie schon: »Komm schon, Lulu. Du liebst Abenteuer und alles, was neu ist. In dir steckt so viel Energie, du bist mutig und so was von hungrig nach dem Leben. Du kannst mir nicht erzählen, dass dich der Gedanke, wirklich in einem anderen Land zu leben, tatsächlich einschüchtert. Zumindest ist es nicht nur das. Hier geht es doch eigentlich um die Frage, ob Mignon immer noch dasselbe will, schließlich habt ihr ewig nicht mehr miteinander gesprochen.«

Und das war allein meine Schuld. Mignon hatte mir Zeit gegeben, weil ich sie nach dem Gespräch im *Le Petit* gebeten hatte, mich allein zu lassen. Sie hatte mir trotzdem Nachrichten geschrieben, auf eine nicht drängende Art und Weise, die lediglich sagte: *Ich bin da*. Ich hatte Mignon kein einziges Mal geantwortet, und irgendwann waren die Abstände zwischen ihren kurzen Mitteilungen größer geworden.

»O Gott, wie machst du das bitte immer?«, stöhnte ich.

»Komm schon«, Yuna lachte. »So schwierig war das jetzt echt nicht. Es schreit dir förmlich aus den Augen.«

»Tut es gar nicht.«

»Tut es doch.«

Ich seufzte. »Fehlt nur noch, dass du mir die Zunge rausstreckst.«

Genau das tat Yuna und grinste mich dann an.

»Es gibt nur einen Weg herauszufinden, ob sie mich noch so sehr will wie ich sie«, sagte ich wieder ernst. »Und ja, das macht mir eine Scheißangst. Aber ich will dieses Leben, diese Stadt und vor allem sie.«

»Ich schätze mal, dass das Liebe ist, oder? Die Bereitschaft alles aufzugeben und hinter sich zu lassen. Von vorne anzufangen, ein neues Leben zu beginnen. Und all das für diesen einen besonderen Menschen.«

»Ja«, flüsterte ich. »Und dass man bereit ist, sich zu entschuldigen, Fehler wiedergutzumachen und die beste Version seiner selbst sein zu wollen.« Plötzlich spürte ich eine heftige Wehmut in mir, weil ich nicht nur Mignon, sondern auch die anderen in Paris so extrem vor den Kopf gestoßen hatte, indem ich einfach untergetaucht war. Es mochte sein, dass es dort keinen Platz mehr für mich gab, aber mein Herz schrie danach, alles zu tun, um diesen Platz einzufordern und um Verzeihung zu bitten.

Das hier war eine zweite Chance. Es war eine Möglichkeit, die zu allem oder nichts führen konnte.

»Du *bist* die beste Version deiner selbst, Lilou. Du bist nicht perfekt, aber du bist der wunderbarste Mensch, den ich kenne.« Yuna lächelte, und das Piercing in der Mitte ihrer Lippe glitzerte vertraut im Licht der untergehenden Sonne.

Zwischen all dem Grau leuchtete die Spree fast golden, und ich dachte an Paris und die Seine, an unzählige Brücken und Küsse, an eine Fahrt mit der Vespa und die Wolken über der Stadt, für die mein Herz unwiderruflich schlug.

Ich dachte an *zu Hause*.

21. Kapitel

Lilou

Leuchtend zogen Wolken, ins Licht der untergehenden Sonne getaucht, an mir vorbei. Und wie beim allerersten Mal presste ich meine Nase begierig an die Fensterscheibe. Ich wollte auf keinen Fall den magischen Moment verpassen, in dem der Zug langsamer wurde und in die Gare du Nord einfuhr. Wenn der Himmel von dem spitz zulaufenden Dach geschluckt würde. *Le ciel de Paris est unique*, erklang es in meinem Kopf, doch dieses Mal spürte ich bei dem Satz weniger Wehmut. Was *Maman* anging, so hatte ich noch keine Entscheidung getroffen, weder dafür, den Kontakt zu ihr mit François' Hilfe zu suchen, noch dagegen. Doch es gab einen großen Unterschied: Egal, was ich tun würde, dieses Mal hatte ich die Wahl.

Und dann war da Mignon, meine Mignon. Inzwischen war der Winter dem Frühling gewichen, es war Anfang März, und ich hatte sie fast zwei Monate lang nicht gesehen. Zwei Monate … Das war mehr Zeit, als es gebraucht hatte, um mich in sie zu verlieben. Innerhalb von zwei Monaten konnte nichts passieren oder … alles – wer wusste das besser als ich. Und mit jedem Kilometer, mit dem der Zug Paris entgegenfuhr, begann mein Herz sich immer heftiger zu überschlagen. Das mystische Licht im Inneren des Abteils war dasselbe wie im letzten Sommer, als eine betörend schöne Frau sich zu mir gesetzt und mich mit ihrem melancholischen Blick in ihren Bann gezogen hatte.

Ich glaubte an die Liebe und war der festen Überzeugung, dass sie die stärkste Kraft im Universum war. Das war damals so gewesen und galt heute sogar noch mehr. Dieses Wissen war es, das mich letztlich dazu bewegt hatte, eine Fahrkarte zurück nach Paris zu lösen. Mignon war meine wahre Liebe, es war eine Liebe wie die zwischen Josette und Céline – tief und wahrhaftig. Und seine wahre Liebe gab man nicht kampflos auf. Wie beim allerersten Mal trug ich meine Habseligkeiten in dem Rucksack mit den Blumenpatches mit mir, doch an diesem Tag in mir auch meine bedingungslosen Gefühle für eine Pariserin und das Wissen, dass ich Vera mittlerweile verziehen hatte. Dieses Mal wirklich.

Wir hatten uns in der Woche zuvor in einem Café getroffen. Ich kam zu spät, weil ich am Ende absichtlich getrödelt und einen Umweg gelaufen war. Ich wusste weder, was ich Vera sagen wollte, noch, was ich mir von diesem Gespräch erhoffte. Ich war mir nur sicher, dass diese Konfrontation wichtig war, und dass ich mich dieser Sache vor meiner Rückkehr stellen musste.

Als ich die Tür des Cafés aufstieß, entdeckte ich Vera sofort. Sie saß an einem schmalen Tisch an der Wand. Vor ihr stand ein bereits zur Hälfte ausgetrunkener Cappuccino, daneben eine einzelne Sonnenblume in einem hohen Glas – so wie auch auf allen anderen Tischen. Der Anblick der sattgelben Blütenblätter ließ mich unwillkürlich innehalten. Ich dachte an einen Nachmittag im *Jardin sur le toit* und daran, wie ich mich in Mignon verliebt hatte. In diesem Moment sah Vera auf und mir direkt in die Augen, und alle meine Welten prallten aufeinander.

Vera lächelte, als ich zu ihr trat.

Ich glaube, ich tat es nicht.

»Du hast deine Haare abgeschnitten«, stellte ich statt einer Begrüßung fest. Vielleicht, weil es so irgendwie leichter war. Die Haare fielen Vera nur noch bis knapp über die Schultern, doch noch immer glänzte das leuchtende Blond wie Honig.

Sie schob sich eine Strähne hinters Ohr. »Ja, es hat sich einiges verändert, seit wir uns … das letzte Mal gesehen haben.«

Ich setzte mich ihr gegenüber und nickte. Es hatte sich nicht nur einiges verändert. *Alles* hatte sich verändert.

Und gerade, weil so viel passiert war, war es mehr als seltsam, sich jetzt gegenüberzusitzen und nicht einfach über das zu reden, was zwischen uns stand. Vor mir das Mädchen, das mich geküsst und mir Geheimnisse anvertraut hatte, das Mädchen, das nie zu mir hatte stehen können und mir das Herz herausgerissen hatte. Die, die sie gewesen war, und die, die sie gern gewesen wäre, und dazwischen irgendetwas Neues.

Ich bestellte mir einen Kaffee und registrierte den Kaugummi, den Vera sich zwischen die Lippen schob. Sie fragte mich nach meiner Zeit in Paris und meinen Plänen, und erzählte mir von ihrer Freundin – sie zögerte nur kurz und ich hoffte, dass sie ihre Fehler dieses Mal nicht wiederholen würde.

»Ich habe gehofft, dass ich irgendwann noch einmal die Möglichkeit bekomme, mit dir zu reden«, sagte Vera ungewohnt ernst, als mein Kaffee schließlich vor mir stand. »Ich habe wirklich nicht damit gerechnet, dass du dich noch mal meldest. Also …«, fast schon hilfesuchend sah sie mich an. »Danke, schätze ich.«

Erleichtert stieß ich die Luft aus. Deshalb war ich hier. Nicht wegen dieses Small Talks, den ich gar nicht führen wollte.

»Es ist einfach … als du nach dem Abi dann doch endlich reden wolltest, hat es sich angefühlt, als wäre es zu spät«, ich schloss meine Finger um die heiße Tasse. »Du kannst dir gar nicht vorstellen, wie oft ich diesen Abend bei Natalie und die Wochen danach gedanklich durchgegangen bin und mir verschiedene Erklärungen für dein Verhalten überlegt habe. Teilweise habe ich die Schuld auch bei mir selbst gesucht, aber … ich bin jetzt definitiv an dem Punkt, an dem ich das abschließen möchte. Deshalb bin ich hier.«

»Das möchte ich auch«, sagte Vera und schwieg einen Moment, ehe sie fortfuhr: »Und ich will dir sagen, dass mir alles furchtbar leidtut. Ich war ein riesiges Arschloch, nicht nur an Natalies Geburtstag, sondern auch schon lange davor. Ich hab dich schlecht behandelt und es jedes Mal abgetan, wenn du mich vorsichtig darauf angesprochen hast. Aber meine Gefühle für dich waren echt, das waren sie wirklich. Ich war einfach noch nicht bereit dafür und du zu gut für mich. Ich habe dich geliebt für die Person, die du bist, und ich habe angefangen dich dafür zu hassen, dass du so im Reinen mit dir und deiner Sexualität warst. Ich habe an diesem Abend und auch davor irgendwie versucht, *normal* zu sein und mich selbst zu retten ...«, Vera vergrub einen Moment lang das Gesicht in den Händen. So hatte ich sie noch nie gesehen. »Ich hatte schreckliche Angst, Lilou.«

Ich schluckte.

Ich habe dich geliebt.

Ich habe dich gehasst.

»Das kann ich verstehen, Vera, aber ...«

»Ich weiß«, unterbrach sie mich schnell. »Das soll auch keine Ausrede sein. Ich möchte einfach, dass du mich ein bisschen verstehst. Natürlich rechtfertigt das nichts von dem, was ich getan habe.«

Ich neigte den Kopf, musterte Vera und spürte in mich hinein, doch da war nichts mehr. Nichts, außer vielleicht ein bisschen Wehmut. Sie tat mir leid, und ich verstand sie tatsächlich. Zumindest ein bisschen.

»Ich wünschte mir einfach, du hättest mit mir darüber geredet«, sagte ich ehrlich. »Ich war nicht nur verliebt in dich, du warst auch eine meiner besten Freundinnen. So habe ich dich gleich doppelt verloren, und unsere Vierergruppe noch dazu. Und vielleicht ... vielleicht hätten wir zumindest eines davon retten können, wenn wir darüber gesprochen hätten. Du warst mir so verdammt wichtig. Ich dachte, du wärst meine Freundin, meine feste Freundin.«

Ich blinzelte. Vera tat es ebenfalls.

»Kannst du mir verzeihen, Lilou?«

Sie sah mich einfach nur an, abwartend, aufrichtig, reumütig und noch mit einem anderen Gefühl in ihrem Blick, das ich nicht zuordnen konnte. Doch was auch immer es war, ich wusste: Um frei zu sein musste ich das, was passiert war, ein für alle Mal loslassen.

Ich nickte also. »Ich verzeihe dir.«

Veras Gesicht hellte sich auf. Sie schenkte mir das Lächeln, in das sich ein anderes Ich einmal verliebt hatte.

»Ich tue das aber nicht deinetwegen, sondern um meinetwillen. Wir können keine Freunde mehr sein«, stellte ich klar. »Dafür hast du mir zu sehr wehgetan.«

Vera nickte langsam und ließ eine ihrer Kaugummiblasen platzen. Es war eine vertraute Geste, doch sie löste nichts mehr in mir aus.

Ich hatte Angst mit Furchtlosigkeit bekämpft, und es zahlte sich aus: In diesem Moment hatte ich endgültig meinen Frieden mit dem gemacht, was zwischen uns geschehen war, und hier und jetzt, auf dem Weg nach Paris, war ich endlich vollkommen frei. Frei, Mignon einfach nur zu lieben.

Die Schiebetür des Abteils öffnete sich, und ich schreckte hoch. War das ... waren das meine Träume? War das mein Schicksal? Für den Bruchteil einer Sekunde hatte ich erwartet, ein Paar eleganter High Heels hineinschweben zu sehen, Endlosbeine und ein schwingendes Kleid, doch es erschien nur ein unfreundlicher Schaffner, der mein Ticket kontrollieren wollte. Natürlich. Wieso sollte Mignon auch zufällig in diesem Zug sitzen?

Als wir schließlich in den Bahnhof einfuhren, wurde alles in mir mit einem Mal ganz ruhig. Ich hatte gedacht, ich hätte in Paris alles gesucht und nichts gefunden, doch das stimmte nicht. Nicht einmal ein Jahr später stand ich wieder an diesem Gleis. Ich war noch genauso hungrig nach dem Leben wie damals, aber jetzt wusste ich, wer ich war. Und wer ich in Zukunft sein wollte. Ich war immer noch voller Sehnsüchte und Träume, doch manche von ihnen waren konkreter und zum Greifen nah: Mein Leben, wie ich es leben wollte. Es war Schicksal und gleichzeitig mein freier Wille.

Wenige Tage nach dem Gespräch mit Yuna hatte ich meine Sachen zusammengepackt und Berlin hinter mir gelassen. Es war ein tränenreicher Abschied gewesen, weil wir wieder einmal nicht wussten, wann wir uns wiedersehen würden. Wieder eine Zugfahrt, dieses Mal nach München. Papa hatte mit dem Auto am Hauptbahnhof gewartet, wo ich ihm sofort in die Arme gefallen war. Erst in diesem Moment war mir so richtig bewusst geworden, wie sehr ich ihn vermisst hatte und wie sehr ich es in Zukunft noch tun würde.

»Es ist schön, dich wieder hier zu haben, Kleines«, hatte er gesagt und mich mit seinen warmen, grünbraun gesprenkelten Augen angesehen. Die Fahrt nach Hause verlief in einer Mischung aus Schweigen und dem Austausch von Belanglosigkeiten. Ganz so, als müssten wir uns erst wieder daran gewöhnen, in echt und in Farbe nebeneinanderzusitzen.

Zu Hause tranken wir Kaffee aus den hässlichen, von mir getöpferten Tassen und führten Gespräche, die längst überfällig waren. Besonders in Erinnerung geblieben war mir, wie die Sonne goldene Muster auf das gemaserte Holz des Küchentischs zeichnete, und diese eine Sache, die Papa sagte: »Es tut mir leid, dass ich deine *Maman* die letzten acht Jahre so aus unserem Leben gestrichen habe. Ich hatte meine Frau verloren und wusste mir einfach nicht anders zu helfen, als jede Erinnerung an sie zu vermeiden. Aber in meiner Trauer und wegen meinem starken Gefühl von Verlust habe ich vergessen, dass du ja erst zehn Jahre alt gewesen bist und das alles noch viel weniger verstanden hast als ich«, einen Moment hatte er innegehalten und meinen Blick gesucht. »In erster Linie bin ich dein Vater und als solcher hätte ich auf eine andere Art für dich da sein müssen.«

Und genau das hatte ich hören müssen. Dass ich mir das nicht einbildete. Dass in den letzten Jahren wirklich etwas schiefgelaufen war. Es war nicht nur bei diesem einen Gespräch geblieben. Wir redeten während meines Aufenthalts viel miteinander, verbrachten Zeit zusammen und arbeiteten die Dinge auf. Zum ersten Mal hatte ich das Gefühl, dass wir einen richtigen Neustart wagten, in dem *Maman* nicht wie ein unsichtbarer Schatten zwischen uns hing und er mich als seine und nicht nur ihre Tochter sah.

Als ich meinen Blick jetzt durch die Halle der Gare du Nord schweifen ließ und an meinen Vater dachte, tat ich es mit Zuneigung und der Sicherheit, dass er mir meine Freiheit ließ und dieses Mal vollkommen hinter meiner Entscheidung stand. Sollte alles so laufen, wie ich es mir erhoffte, dann würde er mich sogar während der nächsten Semesterferien besuchen kommen – es war mir wichtig, dass er Mignon kennenlernte und noch besser verstand, weshalb ich zurückwollte.

Mignon, meine Mignon.

Mit flatterndem Herzen schulterte ich meinen Rucksack und lief Richtung Metro. Meine Schritte waren selbstsicherer als vergangenes Jahr. Jetzt war Paris keine Traumstadt mehr, sondern Realität und zu Hause – und ich wusste genau, wohin mein Weg mich führte. Zu Mignon, immer nur zu ihr – wenn sie das denn noch wollte.

ICH, 21:02 Uhr
Ich bin gut angekommen :)

YUNA, 21:03 Uhr
Dann ist es jetzt Zeit, dir dein Leben zu holen!

Ich lächelte, als ich das Handy zurück in meine Jackentasche schob. Jetzt gab es kein Zurück mehr und das war gut so.

Mignon

Mein Zimmer war das reinste Chaos. Überall zwischen meinen Pflanzen stapelten sich Kartons und hingen Klamotten an Bügeln. Es waren die ersten Teile für *Le Rêve Sauvage*, meinen Shop, der endlich einen Namen hatte. *Rêve*, Traum, weil damit alles begonnen hatte. Und wild, weil das Teil meiner Geschichte und meines Wegs war. Die letzten

Wochen hatte ich Tag und Nacht genäht, hatte an den Wochenenden zusammen mit Émilie und Oceane die Flohmärkte auf der Suche nach einzigartigen Vintageteilen durchwühlt und die Momente, in denen das Licht in meinem Zimmer perfekt dafür war, genutzt, um vor einem grünen Meer aus Pflanzen Fotos von den einzelnen Stücken zu machen. Ein Freund von Jules hatte mir dabei geholfen, die Website samt Onlineshop einzurichten, der Instagram-Account hatte bereits einige Follower, und ich war so aufgedreht wie ich mich gleichermaßen erschöpft fühlte. In einem Monat würde *Le Rêve Sauvage* online gehen, Ende Juni war mein letzter Tag in der Redaktion, und dann würde sich zeigen, ob ich zu groß geträumt hatte oder nicht.

Doch da war nicht nur mein Traum, der so kurz davor war, Wirklichkeit zu werden, sondern auch eine tief sitzende Angst, die mich durchströmte und mein Herz eisern umschloss. Ich vermisste Lilou an jedem einzelnen Tag und so hatte ich mich in die Arbeit gestürzt. Bald würde ich durchatmen können ... und sie war weg, war es seit Wochen. Dieser Verlust schmerzte noch mehr als am allerersten Tag. Ich hatte Angst, mich diesem Gefühl in der Stille stellen zu müssen, denn ich wusste nicht, was dann passieren würde. Gleichzeitig war ich mir sicher, dass es mich verschlingen würde – was auch immer es war.

Es hatte geklingelt. Ich fluchte, als ich auf dem kurzen Weg zur Zimmertür mit dem Fuß gegen einen der Kartons stieß. Keiner meiner Mitbewohner machte Anstalten, die Tür zu öffnen. Genervt rieb ich über meinen Fuß, als die Klingel erneut ertönte, dann noch einmal. Wer auch immer unten an der Tür stand, schien wahnsinnig ungeduldig zu sein. Wahrscheinlich Ciel, der Émilie sehen wollte. Die beiden waren absolut vernarrt ineinander, fast noch schlimmer als Oceane und Jules. Und so sehr ich mich auch für die beiden freute, so sehr schmerzte ihr Anblick, wenn ich daran dachte, dass mir genau das wie Wasser durch die Finger geronnen war.

Ich drückte auf den Türöffner, blickte ungeduldig in das dunkle

Treppenhaus und wartete. Als sich im schwachen Licht schließlich eine Gestalt herauskristallisierte, erstarrte ich. Immer zwei Stufen auf einmal nehmend und schließlich atemlos vor mir stehend.

Lilou.

Mit leuchtend grünen Augen.

Mit einer Jeans mit Sonnenblumen am Saum.

Mit noch mehr Sonnenblumen auf dem Band in ihren Dreads.

Sie sah genauso aus wie in meinen Erinnerungen, die ich Tag für Tag in meinem Kopf durchspielte. An die ich mich verzweifelt geklammert hatte, weil ich nicht wahrhaben wollte, dass sie einfach aus Paris und meinem Leben verschwunden war. Dass ich nie mehr etwas von ihr gehört hatte und ihre wunderschönen Zeichnungen das Letzte gewesen waren, was ich von ihr bekommen hatte. Gleichzeitig lag da etwas Neues in ihrem Blick. Immer noch derselbe Hunger nach Abenteuer, aber auch etwas zutiefst Ruhiges. Irgendeine Gewissheit, die dort beim letzten Mal nicht gewesen war.

Lilou starrte mich mindestens so verwirrt an, wie ich sie, dabei war sie es doch, die aus dem Nichts aufgetaucht war. Sie zupfte an der Schnur um ihr Handgelenk, und ich wusste, sie war nervös.

»Hey«, krächzte ich, und Lilou gab es als Echo zurück. Ihre Stimme bei diesem winzigsten Wort so warm und sanft wie in jeder meiner Erinnerungen.

»Hast du … hast du inzwischen einen Freund?«, fragte sie, und ich schüttelte irritiert den Kopf. »Oder eine Freundin?«, fügte Lilou leiser hinzu und hob den Rucksack von ihren Schultern.

»*Non*, habe ich nicht«, flüsterte ich, weil das mehr als lächerlich war. Wie hätte ich jemanden wie sie vergessen können? Jemand, der *meine Person* war?

Was machst du hier, wollte ich fragen, und *Wieso stehst du plötzlich vor meiner Tür und fragst mich das*. Doch im nächsten Moment flog Lilou mir entgegen und presste ihre Lippen auf meine. Sie schlang ihre

Arme um mich, und ich taumelte überrumpelt einen Schritt zurück. Tausend Gefühle in mir, die alle auf einmal auf mich einstürzten.

Zuerst war ich wie erstarrt, doch dann legten meine Hände sich wie von selbst an ihr Gesicht und strichen durch ihre Haare. Ich hatte tausend Fragen, hatte gleichzeitig nur einen Wunsch und eine Hoffnung. *Mon dieu*, ich hatte solche Angst und jetzt war Lilou hier – was auch immer das bedeutete. Ich küsste sie zurück, weil ich nicht verstand und weil es sein konnte, dass ich nur diesen Moment hatte. Ihre Lippen schmeckten süß. Zitternd hielt ich mich an Lilou fest und fiel mit ihr immer weiter. Keine Welt, keine Zeit, nur wir. Ich wollte nicht aufwachen, ich wollte träumen, also berührte ich ihren Mund mit meinem und seufzte, als ihre Zunge sanft gegen meine stieß. In diesem kleinen Geräusch lag die Sehnsucht der letzten zwei Monate, das Vermissen, das Gefühl von Verlust. Es brachte mein Herz zum Glühen, und ich rang atemlos nach Luft.

»Ich küsse nämlich keine vergebenen Frauen«, murmelte Lilou gegen meine Lippen. »Deshalb musste ich erst fragen.«

Ich wollte lachen, stattdessen spürte ich, wie sich Tränen in meinen Augen sammelten. Ich hielt Lilou weiter fest wie einen Traum, bei dem man fürchtet, er könne einem jeden Moment entwischen. Wie diesen Moment im Halbschlaf kurz vor dem Aufwachen, in welchem man mit aller Macht versucht, zurückzufinden. Und dann weinte ich, weil sie zu verlieren das Schlimmste gewesen war. Weil ich erst in den letzten Wochen verstanden hatte, wie Leere sich wirklich anfühlte, und genau jetzt und hier all das Schöne unserer gemeinsamen Zeit, aber auch all meine vergangenen Ängste ungehindert auf mich einstürzten.

»Willst du mich noch?«, brachte Lilou erstickt hervor und wischte mir ganz langsam die Tränen von den Wangen, ehe sie mich erneut küsste. Kuss für Kuss für Kuss, über mein ganzes Gesicht, die Mundwinkel, wieder und wieder meine Lippen. Sanft, so sanft.

»*Mon dieu*, was für eine blöde Frage. *Oui, oui, oui.* Ich will dich noch«, ich hielt inne und zog sie enger an mich, bis sie sich mit den Zehenspitzen auf meine Füße stellte, um mir näher zu sein. »Willst du mich denn noch? Dieses Mal richtig und ohne Verstecken?«

»So sehr, Mignon. Niemand anderen mehr, nur noch dich. Ich werde nie wieder einfach verschwinden und dich stehen lassen. Ich liebe dich auch, und ich habe es irgendwie verpasst, dir das zu sagen, *mais je t'aime.*«

Und dann trafen unsere Münder wieder aufeinander. Ich küsste sie lang und endlos, küsste ihr diese schönen Worte und Silben von den Lippen. Ich lachte und weinte, tat es gleichzeitig und durcheinander.

»Fragst du mich jetzt dann endlich, ob ich reinkommen will?«, fragte Lilou irgendwann atemlos. »Ich weiß sonst nämlich nicht, wo ich schlafen soll. Und zufällig weiß ich, dass du ein verdammt bequemes Bett hast.«

Wie sehr ich dieses freche Grinsen vermisst hatte. Wie sehr ich jedes noch so kleine Detail vermisst hatte, das Lilou ausmachte und unwiederbringlich zu ihr gehörte.

»Wer ist da? Ich dachte, ich hätte Lilous Stimme gehört, aber ...« Benoît tauchte im Flur auf, kam zu uns und riss sie mit einem ungläubigen Laut aus meinen Armen. Er wirbelte sie durch die Luft, Dreads flogen umher und Lilou kreischte, dass ihr schlecht werden würde, wenn Benoît nicht endlich stillstand und sie herunterließ.

»Ich bin echt so scheißsauer auf dich. Und gleichzeitig freue ich mich so, dich zu sehen«, meinte er und sah sie aus zusammengekniffenen Augen an. »Tu das nie wieder. Du warst einfach weg. Nur wegen Yuna sind wir hier alle nicht vollkommen durchgedreht. Was machst du hier, verdammt?«

Lilou grinste. »Ich hab meinen unverschämt attraktiven Cousin vermisst.«

Benoît verzog das Gesicht. »Jetzt, wo ich weiß, dass wir miteinander verwandt sind, finde ich es irgendwie komisch, wenn du solche Sachen sagst.«

Lilou lachte.

»Außerdem muss ich gestehen, dass ich am Anfang ein bisschen auf dich stand, und das macht es irgendwie noch seltsamer.« Bei diesem Geständnis, das mein bester Freund mir bereits vor einigen Wochen gemacht hatte, formten Lilous rosafarbene Lippen ein niedliches O, doch bevor sie etwas erwidern konnte, wurde sie schon wieder fast umgerissen. Émilie war mit wehenden Locken auf sie zugerannt und hing jetzt an Lilous Hals. Und mein Herz wurde ganz warm bei dem, was hier so unerwartet passierte.

»Was geht denn bei euch da draußen ab?«, rief Oceane, und als sie uns in der Tür stehen sah, kreischte sie ohrenbetäubend, rannte den Flur entlang und riss Lilou und Émilie fast zu Boden. »O Gott, was machst du hier? Was machst du hier? Was machst du hier?«

Meine Freundinnen waren ein einziges Knäuel aus Armen und Beinen, Lilou in ihrer Mitte, während ich mich gegen Benoît lehnte. Der hatte eine Augenbraue angehoben und musterte Oceane. »Sag mal, wieso hast du eigentlich fast nichts an?«

»Ähm ... ich war sehr beschäftigt?!«, meinte sie und rieb sich über ihre kurz rasierten Haare. Bei diesen Worten tauchte Jules mit roten Ohren in ihrer geöffneten Zimmertür auf und zog sich im Gehen ein Shirt über den Kopf.

»Also, was machst du hier, Lilou?«, wiederholte Oceane ihre Frage.

»Ich schätze .... Ich bin hier, um zu bleiben«, antwortete sie nach einer kleinen Ewigkeit, sah dabei jedoch nur mich allein an.

Alle redeten wild durcheinander, doch in diesem Moment trat alles in den Hintergrund, weil es nur uns beide gab. Lilous Grübchenlächeln und die stille Frage in ihren Augen. Die Protestrufe der anderen ignorierend nahm ich ihre Hand und zog sie in die Küche, wo ich das Fenster öffnete und hinauskletterte. Ich reichte Lilou meine andere Hand, um ihr zu helfen, und zog sie dort oben auf dem Dach zwischen meine Beine. Ich legte meine Arme um sie, die Hände auf ihrem Bauch und das Gesicht an dieser Kuhle an ihrem Hals. Lilou legte ihre Hände auf meine und verschränkte unsere Finger miteinander, während der Wind unsere leisen Worte davontrug. Ungläubige Worte. Sanfte, leise und erstickte. Verträumte und echte.

Vor uns glitzerte Paris in der Dunkelheit, ein Meer aus Dächern, Schornsteinen und noch mehr Lichtern, die wie Sterne am Nachthimmel aussahen. Tausende leuchtende Punkte und Koordinaten, an denen Teile unserer Geschichte lagen, und vielleicht auch unsere Zukunft.

Eine Zukunft, in der Lilou und ich zusammen waren, und ein Leben voller mutiger Striche.

C'est la vie.

So ist das Leben.

TREIZE MOIS PLUS TARD –
DREIZEHN MONATE SPÄTER

Tout finit, tout commence –
Alles endet, alles beginnt

Lilou

In Paris zu leben war nicht, wie von Paris zu träumen. Es war eine Stadt voller Magie, und trotzdem eine Metropole wie viele andere. Es war die Stadt, die mir die große Liebe gegeben hatte, eine Familie und letzten Endes mich selbst.

Vor bald zwei Jahren war ich einem Geist hinterhergejagt. Einer Frau, die es nicht mehr gab und die es vielleicht sogar nie gegeben hatte, zumindest nicht so, wie es meine Erinnerungen mir weismachen wollten. François hatte mich mehrmals gefragt, ob ich Elodie treffen wollte, doch letztlich hatte ich mich dagegen entschieden. Wenn diese guten Erinnerungen alles waren, was ich von ihr hatte, dann wollte ich mir diese von der Realität nicht nehmen und kaputt machen lassen. Lieber dachte ich an das Schöne und konzentrierte mich auf den Moment. Und die dreizehn Monate nach meinem endgültigen Umzug nach Paris waren voller denkwürdiger Momente gewesen.

All das, was ich in den Malkursen für meine Mappe lernte, in denen ich besser und besser wurde und die mich einem Studienplatz näherbrachten. Das Leuchten in Mignons blauen Augen, weil sie mit *Le Rêve Sauvage* endlich das tat, was sie von Herzen wollte. Papas Besuch in Paris und die zwei Wochen, die ich mit Mignon in Deutschland

435

verbrachte. Im Sommer fuhren wir nach Saint-Loan, im Herbst zogen wir in meine geliebte Dachwohnung, die wieder frei geworden war. Jules bekam Mignons altes WG-Zimmer, und es dauerte nur wenige Wochen, bis Benoît sich zu unser aller Belustigung darüber beklagte, dass er neuerdings mit Ohropax schlafen musste, weil Oceane und er einfach übermäßig laut wären.

Mignon und ich hatten so nah an den Wolken nicht viel Platz, doch wir sparten uns Geld. Ich, um die nicht gerade günstigen Malkurse zu bezahlen, und Mignon, um etwas für ihren Traum vom eigenen Laden beiseitelegen zu können. Sie um mich zu haben war schön, noch mehr in diesem alten, mystischen Haus mit dem Apfelbaum im Innenhof.

Paris war unsere Stadt, war es gewesen und war es immer noch. Wir jagten uns durch die Straßen, immer auf der Suche nach dem Neuen und Unbekannten, küssten uns im *Jardin sur le toit* und tanzten auf unserer Brücke. Ich sah Mignon zu, wenn sie abends in Unterwäsche in der winzigen Küche stand und kochte oder sich beim Nähen konzentriert auf die Unterlippe biss. Ich liebte es, wenn ich unter der Dusche stand und sie nackt und wunderschön zu mir kam, wie sie mit Émilie und Oceane lachte und die Art, mit der sie den Eiffelturm ansah. Zusammen hatten wir Freiheit und Sicherheit, zusammen hatten wir alles.

Meine Schritte waren leicht, als ich mich Mitte April auf den Weg ins *Le Petit* machte, wo die anderen bereits auf mich warteten. Es war mein erster offizieller Tag als Studentin gewesen. *Bildende Künste.* Mein Kopf schwirrte auf die schönste Art von all den neuen Eindrücken, die ich heute gemacht hatte, all den kreativen Menschen, denen ich begegnet war. Als ich am Bistro ankam und der Efeu sich wie immer um den Schriftzug über der Markise rankte, drohte mir das Herz beinah aus der Brust zu springen. Dort an den Tischen saß ein Teil meiner Familie, saßen meine Freunde. Émilie und Oceane hatten kichernd die Köpfe zusammengesteckt, Benoît half François und Odile gerade dabei, Teller und Getränke auf den zusammengeschobenen Tischen zu verteilen, während Thomas wild gestikulierend auf Jules einredete.

Und dann war da Mignon. Ihre Lippen legten sich weich auf meine, ehe sie meine Hand nahm und wir uns zu den anderen setzten. Klirrend stießen wir mit unseren Gläsern an, reichten die Platten mit den Häppchen herum und füllten diesen Teil der Rue des Étoiles mit ausgelassenem Gelächter. Es war nicht nur mein erster Tag an der Hochschule. Benoît hatte auch sein Manuskript beendet und an die ersten Agenturen geschickt, und Mignons Onlineshop feierte einjähriges Bestehen. Das Leben war schön und Momente wie diese waren es noch mehr.

Ich legte den Kopf in den Nacken und betrachtete den pastellblauen Himmel über uns. Die Augen kniff ich gegen die Sonne zusammen und konnte doch nicht wegsehen, weil ich die Erfüllung meiner Träume und Sehnsüchte in ihm gespiegelt sah.

Als ich den Blick wieder senkte, fiel er auf Mignon, die mich beobachtet hatte. Ihre Augen waren hinter den Gläsern ihrer Sonnenbrille verborgen, nur die markanten Brauen sahen ein Stück hervor. Doch ihr schöner Herzmund lächelte einnehmend und echt, und ich wusste, dass sie heute Nacht wieder in meinen Armen einschlafen würde.

Mignon

Den Sommer verbrachten Lilou und ich wie schon im Jahr zuvor in Saint-Loan, und noch immer waren die Momente hier am Meer mit einem Gefühl von Ungläubigkeit und Dankbarkeit verbunden. Darüber, dass sie tatsächlich meine Freundin und zwischen uns alles so leicht und unbeschwert war, seit sie gekommen war, um zu bleiben. Und mindestens genauso groß war meine Freude darüber, dass Grand-Mère das Haus nicht verkauft und Perceval mein Zufluchtsort geblieben war. Sie lebte dort jetzt mit Monsieur Quéméneur, den ich mittlerweile Evann nannte. Er hatte *Grand-Mère* endlich seine Gefühle gestanden. Gefühle, die sie schon lange Zeit erwiderte, wie sie mir eines Abends nach einem Glas Wein erzählt hatte. Es war herzerwärmend, wie rücksichtsvoll und einfühlsam die beiden miteinander umgingen und der Gedanke, dass da jemand war, der meine Großmutter liebte und sich um sie kümmerte, beruhigte mich, jedes Mal wenn ich wieder zurück nach Paris fuhr.

»Ich habe keine Ahnung, woran du gerade denkst, aber du siehst glücklich aus«, Lilou ließ von dem Bild ab, das sie malte und suchte mit einem Lächeln meinen Blick. »Ich mag das.«

Wir saßen in meinem Erker, die Fenster waren weit geöffnet, und die Sonne ließ ihre Dreads fast golden leuchten. Lilou trug das Sonnenblumenkleid, das ich so an ihr liebte, und ihre Haut war von den Tagen am Strand gebräunt. Auf Schultern und Nacken erkannte ich ein Stückchen hellen Bikinistreifen, und auch wenn ich es gerade nicht sehen konnte, wusste ich, wie sie sich unter dem Kleid auf ihre Haut legten. Ihre Haut, von der ich jeden Zentimeter kannte.

»Das bin ich«, sagte ich und strich mit der Hand über ihre Wange. Da war dieses unverkennbare Strahlen in ihren schönen Augen mit den feinen Wimpern, ehe sie sich wieder über das Bild beugte.

Mon dieu, es war verrückt, doch mein Herz hüpfte immer noch jedes Mal, wenn ich sie ansah, und im Nachhinein war es kaum zu glauben, dass ich nicht sofort gemerkt hatte, was sie für mich bedeutete. Inzwischen hatte ich es aufgegeben, ein passendes Label für mich zu finden, denn ich musste mich vor niemandem rechtfertigen oder erklären, außer vor mir selbst. Lilou war der Mensch, den ich liebte. Ihr Herz, ihre Seele, ihren Körper. Das zu wissen war mehr als genug.

Und doch war es nicht bei einem Coming-Out geblieben. Seit wir zusammen waren, waren da immer wieder die kleinen Outings des

Alltags, wenn ich sie anderen als *meine Freundin* vorstellte, ähnliche Worte in allen möglichen Abwandlungen. Die meisten Leute in meinem Umfeld reagierten positiv oder, was mir am liebsten war, gar nicht und nahmen es einfach hin. Natürlich waren da diese dämlichen Sprüche, wenn wir feiern gingen oder uns in der Öffentlichkeit küssten, unangebrachte Fragen von Menschen, die ich kaum bis gar nicht kannte. Aussagen, dass das *nicht normal* wäre. Und auch François, der das zwischen uns zwar akzeptierte, aber seine Großnichte lieber mit einem Mann an ihrer Seite gesehen hätte – ganz gleich wie gern er mich mochte. Doch ich gewöhnte mich an all das und nahm es mir nicht mehr so zu Herzen, wie ich es zu Beginn getan hatte. Es verunsicherte mich nicht mehr, weil Lilou alles war, was ich immer gewollt hatte. Wegen ihr glaubte ich an die Liebe und noch mehr daran, dass unsere Welt eines Tages eine sein würde, in der eine Liebe wie die zwischen ihr und mir einfach nur Liebe war.

Mein Handy vibrierte. Während Lilou weiterhin tief in das Malen ihres Bildes vor sich versunken war, riss das Geräusch mich sofort aus meinen Gedanken.

OCEANE, 17:15 Uhr
Schau mal in deine Mails rein ;)

Hektisch angelte ich nach meinem Laptop und öffnete das Mailprogramm. Eine Nachricht von Oceane, im Anhang der Artikel, der in der kommenden Ausgabe der *Sauvage* erscheinen würde. Mein Herz schlug schneller, als ich das Dokument öffnete und zu lesen begann.

»Wow«, hauchte Lilou. Ohne dass ich es bemerkt hatte, war sie neben mich gerutscht und überflog mit den Augen Text und Bilder.

Seit Colette Moreau auf einer Vernissage eines meiner Einzelstücke getragen hatte, konnte sich *Le Rêves Sauvage* kaum noch vor Bestellungen retten. Jedes Teil, das ich neu in den Shop hochlud, war innerhalb weniger Tage, manchmal sogar Stunden, ausverkauft. Ich hatte im ersten Jahr deshalb weit mehr verdient, als ich kalkuliert hatte, und würde Ende August einen kleinen Laden im Quartier Latin eröffnen. *Mein* Laden mit *meiner* Kleidung. Die Ladenfläche war winzig, doch für den Anfang genau richtig.

Ich blinzelte und las den Artikel über meinen Onlineshop und die anstehende Eröffnung des *Rêve Sauvage* ein zweites Mal. Betrachtete die in den Text integrierten Fotos, die mich auf einem der zwei roten Stühle vor dem Laden zeigten. Die Beine übereinandergeschlagen, hinter mir die beiden quadratischen Schaufenster und die schmale, rot gestrichene Tür dazwischen.

»Ich bin so wahnsinnig stolz auf dich«, wisperte Lilou direkt an meinem Ohr und hauchte mir einen Kuss auf die Wange. »Du hast auf dein Herz gehört. Das war mutig.«

Ich legte den Laptop beiseite und wandte mich ihr zu. »Das passiert alles wirklich, oder?«

Lilou lachte leise. »Ich befürchte, es ist zu spät, um da jetzt noch rauszukommen.«

»Das will ich auch gar nicht.«

»Das dachte ich mir.« Mit diesen Worten stand sie auf, und ich folgte ihr nach unten in die Küche. Meine Hände lagen an ihrer Taille, als sie den Kühlschrank durchwühlte und ich sie dabei amüsiert beobachtete. Es war einer dieser Sommertage, an denen es keine Zeit zu geben und alles nur aus flüssigem Glück zu bestehen schien. Wir tanzten durch das Haus, durch Saint-Loan und auf den Felsen über dem Meer. Und als es zu dämmern begann, warfen Lilou und ich uns einen Blick zu, in dem alles lag. Die untergehende Sonne legte ihr Licht auf den Ozean, der jetzt aus Flammenwellen zu bestehen schien.

Wir rannten gemeinsam …

... an den Klippen entlang. Ich ein Stückchen voraus, weil Mignon das Meer zwar mehr liebte als ich, ich aber immer noch die Übermütigere von uns war, die Impulsivere. Ich eilte die schmale Treppe hinunter, hörte Mignons federnde Schritte dicht hinter mir, und dann lag der Ozean plötzlich direkt vor mir. Darüber färbten sich die Wolken in Apricot- und Bernsteintönen. Ich zog meine Schuhe aus, plätscherte mit den Füßen im Wasser und sah dabei zu, wie die Sonne begann, hinter dem Horizont zu versinken.

Sekunden später schlangen sich zwei Arme von hinten um mich.

»Du sollst doch nicht immer vor mir wegrennen«, raunte Mignon, und wie jedes Mal kribbelte es beim Klang ihrer tiefen Stimme überall in mir.

»Wieso?«, ich lachte. »Das wäre dann ja nur der halbe Spaß.«

Ich ließ mich ein Stück gegen sie sinken, tiefer in ihre Umarmung hinein, und wandte den Kopf so, dass ich sie ansehen konnte. Augen so blau und leuchtend wie Himmel und Meer. Und ich wusste: Dieses Strahlen galt mir, diese neu gewonnene Leichtigkeit, die Mignon verströmte.

Sie wirbelte mich herum, küsste mich, tat es wild und sanft, stürmisch und leicht. Mignon zupfte an meinem Kleid und schob es ein Stück über meine Schenkel nach oben. Ich legte meine Hand auf ihre. »Was machst du da?«

Mignon grinste. »Ich würde gern mit meiner Freundin schwimmen gehen. Am allerliebsten nackt.« Ihr Grinsen wurde träger, hypnotisch.

»Mir gefällt diese neue Spontanität an dir«, murmelte ich, ehe ich mich in dem nächsten Kuss verlor.

»So neu ist sie nicht«, Mignon seufzte gegen meine Lippen, schob ihre Hände weiter und weiter unter das Kleid. »Das ist es, was du mit mir machst.«

Ich wollte etwas sagen, doch da war nur noch Mignons Mund. Und dann fiel Kleidungsstück für Kleidungsstück in den Sand und tief in mir glühte etwas. Wind strich um meine Brüste, ihre Hände an meiner Taille.

Tout finit, tout commence – Alles endet, alles beginnt. So war es gewesen, als ich Mignon im Zug nach Paris kennengelernt hatte. So war das Leben. Mit Höhen und Tiefen, dem Schönen und dem Schlechten.

Wir hielten uns an den Händen, als wir gemeinsam ins Wasser hineinrannten. Später würden wir uns zusammen unter die Dusche stellen und den Sand abwaschen. Wir würden uns ins Bett legen, aneinandergekuschelt, vielleicht würde ich Mignon malen, nackt und echt und mit jedem klitzekleinen Makel, den ich so liebte. Doch später war später und jetzt war jetzt. Mignon zog mich kreischend ins Wasser. Da war ihr Mund, waren ihre Hände, eine Welle und unser Lachen.

Irgendwo im Atlantik trafen ihre Lippen auf meine und ich war genau dort, wo ich hingehörte.

»Gib mir einen Namen«, sagte ich und zusammen mit dem Wind flüsterte Mignon:

»Pocahontas.«

LIEBE LESER*INNEN,

mein Weg war nicht in allen Dingen derselbe wie der, den Lilou geht, doch eines haben wir dabei gemeinsam: Wir sind pansexuell, fühlen uns zu Menschen hingezogen und haben diesen Begriff als unser Label gewählt. Nicht, weil wir das müssen, sondern weil sich diese spezielle Schublade für uns genau richtig anfühlt. Mignon hingegen labelt sich nie, weil es für sie letztes Endes keine Rolle spielt. Lilou ist ganz unerwartet dieser eine Mensch, den sie gesucht und gefunden hat. Ihre Person, die sie wahrhaftig liebt – ob sie das nun als lesbische, bisexuelle oder pansexuelle Frau tut, ist nicht wichtig.

Egal welchen Weg man für sich selbst wählt – den des Labelns oder Nicht-Labelns –, beides ist absolut in Ordnung. Genauso wie die Entscheidung, seine ganz eigene Schublade zu ändern oder innerhalb seines Labels eine Tendenz (zu einem bestimmten Geschlecht) zu entwickeln.

Lilou und Mignons besondere Geschichte ist also nicht nur eine von der Liebe und der Freiheit, die Menschen offen zu lieben, die in unseren Herzen sind, sondern mit ihr möchte ich euch auch sagen: Ihr seid gut so, wie ihr seid. Ihr seid wundervoll. Lasst euch niemals einreden, dass eure Gefühle nicht normal wären und ihr den falschen Menschen liebt.

Liebe ist bunt und verschieden und einzigartig.

We are queer.

We are proud.

We are loud.

Und wir feiern jede*n von euch, der oder die uns sieht. Jede*n von euch, der oder die Mignon und Lilous Reise als das gelesen hat, was sie letztlich ist: eine Geschichte von und über die Liebe.

Eure Sophie
#loveislove #lifeiscolorful

DANKSAGUNG(S-ICH-KNUTSCHE-EUCH-TOLLE-MENSCHEN-ALLE-TEXT)

Dass ich diese Danksagung nicht einmal ein Jahr nach dem Erscheinen meines Debütromans schreiben würde, ist so verrückt, dass ich gar nicht so richtig weiß, wie ich beginnen soll. *Und ich leuchte mit den Wolken* ist alles, was ich immer wollte. Es ist die Geschichte, die ich immer erzählen wollte, es ist die Botschaft, die mir auf der Seele brennt, seit ich meine Queerness nicht nur akzeptiere, sondern liebe. Dieses Buch ist mein Leben und mein Traum, und ohne die Unterstützung ganz vieler wunderbarer Menschen wäre es niemals möglich gewesen.

Ich danke der Agence Hoffman und meiner Agentin Andrea. Als die *Love is Love* Reihe nur eine vage Idee war, hast du sofort daran und an mich geglaubt. Selten war ich vor einem Telefonat so nervös wie vor diesem einen, in dem wir über meine Exposés gesprochen haben. Doch deine Begeisterung hat mir sofort jede Angst genommen.

Ein riesiges Dankeschön geht an meine Lektorin Anke. Ich habe dich nicht gesucht und doch gefunden. Vom ersten Satz an warst du Feuer und Flamme für Lilou und Mignon. Deine Anmerkungen sind klug, deine sanften Hinweise ein Geschenk für meine Geschichten. Außerdem danke ich dem gesamten Team des Heyne Verlags. Ihr seid der Wahnsinn und habt eure Leidenschaft für Bücher in *Und ich leuchte mit den Wolken* gesteckt.

Auch meiner Redakteurin Eva Jaeschke danke ich. Ich liebe dein Gefühl für Sprache und hatte bei der Textarbeit auf wunderschönste Art das Gefühl, dazuzulernen und über mich hinauszuwachsen.

Ich danke Irmi von der Agentur *ehrlich & anders*, die meine *Love is Love* Reihe wieder mit ganz viel Energie und Herzblut begleitet. Es ist eine Freude, einen Menschen wie dich an seiner Seite zu haben. Du verstehst meine Bücher, du verstehst mein Herz und vor allem verstehst du mich. Ich umarme dich und stoße mit einem Glas Wein auf dich an.

Mein Dank geht außerdem an die anderen Mitglieder unserer legendären *Legends of Wine* (Whatsapp-)Gruppe: Josi, Emi, Miri und Lauri. Ihr seid meine Bebis und meine Felsen in der Brandung. Was würde ich nur ohne euch tun?

Vor allem dir, Josi, danke ich für deine Freundschaft. Für Kuschelabende im Dachspitz, Bestellen bei Lemon und ein Q in gewissen Namen. Dieses Jahr war verrückt und manchmal zu viel. Ich werde niemals diesen einen Tag vergessen, als du morgens unangekündigt vor meiner Tür standest, nur um mich in den Arm zu nehmen. In einem anderen Universum wären wir zusammen (eh klar haha).

Larry, die beste Mitbewohnerin der Welt. Keine Ahnung, wie du mich beim Schreiben dieses Buches, das mich viele Momente meines Lebens noch einmal hat durchleben lassen, ertragen hast. Aber du bist immer an meiner Seite und dafür liebe ich dich unendlich (und für so viel mehr). Lama und Maulwurf für immer.

Ein Danke, Umarmungen und Küsse gehen noch mal an Larry, an Jessi, Alex, Michi, Joris, Stevie, Maggie, Mikey, Zdenek und Lajos. Und Chris (hoch hundert). Ohne die Momente mit euch hätte ich wohl weniger zu erzählen. Ich kann es kaum erwarten, bis wieder Normalität einkehrt und wir in der Beethoven-WG wie in der Rue des Étoiles zusammensitzen und das Leben feiern – wie damals vor Corona. *(Crew) Love is (true) Love!*

Ich danke meinen Testleserinnen Marie, Thesi, Marina, Jule, Annika, Emi, Miri, Nina und Juliana. Ihr alle seid kluge, starke und hinreißende Frauen. Wie froh ich bin, euch zu kennen und euch meine Texte anvertrauen zu können.

Vor allem dir, Juliana, danke ich. Weißt du noch vor dem Pow Wow? Kaffee, du und ich?

Es ging ungefähr so:

Ich: »Ich hab da so eine Idee. Also für Bücher.«

Du: »Erzähl.«

Ich: »Also eine Trilogie. Nur Queerness. Ich will da draußen etwas verändern, ich will einen Teil meiner Geschichte erzählen. Aber ich denke, die Welt ist noch nicht so weit.«

Du: »Ist egal, ob die Welt so weit ist. Die Welt braucht das. Und sie braucht Menschen wie dich.«

Ich: »Okay.«

Ich schätze, das war der Anfang, also: DANKE! Ich liebe dich!

Dann sind da noch meine Schreibfreundinnen, die inzwischen mehr als das sind. Mehr Freundinnen und weniger Schreib. Ihr nehmt mich, wie ich bin, und seid immer da, wenn ich euch gerade brauche. Kyra, wegen dir lernen Lilou und Mignon sich schon im Zug kennen, und ich hab dich so lieb (hat beides nicht viel miteinander zu tun, ist aber beides wahr). Tanja, ich feiere dein unfassbar großes Herz mindestens so wie die längsten Sprachnachrichten der Welt. Kathinka, du krasser Mensch, danke für einfach alles, alles, alles in diesem Jahr (die Liste wäre endlos)! Sarah, unser Kennenlernen auf der lbm ist einer meiner liebsten Never-forget-Momente überhaupt (bis bald am See, Girl!). Ich knutsch euch alle!

Und zum Schluss danke ich dir, Linh(i). Weil du die Erste warst und allein schon deshalb für immer etwas Besonderes sein wirst. Ohne dich und das, was wir hatten, wäre wahrscheinlich alles ganz anders gekommen.

Sophie Bichon

Sophie Bichon ist die neue deutsche Stimme in der Romance – Emotional und aufwühlend!

978-3-453-42384-8

978-3-453-42387-9